中国古代大案探奇录

鱼肠剑 上

吴蔚◎著

中国民主法制出版社

图书在版编目（CIP）数据

鱼肠剑 / 吴蔚著 . —北京：中国民主法制出版社，2017.3

（中国古代大案探奇录）

ISBN 978-7-5162-1478-7

Ⅰ . ①鱼… Ⅱ . ①吴… Ⅲ . ①侦探小说－中国－当代 Ⅳ . ① I247.5

中国版本图书馆 CIP 数据核字（2017）第 050921 号

图书出品人　刘海涛

出版统筹　赵卜慧
责任编辑　董　理
责任印制　姜　婷
发行总监　杨荣刚
责任校对　姚丽娅
装帧设计　聂　强

书　　名　鱼肠剑（上）
作　　者　吴　蔚 / 著

出版·发行　中国民主法制出版社
地　　址　北京市丰台区右安门外玉林里 7 号（100069）
电　　话　010－63055259（总编室）　63057714（发行部）
传　　真　010－63055259
http://www.npcpub.com
E-mail: mzfz@npcpub.com
经　　销　新华书店
开　　本　32 开　880 毫米 ×1230 毫米
印　　张　8.875
字　　数　216 千字
版　　本　2017 年 3 月第 1 版　2017 年 3 月第 1 次印刷
印　　刷　北京世汉凌云印刷有限公司
书　　号　ISBN 978-7-5162-1478-7
定　　价　51.00 元（全二册）

内容简介

春秋末年，王室衰微，周天子失天下共主之地位，诸侯相伐，恃强凌弱，以大并小，征战不休。华夏诸国中，以楚、晋两国最为强大，争霸不休。而南方吴国受晋国扶持，日益崛起。越国向吴国献上湛卢、胜邪、鱼肠三柄绝世宝剑，以求立命保身。吴王僚又将鱼肠赐给了伐楚有功的公子光。世传鱼肠为勇绝之剑，勇猛无敌，绝世无双。公子光既得鱼肠剑，野心愈发膨胀，由此引发了一场激烈的王位之争。

浩淼五湖，烟雨微茫。鱼腹藏剑，夜色未央。壮士悲歌，儿女情长。生死相依，乘风破浪……

总目录

上

下

目 录（上）

CONTENTS

知我者，谓我心忧；不知我者，谓我何求。悠悠苍天，此何人哉。

——《诗经》

第一章

桃之夭夭，灼灼其华

不远处的湖面上更有一座桃花岛，春风吹来，一夜之间，全岛便为野生桃花覆盖，红色、粉色、白色，单瓣、复瓣、多蕊，深深浅浅，层层叠叠，热闹非凡，装点大地。每每清晨旭日东升之时，五湖上雾水茫茫一片，唯独桃花岛上空紫气氤氲。那紫气不是从天而降，而是从岛上升起，仿若轻烟游动于碧波之上，如梦似幻，意境飘逸，意味深长，令人陶醉。

在中原各诸侯国的眼中，南方为蛮荒之地，“地广人稀，饭稻羹鱼，或火耕而水耨”，是远远落后于中原的未开化之地。即便后来有楚国称霸、吴国崛起，也未能改变中原人的普遍看法。

实际上，南方山川秀美，处处有云蒸霞蔚的水乡风光，更兼有得天独厚的鱼米之利，仅就物质生活而论，便要比中原富庶得多。譬如彼时鱼及酒在中原均属于奢侈品，只有贵族才能享受到，然在吴国，不过是最司空见惯的饮食。

盖因吴地河道纵横，湖泊遍布，且已发展出成熟的人工养殖渔业，就连吴王也在王城附近修有鱼城，专作养鱼之用，又在五湖[1]有专门养菱的菱场。且吴地鱼类众多，有青鱼、草鱼、鲢鱼、鳊鱼、鲫鱼、鲈鱼、白鱼、银鱼等，应有尽有。吴人买卖鱼类，不论斤两，也不是按条计价，而是以斗数鱼，大出大进。

而天下之利，莫大于水田。水田之美，无过于吴地，产量丰足的稻米，令民间百姓亦有酿造美酒[2]的能力。

五湖是吴地最大的湖泊，烟波浩淼，水域辽阔，在华夏大地上亦是屈指可数，面积仅次于楚国的云梦泽[3]。

五湖东岸某处，有一座桃花村，桃林环抱，仅数户村民，世代以打鱼为生。

[1] 古代五湖专指今太湖及其附近的湖泊。又，古代五湖与今太湖水域差别极大。春秋战国以前，太湖地区原是陆地的冲积平原。唐代时，太湖水可达吴江塘岸。洞庭东山和西山原为湖中两大岛屿（这两山均会在小说中出现），后因东山与木渎间泥沙淤积，滩地扩展，至清代中期，岛与沙洲相接，使东太湖成为太湖的一大湖湾。近一二百年来，因东太湖东岸和西北岸淤积加甚，加之围垦湖滩地，东太湖实际上已成为一个狭长且阻水严重的浅涸湖区。20 世纪六七十年代，太湖及其周围湖群，因围湖种植和围湖养殖，湖泊面积减少 13.6%，消失或基本消失的湖荡有 165 个，合计面积 161 平方公里。其中以太湖、隔湖最为突出，太湖西北的马迹山岛因围湖造田已与陆地相连。隔湖的北、东、南面因加速围湖，使原有湖面大为缩小。

[2] 酿酒需要消耗大量粮食，而当时最常见的粮食是黍和豆，稻米对于各诸侯国都是较为珍贵的食物，孔子曾说：“食夫稻，衣夫锦。”稻跟锦一样，都只有贵族才能享用。酒也相应分为两类：用黍蒸饭酿成的酒称黄酒，是人们日常引用的酒；用稻蒸饭发酵酿制的醪酒，即所谓的甜米酒，是贵族在隆重场合的用酒。盛产水稻的国家，通常也出产美酒，如楚国、吴国。

[3] 古云梦泽是中国历史上大的淡水湖之一，主体位于今湖北荆州以东、江汉之间，南部以长江为界，与江南的洞庭湖无关，面积最广时曾有 4 万平方公里，但随着地貌的改变，在 7 世纪到 13 世纪时逐渐萎缩解体，变成陆地，今江汉平原最大湖泊洪湖即为其残留水体。

桃花村中有老翁名阿和者，擅长炙鱼，日子久了，声名传扬开去，竟有不少人慕名来尝其手艺，内中不乏来自吴国都城的达官贵人。阿和见有利可图，索性在村外山冈上开了一家“五湖酒肆”，自号“五湖公”，专售炙鱼及村民自酿的桃花酒。

酒肆不大，布局是吴地民间最常见的“一宇二内”结构——

三间石砌排房，坐东朝西，面向五湖。中间为堂，高于两侧边间。墙壁内外以稻草混以泥浆糊实后烤干，以塞石缝。屋顶有木檩，以芦苇束叠加压紧为屋椽，上覆板瓦。

正堂设施简陋，除了门户外，还在西面墙壁上开了一整排牖窗[1]，只需以长竿朝外撑高窗板，五湖美景便在眼前。

牖窗下设有数案，虽不是日日有客光顾，但亦基本不会落空，有时还会出现一案难求、吃客排队等候的局面，对于地处偏僻的五湖酒肆而言，已是十分难得。

今日是二月十六，照例会是顾客盈门的日子。盖因仲春正是桃花盛开的时节，桃花村既以桃花为号，桃林是其一大胜景。

不远处的湖面上更有一座桃花岛，春风吹来，一夜之间，全岛便为野生桃花覆盖，红色、粉色、白色，单瓣、复瓣、多蕊，深深浅浅，层层叠叠，热闹非凡，装点大地。

每每清晨旭日东升之时，五湖上雾水茫茫一片，唯独桃花岛上空紫气氤氲。那紫气不是从天而降，而是从岛上升起，仿若轻烟游动于碧波之上，如梦似幻，意境飘逸，意味深长，令人陶醉。人们都称那是桃花精灵受天神招引，升仙而去。

而五湖酒肆地处岗坡之上，位置绝佳——俯首便是花团锦簇的桃林，远眺即是风光秀丽的太湖。太湖两侧，则是连绵起伏的青山，微茫缥缈，若隐若现，景物至绝，极见幽远。

[1] 牖（yǒu）：窗户。秦代之前，“窗”字少见，多用“牖”。“牖”多指古建筑中室与堂之间的窗子，“户”则指堂、室相通的门。“向”则专指后室朝外开的窗户，见《说文》：“古宫室（指坐北朝南建筑）北墉（墙壁），无户牖，民间或有之，命之曰向。”为避免混淆，本书一律以牖窗称呼。

吃客不但可以就着桃花美酒，品尝新鲜美味的炙鱼，还能近赏桃花，远观湖光山色，堪称人间一大美事。

除此之外，五湖有一种极为罕见的望月鱼，平日潜伏于深水之中，只在每月十五月圆之夜跃出水面，翘望一轮明月。

此鱼肉质细腻鲜美，渔民往往会在十五晚上持网守候，运气好的话，便能捕到几尾。有善于品鱼者，尝过望月鱼之后，惊叹世间竟有此等美味，自此念念不忘，基本每月十六都会如期而至。

但正如前言，渔民能否捕到望月鱼，要看运气，吃客亦是如此。由于鱼少客多，还曾发生过为争鱼而殴斗的事件。

五湖公虽是渔民出身，却是个不畏强暴、不惧威胁的奇人，由此立下一条铁律：先入酒肆者，得望月鱼；为争鱼而斗口动手者，永远不准再踏入酒肆半步。

吴地民风彪悍，轻死易发，好相攻击，更是流行击剑之术，军民爱争强斗狠，身上大多留有剑瘢，并以此为荣。五湖公铁律是定下了，但总有不愿遵守者。贵族子弟邗野仗着父亲邗平是吴国大夫，非但自己不肯排队等候，还命侍从将酒肆其他吃客驱逐了出去。五湖公极力抗议，并拒绝为其上鱼。邗野竟拔出剑来，上前威逼。五湖公毫不畏惧，表示宁可死，也不会再为邗野炙鱼。邗野大怒，横剑在手，割破了五湖公脖颈。若不是侍从及时上前劝住了主人，只怕事态会彻底失控。

食鱼不成的邗野悻悻离去。没过几日，竟横死于王城家中，死因不明。

有流言称，这是邗野剑伤五湖公的报应。彼时人们最敬畏神灵，消息传开后，无论贵贱，再也没有人敢破坏五湖公的铁律。

这日一大早，便有一名年轻男子匆忙赶来五湖酒肆，询问今日是否有望月鱼。此人名范蠡，字少伯，是酒肆的熟客。他本是楚人，不知如何来到吴国，又对养鱼业极有兴趣，专程到五湖一带遍访渔场，由此知道了五湖公的名字，曾慕名来过酒肆多次，却从未赶上过望月鱼。

时辰尚早，五湖公人还未到，在酒肆值守的是其徒弟专诸之子专毅。

专毅才十五岁，却是少年老成，闻声迎了出来，歉然道："范君来得不巧，昨晚全村人都出动了，但还是未能捕到望月鱼，一尾也没有。"

范蠡很是不解，道："上次听五湖公说，望月鱼甚有灵性，也酷爱美景，每每花开时节，总会出现在桃花岛附近，因而二月十五最容易捕到望月鱼。往年总有所获，去年二月十五一晚便收了五尾，是历年来捕获望月鱼最多的一次。如何今年一尾也没有？莫非望月鱼长了记性，知道会有渔民等在桃花岛附近，所以刻意避开了危险之地？"

专毅摇头道："那倒不是，有一群望月鱼按时出现在桃花岛附近，只是渔民撒网时，出了意外，让那群鱼逃走了。"

原来昨晚桃花村渔民全部出动，希冀能多捕几尾望月鱼，皆因为五湖公以不菲价格收购望月鱼，只要能捕到一尾，基本上这一年就不必再辛苦劳作。五湖公弟子专诸受师父之命，亦带着儿子专毅前去帮忙。

皓月正中时，有一群望月鱼出现，纷纷跃出水面望月。渔民早有准备，乘小舟分守四角。专诸力气最大，奋力撒出大网，正好将那群望月鱼尽数罩住。

鱼儿左冲右突，挣动不已，试图冲出渔网禁锢。渔民们则欢声雷动，认定今年二月十六将会成为有史以来捕获望月鱼最多的一年。

正收网时，忽有一道银光从桃花岛飞出，疾速掠过水面，一闪即逝。

虽然仅是电光石火的一刹那，众人均瞧得分明，却不知那是什么，只面面相觑，暗暗称奇。

握网的渔民骤然觉得手上一松，力道顿失，意识到不妙，急拉网绳到船头——却见好端端的渔网破了一个大口子，而一网望月鱼已尽数从大洞中逃出。

得而复失，渔民的心情陡然从天上跌落到地，沮丧得无以复加，却始终不明白结实的渔网何以会忽然破了个大洞。

专毅年纪还小，并未参与其中，只是个旁观者。所谓旁观者清，他记得那道银光消失之处，正是渔网所在，试探问道："会不会是适才那道蹊跷的银光划破了渔网？"

众人经其一言提醒，这才有所会意，越想越感觉是这么回事。

村中年纪最长的八旬老者樊翁也扶杖立在湖边，见状叹道：“桃花村本是淳朴之地，村民世代打鱼，勤奋劳作。而今村里有了这五湖酒肆，不时招来些贵人，村人便总想着能捕到一尾望月鱼，发笔横财，剩下的日子好去游手好闲。神灵实在看不过眼，故今晚显灵，以银光划破渔网，纵走了望月鱼。这是件大大的好事，上天在警示你们这些人快快恢复渔民本性呢，还这般垂头丧气做什么？”

又指着专诸道：“你师父阿和带坏了桃花村世代相传的风气，怕是不得善终。”

樊翁在桃花村威信甚高，被公认为最有智慧之人。他既然这般说，众人亦认为是神灵作怪，虽然心有不甘，却也不敢再多生抱怨，各自散去。

专诸自去桃花村中，向五湖公禀报今晚一无所获之事，只遣专毅回酒肆值守。

专毅讲完经过，双手一摊，道：“事情经过大致就是这样。既是神灵发了怒，怕是范君不独今日吃不到望月鱼，以后都吃不着了。村民不敢忤逆神灵，不会再行捕捞望月鱼。”

范蠡闻言笑了起来，露出一口洁白而齐整的牙齿，道：“哪有这样的事！”

专毅道：“可网上确实有个大口子呀！那渔网是村民合力编制，加了丝索，结实无比，我爹爹撒出去时还好好的，忽然之间网就破了，又没有旁人接近过，不是神灵作怪，还能是什么？”

忽一眼瞟见一名白衣少女正爬上岗坡，不及再与范蠡闲话，忙迎了过去，招呼道：“月女，你来了！你今日来得好早！”

月女十四五岁年纪，稚气未脱，高挽着双髻，红扑扑的圆脸上挂着两个浅浅的酒窝，手持一枝新折的桃花，笑吟吟地道：“早吧？我是受人托付，先行赶来酒肆占座的。”

专毅道：“是孙武君要你来的吗？”

月女点点头，又问道：“你怎么一下子就猜到了？”

专毅笑道："这不难猜啊。月女第一次来酒肆就说过，你很少见外人，只与孙武来往，就连到酒肆，也是被孙武强拉着来的。"

月女笑道："我第一次来五湖酒肆，就喜欢上了这里，所以再也不用孙武哥哥拉啦。"又道，"孙武哥哥今日要在酒肆请客，他得先去迎接客人，又怕来晚了没了座位，所以几日前就求过我，央我先来占座。我生怕误了孙武哥哥的事，很早就动身出发了。"

忽一眼看到酒旗下的范蠡，爽朗清举，衣袂飘飘，恰如玉树临风，怔了一怔，奇道："咦，还有比我到得更早的人吗？那位美男子，他是谁？"

专毅忙道："那是范蠡范君，楚国人，也算是酒肆常客，只不过未曾与月女你遇到过。"又将月女引见给范蠡。

月女上下打量了范蠡一番，道："范蠡君是楚国人吗？我有一个问题，是你们楚国的云梦大，还是我们吴国的五湖大？"

范蠡摇头道："这我可不知道，都是一望无垠的大泽，要如何相比？"

月女又道："吴楚交战多年，范蠡君这样的人物来到我们吴国，不怕被人怀疑是间谍吗？"

范蠡一愣，见月女咬着嘴唇，似笑非笑，显然只是随口一说，并无恶意，一时不知该如何应答。

专毅忙让月女先入堂挑座，又将范蠡拉到一旁，低声告道："月女是山野之人……哦，我丝毫没有贬斥之意，月女自小在山林中长大，极少跟外界来往，说话无所顾忌，请范君多担待些。"

范蠡胸怀大志，如何会跟一个小女孩计较，当即笑道："那是当然。"

专毅道："今日是没有望月鱼了。五湖公也要等日上三竿才会来酒肆，范君还要留下等吗？"

范蠡笑道："大老远地来一趟不容易，当然得尝过五湖公的手艺再走，我愿意等，五湖炙鱼也值得等。"

入来大堂时，范蠡见月女已占了最角落的位子，便挑了一张近门的几案坐下。

专毅为二人各上了一壶浆水，便自去厨下忙碌。月女随手摘下几瓣桃花，丢入陶杯中，晃了几晃，待桃花香气沁入浆水，这才端起来一饮而尽，随即将空杯置在案上，起身来到范蠡案桌，坐在边侧。

彼时尚无男女大防一说，吴楚之地风气开放，酒肆中时见男女杂坐，乱而不分，楚国更是有公开为男女提供野合机会的云梦之会[1]。对于月女冒昧之举，范蠡也不惊讶，举手问道："月女有何见教？"

月女笑道："见教没有。范蠡君在等人，我也在等人，等人很无聊啊，不如坐一起聊聊天解解闷。"

范蠡摇头道："是月女在等人，我可没有要等的人。"

月女笑道："范蠡君不是在等五湖公到来吗？难道五湖公不是人啊？"

范蠡一时语塞，遂道："月女想聊什么？"

月女道："你为什么要来吴国？是不是跟孙武哥哥一样，因为母国内乱，为避祸而来到吴地？"

范蠡道："嗯，也不是。月女口中的那位孙武应该是贵族出身，而我在楚国只是平民……"

月女道："平民怎么了？我也是平民，专毅也是平民，我喜欢他，也喜欢你。"

范蠡见对方一派天真烂漫，浑然不通世事，也不以为意，实话告道："在我们楚国，只有贵族才能做官，平民是没有做官资格的。"

原来范蠡是楚国宛地[2]人氏，自幼发愤读书，成人后才学出众，成为一方翘楚。但楚国惯例，非贵族不得入仕，范蠡因出身寒微，总没有一展抱负的机会。他对此很是愤愤不平，慷慨激昂之下，不时有惊人之语，抨击楚国政治时势，为当地人所不容。

范蠡既无前程，又不为人理解，难觅知音，愈发苦闷，每每癫狂欲

[1] 云梦之会是一种春社交欢，是人类由原始群婚向对偶婚、个体婚转化过程中，乃至这个过程完成后的相当一段时期内，存在的一种普同性文化现象。当时非但楚国，华夏诸国如齐国、宋国等均有类似的野合习俗。《史记·孔子世家》记载叔梁纥"与颜氏女野合而生孔子"，干宝《三日记》则谓：颜氏女"征在生孔子空桑之地"，即孔子也是野合后的产儿。

[2] 宛地：今河南淅川。

乱之时，便常常在山野间奔跑，作为发泄。人们不解其行径，愈发视其为怪胎。但这位乡人眼中的疯子，竟意外得到宛地长官文种的赏识。

文种字少禽，楚国郢都[1]人，贵族出身。他到宛地上任宛令时，听说当地有个无知狂妄的年轻人名叫范蠡，当即认为此人非同凡响，决意亲自登门拜访。

范蠡虽然恃才傲物，但得地方长官驾临寒舍，还是深感受宠若惊。二人一番交谈，各起惺惺相惜之心，结下了深厚情谊。

相识相知后，范蠡、文种多番秉烛夜谈，均认为楚国颓势已现，对时局深感失望，遂决意另择高枝，以有所作为[2]。文种甚至甘愿放弃宛令的官职，与范蠡一道另投他国。

接下来便是何去何从的问题。中原多是老牌诸侯国，小国不足以立身，大国则有公卿大夫激烈争权[3]，甚至出现了威凌国君的局面。况且楚人历来被中原人视为南蛮，除非是申公巫臣那样曾辅佐楚庄王成就霸业的名臣，否则很难得到重用。因而基本可以排除北上的选择，剩下的吴、越两国，则成了唯二之选。

自晋、楚争霸中原以来，夹在二者之间的宋、陈、蔡等小国无不深受其害，而晋、楚两国亦是两败俱伤，谁也没能彻底占到上风，由此才有了宋国出面劝和的“向戌弭兵”之事。

虽然晋、楚两国签订盟约，停止交战，同为霸主，但楚国外患并未消除——

吴国受到晋国倾力扶持，蒸蒸日上，成为长达数十年晋楚争霸的最大赢家，由昔日楚国的附属国，一跃成为有实力与楚国对抗的强国。而

[1] 郢：楚国国都，遗址在今湖北江陵纪南城。

[2] 彼时周天子虽名存实亡，但仍是天下共主身份，国家的概念并不强烈，无论在哪国出仕做官，名义上均是对周天子效忠，所以常常有才学之士在某国不得志、便转投他国的情况，甚至不惜更改自己的政治主张。最著名的例子当属战国时期的苏秦。苏秦学有所成后，最看好秦国，于是到秦国投奔秦惠王。但秦惠王刚刚车裂了商鞅，憎恨外国人才，没有理睬苏秦，苏秦遂决意联合其他六国合力攻秦。最辉煌的时候，苏秦一人佩六国相印，给秦国下《纵约书》，令秦国十五年不敢出函谷关。试想当初若是秦惠王收留苏秦，予以重用，则完全会是另外一番景象。

[3] 此现象在中原大国齐国、晋国均存在，日后“三家分晋”即源出于此。本文中另一主要人物孙武远走吴国，亦是因齐国国内斗争激烈。因所涉历史背景极为复杂，小说中不再详细介绍。

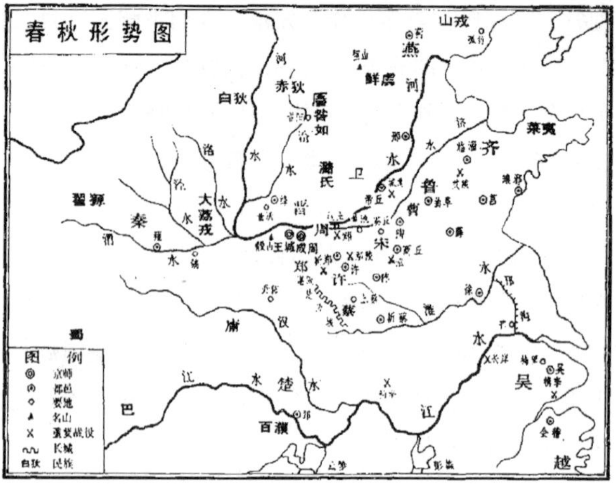

春秋形势图

今更是频频攻伐楚国，胜多败少，降服了不少原先附属楚国的小国或部落，已是世所公认的南方大国。

而越国尚未开化，虽因地域相连，而与吴国同俗同风，但在政治、军事上远远落后于吴国，二者完全不能相提并论。由于越国俘虏曾刺杀吴王余祭，两国结下难解死仇，越国不得不完全依附于楚国，依靠楚人的庇护来求得生存。

比较起来，吴强越弱，吴国显然是上上之选。范蠡认为吴国已露霸主之象，称霸中原是早晚之事，选择吴国，有广阔可为的空间。

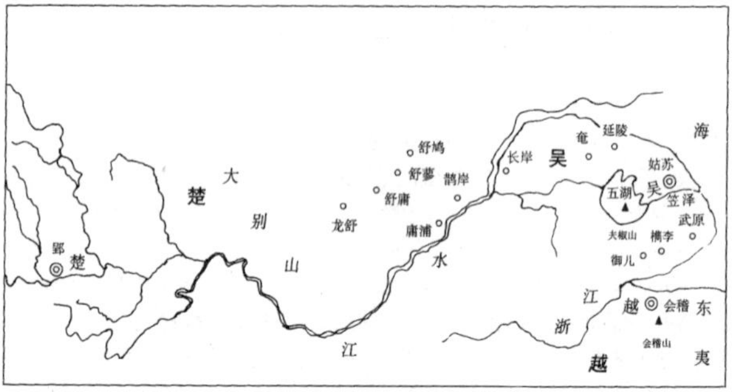

越、吴、楚三国形势图

文种却认为越国虽然弱小，对个人而言，机会却是更好——若能凭一己之力，完成扶越抑吴之大业，建立赫赫功勋，如同当年申公巫臣扶助吴国一般，岂不是显得更有能耐？

二人都是极有主见之人，也不愿说服勉强对方，遂决意各从己愿：文种选择去越国，范蠡则选了吴国。料想将来或许会有对垒阵前的一天，但二人指天为誓，将永远不忘今日朋友之谊。

范蠡坚持选择吴国，除了更看好吴国之外，还因为他是一介平民，不同于文种有贵族身份。文种无论去哪国，只需表明其显赫身世，便很容易能引人重视，顺利见到当权者，但范蠡没有这种便利。当然范蠡可以选择与文种同去越国，但那不是他所想要的，朋友之交，是平等之交，至少起初应该是这样，他希望能凭自己徒手打出一片天下，而不是倚仗好友。而吴国第一任吴王寿梦[1]曾在都城附近建都亭[2]，专门招徕四方贤士，这种求贤若渴、不拘一格延揽人才的做法在春秋时代极为罕见，显然对范蠡极具吸引力。

范蠡来到吴地后，才发现吴国也不尽然如传闻中那般政通人和，尤其当今国君吴王僚即位后，政局不稳，人心浮动——

第一任吴王寿梦生前曾指定了王位继承人，依次是长子诸樊、次子余祭、三子余眛、幼子季札，即兄终弟及，务必要传位到季札[3]。

寿梦薨后，一切依照他生前的安排有条不紊地进行着，先是诸樊即位，后是余祭、余眛，但余眛薨后，其弟季札避让王位，逃离了吴都，

[1] 在寿梦之前，吴国君主只称吴侯，史籍如《史记》等多记载寿梦“始称王”，因而普遍认为寿梦是第一任吴王。后江西出土“者减钟”，根据钟上铭文，吴国国君至迟在太伯十五世孙皮然时便已称王。但本书仍然采纳《史记》的说法。

[2] 寿梦所建是都亭驿，类似会馆，附近有桥，由此得名都亭桥，也是苏州有确切记载的最早的桥梁，位于今古城西北部。到唐代时，此桥已毁，《吴地记》称“基址见存”。但由于历史悠远，历代志书上仍有不少关于此桥的记载。如明正德《姑苏志》记：“都亭桥，承夫寺西，吴王寿梦尝于此作都亭，以招贤士。”清道光《苏州府志》记：“都亭桥，旧传吴王寿梦于此作都亭以招贤士，故名。则此桥春秋时已有之也。”又，唐代以前，桥梁都以木梁木栏为主，即历代诗人诗中常称的“红栏”，到宋代，逐渐以石料取代木料。

[3] 此段渊源及吴国历史详见本书“外一篇”《鱼肠背后的吴国史》。小说中涉及相关历史背景时，仅简单提及。

余昧之子州于遂继承了王位，是为吴王僚。

吴王僚本不是其祖父寿梦名单上的人选，意外当上吴王，颇有得位不正的嫌疑。其堂兄公子光[1]是第二任吴王诸樊嫡长子，有长房长孙的地位，明显比吴王僚更有资格继承王位。吴王僚对此心知肚明，十分忌惮公子光，刻意防范，连带对外人亦十分警觉，只信用至亲之人。连声名在外的楚国逃亡者伍子胥来到吴国后，费尽心机，也只见过吴王僚一面，之后便被草草打发到乡下闲居。

彼时吴楚战争不断，伍子胥非但是楚国名臣伍奢之子，熟知楚国国情，而且身边还带有前楚国太子熊建之子熊胜，即王孙胜，政治资本极为雄厚，均遭如此待遇，足见吴王僚对外人的态度。

而范蠡一介平民，在吴国无亲无故，别说见到吴王僚，就连最基本的晋身之阶，亦难以寻到。但他亲眼见到吴国水师及吴地兵器精绝天下，吴人更是勇悍无畏，难与争锋，战斗力远在他国之上，料想假以时日，吴国必定雄霸天下，不愿意就此离开，还想继续寻找机会。经过仔细观察后，范蠡窥测到一个机会，这便是养鱼业。

吴国地处水乡，早在万年之前，先民生活便是渔猎为主、采集为辅，即使后来出现了农业，渔猎经济仍然相当发达。起初，人们只以最为简单原始的方法捕鱼，随着经验的积累及工具的改进，捕鱼量大大增加，便将过剩的鱼先进行人工饲养，这亦是渔业史上的重大飞跃。吴国立国之后，渔业日趋兴盛，所谓“鱼、盐、杞、梓之利，充仞八方”，“江南水乡，采捕为业，鱼鳖之利，黎元所资”。与此对应，人工养鱼大为普及，就连吴国王室亦在王城西面建筑鱼城养鱼。

以饮食而论，鱼与吴人生活关系十分密切，进而深深折射到吴地文化中，传说吴国之“吴”与姑苏之“苏”即由鱼生发而来。而第一任吴

[1] 春秋战国时贵族男子氏在前、名在后，比如屈原氏屈（屈原名平，字原），姓芈，楚国国君氏熊，姓芈；贵族妇女则是名在前，姓在后，比如屈原姊姊叫媭芈。吴国王族与周天子同族，为姬姓，但无氏，史书中多以姓代之。本书采纳彼时习惯称呼，如直接称吴王僚、公子光（当时国君之子称公子，国君之孙称王孙，所以能称公子王孙者全是王族），而不是姬州于（吴王僚本名州于）、姬光。又如称呼另一重要人物伍子胥，而不是伍员（名员，字子胥）。

王寿梦本名姬乘，在青铜铭文中，“乘”字是一个人张开双臂，叉开双腿站立在大木筏上。至于寿梦之“梦”，即通网，寿梦本义，便是“长久牢固之渔网”。

吴人大多酷爱吃鱼，当今吴王僚也不例外，且其人嗜吃炙鱼，对美食孜孜以求，对食材十分挑剔，还时不时亲至鱼城，以挑到最合心意的鱼。鉴于此点，范蠡亦对养鱼发生了兴趣，希冀能借鱼为机缘，遇到吴王僚，得其赏识，进而获得重用。此时的范蠡当然想不到，日后吴王僚正是因鱼而遭杀身之祸。

虽然真正的目的跟鱼无关，但范蠡仍然下了真功夫，跑了五湖许多渔村、渔场，虚心向渔民求教，经月下来，竟由此学到了不少养鱼经验。他将这些实践中总结出来的知识编成了一卷书册[1]，献给负责鱼城的鱼正癸运。

癸运大字不识几个，又因与吴王僚的弟弟公子烛庸是姻亲，十分傲慢自大，哪里会将一个外国人编的什么《养鱼经》放在眼中，随手便甩到了一边。

一计不成，范蠡便想自己养殖，以亲身经验来验证《养鱼经》的正确。然开办渔场需要资本，他家境贫寒，来吴国前，蒙文种赠送了一些碎金[2]，作为旅费。楚、吴两国币制不同，吴国在经济形态上远远落后于

[1] 范蠡日后成就不必多言，小说中会详细交代，其人也是中国最早的养鱼著作《养鱼经》的作者。《养鱼经》现存共400余字，以问对形式记载了养殖对象、鱼池构造、亲鱼规格、雌雄鱼搭配比例、适宜放养的时间以及密养、轮捕、良种选留及产卵孵化等方面的问题，与后世方法多相类似，是中国养鱼史上值得重视的珍贵文献。

[2] 春秋战国时期，各诸侯国货币并不统一。楚国最早使用海贝（楚国并不临海，这些海贝当是从沿海各地进入楚国市场），后出现了铜币、银币及金币。铜币形制主要是铜贝，椭圆形，背面平，正面凸起，有文字，字形像蚂蚁，两口像鼻孔，故称蚁鼻钱。又因它取象于贝，似古文“贝”字，像一人面，故又称“鬼脸钱”。另外，铜贝也有铲形（中原地区货币通行的形制）。银币为楚国独创，币呈铲形。金币正式名为郢爰（“郢”为楚国国都，“爰”意为称量）和卢金，又称印子金，即有特定铭文的扁平金板，此外还有无钤印字的金板、金饼等，选用高品位的天然金块熔铸而成，属初级铸币，非等量货币。当时金币流通限于上层社会，通常在国际礼聘、游说诸侯、国王赠赏、大宗交易时使用。使用时，根据需要将金板或金饼切割成零星小块，然后通过特定的等臂天平称量再行交换。目前出土的楚金币大都是零星碎块，大小轻重相差悬殊，而且明显可看出曾被切割过的痕迹。楚金币也是中国最早的黄金货币。

楚国，仍以海贝、布帛[1]为通行货币，但因铸剑业发达，青铜块亦是硬通货，范蠡便先行将碎金换成了青铜块。只是来吴国已近一年，衣食住行均要花钱，青铜块已所剩无几，又哪里有能力来置办渔场？

无奈之下，范蠡只得暂时在大富翁渔父开设的菱湖渔场打杂，打算先设法安顿下来，亦不时到鱼城一带徘徊，期待有朝一日能遇到吴王僚出行。

至于望月鱼，范蠡到底还是个年轻男子，听闻之下大起好奇之心，倒不是嘴馋美味，而是想看看这鱼到底是什么模样，又如何会在十五月圆之夜出水望月。

月女不知范蠡胸怀凌云之志，闻言很是不解，问道："这么说，范君来到吴国，只是为了做官吗？"

范蠡道："当然不是为了做官而做官。只有做了官，手中有了权势，才能去做更大的事，进而建功立业。世间男子汉大丈夫，大抵会做如此想。"

月女摇头道："孙武哥哥就说他一点也不想做官。"

范蠡微微一笑，问道："那位孙武君，是因为避乱，才来到吴地隐居，对吗？"

一提及孙武，月女双眸中便明显有了光彩，笑道："是啊，孙武哥哥是齐国人。"

范蠡道："敢问那位孙武君多大年纪？"

月女道："跟范蠡君你差不多吧，二十来岁。"又道："孙武哥哥十八

[1] 关于吴国货币问题，在学术界有较大争议。迄今，考古界尚未发现吴国制造的金属货币。目前，以文献资料及出土文物来看，海贝、布帛两种作为货币用于市场交换，疑义不大。1982 年，江苏丹徒磨盘墩西周晚期墓中出土了 178 枚海贝。这些海贝背部磨有小洞，可用绳穿，表明吴国极可能与周人货币制度一样，以"朋"（五贝为一串，两串为一朋）为计算单位。又，据《左传·襄公二十八年》载：齐庆封奔亡至吴，"吴句余（吴王余昧，吴王僚父）予之朱方，聚其族焉而居之，富于其旧"。"庆氏之邑足欲，故亡。吾邑不足欲也……在外不得宰吾一邑。非恶富也，恐失富也，且夫富，如布帛之有幅焉。"文中用有"布帛"来代表"富"，表明布帛同样具有货币的功用。

岁就来到吴地，独自在穹窿山[1]隐居有好几年了。”

范蠡道：“未及成家，想必是一心要立业。”又笑道：“月女那位孙武哥哥说他不想做官，只是骗你的。吴地多少名山大川，他却偏偏隐居在穹窿山，这是靠近权力中枢之地，我决计不信他没有野心。”

月女脸色登时一沉，道：“范蠡君又没见过孙武哥哥，更不了解他，凭什么说他有野心？”

范蠡忙道：“我随口一句，月女就当我胡说八道好了。对了，你就叫月女吗？姓什么？”

月女摇头道：“我没有姓，本来我连名字都没有，月女是孙武哥哥给我取的。”

原来月女是个身世奇特的孤女，她尚在襁褓之中时，便被人丢弃在山野荆棘之中。幸好天无绝人之路，一只白猿发现了她，将她带回山洞抚育。后来有猎户在山中看到一只白猿带着一个小女孩玩耍，情若母女，深感惊异。

虽久居深山，月女究竟还是有人类的本性，主动亲近猎户，跟他学会了说话。猎户患病去世后，月女便再没有跟人类打过交道。

四五年前，齐人孙武来吴国避乱，到穹窿山隐居，凑巧住在猎户废居不远处。他不知月女时常在附近出没，每日都会大声诵读诗文篇章。月女嫌他打破了山林的寂静，便与白猿一道装神弄鬼，想将其吓走，却被孙武设计诱出真身。

---

[1] 关于孙武在吴国隐居之地，文献中并无记载。明人冯梦龙编《东周列国志》，记孙武初来吴国，“隐于罗浮山之东”。据《嘉泰吴兴志》，罗浮山在长兴县（今浙江吴兴西北）东二十五里。因冯梦龙是吴地人，熟悉当地风土人情，这一说法极可能采自民间传说。而孙武隐居穹窿山，是近年来才冒出来的新说法，颇多争议，有学者明确作文指出为假，认为是地方出于经济利益考虑而有意伪造。但从史籍记载来看，孙武与伍子胥相识，是因为二者住处相近，互闻声名而交往。伍子胥隐居之处虽无明确记载，但他表面退隐，暗中其实在为公子光谋事，且所图之事极为重大。如此，为行事方便，其住处必定离吴都王城（子城）不远。顺理成章，孙武住所也必在王城附近。从之后孙武献给吴王的兵书来看，亦可佐证此点——吴越结有世仇，孙武为使兵书更为吴王接受，直接在书中将越国作为对战方。如此明显而刻意地取悦吴王，急于进阶之心昭然若现，这样的男子，又怎会远离权力中枢之地？此为作者个人之浅见，无意涉及各方学术之争。本书写孙武隐居于穹窿山，也可只视为小说家之言。

孙武见作祟者竟然是一个小女孩，大感意外。而月女看到案头木简上的文字，也起了好奇之心，走过去拿起木简，摩挲不已，双目中闪动着异样的光芒。

孙武柔声道："我教你读书写字，好不好？"这是他对她说的第一句话。她毫不犹豫地答道："好。"二人由此结为朋友。

孙武又问月女的名字。月女摇头道："我没有名字。"

孙武道："那旁人叫你什么？"月女道："我没有出过山林，从来不见外人，也不会有人叫我。"

孙武又问道："那你最喜欢什么？"月女指着身边的白猿笑道："那还用说，当然是最喜欢小白啊。"

孙武道："除了小白，你还喜欢做什么事？"月女歪着头想了想，道："最喜欢坐在山顶看月亮。"

于是孙武称呼她为月女，月女也很喜欢，遂成为她正式的名字。

范蠡听了月女自述，惊讶万状——他虽特立独行，但自幼有父母疼爱、亲人关怀，尚不知世间竟有月女这样由白猿抚养、以白猿为伴的奇人。又见她始终笑语晏晏，显然不伤身世，亦不以林中生活为苦，不禁对这个乐天开朗的女孩产生了一种奇异的感觉。

又心道："月女于世事一窍不通，如何会一听说我是楚国人，便提及间谍之类，虽是戏谑之语，却不似她的做派。是了，一定是那位孙武在她面前提及而今吴、楚两国关系紧张，极可能爆发战争。那孙武，表面隐居山林，其实正密切瞩目局势。"

今年注定是极不平常的一年，对吴、楚两国均是如此。先说楚国，年初冬天[1]楚平王薨后，楚国便陷入了动荡之中。

[1] 中国古代采用夏历纪年，因诞生于夏代，故称。它是世界上三大历法中历史最悠久、天体定标点最多的历法，以月亮的周期作为月长，又参考了二十四节气，所以是阴阳合历，又称农历。夏历将朔日定为每月的第一天，即初一。以建寅月（今农历一月）为正月（岁首，一年的第一个月），殷历以建丑月（今农历十二月）为正月，周历以建子月（今农历十一月）为正月，史称三正（zhēng）。秦始皇统一中国后，以建亥月（夏历十月）为岁首，但不改正月。汉初沿袭秦制，直到汉武帝太初元年（前 104）才由太史令司马迁主持改制，改建寅月为岁首。

楚平王在位时，奢侈众姿，尤其强夺儿媳、逼走亲子一事，令其大失人心。早先楚平王立嫡子熊建为太子，以大臣伍奢、费无极为辅。太子建敬重才学出众、风度翩翩的伍奢，厌恶心术不正、诡计多端的费无极。费无极暗自衔恨，又担心太子建日后当上楚王对自己不利，便设法离间太子与楚平王。

当时楚国与秦国交好，楚平王为太子建求娶秦景公之女、秦哀公之妹孟嬴为妻。孟嬴容颜出众，负责迎亲的费无极知道楚平王性淫好色，便极力渲染秦国公主美貌，劝楚平王自娶为夫人。楚平王闻言心动，亦不管太子建及秦国作何感想，自己强行霸占了孟嬴。

但这件事究竟见不得光，一切都是暗中进行，楚平王还让一名侍女冒充秦国公主，嫁给了太子建。

成亲当夜，楚平王发现孟嬴果然有绝世之姿，欣喜若狂，自此对费无极格外宠信，言听计从。

一年之后，孟嬴生下一子，取名熊轸。虽然楚平王刻意不令张扬，然而纸究竟包不住火，丑闻开始泄露。

太子建得知真相后，虽不敢表露什么，心中多少还是有不平之意。而楚平王也有所忌惮，便采纳费无极的建议，派太子建去镇守城父[1]，等于将太子变相驱逐。

熊建虽然失宠，遭到外放，但究竟还是有太子的名分。费无极为彻底铲除隐患，便诬告太子建与太傅伍奢密谋叛乱，且已联络齐、晋两国外援。楚平王信以为真，遂召伍奢入朝诘问。

伍奢见楚平王不顾父子亲情，一味听信费无极谗言，很是痛心，劝谏道："大王怎能信谗贼小臣，而疏远骨肉至亲？"

楚平王勃然大怒，将伍奢收押，又命城父司马奋扬杀死太子建。奋扬知道太子无辜，派人向太子建告密，太子建匆忙逃往宋国[2]。

奋扬空手回朝，承认了私放太子之罪。楚平王虽然发怒，倒也没有

[1] 城父：今安徽亳州谯城区东南城父镇。
[2] 宋国：都城在今河南商丘一带。

降罪，只命奋扬返回城父，继续担任司马之职。

费无极又告知楚平王道："伍奢有二子，皆贤能之辈，不予诛杀，将为楚国之忧害。可以以其父为人质，召二人入朝，以除后患。"

于是楚平王派使者去狱中，告知伍奢道："若能招致二子，你便能活命，不能则死。"

伍奢道："长子伍尚宽厚仁慈，呼必来。次子伍员为人桀骜刚戾，且忍辱负重，能成就大事。他知道一旦入朝必会被擒，势必不来。"

楚平王又派使者去召伍奢二子，告道："来，我使你父亲活命；不来，一定会杀死伍奢。"

伍尚闻讯，立即要动身赶赴郢都。

弟弟伍员道："楚王召我兄弟，并不打算让父亲活命，只是担心我们逃脱后留下后患，故以父亲为人质，诈召你我二人。一旦我二人到达郢都，父子俱死。"

又道："我们父子都死了，就再也无法报仇，俱灭，无为也，没有任何意义。不如奔逃他国，借他国之力，以雪父耻。"

伍尚叹道："我自是知道去了最终也不能保全父亲性命，然只恨父亲召我等是为求生而不往，后不能雪耻，终为天下人耻笑。"

又告知弟弟道："你走吧，你能报杀父之仇，我将归死。"

伍尚束手就擒后，使者还欲就势逮捕伍员，伍员立即张弓搭箭，对准使者。使者有所畏惧，不敢上前，伍员便趁机逃走。

使者带着伍尚回来楚都，楚平王遂杀伍奢、伍尚父子，并下令画影图形，悬出"赐粟五万石，爵执珪"的重赏，捉拿伍员。

临刑前，伍奢留给了世间最后一句话："楚国君臣且苦兵矣。"

意思是说，逃脱的次子伍员之逃亡将会给楚国带来巨大的灾难，如同昔日的申公巫臣一般。

伍员字子胥，他先逃去宋国，投奔前楚国太子熊建，后因宋国内乱[1]，又与太子建入郑[2]。郑国接纳了这行流亡者，且对熊建极为礼遇。熊建不甘心就此失国，亲赴晋国，与楚国老对手联络，想借晋国军力杀回楚国。

自楚庄王“一鸣惊人”后，晋、楚争霸多年，劳民伤财，两败俱伤，自宋国大夫向戌主持“向戌弭兵”以来，两国已数十年未发生战事。彼时晋国内患严重，而楚国仍是与晋国并立的中原霸主，晋顷公不愿意外树强敌，遂甜言蜜语引诱熊建道：“太子既善郑国，郑国又信任太子，太子不妨利用此局面，为我内应，而我攻其外，灭郑必矣。一旦灭郑，郑土尽归太子。”

熊建闻言怦然心动，遂返回郑国谋事，欲里应外合，引晋军灭郑。结果事不机密，走漏了风声，晋国间谍被捕，郑国遂杀熊建。

伍子胥带着熊建之子熊胜即王孙胜侥幸逃脱，在郑、楚两国的双重追捕下辗转流亡，其间经历了许多常人难以想象的生死考验，最终逃入了吴国。

昔日楚国名臣申公巫臣因家族被诛而向楚国复仇，引子是一代艳姬

[1] 指周景王二十三年至二十五年（公元前522—前520年）宋国华、向宗族之乱。宋国宋元公在位时处事不公，不守信义，私心很重，与宋国华、向二族交恶。公元前522年，华定、华亥、向宁（宋大夫向戌之子，著名的“向戌弭兵”即由向戌一手促成。向戌之女是郿国国君夫人）首先向公室发难，诱杀宋室诸公子，并劫持宋元公。随后，双方互派人质，盟誓讲和。同年冬，宋元公在征得华氏宗主大司马华费遂（生有华貙、华多僚、华登三子）同意后，诛杀人质，攻打华氏、向氏。华定、华亥、向宁奔陈，华登奔吴。次年夏，留居国内的华氏发生内讧。御士华多僚向宋元公诬告其兄少司马华貙将接应华亥等人返国乱宋。宋元公信其言，与华费遂策划驱逐华貙。五月，华貙盛怒之下杀华多僚，劫持其父华费遂，召回华亥、向宁，发动叛乱。华氏占庐门（宋都商丘城郊之门），据南里（宋部商丘城内里名），宋元公率军据守郊外旧城桑林之门，双方相持不下。十月，华登带领吴军前来援助华氏。宋军与戍守宋地的齐军先发制人，败吴军于鸿口（今河南虞城境），俘二帅公子苦雉及偃州员。华登率吴军余部反攻，败宋、齐联军。宋元公欲弃师而逃，被厨人濮劝止。宋、齐联军重整旗鼓，采纳齐将乌枝鸣的建议，挑选精锐士卒，各持短剑，奋勇冲杀。厨人濮用裙子包着一个脑袋，扛在肩上跑：“杀死华登了！”由此搅乱华氏军，败华氏军于新里（今河南开封东），翟偻新、华妵脱下盔甲归附宋元公。十一月，晋、曹、齐、卫相继出兵救宋。联军连败华氏，将其围困于南里。因吴国军队已败，能挽救大局者只有楚国，华貙决定派华登到楚国请兵。华貙率战车15乘、步兵70人突出重围，在睢水岸边吃饭，哭着送走华登。送别华登后，华貙再次冲进重围，入南里固守待援。楚国一向以大国自居，接受了华登，同意出面干涉。公元前520年，楚平王派遣使者向宋元公施压，迫其释放赦免华氏。联军患楚出兵干预，遂释南里之围。华氏族党华亥、向宁、华定、华貙、华登等流亡至楚，宋内乱至此平息。

[2] 郑国：都城在今河南新郑。

夏姬，结果是吴国在申公巫臣辅助下日益强大，成为楚国劲敌。而伍子胥家破人亡之惨剧，亦源起于风华绝代的秦国公主孟嬴。

逃到吴地后，伍子胥便如同他的前辈申公巫臣一般，开始了艰辛的血亲复仇之旅，并在日后验证其父临死前的遗言："楚国君臣且苦兵矣。"

而私娶儿媳秦国公主、迫走亲子太子建、诛杀伍奢父子一事，令楚平王声名愈下。他不思悔改，毫无愧疚之心，又立秦国公主孟嬴所生之子熊轸为太子。

臣民怀念昔日待人仁厚的太子建，又因秦国公主孟嬴身份敏感，对其所生之子太子轸颇为不服。楚平王薨后，掌权将军子常当即以太子轸年纪太小、不足十岁为由，欲拥戴楚平王庶长子子西即位。

子西[1]名熊申，尚识大体，力辞道："国有常法，更立则乱，言之则致诛。"子常不得已，只得立太子轸，是为楚昭王。

此为楚国当下之局势，楚王年幼，国无重臣，朝无良将，与对手晋国一般，只剩下一副空架子，徒有霸主的虚名。

再说吴国之烦恼。当年申公巫臣以晋国大夫身份来到吴国，亲自教吴军习战车布阵之法，又命爱子狐庸留在吴国，毫无保留地辅佐吴国，并不是无偿的，他索要的唯一回报是——吴国对楚国开战。

吴国也信守了承诺，自寿梦至吴王僚的六十余年间，吴楚两国战争频繁，吴军胜多败少。尤其吴国地处水乡，百姓以船为车、以楫为马，日常生活"不能一日废舟楫之用"，吴人造船业悠久而发达，能够制造各种形制、不同性能的船只。吴国水师组织严密，训练有素，尽管船种多样，却能互相配合，各有所施。

譬如军中配备有大翼、中翼、小翼、突冒、楼船、桥船、戈船等。

[1] 子西亦同情异母兄弟太子建的遭遇，执掌楚国大权后，坚持迎太子建之子熊胜回到楚国，由此引发了另一场大风波。熊胜后人中更是出了一位比申公巫臣、伍子胥更狠更毒的将才拔城如山，杀人如水，神于用兵，所向无敌，这便是号称"人屠"的白起（据梁启超考证，整个战国期间共战死两百万人，白起一人据二分之一），此为后话，后面再细表。

大翼者，当陵军之重车；突冒者，当冲车；楼船者，当轻足飘骑——各有所司，其阵其法，一如车战[1]。更有吴王专属座船艅艎这等巨舰[2]。吴国舟师举世无双，兼之有吴戈、宝剑之利，游弋江湖，横行水上，楚军难以匹敌，常常被打得无还手之力，损兵折将，失地丢人。

但如同吴国强大倚仗外援一样，楚国很快也有了强援，这便是一直附属于楚国的越国——

越国跟吴国一样，精于造船造剑。越王允常见吴国水师横行于大江之上，便将自己所造巨舟献给楚国，协助楚国扩建舟师。越国所造精良兵器，亦源源不断地输往楚国。

吴国受限于当年吴王寿梦对申公巫臣的誓言——亡楚之前，不能兴兵攻伐他国。对此又恨又气，却是莫之奈何。

两年前，楚国尚是楚平王在位，吴楚发生边民纠纷——

吴国边邑卑梁毗连楚国边邑钟离[3]，两邑均出产丝织品，是种桑养蚕的重地。有一株大桑树正好生长在边界线上，有吴女采桑时，与楚女因争桑而发生了扭打。双方亲眷很快赶到，并加入了战团。事态越闹越大，楚女一方占得上风，将吴女一方尽数杀死。卑梁大夫得报后，火冒三丈，立即征发邑兵，亲自率兵进攻钟离。刚好楚平王率领舟师东巡至此，闻变后当即指挥王师攻破卑梁。

这舟师，便是楚国得到越国援助后组建的新水军，逡巡于江面上，浩浩荡荡，声势惊人。吴地军民远远望见，莫不生畏。

[1] 据伍子胥《水战兵法》，“大翼”人员组成、武器配备如下：“大翼一艘，广一丈五尺二寸，长十丈，容战士二十六人，棹五十人，舳舻三人，操长钩矛斧者四人，吏仆射长各一人，凡九十一人。当用长钩矛长斧各四，弩各三十二，矢三千三百，甲兜鍪各三十二。中翼一艘，广一丈三尺五寸，长九丈六尺。小翼一艘，广一丈二尺，长九丈。”

[2] 据《越绝书·逸文》所载船只长度，按先秦度制测算，“大翼”长约 20.10 米，“中翼”长约 19.30 米，“小翼”长约 18 米。至于吴王座船艅艎究竟有多长，不得而知。但仅据“大翼”的长度来看，吴国造船工艺之高，已远远领先于当世。又，艅艎名为吴王座船，但其实是水师指挥船，主帅也可以乘坐。为保障艅艎安全，吴军专门配有“疑船”，即将船只装扮成指挥船的模样，用以扰乱敌军视线，使敌人分不出真假。吴王亲征时，配备的“疑船”多达 7 艘；将军出征，则配有 3 艘“疑船”。当艅艎遭遇敌方攻击时，“疑船”也会主动出击。

[3] 卑梁：今安徽天长西北。钟离：今安徽凤台东北。

除了越国在后院放火捣乱，吴国却不能举兵相向之外，吴国国内亦不平静——

自吴国立国以来，凡吴军出征，均是国君亲自领兵。就连吴国开创者太伯为争得立足之地与土著干国开战，亦是亲任主帅，披甲上阵。历任吴主均是如此，第二任吴王诸樊甚至死于攻打巢国[1]之战。

唯独到了当今吴王僚这里，旧例不再沿袭。吴王僚从不领军出征，也不派自己那号称“吴国第一勇士”的儿子庆忌为帅，而是一再指派堂兄公子光引军伐楚。

明眼人对吴王僚的小心机都看得很清楚，无非是忌惮公子光比他更有资格继承王位，为保宝座稳固，须得先行铲除后患，希望公子光与其生父吴王诸樊一样战死沙场。或是公子光不敌楚军，铩羽而归，吴王僚便可以名正言顺地予以严处。

偏偏公子光运气好得出奇。他先后三次受命伐楚，第一次，如吴王僚期待的那般，首战惨败，而且丢失了先王专属座船艅艎。

公子光自知吴王僚早有心除掉自己，回国后必会获罪，便决意破釜沉舟，拼死一搏，召集死士偷袭楚军，竟然由此反败为胜，夺回了艅艎。

第二次，吴王僚派公子光攻打楚国州来[2]。

州来地处淮河流域中心，是楚国战略要地，与东面的钟离、南面的巢国互为犄角，成为阻挡吴军的有效障碍。多年来，吴军虽然多次在对楚作战中占得上风，但始终未能逾越这道防线。

楚平王听说吴军围攻州来，不敢怠慢，下令司马薳越统率楚、顿、胡、沈、蔡、陈、许七国联军前去救援，并命令尹子暇带病督师。吴军主帅公子光见联军军威极盛，难以正面对敌，遂主动撤去对州来的包围。

刚好此时楚令尹子暇因病死于军中，楚军失去主帅，士气低落。司

[1] 巢国：都城在今安徽合肥西北。位于吴国、楚国之间，号称“吴头楚尾”，是吴楚二国争夺的焦点，公元前 518 年为吴国公子光所灭，即发生在吴楚争桑事件后。

[2] 州来：今安徽凤台。

马薳越不敢轻战，率联军退回鸡父[1]，准备暂作休整。

吴公子光得知楚军统帅子暇病亡，七国联军不战而退，认为是天赐良机，一路率军尾随联军。

到达鸡父时，次日刚好是晦日[2]，公子光也不顾禁忌，于晦日当天发动奇袭。

楚军主帅薳越令其他六国军队列为前阵，掩护楚军。吴军派不习战阵的三千囚徒为诱兵，一经接战，便仓皇退却。六国联军贸然追击，结果被吴军三面环攻，六国士卒纷纷掉头，发狂般逃回本阵。

楚军见到六国联军追杀吴军后，正深感吴军懦弱无能，忽见六国溃军狂奔而来，乱军之后，是呼啸而来的吴军。楚军未及列阵，便被乱军冲垮，仓猝之间向后败退。吴军冲锋陷阵，大获全胜，夺取鸡父后，又乘胜攻占了州来。

鸡父位于大别山之西北麓，是楚国南端之重镇。其地当淮河上游之要冲，胡、沈、陈、顿、项、蔡、息、江、道诸小国，屏列其西北。楚国控有其地，对吴进可以战，退可以守，且由此可控制淮颍地区诸小国，保持其东方之势力范围。

而吴国夺得其地后，亦有了进可攻退可守的地域资本，不仅将楚国势力驱逐出淮颍地区，控制了周边诸小国，且可借此以进入大别山区，为日后进入楚国腹心重地做准备。

公子光不独在鸡父一战成名，威风凛凛，还颇具韬略，派人暗中与被安置在巢国的楚国前太子熊建母亲联络，以人在吴国的王孙胜相诱。太子建之母遂避开耳目，悄然离开巢国，出走吴地，去与孙子熊胜团聚。

这一切，就发生在楚国司马薳越眼皮底下！

太子建之母虽然失宠已久，但她毕竟是楚平王的夫人，身份不同一般，其人出走，反响比鸡父之败还大。司马薳越料想回朝必遭楚平王重责，先行畏罪自杀。

[1] 鸡父：今河南固始东南。

[2] 晦日：农历每月的最后一天，古代晦日不打仗，所以有说法云："晦日用兵，兵法所忌。"

鸡父之败对楚国打击沉重，自此楚军很少主动出击吴军，基本采取消极防御的措施，在吴楚争霸中逐渐陷入被动。

但不久后，又发生了楚吴边邑因女子争采桑叶而爆发战争的事件，楚平王亲率舟师灭掉了吴国边邑卑梁，吴王僚大怒，第三次派公子光讨伐楚国。

公子光旗开得胜，夺取了楚国重镇钟离，还顺带灭掉了巢国。如此，等于楚国苦心经营的州来、钟离、巢国防线已被彻底打破，三城尽归入吴地，这可是历任吴王想要得到却始终未能如愿的大事。

公子光非但没有死在战场，还借赫赫战功获得了极高威名，吴人均视其为不世出的英雄。其人出行时，万民欢呼拥戴的场面，已远在吴王僚之上。

功高盖主，自古以来都是大忌。吴王僚本就不放心公子光，由此愈发猜忌其人，想必心中已动过无数次杀机，只是不得其便下手而已。

恰好此时，本该继承王位的四叔季札归来。有传闻称，公子光亦感到危机深重，为了自保，特意派人请回了四叔。季札回到吴都后，确实对公子光多有回护，频频造访其宅第，似是从旁佐证了季札为缓解王室内部矛盾而归的流言。

吴王僚一时找不到合适的机会对公子光下手，只好先撤了堂兄兵权，将其闲置一旁。

而今楚平王新丧、楚昭王即位，楚国国内局势动荡，吴国本该乘此良机大举伐楚[1]，却迟迟不见吴王僚有所动作。

以范蠡来看，分明是吴王僚不愿意再令公子光率师出征，徒添其威名，而这些年一直是公子光引军攻楚，除了他之外，还真的很难找到一个合适的三军主帅。

吴楚争战多年，往彼此国都互派间谍，监视敌人动向，是再寻常不过的事，想必月女口中的孙武也洞察到时局敏感，当着月女提起过。

[1] 春秋时，诸侯国遵循的“闻丧不伐”的原则，但吴国从不遵守。公元前 560 年，楚共王驾崩，楚康王（楚平王兄）即位，吴国发兵突袭楚国，但被楚军击败。

一想到吴王僚有心征伐，却苦于没有合适主帅，范蠡便心生豪气，心道："我虽未上过战场，但研究过大大小小几百场战事，自信谙熟用兵布阵之道。尤其我比公子光更熟悉楚国山川地貌，若由我担任主帅，引军出征，必定大有斩获。"

转念想到楚国是自己母国，自己怎可为了功名前程作此想？况且迄今无缘得见吴王僚一面，所谓挂帅出征，不过是痴人说梦罢了。

月女却没有范蠡那般复杂而细微的心思，见其陷入沉思，还以为对方诧异自己的来历，笑问道："怎么，我的身世吓着你了？"

范蠡摇头道："是有些意外，但吓着不至于。"

正说着，五湖公弟子专诸大踏步进来。他为人静默少言，见一大早堂中已坐了两位熟客，也不惊讶，只点头招呼。

范蠡问道："怎么不见五湖公？"

专诸道："师父今日身体有恙，不会来了，实在抱歉。范君如果一定要尝五湖公的手艺，还请改天吧。"

范蠡微一迟疑，即要起身离开，却被月女一把按住。月女笑道："哎，好不容易来一趟，着急走做什么？专诸炙鱼的手艺也很好的，绝不在五湖公之下。"

专诸忙道："月女慎言，我才学艺六个月，哪里及得上师父他老人家？"

范蠡呆呆望着月女，表情很是怪异。月女忙问道："我脸上有污迹吗？在哪里？"

范蠡是名健壮的男子，读书之余，亦勤于习武练剑，适才起身之时，被月女随意拉住手臂，竟似有一股大力，而对方究竟只是个纤瘦的小女孩儿，不由大感意外。

好在月女并未在意，举袖往自己脸上抹了几抹，又道："庖厨到了，范君还不趁现下人少点鱼？"

范蠡遂顺势道："那好，请上两条中等炙鱼。"转头看了月女一眼，又改口道：“四条吧。”

专诸点了点头，又问道：“月女还要等孙武吗？”

月女笑道：“是啊，专诸君是怎么知道的？”

专诸也不回答，只勉强朝月女挤出一个笑容，自往厨下而去。

炙鱼即烤鱼，听起来并不复杂，但鱼须是活鱼现杀，再用调料腌制，时间不能长，也不能短，得恰到好处，因而颇费功夫。

忽又有一名男子进来，二十来岁，身材高大瘦削，脸色发暗，右脸颊上有一些不规则的小麻点小坑洼，令其容颜看起来十分丑陋。一袭青袍沾染了不少露水，尽是斑驳水迹。

月女一见到那男子，便霍然起身，讶然道：“怎么是你？”

那男子点头道：“姑娘早。”一边说着，一边朝最角落的几案走去。

月女忙叫道：“喂，那一案我已经占了。”

那丑男子先是一怔，随即点头道：“姑娘先到，说什么便是什么。”自选了另外一案坐下。

范蠡见那男子容貌虽丑，举手投足却自有一股气度，心念一动，问道：“他是谁？”

月女道：“嗯，昨晚遇到的一个怪人，我也不知道他的名字。”她是少女心性，遂转头道：“喂，我是月女，他是范蠡，你叫什么名字？”

那男子答道：“计然。”特意起身，向月女和范蠡行了一礼，以示致意，显是士族出身，知书识礼。

月女却是不识礼仪，笑道：“计君这般客气做什么？”又问道：“听计君口音，你也不是吴国人，音调倒是跟范蠡有几分相像，你是不是楚国人？”

计然道：“我是宋国人。”

月女道：“宋国，我知道啊，我听说有个大夫名叫向戌，是个很了不起的人。”

计然道：“是，向戌大夫一手促成晋、楚两国息兵，功劳不小。”

范蠡接口道：“可惜向戌的儿子向宁不成器。向戌弭兵，是为了宋国免受晋楚兵祸，向戌目的达到了，相当了不起。可他过世没多久，儿子向宁便在宋国发动了一场大叛乱，由此将齐、晋、吴、楚几个大国均卷了进来，导致宋国再度变成兵仗之地。”

计然点了点头，道：“向、华两族叛乱，虽然事出有因，但确实是大大的不对。向戌大夫泉下有知，一定会痛心疾首。”

又道：“这场大祸事，宋国饱受其苦，齐、晋、吴亦是损兵折将，吴国还搭进了一位公子，只有你们楚国是受益者，未出一兵一卒，只派出一名使者，便白得了华貙、华登等猛将。”

范蠡讶然道：“计君知道我是楚国人？”

计然道：“我游走四方，熟悉各国风俗，足下乡音甚重，一听便知来自楚地。”又笑道：“况且适才月女说我音调跟范蠡君相像，问我是不是楚国人，亦表明范君是来自楚国了。”

月女笑道：“你们两个隔案说话不累吗？反正计君、范君都是独自一人，何不同坐一案？”

计然见范蠡并不反对，微一踌躇，即道：“也好。”

范蠡问道：“计君一早赶来这偏僻酒肆，想来也是为望月鱼吧？”

计然一怔，道：“今日不是没有望月鱼吗？”

范蠡极为意外，问道：“计君早知昨晚渔民未能捕到望月鱼？”

计然点了点头，道：“适才听村民提过。”

范蠡却瞧出月女不大对劲，死死瞪着计然不放，有些紧张，又有些焦灼，狐疑问道：“月女神色怎么这般诡异？”

月女举手摸了摸自己脸蛋，勉强笑道：“有吗？大概是昨晚没有睡好吧。”起身离案，往后院茅房去了。

范蠡是个聪明之极的人，察言观色，料想月女与计然之间必定有事，但他与二人均是初识，也不好多问。

刚好专毅上来奉酒，将一壶酒浆、一盉[1]玄酒摆置在案头，范蠡便斟

---

[1] 盉（hé）：一种酒器，用青铜制成，多为圆口，腹部较大，三足或四足，用以温酒或调和酒水的浓淡。盛行于中国商代和西周。

酒入杯，以玄酒调味，一边慢饮，一边与计然闲扯。

起初范蠡只是随意问些各国的山水胜景、风土人情，聊以打发时间，后偶尔论及中原情势，计然竟能对答如流，虽只只言片语，精练简辟，却无不切中要害，范蠡不由得对其多留意了几分。

又问及对方身份，计然自称只是个好游山玩水的闲人。范蠡料想对方虽然貌丑，服饰亦是稀松平常，但能经年累月在外游历，花费不菲，出身定当不凡。

月女重新回来，匆忙坐下，低声告道："我适才在茅房时，无意中听到外面专诸父子对话，原来五湖公不是病了，而是跟人赌气，不肯来酒肆了，还说要将酒肆关了，再也不开了。"

范蠡吃了一惊，问道："当真有此事？"

月女道："范君看专诸那么严肃，像是开玩笑的样子吗？若不能劝服五湖公，今日就是五湖酒肆最后一天开张，也是你我在这里吃的最后一顿炙鱼了。"

范蠡问道："酒肆开得好好的，为何要突然关了？"

月女嘟了一下嘴唇，随即摇头道："专毅也一再追问，但专诸不肯说，只说五湖公主意已定，万难更改。"

范蠡见她站起身来，意欲离开，忙问道："莫非月女要去见五湖公，劝说他留下酒肆？"

月女道："是啊，范君要与我同去吗？"

范蠡踌躇道："这个……我只是个普通食客，虽来过酒肆几次，究竟还是个外人，五湖公如何肯听我劝？"

月女道："没试过怎么知道不行？"见范蠡依然坐着不动，料想他对酒肆并无强烈留恋之心，亦不愿意卷入此事，只得道："那我自己去了。"

范蠡道："月女不是还要等人吗？"

月女道："路程远，孙武哥哥他们估计得正午时才能到呢。万一人先到了，范君还在的话，就麻烦转告一声，让他们等一等我。"见范蠡应了，便出来酒肆，径直往桃花村赶去。

刚到村口，便见计然从另一条小道过来。月女讶然道："计君来这里做什么？也想来劝五湖公吗？"

计然道："听月女的口气，我似乎不该来。敢问月女来得，我如何来不得？"

月女道："我是酒肆常客，与五湖公相熟，他要关了酒肆，我自然要来劝说。"

计然道："我是酒肆新客，虽与五湖公不熟，但他关了酒肆，我就再也不能来了，所以也想来劝说。"

月女一怔，忍不住笑道："哈哈哈，你这人虽然长得丑，可是挺有趣的。"随即收敛笑容，肃色道："劝说五湖公这件事，只能我一个人去，计君不能去。"

计然道："何以月女邀请范蠡一道前往，却要阻止我去见五湖公？"

月女一怔，一时答不出来。

计然笑了笑，以一副自我解嘲的口吻温言道："因为范蠡英俊潇洒，而我面目可憎，所以月女不愿意跟我同行。"

月女心道："哎哟，好像还真是这样，原来我也是以貌取人之辈。"

她心地纯真，喜恶只是出于本能，却由此对计然生出歉疚来，忙道："实在对不起，我没有……"料想也解释不清楚，便道："那么我们便一道去见五湖公吧。"

计然道："月女可不是会撒谎的人，你知道五湖公为什么要关掉酒肆，对吧？"

月女微一迟疑，便说了实话，告道："适才我专门找专毅问过，他说他大致能猜到究竟，应该是因为昨晚望月鱼一事。"

计然大为愕然，道："是因为渔民昨晚未能捕到望月鱼吗？这五湖公的气量，未免太狭小了些。"

月女道："不是因为未能捕到望月鱼，而是因为桃花村长者樊翁称有神灵作怪，这才纵走了望月鱼。而且还深怪五湖公带坏了桃花村的风气。"大致说了樊翁一番话。

计然这才恍然大悟，道："难怪月女要赶来劝五湖公留下酒肆，你是觉得责任在你。"

月女点头道："责任确实在我呀，昨晚如果不是我捣乱，就断然不会有樊翁那番话了。"

原来昨晚正是月女居中作梗，才导致众渔民对望月鱼得而复失。月女曾听专毅提及望月鱼，当时便感慨此鱼神奇之处，心道："原来也有鱼儿跟我一样，喜欢夜间望月。嗯，我叫月女，它叫望月鱼，听起来蛮般配的。这等聪慧灵性的鱼儿，是五湖中的精灵，该好好爱护才是，人们为何要千方百计地捕捉，只为一饱口福？"

刚好孙武要在二月十六到五湖酒肆请客，又因为他自己要先去接引朋友，便请月女提早到酒肆占座。月女料想孙武朋友定二月十六相会，也是因为望月鱼一说，便起了拯救鱼儿之心。昨日日暮时，她赶到五湖，划小舟上了桃花岛。

那桃花岛远观是处胜景，但岛上荆棘丛生，难以立足，是以人迹罕至。

月女本以为岛上除了野生动物之外，不会再遇到其他活物，却不想在一株大桃树下遇到了计然。月女吓了一跳，计然也吓了一跳。

月女先问计然来做什么，计然称只是慕名而来的游客。此时暮色已浓，计然仍不肯离去，称听说每月十五有鱼儿跃出水面望月，他是专程来看究竟的。

月女遂告道："你怕是看不到鱼儿望月的美景了，一会儿便会有渔民纷纷赶来，布下罗网，等待捕鱼。"

计然摇头道："可惜，可惜。"似乎也颇厌恶渔民捕捞望月鱼的行径。

月女道："你也觉得那些鱼儿很可爱，对不对？今晚我打算拯救它们。"

计然大为意外，道："渔民贪图重利，绝不会轻易罢手。你一个小女孩儿，如何能阻止他们？"

月女不无得意地道："我自有办法，你好好看着便是。不过这件事，你不能对旁人提起。”

计然满口应了。二人遂悄悄等在岛上。

到了夜间，渔民纷沓而至，持网设下埋伏。望月鱼出来时，专诸一网撒出，正好套中望月鱼群。渔民大声欢呼时，月女举起小弩，射出小箭，划破渔网，放走了望月鱼。

渔民只望见一道银光闪过，虽觉诡异，然小箭落入水中，难明究竟，后又有长者樊翁一番话，便以为是神灵作怪，无人深究。

计然却是见多识广之人，为月女手中的精良小弩惊叹不已，问道："这便是传说中的弓弩吗？听说只有楚人琴氏会制，琴氏过世已近百年，你手中怎么会有这样一具小弩，射程还这般远？"

月女道："这是孙武哥哥一个朋友送给我的礼物，我也不知道他从哪里得来的。"又道："今晚之事，是你我之间的秘密，你决计不能对外泄露。"得到计然允诺后，遂自行划船离岛。计然则继续留在桃花岛上，等待一早看日出。

而今月女知道五湖公受了樊翁一番话刺激，打算关掉酒肆，究其根源，还是因她而起，便欲到桃花村，当面向五湖公揭开真相。

计然见月女有愧疚之意，遂劝道："月女救了那么多望月鱼，何须因此而不安？事已至此，不如顺其自然，随它去吧。而且渔民尽信神灵一说，自此之后，断然不会再捕捉望月鱼，这不正是月女希望的吗？"

月女道："嗯，从这一点来看，这是件大大的好事。可是孙武哥哥很爱来五湖酒肆，若是酒肆关了，他便再也没有吃炙鱼的去处了。还有许多食客，像范蠡啊，像计君你啊，也是如此。还有专诸、专毅父子，酒肆关了，他们又该怎么办？"

计然道："月女倒真是肯替他人着想。"

月女道："可我也很在意那些望月鱼。如果我就此说出真相，渔民怪我倒也罢了，还会继续去捕捉它们。我到底该怎么办？"将目光投向计然，竟似在征询他的意见。

计然踌躇道："你很在意孙武，是不是？"

月女道："是啊，他是我在这世上认识的第二个人，教会了我识字，还教了我很多很多东西。"

计然道："孙武一会儿也会来酒肆，对吧？让我先见见他，再设法解决五湖公这件事，好不好？"

月女道："计君先见孙武哥哥做什么？他又跟这件事没关系，而且我也不希望他知道是我搅了渔民的好事。"

计然道："我只想看看月女最在意的人，到底是何等模样。我向月女保证，我一定会圆满解决五湖酒肆这件事。"言语之中，极为自信。

月女喜出望外，道："真的吗？计君肯帮忙援手，那实在太好了。"又问道，"你有什么好办法？"

计然道："办法有很多，总之两全其美，月女一定会满意。"

月女也不知道什么缘故，对这个今日才见第二面的男子有一种说不出的信任，遂道："那好，我们一言为定。"

再回来酒肆时，却见门外站着数名男子，皆一身黑衣，全副武装。诸人一见到计然、月女二人，便露出了警觉的神情，各自手抚剑柄。堂内则传出激烈的争吵之声，其中一人赫然是范蠡的声音。

月女大急，欲进酒肆，却被两名黑衣男子挺身挡住。

月女道："你们想做什么？"一名男子道："酒肆已经客满，请姑娘改日再来。"

月女怒道："狗屁，我们一早就来了，早占好了座。"轻挥衣袖，竟将两名男子排开，强行冲了进去。

却见范蠡正与一名年轻男子争论，专毅则在一旁劝阻。

那男子二十岁左右，看上去孔武有力，穿一身华丽袍服，腰间悬挂着一柄长剑，古意盎然，黯黯光华，一望便不是凡物。

月女忙走过去，问道："出了什么事？"

范蠡道："月女你回来了，正好。"指着那男子道："这个人刚才大模大样地进来，称今日要包下酒肆，还欲将我等驱逐出去。专诸出来干预，抬出五湖公铁律，他才勉强作罢，却又将其余几案占住。我告诉他角落那案已经有人，他蛮不讲理，因而争了起来。”

月女遂道：“范君说得不错，那一案我已经占了。我比你早到，按规矩，你不能强行霸占。”

那男子满脸傲气，道：“就算你先到，可你中途走了，等于我比你先到。我已经给了五湖公面子，同意范蠡留下。你一个后来者，还想占酒肆最好的位子，万万不能。”

又举手招进侍从，命道：“除了范蠡这案，其余的，一人一案，给我全部占住。”转头问专毅道：“我这不算破坏五湖公铁律吧？”

专毅虽觉得对方太过霸道，可说得也有几分道理，而且指派手下侍从占位，确实没有违反五湖公铁律，但他又替月女不平，只是不敢说出来，遂支支吾吾地道：“这个……”

计然趁乱溜了进来，见月女大为生气，还待上前找那华服男子理论，忙劝道：“算了，算了，都是为了吃鱼，何必闹得不痛快？”

月女知道计然是担心对方人多、自己会吃亏，遂勉强压制怒气，道：“孙武哥哥一行来了，该怎么办？”

范蠡道：“我点的炙鱼就快上来了，一会儿我将座位让给你便是。”

月女也没有别的办法，只好同意，先与计然与范蠡合坐一案。

专毅见华服男子自坐在角落一案，便过去问道：“足下可要点些什么？”

华服男子摆手道：“还有二位贵客未到，等人到齐了再点。”

专毅应了一声，自往厨下去了。

不一会儿，专诸出来，一手托着食案，另一手托着一鬲[1]凉粥，颇见臂力。月女急忙起身帮忙，接过鬲皿，放在几案上。专诸道了谢，将食案木盖揭开，露出四条炙鱼来，登时满屋飘香。

范蠡笑道：“一闻见这香气，便有了胃口。二位请便，我请客。”

[1] 鬲（lì）：古代炊具，形状像鼎而足部中空，也用来盛饭、粥、汤等。

月女道："我早就饿了，也不等孙武哥哥了。"也不客气，双手抓起一条炙鱼，就着面前豆中的腌菜及铺中的调味品[1]，大啃了起来。

范蠡见计然抚膝不动，忙道："计君不必客气。"

计然道："我早上遇到一位住在船上的渔民，在船头熬制鱼粥，闻着实在太香，忍不住去向他讨了两碗，已吃得极饱。"

月女闻言大奇，道："计君既已吃饱，还要来五湖酒肆做什么？"

计然笑道："五湖公好大的名气，人到了桃花村，怎能不来？就算不吃，闻闻炙鱼香气也是好的。"

香气扑鼻，又有人当面大快朵颐，堂中那些黑衣侍从不免垂涎欲滴，直流口水。华服男子也有些焦躁，起身往外走去，大概是在看等的人到了没有。

就在他出堂的一刹那，范蠡飞速起身，连手里的炙鱼都来不及放下，奔到角落一案，径直坐下。

坐在旁侧桌案的黑衣侍从起身喝道："你好大胆子，竟敢与我家主人争座。"

范蠡一边啃鱼，一边慢吞吞地道："我没有违反五湖公铁律，完全是照规矩来的啊。"

华服男子闻声进来，见状气极，怒道："你想做什么？"

范蠡慢条斯理地道："你中途离开，等于我比你先到。你一个后来者，还想占酒肆最好的位子，万万不能。"

这是以其人之道，还治其人之身，可谓精彩之极，闻声赶出的专毅忍不住抿嘴而笑。

华服男子无言以对，又在手下人面前失了面子，下不来台，伸手便去拔剑，却摸了个空，却不知月女何时到了身侧，自己佩剑已到她手中。

华服男子大吃一惊，叫了一声。侍从一起起身，拔出兵器，围了上来。

[1] 豆：古代用以盛放食品的器皿，也作为礼器使用。基本形制是上有盘，下有长握，有圈足，形状像今高脚盘，大多数有盖。长握称"校"，握下圈足称"镫"。铺：另一种器皿，近似豆。

专毅大惊失色，连声叫道："不要动手！不要动手！"

计然、范蠡也霍然起身，却各自被侍从拦住。

月女倒是一脸轻松，毫不在意，将剑身拔出一半，笑道："你这柄剑很不错啊。"

华服男子略松了口气，料想对方到底还是小女孩，好奇心重，遂挥手命侍从退下，索回宝剑，重新挂回腰间，上前对范蠡道："你强词夺理，分明是有意跟我作对，但看在五湖公的面子上，我今日不跟你计较，再退让一步，我让一案给这个小女孩，但这一案，你得让回给我。"

范蠡未及回答，专毅不欲另外生事，抢着道："大家都是来吃鱼的，图个口福，图个乐呵。"又连扯月女衣袖，月女遂道："范君好意，月女心领，就依他的安排吧。"

范蠡见月女这般说了，便重新回到自己几案坐下。

华服男子命手下将紧邻范蠡的一案让给了月女，又道："姑娘应该是在等人吧？你等的人，怕是等不到了。"言语中，大有幸灾乐祸之意。

月女奇道："你这人怎么爱信口开河，我既跟人约好了在这里见面，他必定是要出现的。"

华服男子冷笑一声，不再理会月女，重新回去坐下。

月女很是欢喜，道："那男子侍从众多，气派很大，一定大有来历，很不好惹，我想不到范君肯为了我出头，不惜冲撞他，我很感激。"

范蠡不以为然地道："有来历怎么了？我就是看不惯他的霸道。"

计然对范蠡连使眼色，范蠡会意，假装起身如厕。他前脚刚到后院，计然后脚便跟了进来。

范蠡问道："计君有话要说吗？"计然道："长话短说，范君惹了不该惹的人，我劝你还是尽快离开这里。"

范蠡大奇，问道："计君是指那华服男子吗？你认得他？"

计然道："不认得他的人，只认得他腰间的佩剑，那是胜邪剑。"

春秋时期，列国纷争，诸侯论战，兵器为先，因而各国都极重视武器制造。吴国铸剑业[1]最为发达，名家辈出，精品如云，“吴钩”之名传遍天下，成为精良兵器的代名词。但论天下铸剑名师，当以越国欧冶子为首。

欧冶子是世上最先发现铜、铁性能差异之人，冶铸出第一柄铁剑龙渊剑[2]，开中国冷兵器之先河。为铸此剑，欧冶子凿开茨山，取山中铁英，再在铸剑炉旁挖七个水池，成北斗七星环列，引山中溪水入池，是名“七星”。剑成之后，俯视剑身，如同登临高山而下望深渊，深邃缥缈中，隐约有巨龙盘卧其间，是名“龙渊”，故名此剑曰“七星龙渊”，简称龙渊剑，号“诚信高洁”之剑。

越国时为楚国属国，龙渊剑铸成后，欧冶子将其献给了楚王，楚王又赐给了大臣伍举，后归伍举之孙伍子胥所有。

伍子胥逃亡时，一路被楚国兵马追赶，慌不择路，逃到江边。眼见无路可走时，忽有渔翁划小舟而来，呼其上船。摆脱追兵后，伍子胥再三拜谢，询问渔翁姓名，欲将来感恩图报。渔翁不肯见告，只自称“渔丈人”。

伍子胥辞别后，心有顾虑，又折返回来，从腰间解下祖传三世的宝剑七星龙渊，赠给渔丈人，并嘱托对方莫要泄露自己行踪。

渔丈人接过了宝剑，仰天长叹道：“楚王为了追捕你，出赏五万石米粮，外加大夫的爵位。我连赏金、爵位都不要，怎么还会贪图你的宝剑呢？搭救你，只因你是忠良之后，并不图报，而今你怀疑我贪利少信，我接下此剑，只为示高洁。”说完横剑自刎。

伍子胥追悔莫及，到达吴国后，有意在吴都市集乞讨，还将自身逃

[1] 剑大约创制于殷末周初之际。早期的剑都很短。西周时两军交战，以车战为主，远则弓箭对射，近则戈矛相接，用不上这样短小的剑，当时主要用来防身。春秋后期，吴越两国相继崛起，争霸于南方。两国均处于水网交错、丛林遍野的水乡，难以车战，步兵和水军遂成为吴越军队的主要兵种，剑成了军队的常规武器。所以，吴越两国都特别重视剑的生产，其铸剑技术也远远超过中原各国，成为中国古代的“宝剑之乡”。

[2] 唐朝时，龙渊剑为唐高祖李渊的佩剑，因避李渊名讳，将“渊”字改成“泉”字，故名“七星龙泉”，简称龙泉剑，亦成为宝剑之代名。李渊死后，龙泉剑随李渊葬于献陵。也有传说李渊曾将此剑传于太宗李世民，后与李世民一起葬于昭陵。今龙泉剑也通指浙江龙泉地区按汉族传统工艺铸造的宝剑。

亡经历编成了曲子叫唱，“渔丈人”一段尤其令人痛彻心扉，由此引起市吏被离注意，这才将其引见给吴王僚。

这是欧冶子第一柄铁剑龙渊剑的故事。欧冶子一生中，铸造了不少名剑，其中以他晚年为越王允常铸造的湛卢、纯钧、胜邪、鱼肠、巨阙最为有名，冠绝华夏。

除鱼肠为短剑外，其他四剑均为长剑，各有特色。湛卢号称“五金之英，太阳之精，出之有神，服之则威”，锋芒盖世，可让头发及锋而逝，铁近刃如泥，举世无可匹者，故名“天下第一剑”，铸剑之处湛卢山也因此称为“天下第一剑山”。

吴国亦有铸剑名家干将，与欧冶子同师，其妻莫邪则是欧冶子之女。但吴王僚即位后，仍心仰欧冶子神剑风范，因楚国有“王者之剑”泰阿剑，只有“天下第一剑”湛卢能与之相抗，便向越国索剑。越王允常乐得借此机会与吴国修好，遂将湛卢、胜邪、鱼肠三剑献给吴王僚。吴王僚自佩湛卢剑，胜邪剑给了太子庆忌，鱼肠剑则赏赐给了伐楚有功的公子光。

范蠡来吴地已有一些时日，亦着意打听过吴宫之事，听闻华服男子所带佩剑是大名鼎鼎的胜邪剑，当即吃了一惊，问道：“计君是说，那华服男子就是太子庆忌？”

计然点头道：“八九不离十。”点到即止，他也不再多言，自转身回堂。

范蠡怔在当场。他千方百计地想要接近吴王僚，获其赏识，得其重用，却在无意间先得罪了他的太子，时耶？命耶？机耶？缘耶？

如果华服男子就是当今太子庆忌，他适才称还有贵客要来，堂堂太子口称“贵客”，再联系吴王僚酷爱食鱼一事，这“贵客”，多半就是吴王僚了。

那么是该利用此良机接近吴王僚？还是如计然所暗示，庆忌极可能在事后报复自己，该立即逃走为上？

以范蠡的性情，当然愿意选择前者，赌上一赌。可他适才亲眼看到太子庆忌嚣张跋扈之行径，他范蠡预备辅佐之人，不该是这样的秉性。

到底做何选？这真是个两难的抉择。

月女将一条炙鱼吃得干干净净，仍不见范蠡回来，不禁有些纳罕。计然也不告知实情，只道："或许是临时有急事离开了。"

月女正待回答，忽听到坡下有车马之声，登时喜形于色，欢声道："孙武哥哥到了！"正待迎出，却被计然一把拉住。

月女愕然道："做什么？"计然笑道："先洗手，再迎客。"

月女低头看到自己满手油腻，这才会意过来，笑道："是这个道理，多谢计君提醒。"忙去后院打水，大致冲了一冲，回堂时，正撞上计然。

计然匆忙道："我忽然想到有点急事要去办，得先走一步。目下我暂时住在菱湖渔场，就在北面五湖边上，月女要解决五湖公之事，可来那里寻我。"

月女应了一声，又见计然并不转身，直朝后门走去，讶然问道："好好的正门不走，干吗要走后门？"

计然头也不回地答道："这边近，抄个近道。记住了，菱湖渔场。"

月女惦记孙武，不及多问，匆忙穿堂出门，却见华服男子也率人等在门口，便问道："你等的人也到了吗？"

华服男子道："一定是我等的人到了，但姑娘你等的人一定来不了。"

月女道："你这个人，还真是讨人厌。幸好你说的不对！看，我等的人到了。"

果见孙武率先爬上坡来，身旁还伴着一名荷衣少女，蛾眉凤眼，杏脸桃腮，明艳不可方物。

月女欢快地迎了过来，见孙武正体贴地扶住那少女，一时怔住。孙武转头看到月女，忙举手示意。

月女走过来，有些不快地问道："她是谁？"荷衣少女先笑道："你就是月女吧？我是叔姬。"

月女也不理睬她，只面朝孙武，问道："她就是孙武哥哥要宴请的贵客吗？"

孙武忙道："不是，我跟叔姬是路上遇见的。这是我朋友陈音，你见过好几次了。这位白公，是我要请的贵客。另一位贵客有事，今日来不了。这边这位，是白公的侍从石乞。后面的那几位，则是叔姬的侍从。”

那贵客白公还是个少年，年纪跟月女差不多，看起来病恹恹的，一副无精打采的样子，只朝月女举了举手，算是招呼。

月女也不理会，问道：“叔姬也是专程来五湖酒肆吃鱼的吗？”口中问的是叔姬，眼睛却仍然望着孙武。

孙武道：“是啊，叔姬也是慕名而来。今日多亏了她，我等才通过阻碍，不然就要失约，让月女白等了。”

月女狐疑道：“阻碍？什么阻碍？”

陈音笑道：“有人对望月鱼志在必得，派出大量人手，守住了通往桃花村的道路，不准旁人通过，拦下了好多人呢。群情汹汹，性子急的，还动了手，但对方人多势众，根本不是对手。我们一行本可以早到，但也被对方拦住。刚好叔姬乘车到来，她认得那些人的首领，出面说情，所以才给放了行。”

月女“啊”了一声，转头朝后看了一眼，道：“难怪他说我等的人一定来不了，原来是他在路口设了阻碍。”

又心道：“我昨晚未曾归家，在桃花村附近胡乱对付了一晚。计然则是从桃花岛上乘船过来，不必经过路口，所以我二人未遇到阻碍。但范蠡又是如何没有被那些人拦住呢？嗯，他说过他在渔场谋生，一定是自水路来的。”

孙武却不明白月女在说什么，问道：“他是谁？”

月女未及回答，那华服男子已抢了过来，叫道：“姑姑，怎么你先到了？”叔姬道：“嗯，我先行上路，自然先到。”

华服男子扫了孙武等人一眼，问道：“这些人……”叔姬道：“这些是我在路上认识的朋友。”

月女哼了一声，道：“是朋友才怪呢。”指着华服男子道：“孙武哥哥，就是这个人派人守住了路口，要不是碍于五湖公铁律，他想霸占整间酒肆呢。”

孙武大为惊异，低声问道：“月女怎么知道是他派人守住了路口？”

月女道：“他跟我争座，起了嫌隙，一再跟我说我等的人来不了。我还以为是冷嘲热讽，原来他早有安排。”又指着叔姬道：“他刚才叫她姑姑，根本就是一伙。这二人，为了一己私利，不惜大费周章。叔姬还假惺惺地做好人，替孙武哥哥你说情，其实那些守在路口的人，就是她手下。”

叔姬当面被拆穿，极为难堪，忙举袖掩面，挽了华服男子的手，道：“我们先进去吧。”

华服男子道：“姑姑若是看这些人不顺眼，我可以派人将他们赶走。”

叔姬摇头道：“酒肆又不是专为你我二人而开，我们已经做得不对了，不可以一错再错。”转头朝孙武歉然一笑，自进酒肆去了。

孙武颇为犹豫，一时不知该如何处置。

陈音将月女拉到一旁，低声道：“月女也是个急性子，你何须当面拆穿这件事？现下好了，我们到底是进去呢，还是不进去呢？”

月女莫名惊诧，道：“人都站在这里了，为何不进去？”

陈音道：“进去与那些人共处一堂，不是徒生尴尬吗？”

月女道：“就当他们不存在好了。”

陈音道：“你自然能够做到，孙武可做不到。”

那白公虽然年少，却颇有气派，咳嗽了声，笑道：“五湖酒肆好大的名气！我还是头一次来，哪有过门而不入的？”

孙武应道：“白公说得极是。请进吧。”

几人遂进来酒肆，坐了原先范蠡的几案。月女不见范蠡，料想其人早已经走了。

孙武听说没有望月鱼，便点了十条普通炙鱼。叔姬与华服男子坐了角落案桌，没有立即点鱼，说是还要再等一位贵客。

过了小半个时辰，有黑衣侍从进来禀报道：“主人到了。”

叔姬与华服男子忙起身相迎。大批侍从簇拥着一名四旬左右的中年男子进来。那男子到门前站定，先扫了堂中一眼，神情极为警觉。

华服男子忙上前告道：“禀报父亲大人，今日五湖酒肆没有望月鱼。”

中年男子立即露出不满之色来，眯起了眼，将目光投到孙武等人身上。

华服男子忙道："不是被旁人抢了先，而是昨晚渔民未能捕到望月鱼。而且今日五湖公抱恙未至，主厨的是他徒弟专诸。"

中年男子闻言深为失望，挥了挥手，便欲转身离去。叔姬忙上前道："堂兄专门留了今日来五湖酒肆吃鱼，再没有别的事，何必着急离去？就算没有望月鱼，五湖酒肆名气这么大，想来普通炙鱼也是做得极好的。"

刚好专诸父子各托两大盘炙鱼出来，香气诱人，闻之一振。中年男子微一迟疑，即点头道："好，就听三妹的。"自与叔姬坐了角落那案。那华服男子不敢与长辈同坐，另坐了一案。

鱼既上案，孙武等人便立即开吃。只是堂中站有不少虎视眈眈的武装侍从，总感觉气氛不对，也不敢大声说话。

陈音笑道："总听说五湖酒肆如何如何，慕名而来，却想不到这顿鱼吃得这般怪异。"

白公忙道："这全怪我，是我听说有望月鱼，也想一饱口福，所以特意定了二月十六这一日。不过就算不是望月鱼，这炙鱼外焦内软，也算是人间罕见的美味了。"

孙武道："白公喜欢就好，这一趟也算没白来。"

月女道："这样好了，改天我请专毅到孙武哥哥家里，专门为大家伙儿做一顿炙鱼。"

陈音问道："可以这样吗？"

月女道："应该可以，我跟专毅很熟的。当然了，他只是五湖公的徒孙，或许手艺略差一些，但在孙武哥哥家里，气氛总是好些。"

陈音大喜道："甚好，甚好。"

孙武道："那便请月女最近安排一下，刚好那位未能成行的贵客也一直想吃五湖公炙鱼。"

话音刚落，门外便起了风波。有侍从厉声道："酒肆已经客满，请足下改日再来。"

有男子声音道："我只是找人。"扬声叫道，"月女，你在里面吗？"

月女闻声而出，却是计然去而复返。月女喜道："计君来得正好，孙武哥哥他们已经到了，我为你引见。"

计然忙道："不，我不进去了。"将月女拉到桃林中，远离侍从，这才告道："月女，你和你朋友须得尽快离开这里。"

月女道："为什么？"

计然朝后看了一眼，道："这些黑衣侍从的主人大有来头，而今这五湖酒肆已是非常凶险之地。"

月女笑道："我已经知道了啊。那主人为了独占望月鱼，事先派人守住了道口，所以今日一直没有其他食客进来酒肆。"

计然闻言一怔，显然还不知道此事。他思忖片刻，又道："总之，月女还是与朋友尽快离开吧。"

月女却是个执拗性子，道："不行，孙武哥哥还是第一次在酒肆请客，怎么能说走就走？况且鱼已经上来，我们吴地风俗，鱼上了案，一定是要吃完的，不然会有祸事临头。"

计然跺脚道："月女怎么还相信这个？"

忽听到背后有人问道："出了什么事？"却是孙武出来察看究竟。

月女忙为二人介绍道："这位是我昨晚认识的新朋友，计然。这就是我一再提起的孙武哥哥。"

孙武朝计然施了一礼，又问道："月女昨晚出门了吗？我竟然不知道。"

月女不好提桃花岛一事，遂道："就是随意逛了逛，然后在林子里遇到了计然。他是个游客。"

孙武这才释然，道："既然是月女的朋友，也就是我孙武的朋友，计君何不进去同坐？"

计然忙推辞道："不了，我还有事……"

一语未毕，便听到两声惨叫。回头望去，却是酒肆前的两名黑衣侍从被羽箭射中。

惊愕间，不知从哪里冒出来四名蒙面人，手持弓箭，朝门前黑衣侍从急射，冲到酒肆门前时，便丢了弓箭，拔出腰间兵刃，冲进酒肆。

孙武“哎哟”一声，转身便往酒肆跑去。计然一把拉住他，道：“别去！”孙武道：“我朋友在里面。”

计然道：“那些人不是冲你们来的。”见孙武满面狐疑，便实话告道：“之前与月女争座的男子，便是吴国太子庆忌。”

孙武讶然道：“吴国太子？他叫那中年男子父亲大人，莫非……莫非……”

计然道：“中年男子应该就是吴王僚。”

月女道：“我说谁架子那么大，为了吃鱼，竟然事先封路！原来是吴王僚。”

孙武听到酒肆中杀声大起，心急如焚，道：“无论如何，我得先进去将朋友接出来。”

月女也欲跟着孙武返回酒肆，却被计然拉住。月女笑道：“放心，我不会有事。不过还是谢谢你。”挣脱计然掌握，奔去追赶孙武。

计然跺了跺脚，料想今日吴王僚遇刺必成吴国大事，所有在场者都会受到牵连，他强行留下，非但于事无补，还会将自己卷进去，只得咬牙离去。

月女自幼与白猿嬉戏玩耍，体态轻盈，提气疾奔，如惊鸿燕影，瞬间便越过了孙武，抢先进入酒肆。

却见酒肆厮杀已然止歇，陈音与侍从石乞护着白公躲在一旁，中年男子和其妹叔姬缩在角落中，华服男子持剑挡在二人面前。众侍从有死有伤，四名蒙面刺客尽数倒地，一名灰衣男子正将长剑从一名刺客胸口拔出。

孙武忙上前扶起白公，问道：“没事吧？”

白公毕竟年少，受了惊吓，脸色惨白，答不出话来。

陈音道：“我们这边没什么事。石乞人很机灵，一听到外面动静，就将白公拉到墙角，刺客是冲那边去的。”又低声道：“原来那边是……”

孙武点了点头，道：“我已经知道了。”陈音一怔，随即不再多问。

华服男子见事已平息，收剑入鞘，走到那灰衣男子面前，道：“多谢足下拔剑相助，敢问高姓大名？”

孙武等人这才知道那灰衣男子不是侍从，却不知何时进来酒肆。

那男子神色冷漠，摇头道：“我只是个慕名来吃鱼的人，姓名不重要。”收起长剑，缓缓走了出去。

华服男子对此很是惊讶，转头看了看中年男子，见他未曾发话，便未再去追赶灰衣男子，只挥了挥手，叫道：“来人，将那边的人都拿下了。”

侍从应了一声，朝孙武等人围了上来。月女奇道：“我等犯了什么错，太子殿下要下令擒拿？”

华服男子正是当今吴国太子庆忌，他先是一怔，随即冷笑道：“你知道我是吴国太子？愈发可疑了。来人，拿下了。”

孙武忙挺身挡在月女面前，躬身道：“太子殿下息怒，这怕是有所误会。”又朝角落几案行了一礼，道：“臣孙武拜见大王、公主。”

叔姬名寺吁，姬姓，原是季札之女，吴王僚堂妹。她上有两位亲兄长，排行第三，故号叔姬。不过两位兄长均夭折于襁褓之中，叔姬出生后不久，母亲亦病重过世。有高人称季札圣人盛名在外，注定子嗣不旺，季札便将爱女过继给了长兄诸樊。彼时诸樊已经过世，叔姬遂由诸樊长子公子光抚育，公子光亦视其为亲妹。因叔姬是寿梦孙辈中唯一的女子，性情又温婉可人，故深得堂兄们宠爱，就连与公子光不和的吴王僚，亦待叔姬极为友善。

此刻叔姬惊魂未定，颤声道：“你早知道我是吴国公主吗？”

孙武道：“不，臣也是刚刚才猜到的。”

吴王僚森然道：“你们都是什么人？”

孙武道：“臣孙武原是齐人，避乱吴地，这几位都是我的朋友。今日是我牵头在五湖酒肆请客，招引他们来的。”

庆忌冷笑道：“你们只是来吃鱼的吗？鬼才相信！”指着月女道：“这女孩儿早知我身份，分明是与刺客有勾结，你等一个个难脱干系。”

陈音忙道：“月女之前并不知道太子殿下身份，是我刚刚告诉她的。”

月女狐疑看了陈音一眼，还待辩解，孙武用力握了握她的小手，她便不再多言。

庆忌显然不信，问道："那么你又是如何知道的？"

陈音看了白公一眼，白公遂道："是我告诉陈音的。适才我看到太子殿下拔剑杀人，认出那是传说中的胜邪剑，所以猜及你就是吴国太子。"

庆忌诧然道："你认得出胜邪剑？"

白公道："这没什么稀奇啊。太子这柄胜邪与泰阿、工布异曲同工，只不过形状尺寸花纹不同而已，我一眼便能认出来。"

泰阿、工布二剑亦为铸剑大师欧冶子所铸，与龙渊剑齐名，并称"三剑"，均为楚国所有。楚王曾召相剑家风胡子品评三剑。风胡子道："欲知龙渊，观其状，如登高山，如临深渊；欲知泰阿，观其钚，巍巍翼翼，如流水之波；欲知工布，钚从文起，至脊而止，如珠不可衽，文若流水不绝。"

龙渊剑为世间第一柄铁剑，但欧冶子最满意的却是泰阿剑，且不认为是自己铸出了这柄利器，称泰阿剑是诸侯威道之剑，早已存在，只是无形、无迹，但是剑气早已存于天地之间，只等待时机凝聚起来，天时、地利、人和三道归一，此剑即成。

风胡子也称泰阿剑威力无穷，有摄人心魄的力量。楚王大悦，遂定泰阿剑为楚国镇国至宝。

后楚晋争霸，楚军一度被围，仓谷粟索，库无兵革，楚王遂亲引泰阿之剑，登城而麾之，奇迹登时出现——剑气激射，天光大变，飞沙走石，遮天蔽日，似有猛兽咆哮其中，于是士卒迷惑，三军破败，流血千里，晋师全军覆没。

楚王又召风胡子询问。风胡子道："泰阿剑是一把威道之剑，而内心之威才是真威，大王身处逆境威武不屈，正是内心之威的卓越表现。正是大王的内心之威，激发出泰阿剑的剑气之威！"泰阿遂成世间至尊之剑[1]。

[1] 泰阿又名太阿。《史记·李斯列传》载："今陛下致昆山之玉，有随和之宝，垂明月之珠，服太阿之剑。"意思是说秦始皇得到的昆山宝玉有瑞光，堪比明月，可至太阿。秦始皇曾配泰阿剑，后下落不明。因秦始皇死后大量陪葬，很多宝贝都埋入地宫，也传说泰阿剑亦随其殉葬。有成语"泰阿倒持"，意为"倒拿着剑，把剑柄给别人。把大权交给别人，自己反受其害"。

庆忌听闻白公随口提及泰阿、工布，愈发惊奇，问道："听你口气，似乎见过泰阿、工布剑。"

孙武忙道："臣还没有来得及为大王和太子引见，这一位白公，是王孙胜，楚太子建之子。"

庆忌"啊"了一声，道："原来你就是王孙胜。"

吴王僚这才缓步过来，上前道："寡人几次欲召王孙，却始终不得其便，想不到今日在五湖酒肆遇到。"

熊胜忙上前行礼，道："胜拜见大王。"

吴王僚举手虚扶，道："楚王孙不必多礼。"

忽头顶板瓦纷纷揭开，一条人影从屋顶跃下，挺刃直刺吴王僚胸口……

第二章

燕燕于飞，下上其音

世间万事万物，发生与存在，原因与结果，总有它的道理。所能做的，只是顺其自然。再抬起头来，却是阴翳满天，不见星星与月亮。她本是个红尘之外的女子，无忧无虑，冰清玉洁，不染一丝尘埃，却意外卷入诸多稀奇古怪之事，而今既置身其中，亦已是不能自拔。

刚经历了一场大风波，正是众人情绪最松懈之时，又有刺客自房顶跃下，挺刀行刺吴王僚。

庆忌距离吴王僚最近，既不及拔剑抵挡，便挺身挡在父亲面前。却见白光闪动，他强烈感受到了兵刃的阴阴寒气，死亡已近在眼前。

就在白刃将入胸口的一刹那，一只陶杯横里飞来，打在了刺客手腕上，力道极为巧妙，刺客手劲顿失，短刀也被带向斜里，虽因惯性前冲，刺中庆忌腋下，却已避开要害。

事情发生得极快，只在电光石火之间。那刺客一击不中，料想再无机会，也不待侍从上前擒拿，张口咬破藏在嘴中的囊丸，毒汁流出，瞬息面色发黑，口鼻流血，倒地而死。

刺客服毒自杀后，众人才陆续反应过来，见其死得极其惨烈，相顾骇然。

庆忌定了定神，忙命侍从护送吴王僚和叔姬先走，用力按住伤处，走到月女面前，问道："刚才是你救了我吗？"

月女道："是啊。我虽然不喜欢你，可你舍身护父，令人动容。这样的忠勇之士，不该横死在刺客剑下。"

孙武生怕月女言语无忌，冲撞了太子庆忌，忙咳嗽了声，道："月女还有一层意思，她是吴国子民，吴王和太子有难，理该出手相助。"

庆忌也不理会孙武，仍惊异地打量月女，问道："你……你一个小女孩儿，怎么会有如此好的身手？"

月女笑道："这不算什么。跟小白比起来，我还差得远呢。"

侍从进来道："大王召太子殿下速去。"

庆忌一时不及询问这位更加了不起的小白是谁，便匆匆点了点头，道："救命之恩，必当后报。"

那侍从环顾酒肆众人一圈，道："大王有令，今日之事，绝不可对外泄露半句，否则定斩不饶。"

大概吴王僚觉得因吃鱼而遇刺，太过丢脸，所以专门下了一道不准张扬的严令。侍从还特意问过孙武诸人姓名及住处，以示吴王僚不是信口一说，若有人泄露行刺之事，必会追究。

吴王僚、太子庆忌一行先后离开，酒肆立即安静了下来。孙武等人望着堂中横七竖八的尸首，一时不知该如何是好。

陈音道："却不知适才那使剑的灰衣男子是什么人。他进来酒肆，我等竟毫无察觉。不过也多亏了他，不然吴王僚怕是今日会血溅当场。"

原来冲入酒肆的四名蒙面刺客个个武艺出众，且目标明确，直奔吴王僚而去。酒肆中虽然侍从众多，然酒肆空间狭小，又间杂摆放着木案，人多反而成了累赘。庆忌虽然勇猛，一时也只能抵挡一名刺客。有一名刺客直冲到吴王僚面前，挺剑刺出，吴王僚仓促不及拔剑，但剑到其胸前时却停了下来，反倒有一点剑尖自刺客胸口冒出。原来灰衣男子不知从哪里冒了出来，出剑刺中了刺客背心，且一剑洞穿。

事发时孙武人不在当场，听陈音大致说了经过，叹道："灰衣男子救了吴王僚性命，吴王僚却从始至终未发一言，连句感谢的话都没有，这份疑心，也可谓举世无双了。"

王孙胜自到吴国，不被重视，一直未得吴王僚召见，心中怨气颇重，插口道："不只疑心极重，而且刻薄寡恩。"

月女忽想起了什么，"哎哟"一声，道："一直不见专诸、专毅，会不会出了意外？"

寻来后院，却见专诸被人打晕，倒在柴垛边，专毅却是里外不见人影。

月女忙上前拍醒专诸。专诸尚在迷糊之中，摸摸额头的伤，问道："出了什么事？"

月女道："适才有刺客行刺吴王僚。"

专诸大吃一惊，道："吴王僚？大王来了五湖酒肆吗？"

月女不及多说，先问道："专毅人呢？"

专诸道："我放心不下师父，叫毅儿带了点吃的，到桃花村探望去了。"月女闻言，登时长舒了一口气。

刚好专毅自桃花村归来，惊见变故，骇然色变，冲到后院，见到父亲安然无恙，这才略略放心。

孙武跟过来道："出了这么大的事，堂中还躺着数具尸首，酒肆怕是暂时不能开张了。"

专诸喜怒不见于色，只摇了摇头。专毅道："师公他老人家不肯更改主意，坚持要将酒肆关了。刚好酒肆就发生了大事，难道这是天意？"

专诸斥道："小子少胡说八道。还不快去村里叫人，帮忙将这些尸首抬出去。"专毅无奈，只得应命去了。

孙武将月女拉到一旁，低声告道："王孙胜想先行离去，我和陈音得护送他回返阳山。月女你……"

月女道："孙武哥哥先去忙吧。我留下来，看能不能帮上忙。"

孙武微一沉吟，即道："如此也好。吴王僚接连遇刺，也许会迁怒于五湖酒肆及桃花村。你救了太子庆忌，应该足以保护酒肆及村民周全。不过你要答应我，不可莽撞行事，一定要照顾好自己。等我安抚好王孙胜，再回来接你。"

月女满口应了，送走孙武一行，这才返回酒肆。却见专诸正蹲在一名刺客身旁，往其怀中摸索什么，很是惊讶，问道："专诸君在做什么？"

她走路不带声，专诸不知她人已进来，闻声吓了一跳，定了定神，这才起身道："这些死人有刺客、有侍从，不能就此埋了，大王一定会派人来处理。我实在料不到大王会亲自来五湖酒肆吃鱼，还会在这里遇刺。现下好了，酒肆多半会受牵连。我倒没什么，可师父他老人家一把年纪了，怎么经得起折腾？所以我想……"

月女道："我猜到了！专诸君想先查寻刺客身份，追出幕后主使，如此不但能将功赎罪，还能大大立上一功。"

专诸道："正是此意。想不到月女也这般聪明。"

月女笑道："孙武哥哥说我脑子还行，有时候挺开窍的，但有时候也是一个小笨蛋。"又问道："依专诸君看，这些刺客是什么来路？"

专诸道："应该是楚国派人行刺吧。不过我还没有找到证据。"

月女道："也是，除了楚国，再也想不到旁人了。"又自告奋勇地道：

“专诸君，我来帮你搜这些人身上，看能不能发现线索。”

忽听到门外有脚步声，以为是专毅引村民来了，忙迎了出去，不想却是计然。

计然面带焦灼，见月女活蹦乱跳地出来，神色立即和缓了下来，先问道：“月女没事吧？”

月女摇头道：“我没事，我的朋友都没事，吴王僚也没事。不过刺客和几名侍从死了。”

忽想到一事，忙问道：“计君既早知吴王僚的身份，又知酒肆会成为凶险之地，你该不会跟那些刺客……”

计然忙将月女拉到桃林中，正色告道：“我虽然事先预警，但我跟那些人没有任何关系。”

月女不解地问道：“那你怎么能事先有所觉察？”

计然便说了早由胜邪剑猜到太子庆忌身份一事，又道：“我离开酒肆后，看到林中有人正用黑巾蒙面，还带着弓箭。五湖民风淳朴，这荒郊僻岭之地，怎会平白冒出这些全副武装的人？料想必是为吴王僚而来。”

月女道：“那计君为何不事先警示吴王一行？”

计然摇头道：“我是宋国人，不想无端卷入吴国的是非。”

月女道：“这不是吴国的是非，而是楚吴两国的是非，一定是新楚王害怕吴国会趁丧伐楚，所以抢先下手，派刺客行刺吴王僚。”

计然摇头道：“我可不这么看。新楚王年少登基，王位不稳，自顾不暇，如何还能空出手来折腾行刺一事？况且行刺他国之主，无论成与不成，都会加深两国仇怨，后患无穷。”

月女歪头想了想，道：“计君说得也有道理。”又问道：“那么你认为是谁派了刺客？”

计然不答，只道：“国君遇刺是大事，会有许多人来操心、追查，月女没事就好，何必再多管闲事？”

月女道：“而今五湖酒肆牵涉其中，我想帮专诸父子，自然想查明真相。”

计然劝道：“而今楚国多事，吴国亦是是非不断，月女听我一句劝，不要插手这些事。”

月女却甚是固执，坚持要帮专诸父子，忽又想到什么，问道：“计君何以一再强调吴国的是非？莫非你认为刺客是公子光所派？”

计然一怔，忙问道：“月女怎么会做此想？”

月女道：“我曾听孙武哥哥跟他的朋友陈音聊天，说是公子光有雄才大略，必不甘心受吴王僚压制，极可能会找机会动手。”

计然“嘘”了一声，四下环视一圈，这才道：“这些话，月女可别再对旁人提起。”

月女越想越是这么回事——吴王僚微服到桃花村吃鱼一事极为隐秘，若不是熟知王宫内情之人，如何能得知其行踪？不由得愈发心急，道：“如此，专诸私下调查刺客身份，岂不是有危险，或许会遭到公子光手下灭口？该怎么办？”见计然不应，便道：“我得去找孙武哥哥，商量个法子。”

计然忙将她拉住，道：“别去。”叹了口气，道：“我来替你想办法。”

月女忙问道：“计君有什么好法子吗？”

计然道：“专诸想查明刺客身份，无非是怕五湖酒肆和桃花村受到牵连，只要设法解决源头，令吴王僚不追究酒肆及村民之责，不就没事了吗？”

月女道：“这件事，我可以办到。”

计然闻言大为意外，问道：“月女能办到？”

月女点头道：“我今日凑巧出手救了太子庆忌，我可以去找他，让他向吴王说情。”又道：“可专诸未必肯就此放弃，他还想查明幕后主使，好在吴王面前立功呢。”

计然摇头道：“我只见过专诸两面，不过以我观察，他可不像是爱邀功领赏之人。你想想看，他愿意在这么偏僻的地方拜师学习厨技，会是那种贪图名利之人吗？”

月女道：“好像还真是这么回事。计君，你眼光好生厉害，我与专诸认识这么久，都比不上你更了解他。”

计然笑道：“我游历列国数年，见过的人、事多了，眼睛自然明亮些。”

二人便一道回来酒肆。月女说了要去找太子庆忌求情一事，专诸闻言大喜，道："如此，我也不用再费神追查这些刺客来历了。"

月女见计然所料不差，便朝他笑了一下，又道："事不宜迟，我和计君这就赶去王都，求见太子。"

离开酒肆，计然问道："月女是乘车来的，还是另有坐骑？"

月女笑道："什么乘车坐骑的，我走路惯了，从不用那些。从穹窿山到这里又不远，不过才几十里地，我一口气便能跑完。"

计然原先只知月女性格奇特，适才听到她说出手救了吴国第一勇士庆忌，而今又不将几十里路程放在眼里，这才深信她身怀异术。

月女见计然神色古怪，问道："计君干吗这般看着我？"

计然苦笑了一下，道："我在想，我是不是眼睛瞎了，有眼不识泰山。"

月女笑道："什么泰山不泰山的，我还是月女啊。"又问道："计君到过许多地方，一定也到过泰山吧？"

计然点了点头，道："泰山巍峨雄壮，绝壁入云，兼之有烟雾缥缈，苍松相托，雄浑而明丽，静穆又神奇，堪称天下第一名山。"

月女听了，忍不住露出向往之色来，道："要是能到泰山顶上看一回月亮就好了。"

计然道："月女若是想去，我可以做个向导。"

月女摇头道："我只是想想而已。我走了，孙武哥哥就只剩一个人了，谁来照顾他呢？"

计然心头微微叹息，不再多语。

北行二三里地，有车、马停在湖边柳树下。除了驾车的御者外，还有两名侍从等在那里。

侍从念辞一见到计然，便迎了上来，道："渔父可算回来了。"又问道："这就回渔场吗？"计然摆手道："不，去王城。"

月女好奇问道："你叫渔父吗？"计然道："我本名辛研，字文子，号渔父，但用得最多的，还是计然这个名字。”

月女道："还是计然好听。不过渔父这名字听起来怎么有些耳熟？”

计然道："渔父跟渔夫相近，这里是五湖，处处是渔夫，耳熟有什么稀奇？”又笑道："你能一口气跑几十里地，我可不能。这就烦请月女破一回例，请登车吧。”

吴国王都位于五湖之东，名为子城。城池不大，王宫占了一大半，剩下的地域，多是官署及权贵宅第，市集及居民区都在城外。

入子城后，天色已晚。计然道："今晚是来不及了，月女先跟我到朋友家凑合一晚，明早再赴王宫求见太子庆忌，如何？”

月女奇道："渔父在城中也有朋友吗？”计然道："有一位老相识。”

一路驰来大夫邢平宅邸。邢平是吴国大功臣狐庸之子，也就是曾名动天下的申公巫臣之孙。

当年申公巫臣为报复楚国，亲自到吴国面见吴王寿梦，教习吴军兵车阵法，又留下爱子狐庸在吴国任职。后狐庸当上吴国相国，先后辅佐寿梦、诸樊两代吴王，功劳极大。狐庸卒后，最终安葬在吴国，未运回申公巫臣在晋国的封地邢地[1]安葬，其子邢平继续在吴国担任大夫之职，也是几朝元老，极得历任吴王敬重。

到了门前，侍从鱼亭报了计然姓名，门役进去通报时，月女忽然想起了什么，道："这家人姓邢，对不对？”

计然道："邢大夫本姓芈，与当今楚王同姓，氏屈，后又改氏为邢。”

月女摆手道："不管那些！我是说，有个邢大夫之子，名叫邢野，是不是跟这家人有关？”

计然道："是啊，邢野是邢平大夫的独生爱子，月女认得他吗？”

月女道："我怎么会认得这些权贵人物？我曾听专毅说过邢野这个人，曾在五湖酒肆闹事，还拔剑威胁五湖公，结果没过几日就莫名死了，旁

[1]邢：今河南温县东北。申公巫臣事迹详见本书外一篇及同系列小说《和氏璧》。

人都说这是报应。”

计然大为惊异，道：“邢野不禄了吗？哦，我是说他过世了吗？”

月女道：“渔父不知道吗？”计然道：“我新到吴地不久，未曾拜访邢大夫，是以不知他竟遭丧子之痛。”

月女道：“这户人家家风不好，我们还是不要在他家过夜了。”

计然道：“目下已是夜禁时分，子城又没有客栈之类，月女不如将就一下。邢大夫老来得子，或许是有些宠溺过头，但他本人是极好的人。”

话音刚落，一名六旬老者便率侍从迎了出来，正是吴国大夫邢平本人。

邢平躬身行礼道：“不知渔父大驾光临，有失远迎，还望恕罪。”还欲行大礼，却被计然扶住。

计然道：“今日我携朋友冒昧前来，还望邢大夫不要见怪。”又为月女引见。

月女因邢野曾持剑威胁五湖公，料想邢平教子无方，本人也好不到哪里去，甚为冷漠，只点了点头。

邢平不知月女来路，见她大大咧咧，无甚礼数，料想必是大有来头之人，忙上前见礼，将贵客迎入堂中，命人置酒做饭。

月女道：“我就不吃了，想直接休息。”

邢平见计然并无异议，便命侍女引月女前往客房歇息。

等月女离开，计然这才问起邢野之事。邢平立时老泪纵横，捶胸顿足道：“可怜我的野儿横死家中，迄今未能查到凶手。”

计然闻言大吃一惊，问道：“邢野不是病故吗？”

邢平道：“野儿身子强健，哪会突然病故？有人半夜潜入我家，以利刃刺死了他。”

原来当夜邢野心情烦闷，独自在后园饮酒，喝得半醉不醉时，起身如厕。侍从见小主人久久不归，赶去察看究竟，才发现人死在了茅房外面。

计然道：“既是如此，邢大夫为何不请吴王下令，捉拿凶手？”邢平摇头道："事情不是那么简单。"

他是吴国中枢重臣，竟然不敢公然追查杀害爱子的凶手，还要千方百计地隐瞒真相，必有不得已的苦衷，既不肯多说，计然也不再多问。

过了一会儿，酒菜如流水般上案，计然倒没什么，倒是邢平被触动心事，接连举杯，喝得酩酊大醉。计然便命侍从扶了老大夫回房就寝，自己也到客房歇下。

到了半夜，忽听到外面动静大起，计然不知发生了什么事，忙披衣起床。

侍从念辞及鱼亭已提剑守在门前，见计然出来，忙告道："似是后园出了事。"

赶来后园时，却见月下正有两人激烈相斗，一人是月女，手持树枝，另一人是个蒙面男子，手持短剑。众侍从、下人围在一旁，不敢靠近。

邢府家臣包库见计然赶来，忙过来行礼，道："大夫君酒醉不醒，还请渔父给拿个主意，要如何是好？"

计然见月女已大占上风，便摆手道："派人守住后路，以防那蒙面人逃走。"

却听月女叫道："中！"以树枝点中那蒙面男子肩头。

蒙面男子半身酸软，步法大乱，又被月女点中手腕经脉，短剑脱手飞出。

包库忙带侍从围了上去，叫道："你已无路可逃，这就投降吧。"

那蒙面男子抚摸手腕，惊异地打量月女，问道："想不到邢府竟伏有绝顶高手，你是谁？烦请告知姓名，也好让我知道败在了谁手下。"

月女道："我是……"

计然咳嗽了声，插口道："足下是谁？何以深夜闯入重臣宅第？"

蒙面男子不答，他因失去兵刃，再无力对战强敌，遂不再反抗。包库上前用剑指住他胸口，命人将他反手缚住，带到计然面前。

计然伸手撕下那男子的蒙面巾，露出一张清瘦的脸，搜其身上，什

么都没有。

计然转头问道："你们认得他吗？"包库摇头道："从未见过此人。"

计然料想蒙面男子的出现极可能与邢平的难言之隐有关，但他毕竟是客，不能喧宾夺主，便命包库将那男子关押，等到邢平酒醒后再行处置。又将月女带回自己房中，问道："月女是怎么跟那人动上手的？"

月女起初支支吾吾，后经不起计然催问，终于说了实话。原来她不是不饿，而是不愿意与邢平同室而食。等到半夜时，便溜出房间，到厨下去寻吃的东西。胡乱塞了一通后，出来时见到一条黑影闪过。

今夜月光皎洁，月女又时常在山林中夜游，目力远异于常人，一眼看到对方脸上蒙了面巾，立即起了疑心，尾随其后，跟了过去。

到后园时，那人有所警觉，忽拔剑转身，攻向月女。月女随手折下一根树枝，与他动起了手。

二人虽然都没有出声，但不一会儿便有巡夜的下人听到动静，一边呼叫，一边赶了过来。

月女大致说完经过，道："渔父不会将我到厨下偷吃一事告诉主人吧？"计然道："不会。"

月女道："可我是客，半夜出门，还遇到窃贼，跟他打了一架，主人不会觉得很怪异吗？"

计然道："就算邢大夫知道了月女是因为偷吃而撞见窃贼，他感谢你还来不及呢，你极可能抓住了杀死邢野的凶手。"说了邢野是遇刺而死一事。

月女怔了许久，才道："原来世间所谓报应，多是附会之说。"又叹道："樊翁附会了一番神灵示警，五湖公便要关了酒肆，一想到这件事，我就觉得很是不安。"

计然道："明日见过吴太子后，我便与你同赴桃花村见五湖公，设法解决这件事，好不好？"月女道："好。"

计然道："现下你回房去睡吧。"一直送月女入房，这才转身离开。

月女早将卧榻上被褥撤掉，只剩下硬邦邦的木板。她跃到木板上躺下，不知为什么，心中很温暖很安详。她虽与孙武为邻，孙武教她识字，向她展示世间各种光怪陆离，为她打开了通向外界的大门，但始终只是如此而已。她总觉得是自己在照顾孙武，而今与计然在一起，她忽然有了一种被呵护被怜爱的奇异感觉。

次日一早，月女起身时，已有侍女等候在门前，捧着一套新衣衫，请月女换上。月女以往都是以葛麻穿网为衣，认识猎户、孙武后，才开始穿着布衣。她见那套银白衣衫绵绵软软的，也不知道是什么料子，但颜色倒是喜欢，便依言穿上。

洗漱完毕后，月女跟侍女来到堂中，计然早已等在那里，还准备了一满案吃食，五颜六色，各种形状都有。

月女道："这些都是什么？"

计然道："这边几豆是点心，这几豆是干果，你尝尝看。"

月女便随后抓起一块，塞入口中，几口咽下，当即赞道："好甜，好吃。"计然道："好吃就多吃点。"

月女道："你不吃吗？"计然道："我已经吃过了。"

月女个子虽小，肚量却大，将案上的食物扫去大半，这才起身，理理衣衫，笑道："好了，我吃饱了，我们这就去王宫找太子吧。"

计然应了一声，刚要出门，邢府家臣包库匆忙过来，道："大夫君请渔父立即去书房议事。"

计然道："我先陪月女去趟太子宫，再回来找邢大夫议事。"

包库道："大夫君务必要马上见到渔父。"

计然料想邢平是为昨晚那蒙面男子之事，但又不放心月女，不免十分为难。

月女遂道："我可以一个人去找太子。"

计然道："你可以吗？"月女笑道："当然可以。"

包库忙道："月女既是要去王宫，臣可以派人护送。"

计然这才放心，点点头，道："那好，办完事马上回来这里。"

送走月女，计然遂赶来邢府书房。邢平面容憔悴，背着双手在窗前走来走去，显是十分烦躁，见计然进来，便命侍从尽数退出，亲自掩好门窗，跌足道："现下要怎么办才好？"

计然问道："邢大夫是在为昨晚之事烦恼吗？"

邢平忽然发了怒，道："都怪那个月女，竟然将对方捉住，害得老夫目下处于两难境地。"

计然闻言色变，厉声道："月女遇到窃贼，出手将他擒住，本是想为主人做件好事，邢大夫不加感激罢了，如何反倒怪起她来？"

他素来温和宽厚，这一动气，兼之容貌丑陋，形容立即变得说不出的可惊可怖。

邢平忙躬身道："请渔父息怒。我其实不是怪月女，而是怪我自己懦弱，没有为野儿报仇的决心和勇气。"

计然这才收敛怒容，道："邢大夫已经猜到月女昨晚捉住的窃贼，极可能就是杀害邢野的凶手？"

邢平点了点头，道："可我不能杀他，但又不能放他。"

计然道："邢大夫不能杀他，想必是忌惮他背后的主使之人。不能放他，想必是一旦放他走了，他背后之人就会知道邢大夫已经怀疑到他。"

邢平道："渔父聪明绝顶，事事都逃不过你的眼睛。而今我不知道该怎么办才好，还请渔父拿个主意。"

计然道："如果是我，一定会杀了他，他害人性命在先，杀人偿命，天经地义。但邢大夫不肯作此选，甘愿放弃杀子大仇，想必是另有顾虑。那么就当他是窃贼好了，打一顿后，移交给司寇署处置。"

邢平大为意外，问道："渔父是说，将那人当作真窃贼处置，送交司寇署？"

计然点了点头，道："而今吴国大司寇不是由新回国的季札兼领吗？他既主管纠察刑狱与司法审讯，又是新官上任，必想要有所作为。那窃贼是真也好，是假也好，交由季札来处置，最合适不过。"

邢平连连击掌，道："妙，大妙。"又慌忙解释道："我不将事情原委相告，非不肯，是不能，也担心因此牵累渔父，还望渔父体谅。"

计然点了点头，又道："邢大夫不如继续装醉，窃贼这件事由我来处置。如此，他背后的主使便再无疑心。”

邢平道：“甚好，甚好。”又问道：“渔父最近可有回晋国？”

计然道：“我早已经是宋国人，对于晋国，怎可再用一个回字？”苦笑了一声，露出罕见的莫名惆怅来。

辞出书房，计然便引侍从来到关押窃贼的地窖，道：“你来邢府想做什么？有什么目的？”

那窃贼先是不答，被问得急了，只道：“让昨晚击败我的女子来，我只跟她说话。”

计然冷笑道：“你一个窃贼，不服罪求饶，还敢乱提要求。来人，打他一顿，让他长长记性，再捆送司寇署。”

窃贼反而吃了一惊，问道：“你们要将我送交司寇署？”

计然道：“主人未醒，不能起身理事，难道还要留你这窃贼在邢府白吃禄米吗？快快行刑，打完送走。”

侍从们一齐动手，将窃贼拖出地窖，反吊在大树下，取鞭抽打了一顿，直打得那窃贼昏死过去，这才将其手足捆住，用木杠穿了，抬去司寇署。

处置完窃贼，计然便自回客房。到正午时，邢府家臣包库引侍从回来，告知司寇署官吏仲臣听说有窃贼光顾邢大夫宅第，极为重视，立即接下案子，将窃贼收押。

仲臣还特意告道：“大司寇目下不在官署，等他老人家回来，臣一定立时禀报。”声明一定会请大司寇季札来审理此案，以示对邢大夫的尊敬。

计然听完，只点了点头，只是还不见月女回来，不免有所担心。正欲出门察看时，月女蹦蹦跳跳地进来了。

计然忙迎上去，问道：“瞧月女这高兴的样子，事情一定是办成了？”

月女笑道：“我到王宫时，太子庆忌正引军出宫，说要去搜捕刺客同党，幸亏遇到了。他听了我的要求，说大王欲到五湖酒肆吃鱼是十五当日才临时决定的，肯定跟五湖酒肆和桃花村无干，刺客应该是一直在监视王宫动静，尾随了大王一行。”

计然道：“太子庆忌号称‘吴国第一勇士’，倒不完全是有勇无谋之辈。”

月女道：“是啊，太子庆忌人虽然蛮横霸道，但在这件事上，还算通情达理，而且他很爽快地向我保证绝不会牵连无辜。”

又笑道：“太子那‘吴国第一勇士’的头衔如何来的？他又没有跟吴国所有人比过武艺，如何敢称第一？”

计然笑了笑，又问道：“既然事情办得顺利，月女为何现下才回来？邢府到王宫又不远。”

月女道：“我没有到过王宫，想看看里面到底是什么模样，太子便派人领我进去转转。出宫时，又遇到了叔姬和她的侄女滕玉，叔姬拉住我，问了不少孙武哥哥的事情。”

又告道：“原来叔姬不是吴王僚的亲妹，只是堂妹，她跟公子光倒是兄妹。只是她那么年轻，太子庆忌跟她年纪差不多，还要叫她姑姑，总感觉有些可笑。”

计然道：“大家族就是这样。我有好几个侄子，年纪比我大许多，足以做我长辈了呢。”

月女道：“原来渔父也是出身大家族。兄弟姊妹众多，一起嬉闹玩耍，应该很好玩吧？”

计然道：“那要看什么样的家庭。如果只是寻常百姓之家，兄弟和睦，手足友爱，人多自然热闹。但若是王室大族，为了利益，难免会有争权夺利之事，到了那个时候，即便是亲兄弟，也会六亲不认……”忽觉得不该在月女面前提及这些事，忙道：“总之，凡事都是有利有弊。”

月女叹道：“我倒真希望我有许多的兄弟姊妹。可惜，我连自己的生身父母是谁都不知道。”

计然已大致知道月女身世，见她有些伤感，忙道：“先不说这些了，我们这就动身出发去桃花村吧。”

月女本是个阳光少女，伤感只是小小情绪，听说要去桃花村，登时又振奋起来。

二人辞出邢府，一道上车。因并排而坐，距离极近，月女转头便能看到计然面容，迟疑半晌，终于忍不住问道：“渔父，你……你……”

计然道：“你想问我脸上的这些坑洼是天生的，还是后来受的伤，对不对？”

见月女点了点头，便坦然告道：“是后来受的伤。我小的时候，母亲落难，带我去投奔亲戚。因为途中出了意外，御者、侍从都离散了，我们母子二人只能徒步行走。母亲心中郁结，脚下很快，我步子小，落后很远。途中经过一户农家，那户农家养有一只很凶恶好斗的公鸡，又高又大，毛色鲜艳。我当时年纪还小，见那公鸡长得漂亮，便停下来多看了几眼。它立即冲上来，用尖嘴啄我的脸，又快又狠，直啄得我鲜血淋漓。母亲闻声赶到后，我已经倒在了地上，那公鸡还不肯放过我。母亲起先是愕然，随后才一边笑着，一边赶过来，将公鸡赶走。后来到了亲戚家，也请医师看过，但还是留下了许多伤口。”

月女想不到计然丑陋面容的背后还有这样一段故事，大为同情，问道：“渔父当时那么小，一定很痛吧？”

计然道：“初受伤时，应该是很痛的，不过长大了也记不得了。真正让我感到痛的，是我母亲后来不时对人提及此事，即便在我成人后也是如此，而且是当作一个有趣的笑话来讲。有一次，我实在不能忍受母亲的语气，等客人走后，以恳求的目光望着她，希望她不要再提及此事。不想心情不佳的她竟然道：‘看什么看，信不信我把你眼珠挖出来！’那可是我的母亲啊，竟然要挖出她唯一亲生儿子的眼珠，以发泄心中不快，虽然只是想想说说，却也实在可惊可怖，令人永远难以忘怀。”

顿了顿，又道：“其实我很早便已明白，母亲只是因为不能顺心如意，将一腔怨气撒在了我身上，并不是真心想要挖我眼珠，可许多年后，即便我已经成人懂事，仍然清楚地记得她这句话，难以释怀。”

其实他早就明白，从他出世之日起，便是母亲用以在父亲面前与其他女人争宠的工具。而后母亲惨败，被迫流亡他国，便对儿子再无爱意。只是这番可笑又可悲的经历及沉重的个人感受，他从未对人说过，也以为再也不会提起，想不到今日告诉了月女。

月女柔声道："渔父是觉得你母亲没有真正在意你，心中对她失望，才感到心痛，对不对？"

计然道："嗯，有点吧。不过认识月女之后，我才觉得自己相比于你，实在已经很幸运了，我根本没有资格怨怪我母亲。"

月女笑道："我没觉得自己不幸啊。我虽然不知道我娘亲是谁，但她抛弃我时，一定是不得已才那么做。而上天也待我很好，让小白发现了我。"

计然道："我还没有见过小白呢，它一定很有灵性。"

月女笑道："不但有灵性，有时候我觉得小白比人还要聪明。等忙完桃花村的事，我就带渔父去见小白，它一定会喜欢你的。"

车子刚好驰过市集，计然听到"咚咚"的锻打声，随手挑起帘子，竟看到一个熟人，正在剑坊挑选宝剑，大为意外，忙命御者停车。

侍从鱼亭问道："渔父可是有事？"

计然道："你们陪着月女，在这里等我，我去去就来。"跃下车子，也不带侍从，独自朝剑坊走去。

剑坊学徒白鹭正向主顾介绍宝剑，那主顾是个壮年男子，颇为不屑地道："这些剑都太过稀松平常。"

白鹭之妹桑碧闻言接口道："太稀松平常？我们吴国宝剑可是天下第一利器，能在中原当货币使用。"

这话倒不是虚言。吴越之地水网纵横，风行于中原的战车缺乏用武之地，因而军队以水师和步兵为主，步兵武器宜短不宜长，故而与中原车战使用长兵器不同，吴军步战多使用轻便锋锐的青铜剑[1]，因而吴国铸剑业极为发达，远远领先于中原诸国，所产青铜剑质地优良，锋利无匹，世称"肉试则断牛马，金试则截盘匜"。中原人均以能佩带吴剑为荣耀，

[1]《吴越春秋·夫差内传》记述中黄池之盟时载"吴师皆文犀、长盾、扁诸之剑，方阵而行"。

视为“宝之至”并“柙而藏之”。

当年季札出使鲁国，路经徐国[1]，徐国国君对其佩剑一见倾心，爱慕不已，只是不便启齿。季札看出徐君心思，但因为剑为吴国标志性饰物，他尚有使命在身，遂未解佩剑，只在心中默默许诺，等到完成出使任务，便将佩剑送给徐君。

然及归国时，徐君已薨，季札仍慨然解下佩剑，挂在徐君墓旁的松树上。侍从大为不解，问道：“徐君已死，何再予之？”季札答道：“始吾心已许之，岂以死而背吾心哉！”遂传为美谈。徐人因此而作歌道：“延陵[2]季子兮不忘故，脱千金之剑兮带丘墓。”一句“千金之剑”，足以证明吴国宝剑的价值。

那壮年男子自是知晓吴剑享有盛名，虽犹有傲慢之气，却也不反对桑碧之语，遂道：“你们坊主干将在吗？叫他出来见我，我要定做一柄宝剑。”

白鹭告道：“师父外出采石，还得过一个月才能回来。”

壮年男子道：“主事的剑师都不在，造出这一堆废铜烂铁，也就不足为奇了。”

桑碧闻言很是生气，道：“足下显然不是吴国人，是专门来挑事的吗？”

壮年男子面色一沉，道：“你这个女子牙尖嘴利，却不知……”忽有人拍了拍他肩头，转头一看，讶然道：“计然？你怎么在这里？”

计然道：“我素来遨游四海，人在吴国有什么稀奇？我倒是想问，你怎么人在这里？”

壮年男子道：“我来吴国办一件私事。”

计然道：“你该知道，以你目下的身份，实不该在吴国出现，如何还敢公然在王城市集抛头露面？”

壮年男子面色不豫，道：“什么该不该的？”又傲然道：“我堂堂大丈

[1]徐国：国都在今安徽泗县北。

[2]季札封地在延陵（今江苏常州一带）。

夫，可不愿意藏头缩尾。”

计然沉吟片刻，虽有所迟疑，仍然问了出来，道：“五湖酒肆那件事，跟你有关吗？”

壮年男子一怔，正待回答，有侍从奔过来告道：“主人，找到她人了。”

壮年男子遂道：“上次那件事后，你渔父不是说要跟我绝交吗？你不再是我朋友，少来管我的事。”狠狠瞪了计然一眼，扬长而去。

计然返回车上时，月女忍不住问道：“适才在剑坊门前跟渔父说话的男子，看起来很凶的样子，他是谁？”

计然不愿意瞒她，告道：“是我以前在宋国的一个朋友，名叫华登。”

月女道：“华登？我好像听孙武哥哥提过这个名字。对了，昨日在五湖酒肆，你跟范蠡也提到过。”

计然道：“我们宋国，除了王族之外，还有两大公族，向族和华族。向族出了个了不起的人物向戌，他凭借个人才干，一手促成了晋楚息兵，即世人所称的‘向戌弭兵’，这月女是知道的。后来宋国又发生了不少事，总之就是你争我夺，都想要更多的权势，结果起了内讧。向、华两族联合起来跟宋国国君作对，还一度挟持国君，但后来事败，两族主要人物出逃，流亡他国。华登曾投奔吴国，跟太子庆忌交好，是庆忌力劝吴王僚发兵援救华族，还派了吴国公子苦雒率军随同华登前往宋国。但后来齐、晋中原诸国联兵救宋，打败了华族，吴军主帅公子苦雒也被联军俘虏。华登等人又转向楚国求助，后来更是投奔了楚国。而吴国公子苦雒则死在了齐国。”

月女道：“楚、吴两国是敌国，华登先吴后楚，不是大大得罪了吴国吗？”

计然点点头，道：“听说吴国太子庆忌对此事不能释怀，将公子苦雒之死怪到华登头上，曾派刺客前往楚国行刺华登，但未能成功。”

月女道：“那华登如何还敢来吴国？”

计然摇头道：“我也不知道。华登为人傲慢自负，但不傻，一定是有特别的缘由，不得不来。”叹了口气，道：“算了，不必再理会华登之事。”

月女道：“可华登不是渔父的朋友吗？”

计然道：“之前华族劫持了宋国国君，举国震惊，我受人托请，出面劝说，华登不听，我一气之下，声称要与他绝交。他仍记恨当日之语，说不再拿我当朋友。”

车子忽停了下来，御者回头告道：“有人拦在路中，似是要见渔父。”

侍从念辞策马上前，问道：“拦路者何人？有什么事？”

那人答道：“我找月女姑娘。请问月女在车上吗？”

月女闻声大为惊讶，笑道：“竟然是来找我的。”跃下车子，问道：“我就是月女，是你找我吗？”

那男子躬身道：“是小臣主人想见月女一面。”

月女问道：“你家主人是谁？”那男子道：“这个……小臣不方便说。我家主人就在前面不远，月女一去便知究竟。”

计然也跟着跳下车来，道：“我陪月女一起去。”

侍从鱼亭道：“渔父……”计然摆手道：“你和念辞先留在这里。”

来人引月女与计然西行。走不多远，便见到一名袍服少年引数名侍从等在树下。

袍服少年先迎了上来，问道：“你就是月女吗？”引路男子忙引见道：“这位是王孙波，是公子光之子。”

月女道：“原来是王孙找我。王孙有何见教？”

王孙波看了计然一眼，问道：“这位是……”月女道：“这是我的好朋友计然。”

王孙波踌躇道：“月女可否借一步说话？”月女应道：“可以呀。”

话一出口，才意识到对方话意另有玄机，忙道：“不可以！计然哥哥是我亲信之人，王孙不必避讳。”

她改称计然为计然哥哥，而且是脱口而出，显然在内心深处，已将他当作了至亲至信之人。

王孙波无奈，只好道："听说昨日五湖酒肆发生了大事，月女当时人也在场……"

月女未及回答，计然已插口道："王孙怕是道听途说听错了，行刺发生时，月女人并不在场。若要了解行刺经过，还请王孙去问吴王和太子。对了，叔姬公主也是见证人，她是王孙的亲姑姑，王孙要想了解昨日五湖酒肆情形，找她更合适。我和月女还有要紧事要赶去桃花村，就不陪王孙了，告辞。"不待王孙波回应，拉着月女便走。

月女虽然没有反对，却很是疑惑，问道："王孙波看起来文质彬彬，谦和有礼，他不过想打听昨日五湖酒肆的事，我们就这样走掉，会不会太没礼貌？"

计然摇头道："王孙波可不只是要打听五湖酒肆之事。"

王孙波身份显赫，如何会亲自来向月女打听昨日情形，而不是去找亲姑姑叔姬？他又如何知道月女在计然的马车上？

一定是他昨日派人去了五湖酒肆，从专诸处打听到月女与计然在一起，而且会到王宫找太子庆忌为桃花村说情，于是派了人手专门等在路上。

堂堂王孙，如此煞费苦心地寻人，会只为向月女打听五湖酒肆的事吗？显然不是。

吴王僚与公子光不和之事，举世皆知。而今吴王僚外出吃鱼遇刺，在外人看来，敌国固然有嫌疑，但公子光嫌疑亦重。吴王僚不是傻子，又最关心王位宝座，一定会最先怀疑公子光。

公子光也不是傻子，知道自己会成为首要怀疑对象，处境岌岌可危。王孙波身为人子，为父排忧解难尚且来不及，却在此关键时刻来找月女，分明是想利用月女于太子庆忌有恩这一节。

月女听了计然一番分析，尚有些半信半疑，道："那王孙波看起来完全不像坏人，原来也是想利用我吗？"

计然知道她心地善良，于人间险恶一概不知，叹了一声，不愿再深谈，以免世俗玷污了她纯净的心灵，只道："月女，解决完五湖公这件事，就不要再理会旁事，我跟你回山林去看小白，好不好？"

月女也觉得外界人心实在复杂难测，便点头道："好。"又笑道："计然哥哥待人这般好，小白一定会特别喜欢你的。"

计然心中叹道："我也不是一视同仁、待所有人都这般尽心尽力。"

一路驰来桃花村。临近村口时，远远见到五湖酒肆前站着许多人，山坡下也停有不少车马。

计然看了车子旌旗，道："那是大司寇季札的车驾。"料想必是季札接管了吴王僚遇刺案，颇感惊异——

吴王僚遇刺，公子光有重大嫌疑。以吴王僚以往指派公子光出征，希冀其战死沙场的做派来看，无论刺客是否跟公子光有关，吴王都极可能借此机会铲除公子光。而季札为人公正，深孚众望，除了秉公调查之外，一定还会竭力避免吴王室自相残杀的惨剧发生。如此，吴王僚利用行刺事件铲除公子光之图谋，反倒不能得逞。

应该是季札料想吴王僚必猜疑公子光，要利用行刺事件大做文章，公子光又极力自辩，季札为免手足相残，遂自请查案。

月女却想不到计然那般深远，一听到季札的名字，便欢声笑道："季子亲自来五湖酒肆了吗？哎呀，我想去见见他。我听他的大名很久了，他几次拒绝吴王的位子，应该是个很有趣的人。"

她既然这般说了，计然自然要如她所愿，便命御者停下车子，又命侍从在原处等候，自引月女朝五湖酒肆而来。

刚上山坡，便有吏卒上前拦住，道："大司寇在这里办案，闲杂人等不得靠近。"

月女道："我是专门来见季子的。"

吏卒见她大大咧咧，对季札虽有尊敬之意，却没有常人的卑微与畏惧，倒也不敢怠慢，道："敢问姑娘高姓大名？臣也好去向大司寇通报。"

月女道："我叫月女。"

吏卒又转头问道："足下是……"

计然却不肯报出姓名，只道："我是月女的侍从。"

吏卒见他形容丑陋，倒也信了，转身奔进酒肆。片刻后又赶了出来，道："大司寇请月女进去。"

月女问道："酒肆中该不会还是满地死尸吧？"

吏卒道："太子殿下一大早便率军来过，将刺客尸首全部运回了王城，说是要等候大王处置。"

月女闻言大为意外，忙问道："太子庆忌今日又来过五湖酒肆吗？"

吏卒道："是，大司寇到时，太子殿下人还在桃花村，说是来追查刺客身份。"

即便已有司寇接管案子，太子庆忌此行也算是情理之中，月女问明太子没有罪及五湖酒肆及桃花村，只是例行向村民问了一番话，询问可曾看到可疑之人可疑之事，便命人抬了尸首离去，这才放了心，自引计然进来酒肆。

季札已年近五旬，满头白发，皮肤颇黑。他正站在堂中询问专毅，见月女进来，先举手示意，等专毅回完话，这才招手叫她。

月女歪着头，道："季子好大的名气，可看起来也只是个白发苍苍的老者，跟寻常老翁没什么两样。"

专毅忙咳嗽了声，示意月女不可乱讲话。

季札倒是不以为意，笑道："我本来就是普通人，当然看起来跟寻常老翁没有区别。"又问道："昨日就是月女救了太子庆忌，对不对？"

月女道："季子已经知道了？"

季札道："你小小年纪，竟能救下'吴国第一勇士'，可是不简单。"

月女道："我只是碰巧而已。好啦，我只是专门来见见季子。既然见到人了，我心愿已足，也该走了。"

季札道："等一下！"招手叫过计然，问道："足下是……"

计然道："我是月女的侍从，姓甚名谁不重要，不敢劳季子动问。"

季札点了点头，但仍紧盯着计然不放。

月女奇道："季子为什么一再看他？"

季札道："他的眉眼，跟我一位故友很像。"又问道："你是晋国人吗？"计然道："我是宋国人。"

季札闻言，摇了摇头，道："那就断然不是他了。"

计然也不多言，自与月女退出。

专毅追出来道："天色不早，月女还要赶回穹窿山吗？"

月女道："我要和计然哥哥去桃花村找五湖公，今晚大概会借宿在村里。"

专毅道："那可太好了。一会儿送走大司寇，我做几条炙鱼，给你们送去。"

月女笑道："不要太麻烦了。"专毅道："有什么麻烦？爹爹交代了要多去看望师公，我今早去过，后来太子和大司寇陆续来了酒肆，一直不得闲，正好晚上再走一趟。"

计然问道："令尊呢？"专毅道："爹爹一大早就被人叫走了，大司寇也在这里等他回来问话呢。我还怕爹爹会有什么事。"

计然道："应该不会有什么事，多半是有人想向令尊打听昨日五湖酒肆发生了什么事。"

专毅道："爹爹自己也这么说。"

下来山坡，计然交代侍从及御者先回去。侍从念辞摇头道："渔父人在这里，臣等怎能擅自离开？渔父若不愿臣等跟随，大可自行在桃花村借宿过夜，臣等等在村口便是。"

计然点点头，正欲偕月女进桃花村时，孙武快马赶至。月女欢呼一声，叫道："孙武哥哥！"

孙武翻身下马，道："果真在这里找到了月女。"

月女道："你是专门来找我的吗？计然哥哥也在这里。"

孙武听到月女称呼计然为计然哥哥，大为惊异，看了计然一眼，虽然勉强招呼了一声，但目光中明显有了敌意，将月女拉到一旁，低声问道：“月女一直跟计然在一起吗？”

月女道：“是啊，计然哥哥陪我跑东跑西，帮了我不少忙呢。”

孙武踌躇片刻，还是讪讪开了口，道：“有件事，我想请月女帮忙。”

月女笑道：“孙武哥哥怪里怪气的，你跟我之间，还说什么请字。”

孙武道：“但这件事，可能并非月女情愿。”

月女道：“就算是我不喜欢的事，为了孙武哥哥，我也是情愿的。”

孙武遂下定了决心，道：“那好，我想请月女去查明吴王僚于五湖酒肆遇刺一案，查清楚那些刺客到底是受谁人指派。”

月女极为诧异，问道：“孙武哥哥为什么要管那件事？”

孙武道：“因为我想管，但我自己不大方便出面，所以想请月女帮忙。”

月女道：“这很奇怪啊，孙武哥哥一向不爱管闲事的。”

孙武道：“月女就当我想以此向吴王邀功吧。”

月女闻言，心头微感失望。如果孙武说只是因为好奇，想知道真相，她还能接受，可他说的理由，实在有些出乎她意料。

孙武道：“月女若实在不愿意，我也不勉强。”

月女忙道：“不，我愿意去做这件事。不过，我想要计然哥哥帮我。”

孙武先是一愣，随即问道：“月女知道计然的来历吗？”月女道：“知道啊，计然哥哥是宋国人。”

孙武摇头道：“这不叫来历。这个人，月女才认识了两天，根本不了解他。”

月女笑道：“我了解计然哥哥啊，自从我在桃花岛上遇到他，看到他痴痴凝视桃花的那一刻起，我就了解了他。”

世间有一种人，虽处于红尘之中，却远避尘嚣，襟怀淡泊，安于林泉，喜与白云流水、仙鹤野花为侣——见青烟白道而思行，见平川落照而思望，见幽人山客而思居，见岩扃泉石而思游。计然明显就是这种人，月女第一眼看到他时，便已深信此点。

孙武却是大惑不解，月女遂解释道：“计然哥哥跟我是同类人，热爱花草树木，热爱世间万物。你知道吗，他为了看日出，竟肯在桃花岛等上一夜。就跟我一样，为了看到最大最圆的月亮，可以爬到笠帽峰峰顶，等上半夜。”

孙武一怔，他未到过桃花岛，不知那是遍地沼泽荆棘、人难以立足之地，也不懂只有极热爱风光的人，才会冒险登岛，又见月女全心全意地信任计然，心头竟有了微微酸意。但他毕竟是目光远大的男子，又深知用人不疑的道理，便点头道：“既然月女相信计然，那么我也信得过他。”又道：“那么吴王僚遇刺那件事……”

月女笑道：“我既答应了孙武哥哥，一定会全力以赴，查个水落石出，孙武哥哥就回去等我的好消息吧。”

孙武道：“如果月女还需要人手，我可以请陈音来帮你。”

月女笑道：“不必了，有计然哥哥就够了。而且陈音不正为追求一名女子而烦恼吗？已经够他头大的了。”

孙武道：“那我就先走了，你凡事多加小心。”

他本待过去拜请计然多关照月女，但又觉得自己已有利用月女之嫌，月女倒无所谓，不会多作他想，可计然是个明眼人，他实在不好意思面对，遂只朝对方点了点头，便自行离去。

计然不明所以，走过来问道：“孙武不是来接月女的吗？”

月女摇头道：“不是。”大致说了孙武此行的意图。

计然意外之极，问道：“孙武竟然也要插手此事？”

月女道：“我也觉得奇怪呢，孙武哥哥隐居山林好几年了，只一心撰书，从来没有管过外间闲事。”

计然道：“孙武也不是那种想靠这种事到吴王面前邀功请赏的人。”

月女点了点头，问道：“计然哥哥愿意帮我吗？”计然笑道：“当然了。正好我最近很闲，也没有别的事可做。”

月女道：“可我本来答应了计然哥哥，不再理会这些事，要带你去山林看小白的。”

计然猜到她虽然有歉疚之心，但仍然想如孙武所请，替其达成心愿，便道：“不急在一时，日后有的是机会去看小白。”

月女这才释然，歪着头出神了半天，道："我在想，刺客会不会跟齐国有关，所以孙武哥哥才特别关注，还说他自己不方便出面？毕竟他自己也是齐国人。"

计然心念一动，沉吟道："这倒是有可能。几年前宋国内乱，华族反叛宋君，吴国受华登之请，派军援助华族。宋国虽是小国，却与周为客，地位特殊，吴国此举，等于公然与宋国及中原诸侯甚至周天子作对。晋、齐等国联合出军，打败了吴军，俘虏了吴国公子苦雒，吴国自此与晋、齐结怨。吴国公子苦雒更是死在了齐国。"

虽则齐国距离吴国甚远，但东面临海，而吴国舟师强大，远远领先于诸国，已有浮海远航的能力。若吴国起意报复齐国，派舟师自海路抵达，可谓轻而易举。

而中原诸国均是车战，根本没有水军建制，齐国亦是如此。即便感到了吴国的威胁，有心发展舟师，然齐国没有营造大船的技术，仓促之间，又哪里来得及？

或许齐国推测吴国将要以舟师伐齐，为改变不利处境，决意抢先下手，派刺客行刺吴王僚，国君若薨，吴国必然局势动荡，没有余力再兴师伐齐。

吴王僚遇刺之日，孙武人亦在五湖酒肆。或许他为人精细，当时便从刺客身上看出了端倪，又或许是后来从齐人口中听到了风声，大概猜及行刺事件与齐国有关，却又不能完全肯定，因而请月女出面调查。

孙武自己既是齐人，确实是不方便出面的，一旦旁人知晓，必定质疑其动机，并因此而怀疑到齐国。

月女道："如果真是齐国所为，会不会牵累孙武哥哥？"

计然沉吟道："说不好。不管怎样，我们先查明真相，再将结果告诉孙武，由他处置，如何？"

月女道："甚好。可是要如何着手呢？"

计然道："孙武不找别人，只托请月女，除了你是他最信任之人外，想来也因为你救过吴太子庆忌，这是一层很大的便利。"

而今最想查到行刺事件幕后主使的，自然是吴王僚和太子庆忌。吴王僚身为一国之君，至高无上，必定会倾尽全力追查。就算月女没有任何眉目，也能从太子庆忌那里打听到相关线索。

其实孙武跟之前王孙波的想法类似，明显是想利用月女。但计然既知月女极在意孙武，便不能说破，以免她伤心难过。

月女果然未完全会意，只道："虽然我可以向太子庆忌打听，但我真的很不喜欢这个人。"

计然道："那好，我们就自行调查。"

月女笑道："是。有计然哥哥帮我，月女一定可以做到。"

桃花村村落不小，人家不多，静谧宁静，在苍茫暮色中独有一番滋味。五湖公居所位于一片桃林中，穿越其间，口鼻尽是桃李芬芳，当真心旷神怡。

到了柴门外，月女先扬声叫道："五湖公在吗？月女来瞧你了。"不见人应，又不见屋中点灯，便自行推门入院，又笑道，"我们自己进来啦。"

到堂前时，忽顿住身形，笑颜凝固，花容失色。

计然忙问道："怎么了？"月女道："我……我闻见了血腥气。"

计然忙将她扯到一旁，道："你留在外面。"拔出护身短剑，持剑入堂——

昏黑中，尚可见到堂首歪倒着一名老者，双目瞪圆，胸口一个大血窟窿。

月女已跟了进来，见到眼前一幕，立即举手紧捂双唇，努力不让自己哭出声来。

计然道："那就是五湖公，对吗？"

月女点了点头，虽未出声，眼泪却夺眶而出。

计然道："月女先出去叫人。大司寇还没走的话，请他派人来这里。"

往案上寻到火石，点燃案上油灯。回头却见月女仍留在原地不动，先是一怔，随即上前搂住月女。月女将头深埋在计然怀中，痛哭出声。

计然等她哭了一阵，发泄出情绪，这才温言抚慰道："人死不能复生，节哀顺变才好。我们能为五湖公做的，就是找到凶手，替他报仇。”

月女抽泣道：“可是谁会想要杀五湖公呢？昨日他人又不在酒肆，对吴王僚遇刺一事毫不知情。”

计然心道：“话虽如此，可昨日五湖酒肆刚发生行刺事件，今日五湖公就遇害家中，要说这两件事没有联系，鬼都不信。但为什么要杀五湖公呢？”

正百思不得其解时，忽听到有人结结巴巴地惊问道：“你们……你们两个……”却是专毅提着炙鱼到了。

计然忙放开月女，未及解释，月女已哭道：“专毅，五湖公被人杀了。我们来的时候，他人就已经……已经……”

专毅大骇，丢下竹篮，奔到堂首，见五湖公身子僵硬冰冷，早已气绝多时，遂伸手为他合上眼睛，站其身来，咬牙切齿地道：“是谁做的？到底是谁做的？”

计然道：“你今日来过这里一趟，对吧？”

专毅点点头，道：“我早上来看过师公，他老人家气色还行。”

计然道：“你可有将昨日发生之事告知五湖公？”

专毅摇头道：“没有。爹爹说师公心情不好，酒肆那件事只会让他更烦心，不如先瞒着，日后再告诉他不迟。昨日爹爹也将这番话拜托过村民。”

月女道：“但今日太子庆忌来过桃花村，也不知道太子来找过五湖公没有。就算太子没来，他引军入村，动静不小，怕是五湖公也知道外间发生了大事。”

计然道：“太子庆忌应该没有来过。”

到五湖公住所，须经过桃林。太子庆忌出行，必定前呼后拥，那么多人涌进桃林，不但会留下大片凌乱的脚印，还会碰掉许多桃枝、桃花，但目下桃林甚为齐整，且脚印不多。

专毅也道：“太子肯定没有来过这里，他入村只是为寻找目击证人，太子早知道师公昨日不在酒肆，又何须白跑一趟？”转头看了五湖公尸首一眼，道：“但我实在想不明白什么人要害师公性命。”

计然问道："五湖公可曾与人结怨？"

专毅道："没有。师公从来没有离开过桃花村，哪里会跟外人结怨？桃花村里，村民世代打鱼为生，生活清苦，自从五湖酒肆声名远扬，师公以高价收购村民打的鱼及所酿桃花酒，村民们生活好了许多许多，村里人人都感激他呢。"

忽想到一事，又道："也不是人人都感激师公。村里长者樊翁就看师公不顺眼，前晚他还说过，师公带坏了桃花村世代相传的风气，怕是不得善终。"越想越觉得樊翁是凶手，转身便要去樊家寻其对质。

计然道："等一等！"又问道，"樊翁多大年纪？"

专毅道："怎么也得有七八十岁了吧。"

计然摇头道："凶手不是樊翁。五湖公胸口一刀正中要害，且深入肺腑，是孔武有力者所为。樊翁哪有此等气力？"

月女一直抽泣不停，忽插口道："樊翁可有儿子？"

专毅摇头道："樊翁没有成亲，也没有子嗣。"又道："除了樊翁外，我再也想不到旁人与师公还有嫌疑了。"

计然问道："大司寇还在五湖酒肆吗？"

专毅道："还在。爹爹刚回来了。大司寇正在酒肆向他问话。"

计然道："那好，你先回酒肆，告诉大司寇，说桃花村出了命案，请他派人来处置。我和月女会暂时守在这里。"

专毅应了一声，走出几步，又回过身来，不解地道："月女跟师公只是相识，为什么哭得这么伤心？"

月女哭道："我……"

计然忙道："快去吧，夜长梦多，万一大司寇一行走了，可就麻烦了。"

专毅也觉得有理，遂点了点头，疾步去了。

等专毅脚步声走远，计然才道："月女如此悲痛，并不是你跟五湖公感情深厚，而是你觉得你自己对五湖公之死负有责任。若不是那晚你纵走望月鱼，五湖公人应该在酒肆中，不会遭此毒手，是也不是？"

月女哭道："我的心思，计然哥哥怎么都懂？"

计然道："可月女有没想过，吴王僚早定下昨日要去五湖酒肆吃鱼，甚至不惜派人事先封锁路口。也就是说，昨日行刺吴王僚之事必定会发生。五湖公受此刺激，即便没有望月鱼之事，今日也依然会待在家中。"

月女道："那只是有可能，五湖公也有可能去了酒肆呀。"

计然无言以对，呆了半晌，才道："我告诉你，世间万事万物，发生与存在，原因与结果，总有它的道理。我们所能做的，只是顺其自然。"

月女听了这话，深为震撼，反复回味，只觉得深奥无穷，她的情绪也慢慢平复了下来。

过了一刻工夫，外面火光闪烁，却是大司寇季札亲自引人到了。也有村民听到动静，赶来察看究竟。最先抢进门的却是专诸，他直奔到五湖公尸首旁跪下，不见悲恸之情，只那么呆呆望着，眼神中有一股说不出的意味。

吏卒举火环立四周，堂中瞬时亮如白昼。季札亲自扶起专诸，这才命有检查外伤经验的吏卒上前检视五湖公伤口。

那吏卒比画一阵，起身禀告道："五湖公是被利器刺死，伤口平整，宽不过一寸，凶器应该是柄短剑，而且锋锐之极。凶手强壮有力，一剑刺中要害，直入肺腑，五湖公应该立时毙命，连出声喊叫的机会都没有。"

季札点了点头，又问了计然、月女发现尸首的经过，便将专诸一人叫到院外问话。

计然道："这里没我们事了，我们先出去吧，到外面桃林中走一走，也许会好受些。"

月女闻言，便与计然来到林中，寻了最偏僻之处，倚树而坐，抬起头来，却是阴翳满天，不见星星与月亮。

二人都默不作声。也不知道过了多久，月女才幽幽道："如果十五那晚空中无月，望月鱼出水望月时，会不会也跟我现在的心情一样？”

计然听了，只觉得心中如蚁啮一般，一点一点地作痛。她本是个红尘之外的女子，无忧无虑，冰清玉洁，不染一丝尘埃，却意外卷入诸多稀奇古怪之事，而今既置身其中，亦已是不能自拔。

忽听到专毅在林中叫道：“月女，月女，你在这里吗？”

月女应了一声，立即起身，迎过去问道：“是不是又出了事？”

专毅道：“没有。大司寇已命爹爹设法将师公安葬，带着人走了。爹爹说明日到市集买口棺材，再办后事。”又道：“但我适才听到大司寇跟爹爹交谈，说是要先查吴王遇刺的案子，因为吴王下了命令，务必捉到幕后主使，因而师公的案子得缓上一缓。”

月女道：“那专诸怎么说？”

专毅道：“爹爹还能怎么说，自然是说表示理解。”又道：“大司寇可以等，我可不能等，我不能让杀人凶手跑了。我跟爹爹说，想自己调查师公被杀一案，可爹爹居然厉声斥责我胡闹，还说这是司寇署该管的事。”

计然插口道：“尊父是为你好。他大概猜到五湖公被杀一案不简单，怕你因为私自调查而身陷险境。”

专毅坚决地道：“我不怕，只要能为师公报仇，我什么都不怕。”

计然不及阻止，月女已经脱口说了出来，道：“我愿助你一臂之力。”

专毅喜出望外，道：“月女肯帮我吗？”

月女点点头，道：“我一定会帮你找到杀死五湖公的凶手。计然哥哥也会帮忙的，对不对？”

计然只得道：“对。”

专毅道：“实在太好了。对了，有许多人都说月女救了太子庆忌。庆忌是我吴国第一勇士，月女竟能救得他性命，想来你身手极其了得。认识月女这么久，我竟是不知你身怀绝世武功。”

月女笑道：“哪有什么绝世武功！不过是日常跟小白嬉戏玩耍的招式罢了，我从来都打不过小白的。”

专毅听了半信半疑，道：“月女的功夫，当真是跟那只白猿学的吗？”

月女道："是啊，不然还能有谁？"又问道，"五湖公的案子，你打算如何着手？"

专毅道："我打算先去找樊翁，问他为什么要说师公不得善终。"

计然道："不必白跑一趟，樊翁跟五湖公被杀，决然无关，他只不过不满五湖公将商业气息带进了桃花村。"

专毅也知不会是樊翁杀人，闻言便就此作罢，道："那么下一步该怎么办？"

计然沉吟道："五湖公住处在山脚下，是桃花村的最里处。凶手赶去那里杀人，要经过多户人家。昨日五湖酒肆发生了大事，今日太子庆忌还带兵来过村里，村民应该都不会出门，也会格外留意外面的动静，或许有人看到了凶手模样。明日一早，我们挨家挨户去访村民，看有没有谁看到过陌生人。"

专毅细细一想，果然这才是最好的线索，连连拍手，道："好，好，就这么办。"

又引计然和月女来到村民家求宿。桃花村民风淳朴，村民很爽快地接纳了客人，还连连为房屋太过简陋而道歉。

次日一早，计然出屋时，月女早已等在院中。计然见她眼睛红肿，忙问道："月女一夜没睡吗？"

月女摇头道："睡不着。"

计然道："你该不会在这里站了一夜吧？"

月女摇了摇头，道："我跟大婶同床，虽难以入睡，可也不敢随意翻身，生怕惊扰了她。早上等她起来后，这才起身。"

刚好专毅提鱼到来，三人坐在院中吃了炙鱼，一起去找村民打听情形。问了几户人家，都说除了太子庆忌一行外，没有见过陌生人。

刚问到第五户人家时，专诸赶了过来，一把揪住专毅胸口，怒道："我昨晚跟你说什么来着，叫你不要再管这件事！"

专毅畏惧父亲，不敢回应。专诸又道："你马上给我滚回棠邑[1]老家，陪你娘亲去。"

月女上前劝道："专诸君，专毅只是好心，想捉到凶手，为五湖公报仇。"

专诸冷笑道："月女怎么也多管起闲事来了？这不是你一个小女孩该管的事。"又指着计然道："他们两个年纪小，你堂堂成年男子，也这般不懂事吗？尽跟着瞎胡闹。"

计然遂上前握住月女的手，道："我们走吧。"月女道："可是……"

计然道："这确实不是我们该管的事。"牵了月女出来。

御者及侍从尚候在村外，计然扶月女上车，命道："回渔场。"

到了菱湖渔场，刚好在门前遇到范蠡。范蠡见到计然、月女二人，亦是惊讶万状，问道："你们二位如何会来这里？"

侍从鱼亭道："这位就是渔父，是渔场的主人，如何来不得？"

范蠡大吃一惊，道："你就是渔父吗？范蠡竟是有眼不识泰山。"

计然道："范君何须客气。我很久不来吴国，竟不知渔场中藏龙卧虎，有你这等能人。让你栖身在这小小渔场，实在太委屈了。"

范蠡见月女神色不豫，问道："月女怎么了？看上去有些郁郁寡欢。"

月女不答，只是摇了摇头。

计然叹道："前日范蠡君离开五湖酒肆后，又发生了很多事。进去再说吧。"

三人入堂坐下，月女仍是一言不发，计然便大致说了这几日之事，只略去邢平一节。

范蠡道："那日在五湖酒肆得计君好意提醒后，我便自后门离开了。想不到后来发生了那么多事，吴王僚遇刺，这可是了不得的大事。"

月女撇嘴道："吴王僚遇刺确实是大事，人人都要去追查行刺的幕后主使，现下也没人再管五湖公的案子了。等司寇署忙完吴王的案子，腾

[1] 棠邑：今江苏南京六合区西北，彼时属吴国所有。

出手来，凶手早逃之夭夭了。”

范蠡道：“原来月女是因为这件事不高兴。”

计然道：“谁说没人管五湖公的案子，不是还有我们吗？”

月女闻言喜道：“现在没有了专毅，计然哥哥还愿意继续追查凶手吗？”

计然点了点头，道：“专诸当面令月女难堪，我非管到底不可。”

范蠡忙道：“范蠡不才，也愿意出些微薄之力。”

月女欣然道：“范君也肯帮忙，实在太好了。”

计然之前与范蠡有过交谈，对其印象极佳，也知道对方是个有才干的男子，遂道：“能得范君襄助，再好不过。从今日起，你我朋友论交，我属下车马，任你调遣。”又道：“范君叫我渔父便可。”

范蠡道：“多谢渔父信得过我。既然月女与渔父要查吴王僚遇刺案，五湖公一案，便交给我吧。”

计然道：“甚好。”又告道：“五湖公被杀一案，专诸一定知道些什么。他身为五湖公弟子，不报杀师大仇倒也罢了，还对爱子发火，将其逐回家乡，行为实在太过反常。”

月女忙问道：“计然哥哥是说，专诸可能知道是谁杀了五湖公？”计然道：“正是此意。”

月女道：“既然如此，专诸为何不将实情告诉季子呢？季子是天下公认的圣人，又官任大司寇，断然不会徇私枉法。”

计然道：“或许是季札跟专诸说过要缓查五湖公一案，专诸觉得司寇署不会尽心尽力，告诉季札也是白搭。”

范蠡道：“但就算吴王遇刺案是重中之重，专诸将线索及怀疑对象告诉季札，他不会不派人查。”

计然道：“或许凶手来头太大，专诸有所顾虑，担心即便是季札那样的圣人，也可能庇护对方。”

范蠡恍然有所醒悟，道：“所以专诸才担心儿子私下调查会招致危险，找借口将专毅送回了家乡。”

计然点了点头，道：“但以我观察来看，专诸这个人绝不是懦弱之人。”

范蠡道：“我明白了，渔父认为专诸可能会独自去为五湖公报仇，我只需暗中监视他的动静，便能按图索骥，查到凶手。”

计然笑道：“有范君来主持这件事，我可以完全放心了。”

当即叫进来心腹侍从阿巴，为他引见范蠡，命他听范蠡号令。范蠡也不推辞，吩咐了一番，阿巴应命去了。

月女道：“这么说，五湖公一案已经算是有了眉目。那么，吴王僚遇刺案，该怎么办才好？”

计然道：“月女忙了几天了，今日先大吃大喝一天，好好休息。明日再来想办法，如何？”又道：“这处渔场颇大，而且还有荷塘，很好玩，我派人带你去游湖。”

月女虽然意兴阑珊，但也确实感觉疲累，便答应了，又问道：“计然哥哥不陪我去吗？”

计然道：“我也想去，不过我还有事要同范蠡君商议。你先自己去玩，玩得累了再回来，我陪你吃饭，好不好？”一再软语相哄，终于送走了月女。

范蠡瞧在眼中，问道：“渔父与月女相识不久，却如此宠爱她，是因为怜悯她的身世吗？”

计然叹了口气，既不承认，也不否认。

范蠡又好奇问道：“月女当真身怀绝世武功吗？”

计然道：“也许在她自己看来，那不叫武功，不过是日常跟白猿嬉戏的招式罢了。”

范蠡摇头道：“当真是奇人奇事。”又问道：“渔父不让我亲自去监视专诸，可是有什么事要同我商议？”

计然道：“范君认为吴王僚遇刺这件事，幕后主使是谁？”

范蠡一怔，反问道：“难道不是楚国吗？”似是认为楚国派遣刺客刺杀吴王僚是顺理成章之事。

计然闻言颇为意外，随即笑了一下。

范蠡问道：“渔父何以发笑？”计然道：“你是楚人，认为是自己母国派遣了刺客。孙武是齐人，也认为是齐人谋划了行刺吴王僚一事。”

范蠡闻言也笑道：“也许都是因为心中仍挂念自己母国。而今吴国强大，楚国和齐国虽是大国，对其也是畏惧有加。”

又道：“我之所以认为是楚人所为，是因为我留意到最近橱溪城舟船开始频繁调动，应该是有伐楚之意，只不过……”橱溪城即为吴国造船之所。

计然道：“只不过吴王僚不愿意再用公子光担任主帅，可又一时没有其他合适的人选，所以暂时搁置了下来。”

范蠡道：“正是。”

或许楚国派在吴地的眼线，也留意到吴国舟师不寻常的调动，意识到吴军将要伐楚。楚国鉴于楚军接连败于吴公子光之手，料想难以对敌，遂想出了行刺吴王僚的法子，虽然难免会加深两国仇怨，但一旦事成，确实可以有效解决楚国的燃眉之急。

范蠡问道：“渔父以为呢？”

计然道：“我原先觉得楚国新君年幼，国内局势动荡，应该无暇他顾，但后来在市集遇到一个不该在吴国出现的人，便开始疑心楚国卷入其中。而今听了范君一番高论，愈发认为楚国嫌疑重大。但孙武是个精细之人，不会平白无故地认为可能是齐人所为。”

范蠡又问道：“渔父所称不该在吴国出现的人，到底是谁，是楚国人吗？”

计然道：“华登，他算不上楚国人。”

范蠡大为意外，道：“吴国曾接纳华登，又派军援救华族，结果最后华登投奔了楚国。想来吴王僚对华登恨意不浅，他竟然还敢来吴地！”

又道：“渔父怀疑是楚君派华登来吴国主持行刺吴王僚一事吗？”

计然点点头，道：“华登不是蠢人，不会无缘无故来吴国送死。宋国内乱时，他曾在吴国避难近一年，熟悉吴地人情，是最合适不过的人选。”

范蠡道：“我听我朋友文种提过，吴国太子庆忌也曾派刺客到郢都刺杀华登。华登来吴国主持行刺吴王僚一事，也算是一报还一报。”又道：

“渔父为何不将这些当面告诉月女？”

计然道：“月女答应了孙武，要查明吴王僚遇刺一案真相，她一定会遵守诺言。但我早年与华登有旧，不愿意亲手将他送上死路。昨日我在市集遇到他，本待出言警示他，但他记恨当日我声称与他绝交之事，不愿再理我。”

范蠡道：“渔父希望我以楚国人的身份，出面劝他尽快离开吴国吗？”

计然点头道：“我确有此意，只是怕范君为难，不敢明言。”

范蠡愕然道：“何有为难一说？”

计然道：“范君有经世之才，鸿鹄之志，自楚入吴，必是想有所作为。若是私下助我纵华登逃走，则是与吴国作对，即使日后有机会，怕是也难以取信于吴王了，又何谈一展生平之志气？”

范蠡慨然道：“渔父前日好意在五湖酒肆提醒我，我虽不知你真实身份，但已视你为朋友。而今听了这番话，更是引为知己。不错，我来到吴国，是想建功立业。功名终可得，知音却难求，我愿意替渔父出面，找到华登，劝他即刻离开吴国。”

计然闻言大为感激，直起身来，深深揖拜下去。

范蠡道：“渔父何须客气。实在要谢的话，等事情办成，请我吃鱼饮酒足矣。只是我要如何才能找到华登？”

计然道：“我自会派手下去寻华登，寻到人后，再交由范君出面。”

二人计议已定，又随口谈论旁事。计然既与范蠡亲近，便实话告知自己身份，原来他出身晋国贵族，但幼年时家庭遭了变故，母亲携其逃到宋国，过了一段寄人篱下的生活。

宋国商业发达，为天下之首。计然天生有计算之才，少年时便崭露头角，后干脆开始自己经商，到十六岁时，已成为宋国巨富。他厌倦名利，遂开始游历山水，顺带也经营生意，而今商业已遍布各诸侯国。

范蠡听了很是佩服，佩服的倒不是计然如何富有，坐拥天下财富，而是他放弃世人企慕的贵族身份，甘于与商旅为伍。

又漫谈了许多事，二人越聊越是投缘，不知不觉间，竟已日暮。

侍从阿巴奔进来告道："渔父，范君，专诸今日出门，到市集买了一口棺材。到都亭桥附近时，有个人拦下专诸，跟他说了很久的话。臣另外派人跟踪了那个人，结果发现他进了公子光宅第。"

计然道："或许是公子光想向专诸打听吴王僚遇刺一事。"又问道："专诸回桃花村了吗？"

侍从阿巴道："回了。接下来几日，应该会忙于操办五湖公后事。"

范蠡道："我去过五湖酒肆多次，跟五湖公及专诸父子相熟，不如明日一早我赶去桃花村拜祭五湖公，顺便探探专诸口风。"

计然道："如此甚好。"

刚好月女游湖回来，直嚷道："渔场好大，我好饿啊。计然哥哥，你这里有吃的吗？"

计然忙命人去准备酒菜，又特意嘱咐厨子往汤水中加些宁神的药草。

饭菜上来时，月女见侍从往计然案上多放了一豆黑褐色的豆子，半湿不干，不禁好奇问道："那是什么？"

计然道："是大苦[1]，一种豆子制作的药材。我小时候有寒热的毛病，全靠吃大苦才好，后来便干脆将它当作调味品来吃了。"示意侍从分了一些给月女。

月女用手拈起一颗豆子，塞入口中，随即连连摇头道："好难吃，味道发苦。"计然笑道："这是入药用的，要不怎么叫大苦？"

月女道："除了大苦外，其他菜肴都很美味。计然哥哥，你有个好庖厨。"

大快朵颐一番，宴罢后，诸人便各自歇息。月女累了几天，晚宴时

[1] 大苦即今豆豉（chǐ，部分地区方言念 sī，譬如作者家乡），一种用熟的黄豆或黑豆经发酵后制成的食品。"大苦"一名见《楚辞·招魂》："大苦咸酸，辛甘行些。"豆豉是中国传统特色发酵豆制品，鲜美可口，香气独特，被誉为能"调和五味"，古人不但用来调味，而且用于入药。中医学认为豆豉性平，味甘微苦，有发汗解表、清热透疹、宽中除烦、宣郁解毒之效，可治感冒头痛、胸闷烦呕、伤寒寒热及食物中毒等病症。《汉书》《史记》《齐民要术》《本草纲目》等，都有记载。由于豆豉含有丰富的蛋白质、多种氨基酸等营养物质，中国在抗美援朝战争中，曾大量生产豆豉供应志愿军食用，以增进食欲、补充营养。

又饮得微醺，这一宿倒是睡得安然舒坦。

次日一早，范蠡自赶去桃花村，计然见月女尚未起身，便不命人惊扰。

正站在湖边观赏风光时，大夫邢平家臣包库快马赶来，道："大夫君请渔父即刻入城，有要事相商。"

计然皱眉道："又发生了什么事？事关那窃贼吗？我料想会有人救他，特意命你们打他一顿，让他短时间内动不了身，不能再兴风作浪。"

包库躬身道："跟那件事无关。"

计然道："那还会有邢大夫解决不了的事吗？你先回去，告诉邢大夫，说我现下还有别的事要忙，暂时不得闲。"

包库忙道："渔父住得远，大概还未听到风声，而今满城风传，说寿梦大王曾留下一份手书，指明季札之后，由诸樊长子，也就是嫡长孙即位。"

计然道："这样的流言蜚语，以前也应该有过吧？"包库道："可而今情势不同，当今大王刚刚遇刺。"

计然道："那旁人也只会怀疑公子光，干邢大夫何事？"

包库道："这次传闻不比以往，最后还加了一条，说寿梦大王临终前将手书交给了心腹大臣保管，也就是相国狐庸。"

计然陡然醒悟，问道："传闻是真的吗？"包库闻言，当即愣住。

计然心道："是了，我竟糊涂了，就算是真有其事，干系何等重大，邢平哪会让一个家臣知晓？"

他知道邢平迂腐，既无其祖申公巫臣的雄才大略，又缺其父狐庸的老谋深算，既是先人与他有旧，少不得得替对方出个主意。

又嫌车驾太慢，忙命人牵马，又让人等月女起身后转告她，先留在渔场玩耍，一切等他回来再说。

半途中，计然便已思虑清楚：这传闻表面捕风捉影，又在吴王僚遇刺后适时出现，看起来似是有人别有用心，要挑拨吴王僚及公子光相斗，但极可能是真有其事。不然如何一再有窃贼光顾邢府？

而邢平早猜及对方是为寿梦手书而来，料想窃贼背后主谋，不是吴王僚，便是公子光，任何一个都得罪不起，是以宁可隐忍下杀子之仇。

然这寿梦手书一事，当极为隐秘，知情者该寥寥无几，又是谁在关键时刻兴风作浪，放出了消息呢？

断然不可能是公子光一方。公子光已被吴王僚削夺兵权，王城禁军由太子庆忌统领，其余兵权则由吴王僚亲弟公子掩余和公子烛庸分领，公子光根本就没有与吴王僚一方对抗的能力。寿梦手书一事泄露，只会让吴王僚愈发猜忌公子光，势必除之而后快。

也绝不可能是吴王僚一方。吴王僚固然有能力除掉公子光，却会因此坐实寿梦手书之事，等于告诉世人说：公子光比他更有资格继承王位。

能从这件事中受益者，排在第一的当属楚国——若是吴王僚与公子光因此而相斗，吴国大起内讧，便暂时没有工夫兴师伐楚了。

莫非这是行刺事件的后招？吴王僚因为贪吃炙鱼而遇刺，颇觉丢脸，下令封锁消息，是以除了官宦之外，常人不知此事。但流言仍适时而出，表明散布者极可能就是参与者。楚人料想吴王僚侍从如云，行刺多半不成，一旦事败，便散布流言，促使吴国内乱。但寿梦手书吴国机密大事，楚人又如何知道手书保管在邢平手中呢？

进来邢府时，却听到西边“叮叮当当”响个不停，计然大感愕然。

包库忙解释道：“这是补釜匠在补镬。庖厨的鼎镬坏了，因为是先人传下来的，大夫君不敢扔，只好去市集请了补釜匠来补。”

计然以商业起家，对商机一类很是敏感，愕然道：“我许久不来吴地，竟发展出了专门的补釜匠吗？在其他各国，一般都是铁匠兼做补釜。”

包库道：“还不是因为吴地兵器锋锐，天下人都爱到吴国来买刀买剑，铁匠铺、剑坊等生意实在太好，根本不会接补釜或是补镬这种费力活儿，于是就有了补釜匠，听说是学艺不精，当不了铸剑师，所以才改做最简单的补镬。”

计然闻言，颇为感慨，道："这补釜匠有自知之明，进不成，则退一步，离开竞争激烈的热门行当，选择了一个没有竞争的冷门，也算有商业眼光。"

包库也听不懂计然之语，只道："渔父若是嫌吵，我这就派人打发补釜匠走，叫他改日再来。"

计然摇头道："不必。"

一进堂，计然便被邢平拉住。邢平先迫不及待地问道："渔父可有听到那些流言蜚语？"计然道："我听包库提了。"

邢平便命从人退出，连声问道："我该如何是好？该如何是好？渔父快些给拿个主意。"

计然试探问道："寿梦手书这件事，可是真的？"

邢平一愣，呆呆望着计然，似是不能相信一向超然的渔父竟会主动打听这件事。

计然叹了口气，道："那么我就当真有其事了。"又问道："既然流言明确提及令尊狐庸的名字，想必是知情者故意泄露的，应该早有人知道了邢大夫手中有寿梦手书一事。"

邢平摇头道："家父临死才告诉我这件事，还说除了我，世上没有第二人知情。"

计然道："但毕竟有人知道了，不然何以有窃贼频频光顾府上，而今又有指名道姓的流言呢？"又问道："想必之前有人当面试探过邢大夫这件事。"

邢平道："渔父果然不愧神算之名。确实有人问过，虽然问得十分隐晦，但其实就是指先王寿梦手书。"立即又道："不过恕我不能见告那人名字。"

计然点了点头，又问道："邢大夫当时是如何作答的呢？"邢平道："我当然是立即否认有这回事。"

计然道："为今之计，也没有别的办法，只能继续否认。邢大夫立即进宫，面见吴王僚，禀报市井流言一事，并告知这是敌国间谍有意挑拨吴国王室不和之举。”

邢平问道：“大王会信吗？”

随口一句话，就表明吴王僚不是寿梦手书的知情者，至少邢平没有怀疑吴王僚是窃贼背后的主谋，不然不会是问话，而会肯定地说“大王不会相信的”。

计然道：“如果在以往，吴王僚未必会信，可而今不是刚发生了行刺事件吗？敌国派刺客行刺未果，便又派人散布流言，挑拨吴王僚和公子光相斗。”

邢平一怔，转头四下望了一眼，见门窗紧闭，这才低声道：“行刺大王一事，难道不是公子光所为吗？”

计然大为意外，问道：“邢大夫何以认为是公子光派人行刺吴王？为何不是楚国，或是齐国？”

邢平陡然失笑，道：“渔父何以会想到齐国？绝不可能是齐国。”

计然问道：“邢大夫何以如此肯定？”

邢平道：“太子庆忌正妃华阳不久前病逝，大王决意为太子再寻一门好亲事，求娶齐国公主为正妃，齐君已经答应。这是吴国首次与中原联姻，大王十分重视。之前有吴国公子苦雒被俘后死在齐国一事，齐国也想与吴国修好，作出补偿，特意挑选了齐君最爱相貌最美的公主，预备嫁来吴国。”

计然道：“原来如此。”心道：“那么孙武怀疑齐人牵涉其中，一定有别的缘由。或者根本就与齐国无干，他是出于其他目的，想利用月女来查明行刺真相。”

邢平又道：“至于楚国，更不可能了。渔父该知道新即位的楚君还是个不满十岁的孩子，能懂什么事？母亲又是宫廷丑闻中心的秦国公主孟嬴。掌权将军子常根本不想立他，君臣猜疑，哪有余力派人行刺？”

顿了顿，又道：“如果一定要说是敌国所为，我宁可相信是秦国。新楚王是当今秦君的亲外甥，秦国为保新楚王地位，倒是有可能替其出手。”

计然道：“秦地风俗淳朴，不大像会干行刺之事。”

邢平道："渔父周游列国，见多识广，既然认为不会是秦人所为，必是对的。其实我也不相信秦国会千里迢迢派刺客到吴国来。我的意思是，如果一定要按嫌疑轻重来排位的话，公子光排第一，秦国第二，楚国第三，齐国不可能，就不提了，越国排第四。"

计然道："对了，还有越国，我竟没有想到过。"

邢平道："吴越结下死仇，是因为先王余祭遭越人刺杀。但自当今吴王即位后，两国关系有所改善，譬如越王献出湛卢、胜邪、鱼肠三剑，大王大悦。但越国终究还是楚国的附属国，要排楚国的话，越国也应该排上。"

计然道："可听说而今吴王僚有伐楚之意，楚国就算国内局势动荡，也不得不有所应对，派遣刺客行刺，挑拨吴国王族内斗，也算是不错的对策。"

邢平道："军事之事，是吴国机密，渔父终究是外国人，恕我不能见告。"

显然他不愿意提及吴师伐楚一事。但他既知将有征伐之事，却依然认定公子光嫌疑重大，必定是比旁人多知道些什么。

计然遂不再多问，道："邢大夫着急请我来，无非是要让我想个法子。还是如我之前所言，邢大夫及时将流言上报，声称是敌国间谍所为。不过你可以先去找大司寇季札，你二人一道入宫……"忽想到什么，问道："季札知道邢大夫手中有寿梦手书一事吗？"

邢平犹豫了下，答道："我不知道，季子应该并不知情。"

计然大讶，道："何以寿梦要瞒过最爱之子？"

邢平道："因为……唉，实在抱歉，我不能见告。"

计然道："那好，你就照我的法子去做。"

邢平也没有别的办法可想，遂登车出门，往司寇署去了。

计然正欲上马赶回渔场，侍从东润奔过来，躬身行礼。

计然忙问道："我派你去打探太子庆忌和司寇署两方，他们可有从刺客尸首发现什么？能确认对方身份吗？"

东润道："不能。但有一件事，可以肯定——前四名蒙面刺客，和后来自房顶跃下的刺客，不是一路。太子庆忌认为是两路不同的刺客，都想行刺吴王。"

计然闻言大为意外，问道："能确认吗？"

东润道："前后两路刺客服饰、兵器完全不同。第一路四名刺客，身上均穿有堂甲，第五名身上则没有。"

堂甲是楚国堂谿[1]所产甲衣，冠绝当世。然甲衣产于楚地，并不能证明刺客是楚国人，因为堂甲和吴国刀剑一样，均是深受时人喜欢的物事，通行华夏。

计然心道："难怪四名刺客勇猛无敌，无惧吴王僚侍从刀剑，能径直冲到吴王僚面前，原来身上穿了宝甲。"

东润又道："而且太子庆忌下令将刺客分尸、切成碎片后丢入鱼城喂鱼，动手的兵士发现那四名刺客身体里有相同的食物，而第五名刺客则大不一样。"

计然闻言，颇感恶心，便不再多问，点头道："你做得很好。继续去打探，有什么发现和进展，随时来报。"

驰回渔场，却是不见月女，计然以为她去了桃花村，正待寻去，范蠡先回来了，告知并未见到月女。

计然道："也许是回穹窿山了。"决定先不管她，问道："专诸那边怎么样？"

范蠡道："村民预备明日将五湖公下葬，专诸一直守在灵前。这人行为的确反常，一点伤心的样子也没有，但总是恶狠狠地砸自己额头，都砸出了一个大包，似乎是深恨自己没能保护好五湖公。"

计然道："如此，倒是愈发证实了我们之前的猜测，专诸一定知道凶手是谁，而且知道对方为什么要杀五湖公。"

范蠡道："我试探问过，他要么一言不发，要么只言片语搪塞过去，

[1] 堂谿：谿同溪，地名，在今河南省西平县西。

口风很紧。不过我已经请渔父手下侍从严密监视，一旦专诸有所动作，我们会立即得到消息。”

计然点点头，又告知其市井流言，只略过大夫那平手中当真持有寿梦手书一节。

范蠡道："如此，倒越来越像是楚国所为了，行刺不成，便散布流言，挑拨吴国内斗。"

计然道："怕是想要吴王僚性命的，不只是楚人。"说了太子庆忌发现有两路来历不同的刺客。

范蠡奇道："原来渔父派了人到太子宫打探，这怕是得费不少财物不少力气吧？"

计然微微一笑，问道："楚人是一路，另一路可能是谁？"

范蠡微一沉吟，即道："那自然是公子光了。"

楚人和公子光都选择在五湖酒肆下手，应该只是时机、地点上的巧合，毕竟吴王僚出宫机会不多。两路刺客先后尾随吴王僚来到五湖，前四名刺客抢先动手，奋不顾身，拼死向前，酒肆的狭小空间给了他们很大便利，几乎得手，若不是神秘灰衣男子的那一剑，吴王僚怕是早已血溅当场。

大概就在最混乱之机，第五名刺客爬上了酒肆房顶。既然是人，便不可能真正做到悄无声息。当时堂中好手不少，像庆忌更是顶尖高手，却无人察觉到头顶动静，足见那刺客把握时机之准。他跃下时的那一剑，也是必杀之剑，即使杀不了吴王僚，也会当其面杀死太子庆忌。

可惜那刺客没想到一个普普通通的山野女孩，竟是身怀绝技，随随便便掷出一只陶杯，便坏了他的大事。

按月女后来悄悄告诉计然的说法，她本可以完全打掉刺客手中的兵刃，但由于厌恶太子庆忌，便有意让他受点小伤，以示惩戒。

计然也疑心是公子光派出了另一路刺客。事败后，公子光料想自己必成首要怀疑对象，但他已经没有筹码可用，听说月女救了太子庆忌，便派其子王孙波来接近天真善良的月女，却被计然及时阻止。

果真如此的话，公子光应该不知道寿梦手书一事，否则他该千方百计地取到祖父手书，以手书正大光明地废黜吴王僚，自己登上王位。即便武力不及吴王僚，他也可以依照惯例，凭寿梦手书向周天子及众诸侯求助。

吴王僚和公子光是寿梦手书干系最大、利益最重之人，二人却都不知情。邢平既然承认有人试探套过他的话，套话者应该就是窥测寿梦手书的知情者。

那么令邢平如此畏惧的人到底是谁呢？谁是那假窃贼的主人呢？会不会就是那人将邢平手握寿梦手书一事泄露了出去？

邢平始终不提旁话，不问谁散布了流言，只向计然求一个解决办法，想必也猜及此节。

之前季札拒绝王位，吴王僚抢先即位，邢平未拿出手书，依照寿梦生前安排，扶公子光即位，已是大大的不该。就算邢平不愿意干涉王室家事，愿意承认既定事实，便该销毁手书，以免留下动乱的根源，甚至祸及自身。

可邢平没有这么做，想必是因为受过父亲狐庸之嘱托。而今他除了抵赖没有手书之外，再无他法。

但就算过了眼前这一关，此事仍有巨大后患，吴王僚和公子光心中留下了阴影，日后看邢平的眼光，必会格外不同，若邢平稍微露一点马脚，那便是灭门大祸。

虽则目下祸福全在邢平自身演技，好在从其语气推测，知情者不会将他手中真有寿梦手书一事告知吴王僚或是公子光。

知情者既知悉手书机密，又曾当面试探邢平，必是吴国王公贵族，如此兴风作浪，自然是想从中获利。吴王僚与公子光斗得两败俱伤，谁是最大的获益者呢？难道是第三任吴王余祭之子公子清？

但按照礼制，王位“兄终弟及”到第四任吴王余昧终止，改为“嫡长子制”，吴王僚死，理该太子庆忌即位。就算公子光凭手段扳回王位，那么他也是以第二任吴王诸樊嫡长子身份即位，下面该轮到其子王孙波。除非这些人都因内讧自相残杀而死，这才会轮到公子清。

当真是一团乱麻！而今吴国王室为争权夺势而相互角力，跟当年晋国何其相似！

好在这件事应该跟华登无关。但那知情者选择在吴王僚遇刺后放出风声，也可谓极善把握时机、借力打力了。

范蠡见计然陷入深思，也不打断，自走到书架前，翻阅卷书。月女忽冲了进来，嚷道："我又饿了！计然哥哥，有吃的吗？"

计然朝外一看，湖面上金光闪闪，竟已是日落时分，一日竟不知不觉地过去了。忙吩咐厨下准备饭菜，又问道："你去了哪里？"

月女道："我看计然哥哥一直没有回来，便想先回去看看小白和孙武哥哥。小白是见到了，孙武哥哥却不在，只有陈音满脸是血，躺在那里，说孙武哥哥去阳山找朋友了。我便一路寻去阳山，结果你们猜我遇到了谁？"

范蠡道："听说阳山住着一个怪人，名叫公孙圣。是他吗？"月女笑道："不是。"

计然沉吟片刻，问道："楚国王孙胜和其祖母，以及楚臣伍子胥，是不是也住在阳山？"

月女道："是啊，孙武哥哥就是去找他们。不过我说的怪人不是他们。范君当时人不在五湖酒肆，没见过那人，计然哥哥见过他，应该还记得的。"忽又想了起来，道："不对，计然哥哥没见过，孙武哥哥才见过。"

计然道："莫非月女说的怪人，是那在酒肆救了吴王僚性命的灰衣剑客？"

月女拍手笑道："是他。计然哥哥好聪明，人不在场，竟然一猜就猜到了。"又道："那个人好古怪，我因为曾在酒肆打过照面，主动跟他招呼说话，他对我爱理不理的。"

阳山高八百五十余丈，逶迤二十余里，是吴国王城一带第二高峰，仅次于穹窿山笠帽峰，以其背阴面阳，故曰"阳"，亦云"四飞"，以四面视之势若飞动也。此山山中有湖，但并不毗临五湖，并非吴地胜景。

计然心念一动，暗道："若强行解释那灰衣剑客是去游览阳山，倒也说得过去。可是他先前在五湖酒肆适时出现，当时楚国王孙胜人也在场，而后此人又出现在阳山王孙胜住处附近，未免太过巧合。”忙问道："那灰衣人到阳山做什么？”

月女道："我也拿这话问了他，他不肯回答，总之怪里怪气的，一张脸拉得老长，比冰还要冷。后来孙武哥哥出来，见到灰衣怪人，也是很惊讶，上前招呼，但那人好生没有礼貌，直接转身走了。孙武哥哥听说陈音跟人打架受了伤，便急忙回去了。我惦记计然哥哥这边，就自己回来渔场了。”

范蠡好奇问道："陈音是谁？”

月女道："他是孙武哥哥结交的一个朋友。"

范蠡踌躇道："我听朋友文种说过，楚军中有个神箭手名叫陈音，射术不在昔日养由基之下，后来因为得罪了主将，怕遭到报复，偷偷溜出军中逃跑了，不会跟月女口中的陈音是同一个人吧？”

月女摇头道："我不知道。这个陈音，不知道他会不会射箭，至少我没见过。"

计然道："你那张小弩，是不是就是这个叫陈音的人送的？”

月女道："是啊。有一天陈音来看孙武哥哥，见我跟小白投石子玩，很是不以为然，说石头太小，又扔不远，随手便送了这张小弩给我。"一边说着，一边从衣袍下取出小弩。

范蠡讶然道："这是琴氏弓弩。月女，你口中的陈音，一定跟我说的神射手陈音是同一人了。"

月女奇道："陈音是神射手？哈哈哈，我怎么看他都不像。他就是个无所事事的纨绔子弟，最喜欢追逐漂亮女孩子，不管对方有没有主儿，所以常常因为争风吃醋打架受伤。"

范蠡笑道："人不可貌相，月女看起来只是个娇弱的小女孩儿，谁又能想到你身怀绝技呢？”

月女笑道："如果陈音真有范君说得那么厉害，哪会像今日这样被人打得鼻青脸肿？”

范蠡摇头道："神射手只是射术高人一等，未必就武艺高强。总之，我很想见见这个陈音。”

计然笑道：“这有何难？菱湖离穹窿山不远，我明日就派人去接陈音来渔场做客养伤，如何？”

范蠡未及回答，月女拍手笑道：“那很好啊。陈音总说山林不好，说水边好，一直游说孙武哥哥搬到五湖来住呢。”

计然微一踌躇，又问道：“要不要将孙武一并接来做客？”

月女道：“孙武哥哥不常出门的，如果他愿意来，那自然最好。”

计然点了点头，道：“不过我们明日一早要先进城办事，等到晚些时候再去接人，我命人预备好晚宴，如何？”

月女对此自无异议，又听说明日要去寻人查案，吃过晚饭，便早早回房歇息。

次日一早，一行人赶早骑马入城。侍从鱼亭先引计然到市集拜见市吏被离。

市吏听起来只是管理市集的官吏，在吴国地位却非同一般，是吴国王室安插在民间最重要的眼线，而且自第一任吴王寿梦起，便成为世袭官职。当年伍子胥来到吴国，无人引见，遂在市集乞讨卖唱，引起了市吏被离的注意，这才得以由被离引见给吴王僚。

彼时中国商业已然兴盛，又以宋国最为发达，商业及商人之“商”，均得自宋国，盖因宋为殷商故地。被离既主管市集，亦密切关注商业，他对富甲天下的计然早有所闻，上前拜见道：“久仰渔父大名，今日竟有缘见到。渔父放心，寻人之事，老臣一定会尽力帮忙。”又指着身后一名男子道：“这是臣的侄儿要离，若臣不方便时，便由他去见渔父，传递消息。”

那要离二十余岁，形容丑陋不说，身材极为瘦小，仅五尺余，腰围一束，堂堂男儿，看起来竟像个孩子。

计然点点头，道了谢，与被离略略寒暄，便告辞出来，带了月女到处闲逛，道：“月女随意看看，看有没有什么喜欢的东西。”

月女已知计然怀疑昔日好友华登到吴国是有重大异图，忙问道：“我们不是来寻找华登的吗？”

计然道：“我已经派了人四下打探华登落脚之处，稍后便应该有消息，我们就安心等在这里。”又问道：“卖布帛、珠玉的店铺，都集中在那边，月女想不想去看看？”

月女想也不想，摇头答道：“不想。”

计然道：“那我们就找家酒肆坐下，一边吃东西，一边等消息，如何？”

月女摇头道：“那也无趣得很。”忽想到一事，道：“上次路过那家剑坊，听到打铁声蛮有趣的，不如去那里看看。”

计然忙道：“好啊，我正好想定做一柄宝剑呢。”遂赶来剑坊。

剑坊弟子白鹭迎过来问道：“足下是要买剑吗？”

计然道：“我是慕名而来，想定做两柄上好的宝剑，由贵坊坊主干将亲自锻炼。这是酬金。”一边说着，一边从怀中掏出一个小盒，递了过去。

白鹭打开一看，却是两颗滚圆的珍珠，均有鸽子蛋般大小。他见主顾出手极为阔绰，不敢怠慢，忙道：“师父人不在剑坊，而且不知道什么时候才回来，剑坊目下由师母莫邪主事。”

计然道：“莫邪与干将齐名，亦足以胜任。”白鹭大喜道：“是，我这就去请师母出来，请二位稍候。”又命妹妹桑碧过来招待贵客。

桑碧见计然容貌丑陋，不由自主地蹙了蹙眉，但看到案上木盒中的珍珠后，还是勉强正容上前，询问了计然姓名，问道：“计君想定做什么样的宝剑？”

计然道：“我那柄嘛，最简单最普通的样式即可，不需要花纹，但一定要用最好的物料。”

桑碧闻言大为意外，又看了看案头珍珠，道：“计君看起来……嗯，看起来不是普通人，当真不需要在剑上做任何装饰吗？”

计然道：“宝剑之利，不在装饰，而在锋芒。”

刚好引着师母莫邪出来。莫邪四十来岁，中等身材，瘦削强健，且脸色极黑，看起来跟五湖边打鱼晒网的渔妇没什么区别。她闻言接口道：“这位计君是个大行家。计君，我已经明白你的要求，你要剑身朴素无华，剑芒内敛于间，是也不是？”

计然道：“正是。”

莫邪道：“小徒说你要定两把剑，这是第一柄。第二柄有何要求？”

计然小道：“这要看月女的意思。”

月女讶然道：“原来另一柄剑是给我的啊。不，我就不要了。”

桑碧指着满架的宝剑道：“这么多剑，你就没有喜欢的样子吗？”

月女摇头道，“我不喜欢打打杀杀，要剑也没什么用处。”

莫邪很喜欢月女，上前握住她的手，笑道：“剑也不全是伤人利器，有时候，它还是很好的装饰，一把至爱之剑，可以成为你一生的伴侣。你是个小女孩，自然不喜欢这些剑。我这里有一柄小木剑，是以前用作模子的。你先看看，如果喜欢，我就照着木剑的样子给你做一柄小剑，如何？”

月女不知莫邪是铸剑圣手欧冶子之女，其本人亦是吴国数一数二的铸剑名家，只随口应道：“那好吧，我先看看木剑再说。”

莫邪便从木箱中取出一柄小木剑来，看起来有些陈旧，却是纹理清晰，古意盎然，剑身上有细密纹路，曲折婉转，凹凸不平，如同鱼鳞一般。

月女一望之下，立即夺了过去，来回翻看，欢声笑道：“这个好看，这个好看。”

莫邪笑道：“月女既如此喜欢，我就亲自给你做一柄小剑，样子相似，跟这柄木剑差不了太多，好不好？”

月女笑道：“不必劳烦娘子，我只想要这柄木剑。”

一旁桑碧撇了撇嘴，道：“你想要木剑？你可知道这柄木剑的来历吗？”

月女道：“不知道啊，我只是喜欢它。”一边说着，一边将木剑插入腰间，转头笑道：“计然哥哥，你看我佩这把木剑，好不好看？”

却见计然死死瞪着那柄木剑，脸色极为诡异。

第三章

我心匪鉴，不可以茹

第一任寿梦在世时，做了『兄终弟及』的安排，从长子诸樊，到次子余祭，到第三子余昧，再到幼子季札，四个儿子尽为吴王。那么季札百年之后又当如何呢？他是寿梦最小的儿子，不可能再行『兄终弟及』之事，又无子嗣，也不可能执行『嫡长子制』。

女铸剑师莫邪取出一柄曾当作模子的小木剑，月女喜欢异常，计然却是反应异样。

月女叫道："计然哥哥，你怎么了？"

计然不答，只问莫邪道："这木剑……"

莫邪只以为对方认出了木剑的异常，忙告道："这便是先父所铸鱼肠剑用过的模子。"

计然"啊"了一声，道："原来这就是鱼肠剑的模子。"

月女道："原来这柄木剑叫鱼肠剑。"

桑碧插口道："别看是柄木剑，这可是有钱也买不到的宝物。"

莫邪摆了摆手，命桑碧退开，笑道："它只是把木剑，真正的鱼肠剑原为越王所有，后来越国将其献给了当今吴王，吴王僚又赏赐给了公子光。不过这木剑倒是先父亲手削制，木头也是采自湛卢山，既然月女这般喜欢，我就把它送给你，如何？"

桑碧大急，叫道："师母怎可以将师祖遗物轻易送人？"

莫邪道："只是柄木剑而已，月女跟它有缘，送她最合适不过。"

月女喜不自胜，道："太好了，多谢莫邪娘子。"

计然心中有事，也不及多言，遂拱手道："多谢娘子肯割舍欧冶子大师遗物。另一把剑，就有劳娘子多费心。我们改日再来。"

他扯着月女出来剑坊时，正好遇到太子庆忌。

剑坊虽是民间作坊，但因坊主夫妇干将、莫邪的名气，亦负责为吴国王室铸剑，在这里遇到太子并不稀奇。但月女并不知情，很是意外，问道："太子怎么来了这里？"又见庆忌带着大批侍从，还以为对方来剑坊搜捕刺客同党。

庆忌却道："我路过剑坊，随意进来看看。"忽一眼看到看到月女腰间木剑，脸色大变，道："那……那不是鱼肠剑吗？"随即醒悟过来："嗯，原来是把木剑。"

月女很是得意，道："怎么样，我这把木剑不错吧？"

庆忌道："这应该就是昔日欧冶子用作模子的木剑吧？嗯，不错，不错。"又道："莫邪竟肯割爱，月女还真是招人喜欢呢。"见桑碧已闻声而出，便舍了月女，迎了上去。

月女道："我其实还想跟莫邪多说几句感谢的话呢，计然哥哥这么着急拉我出来做什么？"

计然道："我们得立即赶去桃花村。"

月女奇道："我们不是还要找华登吗？还没有他的消息呢，为何要匆匆赶去桃花村？"

计然道："月女可还记得当日所见五湖公胸前伤口情形？"月女摇头道："我没敢多看。"

计然道："那伤口很窄，造成那种口径的短剑并不常见……"忽觉得不该跟月女谈这些血淋淋的事，便告道："如果我所料不错，月女身上的这把木剑，会与五湖公的剑伤吻合。"

月女大吃一惊，道："计然哥哥是说，有人用这把木剑杀了五湖公？"

计然道："不是这把木剑，是另一把铁剑，真正的鱼肠剑。"

一时不及多解释，快马驰来桃花村，正好在村外遇到暗中监视专诸的范蠡。

范蠡听了计然的发现及推测，难以置信，道："我相信渔父的眼光，你当日人在现场，亲自检视过五湖公尸首，对伤口口径应该记得很清楚。但就算月女这把木剑与五湖公伤口完全相符，会不会只是巧合，凶手刚好有一柄跟鱼肠剑大小差不多的剑？"

计然道："若是平常，我会认为只是巧合。但五湖公被杀发生在吴王僚遇刺后，二者之间必有联系。"

而今已知当日有两路刺客行刺吴王僚，一路极可能是楚国所派，另一路则可能是受公子光指使，而公子光手中恰恰有鱼肠剑。

或许是五湖公早从某种渠道知道公子光要派刺客行刺吴王僚，而今既然发生五湖酒肆行刺事件，料想公子光必定有染其中。公子光担心事泄，便派人持鱼肠剑杀了五湖公灭口。

而专诸之所以如此反常，大概是因为他身为五湖公弟子，是五湖公在世时最亲近的人，五湖公已将公子光意图不轨一事告诉了他，因而五湖公一死，他便猜到是公子光所为。

范蠡听了计然头头是道的分析，这才信服，亦怀疑是公子光派人杀了五湖公。

计然又道："之前专诸入城置办棺材，有人拦下他，跟他说了很久的话。阿巴派人跟踪那个人，最终发现他进了公子光宅第。"

范蠡道："原先我们以为是公子光想向专诸打听吴王僚遇刺一事，现下才知想错了，应该是公子光有意派人试探专诸，想知道他是否知情公子光有染行刺一事。"

月女道："现下要怎么办？村民们抬着棺材出来了，就要将五湖公下葬了。"

范蠡问道："我们是否要赶去拦下送葬队伍，用月女的木剑做模子，开棺验伤？"

计然沉吟道："这个估计不可能，而且太过明显，极可能给桃花村招来祸事。如果能从专诸那里打听到他所知隐情，应该就能断定公子光就是杀死五湖公的幕后主使。"

月女道："那我们还等什么？这就去找专诸吧。"走出几步，又回身道："计然哥哥，如果证实是公子光派人杀了五湖公，我们该怎么办？要去告诉大司寇季子吗？"

计然未及回答，范蠡已摇头道："渔父能看出五湖公身上剑伤有异，季札是亲眼见过鱼肠剑的人，应该早看了出来，却称要暂缓五湖公一案，分明有庇护公子光之意。"

月女道："但他是季子啊。"

范蠡道："季子也是凡人。他没有子嗣，于诸侄中最爱公子光，怎么可能为了一个五湖公，而牺牲骨肉至亲呢？"

月女大急，道："那难道五湖公就白白死了吗？"

计然道："此案牵涉吴国局势，不能轻举妄动。我们先去送五湖公最后一程，然后跟专诸好好聊聊，看他是否真的知情。等到确认公子光是幕后主使后，再决定要怎么做。"

村民扶灵而出，专诸、专毅父子走在前头。计然、范蠡、月女三人让在道旁，对棺木深深行了一礼，便加入了送葬的队伍。

专诸一眼瞥见月女腰间木剑，露出古怪之极的神情，虽一闪即逝，但仍落入有心观察者眼中。计然和范蠡相视一眼，愈发断定专诸早知五湖公死于鱼肠剑下，而幕后凶手正是公子光。

安葬完毕，村民陆续离开，计然便上前道："我有几句话想问专君，不知可否借一步说话？"

专诸点点头，先吩咐专毅道："你先回去。记得收拾好行囊，明日一早，你便动身返回家乡。"

专毅虽不情愿，却不敢违背父亲之意，遂到五湖公坟前磕了三个头，又过去跟月女告别，道："我就要动身回去家乡啦。月女若是来我们棠邑，一定要记得来看我。"

月女也很是恋恋不舍，道："知道啦。"又上前一步，低声道："你放心，我一定查明真相，揪出凶手，还五湖公一个公道。"

专毅流露出喜色来，道："我信得过月女，多谢。"

等专毅走远，计然才问道："关于五湖公被杀一案，专君可是知道些什么？"

专诸仍是面无表情，道："据我所知，计君只来过五湖酒肆一次，当日师父还正好不在酒肆中，可以说，你根本不认得我师父五湖公，何以对他的被杀如此关心？"

计然未及回答，月女已抢着道："是我让计然哥哥帮忙，务必捉到杀害五湖公的凶手。专诸君，我们都是真心想帮忙，你快些将你知道的说出来。"

专诸摇了摇头，只是不答，但目光却总是有意无意地瞟向月女腰间的木剑，似想发问，却又强行忍住。

月女已事先得计然嘱托，佯作不察，不肯主动告之木剑之来历。

范蠡问道："专君是不是因为凶手太强，怕我等知情后惹祸上身？"

专诸简短地答道："不是。"除此之外，再无别话。

月女不免着急起来，道："其实就算专诸君不说，我们也猜到了，是公子光派人杀了五湖公，对不对？"

她脱口而出，计然不及阻止，便专心留意专诸的反应。专诸一怔，但却不是意外，而是惊讶，显然他已知道事涉公子光，只是惊讶月女如何会知道。

计然缓缓道："事已至此，专君还是不肯明言相告吗？"

专诸摇头道："事情绝不是诸位所想的那样。"

计然道："那么就请专君将真相和盘托出。"

专诸道："我知道三位完全是出于好意，但这件事，我还没有完全想清楚，师父也才刚刚下葬，请再给我几日时间，容我好好想想。三日，我只需要三日时间，三日之后，我一定会向几位交代清楚。"

他既然如此声明，旁人便不能再多说什么。计然等人亦理解他有苦衷，又伤于恩师新丧，遂告辞而去。

走出去老远，回过头去，仍见到专诸直挺挺地跪在五湖公坟前，如同化石一般。

范蠡叹道："专诸喜怒不形于色，但他内心深处，早将五湖公当作了至亲之人。"

计然见月女闷闷不乐，遂劝道："不要多想了。等到三日之后，专诸尽吐真相，我们再决定如何为五湖公申冤，如何？"

月女道："只能这样了。"

计然道："五湖公这桩案子，虽然未曾了结，但也算眉目清晰，解决了一大半，顺带也将吴王僚遇刺案解决了一半，可谓进展神速。我们今晚要大开宴席，以示庆祝。"

范蠡道："对了，渔父不是还要派人去接陈音和孙武吗？"

月女颇好热闹，听到会见到孙武，这才重新露出笑颜。

回到渔场，计然便派人驾车去穹窿山接人。先前派出打探消息的侍从陆续回来，均称未能寻到华登下落。

这倒是意料之中的事，华登一手策划了刺杀吴王僚的行动，而今失败，即便行踪尚未暴露，但吴王僚已派军队在全境大肆搜捕可疑人等，他势必要躲起来避避风头，或者干脆设法逃离了吴国。如果是后者，倒是能让计然长舒一口气了。

天色将黑时，御者驾车回来，来的却只有陈音。计然颇为意外，原本以为孙武托了月女调查吴王僚，而今月女人在渔场，他想知道进展，无论如何是要赶来一问究竟的。

陈音忙告道："孙武本来也要来的，临出门时，忽然来了位贵客。"转头看了月女一眼。月女莫名其妙，问道："你特意看我做什么？"

陈音道："月女不想知道贵客是谁吗？"

月女道："想知道啊，是谁？"陈音道："是滕玉，公子光之女，年纪比月女你还小，架子倒是不小，前呼后拥的。"

众人闻言大感意外，均好奇公子光之女为何会突然光顾偏僻的穹窿山，只是不便开口询问。

只有月女问道："我认得滕玉，上次在王宫见过，她和叔姬在一起，人不算和气，架子挺大的。她找孙武哥哥做什么？"

陈音摇头道："我也不知道。"又向计然致谢道："孙武说今日不得其便，改日一定来渔场拜访做客。他还专门让我替他谢谢渔父，这几日一直在照顾月女。"

计然点点头，见陈音额头包着厚布，右脸颊上有一道口子，嘴唇也破了，脚下虚浮，忙亲自上前扶住，问道："可需要派人到王城去请医师？"

陈音摇了摇头，道："不必，我皮糙肉厚，再说也习惯了。"

月女问道："你这次受伤还是因为盈娘吗？"

陈音叹了口气，点了点头。

众人进堂入席，各据一案，依主宾次序坐了。

范蠡早已按捺不住，先试探问道："陈君是楚国人吗？我也是楚国人。

本国有个神射手陈音，跟陈君你名字相同。”

陈音忙举袖掩面，道：“同名而已，我不是什么神射手，同名而已。”

他如此做作，旁人均知他便是楚国神射手陈音了。想来是因为私自逃离军营，自觉有愧，不愿意自承身份。

月女笑道：“陈音，我认识这么久，竟然不知道你是个神射手。”

陈音不快地道：“都说了我不是那个陈音。”

计然忙道：“好，陈君说不是就不是。来，我敬陈君一杯。”

陈音端起酒盏，先闻了一下，赞道：“好酒！这是楚国苞茅缩过的醪酒[1]，有独特的苞茅清香。”

月女道：“咦，我怎么喝不出清香来？”

陈音道：“这酒香是要闻的，酒味是要品的，月女饮酒就跟喝水一样，哪里喝得出来？”

月女嗔道：“就你名堂花样多。”

陈音笑道：“饮酒本来就要讲究花样，不然哪有趣味可言？”

酒过三旬时，侍从江风奔进来，惶然告道：“渔父，厨下的汤镬突然烧穿了，鱼汤没法上了。”

计然闻言，不但没有发怒，反而微笑起来。

范蠡笑道：“怎么，渔父觉得汤镬烧穿，是大大的吉兆？”

计然道：“当然不是，我是因之而想到了补釜匠。”又向陈音致歉道：“实在抱歉，准备不周，怠慢了贵客。”

[1] 如前注释，当时的酒有黍蒸饭酿成的黄酒，以及稻蒸饭发酵酿制的醪酒（甜米酒）。醪酒往往混合有稻米的残渣，称为“浮蛆酒脂”，又名“玉浮梁”。因而斟酒时有特别的讲究，先须往酒爵上放置一件漏斗状的铜器，那铜器的尖底上有十二个细小的漏孔，酒从中过，酒渣则被滤掉。有更讲究的公卿大族，还会在铜器中垫上麻布，如此滤出的酒不带一丁点儿酒脂，色清味浓。而民间百姓家没有贵族的财力，置办不起精美的铜器，只能采用土法子滤去酒渣，通常是用带毛刺的苞茅捆成一束，作为滤酒之器。方法虽然简易，却由此诞生了楚国最著名的酒——苞茅缩酒，又称香茅酒。“苞茅”即楚国特产的苞茅，“缩”即过滤的意思。用苞茅滤出的酒带有苞茅独特的清香，深受中原诸国喜爱，楚国特产苞茅更是被指定为周天子的贡品。昔日管仲代表齐桓公与诸侯之师宣布楚国罪名，其中一条就是：“尔贡苞茅不入，王祭不共，无以缩酒。”意思是楚国不进贡苞茅后，国君都没有可以滤酒的东西了。

陈音道："无妨，无妨。我在吴国住了好几年了，鱼汤也喝得够了，有此美酒足矣。"

计然便吩咐道："明日一早，赶去市集买几口新镬，再请补釜匠来渔场，将旧镬也补了。"

侍从江风听了，只觉得主人这道命令很奇怪，却不敢当众质疑，躬身领命去了。

陈音遂举酒笑道："来，我也敬主人一杯。我陈音……"

忽有女子高声叫道："陈音！陈音！你在吗？他……他要杀我……"

凄厉而尖锐的女音划破夜空，在五湖水面上回荡。

堂中众人吓了一跳，尚在纳罕时，陈音已自坐褥上一跃而起，一瘸一拐地朝外奔去。

范蠡讶然道："这是怎么回事？"

月女道："我早跟你们说过，陈音最爱拈花惹草，这次不知道又惹下什么麻烦了。"

计然生怕陈音有失，忙引人跟了出来。

陈音飞速赶来渔场大门，却见一名女子披头散发，正在门前哭喊他的名字，不由得又是心痛又是怜惜，叫道："盈娘，我人在这里！"

盈娘飞奔过来，投入陈音怀中，哭道："他……他要杀我。"

陈音问道："是你以前的丈夫回来了吗？"

盈娘点点头，道："他不知怎么寻到了我的住处，说要带我走，我不肯，他便发了脾气。又见到我房中有男子衣衫，便会意过来，拔出剑来，要杀死我。我趁他那些侍从劝阻之时，寻机逃出门去，抢了一匹马，驰到穹窿山寻你。你朋友孙武说你来了菱湖渔场，我又一路赶来这里。适才我听到背后有马蹄声，他……是他追来了……"

陈音柔声安慰道："你放心，有我在这里，他决计伤害不了你。"

计然等人亦已赶到，只是不明所以。

陈音遂告道："这位是盈娘，以前嫁过人，她丈夫在军中任职，性情暴躁，又总是疑神疑鬼，待她不是很好。后来那男子出征上了战场，久无回音，盈娘便以为丈夫已经战死，遂换了住所，开始了新生活。但没想到她丈夫并没有死，而今又回来了，还到处打听她下落。”

月女道：“你身上的伤，便是盈娘丈夫打的吗？”

陈音点点头，道：“我听说有人到处在找盈娘，便想知道对方到底是什么人，所以暗中打听跟踪，不料被对方捉住，暴打了一顿。不过那时候，我还不知道那伙人的首领就是盈娘丈夫。”

盈娘忽然色变，颤声道：“他来了……他来了……”

果见月色中有人快马驰来。

计然使了个眼色，侍从念辞遂拔剑上前，喝问道：“这里是菱湖渔场，来者何人？报上姓名！”

那骑士二话不说，翻身下马，拔出长剑，便欲与阻拦的念辞动手。月女眼尖，先道：“咦，那人不是之前与计然哥哥在剑坊门前交谈的男子吗？”

计然大吃一惊，上前一看，那持剑的壮年男子，正是他派了人手苦寻不获的华登，忙叫道：“住手，都住手！”

华登乍逢故友，也极为意外，问道：“这菱湖渔场也是渔父名下产业吗？”

计然不及回答，先问道：“你跟盈娘……”

华登冷然道：“盈娘是我妻子，这是我华氏家事，不劳渔父多管。快些将人交出来，我自会立即离开。”

计然心道：“盈娘满口吴音，分明是吴国女子，华登在宋国所娶妻妾我都认识，他何时又娶了吴女为妻？是了，盈娘一定是几年前他流亡吴国时新纳的女子。”心念一动，问道：“莫非你这次到吴国，是专程来寻盈娘？”

华登道：“渔父知道就好。”

计然道：“那么行刺吴王僚之事……”华登发怒道：“渔父婆婆妈妈地扯些没用的做什么？还不快些将我妻子交出来。”

计然劝道：“盈娘既不愿意再跟从你，你又何必强求？你堂堂公卿之后，又在楚国贵为大夫，地位显赫，还愁没有漂亮女子投怀送抱吗？”

华登道：“我只要盈娘。她要么死，要么跟我回楚国，没有第二条路。”

盈娘见计然扭头望向自己，以为对方有意交自己出去，忙哭叫道：“我不走，我死也不跟他走。”

计然遂道：“本来这是你华氏家事，我不该多管，但盈娘既来到我这里，便是我计然的贵客，除非她主动离开，我绝不会强逼她做违背她意愿的事。”

华登大怒，伸手便去拔剑，腰带环扣却在一刹那松开，佩剑落地，他竟摸了个空，一时愕然。却见陈音挽弓而立，冷冷道：“这一箭，只是射断了你的腰带。再不走，下一箭可就没那么客气了。”

华登亦是宋国勇士，他急怒之下，未留意有羽箭飞至，倒也不足为奇，但陈音竟能借着一点月光，一箭穿过人丛，射断了剑扣，这可需要有百步穿杨的准度。

华登愣了愣，才道：“我与足下两次会面，竟未曾请教高姓大名。”陈音道：“我叫陈音。”

华登点了点头，道：“原来你就是楚国神射手陈音。”料想今晚绝计讨不到好处，瞪了计然一眼，恨恨道：“今日之事，我华登决不会善罢甘休。”拾取了宝剑，飞身上马，扬长而去。

月女忙上前问道：“我们不是要找华登吗？现下他自动现身，计然哥哥何以不留下他，让他交代清楚行刺之事？”

计然已料定华登是专为盈娘而赴吴地，跟之前行刺吴王僚一事毫无干系，摇头道：“那件事，与华登无干。”

月女道：“不是楚人派人行刺吴王吗？那么刺客到底是受谁指使？”

计然摇头道：“我也不知道，华登没有了嫌疑，等于线索全断了。”

这边月女、计然疑虑再起，那边陈音亦是满腹疑云，问道：“盈娘的丈夫，竟是宋国华登？”

盈娘起初不肯回答，被逼问得急了，终于点了点头。

众人回到堂中。陈音也不避嫌，正色告道："而今渔场主人因为维护盈娘而得罪了华登，你最好将一切交代清楚。"

盈娘这才哭哭啼啼讲了经过——

原来盈娘原本是侍奉太子庆忌的宫女，吴越之地多灵秀美女，盈娘更是佼佼者，因容貌姣好入选太子宫，极得太子宠爱，甚至招致太子妃华阳嫉恨。

华登避难吴国时，与太子庆忌交好。某日宴会，盈娘奉命侍酒，华登第一眼看到她时，目光便再也难以离开。庆忌看在眼中，为长远着想，忍痛割爱，当场将盈娘送给了华登。

起初华登对盈娘极为宠爱，但在吴国日子久了，挂念母国，又因几次向吴王僚借兵遭拒，更是得知宋国家眷已遭宋君杀害，不免又气又怒，将一腔怨气撒在盈娘身上。盈娘无论如何解释也没用，还因此受了不少体罚及凌辱。

有时太子庆忌来访，遇到盈娘时，免不了说上几句话。华登又怀疑盈娘与庆忌有旧，更怀疑她是吴国派在他身边的眼线，愤恨之下，便命人将其反绑，迫其跪在堂中，自己在堂首另置酒案，一边饮酒，一边审讯盈娘，逼其承认是太子庆忌眼线。

盈娘受逼不过，又被灌下大量烈酒，遂顺华登之意招供。华登醺醉之下，若疯若狂，上前拳打脚踢。盈娘无论如何哭泣告饶均无济于事。直至盈娘昏死过去，华登方才作罢。

等到次日酒醒，华登又悔恨莫及，当面向盈娘致歉。起初，盈娘尚体谅他家眷为宋君所害，但后来所受鞭打次数多了，才知新主人心理扭曲，自己只是他的发泄品。

某日太子庆忌到来，盈娘寻机向其哭诉，希望太子念在昔日情分，准她重回太子宫侍奉太子。庆忌却命她少安毋躁，且就势监视华登动向。盈娘如坠寒渊，方知即便太子最宠爱自己之时，也不过是拿自己当作玩物。

苦难人生看不到尽头，盈娘甚至几度萌生自杀的念头。所幸宋国内乱加剧，吴王僚终于同意派兵跟随华登到宋国援助华族。华登一走，盈娘登时长舒一口气，虽不敢明言，心中却隐隐盼望他不要再回来。事实也果如她所愿，只不过华登没有战死沙场，而是逃难去了楚国。

这件事后，盈娘发现自己有了身孕，也就是华登的骨血。而吴国深恨华登，抄没了华登在吴国的宅第、家产。盈娘作为华登的女人，本该没为军妓，幸好太子庆忌出面干预，她才避免了人尽可夫的悲惨命运，重入太子宫，做了一名普通宫女。

但盈娘的肚子却日益大了起来，很快就要瞒不住了。她料想太子庆忌即便肯原谅自己，也决不会放过华登骨肉，遂设法逃离了太子宫，找地方将孩子生了下来。

不幸的是，孩子一出生便夭折了。盈娘悲恸之后，决定认命，再也不回太子宫，要好好过自己的生活。

旁人听完叙述，无不同情盈娘遭遇，月女更是上前握住其手，以示抚慰。

陈音仍是不解，道："事情过去已经有两年，华登如何会在这时候到吴国寻你？"

盈娘道："只因为太子曾派人到楚国行刺华登，刺客提及了我的名字。"

盈娘逃走后，太子庆忌以为她念念不忘华登，愈发衔恨，派人到楚国行刺。刺客失手被擒，经不起酷刑拷打，招供了事情原委。华登听说盈娘宁可放弃太子宫的优裕生活，也不愿意留在太子庆忌身边，以为她对自己情深义重，遂动了来吴国寻人的心思。本来早就要动身出发，不想遇到楚平王病重，不久即过世，楚国重臣在新君继立上意见不一等大事，这才拖延了下来。

盈娘道："这些是华登亲口告诉我的。他说他这次冒险来到吴国，是专程来接我。一回楚国，就会立我为正室夫人，保证不会再动手打我骂我。"

陈音听了，心头大有醋意，道："既然一去楚国就是堂堂正正的大夫夫人，贵不可言，你为何不肯跟华登走？"

盈娘低头不语。

月女道："她不肯走，当然是因为你呀。你怎么还当着大伙儿面说这种话？"

盈娘忙道："也不全是因为陈音，我从来就没有爱过华登，当初太子是将我当作一件礼品，送给了他，我不得不从命。而今我好不容易逃出了那个旋涡，再也不想任人摆布。"

月女闻言很是欣慰，道："姊姊说得太对了，我们女子，绝不能当男子的附庸品，除非心甘情愿。"

计然不便多言，便道："折腾了一晚上，大伙儿也累了，这就请各位各自去歇息。盈娘放心，你和陈音只要人在我这里，我决计保你们周全平安。"

众人遂各自安寝。范蠡有意留下来，问道："而今渔父已经不再怀疑是华登主持了行刺吴王僚吗？"计然点了点头。

范蠡道："看情形，华登不得到盈娘，不会就此罢休。他在吴国势力不足，难以与渔父对抗，会不会转向吴太子庆忌求助，甚至将盈娘人在菱湖渔场一事告诉太子？"

计然沉吟道："华登是个自大又自私的人，控制欲也很强，我不认为他会那么做。再说了，之前吴太子庆忌派刺客到楚国行刺，两方结下死仇，而今因为一名女子，华登便要尽释前嫌，实在太丢面子，他放不下身份。"

范蠡道："专诸那边，仍有人继续监视。另一路刺客之事，该如何查起？"

原本楚人就有嫌疑，至计然在剑坊遇到华登那一刻起，愈发认定楚国涉入其中，但而今既知华登只为盈娘而来，楚国便无干系。盖因华登在楚国官任大夫，是朝中中枢重臣，不可能对楚国君臣派刺客行刺吴王僚一事一无所知。果有其事的话，他断然不会选择此刻来吴国寻人，否则只会将自己牵涉其中，平白戴上行刺主谋的帽子。

楚国嫌疑已去，齐国亦将与吴国联姻，晋国是吴国盟国，尽管不满吴国近来坐大，但毕竟是盟国，剩下有嫌疑的，便是远在西方的秦国，以及近在咫尺的越国。

但在计然看来，这两国都不可能当此节口遣人行刺吴王——

秦国虽与楚国联姻结盟，但毕竟距离吴地太远，秦人淳朴，也不大会用行刺这种手段。

越国与吴国是宿敌，但越国是楚国的附属国，楚国未动，越国又怎会轻举妄动?

且传说当年晋国大夫申公巫臣与吴王寿梦立有盟约，先灭楚国，才能兴兵他伐。楚国毕竟是天下大国，岂能说灭就灭？所以这一份盟约，等于是越国的护身法宝，越国安然无忧，又何须以行刺吴王来触怒吴国?

而且自从吴王僚登基，吴越两国关系已有缓和趋势，越王献湛卢、胜邪、鱼肠三剑给吴国，便是明证。

范蠡听了计然分析，叹道："看来诸侯各国，暂时是很难找到嫌疑对象了。"又道："会不会那两路刺客，均是公子光所派？"

公子光既不服吴王僚，欲杀其自立为王，然吴王僚势强，公子光力小，机会便只有一次，务求一击必中。为了确保万无一失，公子光选派了两路人马。第一路四名蒙面人是用来分散注意力的诱饵，第五名刺客才是绝杀。

范蠡又道："你我二人当时虽不在场，但据旁人转述来看，若不是月女凑巧身怀绝技，太子庆忌必替父死，绝无可疑。而那刺客也自知成败只在这一剑，一刺不中，便立即自杀而死。"

计然也觉得有理，道："我们既怀疑公子光，想必吴王僚早就怀疑到他了，且看看他们两方有什么动作再说。"

范蠡又道："渔父当初追查此案，不过是要帮月女，月女也只是受孙武所托，而今事情查到这个程度，已足以向孙武交代了。吴王僚和公子光相斗，是吴国内政，甚至可以说是吴王的家事，你我究竟只是外人。"

计然当即醒悟，道："范君提醒得极是，你我根本不必卷入这等钩心斗角之事，尤其还牵涉月女的安危。”

范蠡道：“至于五湖公一案，公子光决计脱不了干系。但他此次行刺失败，怕是自身难保，应该很快就会被吴王僚诛杀，五湖公的仇，也等于报了。”

计然深以为然。二人又聊了一番，直至夜深，方才各自就寝。

次日计然尚未起身，便有侍从进来禀报，称孙武来访。计然料想对方一早赶来，是因为放不下陈音，忙迎了出来。

见礼后，孙武果然先问及陈音。计然道：“陈音和盈娘都在我这里，目下尚未起身。”

孙武道：“昨日陈音前脚刚走，盈娘后脚就到了，慌里慌张地要找陈音，也不知道发生了什么事。我因为有客在堂，无暇他顾，只告诉陈音人在菱湖渔场。”

计然道：“昨晚盈娘辗转寻来渔场后，确实发生了不少事。这些事，贵友陈音日后必会相告。正好月女和我查了几天案子，也算有了一些眉目，我想先跟孙君聊聊。”

孙武忙道：“愿闻其详。”

计然遂讲述了几日之发现。他因为孙武是月女至信之人，是以完全坦白，将所有细节尽数相告，包括自己与范蠡的推测，只略过大夫邢平相关之事。

孙武听到公子光的名字时，便骇然色变，几度欲开口插话，但又强行忍住，直到计然叙完，才急切问道：“渔父何以能肯定一定是公子光派人行刺？”

见计然惊讶地望着自己，忙道：“哦，我的意思是，渔父所言，基本上只是推测，公子光有动机，因而才成了嫌疑人。有没有什么确实的人证、物证，能将公子光与行刺案联系起来呢？”

计然道：“刺客均已当场死去，没有人证。物证嘛，司寇署和太子庆忌那边都没有什么发现，也应该没有。但有一项不算证据的证据，能证明公子光牵涉其中。五湖酒肆肆主五湖公，是被鱼肠剑所杀。众所周知，吴王僚将鱼肠剑赏赐给了公子光。”

孙武摇头道：“这也不算证据。世上或许只有一把鱼肠剑，但或许还有形制尺寸跟鱼肠剑相仿的短剑、匕首之类。”

计然正待反驳，忽想到月女新得的木剑，便及时缄口，暗道：“孙武说得有道理。仅凭五湖公伤口吻合鱼肠剑一事，实难指证公子光。”

孙武又道：“又或者有人故意拿了一柄尺寸与鱼肠剑相同的短剑行凶，想以五湖公之死来牵连公子光。”

计然遂道：“还有一个不算证人的证人，专诸。”

孙武道：“专诸怀疑公子光，出发点应该跟渔父一致，不过是先入为主地认定公子光有刺杀吴王僚的动机，遂起疑心。”

计然已大致猜知孙武立场，问道：“孙君隐居山林，何以如此关注这件事？又何以一再为公子光力辩？”

孙武踌躇许久，才道：“我虽与渔父未曾深交，但月女视你为同类，她信得过的人，我自然也信得过。又有劳渔父，卷入不必要的麻烦中，全是为了帮助月女，我深为感激。而今我实言相告，从一开始，我便知道齐国与行刺事件无干，因为我从齐人那里听说了齐、吴两国即将联姻一事。”

顿了顿，又道：“而我请托月女帮忙调查行刺案，也不是我自己想要这么做，而是受了朋友嘱托，不得已而为之。”

原来真正请托月女查案的并不是孙武，而是其知交好友伍子胥。伍子胥背后，则是公子光。

几年前，伍子胥逃亡到吴国，一边在市集乞讨，一边将自身经历编成歌曲卖唱，引起了市吏被离的注意。市吏除了管理市场，还有发现、推荐人才之责。被离一眼看出了伍子胥的不凡，遂将他引荐给了吴王僚。

伍子胥一见到吴王僚，就大谈楚国局势，并告道：“楚国可攻破。”

吴王僚闻言心动，准备重用伍子胥为将，率军伐楚。公子光却进谏道：“伍子胥父兄被楚王杀害，劝大王讨伐楚国，不过是为报私仇。楚国实力尚在，未必能轻易攻破。”又特别强调了伍子胥不顾父兄性命、自行逃亡之事。

吴王僚闻言，便有所迟疑。伍子胥看出吴王僚优柔寡断，难以成就大事，而公子光也担心自己会取代其军中主帅位置，对自己已起猜忌排挤之心，于是主动请辞。

吴王僚顺势答应，又将阳山一带的田邑划给伍子胥，作为他和楚王孙胜的封地，以此作为打发。伍子胥不能得志，悻悻出朝。

不几日，公子光竟亲至阳山拜访。其人有谋略有眼光，看出伍子胥刚戾忍訽，有图敌大才，想引为己用，是以先行用计令其在吴王僚面前失势。公子光虽是吴国将军，三军主帅，权势却无法与吴王僚相提并论，实非伍子胥之首选。但他不惜先离间后笼络，表明他着实赏识伍子胥，伍子胥很是感动，便投靠了公子光，死心塌地为其出谋划策。只不过这一切都是隐秘进行，外人不得而知。

孙武道："公子光私下招揽英才一事，我本不该告诉渔父，然情势已到了燃眉时刻，我不得不说。"

计然道："孙武君说了这么多，是想从侧面证明，公子光其实与行刺事件无干？"

孙武道："正是。不瞒渔父，我老早便定了二月十六要与伍子胥到五湖酒肆吃鱼。"

二月十六当日，孙武先赶往阳山接伍子胥及王孙胜。三人临出门时，公子光率侍从轻骑到来，说在家里待得有些无聊，想找伍子胥聊聊天。伍子胥便顺势邀请公子光同往五湖酒肆食鱼。公子光一副意兴阑珊的样子，道："酒肆人多，说话不方便，我其实就是想找个人说说话。"伍子胥闻言，便留下来陪公子光，孙武和王孙胜自行赶来五湖酒肆。

孙武大致讲了经过，又道："这是我亲眼所见，绝无虚言。若是公子光一手策划了行刺事件，他当日该万般紧张，怎么会一副失落的样子，来找伍子胥聊天呢？"

而且如此重大图谋，伍子胥作为公子光心腹谋臣，必定参预其中，又怎会特意选二月十六当天与孙武相约于五湖酒肆呢？

计然道："据我所知，吴王僚赴五湖酒肆吃鱼一事，是二月十五那日才临时起意。孙君与伍子胥之约，当安排在那之前。有可能是公子光得知吴王僚行程后，临时做了布置。伍子胥自是知情，只是不好请孙君更改时间，以免你起疑，但他自己却以公子光到来为借口，留在了阳山家里。"

孙武摇头道："决计不是那样。伍子胥提及正要出发去五湖酒肆吃鱼一事时，语气十分自然，根本不像是事先知情吴王僚也会到酒肆。公子光立即以人多为借口推辞，也没有任何迟疑。"

最关键的是，即使人在吴国，又奉公子光为主，伍子胥仍以君臣之礼侍奉王孙胜。他若是知情五湖酒肆即将发生行刺事件，一定不会让王孙胜身处险境。既然伍子胥对行刺一无所知，公子光当然也是毫不知情。

而且五湖酒肆发生行刺事件后，孙武与朋友陈音护送王孙胜返回阳山。当时公子光已然离去，伍子胥得知吴王僚遇刺后，惊愕失色，连声道："这下糟了，吴王一定会怀疑是公子光所为。"立即派人入城，将事情告知公子光。

彼时公子光正要出门，得讯从车上掉了下来，由此还落下足疾。他知道吴王僚早晚将怀疑之剑指向自己，山雨欲来，大厦将颠，不免惶然如丧家之犬，忙派人往阳山请教对策。伍子胥认为既然公子光坦坦荡荡，并没有做过行刺一事，只要查明真相，便可以扭转局势。

吴王僚和太子庆忌一方，忌惮公子光已久，又有了先入为主的印象，一定会努力寻找不利于其人的证据。负责案子的大司寇季札为人迂腐，即使有公正之心，未必能查到什么。但月女不同，她于太子庆忌有救命之恩，就算她什么都查不到，也能从太子庆忌那边及时得知风向。

计然道："伍子胥了解事情经过后，立即意识到月女是最合适的人选，所以请孙武君利用月女对你的信任，将她拖入这摊泥水，是这样吗？"

孙武大起愧疚之色，道："我也知道我不该利用月女，可伍子胥当场向我下跪，说若是没有月女出面，公子光定难逃此劫。公子光一死，吴国再没有能征善战的主帅，他借吴师向楚国复仇的计划，就全盘落空了。

渔父，实在抱歉……”

计然摆手道：“孙君该抱歉的是月女。我是心甘情愿要帮月女，不算什么的。”

忽听到女子声问道：“计然哥哥要帮我做什么？”却是月女到了。她换了一袭淡红衣衫，清新得就像晨曦中的山茶花。

孙武呆了一呆，这才道：“月女，实在抱歉……”

计然忙道：“月女来得正好，孙武君认为行刺事件不是公子光所为。”大致说了孙武等人临出发时遇到公子光之事。

月女只大致听明白了经过，但既然孙武认定公子光清白，她便全然接受，道：“这般看来，公子光事先完全不知道五湖酒肆会发生行刺事件了。可专诸为什么也认定公子光与五湖公一案有关呢？”

计然道：“这一节，除非专诸自己说出来，不然外人很难想明白。好在离他所定三日之限，也只有两日了。”

月女愈发好奇，道：“派出刺客的，既不是公子光，又不是楚国，还能是谁？”

孙武道：“何以能肯定一定不是楚人所为？”

计然便大致说了华登一事。道：“这一节，还希望孙君不要告诉伍子胥，不然等于公子光也知道了，势必对华登不利。我与华登毕竟有旧，可不希望他因为寻妻而横尸吴国。”

孙武满口应允，又道：“渔父和月女因我所请，做了这么多事，我实在感激……”

计然道：“我们都是平民百姓，能做的有限，到目下这程度，怕是再难以进行下去了。”言外之意，无非是暗示孙武收回请托，不要再让月女涉入其中。

孙武何等聪明，自是会意，点了点头，未及开言，月女却道：“没有进行不下去啊。行刺事件已然发生，肯定是有人策划的，公子光洗清了嫌疑，我们再去找下个嫌疑人便是。”

计然道：“月女还预备管到底吗？”

月女笑道：“做事哪有半途而废的？”

这一诘问极为有力，孙武、计然听在耳中，心头均是一凛。

月女又道："好了，该做正事了。计然哥哥，下一步我们该怎么做？"

计然料想无可推托，叹了口气，道："一会儿等范蠡起身，我们一道商议商议。"

孙武因急于将结果告知伍子胥，遂先行告辞。

计然送出门外，低声道："孙君此行目的，我已然明白。你未曾说出口的那件事，我也会陪月女去办。"

孙武大喜过望，当即朝计然深深一揖，又踌躇道："只是……"

计然道："只是公子光私下与伍子胥结交一事，会换个说辞。"

孙武点了点头，又问道："渔父惊才绝艳，不在伍子胥之下，你……当真只是个普通百姓吗？"

计然不答，只道："就算有月女去做说客，依照吴国目下情形来看，局势之动荡，与公子光大有干系，吴王僚若有心将其除掉，现下便是大好机会，他应该不会轻易放弃。"

孙武摇头道："除非有真凭实据，不然吴王僚绝不敢在这个时候动公子光一根毫毛。这可全托了流言之福。"

计然恍然醒悟——孙武所称"流言"即是指王城传得沸沸扬扬的"寿梦手书"一事，称季札之后，该由寿梦长孙、诸樊长子即位。若吴王僚杀了公子光，即便冠上行刺君王的重大罪名，依旧难免令旁人多想，等于间接坐实寿梦手书一事。如此，吴王僚得位不正便被公之于世。就算公子光死了，吴国窥测权位者还是会继续利用这一节兴风作浪，说不定还会招引中原诸侯国联兵兴讨。

孙武又道："要彻底平息吴国局势，只有促成吴王僚与公子光和好，才是上上之策。"

计然闻言很不以为然，道："这对堂兄弟互相猜忌多年，还有和好的可能吗？"

孙武道："而今正是最佳时机。公子光自知被吴王僚猜疑，日夜难安。等到查明真相，事情与其无干，吴王僚明白险些错杀吴国良将后，自会大起愧疚之意。两兄弟就会握手言和，前嫌尽弃，是顺理成章之事。"

计然虽觉孙武谈得头头是道，但太过理想化，不明白人心之险恶，只是不便当面指出，遂拱手作辞。

回来堂中，却见月女不大高兴，计然忙问道："是谁一大早惹你生气了？"

月女赌气道："我佩着木剑，有意来回走了好几圈，孙武哥哥居然都没看见，我还等着他夸木剑好看呢。"

计然笑道："原来是因为这个。这可不能怪孙武，他心中有事，月女那把木剑又小，他没留意到，一点也不奇怪。"

月女这才释然，笑道："那我下次还是主动拿给他看吧。"

吃完早饭，又等了一会儿，仍不见范蠡出现，月女便有些不耐烦起来，问道："计然哥哥说要等范蠡商议事情吗，他怎么还没出现？"

计然道："想必是还没起身，我与范蠡昨夜聊到很晚。"

月女跺脚道："这都日上三竿了。我这就去催他。"忽听到外面有"咚咚"之声，忙问道："这是什么声音？渔场也有铁匠吗？"

计然道："应该是渔场请来的补釜匠。"

月女听了，好奇心大起，也顾不上再去催范蠡起床，忙赶来厨下，看补釜匠如何补镬。

那补釜匠是个四十来岁的矮壮秃顶男子，已选了一块厚度适中的青铜皮贴在鼎镬破处，用大锤"咚咚"敲打，使得青铜皮与镬体完全贴合后，再往青铜皮周延浇上铜汁。等铜汁凝固，再用锤子敲打，把凸起一点点打平。

月女在一旁看得目不转睛，直待补釜匠将镬补好，这才问道："如果破处再破，该怎么办？"

那补釜匠十分自信，傲然道："我剑鸣补的镬，决计不会再破。"

月女道："你叫剑鸣？呀，真是个好听的名字。"

补釜匠冷然道："名字好听有什么用，我不铸剑，只补镬、釜等厨具。"

他一边整理工具，一边埋头答话，看也未看月女一眼，待到将锤子等器物装箱，站起身来，忽一眼瞥见月女腰间的木剑，登时脸色大变，丢了工具箱，急促上前，道："那把剑，给我看看。"

月女便从腰间解下木剑，递了过去。剑鸣拔出剑身，眼睛立时放出异样光彩，道："这柄木剑是欧冶子手笔，姑娘从哪里得来的？"

月女道："剑坊女主人莫邪送给我的呀。"剑鸣道："原来是莫邪。"

月女道："你也认得她吗？"剑鸣摇了摇头，道："莫邪是欧冶子之女，我哪有资格亲近？"又反复摩挲着木剑，流露出往事不堪回首的凄然来。

月女道："你也喜欢这把木剑吗？要不是我自己太喜欢，我就送给你了。"

剑鸣摇头道："这只是把木剑，谈不上喜欢不喜欢，但背后却有不少故事。"

月女不懂剑鸣言外之意，笑道："我最喜欢听故事了，改日我要再去剑坊，请莫邪讲讲。"

剑鸣见她一派天真，全然不通世务，叹道："我明白莫邪为何肯将她十分珍视的木剑送给你了。"将木剑还给了月女，背了工具箱，自与侍从去结算工钱。

月女听剑鸣语气，似是与莫邪相识，却不知他为何又明言否认，还想追上去问个清楚明白，有侍从过来叫道："范蠡君已经起身了，渔父请月女去客堂。"

范蠡正在堂中吃饭，见月女进来，连忙道歉，道："我贪睡，比往日晚起了一个多时辰，听说月女都等得急了。"

月女道："嗯，计然哥哥说，一定要等范君出来商议。"

范蠡已从计然口中得知孙武所告，摇头道："其实我也没什么好主意。嫌疑最大的公子光都没了嫌疑，一时到哪里去找嫌疑人？"

计然道："其实还有一个嫌疑人，就是那暗中散布'寿梦手书'的流言者。只是他一直在暗处，从未露面，我们一时想不到他是谁而已。"

范蠡道："渔父如何知道不是敌国间谍散布流言呢？我的意思是，吴王僚与公子光王位名分之争，是众所周知的事，大可为敌国间谍轻易利用。”

第一任寿梦在世时，做了“兄终弟及”的安排，从诸樊，到余祭，到余昧，再到季札，四个儿子尽为吴王。但季札之后，并无明确下文。旁人皆以为，季札之后，当传季札之子。

月女道：“但听说季子没有子嗣啊。”

范蠡道：“这就是症结所在。我猜季札违抗其父遗命，坚持不肯继任吴王，与他没有子嗣有很大干系。季札若遵从寿梦生前安排，在余昧之后登基，他便是现在的吴王，断然没有吴王僚这回事。”

那么季札百年之后又当如何呢？他是寿梦最小的儿子，不可能再行“兄终弟及”之事，又无子嗣，也不可能执行“嫡长子制”。而他三位兄长诸樊、余祭、余昧先后为吴王，嫡子均有资格继承王位。诸樊之子公子光，余祭之子公子清，余昧之子公子州于——也就是现在的吴王僚，均有窥测王位之心，且均非宽厚仁义之辈。季札传位给其中任何一人，其他二人又岂肯善罢甘休？就算碍于季札名望，但心中仍会深怀怨恨。

季札是学识渊博的大圣人，本就淡泊名利，看出日后会遇到传位难题后，便聪明地拒绝接受王位。如此，寿梦生前“兄终弟及”的安排到老三余昧便戛然而止，按理该转入“嫡长子制”，也就是说，余昧之子即位。

但自老大诸樊即位，才刚刚开始时，吴地便一直有传闻，称寿梦生前已做好周密安排，务必“兄终弟及”，传位到老四季札，若季札无子，便由嫡长孙即位，亦即其长子诸樊之子。这便是吴国盛传吴王僚得位不正之由来，他本是由“嫡长子制”正大光明地即位，却因为盛传多年的寿梦遗言而成了夺位者。

而今吴王僚本就猜忌公子光，罢其兵权，刚好又出了行刺事件，敌国间谍为促使吴国内乱，便再度散布寿梦遗言，且添枝加叶一番，称寿梦将遗言写成了手书，且交给了心腹爱臣狐庸保管，听起来煞有其事。

月女听了范蠡一番分析，道：“敌国间谍应该就是楚国间谍了，但不是说楚国跟行刺事件无干吗？”

范蠡道：“楚国是没有派遣刺客行刺吴王僚，但一定有楚国间谍潜伏在吴地，这是惯例。他们适时散布流言，只是借势，想促成吴国内讧，以减轻吴国对楚国的威胁。”

又见计然始终不语，便问道：“渔父以为呢？还是你发现了别的证据，推测散布流言者另有其人？”

计然因利害攸关，一直未提大夫邢平手中当真握有寿梦手书一事，为其父吴国相国狐庸所留，听到范蠡发问，不得已，便如实说了真相。

范蠡闻言大为骇然，道：“原来当真有这么回事。这可是悬在邢大夫头上的一把利剑了。”

月女不明所以，问道：“范君何以这么说？”

范蠡道：“寿梦手书事关王位继承人。前任吴王余昧死时，邢平本该取出手书，按手书中的安排，扶寿梦长孙也就是公子光即位，但邢平出于某种考虑，没有这么做。余昧之子遂抢先即位，这就是吴王僚了。其他大臣因不知寿梦手书一事，也就认可了吴王僚即位的事实。”

而今吴王僚即位已有数年，地位稳固，如若他得知大夫邢平手中握有一份有利宿敌公子光的手书，势必杀其家、灭其门，杀光所有知情者，再将寿梦手书彻底毁去。

计然道：“邢平说他是世间唯一知晓寿梦手书真有其事的人，但而今看来，应该还有一个知情者，他三番两次派人潜入邢府，目的是想盗取手书。”

范蠡道：“这个人能知悉机密大事，一定是吴国王室之人。他不将邢平手握寿梦手书一事告知吴王僚或是公子光邀功，而是自行派人盗取，当然是想图谋王位，所以极可能是他派遣了刺客行刺吴王僚。成，太子庆忌必定怀疑公子光。不成，吴王僚也会怀疑公子光。两派剧斗，他便能从中得利。”

计然道：“正是如此。还有五湖公被杀一案，五湖公伤口与鱼肠剑吻合，公子光遣人杀害五湖公，为何要用吴王僚所赐鱼肠剑？他难道不知道鱼肠剑形制特殊，比之寻常兵器，更容易追查吗？何以要有意留下如此明显的证据？”

范蠡道："渔父认为是有人故意如此，好将矛头引向公子光？"

月女道："可计然哥哥说出公子光涉入其中时，专诸一点也不意外，他分明也认为是公子光派人杀害了五湖公。"

计然道："那人大费周章，引吴王僚与公子光相斗，一定也安排了计策，引专诸怀疑公子光。"

月女惊道："这个人心机好深，实在太厉害了。他到底是谁？"

计然道："虽然目下尚不知对方是谁，但只要列出吴国王室名录来，一一排查，不难发现端倪。"又道："这件事，我想请范君来做。"

月女道："那我们做什么？"

计然道："我们今日得入城找一趟太子庆忌，将孙武所言告诉太子，先洗清公子光的嫌疑。"

月女大惑不解，道："为什么要专门入城去告诉庆忌？"

计然不便说是孙武之意，而孙武则是受了伍子胥托付，只道："月女也希望早日真相大白，是不是？可而今众人目光都集中在公子光身上，太子庆忌也是如此，真正的主谋反而逍遥法外。"

月女闻言，遂道："好，虽然我不大喜欢太子庆忌，但一切都听计然哥哥的安排。"

二人遂入王城，寻来太子宫，太子庆忌人却不在，说是亲自带兵去搜捕刺客同党了。吴王僚亲弟掩余刚好人在太子宫，听说月女求见，便亲自迎了出来，再三感谢月女救了侄儿太子庆忌一命。

月女听说掩余是太子庆忌亲叔叔，便也不再等庆忌回来，直接将二月十六当天孙武等人遇到公子光一事告知掩余。按照计然嘱咐，不提公子光与伍子胥暗中相交已久，只说公子光认为目下楚王新立，君少国疑，正是进攻楚国的大好机会，料想吴王僚很快有所动作，便想先行做足功课，到阳山拜访楚王孙胜及楚国旧臣伍子胥，详问楚国山川地貌。

掩余也是聪明人，听了月女叙述，当即道："外间盛传公子光涉嫌行刺我王兄，听了月女一番话，才知道全是荒诞不经的谣言。若果真是公子光派出了刺客，当日他怎还会有闲心到阳山访客，离开王城中枢重地？”

计然道：“我们也是今早才听孙武说及此事，觉得事关重大，应该尽快上报。而今公子已尽知其事，想必会即刻转告吴王，我和月女就先告辞了。”

掩余道：“好，事不宜迟，我这就入宫禀报王兄。”

出来太子宫，月女道：“吴王僚和公子掩余一点也不像亲兄弟，一个又冷又硬，一个则是和善可亲，一点公子的架子也没有。”

计然未及回答，有名年轻男子奔过来问道：“足下就是计然吗？”

计然点点头，道：“我是计然？你是……”

那男子满口楚音，道：“臣是华登华大夫侍从孟白，奉华大夫之命，来请计君过府一叙。”

计然大为愕然，问道：“华登找我？他可是有什么事？”

孟白道：“华大夫未曾告知，臣也不敢多问。”

月女插口道：“华登找计然哥哥还能有什么事，一定是为了盈娘。”

计然料想也是如此，心道：“究竟朋友一场，还是得劝华登尽快离开吴国才好。”便点头道：“前面带路。”

孟白便引计然、月女朝北郊而来。到了一处宅院外，孟白道：“就是这里。请计君和月女稍候，容臣先进去禀报。”

孟白这一进去，便再也没出来。月女等得不耐烦起来，道：“这华登好大的架子，派人来请计然哥哥，却不肯见人。我们自己进去，找他当面评理。”

计然已会意过来，忙扯住月女道：“不能进去。华登人不在里面。”

月女愕然道：“不是华登派人请计然哥哥至此吗？”

计然道：“那孟白根本不是华登侍从，他有意将你我二人诱骗至此，里面必定有陷阱。”

月女一时不明究竟，歪着头道：“这些人可真是古古怪怪，脑子里不知道在想什么。”又笑道：“我可不怕陷阱。计然哥哥，你留在外面，我先进去，确认没有圈套后，再叫你进来。”抬脚便走。

计然阻止不及，又哪容月女孤身涉险，遂紧跟了上去。

这是一处颇为精致的宅院，院子植有花草藤蔓，长势喜人。内外一片静谧，似无人在家。

月女叫道："请问主人在吗？我们是受邀而来，主人不出来迎客，我们便自己进来了。"不见人应，便几步窜上台阶，到门槛边一望，登时愣住。

计然脚慢，见月女立在门槛外，神色有异，忙疾奔过来——

却见堂中横七竖八躺着数具尸首，服饰打扮与之前那自称是华登侍从的孟白相同。而堂首案上伏着一名男子，右臂伸在案上，头歪枕在手臂上，虽看不清全貌，只从侧脸看来，便也能知道那人就是华登了。

计然见状大为骇异，虽明知可能是个陷阱，然挂念老友生死，仍不顾其他，一脚跨入堂中，奔到堂首，伸手一探华登鼻息，人早已气绝身亡。

忽听到外面人喧马嘶，纷乱扰攘，有兵马赶至。又有人大声命道："将宅子围起来，一个也不容走脱。"竟是太子庆忌的声音。

微微迟疑间，大批军士闯门而入，一见月女站在堂门边，便嚷道："拿下了！快拿下！"

计然飞奔出堂，挺身挡在月女前面，叫道："是太子庆忌领军吗？请太子殿下来见我。"

庆忌闻声入院，见到月女和计然，极为惊异，问道："怎么是你二人？你们在这做什么？"

月女道："我们是被人骗到这里。"又问道："太子殿下来这里做什么？"

庆忌脸色一沉，道："现下是本太子在问你们话。月女别以为救过我性命，便可以跟本太子平起平坐，若果真查明你与刺客勾结，一定死罪难逃。"

月女撇了撇嘴，道："太子有什么了不起，那么凶做什么？我再也不想理你了。计然哥哥，我们走。"

庆忌当即喝道："拦住了！"

军士遂举戈上前，逼住计然和月女。

又有军士奔来禀报道："里面的人都死了，看起来是知道藏身之所已经泄露，逃脱不成，自行服毒自杀了。"

庆忌闻报，不由得愈发狐疑，来回打量计然和月女。月女冷然不语，并不将太子放在眼里。庆忌面上渐现杀气。

计然料想今日被人引入彀中，不说清楚明白，万难脱身，遂道："太子殿下息怒。月女性情如此，并非有意忤逆太子，太子殿下跟她打过几次交道，应该知道这一点。殿下想知道什么，尽可以问我。"

庆忌这才点点头，问道："你二人如何来了这里？"

计然道："我二人从太子宫出来后，便被人诱骗来此。"大致说了前因后果。

庆忌显然还未与公子掩余谋面，得知公子光于二月十六当日去了阳山，极为惊讶。计然道："我所言俱是事实，太子殿下自可与公子掩余对质。"

庆忌沉思了许久，才问道："里面的都是什么人？"

计然也吃了一惊，问道："太子殿下不知道他们是什么人，便亲自率军赶来围捕吗？"

庆忌道："我手下人收到匿名投书，称刺客尚有余党，就藏身在这处宅子里。"

他也猜到是有人故意投书招引，便问道："我受父王之命，追捕刺客余党，有人引我到此不奇怪，何以会有人引你与月女来这里？"

计然道："太子殿下人还没有进去堂中，你手下不认得堂上之人，太子你却是认得的。"

庆忌立时瞪大眼睛，问道："到底是谁？"计然道："华登。"

庆忌皱紧眉头，半信半疑地入堂，随即出来，抚剑道："果然是华登！"又道："原来是楚国派了华登来行刺父王。哼，哼，他们倒真是会挑人选，华登跟本太子有仇，而且又熟悉吴地风情，是最合适不过的人选。好楚王！倒真是小看你这个娃娃了！"连声冷笑，愤怒难消。

眼前情状极为诡异，计然本不明白究竟，听了太子庆忌之语，方才会意过来——

有人故意引太子庆忌到此，就是要让他发现华登，由此认为是楚王派遣了华登来行刺吴王僚。

此人应该就是一系列事件背后的真正主谋。而计然与月女之前的太子宫之行，反而从旁帮了这谋划者的大忙，洗脱了公子光的嫌疑，令太子庆忌完全相信是楚人主使了行刺事件。

至于华登，本就是为寻找盈娘而来，决计不可能服毒自杀，应该是那谋划者派人投毒杀害了他及手下，再伪装成服毒自杀的样子。

而谋划者派孟白引计然与月女至此，一定知道二人正自行查案，且接近真相，又知道计然与华登相识，遂利用此点，预备借太子庆忌将其除掉。

这是一个精密的连环圈套，到了这个时候，只要计然承认与华登是旧识，他再如何辩解，都难以取信于太子庆忌，会被当作刺客同党抓起来。

庆忌发了一顿火，又将审视的目光投向计然，问出了那句最顺理成章、却极可能致人死命的话："你跟华登是什么关系？"

计然早已想明白可能面临的灾难性后果，但仍然毫不迟疑地答道："我是宋国人，华登也是宋人，早年在宋国有一些交往。"

庆忌道："原来你跟华登是旧识。"又道："你跟华登相识，又出现在华登的藏身之所，如何叫人相信你没有跟刺客勾结？"

月女本说了不再理会庆忌，听到这里，忍不住跺脚道："都说了是有人用华登之名，骗我和计然哥哥来这里。"

庆忌看了她一眼，居然立时信了，沉吟道："即便如此，还是不能解释为什么有人要引你们到此。"

计然不能说出所知真相，只得道："我暂时也想不明白。但可能有人仍然希望太子殿下怀疑行刺事件是公子光所为，怕我和月女见到太子后说出真相，所以利用我与华登相识这一点，想借太子之手将我除掉。"

庆忌听了半信半疑，想了一想，才道："本来你二人出现在这里，实难脱嫌疑，但月女肯定与刺客无干，不然当日也不会出手救我。就看在当日酒肆救命之恩上，我今日放你们二人走。但日后我若发现你计然与刺客勾结的证据，必当亲自取你项上人头，绝不食言。”

月女还待反驳，计然握住她手臂，道：“多谢太子殿下。”匆忙退出宅第。

月女完全不明白原委，问道：“太子庆忌是个糊涂人，认定华登是刺客，计然哥哥知道不是他，为何不明白告诉太子？”

计然摇头道：“我不能说。我刚告诉太子说公子光无辜，接下来又要说他的死对头华登是清白的，而我还跟华登是旧识，他会怎么想？”

长叹了一口气，道：“适才情势凶险无比，可谓千钧一发，如果不是月女救过太子庆忌，今日你我必死无疑。”

月女已逐渐明白是有人要借太子庆忌之手除掉计然和自己，道：“如此说来，那设计陷害之人，应该不知道我救过太子庆忌了？”

当真是一语惊醒梦中人。这设计诱骗计然、月女至此的谋划者，肯定是真正的行刺主谋，姑且称他为某甲。某甲怕太子庆忌追查日紧，所以设法嫁祸给楚人，由华登承担了刺客罪名。但某甲派出的刺客当日尽死在五湖酒肆中，吴王僚又下了严令，不能张扬，某甲不知详细情形，也不知月女在关键时刻救了太子庆忌一命。由此可以推断，某甲必定不是吴国王室之人，虽然行刺一事并未张扬，但王室诸人仍能由不同渠道知晓吴王僚父子于五湖酒肆遇险一事，譬如太子庆忌亲叔公子掩余还因月女救过太子庆忌，当面向月女致谢。

之前计然推算放出“寿梦手书”风声者，便是行刺主谋，而这人肯定是吴国王室中人。而今既知某甲不知月女救过太子庆忌，那么放风者与行刺主谋某甲，便是不同的两方了。

这倒也是合情合理——某甲出于某种目的，派刺客行刺吴王僚，结果事败。身为吴国王族的某乙得知吴王僚遇刺，又知道吴王僚怀疑是公子光所为，遂适时放出风声，促使二者相斗，他好从中渔利。

那么某甲到底是什么身份呢？他知悉华登行踪，又知华登与计然相识。后者并不意外，某甲也不需要认识并了解计然，只需派人暗中监视华登的一举一动，便知他曾与计然两度见面交谈。但前者确实怪异，华登自楚入吴，是以身涉险，必刻意隐瞒行踪，以免为吴人所图。某甲又是如何知道华登人在吴地呢？

还是说，某甲就是楚人？似乎这是唯一合理的解释。华登决意入吴寻找盈娘时，某甲受命行刺吴王僚。他既知华登赴吴，便早有计划，无论行刺事成或不成，都以华登为替罪羊，转移吴人视线，如此便能放松关卡搜检，他可以从容逃回楚国。也正因为某甲是楚人，华登才完全放松警惕，某甲得以往饮食中下毒，不费吹灰之力毒死了华登及其侍从。

新疑问随之出现，某甲的计划几近天衣无缝，但目下局势却并非他先前预料，吴王僚及太子庆忌最先怀疑的不是楚国，而是公子光，吴国大起内讧，对楚国大为有利，某甲哪怕旁观也好，为何要杀死本国大夫华登？

也就是说，某甲不是楚人，杀死华登，只是为了让他承担刺客罪名。

那么到底是什么人，既洞悉华登行踪，又要行刺吴王僚，并将行刺罪名嫁祸楚国，从而挑起吴、楚两国相争？

推测起来，晋国嫌疑最大。早在数十年前，晋国便以“扶吴抑楚”为国策，并为此而不遗余力。

早年吴国遵守盟约，频繁攻楚，楚军疲于奔命，应接不暇。而自吴王僚即位，已不再认真执行盟约，仅三次兴兵伐楚，前两次是为了除掉公子光，后一次则是因争桑叶而受到楚国挑衅。

几年前，宋国内乱，吴国派军队随华登赴宋援救华族，与晋、齐等中原诸国结怨。

或许自那时起，晋人便对吴人起了警觉之心，预备挑起楚、吴相斗，令两大强国两败俱伤。当派在楚国的间谍禀报楚国大夫华登将要赴吴后，晋人便制订了周密计划，派某甲入吴主事。某甲也料想行刺多半不能成，但只要能嫁祸楚国，便算达到目的，是以不顾吴王僚猜疑公子光正重、吴国局势动荡，非要强行将矛头引向华登及其背后的楚国。

但又有新的疑问，某甲何以一定要攀引计然与月女至华登住处，欲借太子庆忌除掉二人呢？某甲既严密监视华登，不难知道华登与计然是旧识，或许因华登而留意到计然，亦监视了其行踪，知道他也在派人调查行刺案。但计然对其没有致命威胁，太子庆忌何等势力，都未找到蛛丝马迹，计然又有何能耐呢？

除非是某甲知道计然的真实身份，发现他人在吴国，又与华登见过面，便有意借此良机，将其一并铲除。也就是说，计然是真正的目标，月女只是附带，计然今日能保全性命，全仗着当日月女随手扔出的一只陶杯。

又反复思虑过一回，计然愈发确信是晋人所为，心中悲伤难止，暗道："我自幼离开晋国，做了宋国人，晋国却仍然有人视我为威胁。"

月女见计然神色有异，问道："计然哥哥，你怎么了？"又道："你是不是因为一时想不到办法揪出真凶而难过？其实也不要紧，天网恢恢，终究有一日，真相要大白于天下。"

计然心头微叹。不是没有办法追查某甲，既然确认是晋人所为，办法便有很多。晋国在吴地派有官吏，这官吏除了联络两国外，也肩负有监察吴国的秘密使命，不会不知道某甲所行之事。而某甲在吴地的住所、兵器等，也一定是由该官员提供。

只是，一旦追查到某甲，晋人阴谋败露，吴国势必对晋国开战。他到底还是晋国人，即使身在异国他乡多年，也做不到反过来对付自己的母国。

那一刻，计然决意放弃追查吴王僚遇刺案，以免再令月女陷入凶险境地。他最初卷入其中，也只是为了月女，而月女也并非真有兴趣，之前是为了孙武，而今则是因为好奇。她真正放不下的，其实只有五湖公命案。

某甲意在引发吴、楚战争，断然不会留下刻意指向公子光的线索，也就是说，不是某甲杀了五湖公，是另外有人想借势行刺事件，引吴王僚怀疑公子光。这个人，会不会就是某乙呢？

而这个某乙并非无迹可寻，他曾向大夫邢平试探过寿梦手书一事，邢平明知道其人姓甚名谁，可偏偏不肯说，又该如何是好呢？

思虑至此，计然忽想起来不知邢平目下处境如何，便欲引月女入城，赶去邢氏府第。月女却道："我想去市集剑坊玩一会儿。"

因为月女不喜欢身后有人跟着，计然此次出门未带侍从，不免有些不放心。

月女笑道："计然哥哥太拿我当小孩子看了。之前不认识你时，我不也在山林中好好过了十五年吗？"

计然遂道："那好，我自己去邢府。今日怕是来不及赶回渔场，晚间就歇宿在邢大夫府上如何？"

月女点了点头，道："计然哥哥跟邢大夫谈完正事，就在邢府等我，不必来寻我，天黑时，我自会回来。"

计然道："王城实行夜禁制度，日暮时便会封闭城门，可不能等到天黑。"

月女笑道："记住啦，我就是去看看莫邪，保证会在日暮前入城的。"二人就此分手。

至邢府时，邢平入朝未归，计然便留在邢府等候。这一等，便等到傍晚。

邢平出宫时便得侍从禀报，称计然到访，匆忙登车，赶回家中。

计然道："我也没有别的事，只是来问问之前那件事，邢大夫应付得如何了。"

邢平忙道："我按渔父教的，将流言上报，并称这是敌国间谍有意散布，好挑起吴国内讧。大王点了点头，像是信了我的话，却有意无意地问公子光与我关系如何。"

计然问道："邢大夫是如何回答的？"

邢平道："如实回答呀，私下并无来往，但若上朝时遇到，公子光对我谦和有礼，大见尊敬之意。"

这回答也没什么不妥。若吴王僚有心怀疑公子光，无论邢平如何回答，都只会加深其猜忌。而今既然太子庆忌已认定是楚人行刺，也必定会以为是楚人间谍散播流言，"寿梦手书"的风波，等于过去了。

隐患是，某乙才是流言的幕后主导者，他不惜杀害五湖公，将矛头引向公子光，心肠狠毒，怕是一计不成，还会再生波澜。虽则邢平只要不令对方得到寿梦手书，便足以自保，但其人迂腐，怕不是某乙对手。

计然自然想知道某乙是谁，但邢平不愿告知，必有重大缘由，他亦不愿意强人所难，亦对吴国王室纷争没有任何兴趣，只是五湖公命案，势必要着落在某乙身上。

邢平迂归迂，人却不傻，见计然神情闪烁，料想对方有意问及寿梦手书一事，也不点破，只将话题引开，道："昨日赵须来过。"赵须便是晋国派在吴国的官吏。

计然问道："赵须来做什么？"

邢平道："只是礼节性的拜访。我特意说了渔父人在吴国。他本来要立即登车前去拜访，是我阻止了他。"

计然遂问道："赵须还说了什么？"邢平道："只问渔父来吴国是不是有事。我回答说没听到渔父说有什么事，应该只是到五湖边住一阵。"

计然点了点头，踌躇许久，还是开了口，道："我想知道曾向邢大夫试探问及寿梦手书的是谁，不知是否方便见告其姓名？"

见邢平瞠目结舌，便又解释道："其实我对寿梦手书及吴国内政都没有兴趣，只是那人杀了我朋友很在意的一个人，我想还死者一个公道。"

邢平大为惊愕，半晌才道："他竟然杀了人吗？怎么可能？"

计然道："怎么不可能？令子邢野惨死，不也是因为他吗？虽不是死于其手，却也无异。"

邢平这才无言以对，沉默许久，才道："此事干系太大，实恕我不能见告。望渔父恕罪。"

虽然对方的回应早在预料之中，计然仍动了怒气，道："你不肯泄露寿梦手书，这我能理解，可为何坚持要保全那人呢？他可是杀人凶手，手上还沾染了令子的血。"

邢平答道："因为那个人非同小可，即便渔父还有当年晋国公子的身份，也一样动不了他。"

第四章

击股其镗，踊跃用兵

终于到了吴师出征的日子，这是一个春寒料峭的日子。细雨中的吴越大地，好似被一张漫无边际的白纱笼住，似乎一切都静谧安详。实则不然，吴都内外，正如浩淼的五湖，湖面轻柔缥缈，湖底深处却是汹浪滔滔。尽管斜风微雨，吴王僚还是如常在王城举行了盛大的阅兵典礼。

自邢平书房出来时，计然才留意到天色已黑，忙招手叫过一名邢府侍从，问道："月女可回来了？"

侍从奔去门房，问过门仆，才赶回来禀报道："没有见过月女。"

市集在王城之外，计然自知夜禁出不了城，也无法可想，只盼望月女是因为玩得高兴，错过了城禁时间。她既进不了城，想必会前去剑坊借宿。剑坊女主人莫邪看起来很喜欢月女，应该会好好待她。

这一夜，计然辗转反侧，难以入眠，也不全然是牵挂月女，还心伤华登背负刺客罪名，惨死于吴国，又心寒晋人欲除自己。好不容易捱到天亮，匆匆洗漱，换了一套邢平命人送来的干净衣衫，便赶往市集剑坊。

市集因为有早市，人群不少，但剑坊尚未开张，计然拍了半天门，白鹭来开了门，认出计然，告道："计君定做的剑，还未开工。师母说计君不是凡人，须得找一块好料。"

计然道："我不是为宝剑而来。月女呢？"

白鹭道："月女昨日来过，跟师母说笑了一阵子，便走了。"

计然道："昨日便走了？当真吗？"

白鹭笑道："月女那么大个活人，还能藏在剑坊不成？师母倒是很喜欢她，再三留她，她说还有事，就上马走了。"

计然问明当时未及日暮，料想月女不是因错过时辰而入不了城，心道："之前邢平之子邢野曾持刃挟持五湖公，月女本就嫌弃邢府，那一晚又发生了窃贼光顾一事，说不定她不愿意再去邢府，自行回渔场去了。"遂赶回渔场。

未及大门，远远便见到一名白衣女子站在湖边，衣带随轻风飘动，颇似仙人。计然看得呆了，一时不敢惊扰，只翻身下马，轻轻走得近些。不想对方忽然提起衣裙，往前几步，便欲纵身跃入湖中。

计然目光一直在她身上，见状大叫一声："月女，不要！"疾冲上前，伸手一抓，幸好及时抓住对方的腰带，将她拖了回来。

计然急道："月女你做什么？"待看清怀中的女子时，不由吃了一惊，问道："盈娘，怎么是你？"

盈娘垂泪道："计君不该救我的。"

计然急忙将她拉离湖边，问道："到底出了什么事，盈娘竟要轻生？"

盈娘凄然道："陈音不辞而别，他走啦，不要我了。"计然闻言，愕然不解。

盈娘道："其实陈音追求我时，便有一位姊姊来告诉我，说他是个喜新厌旧的登徒浪子。那位姊姊自称是受害者，还说别看现下陈音爱我爱得狂热，可一旦他见到别的美貌女子，便会立即移情别恋。"

计然一时无语，但又不能任凭盈娘跳湖自杀，便先带她回到住所，命侍从着意看管。再召侍从询问，才知月女并没有回来渔场。

又不见范蠡，计然不免奇怪。侍从鱼亭忙禀报道："一大早范君得报，称专诸在五湖酒肆磨刀，又像是要出门的样子。范君担心有事，便亲自赶去了。"

计然料想以范蠡之才，足以处理好专诸之事，遂道："你先赶去穹窿山，看看月女是不是回了那里。如果见到陈音，就请他再来一趟渔场，把事情交代清楚。"

刚打发走侍从，便有人前来送信，告道："足下就是菱湖渔场主人渔父吗？臣名叫徐诚，奉主人之命前来送信。我家主人还索要渔父的回信。"

那信是个布包，计然打开一看，里面没有布帛、木简之类，只有一把木剑，正是剑坊女主人莫邪送给月女的佩剑。

计然大怒，拔出佩剑，抵在信使徐诚胸口，喝问道："月女在哪里？你家主人是谁？"

徐诚倒是脸无惧色，笑道："渔父杀了我，便再也见不到月女了。今日日暮前，我若不能带渔父回去，主人也会杀了月女。"

计然微一沉思，便收剑入鞘，问道："你家主人索要的回信，就是我本人吗？"

徐诚道："是，请渔父解下兵器，屏退侍从，单身随我前往。"又特意告道："我家主人身份不凡，若发现渔父玩花样耍手段，暗中派人跟踪，可不会再对渔父客气，月女也要为渔父陪葬。"

计然点头道："你家主人煞费苦心，劫持月女为人质，一定是想从我身上得到什么。我也很想会会你这位身份不凡的主人，这就引路吧。"

二人出来渔场，翻身上马，一前一后，在五湖边兜了一个大圈子，徐诚确信无人跟踪后，这才引计然往南山而来。

计然道："你说你主人不是凡人，难道不是住在王城中吗？"

徐诚道："主人昨日夜禁前便出城了。"

来到南山脚下一处大宅院。山林中极少有这种四周围以高墙的三进宅子，计然一见之下，便知这是吴国王室专用于打猎游玩的离宫别墅。

早有四名武士等在门前，牵走马匹，上前执住计然，往他身上搜了一番，确信没有兵器，这才引他入堂。

主人正在堂上悠闲饮酒，见武士引计然进来，便放下酒中金盏，扬起头来，却是吴王僚二弟公子掩余。

计然讶然道："原来是你。"

掩余笑道："不然渔父以为是谁？"

计然亲眼见过月女与窃贼交手，知其身手惊人，料想掳她之人绝没有动用武力，而是使用了诡计。月女之前从不与外界来往，后来所遇猎户、孙武、计然等人也尽是纯良之辈，且千方百计地待她好，后来虽然见识了一些风波，但自身并未经历凶险，从无防人之心，是以容易受骗上当。

但月女既与计然有约，也不会轻易半途被人诱去，至少要先入城知会一声，计然本猜测是公子光或伍子胥用孙武的名义，将她骗去某处，再以迷药之类擒住了她。此时见到幕后主使，竟是公子掩余，虽则意外，但月女昨日在太子宫与他见过面，对其印象极佳，入其圈套，也就不足为奇了。

计然遂道："月女人在哪里？我想先见见她。"

掩余笑道："月女不在这里。我又不是傻子，命人请渔父来别墅见我，却又将月女关在这里，不是等于日后给渔父机会救出她吗？"

又道，"但我这里有一件物事，可以证明月女在我手中。"从案下取出一只布鞋，正是月女所穿。

掩余又道："渔父最好老老实实，不要妄想反抗，不然下次我拿出来的，可能就是月女的眼珠，或是手指了。"

计然点点头，问道："公子费心劳力，将我请来这里，想要怎样？"

掩余笑道："渔父这等人杰，我想要什么，渔父难道猜不到吗？"计然道："计然愚钝，请公子明示。"

掩余道："既然渔父有意装糊涂，那我便明说了，我要邗平手上那件物事。"

计然闻言大吃一惊，这才会意公子掩余便是寿梦手书的知情者某乙。

计然昨日向邗平探问某乙姓名，邗平当面拒绝，并称某乙非同小可，计然便料想某乙是吴王僚级别的人物，甚至可能是晋国国君。而公子掩余虽是吴王僚之弟，究竟只是个公子，又与寿梦手书并无直接利害关系，是以计然无论如何都未想过掩余竟是为寿梦手书而来。

掩余道："渔父看起来很意外，怎么，你想不到我会知道这件隐秘吗？"

计然摇头道："我不懂！公子是当今吴王亲弟，手握吴国兵权，邗平只是个大夫，地位远远不及公子你。他手上到底有什么物事，能令公子你动心。"

掩余霍然直起身来，喝道："渔父不要再装了。我敬你有晋国公子身份，这才好言好语，你可不要敬酒不吃吃罚酒。"

计然自幼离开晋国，在宋国长大并显名，由于刻意隐瞒出身，是以知其真实身份者不多，闻言颇为惊讶，问道："昨日在太子宫，我是第一次见公子，公子如何对计然如此了解？"

掩余道："我也是最近才留意到渔父的。"

计然微一凝思，便即明白，道："是了，一定始于那晚我与月女到邗府借宿。”

掩余道：“渔父果然聪明。”

原来掩余派了人手日夜监视邢府，那日计然带月女到访，邢平亲自出迎。监视者从未见过邢平出门迎客，而贵客还是一名奇丑男子和一个小女孩，遂急报公子掩余。

掩余得知元老重臣竟为一对年青男女而倒屣相迎，料想二人身份不一般，便立派手下当晚夜探邢府。结果那手下一无所获，更是被月女擒住。掩余得报后，愈发惊异，命人务必查明计然身份。

掩余手下收买了邢府侍从，邢府侍从只知道计然是宋国大商人，在吴地有不少生意，与邢平偶有往来，却不知其真实身份。

但那侍从极为机灵，某日计然来访后，有意以言辞相激，询问堂堂大夫，何以对一名商人如此谦卑礼遇。邢平厉声斥责，说出计然是晋国公子身份，若不是早年因变故离国，再也不肯回去，只怕而今已是晋国国君。

掩余笑道：“渔父堂堂晋国公子，邢平祖父申公巫臣亦奉令祖为主君，邢平侍奉渔父，不过是尽臣子的义务罢了。我说的对也不对？”

计然摇头道：“我与邢大夫以朋友论交，我也不再是什么晋国公子，只是一名普通的宋国商人。至于公子你提到的物事，我全不知情。公子该了解邢大夫为人，谨慎小心，绝不会公私不分，将吴国机密之事告知我这个宋国人。”

掩余道：“不对。城中开始纷传我祖父寿梦大王有手书留在邢平手中后，邢平做的第一件事，就是派侍从赴渔场找渔父，必是找你商议此事。若邢平不将机密大事见告，渔父如何替他拿主意？”

又道：“渔父不必再装模作样兜圈子，今日之事，我也是不得已为之。事已至此，若渔父与我坦诚相见，日后说不定还能做朋友。”

计然料想无论自己如何矢口否认知情寿梦手书一事，掩余都不会相信，且月女在对方手中，若自己不肯屈服，月女必死无疑，自己也会被掩余当场扣下，当作人质去威逼邢平就范，事情只会越来越糟。只得就势点了点头，问道：“月女所擒窃贼，是公子你所派吗？”

掩余点了点头，爽快承认道：“阿邦是我最得力的手下，武功高强，想不到竟败在一个小女孩手里。那位月女，可实在了不得。若不是她完全信任我，中了我的迷药，我还真没把握我的武士能抓住她。”

计然道：“那么也是阿邦杀了邢大夫之子邢野吗？”

掩余道：“不是，杀死邢野的是另一名武士干明。邢野之死是个意外，干明办事不力，我已经将他杀了。”

又道：“我对祖父手书志在必得，邢平软硬不吃，我实在没有法子。他虽然在吴国长大，又是吴国大夫，究竟还是晋人，既奉渔父为主，渔父若以主人身份下令他交出手书，他必会遵从。”

计然愕然道：“公子是要让我去找邢大夫，向他索要尊祖手书，再用手书来换回月女吗？”

掩余道：“正是此意。”

计然当即摇头道：“这件事，我办不到。不是我不肯替公子去办，而是办不到。姑且不说邢大夫手中到底有没有尊祖手书，就算有，他也会矢口否认。若他坚持说根本没有手书一事，我就算摆出晋国公子的架子，也没什么用，邢大夫不能为了奉迎我，去变出本来就没有的手书。”

这番话颇绕，掩余愣了一下，才回过味来，冷笑道：“渔父口舌好生厉害。”

计然道：“我不知道公子为何一定要得到尊祖手书。不过公子做的这些事，尊兄吴王知道吗？”

掩余道：“渔父是在拿我王兄威胁我吗？”

计然道：“计然不敢。我只是觉得公子绑架月女，以月女为质来要挟我，这件事做得有些太明目张胆。换作是我，一定有所担心。”

掩余笑道：“渔父是晋国公子，却在我吴国掺和手书一事，宣扬开去，我王兄一定会杀你，晋国也不会认你，我有什么可担心的？何况渔父最在意的女人在我手中，我有把握，无论我提什么要求，渔父都会乖乖去做。”

又道：“昨日在太子宫，我亲眼见到渔父望着月女的眼神，渔父很爱她，是不是？虽然还只是一个小女孩，少了成熟女人的风韵，但毕竟明媚天真，自有一番味道，又身怀绝技，换作是我，也会动心的。”

计然见对方笑得淫邪，知其心意，只好道：“我答应公子，会去找邢平，尽力一试。”

掩余笑道：“这才像话。”又道：“只要渔父取来手书，我保证放回月女，不会少她一根头发。而且自此礼遇渔父，绝不会泄露你的身份。”

计然点了点头，道：“那我们一言为定。”又道：“我还要问公子一件事，是你派人杀了五湖公吗？”

掩余道：“五湖公？是王兄去吃鱼的五湖酒肆的主人吗？”随即不屑地道：“我公子掩余有多少大事要办，哪里顾得上一个五湖老翁？”

计然道：“当真不是公子所为？”

掩余笑道：“我连手下武士误杀邢野一事都没有否认，杀个把渔翁，有什么好抵赖的？五湖公一事，跟我无干。”

忽听到门外侍从道：“二公子正在招待贵客，三公子不能进去。三公子……”

话音未落，便有人大力推门进来，却是掩余亲弟公子烛庸到了。

烛庸大笑道：“好消息，大好的消息！王兄已决定征伐楚国，我和二哥是新任的主帅……”忽一眼看到堂中的计然，笑声戛然而止，问道：“他是谁？”

掩余忙道：“这位渔父，是菱湖渔场主人，我们偶尔相识，觉得甚为投缘，我遂邀他来别墅做客。”又追问道：“王兄当真命你我担任主帅出征吗？”

烛庸点头道：“三军由二哥、我与太子庆忌分领，这次可终于有机会了。”

掩余大喜过望，连声道：“太好了，太好了！”

狂喜之下，声音都有些发颤。忽觉得不该在外人面前失态，遂咳嗽了一声，收敛笑容，强作镇定。但双手绞在一起，颤抖不止，显见内心激动之极。

烛庸又道："现在都什么时候了，二哥怎么还有心思来南山别墅闲居？快跟我回宫见王兄去。"

掩余遂举手道："今日与渔父一番交谈，掩余甚有收获。目下我得赶回城中，我们改日再聊，如何？"

计然道："甚好。"

掩余走出几步，又回头叮嘱道："请渔父不要误了约定，以免有失。"

计然道："公子放心。"

离开南山别墅，计然便径直回来渔场。侍从念辞正到处寻找主人，一见计然回来，便上前禀报道："出事了！专诸前去行刺公子光，被人当场捉了。"

计然大惊失色，忙问道："范蠡怎么样？"念辞道："范君刚刚回来，他人没事。"计然闻言，忙赶来堂中。

范蠡正坐在窗下饮水歇息，见计然进来，忙起身相迎，道："侍从将专诸之事告知渔父了吗？"

计然点了点头，问道："到底是怎么回事？"

范蠡便大致说了经过——

一大早，负责监视专诸的侍从阿巴来报，称专诸在酒肆中磨刀霍霍，又准备出门，范蠡担心出事，便亲自赶去。他知道专诸怀疑是公子光派人杀了五湖公，便预备当面转述孙武之言，好打消专诸对公子光的怀疑。

范蠡人到时，专诸已动身上路。监视者阿巴等人因未得指令，未加拦阻。范蠡听说专诸不是往王城方向而去，也好奇对方到底要做什么，便没有追赶，只暗中尾随，结果发现专诸来了阳山。

计然闻言大诧，问道："专诸到阳山做什么？"

范蠡道："渔父无论如何都想不到的，专诸是去拜访楚王孙胜。"

专诸满面杀气，携刀出门，必是为五湖公被杀一事，但他为何要到阳山拜访楚国王孙熊胜呢？是为了询问相关经过吗？吴王僚遇刺当日，王孙胜人在五湖酒肆不假，专诸虽被人打晕在后院，但事后亦从月女等人口中得知酒肆详细情形，又何须多此一举，去找王孙胜？

范蠡道："我也想不透这一点，始终觉得专诸没有拜访王孙胜的理由，所以当时我认为专诸是去行刺王孙胜或是伍子胥的，或许他认为这二人该对五湖公的死负责。"

范蠡思及此种可能后，本待立即上前阻止专诸，但这时他又意外看到一个人，也躲在一旁，在暗中窥测专诸，遂隐忍不发，想弄清楚事情经过再说。这时候，伍子胥出来，亲自将专诸迎了进去。

计然道："范君认得伍子胥？我只听过此人名字，从未见过。"

范蠡摇头道："我不认得他，但听过'伍子胥过昭关，一夜白头'[1]的故事。出迎的男子三十岁左右，却是满头白发，不是伍子胥是谁？"

计然听说伍子胥出门亲迎专诸，愈发奇怪，道："他二人认识吗？我记得月女说过，孙武时时到五湖酒肆，与五湖公、专诸相熟，但伍子胥却从未去过。二月十六，孙武预备在五湖酒肆宴请王孙胜和伍子胥，因为是第一次，所以还特意拜托月女先去占座。"

范蠡道："渔父还记得吴王遇刺次日，专毅说专诸一大早被人叫走一事吗？我猜叫走专诸的人，就是伍子胥。"

伍子胥从王孙胜及孙武口中得知吴王僚遇刺一事后，大惊失色，料想公子光必成为首要怀疑对象。他既已是公子光心腹，当然要设法扭转

[1] 伍子胥起初逃亡宋国，投奔寓居宋国的楚太子熊建。不久宋国内乱，即本书中一再提及的华登家族华族叛乱，太子建一行改奔郑国。本来郑国很优待太子建，但太子建受到晋人蛊惑，预备与晋国合作，联合推翻郑定公，夺郑国领土，自立为君。结果事泄，郑定公杀太子建。伍子胥携带太子建之子王孙胜出逃，前去投奔吴国。二人计划过陈国，出昭关，再走水路到吴国。但昭关被右司马薳越领兵把守，且关内关外都贴有伍子胥的画像，很难通过。昭关西六十里有座小山，伍子胥和王孙胜先躲进山中，预备寻找机会出关。神医扁鹊传人东皋公居住在山中，从悬赏令图像上认出了伍子胥，同情其遭遇，遂将伍子胥和王孙胜带回居所，热情招待，又称有办法送二人出关。过了七天，东皋公仍不谈过关之事。伍子胥忍不住催促。东皋公说已有计策，但还得等一个朋友到来。当夜，伍子胥寝不能寐，欲走不能，欲留不愿，身心如在芒刺中，卧而复起，绕屋而转，竟然捱到天亮。东皋公起身出门，见到伍子胥，大惊道："怎么一夜之间，头发全白了？"伍子胥还不能相信，进屋一照镜子，头发果然全白了，心中愈发悲苦。东皋公反而大笑道："我的计策成了！"原来东皋公的朋友皇甫讷跟伍子胥形貌有几分相似，东皋公已派人去请皇甫讷，预备让他假扮伍子胥，到昭关制造混乱，如此，真伍子胥就能趁乱出关。东皋公又道："而今你头发白了，不用化妆，别人也认不出你来，更容易过关了。"皇甫讷如期到达。东皋公便请皇甫讷扮成伍子胥的样子，而伍子胥和王孙胜则装扮成仆人，四人结伴前往昭关。守关吏远远看见皇甫讷，以为是伍子胥来了，立即全力缉拿。伍子胥、王孙胜趁乱过了昭关。官兵虽然追拿到皇甫讷，仔细辨认时，才发现抓错了。东皋公曾为守关右司马薳越治病，出面说情，薳越遂下令放了皇甫讷。

局势，唯一的办法就是查明真相，揪出真正的刺客主谋。他从孙武、陈音及王孙胜等人口中了解了经过情形后，犹嫌不足，便派人寻来专诸，详加盘问，显然是不愿意放过蛛丝马迹。

计然听了范蠡分析，点头道："不错，极可能是这样。"

或许正因为伍子胥盘问得太过急切，专诸看出伍氏是公子光心腹，又怀疑伍子胥一再打听酒肆情形，是别有所图。五湖公遇害恰好发生在吴王僚遇刺后次日，相关因素太多，常人很容易将二者联系起来，专诸应该也会这样想。他既先入为主地认为公子光主导了行刺吴王僚事件，便也认为是公子光派人杀了五湖公，所以计然当面告知公子光可疑时，他根本不感到惊讶。

计然又沉吟道："那么专诸今日为何又要携刀去阳山找伍子胥？莫非他是怕误杀好人，要当面向伍子胥确认？"

范蠡道："我也这么想过。料想伍子胥绝不会承认公子光涉入其中，专诸必定拔出兵器要挟，里面要闹个天翻地覆。不想不一会儿，专诸人出来了，不但出来，还是伍子胥亲自送出。"

计然虽然早知专诸只是去了一趟阳山，随后又赶去王城行刺公子光，最终失手被擒，闻言仍是一怔，道："竟然是这样。"

范蠡摇头道："奇怪的还在后头呢。渔父可还记得月女说在阳山见到了一个灰衣怪人？"

计然道："记得。吴王僚遇刺当日，那灰衣男子也在五湖酒肆出现过，还救了吴王僚一命。"

范蠡道："我今日又在阳山看到他了。我适才提到另外还有人在暗中窥测专诸，便是那灰衣男子。"

计然道："灰衣男子出现了三次，三次都是徘徊在楚王孙附近，莫非他对王孙胜有所图？"

范蠡道："看起来不是这样。"

专诸离开阳山后，便往王城而去，那灰衣男子亦跟在其后。范蠡想弄清灰衣男子身份，遂不动声色，暗中尾随二人。

到了王城公子光府邸，专诸先到门前求见公子光，被侍从拒绝。这是意料之中的事，范蠡之所以没有立即上前明示，也是因为早料到专诸见不到公子光。

就在那一刻，专诸突然爆发，拔出兵器，持械砍伤一名侍从，直朝里面冲去。一边冲，还一边高喊："杀死公子光，为师父报仇。"事出突然，侍从阻拦不及，竟被专诸冲进了大门。

而令人大跌眼镜的还在后面，那一直跟踪专诸的灰衣男子忽然挺身而出，拔出剑来，飞速越过侍从，制住了专诸。

计然闻言惊愕交加，道："所以专诸还没有见到公子光面，便被灰衣男子擒住？"

范蠡道："正是如此。"又道："那灰衣男子一定是公子光的人，既然是公子光心腹，又怎会对王孙胜有所图谋？他应该是公子光派去暗中保护王孙胜的。"

伍子胥与王孙胜逃离楚国多年，但死对头费无极仍在楚国执掌朝政大权。楚国同情太子建的人很多，也有大臣力主接王孙胜母子归国，费无极自然要极力阻止。他也担心王孙胜有朝一日会以太子建之子的身份回来，曾派遣刺客远赴吴国行刺。只不过有楚国大臣抢先向王孙胜通风报信，王孙胜又告诉了公子光，是以刺客一入吴境便被逮捕，处以车裂酷刑。

计然道："如此，便也说得通了。灰衣男子奉命保护王孙胜，他既是公子光手下，也算是吴国臣子，当然不能眼见吴王僚遇险。"

专诸既已被擒，刺杀公子的重罪是逃不掉了，计然一时也无法可想，但还是得先处理月女一事。他虽然已有计划，但仍需要同智者商议，便将月女为公子掩余所擒一事告诉了范蠡。

范蠡瞠目结舌，怔了好半晌，才道："还以为我今日之见闻为旷世奇遇，哪知渔父你……你竟是晋国公子。"实觉匪夷所思，又追问了一遍："当真是公子掩余想得到寿梦手书吗？"

计然点了点头，道："此人表面是个温润如玉的谦谦公子，实则心机深刻，智谋、野心绝不在公子光之下。"

范蠡道："渔父如何知道公子光有野心？"

计然道："从伍子胥身上便能看出。那伍子胥来到吴国，为引吴王注意，不惜将自身悲惨经历编成曲子卖唱，这可是一般人做不到的。只要时机一到，此人绝对能成大器。而公子光更是一眼看出伍子胥之不凡，不惜先排挤他出朝，再笼为己用，没有野心，会一心招揽人才吗？"

范蠡亦关心月女安危，遂不再提公子光，只问道："那么渔父预备如何营救月女？"

计然道："目下不知月女被关在何处，谈不上营救。"又道："就算知道了关押之所，公子掩余明白月女是要挟我的有效筹码，一定会派重兵把守，我不能派手下人徒然送死。"

范蠡道："何不派人到穹窿山，将孙武请过来，一起商议个对策？"

计然摇头道："不能让孙武知道这件事。他与伍子胥交好，万一露了口风，伍子胥知道当真有寿梦手书一事，必定告知公子光。公子光是寿梦手书的最大获益者，知道邢平手中真有手书后，必定倾尽全力抢夺，哪还顾得上月女安危？"

范蠡道："渔父可是已有对策？"

计然道："我只能就此屈服于掩余，去找邢平索要寿梦手书。"

范蠡道："公子掩余既是知情者，该知道寿梦手书内容对公子光最有利，跟他自己无关不说，还会威胁到他亲哥哥吴王僚的王位。掩余费尽心机夺取手书，还瞒着吴王僚和公子光两方，到底要做什么？"

计然缓缓道："还不是为了吴王那顶王冠。"

旁人很难猜透公子掩余用意，但计然曾是晋国公子，经历过惊心动魄的宫廷斗争与阴谋，早就看穿了掩余的用意——无非是想利用寿梦手书当上吴王。

传闻说，寿梦手书称季札若无子，之后当由嫡长孙即位。这嫡长孙，便是公子光。但公子掩余得到手书后，可以设法修改文字内容，称季札无子，当由上任吴王嫡长子即位，也就是余昧之子州于，当今吴王僚。

关键还在下一步。掩余一定会加上一条，"嫡长子制"之后，当继续行"兄终弟及"制。如此，寿梦手书公开后，为吴王僚正名，不再是得位不正，但却不能将王位传给太子庆忌，要改传给弟弟掩余。

范蠡这才明白究竟，叹道："原来如此。"

想到吴国开国君主太伯几度让位，当今吴国大司寇季札亦是如此，相比于掩余的不择手段，可谓有天壤之别，果真是世风日下，人心不古。一时感叹不已。

计然道："而今吴王已相信是楚人行刺，决意伐楚，并指派太子庆忌、公子掩余、烛庸三人为帅，掩余很快就要引军出征，事情必须尽快解决。"

范蠡道："手书一事，干系重大。一旦掩余得到手书，必定会杀了渔父、月女，还有邢平灭口。"

计然叹道："我料想结果一定会是这样。所以才将事情原委告知范君，想请你替我主事。"附耳上前，低声嘱托一番。

范蠡慨然道："渔父将生死攸关之大事托付于范蠡，我必当殚精竭虑，不负所托。"

计然见天色不早，今日已来不及赶赴王城，便先来探望盈娘。

盈娘独坐在窗下，望着湖面发呆，听到动静，登时露出喜悦之情，起身相迎时，才发现来者不是所盼之人，脸色当即又黯了下来。

计然见案上汤水分毫未动，劝道："身子要紧，盈娘还是进食点东西才好。"

盈娘摇头道："我吃不下。"

计然道："有一件事，盈娘可能想知道。华登……华登已经死了。"

盈娘一怔，但仍然相当平静，也不问华登是如何死的，仿佛对方是个毫不相干的陌生人，只问道："陈音不会再来了，对吗？"

计然微一迟疑，遂道："我已派人去穹窿山找过陈音，侍从回报说，他人不在那里。孙武也不知道陈音去了哪里。想来他匆匆离开，应该是有什么急事，等事情办完，自会回来接盈娘。"

盈娘道："计君何必为他说好话？"凄然道："自从我说出我曾侍奉过太子和华登的那一刻起，他看我的眼神就变了，那时候我就知道，他迟早要离开我，只是没想到来得这么快。”

顿了顿，又道：“小时候，村里人都说我长得好看，将来必定有大福，我自傲容貌，也这样以为。而今回头看看，我过得远远不及同村姊妹，她们也许过得贫寒，也许嫁的不是自己喜欢的人，但至少有完整的家，有可以依托的地方，过着平静的生活。”

一边说着，一边怔怔落下泪来。忽意识到不该对一个不甚相熟的男子提这些，忙举袖抹了抹眼泪，问道：“那个可爱的女孩子月女呢？今日怎么不见她？”

计然道：“月女有点事，暂时不能来渔场。”又道：“盈娘先安心住在这里。若是你想回去家乡，我也可以派人送你回去，并妥善安排。”

盈娘摇头道：“家乡是回不去了。太子庆忌曾派人到处找我，也到过我家乡，我若回去村里，村长一定报告当地官府，将我擒拿，押回王城交给太子处置。”

计然道：“盈娘既知道太子庆忌不会放过你，为何还滞留在王城一带，何不远走他乡，或是另投他国？”

盈娘道：“我那可怜的孩子一出生就夭折了，就埋在五湖边上，那是我仅有的一点骨血，我舍不得离开他。”又摇头道：“这是母亲的微妙心思，计君是不会懂的。”

计然确实难以理解，遂道：“盈娘是渔场的贵客，想住多久都可以。你若有其他打算，也请告诉我，我好作出安排。”

盈娘应了一声，又叫道：“计君，你一定要好好对待月女，不要像陈音待我那样，对她始乱终弃。”竟似将月女当作了计然的未婚妻子。

计然一怔，不知该如何回答，只茫然点了点头，便告辞出来。

夜色悄然降临，黑幕笼罩了大地，五湖亦陷入了苍茫的静谧中。

计然命人在湖边置了酒案，独自饮酒，一杯接一杯。渔父从未如此反常，侍从又不敢相劝，只好请来范蠡。范蠡劝了两句，见计然不听，知其心中苦闷，只好任他去了，终至酩酊大醉。

次日日上三竿，计然才醒，坐起身来，只觉得头痛如裂，全身乏力，虚汗直冒，料来是昨晚在湖边受了风寒，但想到月女尚在公子掩余手中，随时有性命危险，便勉强穿衣，又命人备马。

侍从念辞劝道："渔父看起来脸色不好，一定要出门，还是乘车的好。"

计然嫌车驾太慢，不肯听从，到门前上马时，差点摔倒，这才知病来如山倒，丝毫勉强不得，只得换乘了车子。

还未动身，便有骑士驰到，翻身下马，朗声问道："这是渔父的车驾吗？渔父是要出门吗？"

侍从念辞应了一声，上前问道："足下高姓大名？找渔父有什么事？"

骑士道："我是渔父旧相识，请渔父出来一见。"

计然勉强掀开车帘，扶住侍从肩头，跨下车来，打量那骑士，迟疑问道："你……你是向申？"

向申笑道："当日只在宋国华氏宴会上匆匆见了一面，渔父竟还记得我。"见计然脸色不好，问道："渔父可是身子有恙？"

计然道："我是有些不舒服，正有事要赶进城去。向君远来是客，不妨先在渔场稍事歇息，等我办完事回来，再设宴招待向君。"也不待向申回答，便命侍从引其进去，好生款待。

向申见计然面容惨淡，以为他要入城就医，遂道："那好，请渔父多保重身子，我在渔场等渔父安然归来。"

计然点点头，等向申进去，又招手叫过一名侍从，命道："去告诉范蠡，向申是宋国名臣向戌之侄，向、华均是宋国大族，素来同气连枝，向申极可能是为华登而来。"

侍从迟疑问道："华登不是已经死了吗？向申还来找渔父做什么？"

计然头脑发昏，难以仔细思索，只道："先去告诉范蠡，他自会多加留意，设法探明来意。"

驰来王城时，一路遇到大批兵马，城门更是戒备森严，不时有探马手持令旗驰出，看来吴国兴师伐楚，已是箭在弦上之事。

计然本以为吴国即将对楚国用兵，邢平身为吴国重臣，极可能在朝中议事，不想来到邢府时，却听说邢平生了重病，已不能起身见客。

计然道："我有急事，必须得面见邢大夫商议。"

门仆进去禀报后，邢平家臣包库迎了出来，告道："实在抱歉，大夫君起不来身，无法见客，请渔父改日再来。"忽见计然满头是汗，不由吃了一惊，问道："渔父也是抱病在身吗？"

侍从念辞喝道："渔父身子不适，仍抱病前来，你好歹也是府上家臣，还看不出事情轻重缓急吗？"

包库忙道："是，是。臣这就进去禀报。"不一会儿，重新出来，引计然进来后院卧房。

邢平脸色焦黄，从榻上直起身，道："渔父……"

计然摆手道："邢大夫不必多礼，好好躺着便是。"

邢平道："渔父看起来病得不轻，要不要请王宫医师来为渔父诊治？"

计然道："不必，我有要事要同邢大夫商议。"命侍从尽数退出，把守好门户。

邢平长叹一声，道："如果渔父是来问那人姓名，老臣还是那句话，恕不能相告。"

计然道："我已经知道那人是谁了。"

邢平吃了一惊，问道："渔父如何能知道对方是谁？"

计然道："昨日他派人将我请去南山别墅，当面向我承认是他手下武士杀了邢大夫爱子邢野，只不过那不是他的意思，是误杀，他已将那武士处死。"

邢平也不及追问爱子惨死一事，只问道："那人为何要向渔父当面承认这些事？"

计然道："因为他捉了月女，以月女性命要挟，逼迫我来向邢大夫讨要寿梦手书。"

邢平自榻上一跳而下，来回徘徊，神态虽然焦灼，却浑然不似有病的样子。

计然看在眼中，皱眉道："邢大夫装病，是不愿意见我吗？"

邢平忙道："不……不是。渔父千万别误会，老臣怎敢在渔父面前玩弄心机？实是大王决意伐楚，我劝阻不成，已触怒了大王。而后在将帅人选上，大王问我意见，我力荐了公子光。大王又有不豫之色，随后下令以太子、公子掩余、烛庸为帅。如此，等于我同时得罪了现任吴王及未来的吴王，外加两位公子，怕是再难以在朝中立足，只好先装病，再设法托病辞官。"

计然便道："不到万不得已，我也不会强人所难。而今事关月女安危，我少不得要问邢大夫一句，可否愿意将寿梦手书交给我？"

邢平又徘徊了许多圈，这才捋须问道："月女对渔父很重要吗？"计然道："是，比我自己性命还重要。"

邢平遂从容答道："渔父之命，老臣本不敢不从，但事关重大，寿梦手书所干系之事，比一个女子性命重要千百倍，恕老臣不能从命。"

这本是意料之中的事，计然心头仍倍感失落，心道："我究竟只是个失意的公子，若是晋国国君下令，邢平绝不敢不从。"

但寿梦手书是他仅有的希望，却又不愿意就此离去，室内遂陷入尴尬的沉默中。

忽听到包库在门外道："大夫君，有客到访。"

邢平忙躺回卧榻，换了有气无力的语气，道："告诉来者，主人起不了身，不能见客。"

包库道："禀报大夫君，来探视者是大司寇季札。"

邢平"啊"了一声，坐起身来，看了计然一眼，又躺了回去，道："实在是不能见客。"

包库却没有就此离开，隔门提醒道："那可是季子。季子亲访，何等荣耀？"又道："而且臣适才已告知司寇君，说大夫君正与渔父会面，怕是再拒绝季子，不大妥当。"

邢平无奈，只得命人请季札到客堂先坐，自己起身更衣。

计然料想多留也是无趣，遂起身告辞。刑平很是不解，道："渔父还用避嫌吗？这就随我一道去见大司寇吧。"

计然头脑昏昏沉沉，不及深思，只心道：“邢平愿意留我下来，表明他心意未定，还可能更改决定，把寿梦手书给我。”便遂邢氏心意，随其来到客堂。

邢平拄杖而行，脚步虚浮不稳。季札忙上前相扶，又见其面色发黄，惊道：“看样子，邢大夫病得可是不轻。”再见到邢平身后的计然，愈发惊诧，道：“我见过你，你不是那个小女孩月女的侍从吗？”

计然料想无法当着邢平的面隐瞒身份，遂上前见礼，道：“宋国计然，拜见季子。”季札道：“你……”

邢平插口道：“这位计君号渔父，他的父亲，大司寇也是认得的。”

季札愈发惊讶，问道：“我认得渔父的生父吗？第一次见你，我便觉得你眉眼很是熟悉，可你说你是宋人。”

邢平道：“渔父生在晋国，长在宋国，他是前任晋君幼子。只不过渔父为人低调，从不愿意旁人知道他的身份。”

季札“啊”了一声，上前用力握住计然双手，道：“果真是故人之子。”又问道：“你脸色这般难看，可是病了？”

计然点点头，道：“今日实在不便，他日计然一定登门拜访季子。”就此告辞。

邢平忙道：“渔父身子不适，是该早些回去歇息。大司寇请稍坐，老臣送送渔父。”

到大门前，邢平忽抓住计然手腕，问道：“渔父在诓骗老臣，是也不是？”

计然道：“什么？”邢平冷笑道：“我想不到渔父离开晋国多年，当今晋君对你敌意甚重，你却仍然愿意为晋国效力。”

计然怫然作色，道：“这是什么话？你不也是晋人吗？”

邢平摇头道：“说实话，我也不知道我是哪国人。我祖父本是楚国人，逃去晋国，为邢地大夫，改屈氏为邢氏，又派先父来到吴国，辅佐吴王。我则是在吴地出生长大，喝吴地水，食吴地稻，算是地地道道的吴国人。”

又道：“渔父精于算计，我早有所闻，而今也算亲身领教。若不是大司寇凑巧到来，还真难以识破。”

计然侍从念辞喝道：“邢平，你怎敢以这种口气跟渔父说话？”

邢平正色道：“我是吴国大夫，又不是晋国臣子。渔父，你请回吧。”拂袖转身而去。

念辞还待追上去喝骂，计然道：“走，我们走。”

他虚弱之极，说话都极费力气，刚登上车子，脚下忽然一软，便从车上一头栽了下来……

再醒来时，计然已是身在卧房中。榻边坐着一名男子，手握书简，看得目不转睛，正是范蠡。

计然呻吟了一声，问道：“我这是回菱湖渔场了吗？”

范蠡忙放下书卷，扶计然坐了起来，道：“是。咱们渔父面子可不小，是大司寇季札亲自送你回来的。”又道：“你那位朋友向申等你不及，两日前便已经离开了，说是等渔父病好后再来拜访。”

计然愕然道：“两日前？”

范蠡道：“渔父已经昏睡了两日两夜了，两日中，有人来访了数次。来人还不信渔父病重，亲自进卧房看过后，才肯离去。”

计然道：“是公子掩余派来的人？”

范蠡点点头，道：“不怪公子掩余着急，吴王已经定了两日后出师。两日后，掩余就要离开王城，赶往吴楚边境。”又道：“孙武也托人来问过月女，我没有告诉他实话，说是月女在渔场玩得高兴，要多住一阵子。”

计然道：“范君做得很对。”

范蠡道：“这两日，渔父一直在昏睡中，我也无法询问详细经过，邢平当面拒绝你了吗？”

计然道：“非但拒绝了，而且还对我生了极深的芥蒂。”大致说了经过。

范蠡道：“听这位邢大夫的语气，似乎认为渔父在为晋人做事。”

计然叹道：“他这么想，是有理由的。”详述了前几天被自称孟白者诱入华登藏身之处一事。

范蠡道："楚国派华登行刺吴王僚一事已经传开，听说华登首级也被悬挂在城门示众。吴王僚决意征伐楚国，一定也是因为这个，但我实在想不到渔父和月女也被卷入了圈套。"

计然道："你我都知道华登不是刺客，是有人毒杀他后再嫁祸给他。这件事，我曾反复思虑过，认为极可能是晋人所为。之前因为出了月女被掳一事，一直来不及将这些事告知范君。"

范蠡听了计然的分析，深以为然，道："行刺吴王，再嫁祸楚国，挑起吴、楚相争，自然对晋国有利。想借太子庆忌之手，将渔父一并除去，除了晋人，不会再有旁人敢做了。"又道："可邢平认为渔父在替晋国做事，渔父为何反而认为顺理成章呢？"

计然道："我猜邢平也大致猜到行刺吴王僚一事是晋人所为。"

邢平是吴国几朝元老重臣，才具不足，却有些见识，毕竟见过的大风大浪太多。他从一开始就没有怀疑过楚国，认为公子光嫌疑最大，而今他大概知道公子光嫌疑已脱，仔细分析之下，认为晋人嫌疑最大，华登则是受人嫁祸，所以力劝吴王僚不要着急发兵征楚，但吴王僚不肯听从。

邢平只猜及晋人出于利益考虑，主导了行刺吴王僚事件，但并不知悉计然亦被人诱去华登藏身之处，他也想不到晋人会设法铲除离国多年的本国公子。晋国派人在吴国兴风作浪，计然也凑巧出现在吴国，且极关注行刺一案，邢平便将二者联系了起来，认为计然以商人身份为掩护，暗中其实在替晋人做事。

至于寿梦手书，干系到吴国王位继承人的问题，若落入晋人之手，对吴国大大不利。邢平多半认为月女被掳一事是假，计然是想为晋人取到手书，所以才会说计然在诓骗他。

范蠡道："既是如此，邢平断然不可能交出寿梦手书了。我们又该如何营救月女呢？"

计然道："公子掩余对寿梦手书志在必得，他明日一定会再派人来找我，我想再跟他谈一次。"

正好侍从鱼亭端药进来，喂计然服下，又劝道："渔父大病未愈，要多多歇息。"

计然明日还要应对强敌，便就势躺下。不一会儿，药力发作，就此昏睡了过去。夜半再醒来时，贴身衣衫竟已湿透，原来是出了一身大汗，然病气已去，全身舒坦。计然遂起身更衣，遥见窗外月朗星稀，便披了外袍，信步出庭。

忽见不远处有黑影一闪，计然问道："什么人在哪里？"无人相应。赶过去一看，黑影一闪即逝，不见了踪影。

有侍从听到动静，忙奔了过来，问道："渔父可有什么吩咐？"

计然摆手道："没事，我以为这边有人，其实没有。"

侍从遂劝道："渔父身子才刚刚好些，还是回房歇息得好，免得再受风寒。"

计然点点头，正待回房，忽听到南面别院方向有"乒乒乓乓"之声，似是有人动起了手。

侍从道："别院是月女住处，目下盈娘也住在那里，该不是……"

计然忙道："快去看看！"

赶来别院时，却见黑白两条身影正在交手，盈娘面色惨白，扶柱而立，见计然带侍从赶到，忙跌跌撞撞地奔过来，告道："刚刚有人要杀我。"

原来盈娘难以入睡，便坐在窗下远眺五湖月景。忽有黑衣蒙面人推门进来，直朝卧榻而去。

窗边的盈娘转头看到，虽觉奇怪，却完全未反应过来，居然开口问道："你是谁？这么晚进来我房中做什么？"

黑衣人二话不说，拔剑便朝盈娘刺来。盈娘未及尖叫呼救，又有一道白影从天而降，出手将黑衣人长剑荡开。黑衣人一怔，挺剑再刺，白衣人再挡，二人遂一言不发地打了起来，从屋里一直打到庭中。

计然听说黑衣人是专程来杀盈娘，便命道："将那黑衣人拿下了。"

黑衣人见对方来了大援，早不欲再战，却总被白衣人缠住。眼见众侍从围了上来，只得奋力挺剑一刺，将白衣人逼退一步，又从袖中朝屋顶射出一件尾带长索的物事，提身一跃，便借长索荡上了屋顶。

那白衣人还待去追，计然叫道："穷寇莫追，足下请留步！"

白衣人闻声止步，转过身来——月色火光交映，将别院照得亮如白昼——那及时出现救下盈娘的，不是什么白衣人，竟是一只白猿。

众人尽皆愣住，面面相觑，不明所以。盈娘更是觉得不可思议，失声道："适才救我的，竟是一只猿猴吗？"

计然心念一动，上前问道："你就是小白吗？"

那白猿举起手来，"呀呀"两声，似是承认，又算招呼。

计然道："我是月女的好朋友，我叫计然。"

白猿点了点头，伸出右掌，轻轻拍了拍计然手背，又左顾右盼，不断挠头。

计然忙道："你是在找月女吗？月女目下不在这里，不过你放心，我很快就会接她回来跟你团聚，好不好？"

范蠡已闻声赶来，见计然正与一只白猿面对面说话，惊愕交加。他既知月女身世，忽然会意过来，这白猿便是抚育月女长大的小白。大概它多日不见月女，很是想念，竟自己寻来了渔场。

计然安慰了盈娘几句，命侍从日夜巡查，加强防卫，这才上前牵了小白的手，笑道："你远来是客，这就随我入堂吧。"又命侍从去厨下给小白取些饮食来。

侍从鱼亭问道："猿猴吃什么？"

计然一怔，也答不上来。

范蠡道："小白一直与月女在一起，后来也常常同孙武等人厮混，想必人吃的，它都会吃。"

计然便道："多取几样来，让小白自己选。"

范蠡不肯回房去睡，跟着进来书房，问道："渔父有没有想过何以有人到渔场行刺盈娘？”

计然沉吟道：“或许是太子庆忌知晓了盈娘行踪，记恨前事，遂派了一名女刺客来杀她。”

范蠡一怔，问道：“刺客是女子？”

计然点了点头，道：“她飞索上房时，扭动腰肢，明显是女儿家形态。”

范蠡道：“太子庆忌可能还记恨盈娘，但以其为人，应该是直接派军队来渔场拿人，而不是派遣刺客。”

计然蓦然得到提醒，道：“范君是说，刺客根本与太子庆忌无干，刺杀盈娘的人，就是毒杀华登的人？”

范蠡道：“渔父之前不是说有人密切监视华登，所以才会知悉其藏身之所，又将行刺吴王僚一事嫁祸给他。这监视者，便是真正的刺客了。想必华登寻找盈娘、当夜跟踪盈娘来渔场之事，也尽落入了监视者眼中。”

计然道：“不错，一定是这样，一定是这样。”

如此，便与计然之前的推测有了矛盾之处——

计然认为刺客主谋某甲是晋人，且某甲想顺带除掉计然。但某甲即便不知盈娘曾是吴国太子庆忌的女人，也该知道她是华登要找的人。既跟华登扯上了干系，华登又已作为行刺吴王僚的罪魁祸首而被悬首城门，某甲只需将华登的女人盈娘人在菱湖渔场的消息泄露给官府或是吴国王室，盈娘固然难逃一死，计然亦再也难以轻易脱身。

何以之前某甲以华登攀陷计然，要置其于死地，而今却放过大好良机，反而派了一名刺客来杀盈娘呢？还是说，杀死盈娘后，某甲另有后招？

但有一点可以肯定，一定是某甲杀了华登，也只有某甲及其手下知道华登的女人人在菱湖渔场。

这便出现了两处关键症结——

第一，刺客主谋某甲确实曾想要计然死，计然因自己身份特殊，愈发肯定对方是晋人。

第二，某甲不会放弃利用盈娘整死计然的大好机会，更不会冒着身份败露的危险，派刺客到渔场行刺盈娘。

范蠡分析一番，先摇头道："我有些绕晕了。"又猜测道："会不会是某甲收到来自晋国的命令，不敢再对渔父下手？反过来，某甲还受命保护渔父。他知道渔父收留了盈娘，担心盈娘的身份会导致渔父身陷险境，所以派刺客将其除去。"

听起来，这是最可能的情况了。计然思虑过一回，亦认为情形大致如此，叹道："看来我明日还得入城找赵须一趟，不然某甲还会再派人来杀盈娘。"

范蠡听说赵须便是晋国派在吴国的联络官员，问道："赵须有公开的身份，某甲会与他联络吗？万一为人觉察，岂不是立即将矛头引向晋国？"

计然道："某甲来吴国行不轨之事，须得有熟悉吴国情况的赵须作内应，他一定多少知情。居中传个话，总是可以做到的。"

二人议事之时，小白便安安静静地坐在堂上，虽不像人类那般席地跪坐，却也颇有派头，俨然一副贵客的样子。不一会儿，几名侍从端着食案鱼贯而入，将点心、果子、肉块、水罐等一一摆在小白面前。

小白先看了计然一眼，见他点点头，这才动手，随意抓起一个果子，塞入口中。又吃了一块肉，将鼻子凑到水罐上闻了闻，随即撇了撇嘴，露出很不屑的样子。

范蠡道："莫非它是嫌浆水味道太淡？"计然便命道："去取一瓮缩酒来。"

等到侍从奉酒上来，小白立即露出喜色，也不待侍从斟酒，抢过酒瓮，熟练地挖开封泥，举瓮直接往口中倒去，一边狂饮，一边啧啧有声，似是夸赞缩酒美味。

一旁范蠡看见，大为称奇，道："想不到白猿跟人一样，表情也是如此丰富。"

小白喝完一瓮，将酒瓮扔到一旁，又转头看着计然，似是还想喝酒。它抚育月女长大，于月女有大恩，计然如何敢怠慢，便命人多搬几瓮酒来。

小白连喝三瓮，肚皮涨得老高，这才满意地拍着木案，口中哼哼着什么，随即酒劲发作，歪在一旁沉沉睡去。计然便命侍从将它送去月女房间，好生安置。

折腾了半夜，人多少有些疲乏，计然和范蠡还待各自回房歇息，却听到公鸡打鸣声，天竟是快要亮了。

计然叹道："当真是光阴似箭。算了，我这就动身出发吧，早一刻入城，将赵须和公子掩余两件事都办了。"

范蠡点头道："我这边也会按事先的计划，一一作出安排。"

计然换过衣衫，率侍从出门时，天光才蒙蒙发亮。有男子突然冒出来，拦住去路，问道："渔父是要出门吗？"

计然问道："你是何人？"那男子道："臣是公子掩余手下武士，渔父在南山别墅见过臣的。"

计然点点头，问道："是公子掩余派你在这里监视我吗？"

那男子也不否认，问道："渔父一大早要去哪里？"

计然道："我有事，要进城一趟。"

那男子道："我家公子要见渔父，请渔父先跟我走。"

计然道："公子掩余即将挂帅出征，人不应该在王城吗？"

那男子道："我家公子挂念与渔父约定之事，昨日夜禁前便离开了王城，目下人在南山别墅。"

计然遂道："前面带路。"

公子掩余一夜未眠，一直坐在堂中，天亮时，才大有困意，正待小憩片刻，忽听说计然到来，颇为惊讶，忙亲自迎出堂去，笑道："渔父好早！"

计然道："闲话少说，这几日的情形，想必公子已经知道了。"

公子掩余道：“邢平不肯交出先祖手书吗？想来渔父失望之极，不然如何会从车子上跌下来。”

计然道：“邢平的反应，本在我预料之中，我不会轻言放弃。请公子再宽限些时日，我当设法完成此事。”

掩余摇头道：“不行！我后日便要引军出征，离开王城，所以明日是最后期限。若渔父明日日落前还不能从邢平手中取到手书，那么渔父也不必再寻月女了。我自会找个地方将她埋了。”

计然霍然起身，怒道：“掩余，你敢动月女一根头发，我便让你身败名裂，哪怕我计然与你同归于尽，也在所不惜。”

又冷笑道：“你堂堂吴国公子，应该不是蠢人，该知道我计然多少有些能耐，你是彻底得罪我好，还是该设法与我言和修好？说不定到了日后关键时刻，我还能助你一臂之力。”

掩余闻言，登时怦然心动——

他谋取寿梦手书，自是窥视吴王王位。但他也自知阻力极大，手书内容本就有利于公子光，吴王僚亦早立庆忌为太子，庆忌有一人之下、万人之上的地位，众人早将他当作未来的吴王。他虽是吴王僚之弟，但名分、权势均不及太子庆忌，更不要说兄长吴王僚。虽然他早有计划，预备更改手书内容，取得自身优势，但庆忌为保自身利益，必定质疑，未来还不知道有多少厉害对手挡在他通往王位宝座的路上。

而计然非但出身显赫，且拥有富可敌国的巨大财富，有这样的人作辅佐，胜算无疑大了许多。

只是掩余事先派人掳走月女，已得罪了计然，计然目下陷于进退两难的处境，才说出了示好之语，又有几分可信？

计然似是看出掩余心中疑虑，道：“公子想利用我来取得寿梦手书，是看得起我，认为只要我下了命令，邢平必定会乖乖遵从。而我与公子只有一面之缘，未必肯帮你的忙，于是公子以月女来威胁我就范，这也是情理之中的事。我计然不是傻子，而今我若用强硬手段来对付公子，对我没有任何好处。但与公子结盟，非但能得回月女，日后公子当上吴王，对我更是万利。”

掩余大喜过望，问道："渔父愿主动帮我吗？"

计然道："谈不上主动，我对你们吴国王室的家事没兴趣，你们谁当吴王，都与我无干。但到了眼前这个地步，只有与公子你结盟，才对我最为有利。"

掩余喜道："我听说渔父善计算而精研，今日一番深谈，方知传闻不虚。渔父瞬间便将利弊分析得清清楚楚，我掩余实在佩服。"

上前握了计然的手，诚恳地道："渔父，之前多有得罪，还望海涵。我是吴国公子，渔父是晋国公子，你我联手，日后当大有作为。"

计然道："如果公子将月女还给我，我愿意与公子签一份盟约，并奉上大礼一份——我在吴国的财产，渔场、鸡场等，各地合计有二十来处产业，全部相送于公子。"

掩余先是狂喜，随即收敛笑容，摇头道："渔父心意，我已尽知。不是我信不过渔父，而是你我早有约定在先，必须得用先祖手书来交换月女，断不能更改。"

计然道："我与公子签订盟约，等于将一个大大的把柄双手奉上，公子还信不过我吗？"

掩余道："不是因为这个，而是所有事情的关键，全在那份手书。得不到手书，后续之事便无法进行。"

计然心道："掩余极是精明，一眼便看到利害关键在于寿梦手书，虽然为我一番言辞打动，但仍然不肯先放月女，必须得见到手书。我若继续坚持以盟约换月女，他必起疑心。"

遂装出无可奈何的样子，道："那么公子宽限些时日，总该可以吧？公子该知道邢平是个软硬不吃的主儿。我们又不知道他将手书藏在了哪里，必须得想个万全之策。"

掩余道："可我即将引军出征，人不在王城，总是个麻烦事。"

计然忙道："比起王位，一军主帅又算得了什么？公子不如装病请辞，如此不就可以留在王城了吗？"

掩余踌躇道："但这是我第一次挂帅，是扬名立万的大好机会，能为我自己积攒下名望资本，我实不能错过。"

又道："渔父主动劝我留下，足见是真心与我结盟，我掩余不会忘记这一点。这场战事应该不会持续太久，就请渔父留在王城设法谋取手书，其他事宜，等我回来再行处置，如何？至于月女，我会命人好好待她，绝不会亏待。事情进展得顺利的话，我得胜回朝时，渔父也取到了手书，那么渔父便可立即与佳人团聚。"

计然只好道："就依公子的安排。"

二人遂携手出来。掩余见计然不回渔场，而是要与自己同去王城，忙问道："渔父是要再访邢平吗？听说他病得厉害，起不了身。"

计然实话告道："邢平只是在装病。不过我这趟入城，也不是去找邢平，而是去找晋国官吏赵须。"

掩余道："莫非渔父想通过晋君来向邢平施压？"

计然忙"嘘"了一声，道："公子意会就好，不可言，不可言。"

掩余笑着应了，对计然又多信任了几分。

入王城后，掩余自赴王宫，计然则赶来官署。赵须正在整理文书，见计然到来，大为意外，忙上前拜见。

计然环顾四周，问道："赵君这里可有方便说话的地方？"

赵须便引计然进来内室，道："臣为方便起见，平日就住在官署中，地方寒陋了些，实在是简慢了渔父。"

计然懒得寒暄，径直道："晋国最近可有派人来吴国？"

赵须道："没有。一则没有什么大事，二来自上次吴国派军干预宋国内政后，吴、晋两国关系有点紧张。"

计然森然道："最近当真没有晋人来到吴国？"

赵须一怔，道："臣怎敢当面欺瞒渔父？渔父可是想打听什么，还请明示。"

计然道："好，那我就明示于你，你不知道吴国有晋人要杀我吗？"

赵须惊愕交加，随即惶然拜伏在地，连连磕头道："臣决计没有听过此事。"似是难以相信，又抬头问道："谁敢对渔父动手？不要命了吗？"

计然喝道："到现下你还跟我装糊涂！那人之前想要我性命，派人引我入局。昨晚又派人潜入菱湖渔场，要杀我的贵客。你该知道我的为人，算计我，我还能忍，可要杀我的客人，实在不能忍！说，他是谁？人藏在哪里？"

赵须直起身来，拔剑自横颈中，道："渔父所述之事，臣从未听过，臣也不知道那人是谁，以及他为什么要对付渔父。渔父不相信臣，臣无以自明，只好一死。"

计然冷笑道："你对晋国倒真是忠心耿耿，宁可自己死，也不肯说出那人的名字和下落。那好，我也不是非见到他不可，你替我给他传个话，算计我之事，我可以不再追究，再敢对我的客人无礼，休怪我翻脸无情。"

他是当真发了火，怒气冲冲说完这番话转身便走，却被赵须扑上来抱住了腿。赵须急道："根本就没有那人，渔父叫我如何传话给他？"

计然一怔，问道："没有那人吗？"

赵须道："臣全然不明白渔父在说什么。怕是渔父听信了奸人挑唆，以为想害你的人是晋人。当今晋君对渔父您是又敬又畏，还有哪个晋人敢对您下手？"

计然心道："难道我想错了，行刺吴王僚一事，根本就与晋国无干？"

行刺一国之君不是小事，刺客都是千挑万选的死士，做好了以身赴死的准备，主谋花费人力物力，必定要从中获取利益。计然既知楚国、齐国并未牵涉其中，嫌疑最重的公子光也不是主谋，目光难免就落在了晋国身上。而刺客主谋某甲欲以华登害他一事，间接佐证了此点。

而今看来，他全然想错了！

赵须是晋国派在吴国的联络官，也有间谍身份，晋人果真策划了行刺吴王僚，赵须不会不知情。他在吴国左右逢源，早练出一身好演技，以毫不知情，甚至横剑自刎来应付计然，也不算什么，但计然已打算离开，他竟强行阻拦，继续辩解，显然是当真不知道这些事了。

赵须见计然缄默不语，以为对方仍然不相信自己，忙道："其实前一阵有信使自晋国来，携来蜡书一封，命臣须得设法取到寿梦手书。除此之外，再没有别的晋人来过。这是本国机密大事，臣连这个都说了出来，渔父还不相信我吗？”

计然道：“传闻寿梦手书关系吴王人选，晋国也打算干预吴国内政家事？”

赵须道：“臣不知道，这是晋君亲下的命令。”

计然道：“那么你打算到哪里去找寿梦手书？”

赵须道：“臣知道寿梦手书就在大夫邢平手中。哦，臣的消息不是来自市井传闻，而是蜡书上写明了寿梦手书在邢平手中。”

计然闻言心惊，暗道：“吴、晋两国距离甚远，这些日子吴国发生的事，还没有传到晋国。赵须说的是‘前一阵’，也就是说，信使赴吴，当在吴王僚遇刺前，更在寿梦手书传闻之先，晋君如何会知道手书在邢平手中呢？”转念即明白了究竟，道：“我真是笨，竟想不到狐庸是邢平的父亲。狐庸有晋臣、吴臣双重身份，寿梦将手书交给他的时候，他一定禀报过晋君。”

那时的晋君便是他的亲生父亲呀！回想起来，父亲的面目竟然模糊得很，完全记不起长什么样子了。岁月就是如此无情，一个转身，竟将幼年仅有的模糊记忆彻底磨平。

赵须不知计然胸口心潮澎湃，又道：“既然渔父知道了这件机密大事，臣还想请渔父帮忙。”

计然愕然道：“你想让我出面帮你谋取寿梦手书？既是晋君亲自交下这件事，何不以晋君名义下令，让邢平主动交出手书来？”

赵须道：“申公巫臣、狐庸、邢平祖孙三代，申公巫臣对晋国感恩戴德，至忠至诚。狐庸以晋臣身份入吴，为完成父亲心愿，倾尽全力辅佐吴国，最后做到了吴国相国，但仍然视自己为晋国人。而邢平在吴地出生长大，母亲亦是吴女，身上有了一半吴国血统，对晋国的感情，没有其祖、父那般深厚。他一向以吴国大臣自诩，即便我抬出晋君名头，怕是他也不会轻易交出来。”又道：“而今蜡书中交代过，寿梦手书一事，最好是秘密进行。”

所谓“秘密进行”，就是拿到寿梦手书，而不让旁人知道是晋人所为。

计然道：“而今吴国将要大举伐楚，晋国又可似往日那般，坐山观虎斗，再要这寿梦手书，又有什么用？一旦事泄，吴王僚必会以为晋国想以手书支持公子光即位，自此与晋国交恶。以吴国今日之国势，晋君有把握能应对吗？要我说，晋国在眼下这个敏感时刻介入，谋夺寿梦手书，无异引火烧身。”

赵须道：“渔父分析得固然有理，可臣身份卑微，既接到了蜡书，便只能遵命行事。”

又道：“不如这样，臣写一封信回晋国，将渔父适才之语附上，并说这是渔父的意思，也许晋君看了觉得有理，会改变心意。”

计然既不愿看到晋国因寿梦手书一事招祸，也不愿母国突然派人杀将出来跟自己争夺手书，遂道：“就这么办吧。”走出几步，又回头交代道：“替我向晋君致意。”

赵须道：“诺，臣一定遵命。”

出来官署，计然便命先回渔场。路过邢府时，邢平家臣包库正好出来，见计然骑马驰来，忙举手招呼，不想计然理也不理，率人飞驰而过。

正待出城时，有军士上前拦住，问道：“足下便是号称渔父的计然吗？大王召你入宫。”

计然大为愕然，道：“我与吴王素不相识，吴王为何突然要召见我？”

军士道：“臣不知，臣只是奉命等在这里，带渔父入宫。”

计然不及思虑更多，便随军士赶来王宫。

吴王僚正与太子庆忌及公子掩余、烛庸在商议进军楚国之路线，见军士引计然进来，道：“你就是计然？掩余一再夸赞你是个人才，非要寡人见上一见。”语气很是不以为然，大概是失望于计然之丑陋容颜。

计然听说是掩余向吴王僚力荐自己，这才明白究竟——

掩余出征在即，对自己仍是半信半疑，并不完全放心。他特意促成今日入召王宫，如此，旁人便会认为计然是掩余的人。这是预埋的一着厉害棋子，可谓深谋远虑。而太子庆忌有勇无谋，实不能与掩余相提并论，怕是日后二人争位，前者必落于下风。

果听到掩余笑道："王兄可不要小看了这位渔父，他年纪轻轻，已坐拥天下财富，仅在我们吴国，就有多处产业。我与他一见如故，已成为推心置腹的好朋友。在筹划军费、物资方面，他还给了我很多建议。计然是个人才，还望王兄在朝中给他安排个职位，加以重用。"

吴王僚"哦"了一声，他天性警觉，尽管亲弟极力推荐，也不能在此关键时刻信用一个外国人，便道："既然计君惊才风逸，又与掩余是好朋友，就请先留在吴国，他日有的是展露身手的机会。"

计然应了一声。

太子庆忌与计然打过照面，还差点因其出现在华登藏身处将之逮捕，但计然入殿后，他始终不发一言，好像不认识一般，此刻忽然插口问道："月女还跟计君在一起吗？她可还好？"

计然点点头，道："月女很好。"就势请退。

离开王宫，计然便率侍从驰回渔场。到渔场大门时，留守侍从忙迎上前来，道："渔父有客来访。"

计然道："是向申吗？我竟把他忘了。"

当日向申忽然到访，计然因着急出门，便先留其在渔场。不想他自己站着出去，躺着回来，向申见主人重病不醒，便自行离去。

侍从道："不是向申君，是孙武君。"又告道："渔父和范君先后出门后，盈娘也离开了。臣苦劝不住，又不好强留，只好任凭她离去。她给渔父留了口信，说是谢谢渔父这几日的照顾，将来有机会，再行报答。"

计然已知不是晋人行刺吴王僚，自己阻止某甲停止追杀盈娘未果。某甲一手策划了行刺吴王僚事件，又巧妙嫁祸给华登，引发楚、吴战争，能耐极大，他派人追杀盈娘，必有重大缘由，一次不成，多半还会再次下手。盈娘人在渔场，计然侍从众多，尚能保她周全，而今离开，她孤身一人，可就不知道会发生什么了。忙问道："盈娘可有说她要去哪里？"

侍从道："臣特意问过，她说她也不知道能去哪里。"

不知从何处来，不知往何处去，本身就是悲剧。而今盈娘失意于陈音，内心愈发悲苦。外间又尚有对她虎视眈眈的杀手。

计然一时难以想到盈娘会去哪里，忙先赶来见孙武。

孙武正在堂中与小白玩耍，模样顽皮娇憨，听到脚步声，忙整整衣衫，摆出了严肃的面孔。

计然一进来便问道："陈音人在哪里？"

孙武道："不知道呀，我也有几日没见过陈音了。渔父何以这般焦灼神色？"

计然便大致说了有人要杀盈娘一事，又道："必须得尽快找到盈娘，陈音也许知道她人会去哪里。"

孙武听说性命攸关，忙道："陈音没有固定住处，一大半时间在各处鬼混，一小半时间住在我那里。有几处玩乐之所，他倒是经常去。"

计然问了玩乐之所的名字，便分派侍从前去寻找，下令一旦找到陈音，务必带他回来渔场。

等计然安排妥当，重新进来，孙武才问道："月女是不是出事了？"

计然摇头道："月女只是人不在渔场，谈不上出事。"

孙武道："我看得出来，渔父并不完全相信我。是，上次利用月女，确实是我做得不对……"一语未毕，忽想到什么，道："该不会是因为我的嘱托，月女卷入了凶险之事吧？"一时后悔莫及。

一旁小白似是有所觉察，上蹿下跳，还不断朝孙武龇牙咧嘴。孙武凄然道："小白也知道是我不对，在责怪我吗？"

计然见孙武自责不已，只好实话告道："不是因为孙武君，实是因为我，月女是受了我牵累。内中情形复杂，恕我不能见告。而今月女并没有生命危险，只是不得自由，我正设法营救。"

孙武大吃一惊，问道："月女被人捉了？到底是谁做的？"见计然坚持不肯相告，很是不悦，道："我与月女比邻而居，相处几年，情逾兄妹，而渔父与月女相识才不过数日。我看得出渔父是真心对待月女，但你不能将我也蒙在鼓里。”

计然道：“无论孙武君如何怨我恨我，我都不会再吐露半个字，请务必体谅我的难处。”

孙武却不肯就此作罢，微一凝思，即失声道：“莫非捉月女之人，是公子光？”

计然心念一动，故作吃惊地问道：“孙君如何猜到是公子光？”

孙武道：“公子光曾托伍子胥来打听月女，问她在哪里学习的武艺，还表达了想收为己用的意思。我明白地告诉伍子胥，月女不同于我等俗人，她不是替人效命的工具。伍子胥听了很是不快，当即便转身走了。”

又道：“渔父坚持不肯告知我真相，是因为我跟伍子胥是好友，而他是公子光心腹，对也不对？”

计然道：“月女救过太子庆忌，算是未来吴王的恩人，孙君认为公子光会在此风口浪尖绑架月女吗？”

孙武道：“哦，是了，我竟是气糊涂了。”

吴王僚遇刺后，公子光成为首要嫌犯，面临有生以来的最大危机，风波才刚刚过去，他断然不可能再掀波澜。

范蠡大踏步进来，右脚才跨过门槛，便扬声叫道：“王城又出大事了！公子光遇刺了！”

见堂中尚有别人，便只略略点了点头，算作招呼，又道：“公子光当真命大！前次专诸行刺，尚未见到其人，灰衣剑客便及时出手，行刺尚未开始，便已夭折。今日刺客以小吏身份混入公子府中，走近公子光身边，趁其翻看简册时，才拔剑动手。若非旁侧有人及时将他扑倒，公子光必定无幸。渔父猜猜，这次救公子光的人是谁？”

计然皱眉道：“该不会又是那灰衣剑客吧？”

范蠡摇头道：“不是他，是专诸。”

孙武忽插口道：“那灰衣剑客名叫夏至，昨日我从伍子胥口中听到了他的名字。”

范蠡道：“这位是……”

计然这才想到范蠡未见过孙武，忙为二人引见。二人异口同声地道：

"我听月女提过你。"

范蠡转头看了小白一眼，踌躇道："孙武君是来找月女的吗？"

孙武道："是。可渔父无论如何都不肯将实情告诉我。"

范蠡道："渔父有他的难处……"

孙武点点头道："这一点，我已然很清楚。渔父不肯明言也无妨，我孙武自会去查个清楚明白。告辞！"

计然料想孙武这一走，必定四处探查，伍子胥和公子光得知后，不免会对月女被绑一事起疑，进而进一步怀疑计然的身份，不愿再另生枝节，忙叫道："孙君请留步。"重新请孙武坐下，将事情原原本本说了。

孙武姓姬，氏孙，原是卫国公子惠孙[1]之后，其祖奔齐后亦为贵族。孙武本人亦因为齐国宫廷斗争复杂纷乱而避居吴地，他自认为见过不少大风大浪，然听了开头，便已是瞠目结舌，越听越是惊奇，从始至终，未发一言。

计然叙完经过，又道："孙君现下该知道我为什么要对你隐瞒。"

孙武用力甩了甩头，确认不是在梦中，这才道："原来当真有寿梦手书一事。"

又点了点头："寿梦手书干系到公子光，渔父是怕我向伍子胥露了口风，他会全力襄助公子光夺取寿梦手书，由此令月女陷入更加危险的境地。"

计然道："但孙君拒绝公子光与伍子胥招揽月女时说：'月女不同于我等俗人，她不是替人效命的工具。'这句话打动了我，我知道你将月女看得比谁都重要，可以完全信任。"

孙武道："多谢。若渔父的菱湖渔场还容得下我这个不速之客，从今日起，我想住在这里，助渔父一臂之力，直至救出月女为止。"

[1]周文王姬昌第八子名封，原封于康（今河南禹州），史称卫康叔。周公姬旦平定武庚叛乱后，把殷原统治地区分封给卫康叔。惠孙为卫康叔之后。惠孙之孙名武仲乙，决意以祖父之字为氏，以纪念祖父，所以武仲乙又叫孙乙，是姬姓孙氏的得姓始祖。《唐幽州内衙副将、中散大夫、试殿中监乐安郡孙府君神道碑》《唐故魏州昌乐县令孙君墓志铭》与《唐故司成孙公墓志铭》等碑文，均载孙武源出卫国姬姓孙乙。

范蠡道："如果伍子胥再去穹窿山找孙君，你人不在家，他不会因此而起疑吗？"

孙武道："当日我拒绝替公子光招揽月女，已大大得罪了伍子胥，他暂时不会再去寻我了。"

范蠡道："伍子胥真正生气的是孙武君那句话：'月女不同于我等俗人，她不是替人效命的工具。'等于说他是俗人，是公子光的工具。"

孙武苦笑道："难道不是事实吗？何况我将我自己也包括了进去。"

范蠡道："孙武君宽厚待人，但伍子胥性情与你大不相同。算了，不提他了，还是说正事吧。我按照渔父的安排，带着月女的木剑去了市集，找到市吏被离，问哪里有卖类似兵器的。被离说：'吴国兵器冠绝天下，是比珠玉还要抢手的珍贵礼品，以长短剑最为流行，木剑形制太过狭小，比匕首还不如，不够实用，没有铁匠会耗费时日打那样的剑，也不会有人买。'不过被离到底还是有见识之人，他虽未见过鱼肠剑，却说公子光拥有一柄鱼肠剑，似乎就跟木剑的样子差不多。"

随后范蠡又去了王城所能找到的所有铁匠铺、兵器铺，只未去干将、莫邪的剑坊，得到的回答均如被离一般。

孙武竖着耳朵听了半天，范蠡、计然所谈话题始终只围绕鱼肠剑，不禁好奇问道："二位不是在设法营救月女吗？"

范蠡忙告道："我是在暗中调查五湖公一案，这也是月女最关注的，我们想等她回来时，给她一个大大的惊喜。"大致说了五湖公伤口与鱼肠剑吻合一事，又道："我们认为是有人故意如此，好引人怀疑公子光。原先断定是公子掩余。"

计然道："但公子掩余向我承认误杀了邢平之子邢野，却不肯承认派人杀了五湖公，显然不是他所为了。"

提及五湖公，忽又想起其弟子专诸来，忙问道："对了，专诸不是因为行刺被捕了吗，如何又从另一名刺客剑下救了公子光？"

范蠡道："听说专诸被带到公子光面前后，公子光听说专诸是要为五湖公报仇，便很大度地命人解开绑索，亲自走到专诸面前，告知自己没有派人杀五湖公。专诸那样的铁汉，居然当即信了。”

计然叹道：“公子光当真有阅人之能，一眼便看出专诸是吃软不吃硬的人。”

范蠡道：“公子光称会派人到司寇署，请大司寇加紧追查五湖公命案，自己也会从旁协助。他也不是随口说说，详细询问了五湖公遇害情形，又请专诸留居在公子府中，好一同查案。专诸很是感动，遂同意留下。”

今日有刺客以小吏身份进入公子府时，公子光正与专诸在堂上谈论五湖公一案，武士、侍从都在堂下。公子光听说有小吏来递送市集税务，便召他进来，令专诸退在一旁。那小吏参拜行礼后，奉上简册。公子光一边低头翻看，一边随意询问。小吏上前指明错漏之处时，忽然从袖中抽出匕首，直刺公子光胸口。

一旁专诸大概早看出小吏有异，一直紧盯其人不放，见对方忽然动手，便奋身一跃，将其扑倒。

范蠡讲述了经过情形，又道：“这都是我在市集时听说的，传得沸沸扬扬，众口一词，应该是真事。”

孙武问道：“刺客当场被捉了吗？可有查明身份？”

范蠡点了点头，道：“这次行刺事件有点奇怪，刺客名叫路幺，是吴国人，而且确实就是市集的小吏，任职已经好多年了，他送去的简册也是真的，却不知为何突然要行刺公子光。虽然市人不敢大声说，但私下议论，都认为路幺是吴王僚所派。”

计然皱眉道：“吴王僚为何要在这时候派人行刺公子光？”

孙武道：“吴王僚为人警惕，只用至亲之人，而今其子、其弟都将引军在外，王城只有他自己，还有一个他素来视为强敌的公子光，少不得有忧虑之心，既然不能公然加罪公子光，行刺便是最佳途径。”

计然道：“不错，行刺确实是最佳途径。但吴王僚为何要派一个有公开身份的吴国小吏呢？”

孙武道：“只有这样，才能令刺客有机会接近公子光，最容易得手。”

范蠡道：“刺客路幺既已就擒，想必会受到严刑讯问，姑且看他会不会招供，又会招供出什么来。”

又议及月女之事。计然道："我已设法稳住公子掩余，从他今日力促吴王僚召我入宫一事来看，他应该相信了我的说辞，认为我为情势所逼，会选择与他结盟，支持他当吴王。"

孙武道："刚好公子掩余要领军出征，渔父又赢得了他的信任，对我们大大有利。"

范蠡道："我已经按渔父的安排，从他处调派了人手，正严密监视掩余宅第及吴王室别墅，任何人进出，都会有人跟踪记录。"

计然点点头，道："公子掩余也派了人监视渔场，这些人虽也是我手下，但从来没有来过渔场，应该不会暴露身份。"

孙武道："渔父势力不小，公子掩余不会不知道，他却能放心出征，关押月女之所，要么十分隐秘，要么戒备森严。如果二位是掩余，会将月女关在什么地方？"

计然沉吟道："自己家里当然是最保险的，何况公子府亦是守卫成群。我认为掩余的公子府有一处密室，月女便关在那里。但问题是，我不能派人潜入查探，也不能向公子府下人收买消息。以掩余之为人，肯定早有安排，一旦知道我有所行动，便会抢先加害月女。"

范蠡却不同意，道："月女关在公子府，是谁都能想到的。掩余既知渔父来头不小，手下亦有高手，有能力派人强行入府营救，他便不会将月女关在自己家里，一定会选一个谁都想不到的地方。这个地方，是我等万万想不到的，而且就算想到了也进不去。"

孙武道："那不就是王宫吗？"见计然和范蠡都惊讶地盯着自己，奇道："确实只有王宫才符合范君的描述啊，万万想不到，想到了也进不去。"

范蠡击掌道："别说，还真有这个可能，没有什么地方比王宫更保险了。"

计然道："但王宫是吴王僚的地盘，公子掩余虽是吴王僚亲弟，目下行事却是在跟吴王僚及太子庆忌作对，吴王父子都见过月女，将月女关在那里，不是太过冒险了吗？"

范蠡和孙武听了，亦觉得有理。三人一时无法可想，只能等监视者发现端倪回报后，再由此推测关押月女之所。

孙武道："就算渔父已作了周密安排，还是得做好最坏的准备。万一在公子掩余回来前，我们不能救出月女，又该怎么办？"

计然道："这一节，我早已想好，打算先设法取到寿梦手书，如果不能救出月女，等公子掩余回来后，便以手书换回月女。"

范蠡道："可邢平已当面拒绝了渔父，而且认定你是在替晋人做事。他受其父遗命保管手书，又以吴臣自居，是决计不会交给你的。"

计然道："邢平当然不会主动交出手书，得另想他法才行。"

然寿梦手书事关重大，邢平必定收藏得很隐秘，公子掩余派人闯过邢府不少回，却总是一无所获，空手而归，即是明证。

孙武道："收藏手书之处只有邢平自己知道，但他一定也很在意其安危，何不来一招打草惊蛇？"

范蠡道："不妨派人到邢府不甚要紧处放火，邢平担心火势蔓延，祸及手书，必定亲自去转移手书。我们只要派人暗中监视，不就知道手书藏在哪里了吗？"

这倒是极可行的一个法子，计然却不同意，道："邢平守护手书，并非出于个人利益，我谋夺手书已非光明正大之举，如何还能做出纵火之举？财物损失可以弥补，万一损伤了人命，岂不是大大的罪过？"

范蠡也只是随口一提，见计然不肯，也就罢了。

当夜，计然与小白并排坐在窗边赏月。渔场楼阁皆坐东朝西，面朝五湖，东面又有大山，通常前半夜是看不到月亮的。现在月光却近在眼前，点点银光洒满湖面，一望无垠，仿若飘落的银河，景象极为壮观。

小白似乎也为眼前美景所震撼，抓耳挠头，朝五湖连指。计然叹道："小白，你这么通人性，难怪月女那么喜欢你，要是你能告诉我月女在哪里就好了。"又道："如果事情进行得不顺利，到最后还是得以寿梦手书去换月女。而又必须以非常手段，才能取到手书，我该那么做吗？"

小白挠挠头，露出疑惑不解的神情来。

终于到了吴师出征的日子，这是一个春寒料峭的日子。细雨中的吴越大地，似被一张漫无边际的白纱笼住，似乎一切都静谧安详。实则不然，吴都内外，正如浩淼的五湖，湖面轻柔缥缈，湖底深处却是汹浪滔滔。

尽管斜风微雨，吴王僚还是如常在王城举行了盛大的阅兵典礼。王城一带百姓趋之若潮，奔走雀跃，均赶去王城观看。计然等人却是提不起兴致，只留在渔场中。

范蠡既知孙武花费几年时间，著述了一本兵书，料想其人必精通兵法，问道："孙武君可看好这次吴师伐楚？"

孙武踌躇道："且不说三位吴军主帅没有领兵经验，兵家之道：'知己知彼，方能百战不殆。'公子光尚知以问楚为借口，掩饰暗中与伍子胥交往之事，庆忌、掩余、烛庸三人从未到过阳山，向楚王孙胜及伍子胥请教楚国山川地貌、军政人情。掩余一心牵挂的，还是那寿梦手书。这样的主帅领兵，如何能一鼓作气，对战强敌？"

范蠡道："这么说，孙武君认为这次吴师必败了？"

孙武摇头道："也不尽然。吴王固然选将错误，但吴军所对也并非强敌。楚国新王初立，军心不稳，楚军也确实不及吴师有生机有锐气。我猜最后的结果，两方当处于相持，楚军靠对手将帅的失误，稍占上风，但吴师三军也不至于一败涂地。"

范蠡听对方谈论得头头是道，很是佩服，试探问道："孙武君深谙用兵之道，想来所著兵法一定博大精深，奥妙无穷，不知可否借我拜读？"

孙武谦逊了几句，才道："范君愿意一观拙著，是孙武的荣幸。只是书册目下不在我手中，写成后便立即被伍子胥索去了。他日我赴阳山取回来，再请范蠡君指正。"

刚好有客人来访，却是专诸，特意来向计然、范蠡致歉。计然闻声迎出，愕然道："何以言歉？"

专诸道："早先几位为师父遇害一事极尽心力，我因为想自己报仇，所以一再冷淡各位，还曾对计君出言不逊，实在抱歉。"

计然摇头道："那不算什么。何况事情都过去了，专君大可不必再放在心上。"

范蠡道："对了，我一直想问专君，何以你一开始便认定是公子光派人杀了尊师五湖公？"

专诸道："我师父从未与人结怨，莫名被杀，必是与大王遇刺一事有关。我早听过那些传闻，猜想一定是公子光派人行刺大王，那么也一定是他派人杀了我师父。"

这答案，全在众人意料之中。

范蠡道："其实我们当时也认为是公子光派人杀了尊师，后来才发现错了，但一时阻止不及，专君竟跑去了公子府行刺。"

专诸道："好在公子光大人大量，未追究我的鲁莽行为，还主动帮忙找寻杀害我师父的凶手。只是没有发现任何线索，大司寇那边也没什么进展。虽然真凶尚未落网，我也不打算再继续纠结此事。想来天网恢恢，疏而不漏，那恶人终有自食其果的一天。"听起来，竟是要放弃追查五湖公遇害一案。

计然便问道："专君接下来可有什么打算？是要返回家乡，还是留下来，继续经营五湖酒肆？"

专诸道："师父生前交代的最后一件事就是关掉五湖酒肆，我当然要遵从他的遗愿。等处理完酒肆之事，我便打算动身回老家去。"

孙武也在一旁，听了深以为憾，道："如此，岂不是再也吃不到美味的炙鱼了？"

计然沉吟道："不如这样，我出钱在市集繁华处开一家酒肆，交由专诸君主持打理，如何？"

专诸道："多谢计君好意，我实不能接受。公子光也作过此提议，但师父刚下葬不久，我不能这么快就另起炉灶。"

计然道："你尊师重道，有忠孝之心，这很好，只是可惜了你一身好厨艺。"

专诸道："难得几位喜欢，我便为几位再做一顿炙鱼如何？"

孙武先拍案应道："太好了！"

计然笑道："这里是渔场，鱼都是现成的，现打现吃。专君还需要准备什么，尽可吩咐下人去做。"

专诸点点头，自跟随侍从出去。

炙鱼准备起来颇费时间，众人等待之时，侍从报称有客来访，却是伍子胥。

计然大为意外，不由得转头去看孙武。孙武摇头道："我不知道伍子胥来做什么。渔父该知道，这几日我人一直在渔场，未与外面联络过。"

范蠡道："伍子胥不知孙武人在渔场，应该是专程来访渔父的。"

计然便命侍从请客人进来。

伍子胥身材高大魁梧，一头白发极是惹眼，他大踏步进来，刚要见礼，先看到孙武，大为惊讶，问道："孙武君也在这里？"

孙武点了点头，道："这几日没事，又听陈音说起过菱湖渔场，便想着来走动走动。"

伍子胥不再多言，上前与计然招呼。计然道："久仰伍君大名，今日一见，风范果然不同一般。"伍子胥也客气了几句。

入座后，计然先问道："听说伍君隐居阳山，极少出门，难得今日大驾光临渔场，不知有何见教？"

伍子胥道："我是为月女而来。"

孙武听了，脸色顿变，朝伍子胥连连摇头，暗示他绝不可在这里说出公子光欲招揽月女之类的话。计然见到孙武神情，不欲伍子胥难堪，便假意未闻，指着案头浆水道："这是渔场庖厨自制的浆水，取五湖清晨露水，颇有清新之感，请伍君品上一品。"

伍子胥摇头道："我不是来品浆水的，我是为月女而来，还望计君请月女出来一见。"

计然道："月女目下不在渔场。"

伍子胥显然不信，他耿介刚直，便直接将心中所想说了出来，道："月女若是不在，孙武如何会在这里？还有那只白猿，我刚才看到它在水边玩耍。"

孙武很是不悦，道："子胥，主人都说了月女不在，你如何还敢当面质疑，说出这般话来？"

计然笑道："孙武君不必见怪，伍君大概找月女有急事，所以问得急切了些。伍君，月女目下的确不在渔场。她人最是好客，若人在这里，还不早就出来陪孙武君了。"

范蠡也插口道："是啊，何况今日还有炙鱼吃。要是月女在的话，这会儿怕是人都跑去厨下等着呢。"

伍子胥道："炙鱼？"计然忙道："伍君来得正好，凑巧五湖公弟子今日来了渔场，要为大伙儿做炙鱼吃。伍君没有别的急事的话，不妨留下来吃鱼。"

伍子胥问孙武道："这个五湖公弟子的师父，是你上次预备邀我前去的五湖酒肆的主人吗？"

孙武道："正是。他弟子手艺也不差。"

孙武不知专诸到过阳山一事，计然与范蠡却是知道伍子胥曾亲自出门迎送专诸，此刻他装作不认识专诸，二人一听之下，立时起了疑心，相视一眼，也不当面说破。

伍子胥当即展颜而笑，"呵呵"两声，道："那好，多谢主人盛情，我这个不速之客就不客气了。"又问道："月女什么时候会回来？"

计然正待回答，忽见心腹侍从鱼亭在门前连使眼色，料想必有急事，便借口如厕更衣，请范蠡代为招待贵客，自己起身出堂，问道："有什么事？"

鱼亭道："山上眼线来报……"

计然皱眉道："什么山上眼线？"

鱼亭道："自从渔父说有人在暗中监视渔场后，范蠡君又调派了新人手来，在更外围的山上放了眼线。"

计然奇道："范蠡当真这么做了吗？他还真是把行军打仗的那一套用

上了。这等大才，困在我这小小渔场，实在可惜。”感叹一番，这才道：“你继续说。”

鱼亭道：“适才眼线来报，有一名灰衣男子来到渔场附近，看样子似是想潜入渔场，但他发现有人在暗中监视渔场，便停了下来。目下他人还在附近徘徊，似是在等待机会。”

计然心念一动，暗道：“莫非就是月女和范蠡提过的灰衣怪人，孙武说他名叫夏至。他不是公子光的人吗，来我渔场想做什么？是暗中保护伍子胥的吗？这可是有些奇怪，夏至既是护卫，何不直接充作侍从跟在伍子胥身后，非要如此鬼鬼祟祟？还是公子光并不完全信任伍子胥，派了夏至暗中监视？”一时不明究竟，便道：“不必惊动他，暗中留意便是。”

计然重新回到客堂，范蠡忙告道：“我已将实话告知伍君，月女出门寻找盈娘去了，不知道何时才能回来。”

计然心道：“这倒是个绝好的理由，亏得范蠡机智。”然观察伍子胥神色，依然是半信半疑，便问道：“伍君来找月女，可是有什么事？若是方便，伍君可以先告诉我，我能办，就替月女办了。若是力不能及，就等月女回来，我再转告她。”

伍子胥道：“这件事，非得月女本人才能办。”

忽听到外面吵吵嚷嚷，有男子大叫道：“放开我！快些放开我！我死也不会见她！”

计然忙赶出来察看究竟，却见几名侍从簇拥着一名男子过来。那男子衣衫凌乱，被五花大绑着，正是陈音。

计然大诧，问道：“何以如此对待陈君？”

侍从道：“渔父下令务必带回陈音，不得不如此。”

原来侍从奉命寻找陈音，昨日终于在一家酒肆寻到。陈音一听侍从要带他回菱湖渔场，转身便跑。侍从追上他，说明了缘由，称盈娘出走，而且有生命危险，必须借陈音之力，尽快寻找到她。

陈音却是不信，说声称“有生命危险”之类，是妇人最常用的骗术，他见得多了。侍从也懒得多费唇舌，便欲动武，强行带走。陈音半醉不醉，无力反抗，连称愿回渔场，半途中却几次逃走，若不是其人酒醉脚力不快，怕是就被他逃脱了。侍从无奈，只得将他绑了起来。

计然不便当着伍子胥之面提及盈娘身份及曾遭人行刺一事，便道："先解了陈君绑缚，带他去更衣。"

又朝孙武使了个眼色。孙武会意，忙上前道："哎呀，陈音，你也太胡闹了。盈娘因为你，已经出走了。"

陈音赌气道："她出走就出走，干我什么事。"

孙武道："你这人还真是……算了，懒得说你。我们走吧，我带你去换身干净衣裳，瞧你这身酒气。"

伍子胥也跟了出来，之前听范蠡说月女出去寻找一个叫盈娘的女子，此刻又听到陈音便是盈娘出走的始作俑者，这才完全信了范蠡的话，颇为歉意地看了他一眼。

几人重新入堂坐下，均不再提月女之事。过了一会儿，孙武重新进来，道："已经跟陈音把事情说明白了，他这会子有些后悔，也不好意思出来见大家。"

话音刚落，又有客到，却是计然在宋国的旧识向申。计然忙命人另设一案，又将向申引见给众人。

孙武听说向申是促成晋楚弭兵的宋国大夫向戌之侄，连称"久仰"。伍子胥却只看了向申一眼，敷衍地作了个揖，脸上露出古怪的神情。计然看在眼中，猜测伍氏多疑，已将向申与华登联系了起来。

向申倒是对伍子胥的身世来历一清二楚，道："楚太子建与伍君避难宋国时，我人凑巧不在国中，而今已无缘瞻仰太子建风采。"叹息一番，又问道："楚夫人与王孙胜可还好？"

伍子胥道："安好无恙，多谢向君挂念。"

向申道："当年楚太子建在宋国，与渔父亦甚相熟，伍君可是那时便已认识渔父？"

伍子胥今日才与计然第一次见面，闻听对方竟与旧主太子建是旧识，很是惊讶。

计然忙道："我与楚太子在宴席上交往过几次，当时伍君还未至宋国，后来我有事离开了宋国一段时间，再回到宋国时，楚太子一行已然赴郑。"

计然虽未在宋国见到伍子胥，却认得王孙胜。二月十六当日在五湖酒肆，他借口有事，匆忙从后门离开，便是欲避开与孙武同行的王孙胜，以免身份败露。

伍子胥原以为计然不过是个有钱有闲的富商，此时听说对方竟与旧主太子建相交，料想不是普通人，不由对这位面目丑陋的男子开始刮目相看起来。

刚好专诸引众侍从端鱼进来，堂中登时香气扑鼻。计然和范蠡既因伍子胥假意不识专诸一事而起疑，便刻意留意二人的反应——

却见伍子胥正将目光投在专诸身上，望的不知是人，还是他手中的鱼。专诸则是目不斜视，一路直行，亲手将食案奉到主人计然案上。

计然道了谢，又道："今日渔场还来了两位贵客，我为专君引见。"先介绍了向申，再指着伍子胥道："这位伍君，名员，字子胥，住在阳山，跟孙武君是好友。当日本与孙武约好到五湖酒肆吃鱼，结果半途有事耽误了，未能成行。"

专诸点了点头，朝伍子胥微微欠身，算作招呼。又回身道："既然计君又多了一位贵客，我便再去厨下，多炙几条鱼，免得不够。"

伍子胥假装不认识专诸，大概是想隐瞒自己替公子光打听行刺一事。但专诸的反应，仿佛真的不认识对方，没有丝毫异样。那一刻，范蠡几乎以为自己当日看错了。

孙武早已迫不及待抓鱼吃了一口，笑道："幸好没有去王城看热闹，不然错过了这顿炙鱼，可就懊悔无穷了。"又赞道："专诸，你手艺已不在五湖公之下，足以自立门户。"

专诸也不以为意，自走出堂去。

却见白影一闪，小白飞快抢了进来，直奔到首案，蹲在计然旁边。

计然笑道："是了，倒是忘记给小白设案了，你就跟我同案吧，这条大鱼归你。"

小白也不客气，"呀呀"两声，抓起鱼便大啃了起来。

旁人都早知小白来历，向申还是第一次见到小白，眼见一只白猿与主人并排而坐，大快朵颐，如人一般，先是诧异，随即笑了笑，也不多问。

伍子胥也尝了一口鱼，道："果然美味无比，难怪五湖公得享大名。"忽又问道："适才孙武称那五湖公弟子为专诸，莫不是他就是行刺公子光的刺客？"

计然道："正是他。"

伍子胥夸道："这个专诸敢刺杀公子光，有勇气有胆量，又能炙一手好鱼，太了不得了。"起身道："我突然想起了一件事，想去寻专诸一趟，还请主人及各位恕我无礼，先行告退。"

计然点了点头，道："伍君是贵客，大可自便。"

他对伍子胥之怪异举止十分好奇，本可派侍从跟踪前往，偷听对方与专诸谈话，转念想道："人人都有秘密，伍子胥专程来找月女，我也未如实告知，他和专诸不希望旁人知晓二人相识，我又何必定要知道内中原委？"遂就此作罢。

向申道："这位伍子胥身负父兄血海深仇，自己也是因逃亡而一夜白头，如何还能隐居在吴国深山？"

范蠡是楚人，熟知楚国情况，道："楚平王受奸臣蒙蔽，害了伍子胥父兄性命，但他毕竟是一国之君，伍子胥只是逃亡之人，复仇谈何容易？而今更是不必复仇了，楚平王已经死了，就当老天爷收了他，替伍子胥报了仇。"

向申道："就算如此，今日是吴师出兵楚国的日子，楚国是伍氏母国，他怎会来到渔父渔场，安心吃鱼？"

计然生怕同为楚人的范蠡尴尬，忙道："人各有志嘛。"

一旁孙武听见，心头却是一凛，暗道："伍子胥今日言行举止是特别奇怪，计然、向申、范蠡不了解他，我可是知道其人知有亲而不知有国，誓向楚国复仇。”

几月前，楚平王去世。伍子胥得知消息后哭天喊地，还呕出了一大摊黑血。他如此悲恸，仇执耻血，只因为楚平王得以善终，他再也没有亲手杀死仇人的机会。哭了许久后，伍子胥忽然平静了下来，笑道：“好在楚国尚在。”言外之意，楚平王死了，他便要以楚国为复仇对象，因仇一人，而戕一国。

孙武亲眼见到伍子胥先哭后笑，很是心惊，深感这位平日很谈得来的好友亦有极端黑暗、极度可怕的一面。

正如向申所言，今日是吴师伐楚的日子，伍子胥该为这消息而欢呼雀跃，毕竟，楚国再度遭遇兵灾，国力削弱，便离其目标又近了一步，他如何会赶来渔场，指名寻找月女？是想再度招募月女？以伍子胥骄傲，应该耻于再提第二次。还是说，他有把握当面说服月女？

伍子胥这一出去，一直没有再回来，身为主人的计然也有些担心起来，命侍从前往厨下察看。

片刻后，侍从回报道：“伍子胥刚刚离开了，说是有急事，还托专诸向渔父致歉。”

计然一怔，转头去看孙武，孙武摇摇头，示意不知伍子胥今日为何这般怪异。

小白已将食案的鱼尽数吃光，鱼头、鱼尾也没剩下，计然只吃到一小块鱼皮。它听到众人谈话，似是明白伍子胥不会再回来，遂奔到伍氏案前，抓起一条未曾动过的鱼，便要往自己口中塞去。

计然忙叫道：“你别急，慢慢吃，后面还有呢！”

小白忽大叫一声，随手将鱼抛掉。那炙鱼正好落在向申头上，向申吓了一跳，又狼狈之极，还想斥骂小白几句，左右一望，小白早不见了踪迹。

孙武慌忙起身致歉，道：“小白从来不这样……”

一语未毕，小白又如旋风般闯进来，拖住孙武的手，急急往外走去。

孙武心念一动，失声道："莫非是月女有事？"

计然霍然起身，惊道："月女有事吗？"

孙武不及解释，匆匆跟了小白出去。

计然料想小白抚育月女长大，二者朝夕相处，多有心意相通之处，如同母子连心，不然小白如何能自行寻到渔场来？适才小白行为反常，多半是月女遭了毒手，它有所感应。一时又惊又恨，忙追了出去。

第五章

肃肃兔罝，椓之丁丁

那一日的黄昏，残阳如血中，他在桃花岛上与月女相遇，听说她是为救望月鱼而来时，便起了极为异样的心思。对于他这样热衷山水自然的人而言，月女堪称最大的知音。他知道她还小，又不通世事，但他想要就此守护她，爱惜她，一切如她所愿，等待她慢慢长大。

孙武等人牵挂月女安危，随小白急奔。出渔场不远，便见到一红一灰两条人影正在湖边柳树下相斗。灰衣人便是那多次神秘出现的夏至，红衣少女竟是月女。而伍子胥则站在远处观战，虽看得目不转睛，神色之间却有一股诡秘之气。

小白迅疾如风，早抢在众人前头，一边狂跑，一边“呀呀”叫唤。月女回头看了一眼，欢声叫道：“小白！”就此舍了对手，抛下长剑，奔过来将小白抱住。

夏至肩头中了一剑，本已吃紧，对手却主动放弃了进攻，大为意外，随即冷冷扫了伍子胥一眼，掉头朝山上跑去。

侍从还待追赶，计然叫道：“不必追了。那人武功了得，你等不是对手。既知其姓名容貌，自会有官府出面追捕。”

月女跟小白亲昵了好半晌，这才走过来跟众人招呼：“计然哥哥！孙武哥哥！你们都还好吗？”

计然等人欣喜之余，自然亦有满腹疑问。孙武先问道：“月女，你不是被……”忽听到范蠡重重咳嗽了一声，便及时住了口。

伍子胥拾了佩剑，一瘸一拐地走过来，向月女深深下拜，道：“伍子胥多谢月女救命之恩。”

原来伍子胥出渔场后便被夏至拦住，夏至二话不说，拔剑便刺。伍子胥勉强抵挡了数招，便被对方刺中右腿，摔倒在地。夏至挺剑刺出致命一剑时，却刺了个空。月女不知从哪里冒了出来，将伍子胥横里拖开，随后拾起伍氏长剑，与夏至对打了起来。

孙武奇道：“夏至不是公子光的人吗？他为何要杀子胥你？”

伍子胥皱眉问道：“夏至何时成了公子光的人？”

孙武愈发糊涂起来，道：“难道不是吗？我还是从你口中听说的夏至的名字啊。”

伍子胥一时不及细述，只道：“夏至之事，且容我日后再细说。”又叫道：“月女，我知道你刚找人回来，很辛苦，可有一件事……”

月女奇道：“找人回来……”

眼见就要露出破绽，忽有人大叫道：“月女，你到底找到人没有？可急死我了。快，快跟我走，我想知道盈娘的下落。”

却是陈音到了，冲上前来，不由分说，一把将月女拉走。伍子胥一时愣住。

计然道：“我看伍君也受了伤，不如先随我回渔场，稍作安置。”

伍子胥刚刚不告而别，亦不好意思再回去，忙解释道：“我是真有急事，得尽快赶回去。请计君代为转告月女，救命之恩，必当厚报。”

计然也不多挽留，便叫过心腹侍从念辞，命他多带人手，佩上兵器及弓箭，护送伍子胥回阳山，免得夏至半路再有图谋。

陈音将月女拖进渔场，一直进了庭院，这才放手，告道：“孙武告诉我，那伍子胥来找你做不好的事，不见你人，起了疑心，范蠡便骗他说你出去找盈娘了。”

他尚不知道月女曾遭公子掩余绑架一事，问道：“月女去了哪里？他们为何要撒谎骗伍子胥？”

月女为难地道：“这个……我答应了人家，不能告诉旁人。”

不一会儿，孙武等人回来，纷纷围过来问道：“月女是怎么逃出来的？”“是你自己逃出来的，还是公子掩余放了你？”

月女还是那句话，摇头道：“我答应了人家，不能告诉旁人。”

众人既惊喜于她平安归来，便也不再勉强。月女吸了吸鼻子，问道：“这是炙鱼的香气吗？”计然道：“是。专诸人在渔场，特意为大家做了炙鱼。”

月女大悦，拍手道：“实在太好了，我今日要吃好多好多的炙鱼，吃到再也吃不下为止。”计然遂令重开宴席。

向申将计然叫到一旁，告道：“本来这次我来，是有事想找渔父帮忙，可我看渔父这里也不平静，外面不但有人监视着渔场，还有刺客守在路上行刺渔父的客人。”

计然道：“不碍事。向君有需要的话，直言便是。”

向申踌躇良久，几次欲言又止，终于还是道：“我还是改日再来。”又问道："渔父最近还会留在吴国吧？"计然道："应该是这样。"

向申遂拱手告辞。自他入渔场，无论是当着众人，还是私下与计然独处，均未提华登半句。

刚好专诸端鱼上来，见堂中多了月女，倒也不如何惊讶。只特意走到月女案边，指着白猿问道："这就是小白吗？"

月女笑道："是啊，小白很喜欢吃专诸君做的炙鱼，孙武哥哥说它把计然哥哥那份全吃了。"又道："怎么我的食案上才两条鱼？"

专诸道："每案都是两条啊。"

月女摇头道："我这里有两个人，我和小白，得要两份。"

孙武和计然异口同声地道："我那份给你。"

孙武随即笑道："我早吃饱了，渔父刚才没怎么吃，你那份就自己留着，我这份给月女。"

月女未及回答，专诸先道："争什么争，没看见厨子还在这里站着吗？我再去做几条便是。反正这里是渔场，要多少鱼都有，包管吃够。"

月女笑道："就是怕专诸君太辛苦。"

专诸板起脸道："知道做鱼辛苦就好。"

出堂时，一向不苟言笑的专诸嘴角也露出了笑意。吃客争吃食物，正是对厨子的最高赞赏，没有什么比这个更觉荣耀了。

这一场鱼宴吃吃等等，等等再吃，竟持续了两个多时辰。宴罢后，天色不早，众人便各自散去。

月女主动偕小白跟来计然房间，问道："适才孙武哥哥和范蠡都争相询问，计然哥哥为何不问我是怎么逃出来的？"

计然温言道："你人平安就好，怎么逃出来不重要。你想说，自然会告诉我，不必我多问。"又道："而今我知道你答应了旁人不能透露，你得信守承诺，我更不会再问。"

月女道："计然哥哥不是什么旁人，我只告诉你一个人。"

计然心念一动："孙武本是月女最亲信的人，而今我竟排在孙武之前了。"心中虽然欢喜异常，却又隐隐觉得有些对不起孙武。

月女遂告道："我被公子掩余捉住后，关在一个密不见光的房间中，手脚都被很粗很重的桎梏锁住，移动都很困难，根本就没有机会逃走。是有人暗中放了我。"

原来当日月女离开剑坊后，便径直入城，欲到邢平府上去找计然。途中遇到一名男子，自称是公子掩余的家臣徐诚，称掩余有急事找月女，事关吴王遇刺一案。

月女因对公子掩余印象颇佳，刚好距离公子府极近，便随徐诚去了公子府。

等候公子掩余时，月女喝了侍女奉上的蜜水，便人事不知，晕了过去，再醒来时，人已被锁在密室中了。

起初，月女尚不明所以，大声叫人，询问究竟，会意过来时，不禁又惊又气，骂了公子掩余一阵子，却始终无人理会，除了她自己的骂声和回音外，再无别的声响。

那密室门下方开有一扇小窗，每隔一段时间，就有人自小窗中递进来饮食，取走盛放便溺的瓦罐。月女呼叫对方，让他叫公子掩余来，对方从不理睬。月女十分生气，却也无可奈何，虽不知公子掩余何以要捉拿自己，但料想计然不见自己去邢府，必猜及半途出了事，会设法营救，便心安了下来。

今日忽有人开了门，一瘸一拐地走进来，先取出一双新鞋给月女。月女穿上，竟然十分合脚。

那人这才告道："我可以放你走，但你不能声张，不能再将这件事告诉旁人。"

月女大为意外，但既能恢复自由身，当然愿意，立即同意。那人便松了她脚上禁锢，再用黑布蒙住她的眼睛，扶着她往外走去。往上曲曲折折走了一段，眼前骤然亮堂了许多，大概是出了地牢。却遇到守卫盘问，那人只说主人有密令，要将月女押去军中。

又走了一段，那人这才揭开黑布，开了月女手梏，道："好了，你可以走了。"

月女左右一望，果然人已在距离市集不远的地方，当即谢了对方，飞奔来渔场找计然。至于刚好撞见灰衣剑客夏至要杀伍子胥，误打误撞地救了伍氏一命，又是另外一番巧遇了。

计然听了经过，忍不住问道："谁放了月女？"

月女笑道："计然哥哥自己猜，不然就不好玩了。"她经历了一番凶险，竟然仍不当回事，虽是不通世务，却也是天性淡然。

计然心念一动，问道："莫非就是那晚月女在邢大夫府捉住的窃贼？"

月女反而吃了一惊，问道："计然哥哥如何一下就猜到了？"

计然道："月女说对方走路一瘸一拐，我想应该是身上有伤的缘故。那窃贼被捉后，我命人打了他一顿，正好符合身上带伤的情形。"又道："那个人名叫阿邦，是公子掩余最得力的手下。可是我不明白，他为何要救你？"

月女道："我也不知道。他就是把我放了，然后让我不要告诉旁人。"

计然不免大惑不解，心道："当日月女擒获那无名窃贼，我有意替邢大夫出面处置，将他鞭打了一顿，而后才送去司寇署。他该十分记恨我才对。明知公子掩余拿月女要挟我，如何会反过来助我？莫非……莫非他跟我一样，第一次见面，便对月女起了极大的好感？"

那一日的黄昏，残阳如血中，他在桃花岛上与月女相遇，听说她是为救望月鱼而来时，便起了极为异样的心思。对于他这样热衷山水自然的人而言，月女堪称最大的知音。他知道她还小，又不通世务，但他想要就此守护她，爱惜她，一切如她所愿，等待她慢慢长大。

那一晚，阿邦夜闯邢府，为月女所败，惊异地打量月女，问其姓名。次日计然审问阿邦，他只说了一句话："让昨晚击败我的女子来，我只跟她说话。"

或许，这便是不打不相识，一见如故，且惺惺相惜。

今日公子掩余率军离城，正是看守最松懈的时候，阿邦极好地把握准时机，还事先为月女买了新鞋子，足见他早有纵走月女之心。而且公子掩余出征在外，也不会很快知道这件事，阿邦自己也有充裕的时间来安排后事，或是逃走，或是其他。

计然又问道："月女没有问阿邦为什么要那么做吗？"

月女道："我当然问了，他连名字都不肯告诉我，只答非所问地道：'大王失策，派太子和二位公子出征，怕是我家公子这一去，便再也回不来了。况且以一无辜女子性命要挟他人做事，实非我所愿见。'"

计然愈发奇怪，问道："阿邦说公子掩余这一次出征，便再也回不来了？"

月女点了点头，道："我听了也觉得很奇怪，还以为阿邦意指公子掩余会在与楚军对战时战死。阿邦便明白告诉我说：公子光很快要当上吴王，不但公子掩余，太子庆忌也回不来了。而我曾救过太子庆忌一命，怕是公子光会认为我是庆忌一方的人，最好先行做好准备。"

计然心道："听阿邦口气，竟是认为公子光很快会取代吴王僚，他如何会这样以为？虽则吴王僚派儿子和弟弟出征，但王城军队仍由吴王本人掌握，公子光只有区区府兵，如何能有变天的机会？"

阿邦既是公子掩余心腹，又几度潜入邢府，一定知悉寿梦手书之事。莫不是阿邦认为公子光有办法取到寿梦手书，或是邢平会主动交出手书，公子光借此正大光明地登位？

月女见计然想得出神，问道："计然哥哥在想什么？"

计然不欲月女多生烦恼，遂笑道："我在想，不管怎样，阿邦救了月女性命，解决了我目下困境，我无论如何都要好好酬谢他。我这就派人去找他，如何？"

月女摇头道："计然哥哥见不到阿邦了！他说公子掩余即将一败涂地，他是掩余心腹，势必受到牵连，他不能再待在吴国了，要去越国避一避。"

计然又是一怔，道："阿邦当真这么说？"月女道："我还会骗计然哥哥吗？"

计然不禁深为感叹，道："这个阿邦，虽不知道他姓甚名谁，却是一位了不起的男子，牺牲一切，却不求任何回报。"

月女懵然不明，问道："阿邦甘愿为谁牺牲一切？"

计然不愿意月女就此觉得对阿邦有愧，遂道："总之，阿邦是个了不起的人，竟肯为了公义，为了素昧平生的月女，而不惜背叛其主人。”

月女亦欣然道：“嗯，我也对他很有好感。他救了我，却不肯告诉我名字，一看就是那种做好事不留名的人。幸亏计然哥哥知道他叫阿邦，不然我心中总放不下这件事。”

计然温言道：“这件事总算过去了。月女累了吧？我送你去别院歇息。”

月女摇头道：“我不累，我被关在那间黑屋子时，没别的事做，就是吃吃睡睡。”又道：“对了，盈娘出走了吗？到底是怎么回事？”

计然道：“这个，月女得去问陈音了。”

月女道：“难道是陈音欺负了盈娘？我找陈音去。”

出门时，正遇到范蠡前来。范蠡笑道：“我是来物归原主的。”将木剑递还给了月女。

月女喜道：“多谢。我还以为再也找不到这柄木剑了。”蓦然会意过来，道：“我被公子掩余捉了，木剑也应该在他手中，如何又在范君手里？”

范蠡道：“是公子掩余派人将木剑送给了渔父，我因为要调查五湖公遇害一案，向渔父暂借了木剑。”

月女大惑不解，正待发问，却见计然向范蠡连使眼色，登时恍然大悟，道：“原来公子掩余捉我，是打算要挟计然哥哥，难怪阿邦那么说。”

范蠡不顾计然眼色，道：“渔父为了营救月女，没少费心力，还同意与公子掩余结盟，公子掩余更是在吴王僚面前力荐渔父。而今在外人眼中，渔父已是公子掩余的人了。”

月女道：“我现下平安回来啦！计然哥哥，你千万不要再理公子掩余那个坏人了。”又问道：“五湖公的案子，范君可有查到什么？”

范蠡摇了摇头，道：“从剑伤着手，似是行不通，仍然只能从动机来调查。我与渔父都认为，行刺吴王僚的真正主谋——我们称他为某甲，便是杀害五湖公的凶手。”

剑伤是最明显的物证，某甲明显是要引人怀疑公子光。再因吴王僚于五湖酒肆遇刺，旁人必定将五湖公遇害与刺王案联系起来，公子光便成为行刺吴王僚的首要嫌犯。

但之后公子光洗清了嫌疑，某甲便又将祸端引向楚国大夫华登，且最终如愿以偿，令吴王僚、太子庆忌彻底相信是楚国派人行刺。

某甲前戏精心策划，后招接连不断，且自身不留痕迹，可谓厉害之极。

月女道："如果我们将真相告诉吴王僚，他会不会停止发兵攻打楚国？"计然摇头道："不会。"

范蠡也道："报复楚人行刺不过是个借口，吴王僚早就在调动舟师了。公子光是靠伐楚才立下威名，吴王也需要再发动战争，令太子庆忌扬名立万。如此，庆忌将来才能顺利继承王位。"

月女道："可是一旦打起仗来，又不知有多少人家要失去亲人！"

计然不愿月女为无法扭转改变的世事而伤感，忙道："月女不是要去找陈音问盈娘的事吗？"

月女道："是了，我虽然阻止不了吴王兴兵伐楚，但盈娘这件事，我一定要管上一管。"自带了小白，赶去客房找陈音。

范蠡道："陈音脾气倔，无论如何都不肯理会盈娘一事，连孙武都劝不动他，月女出面，会有用吗？"

计然道："月女好动，让她有点事做便好。"请范蠡入室，问道："范蠡君如何看待灰衣剑客夏至行刺伍子胥一事？"

范蠡道："我在楚国时，便听说大夫费无极曾派遣刺客到吴国刺杀王孙胜和伍子胥，那夏至应该是费无极派来的刺客。"

如此，似不能解释二月十六当日五湖酒肆之事。对费无极而言，伍子胥只是个逃亡大臣，王孙熊胜才是重大威胁。楚平王薨后，掌权将军子常不欲立太子轸，便有大臣称太子建才是楚国名正言顺的太子，太子建虽为郑人所杀，但王孙胜却还活着，提议派人到吴国迎接熊胜回国即位。虽然一番风波曲折后，最终仍是太子轸即位，但亦可见王孙胜在楚国之地位。

王孙胜既然还有回楚国执政的可能，对费无极便是个巨大隐患，必须得设法除去，派遣刺客行刺是最可行的法子。

夏至显然是为王孙胜而来，他几次被撞见在阳山熊胜宅第附近徘徊，便是明证。但他既以王孙胜为目标，却没有在二月十六动手，实是令人费解。

当日五湖酒肆一片混乱。从现场情形来看，第一批刺客入堂行刺前，夏至人便已在酒肆附近，甚至极可能是他出手打晕了人在后院的专诸。刺客骤然发难，意在刺杀吴王僚，堂中最混乱之际，也正是夏至向王孙胜动手的最佳时机。何以他放弃了这一良机，而改去营救吴王僚呢？

或许夏至本是楚人，料想刺客行刺吴王僚，吴国上下必怀疑是楚国所为，无论行刺是否得手，吴人都将大举报复。夏至出于远见考虑，为避免母国遭灾，放弃了行刺王孙胜的机会，改去营救吴王僚。如此，他有了吴王恩人的身份，便能在日后出面为楚国说情。

可这一解释仍有疑点。夏至未借机与吴王僚亲近，甚至连太子庆忌亲自上前道谢、询问姓名，也未多加理会，未曾留下姓名，只冷漠离去，这可不像是日后要索取回报的行为。

而且不久后楚国大夫华登即被认为是行刺吴王僚的幕后主使，吴王僚顺势宣布伐楚，夏至也未挺身而出。

莫非夏至知道势不可挽，无论如何都阻止不了吴师伐楚，不如先完成任务？于是他继续到阳山监视，终于等到伍子胥单骑而出，决意先除掉一个是一个。不在阳山附近动手，大概是怕王孙胜听到动静，派侍从出来营救。

计然道："楚国大夫费无极确实有行刺王孙胜及伍子胥的动机，而且动机强烈。他能成功离间楚平王父子，将太子建整垮，心计必相当了得，选派的刺客一定是千挑万选的人物。夏至此人，有诸多神秘之处，三次公开出现，第一次救了吴王僚，第二次救了公子光，第三次则是要杀伍子胥，似乎很难令人相信他是费无极派来的刺客。"

夏至倒更像是吴人的身份，如此，出手相救吴王僚和公子光便是理所当然之事，杀伍子胥或许是出于其他目的，譬如担心他可能对吴国造成威胁，又或许与伍子胥只是个人恩怨。

刚好孙武也来找计然，听到他与范蠡议及夏至身份，道："如果不是在酒肆亲眼看到夏至待吴王僚和太子庆忌极为冷淡，我一定会认为他是吴王僚一方的人。"

如此，夏至相救吴王僚就不必说了，相救公子光也是其分内之事。夏至出现在阳山，一定是受吴王僚指派，暗中监视楚王孙胜及伍子胥。因为王孙胜生父太子建曾有联晋叛郑之事，当时伍子胥正跟在太子建身边，多少参预其事，吴王僚担心王孙胜、伍子胥来吴国后受到冷遇，也会来一招联晋乱吴。

结果是，夏至不曾发现王孙胜预谋联晋乱吴，却发现公子光与阳山来往密切，于是密报吴王僚。吴王僚不敢对王孙胜动手，便下令刺杀伍子胥，非但能折断公子光羽翼，也可借此警诫公子光。

计然笑道："我们三人各执一词，比较起来，孙武君的判断可能性最大。"

孙武笑道："偏偏我把自己给否定了。夏至在酒肆对待吴王僚及太子庆忌的冷漠神态，绝非人臣所有。"又道："我听伍子胥说，夏至制伏专诸后，受公子光邀请入堂就座，二人有过一番交谈，公子光也是由此知道他叫夏至。"

范蠡摇头道："愈发搞不懂夏至此人了，何以轻吴王、太子，而重视公子光？"

计然闻言心念一动，暗道："莫非夏至跟公子掩余手下阿邦一样，认为公子光将会取代吴王僚，所以肯为公子光所用？如此，夏至应该也知悉寿梦手书一事。那么他为何要杀伍子胥呢？难道嫉妒伍子胥太得公子光宠爱，想预先秘密除掉对手？"越想越觉得夏至来历不明，行事太过古怪。

孙武却对夏至没多大兴趣，道："而今月女平安回来，我也该回穹窿山了，明日一早便动身。至于夏至身份，回头我可以问问伍子胥，他是公子光心腹，也许会知道。"又托请计然多照顾月女。

计然道："月女兴许也想回穹窿山。我会派些人手过去，一来可以照顾二位起居，二来也防止公子掩余再度向月女下手。"

忽听月女在门外叫道："喂，陈音同意去找盈娘了，大家都快出来，做个见证。"

众人出门一看，只见月女、陈音并排站在庭中，月女满面肃色，难得一见，陈音却是一脸沮丧。

计然问道："陈音君当真愿意去找回盈娘吗？"

陈音道："嗯，明日一早，我会去她常去的地方寻觅。"

月女道："大伙儿都听到啦，你可不许反悔。"见陈音连连点头，这才拍手道："好了，我要跟小白去山上看月亮，你们自己玩吧。"

计然听到月女欲夜上后山，本待阻止，或是多带侍从，转念想到她与小白久别重逢，难得亲热，再说这一女一猿尽是武艺高强之辈，若非要以手段，万难有人占到便宜，便任凭她们去了。

孙武问道："盈娘一事，需要我帮忙吗？"计然也道："我可以派人帮忙。"

陈音摇了摇头，道："不必了，我自己就可以。"

计然道："盈娘曾提过她有一个夭折的孩子，埋在五湖什么地方，她之所以不肯离开王城，也是因为舍不得那个孩子。"

陈音一怔，随即点头道："我知道那个地方，明日一早便会寻去。"

诸人见夜色降临，便各自散去。

次日一早，孙武前来辞行。计然道："月女和小白后半夜才回来，一回来便睡下了，目下还没起身，我未及问她是否要与孙武君同返穹窿山。"

孙武摇了摇头，道："月女当然还是留在菱湖渔场好，就算她自己要回穹窿山，我也会劝她暂时留在这里，等外面那些事平静下来再说。"

计然道："那好，就先按孙武君的意思办。"

送走孙武，小白忽然奔过来，拉着计然来到湖边，指了指正站在岸边发呆的专诸。计然心念一动，问道："你想让我将专诸留在渔场？"小白点了点头。

计然笑道："你是想吃炙鱼，是不是？"小白又点了点头。

计然笑道："为了满足你这个馋嘴猿猴，我便试上一试，不过可不能保证做到。"遂走了过去，招呼了一声，道："我这渔场虽不算小，可否住得下专诸君？"

专诸一听便会意了过来，道："渔父想让我留在渔场吗？"

计然道："我知道专诸君其实放不下五湖公一事，你若就此返回家乡，妻儿问起那件事，你何以回答？"又道："我已托了范蠡调查五湖公一案，今日一早他便又出门了。专诸君不如先留在我这里。你是渔场的贵客，愿意炙鱼给大伙儿吃，那自然好，不愿意的话，就每日看看湖、打打鱼，过些轻松自在的日子。"

专诸苦笑了一声，摇头道："轻松自在的日子，哪里会是我这种人有资格过的？"

计然正色道："专诸君何出此言？天下没有人没资格过轻松自在的日子，全在个人选择。"

专诸道："哪有渔父说得那般轻松！多少人，多少时候，都是没得选。"随即转换了话题，道："有一件事，我想拜托渔父。"

计然料想难以留下对方，只好道："专诸君请讲，计然能力之内，一定办到。"

专诸道："犬子专毅，虽不成器，却是个老实的好孩子，他一直悄悄喜欢着月女，但却不敢吐露。请渔父代为转告月女一声，将来有空之时，一定去我家乡看看专毅。"

计然一怔，随即应道："就是这件事吗？我一定转告月女。"

专诸叹道："前半句专毅喜欢月女之事，就不必说了，后半句带到足矣。月女那样的小精灵、小仙女，专毅是万万配不上的，只有渔父这样的人，才能照顾她周全。"也不顾主人尴尬的反应，就此告辞离去。

计然悄立岸边，胸中心潮激荡，忽有所感应，回过头去，却见小白目光炯炯，正严肃地瞪着自己。

计然问道："你也想要我照顾月女一生一世吗？"小白居然点了点头。

计然道："可我不知道月女自己的心思。我知道她将我当作了最亲近的人，可亲近与爱慕是不一样的，我不知道孙武在她心目中到底是什么位置。"

她最向往的是登泰山望月，他提议同赴泰山时，她却说："我只是想想而已。我走了，孙武哥哥就只剩一个人了，谁来照顾他呢？"

为了一个人，始终不肯离开，这是怎样的情感？恰如盈娘因为夭折的爱子埋在五湖，便冒险留在王城一样。

湖面上忽有歌声传来：

今夕何夕兮，搴舟中流。
今日何日兮，得与王子同舟。
蒙羞被好兮，不訾诟耻。
心几烦而不绝兮，得知王子。
山有木兮木有枝，心悦君兮君不知。

正是吴越之地最为流行的《越人歌》。当年楚共王第四子公子晳坐船出游时，有仰慕他的越人船夫抱着船桨对他唱歌。歌声悠扬缠绵，委婉动听，韵味绵长，深深打动了公子晳。公子晳遂按照楚人的礼节，走过去用双手扶住越人的双肩，又庄重地把一幅绣满美丽花纹的绸缎被面披在他身上。

山有木兮木有枝，心悦君兮君不知。原来不只越人船夫有这份惆怅的情感。

月女睡到正午才起，听说专诸已经离开渔场、动身返回棠邑家乡，颇为失望，但听到专氏主动邀请自己后，又高兴起来，笑道："我一定要去棠邑看看，总听专诸说那里风光好，说是江水比天还蓝。"

计然有意问道："月女去了棠邑，穹窿山可就只剩下孙武一个人了，你不怕他没人照顾？”

月女道：“昨日回来后，孙武哥哥私下跟我说很喜欢五湖的景致。我说我和小白也很喜欢，我们可以将家从穹窿山迁来五湖边上。但孙武哥哥摇了摇头，说他兵书已然写成，他也做好了出山的准备。”

计然讶然道：“孙武竟有意出仕？那么他是打算回齐国，还是留在吴国？”

月女道：“我不知道，我也没有问。总之，孙武哥哥很快就不跟我做邻居啦。”

计然试探问道：“那么月女怎么想？”

月女道：“我起初有点小伤心，不过转念想到那才是孙武哥哥真正想要的生活，便也替他高兴。再说了，我和小白很喜欢这里，暂时不打算回穹窿山去。”又仰头问道：“计然哥哥，如果我去棠邑看望专毅，你会跟我一道去吗？”

计然道：“当然了。只要月女愿意，你到哪来，我都跟你一道去。”

月女少女情思萌动，主动走上前来，抱住计然，将头深埋在他胸口，喃喃道：“还是计然哥哥待月女好。我好庆幸，那晚上了桃花岛。”

有情人最难忘者，便是初遇。

计然伸手揽住了月女纤腰，心中亦感激上苍——是冥冥之中的神秘力量，令自己鬼使神差地不顾侍从劝阻，独自要去桃花岛看望月鱼及次日日出，终于在对的时间，遇见了对的人。

再低头见到月女满面红晕，娇羞难言，一是难以抑制，便俯身往其唇上吻去。月女全身发烫，就势闭上眼睛……

温暖，是心底的感受；感动，是生命的柔情。

正动情之时，忽有人赶至，强行将二人分开，却是小白。它严肃地站在一旁，一会儿看看月女，一会儿看看计然。月女又气又羞，双手捂脸，转身跑开。小白也不追赶，只继续瞪着计然。

计然苦笑道：“你不是同意我照顾月女一生一世的吗，到底要怎样？”小白哼了两声，似是冷笑。

刚好侍从来报，称向申到访，计然忙道："我要去见客了。小白得罪了月女，还不快去看看她有没有生气？"

小白扮了个鬼脸，这才自行去了。

计然进来客堂时，向申正在堂中徘徊，寒暄之后，仍是吞吞吐吐，也不说明来意。

计然遂问道："向君这次到吴国，是为华登而来吗？"

向申摇头道："不是。我之前不知华登来了吴国，后来在城门看到告示及首级，才知道他死在了吴国。"又问道："华登这次来到吴地，可有拜访过渔父？"

计然道："华登和我均不知对方来了吴国，但我二人意外撞见过两次。他仍然记恨当年之事，对我不大理睬。"

向申虽然出身向族，却与计然一样，反对向、华两族与宋国国君争权，闻言当即摇头道："华登乱国在先，不知悔改，竟还记恨渔父规劝之事，实不配渔父与其相交。"

又叹道："可怜华登一生暴戾刚硬，倒头来死得不明不白，无辜背上了行刺吴王僚的罪名，还给楚国招惹了一场大祸事。地下楚平王若能预知今日之事，当年无论如何都不会收留华登、向宁等人。"

计然心念一动，问道："向君是在华登死后才得知其人身在吴国，如何知道他及楚国无辜？"

向申狐疑地看了计然一眼，道："听渔父语气，竟也是早知华登无辜。"

计然不知向申立场及来意，只能摇头道："我没有这么说。"

向申道："寻常人听了我适才那番话，第一句要问的是：'难道不是华登刺杀吴王僚吗？'渔父却是与众不同，说：'如何知道华登及楚国无辜。'"

见计然沉默，料想对方信不过自己，遂叹道："说起来，这次是我害了华登，也是我害了楚国。吴楚这场大战，全是因我而起。"

计然大吃一惊，忙问道："向君何以揽责上身，如此自责？"

向申摇头道："我不能说。不是我不相信渔父，而是不想因此而牵连渔父。"

计然心道："向申既然是因华登背负刺杀吴王僚罪名而自责，那么他必定是真正干系其事者。"

虽猜及此节，却是惊愕交加，难以置信，遂试探问道："向君就是派遣刺客的主谋，是不是？"

向申也不否认，道："渔父果然不愧是渔父，一下子就猜到了。"

计然大出意外，又大惑不解，问道："向君是宋国人，宋国跟吴国并无利害冲突，你为什么要这么做？"

向申正色道："我是宋人不假，但我更是周人。"

三十年前，向申叔父宋国大夫向戌利用个人影响力，促成晋、楚两国停止争霸战争，于宋国集会，订立弭兵之约，史称"向戌弭兵"，成为春秋史上的重大事件。

弭兵会议后，晋、楚两国之间再也没有发生冲突，处于两国之间的宋国由此避免了兵祸之苦。向戌这一利国利民之举同时惠及多国，为其赢得了很高声誉，周天子亲自召见赐酒，给予很高的礼遇。向戌感激之余，决意以周人身份，设法消弭天下战争。

向戌卒后，向戌之子向宁非但未曾继承父亲遗志，还与华族华登等人作乱，宋国内乱牵动多国出兵，晋、齐、吴三大国均因各自立场派军赴宋，楚国虽未动武，却也在各方死伤惨重之时以出兵威胁，逼迫晋、齐联军释放了被围困的华、向族人。

向申自小跟在向戌身边，幼年时还曾随叔父赴洛邑朝见周天子，决意以实现向戌目标为志向。

然消弭战争谈何容易！向戌当初能够做到，是因其交际手腕高明，个人魅力占了很大因素。而向申既无叔父的地位，也无叔父的手段，遂萌生了抑强扶弱的想法，即两国交战时，设法援助弱小一方。

"向戌弭兵"后，中原数十年无战事，只有南方吴、楚两国战争不断，而且多是吴师伐楚。宋国内乱，吴国也派军队随华登赴宋，援助华族，与中原诸国作对，其窥测中原野心已现。鉴于此点，向申便将吴国列为了首先要抑制的目标，最有效的手段，当然是刺杀吴王了。

计然听了向申一番解释，大为惊诧，然人各有志，向申冒着生命危险做行刺之事，不是为了个人利益，而是为了天下苍生，行事粗暴了些，初衷总是好的。

尽管已经知道是向申派遣刺客刺杀吴王僚，但又有了新的疑点。之前计然和范蠡认为是刺客主谋某甲毒杀了华登，再将太子庆忌引到华登藏身之所，由此坐实了楚人行刺的罪名。向申断然不会毒杀华登，又以弭兵为生平志向，嫁祸楚国者必另有其人，又是谁呢？

计然思虑一番，问道："有一件事，向君一定要如实回答我。"

向申道："渔父请问。"

计然问道："可是向君派人杀了五湖公？"

向申一怔，道："五湖公是谁？"蓦然想起来，道："啊，是不是吴王僚遇刺的五湖酒肆的主人？我派人杀他做什么？"

计然森然道："不是向君杀人就好。"

向申见计然脸色不豫，遂道："我向申敢对天起誓，决计没有杀害无辜之人。五湖酒肆及五湖公的名字，我也是这两日听旁人议论才知道的。"

计然奇道："向君派刺客行刺吴王僚，竟是不知行刺发生在五湖酒肆吗？"

向申道："我派遣的死士一直苦守在王宫门前，二月十六吴王僚出宫，死士不及向我回报，便尾随吴王僚一行而去。行刺失败后，死士当场被杀，自然更不可能再回来禀报。而后吴王僚掩盖了五湖酒肆被刺事件，我刚好有事离开了王城，未及时与死士联络，根本不知出了事。后来吴人发现华登行踪，将其作为刺客主谋处死后张榜公布，吴王僚遇刺大致经过及地点才慢慢传扬开去，我也是那时才知刺客是我的死士。"

这是一个极有力的细节，计然这才相信向申没有派人杀害五湖公。

向申又问道："渔父是如何知道华登无辜？"

计然道："我撞见过华登两次，后一次他来到了渔场，我才大致弄清原委，他是来吴地寻人的。"

向申闻言愈发愧疚，道："我虽与华登道不同不相为谋，但我们比邻而居，一道长大，多少有兄弟的情分，想不到我竟害得他身首异处。"

懊恼之下，又对自己以弭兵为志的行为有些怀疑起来，道："我恨自己没有勇气站出来，告知吴人我才是真正的刺客，而不是华登和楚国。而今吴师大举伐楚，等于是我亲手发动了这场战争，哪里还谈得上什么弭兵！"

计然不忍见对方如此自责，遂缓缓告道："其实明眼人都知道吴王僚要靠领军打仗扶太子庆忌上位，令亲子、亲弟威名盖过公子光，行刺只是给了吴国一个出兵的借口而已。而且向君不是普通人，曾在宋国任职，一旦承认自己是刺客，便令吴国有了伐宋的借口。"

又道："向君也没有害死华登。华登并不是被吴人逮捕后处死，他是被人毒死后，吴人才发现了他的藏身之所。"

向申闻言大骇，问道："渔父如何会知道这些细节？"

计然道："因为我当时也被人引向了华登藏身之所。那人非但要将行刺罪名嫁祸给华登，还预备借吴人之手，将我一并除去。"

向申道："对方为什么要这么做？哦，嫁祸华登显而易见，是为了挑起吴楚战争，可对方为什么又要杀渔父？"

计然道："我也不知道。"忽然有所会意，问道："向君，你一共派出了几名死士？"

向申道："一名。行刺这种事，在多不在精，一名高手足矣。"

计然立时会意过来——当日五湖酒肆共出现五名刺客，前四人先发动，第五人则待前四人死后才自房顶跃下。事后，人人以为五名刺客皆是一路，不过是有先有后而已。

吴太子庆忌最先发现第五人与前四人不是一路，但后来也未过于追究此细节，大概认为也有可能是第五人与前四人不过是不同吃同住而已。庆忌被人引到华登藏身之所后，鉴于其人与华登的私人恩怨，便毫不迟疑地将华登及楚国与行刺事件联系起来。华登被枭首城门，行刺案就此结案。

而事实上，前四名刺客与第五名刺客并不同路，后者正是向申所派死士，前四人则是受那一直未露蛛丝马迹的某甲调遣！

虽然吴国张榜宣称楚国大夫华登谋刺了吴王僚，但并未公布行刺细节，向申不知有前后两拨刺客，只以为自己所派死士未能得手，而吴人则将行刺罪名扣在了华登头上。

向申本是为弭兵而行刺吴王僚，反过来却促成了吴师伐楚，更是害死旧友华登，不免心生愧疚，还一度对自己的志向产生了怀疑。

至于毒杀华登的凶手，便是派遣前四名刺客的某甲，也正是这个某甲，将计然及太子庆忌先后引到华登藏身之所。

向申听计然大致叙述了经过，瞠目结舌片刻，问道："这位某甲，难道不是吴公子光吗？"

计然道："似乎所有人第一个怀疑的都是公子光，五湖酒肆的专诸亦是如此，但其实不是。"

向申道："那么一定是晋人了。"计然摇头道："也不是晋人。"

向申道："除了楚国和晋国外，我实在想不出还有谁有嫌疑了。"

又忖道："或许这只是个人行为，就跟我一样。当然，我以死士刺杀吴王只是为了制止吴国坐大。这个某甲目的则是挑拨吴楚相斗，应该是个跟楚国有极深仇怨的人，刺杀吴王僚也好，嫁祸华登也好，都是为了将吴师兵锋引向楚国。"

计然心念一动，心道："这不就是伍子胥吗？"

伍子胥来到吴国，不是为了避难，而是要借吴师向楚国复仇，这是他从一开始就明确表露过的，公子光也正是利用这一点，成功将他排挤出朝。

或许伍子胥得知杀父仇人楚平王已死，便将怒火发向其母国楚国，欲以刺客行刺激怒吴国，好将吴师兵锋引向楚国？但他何须采取如此极端的手段呢？他既成为公子光心腹，不会不知道吴王僚在遇刺前便已调动舟师，有用兵迹象。

还是说，吴王僚调动水军，并不是为了攻打楚国？伍子胥正是从公子光处得知此点，才萌生刺杀吴王僚之意，好令吴国改攻楚国？

舟师靠水行船，有水道可通者，只有楚、越二国。齐国须走海道，且已与吴国联姻，可以直接排除。既然不是楚国，莫非是越国？

但昔日晋国大夫申公巫臣曾与第一任吴王寿梦立有誓约，灭楚前，不得兴师攻伐他国。正因为此点，与吴国结下难解深仇的越国才始终没有吴师大军压境的遭遇。

计然忽又联想晋国国君亲自下令谋取寿梦手书一事，暗道：“莫非寿梦手书不关乎吴国王位继承人，而是晋吴盟约？”

晋国国君得知吴国将要大举伐越，有违当年申公巫臣之约，是以命赵须取到寿梦手书。至于晋君打算如何利用手书，则是另外一回事。

如果吴国原先预备伐越的话，便能解释许多事情。譬如伍子胥派刺客行刺吴王僚，促成吴国弃越攻楚。伍子胥也怀恨当年公子光在吴王僚面前进言、导致吴王僚将他闲置一旁之事，仿鱼肠剑造了一柄兵刃，杀死五湖公，引众人怀疑公子光。但伍子胥最终的目标还是楚国，所以又毒死华登，引吴太子庆忌到其住处。

然其中尚有不能解释之处，就是引计然和月女到华登藏身之所一事。伍子胥早就知道月女曾救过太子庆忌一命，还一度想利用此点，他这等精明之人，明知不能得手，又何须多此一举？

这一节解释不通，就表明伍子胥不是某甲，他嫌疑确实很大，但同时与吴王僚、公子光及其母国楚国为敌，已远远超出他的能力。

除了伍子胥之外，越国也有动机。越国虽是楚国属国，但引吴国攻打楚国，总比吴师攻打越国好。越国间谍得知吴师将要伐越后，便谋划行刺吴王僚。行刺未能得手，又以仿鱼肠剑杀死五湖公，引吴王僚与公子光相斗。公子光手中鱼肠剑本为越国所有，越人在献给吴国前，仿造上几把，全然不是难事。

至于华登，他目下是楚国大夫的身份，而越国是楚国附属国，或许他一到吴地，便有越人认出了他，严密监视，再设法毒杀其人及侍从，成为行刺事件的替罪羊。

越人监视华登行踪，发现计然两次与其接触，由此盯上计然，也是情理之中。又知计然、月女在暗中调查五湖公命案，心中忌惮。但越人刺客尽死，外人不知具体情形，越人也是如此，正如向申一样，他们不知月女救过太子庆忌，便想借华登攀连二人。

越人便是某甲！这是迄今最为合理的推测。要证明此点不难，只需找到伍子胥，当面质问，排除他的嫌疑，再设法查证吴国原先预备伐越一事为真。

只是计然已看出伍子胥能忍常人之不能忍，将来也必成大事，此人刚戾忍詬，若是直接问他，必引他不快，来日记恨旧事，必会报复。

向申见计然神情闪烁不定，良久无言，以为对方害怕受自己牵连，便起身告辞道："多谢渔父今日之言，我心结已去，就此告辞。"

计然料想向申几度登门，必有所求，所求者，无非为其所行之事。他虽然佩服其志，却并不赞成其行事，不欲多卷入其中，以免招祸。又想到向申所遣死士本可以得手，却意外为月女所阻，也不知向氏一旦知悉此事，会不会因此而深恨月女？遂不多问，只命人送客。

到了日暮时分，范蠡回来，满脸倦色，告知追查五湖公凶器一事，仍是一无所获。

计然道："我猜天下不止一柄鱼肠剑，越人在将鱼肠剑献给吴国前，便已有仿造。"说了向申实为刺客主谋之一，又告知自己推测越人才是某甲。

范蠡道："我因为关注军事，对陆战车阵、舟师船阵略有研究，听渔父这么一说，才想起来当日所见吴国舟师调配，确实更像是针对越国的。或许越人间谍便是由此发现了端倪，才急急策划了行刺吴王僚事件。"又想起人在越国的好友文种来，心道："也不知道文种在越国怎样了？"

计然道："我素来不关心政治，吴越之争也好，吴楚之战也罢，我都没什么兴趣。我也不会偏向吴楚越任何一方。但越人杀了五湖公，我答应了月女，要查出真相，给死者一个交代，所以我一定要揪出这个越人间谍来。"

范蠡道："既是潜伏的间谍，最擅长的便是隐藏身份，怕是极不好找。"

计然道："就从凶器着手。我们已经知道凶器是仿鱼肠剑，是在越国铸造，但这么小的剑，也不是寻常铸剑师能够办到。明日我们便一道赴市集，向剑坊女主人莫邪打探，看越国谁有能力铸造此等小剑。"

范蠡拍手道："果然好计！"又踌躇道："干将、莫邪好大的名气，听说莫邪丈夫干将是吴国人，莫邪自己却是越国人，她会不会有所牵涉？"

计然道："范君的顾虑有道理！那我们明日便先去见市集的市吏被离，他如果说莫邪可信，我们便直接去剑坊。他如果有所迟疑，我们就另想办法。"

范蠡奇道："渔父如何会如此信任一个市吏？"

计然笑道："吴国的市吏不同于别国，是世袭制，就算是吴王，也不能任意撤掉其职。听说吴王僚一直嫌弃吴市规模太小，收取的税金不够多，认为被离对此负有责任，但也拿他没办法。"

范蠡道："原来如此，我来吴国近一年，竟不知道有这回事。"

计然笑道："范蠡君的精力，全放在关注吴国军事上，断然留意不到商业这等微末行当。"

范蠡道："商业可不是微末行当，是关系国计民生之大事。"又问道："怎么不见月女？"计然道："嗯，她跟小白玩去了。"

晚饭时，月女仍不肯出来，计然料想是因为今日湖边之事，也颇觉难堪，便命人将饭菜送去她房中。

次日一早，计然正待出门，月女已先到来，笑意盈盈地道："听说计然哥哥和范蠡君要去市集，我也要去逛逛。"

计然道："月女不怕被公子掩余手下看到吗？阿邦可是向同伴撒谎，

说押你去了掩余军中。”

月女想了想，遂道：“虽然我并不怕那些人，就算被他们看到也不能怎样，不过计然哥哥是去办正事，还是不要另生风波的好，我就留在渔场陪小白吧。”

计然遂与范蠡出门，径直来到市集。市集正纷传刺客路幺莫名死去的消息。

范蠡道：“路幺不就是那行刺公子光的市集小吏吗？”

计然忙命侍从东润前去打探。不一会儿，东润回报说，确实是行刺公子光的刺客路幺死了。路幺就擒后，公子光很是恼怒，亲自执鞭审问。大司寇季札闻讯赶来，命人将刺客带走，说要以国法制裁。当晚，路幺便死在了牢狱中。

范蠡道：“外间风传是吴王僚派人行刺，会不会是吴王僚杀人灭口？”

东润摇头道：“应该不是，听说路幺被带入司寇署，并没有过堂审问，而是被立即收押入囚室，看管极严，只有大司寇一人进去过。”又道：“难不成是季子杀人灭口？这显然不可能。大概路幺在公子府受了鞭笞，刑伤过重，受不住牢狱的寒气。”

计然摇了摇头，道：“不管路幺是受何人指使，怕是吴王僚和公子光再难以像以前那样相处了。”

遂赶来鼓楼见市吏被离，向他打听剑坊莫邪为人。

被离道：“剑坊为吴国王室铸剑多年，从未出过差错，莫邪当然是可信的，更何况她是欧冶子之女。”

范蠡问道：“最近市集可有越人活动？”

被离道：“这个嘛，最近市集是来了不少外人，可吴越两国虽有宿仇，却是同音同俗，很难从形貌口音上来分辨到底是吴人还是越人。”

范蠡心念一动，问道：“路幺是市吏君手下吗？他在这里任职多久了？”

被离道：“将近十年吧。平日挺老实本分的一个人，口舌有些笨拙，但手脚相当麻利，谁料到他竟敢去行刺公子光。”

又连连摇头道："这个路幺，可是害惨我了。大王听说路幺行刺公子光后，立即召我进宫，详加盘查。我哪里知道怎么回事呢？大王当即发了怒。要不是我有世袭的官职保着，只怕我早已人头落地了。"

范蠡道："吴王僚召市吏君进宫，都问了些什么？"

被离道："路幺是什么来路，怎么当上小吏的，为什么要行刺公子光之类。外间那些流言也不知道是从哪里来的，果真是大王派人行刺公子光，他还会召我入宫问路幺什么来历，何以行刺公子光吗？"

又道，"公子光也不是善碴儿，我人刚从王宫回来，他便派人将我带到公子府，当作犯人一般审问，厉声问我是不是早就知情，甚至参与其中。"

计然道："市吏君可有将吴王召见及问话告知公子光？"

被离道："当然一一禀报给了公子光。我还特别强调说，大王对路幺行刺这件事毫不知情，请公子千万不要相信外面那些流言，中了奸人离间之计。"

被离因为这件事没少受呵斥，不愿再提，换上笑容，诚恳地道："大王命我整顿市集，务必弄出个样子来。我这等愚钝之人，也没什么好办法。正好渔父今日大驾光临，还请渔父不吝赐教，指点几招。"

计然笑道："我可没有管过市集的经验。"

被离道："不，不，我请教的是贸易经商的经验。谁不知道，渔父最懂经商之道，由此才富有四海，坐拥天下财富。"

计然笑了笑，他因借助被离之力不少，便道："经商确实有一些基本原则：首先，要选取质量好的货物。货物质量不好，或有损坏，便很难卖出去，或卖不出好价钱，如此，便无利可图，甚至亏损。"

被离道："如果手头已经有了许多质量不好或有损坏的货物呢？"

计然道："不要存货，要尽量降价出售。千万不要因为价格便宜而舍不得卖，不然只会损失更多，甚至到最后，货物变得一钱不值。"

又道："其次，在进行货物贸易时，要把握价格变化的规律。物价涨到高位时，要果断卖出货物，物价跌到低位时，则可以买进货物。简单说，就是高卖低买，低进高出。"

被离问道："那么要如何把握价格变化的规律呢？"

计然道："物价受制于市场供求，据市场上货物的余缺，可大致预测出物价的贵与贱，货物供过于求，价格会下跌，供不应求，价格就会上涨[1]。"

一旁范蠡也听得入神，问道："有些特殊货物，譬如粮食，通常是由官方统一定价，又当如何经营呢？"

计然道："这要看官方定价几何了。譬如你们楚国，粮价很低，每斗二十钱，对商人固然有利，但却对农夫不利，不利于农业发展。又譬如齐国，粮价很高，每斗九十钱，对农者有利，却对商人不利，不利于商业发展。最好是像宋国那样，在每斗八十钱到三十钱之间波动，农夫、商人都有利可图，对发展农业和商业都有利。而且平粜齐物，关市不乏，治国之道也。粮食不同于其他货物，只有保持售价平稳，市场才能繁荣。"

被离叹道："渔父一番高论，被离深为叹服。粮价平稳之论，更是关系到国家繁荣与否，我一定会禀报大王，劝他采纳。"

计然笑道："我随兴说上几句，哪里是什么高论？"

出来鼓楼，范蠡笑道："今日渔父向被离指点生意经，我这个旁听者也是受益匪浅。"

又提及路幺行刺公子光一事，范蠡道："目下看来，吴王僚跟这件事无关。我在想，路幺也许是越人间谍，行刺公子光，不过是要挑拨吴王僚与公子光相斗，吴国内乱，便再也顾不上攻伐越国了。"

计然道："但以当时情形来看，若不是专诸在场，路幺本可以得手，公子光死了，吴国确实少了一员能征善战的将军，但吴王僚坐稳了王位，吴国局势由此稳定了下来，从长远来看，对吴国反而是有利的。"

范蠡听了，深为惊叹，道："难怪渔场总有人说渔父精于算计，当真

[1]《史记·货殖列传》记有计然的经商理论，原文为："积著之理，务完物，无息币。久停息货物则无利。以物相贸易，腐败而食之货勿留，无敢居贵。论其有余不足，则知贵贱。贵上极则反贱，贱下极则反贵。贵出如粪土，贱取如珠玉。财币欲其行如流水。"

是不负此名，瞬间便能将利弊分析得一清二楚。渔父这样的大才，不能为国所用，实在可惜。”

计然摇头道：“没什么可惜的，我倒很满意现下的状态。”又叹道：“说到这个国字，有时候，我都不知道自己到底是哪国人。”

范蠡不以为然地道：“大家都是周人，是哪国人，反而不重要。”见计然颇有意味地看着自己，问道：“怎么，渔父不赞同我的观点？”

计然道：“不是。范蠡君‘同是周人’的观点，跟我那位朋友向申倒是完全一致。”

来到剑坊，正好遇到莫邪。莫邪以为计然是为佩剑而来，忙道：“已经选好了材料，计君可要过目？”

计然摇头道：“我又不懂铸剑，选料一事，全凭娘子决定。娘子这里可有方便说话的地方？”

莫邪遂引计然、范蠡二人来到后堂。计然也不拐弯抹角，径直问道：“娘子可有听过有人仿铸鱼肠剑一事？”

莫邪一愣，不明其意，问道：“鱼肠剑不是在公子光手中吗？如何仿铸法？”

范蠡道：“鱼肠剑为越国所献，早先在越王允常手中。会不会越王格外喜爱鱼肠剑，曾命人仿铸了一把？”

莫邪笑了一下，道：“这好像不大可能。先父为越王铸有湛卢、纯钧、胜邪、鱼肠、巨阙五剑，鱼肠仅排第四。而且排名第五的巨阙是巨剑，比鱼肠剑更适合作献剑。若越王爱惜鱼肠剑，不舍得献给吴王，自行留下便是，何须再仿铸一把？”

范蠡道：“或许越王只是想多铸几把鱼肠剑，好用以赏赐大臣呢？”

莫邪笑道：“我一个妇道人家，实在不懂范君何以会有如此奇怪的想法，非要认为越王命人仿铸了鱼肠剑。”

计然道：“难道没有这种可能吗？”

莫邪道：“万物俱有法度，剑也是如此，尺寸大小合乎规矩，便容易铸造，违背常理，便是极难。像鱼肠小剑，以及巨阙大剑，不是人人都能铸出的。”

范蠡忙问道：“越国可有能铸出小剑的工匠？”

莫邪道：“有，便是先父欧冶子。而今天下能铸此小剑者，只有我和我丈夫干将。之前我本打算按照鱼肠剑的形制为月女铸一柄差不多的小剑，但她看上了那把用来作模子的木剑，便就此作罢。”

顿了顿，又想了起来，忙告道：“其实越国还有一名工匠也有铸出小剑的能力，就是我师兄无牙，不过他早在二十年前便已经过世了。”

范蠡仍是不甘心，追问道：“世间当真只有一把鱼肠剑？娘子和尊夫干将没有铸过类似的小剑吗？”

莫邪笑道：“我夫妇还能不清楚自己亲手铸出的剑吗？世间只有一柄鱼肠剑。”又对计然道：“对了，我丈夫干将很快就要归家。计君定做的宝剑，我想等他回来后，与他商议一下，再行动工，如何？”

计然道：“听凭娘子安排。”与范蠡就势辞出。

莫邪亲自送出大门，道：“虽然莫邪不知道二位今日到访到底有何用意，但料想范君所问之事，自有深意。我虽称只有我夫妇二人能铸小剑，但天下能人甚多，也许莫邪孤陋寡闻，不知尚有隐姓埋名的高手。”

范蠡道：“娘子太过谦了。天下人谁不知道干将、莫邪是欧冶子之后最高明的铸剑大家。”

离开剑坊，计然问道：“范蠡君还怀疑莫邪与越人勾结吗？”

范蠡摇头道：“不，莫邪坦率真诚，正如被离所言，绝无可疑。”

计然笑道：“被离自小便在市集迎来送往，阅人无数，看人是极准的。”

二人之前断定凶器为仿鱼肠剑，本是有把握而来，却依然一无所获。正不知该如何着手时，计然忽看到一个熟悉的人影，忙叫过侍从念辞及鱼亭，命道：“去，快去捉住那名男子。”

范蠡奇道：“那人是谁？”计然道：“那人便是当日将我和月女诱去华登藏所的孟白。”

范蠡道：“那么这孟白一定是越人间谍了。”

计然料想越人间谍能将华登一行人悄无声息地毒死，手段毒辣，孟白也必不简单，担心两名侍从力单，正待与范蠡赶过去帮忙，忽有铜脸男子挺身拦住，问道："足下便是号称渔父的计然计君吗？我家主人想请渔父过府一叙。"

计然道："你主人是谁？"铜脸男子道："公子光。"

计然大为惊愕，一时不及多问，道："请代计然向公子光致谢。只是目下我有急事，等忙完手头之事，一定去贵府拜访。"

铜脸男子却甚为执拗，不肯让道，振振有词地道："主人交代了，务必请到渔父。臣这般空手回去，无法向主人交差。"

计然颇为不悦，道："凡事都有轻重缓急，我说了我有急事要办，你还要摆出一副强请的样子，这是你家主人教你的待客之道吗？"

范蠡忙道："公子光诚意相邀，渔父便走一趟，这里的事交给我了。"也不待计然回应，自去追赶侍从。

计然叮嘱不及，料想范蠡精明过人，不会有失，便转身随铜脸男子往公子府而来。

公子光正在堂中待客，屋子中欢声笑语，颇为热闹。

侍从引计然进来时，公子光忙起身相迎。他曾自车上跌落，脚伤未愈，一瘸一拐地走上前来，握住计然双手，道："光仰慕渔父大名已久，渔父来到吴国多日，今日才得晤面，是光之过失，该罚。"

主人笑脸相迎，计然也少不得要客气几句，道："公子是主，计然是客，本该我先来拜会主人才对，是我有错。"

公子光笑道："我来为渔父引见。这是我二弟夫概、三妹寺吁。夫概身后的女子，是他的侍妾阿茹。这边三个是我儿子，老大王孙波，渔父早先见过的。这是老二夫差，老三王孙山。这个，是我最爱的女儿滕玉。"

滕玉才十二三岁，年纪比月女还小，好奇地打量计然脸上的坑洼，道："父亲说你年轻有为，名气很大，我以为是个潇洒英俊的男子，却想不到你这般丑。"

公子光当即板起脸，喝道："滕玉，不得对贵客无礼。"

滕玉冷笑一声，双手一拍几案，站起身来，朝外走去。到门口时，又回身道："他就是长得丑！长得丑，还不让人说吗？"

公子光怒道："滕玉！"滕玉做了个鬼脸，小跑了出去。

公子光极是难堪，只得讪笑道："这孩子，都被宠坏了。"

堂上诸人不敢应声，只有夫概微微发笑，似有意看到兄长发窘。

计然笑道："令爱说的是事实，我计然就是个丑男子，这是众所周知之事。"

公子光见计然为人豁达，丝毫不以为意，当即转怒为喜，笑道："渔父不跟小孩子一般见识就好。"一边说着，一边向妹妹寺吁使了个眼色。

叔姬寺吁便起身道："兄长还要招待贵客，我们先退下吧。"引着三名侄子出去。

夫概等诸人出门，这才扶着侍妾阿茹的手慢慢起身，走到计然面前，意味深长地看了他一眼，自引阿茹去了。

公子光见计然面有疑惑之色，忙解释道："我府上今日本来有个家庭小聚会，但我听说渔父人到了市集，便临时命人请来，还望渔父莫要嫌光唐突。"

计然道："哪里，能得公子光盛情邀请，计然荣幸之至。只是打扰贵府亲眷小聚，实在过意不去。"

公子光命人撤去残宴，重设几案，请计然坐下，这才道："渔父是聪明人，我也不拐弯抹角了。光今日冒昧请渔父来，除了久仰大名想见上一面外，还有一件事，想当面向渔父请教。"

计然道："请教不敢当，公子有话，直说无妨。"

公子光道："渔父跟光之四叔……哦，也就是吴国当今大司寇季札相熟吗？"不待计然回答，又道："听说渔父不幸自车上摔下后，四叔亲自送渔父回去，这可是极为罕见之事。"

计然道："当日我有事到邢大夫府上，在那里遇到季子，是第二次见面，前一次是在五湖酒肆中，实在谈不上相熟。至于季子送我回渔场一事，我也是事后方知，惊讶之情，不在公子之下。”

公子光道：“仅见面两次，四叔便愿长途驱车，送渔父回家，愈发可见渔父有过人之处。”

计然道：“计然哪里有什么过人之处，不过是季子宅心仁厚、爱民如子罢了。”

公子光哈哈大笑，道：“渔父，你我都知道你这句话言不由衷。不过渔父不肯见告，光亦不会强人所难。”

计然道：“公子召计然前来，应该不是为了询问我与季子是否相熟的。”

公子光道：“当然不是。有一件事，我很是困惑，想向渔父打听。”

收敛笑容，声音登时也变得低沉起来，问道：“渔父可有听说市集小吏路幺向本公子行刺一事？”

计然道：“略有耳闻。”

公子光道：“那么渔父如何看待路幺行刺这件事？”

计然迟疑了一下，答道：“计然是宋国人，不敢妄议吴国之事。”

公子光道：“渔父本来是想说‘不敢妄议吴国国事’吧？”

计然道：“公子是吴国公子，身份尊贵，又能征善战，威震四方，公子之安危，干系吴国大局，这般说也是可以的。”

公子光听了颜色大悦，道：“我原以为渔父是公子掩余的人，既有刚才一番话，渔父也算得上是本公子的知己，我便实言相告。路幺就擒后，本公子亲自审问，问他受谁主使。”

路幺却不肯承认背后有主谋，只称跟公子光有私人恩怨。公子光问他有何私人恩怨，路幺又答不上来。公子光愈发怀疑，遂动了重刑。

那路幺哀号震天，最终受刑不过，出声求饶。正待招供时，季札赶到，以大司寇的身份，将路幺带走。结果，路幺当晚便死在了牢狱中。

计然道：“这件事，我今日在市集也有听到。听说司寇署看管甚严，路幺被囚禁后，只有季子一人进出过囚室。”

他本待强调路幺之死并没有什么阴谋，不过是刑伤过重致死而已，不料公子光重重一拍几案，道：“问题就出在四叔身上！”

原来公子光对路幺事件深为怀疑，虽然争执不过季札，任凭对方带走了刺客，却立即作出安排，以重金收买司寇署官吏，得知路幺其实是中毒而死，尸体被抬出囚室时，七窍仍流血不止。

计然闻言骇然，半晌才问道："莫非公子怀疑是季子毒死了路幺吗？"

公子光道："我心中确实这么想，却不敢说出口，多谢渔父替我说了出来。"直起身来，拜了一拜。

计然回了一礼，问道："那么公子找计然来，是想让我替公子去问季子这件事吗？"

公子光点头道："我是晚辈，不能当面问四叔这件事，渔父是最合适的人选。"

计然为难地道："不是我不肯帮忙，可这究竟是你们姬氏王族的家事……"

公子光道："渔父！我公子光也是吴国大王之子，多年来征战沙场，出生入死，为吴国立下赫赫战功，而今却被夺去兵权，闲置一旁。我也不敢再争什么名分，只想知道一件事，为什么我公子光到了目下的处境，四叔还要派人来行刺我？"言语慷慨激昂，掷地有声，人却已是泪流满面。

又道："渔父可知光今日为何要召集家庭聚宴？因为我不知道还会不会再有刺客，也不知道还能不能侥幸躲过下一次。在有命活着时，跟至亲之人多聚一刻，总是好的。"

计然闻言，深为动容。又想到自己幼年时在晋国水深火热的处境来，那情形，跟今日公子光倒有几分类似。但真正打动他的，却是公子光对待亲眷的态度。

公子光举袖抹了眼泪，道："若是如流言所传，是大王派路幺来行刺，我倒也无话可说，甘于就此认命。可是四叔他……我实在不明白。我……我是他最宠爱的侄子，本来是要过继给他做嗣子的。多年来，我亦视四叔如同亲父，实在想不明白，他为何要这样待我。"

计然遂道："计然愚钝，实难相信以季子之为人，竟会做出遣人行刺，再杀人灭口这种事，这其中，一定另有蹊跷，或是有什么误会。"

公子光道："既然渔父这般说，可愿意替光查明真相？"

计然点了点头，道："如果能查明真相，促成公子与季子和好如初，正是计然之所愿。"

公子光道："如果真是四叔所为呢？"

计然微一凝思，即道："果真如此的话，季子一定有他不得已的理由，我相信这理由一旦说出来，足以令人信服，我也会如实告知公子，并规劝季子珍视叔侄情分，毕竟骨肉至亲，血浓于水。世间名利权势，不过是过眼云烟，繁华落尽，所珍视者，所守护者，唯有亲情。"

公子光怔了好大一会儿，才流涕太息道："难怪渔父能享有大名，更能得到四叔青睐，果然不同凡响。请渔父先受光一拜。"

计然忙举手虚扶，道："公子不必客气，能为解除公子心结稍尽心力，也是计然之荣幸。"

谈罢正事，公子光便命置酒上菜，又问道："掩余在大王面前力荐了渔父，大王也许诺会为渔父安排一官半职，当真如此吗？"

计然道："那是公子掩余有意如此，好让旁人以为我计然是他的人。况且入仕为官，从来非我所愿。"

他一句话便解释清楚了掩余力荐一事，公子光立即释然，道："想不到掩余表面是个老好人，暗中也在拉帮结派，竟然还想笼络渔父。"

又冷笑道："掩余一定是想兄终弟及呢！可惜庆忌那莽夫枉有吴国第一勇士之名，竟不知亲二叔预备在背后插他一刀。"

计然见公子光亦是目光如炬之人，一眼便看到了关键之处，便不再多言。公子光亦不再提王室之事。

忽又想到那神秘刺客夏至，计然问道："公子可知伍子胥曾在渔场附近遇刺？"

公子光闻言大为惊异，问了经过，讶然道："竟发生了这样的事，伍子胥居然没有派人告诉本公子。"转念即明白究竟，叹道："他是见我处境艰难，不忍我烦上加烦。"

计然道："那刺客夏至，公子可知其来历？"

公子光道："当日他擒住专诸，我爱惜他是名壮士，邀他入堂，攀谈了一阵。他自称名叫夏至，是楚国人，刚好路过公子府，见专诸形迹可疑，便留了神。"

又道："莫非他接近我，其实是为了接近伍子胥？嗯，这个人一定是楚国费无极派来的刺客。"

计然道："相比于伍子胥，王孙胜对费无极的威胁不是更大吗？当日夏至人在五湖酒肆，本有刺杀王孙胜的最佳机会，他却放弃了。"

公子光道："王孙胜年纪还小，又是楚国王族，或许夏至不敢对他动手。"

又笑道："渔父前半句话，恕光不能赞同。要说对费无极的威胁，伍子胥可比王孙胜大多了。王孙胜确实还有回国执政的想法，但只是想想而已。伍子胥却是发誓灭掉楚国，为此不惜付出一切代价。那份决心和气概，我公子光从来没有在任何人身上见到过。"

计然细一思虑，果真是这个道理，心道："公子光到底是公子光，有极准的看人眼光。那夏至曾监视跟踪王孙胜，大概看出他不足为虑，反倒是伍子胥，将会是楚国强敌，于是专心对付伍氏，却意外为月女所阻。"

计然又问道："还有一事，我颇感好奇，日前我听到风声，说吴国舟师原本是要攻打越国，出了楚人行刺吴王一事后，吴王震怒，便下令吴师改攻越为伐楚，是这样吗？"

公子光道："渔父消息好生灵通，这等吴国军事机密，竟也能知悉。不错，吴师原本是要攻打越国，大王想任太子庆忌及两个弟弟为帅，令三人一战扬名，觉得越国弱小，远比楚国好对付得多，所以特意选了越国作为庆忌等人的首战目标。"

计然这才明白究竟，又问道："可我听说晋楚两国立有盟约，灭楚之前，不得兴师攻伐他国。难道没有这回事吗？"

公子光道："是有这回事！但那是申公巫臣与先祖寿梦所立盟约，而今几十年过去了，吴国已是第五任吴王在位，谁还顾得上当年的盟约？

之前大王不是也派了大军随华登赴宋吗？那已是违反盟约之举。有了第一次，当然就会有第二次、第三次。”

计然心道：“寿梦手书抑或涉及当年盟约，抑或干系吴国王位继承人，无论哪种，公子光都不知悉真有寿梦手书一事。”

公子光又恨恨道：“这个华登，还恩将仇报，竟跑到吴国来行刺大王，害得我跟着虚惊了一场。”

计然不便接话，又闲谈了几句，便告辞出来。

公子光道：“光有足疾，恕不能远送。渔父已是公子府贵客，随时欢迎大驾光临。”

计然离开客堂，随下人穿过前院时，忽觉腰间一痛，低头一看，却是被石子砸中。循迹望去，竟是公子光之女滕玉板着脸站在花丛后。

计然问道：“你为什么要用石子砸我？”

滕玉道：“是你这丑八怪害得我挨了父亲训斥。他一向疼我，今日竟当着弟弟们的面责骂我，我这脸往哪儿搁？不砸你砸谁？”

计然闻言，不由得哭笑不得。下人畏惧滕玉，不敢相劝，只低声告道：“快些走吧。这是府里的小魔头，谁也招惹不得的。”

计然点点头，道：“实在抱歉啦。”

正待走开，滕玉又是一块石子砸来，计然既有防备，便闪身躲开。

滕玉大怒道：“你还敢躲，我……我……”一边发怒，一边往脚下寻找石子。

忽有女子赶过来斥道：“滕玉不可胡闹。”却是滕玉的姑姑叔姬到了。

滕玉道：“你虽是我姑姑，年纪却比我大不了几岁，装什么大人？”撇了撇嘴，自往花丛后玩去了。

叔姬歉然道：“实在抱歉，滕玉是被她父亲宠溺坏了。”计然笑道：“不碍事。”

叔姬又叫道：“渔父请留步！叔姬有一事，想请教渔父。”

计然见对方欲言又止，便对下人道：“你先退下，我一会儿自行出府便是。”

下人应道：“诺。渔父的侍从已经到了，正候在府外。”

叔姬等下人走远，又见左右无人，这才道：“之前听家兄说，渔父住在菱湖渔场，对吗？”计然道：“不错。”

叔姬忽然满面通红，低下头去，只抚弄腰带上的玉佩。

计然耐心地等了一会儿，仍不见对方开言，便问道：“叔姬可是有什么不便启口之事？”叔姬嘤嘤道：“也不是。”

计然道：“那么便请叔姬明言。”

叔姬又扭捏了一会儿，这才道：“菱湖渔场离穹窿山不远，渔父可认得隐居在那里的孙武？他……他人可还好？”

计然曾见到孙武与叔姬结伴到五湖酒肆，当即猜到她少女怀春，对孙武一见钟情，是以念念不忘，忙道：“孙武人很好。前几日他一直住在菱湖渔场，昨日一早才离开。”

叔姬这才长舒一口气，道：“原来他去了菱湖渔场，难怪家臣在穹窿山找不到他，我还以为发生了什么意外。”既然得知爱慕的男子安然无恙，便放了心，匆忙对计然道了声谢，转身飞一般地去了。

计然出来公子府，见念辞、鱼亭两名侍从正候在一旁，却不见范蠡，忙上前问道：“范蠡人呢？可有捉到孟白？”

念辞道：“未能捉到人。那孟白对市集地形十分熟悉，几下就把臣等甩开了。范蠡君追上来问过究竟后，认为市集就那么几条通路，孟白一定还在附近，藏在了什么地方，遂分开寻找。但寻了很久，也没有发现孟白踪迹，范蠡君人也不见了。”

计然隐隐感到不妙，忽见到市吏被离之侄要离站在街对面，忙招手叫道：“快带我去见你叔叔。”

要离见计然神情紧张，也不多问，引其赶来市集鼓楼。

计然告道：“我朋友范蠡，市吏君今日见过的，他刚刚失踪了。”急请被离调派人手，到范蠡失踪一带寻找。

要离问了失踪地点，道："那一带算是市集边缘了，再往外都是田地，不可能藏人。有一处废宅，就在补釜匠的铺子后，会不会人在那里？"

计然觉得有理，忙引人寻来废宅，一推开院门，便发现范蠡俯卧在地上，心中一紧，脚下也有所迟疑。

侍从鱼亭上前翻过范蠡，一探鼻子，告道："范蠡君人还活着，只是晕了过去。"

计然这才略略放心，命道："去宅子里面看看。"自己扶住范蠡，掐其人中，叫道："范蠡君，范蠡君，你醒醒！"

范蠡呻吟一声，醒了过来，一见到计然，便道："这里！这里就是他们的藏身之所！"

侍从鱼亭奔出来告道："里面没人，但发现了许多兵器，除了刀剑、弓箭外，还有几副楚国堂谿出产的堂甲。"

被离也跟在计然身后，不明所以，问道："这到底是怎么回事？"

计然料想市吏是吴王放在民间的心腹耳目，被离必已知晓自己曾出现在华登藏所一事，掩饰反而令其起疑，便如实道："当日曾有自称孟白者将我引去华登藏所，今日我在市集发现了孟白，范蠡和侍从赶去捉拿，结果被他跑掉。"

范蠡接口道："我辗转寻来了这里，在院外听到有人对话，是一男子和一女子。那男子道：'我刚刚露了行迹。甩是甩开了对方，但他们会不会寻来这里？'那女子当即发怒道：'你怎么这么不小心？一会儿楚君就该到了，万一被人撞破，楚君有所闪失，你我如何担得起责任？'听起来，那位楚君十分重要。我正想从院门窥测那一男一女样貌时，忽然脑后生风，挨了重重一记，便晕了过去。"

计然道："应该就是那女子口中的楚君动手打晕了你。"

被离已渐渐会意过来，料想这处废宅必定干系大事。

计然道："我等只是意外卷入，实在不想多牵涉其中，这里既有市吏君善后，我们便先回去治伤了。"

被离忙道："应该的，应该的。"又道："那孟白心怀歹意，竟敢对渔父下手，明日我会请画师赶赴渔场，根据渔父描述绘出其形貌，再张贴在市集各处，定能将其抓获。”

计然点点头，道：“甚好，只是有劳市吏君了。”遂引范蠡及侍从告辞。

走出废宅老远，计然又忍不住回头看去，问道：“范蠡君是在院外被人打晕的吗？”

范蠡道：“是，当时我走近院门，正要往里窥看。”

计然道：“但我们发现你时，你人在院子里。”

也就是说，那楚君自背后打晕范蠡后，怕人发现，又将范蠡拖进了院子里。

范蠡起初不明计然问话之意，凝思过一回，才反应过来，道：“啊，渔父是在纳罕，为何他们没有杀我灭口。”

范蠡当时正朝院中窥测，极可能看到了那一男一女的相貌。男子应该就是孟白，形容早已败露，不在乎被范蠡看到，但那女子身份尚是秘密，若是范蠡看到，如市吏被离所言，绘出形貌，张贴各处，她在吴国还能有容身之处吗？

楚君既看到范蠡窥视院中，出于保险考虑，定会杀其灭口。而且杀了范蠡，再抛尸他处，有意引人发现，还有可能保住废宅这处上佳的藏身之所。为何要弃百利，而求一害呢？

范蠡自己也有些糊涂起来，道：“的确，杀我灭口才是上上之策，他们为何放过了我？”

计然也不明究竟，遂命侍从念辞送范蠡先去就医。范蠡挨得一记不轻，只觉得头晕目眩，便依言去了。

计然便欲往司寇署拜见季札，侍从鱼亭道：“渔父还要入城办事吗？若是入城，怕是今日来不及返回渔场了。”

计然道：“来不及便来不及吧。你先去告诉范蠡，让他就医后便直接返回渔场，不必等我。”

鱼亭应了一声，自赶去追上范蠡，告知计然今日可能滞留城中后，这才返回。

司寇署是第一任吴王寿梦所建，学自中原诸国。实际上，吴国法律粗疏，民间若有纠纷，多是自行解决，司寇署算是冷清衙门。长官一般都由王族兼任，只是做做样子，并不真正谋事。譬如大司寇季札接手了吴王僚遇刺案、五湖公命案，却没有侦破任何一起。这当然不是指大圣人季札有草菅人命之嫌，实在是能力问题。

但季札在公子光遇刺一案上的表现，实在令人费解。跟其他人一样，计然也认为季札不可能杀死刺客路幺灭口，但既然公子光已获取路幺中毒而死的明证，嫌疑人又是唯一的季札，那么便只有一种可能——

路幺是吴王僚所派，季札不知如何知道了此节，担心路幺受刑不过，招供出吴王僚，如此，便令公子光、吴王僚这对堂兄弟矛盾公开化，二人都难以自处。吴王僚为免除后患，一定会除掉公子光。而公子光不甘心坐以待毙，亦会拼死反击。季札不愿意见到手足相残的局面，遂在关键时刻带走了路幺，并将其毒死在囚室中，等于替吴王僚保守住了秘密。

然根据之前市吏被离一番描述，吴王僚得知公子光遭市集小吏路幺行刺后，便立即召被离入宫，紧张地询问路幺来历，分明对行刺一事一无所知。

依计然判断，吴王僚是个刻薄寡恩、心胸狭窄的人，但绝不擅长做戏，更何况是当着阅人无数的被离的面。

如此，就等于季札不是在为吴王僚掩饰，而是在为其他人或是他自己掩饰。

除了吴王僚之外，还有谁值得季札这样身份的人，宁可自污圣人品德，也要掩盖其事呢？如果是为自己，季札又为何要派人行刺公子光？杀人总要有动机理由，更何况对方还是他最爱的侄子。

计然怀着满腹疑云，赶来司寇署拜见季札。季札正坐在堂上发呆，闻听计然来访，大为意外，忙命人引进来。

二人先是寒暄一阵，季札道："看起来，你已然痊愈了。当日在邢大夫府中遇到，你脸色可真是骇人。"

计然道："多谢季子当日亲自送计然回渔场，计然今日方来拜谢，还望恕简慢之罪。”

季札道：“哪里，哪里。我与尊父是好友，见到你，便仿佛看到了老友一般。”

计然道：“其实我今日本是到市集办事，听到刺客路幺一事，有涉及季子之语，计然才想到应该来拜谢季子。”

圣人最重声名，季札也不例外，立即竖起了耳朵，紧张地问道：“那些市民是如何议论我的？”

计然道：“只说季子从公子光手中强行带走了刺客，刺客当晚便死在了司寇署牢狱中。”

季札叹息一声，站起身来，一边捋着白须，一边来回徘徊。

计然道：“季子何以如此烦恼？”

季札道：“这件事……这件事……我做得不该呀。”

计然道：“做得不该？季子是说不该将刺客从公子府带走，还是不该让路幺死在牢狱中？”

季札不答，道：“这件事，我做得实在不该。可是没有办法，为了吴国，我必须得那么做。”

第六章

曀曀其阴，虺虺其雷

知斗则修备，时用则知物，二者形则万货之情可得而观已。生产经营，最重要的是要有预见性，要根据生产的需要及年成丰歉，事先做好充分准备。岁在金，穰；水，毁；木，饥；火，旱。天道循环，有规律可循，金年丰收，水年水灾，木年歉收，火年旱灾。除此之外，每隔六年，会有一年丰收，有一年旱灾。每隔十二年，有一大饥之年。

从司寇署出来时，计然心中已经肯定是季札毒杀了刺客路幺，而指使路幺行刺公子光者，一定是吴王僚。季札为阻止吴王僚与公子光自相残杀而杀了路幺，所以才说："为了吴国，我必须得那么做。"

至于市吏被离称曾为吴王僚召见，吴王僚神情紧张地追问路幺来历，不过是被离的一番演戏。他地位特殊，身为世袭官员，当然要竭力维护吴王僚的声名及利益。

但这件事，要如何告知公子光呢？公子光应该能理解季札毒杀路幺一事，却不会原谅吴王僚派人行刺自己。若是计然将事情告知公子光，季札的一番苦心，岂不是完全付诸流水？

一时之间，计然有些后悔起来，后悔不该为公子光所打动，答应了要替其查明真相。为今之计，只能设法拖延下去，多拖一日是一日。

侍从鱼亭迎上来问道："马上就要夜禁，渔父是要留在城中，到刑大夫府上借宿一晚吗？"

计然摇头道："不去刑大夫府。我们快马出城，到市集寻家客栈住下。"

鱼亭大惊，道："客栈那种地方，渔父如何住得？"

计然道："旁人住得，我怎么住不得？再说了，只是住一晚而已。我记得鼓楼旁边就有一家客栈，就去那里吧。"遂出城往市集而来。

彼时人们习惯日出而作，日落而息，计然与侍从鱼亭入来客栈时，天色已黑，堂中颇见空荡。只有一名三十岁左右的青衣男子坐在窗前灯下，一边饮酒，一边欣赏窗外的河景，颇见闲散惬意。

店家迎上来问道："客官是要吃饭，还是住店？"

侍从鱼亭道："住店。要一间上房，再置办些饭菜，送到房中。"

店家应了，举灯引二人进来后院厢房，又告道："小店名叫鼓楼客栈，隔壁就是鼓楼，按照惯例，早上开市时，市吏要鸣鼓，会有些吵。"

计然道："不碍事。开市时，我二人也该起床了。"

厢房十分简陋，仅有一榻一案。因为临河，房中有一股浓重的潮气，混杂着古怪的霉气。

侍从鱼亭皱眉道："这也太差了，渔父怎能住这样的地方？不如到隔壁鼓楼，向市吏被离借宿一宿，总比这里好上许多。"

计然摆手道："进都进来了，就将就一晚吧。"

鼓楼客栈住宿虽然寒陋，但店家妻子的厨艺却是相当不错，煮的鱼粥鲜美无比，自制的鱼酱也是有滋有味。计然与侍从将一鬲鱼粥喝得干干净净，又多要了一鬲。

侍从鱼亭赞道："店家娘子厨艺当真了得，我们渔父晚间很少吃这么多的。"

店家笑道："不瞒二位，小店的鱼粥、鱼酱在市集也算是小有名气。本国大王爱吃鱼，隔壁市吏君每每入宫，都会专程到小店买一些鱼酱，献给大王。听说大王尝过后，也是赞不绝口呢。"

计然道："这鱼酱确实腌得好。我想多买一些，带回去给朋友尝尝，麻烦店家先准备一下。"店家欣然应了。

鱼亭服侍计然睡下后，便自伏到案上。他虽一再抱怨房间寒酸，却是很快入睡，鼾声大作。

计然倒是辗转反侧，难以入眠。忆及今日之事，很是烦恼，心道："公子光知道我拜访过季札后，必会来询问我真相，我又不能谎言欺骗他，拖得几次，他必起疑心。不如我暂时避上一避。对了，月女不是想去棠邑探访专毅吗，我就陪她前去。"

既有了解决之法，他心里便轻松多了，又磨蹭了一阵，终于迷迷糊糊地睡了过去。

忽听到鼓声大作，计然蓦地惊醒，坐起身来，却见窗外天还是乌漆麻黑一片。侍从鱼亭也醒转了过来，迷迷瞪瞪地道："市集开市这般早吗？竟然天不亮就开市。"

计然摇头道："哪有这么早开市的？天色未明，看都看不见。就算有卖家起早，也没有买家光顾。"

料想一定是出了什么事，便披衣起床，出来时正好遇到之前见过的青衣男子。

青衣男子问道："足下也是被鼓声惊醒的吗？"

计然点了点头，见对方腰悬长剑，颇有风度，不像普通人，正待询问姓名，店家跌跌撞撞地奔过来叫道："隔壁鼓楼出了事，市吏被离君被杀了！"

计然大吃一惊，忙回房取了佩剑，带侍从鱼亭赶来鼓楼。却见市吏被离之侄要离正在楼前愤然敲鼓。计然忙过去夺下鼓槌，问道："到底出了什么事？"要离道："渔父自己去看。"

鱼亭忙提灯引计然过去，到门槛前便停下脚步——却见市吏被离仰面朝天，躺在门槛之后，双目犹睁，腹部一大摊黑血。

计然招手叫过要离，问道："是你最先发现被离遇害的吗？"要离点了点头。

计然道："你也住在鼓楼吗？"要离道："只有叔叔住在这里。我已有妻儿，家在市集东面的农舍。"

计然道："看情形，被离是在开门时被人杀死，且毫无防备。"

要离道："叔叔肯定以为是我。鸣鼓是个力气活儿，我时常替叔叔做……"

他说到这里时，侍从鱼亭露出了难以相信的神情，因为被离高大魁梧，要离则身材细小，后者竟要替前者鸣鼓。转念想到被离年纪已大，要离身为晚辈，为叔叔出力帮忙也是应该的。

要离续道："我通常会提早一两个时辰赶来鼓楼，打个盹儿，天光亮时，便按时鸣鼓。可我刚才到时，发现……发现……"

已有不少被惊醒的商家围了过来，听说市吏被害，命案就发生在身边，均感惶然。

计然心道："被离身份特殊，仇家应该不少。最近刚好发生过他手下小吏路幺行刺公子光事件，这其中会不会有所联系？"

一时不明究竟，便抚慰了要离几句，道："天一亮，就会有人去报官，司寇署自会派人来处理。"

离开鼓楼后，侍从鱼亭忍不住道："渔父不觉得市吏的侄子，就是这个叫要离的很奇怪吗？"

计然道："他发现自己的叔叔被人杀了，敲鼓叫人，没什么奇怪呀。"

侍从道："敲鼓叫人是没错，可要离敲了那么久。渔父想想看，您起床出门，跟人在院中说了一番话，再走去鼓楼，时间可不短。要不是渔父上前夺下鼓槌，他还会继续敲。"

计然沉吟道："可能是心中悲愤吧。"

侍从道："还有要离来替他叔叔敲鼓这件事，为何要半夜离家，不等天快亮时再来？"

计然道："我见过这种事，这正是要离爱护妻儿的地方。夜深人静时，妻儿都在熟睡中，要离就此离开，不会惊动他们。若换作凌晨离家，便很容易惊醒对方。"

侍从这才会意，道："这要离又矮又瘦，完全不像个成年男子，竟是个爱护家人的好男子。"

回来客栈，店家迎上来问道："可有发现凶手痕迹？"计然摇了摇头。

店家又问道："客官是要现下离开吗？小臣已将鱼酱用荷叶包好了。"

计然奇道："天色未明，我为何要摸黑上路？"

店家道："刚才那位客官便匆匆结账走了，说是隔壁出了命案，不愿意沾染麻烦。"

计然心念一动，问道："那人叫什么名字？"

店家道："他说他叫楚郢。似乎就是楚国郢都的意思，不过小臣没敢多问。"

计然心中"咯噔"一下，忙叫过侍从鱼亭，命道："去看看楚郢有没有走远，尽量追他回来。"又叮嘱道："小心些。"

鱼亭应了一声，正待提剑出门，店家忙道："二位前脚出门，楚郢后脚便走了，人早走远了，天又黑，上哪里寻去。”又问道：“客官为何要追楚郢回来？”

计然道：“这位楚郢，极可能就是杀死市吏被离的凶手。”

昨日范蠡寻到废宅时，听过里面一男一女交谈，提及过“楚君”，而自背后袭击打晕他的人，应该就是楚君。楚君显然是姓楚，君则是尊称，极可能跟刚刚离开客栈的楚郢是同一人。

昨日意外发现废宅是越人间谍藏身之所后，便由被离接管善后，具体情形如何，计然等人不得而知。会不会是被离发现了什么，楚郢必须得杀他灭口？楚郢还特意选住在鼓楼旁侧的客栈，好方便动手。

店家听说自己曾招待了杀死市吏的凶手，惶恐异常。店家妻子更是担心会招来大祸，垂泪不止。

计然安慰道：“你们只是开店做生意，明日司寇署派人来鼓楼，你二人主动去把事情说清楚，便不会有事。”

回到房中，侍从鱼亭道：“市吏不同于旁人，吴王僚必会亲自关注此案，渔父不如一早离开，不要过多涉入其间。”

计然甚为矛盾，他本已决定与月女暂时离开王城，但楚郢既是越人间谍，应该就是他或他的同伙杀害了五湖公，眼下已有寻觅凶手的最佳线索，他怎可就此离开？

鱼亭又劝道：“既然已经知道楚郢就是凶手，店家夫妇见过其容貌，司寇署可以派画师绘出图形相貌，那楚郢又能逃到哪里去？只要抓到楚郢，不难将其同党一网打尽。”

计然亦觉有理，便点头同意，道：“那好，天一亮我们便动身，先回渔场，稍作准备后，便离开王城。”

天光亮时，计然便与侍从鱼亭结账，离开了客栈。出市集一里地时，开市鼓声响起。鼓声照常，市吏却已经不在，一夜之间，物是人非，实令人感慨。

回到渔场，计然先来找范蠡，大致说了昨夜市吏被离遇害一事。

范蠡怒道：“这楚郢还真是嚣张，竟敢明目张胆地住在鼓楼旁，公然加害市吏。”又听说计然为避公子光，决定先带月女离开吴都，便道：“如此也好。”

计然又托请范蠡继续留在渔场主事。范蠡慨然应道：“渔父放心，我会密切关注被离一案，也不会放弃追查杀害五湖公的凶手。”

计然道：“多谢。我有一种感觉，真相很快就要揭晓了。”

计然自来看望月女，先递上一包鱼酱。月女用手指挖取了一点，入口尝了尝，道：“味道还好，有荷叶香味。”

小白一把抢过荷叶包，以掌为勺，几下就吃光了，又朝计然伸手。计然笑道：“厨下还有一些，你自己去拿吧。”

等小白出去，计然这才说了想带月女去棠邑，一则可以探视专诸父子，二来也能顺便散散心。

月女欣然道：“好啊，好啊。我其实早就想说了，就是见计然哥哥整天忙进忙出，有些不好意思说出口。”

计然温言道：“你跟我之间，没有什么不好意思的。不管你想说什么，随时都可以告诉我。”

月女“嗯”了一声，脸上微微现出红潮来，又问道：“我们什么时候动身？”

计然笑道：“就今日，如何？”月女拍手道：“心动不如行动，太好了！我可以带上小白吗？”

计然道：“当然可以。反正我们是乘船去，一路不会太引人注目。”

月女又道：“我还没有跟孙武哥哥说，要不要先回穹窿山跟他道个别？”计然道：“可以啊。”月女笑道：“那我快去快回。”

她当真说到做到，不到一个时辰便又返回，却是有些闷闷不乐。

计然问道：“怎么，孙武不在家？”

月女道：“孙武哥哥倒是在家，可在跟什么大人物商议事情，门外站满侍从。我远远看到，就没有进去。”

计然道：“不要紧。回头我派侍从再走一趟穹窿山，将你远行一事告诉孙武。”

月女这才展颜而笑，道："还是计然哥哥最好。"

计然虽是临时决定出行，但其手下侍从极为得力，短短几个时辰便做好了一切准备。日落时分，众人登船，扬帆起航。月女招手叫道："范蠡君，你多保重。"范蠡笑道："愿月女强饭自爱，回来时，吃成一个大大的胖子。"

月女捧腹大笑，又转头问道："范蠡君的后半句话，我听懂了。前半句是什么意思？"

计然道："月女是说'强饭自爱'吗？跟你说的保重是一个意思。"

月女道："原来是这样。"又笑道："我还挺想知道我吃成大胖子后是什么模样。如果我真的变成了胖子，计然哥哥还会喜欢我吗？"

计然笑道："不管月女是胖是瘦，日后变成什么样子，我都会待你始终如一。"

二人相拥船头，坐观夕阳，小白立于桅杆之上，当真是一幅绝美的图画。

水路虽慢，却比陆行要舒适得多。船行十余日，终于抵达棠邑。棠邑有大山大江，是虎踞龙盘之地，比之于吴都，风光又格外不同。

寻到专家时，计然方知专诸父子根本没有回来过，心道："这对父子该不会暗中留在了吴都，继续寻找凶手，为五湖公报仇吧？"

专诸妻子亦不明究竟，却愤愤道："我就是知道事情不对劲，一定跟那个什么伍子胥有关。"

计然闻言大吃一惊，问道："娘子认得伍子胥吗？"

专妻道："伍子胥多次来我家做客，能不认识吗？"

原来伍子胥来到吴国，被吴王僚闲置一旁后，左右无事，便漫游吴地，想结交些朋友。那日伍子胥到棠邑市集，正见到屠夫专诸跟人打架。专诸眉额凸出而眼眶深凹，有老虎般的胸膛，熊一样的脊背，一人对战多人，犹占上风。专妻听说丈夫跟人干仗，很是恼火，出来呼叫一声。

专诸惧内[1]，立即舍弃对手，乖乖跟妻子回家去了。

伍子胥见状非常奇怪，遂备下礼物，主动登门拜访，问道："足下有万夫莫当之气，怎会如此惧怕一妇人？"

专诸答道："夫屈一人之下，必申万人之上。"意思是，能屈服在妇人手下者，必能伸展于万夫之上。

伍子胥认为专诸有大丈夫气概，引为好友。

专妻本不喜欢伍子胥，但对方出手豪阔，买了许多贵重礼物送给她，她贪图利益，遂不再多管丈夫之事。

伍子胥每日与专诸吃吃喝喝，在棠邑滞留了一阵子，便告别而去，自此不闻消息。

半年前，伍子胥突然再度来访，与专诸密语一番后离去。送走客人，专诸便提出要去吴都一趟。专妻自然不愿意，问丈夫去吴都做什么。专诸说不能当一辈子屠夫，吴人酷爱吃鱼，鱼市最为热门，他要去学一门炙鱼的手艺。专妻听了也觉得有理，但又不放心丈夫一人在外，便命爱子专毅跟随前往。专诸本不情愿，但又不敢忤逆妻子，只好带上了专毅。

专妻大致说完经过，问道："二位既然认得我丈夫，又说是专毅的朋友，可知道他父子二人到底在吴都做什么？"

月女道："之前专诸君父子都跟随五湖公学习炙鱼，但自从五湖酒肆……"

计然忙插口道："五湖酒肆出了一点事，所以原主人将它关了。我们以为酒肆没了，专诸父子必定回来了家乡，便顺道来访，不想父子二人并没有归来，大概还留在吴都吧。"

话音刚落，便听到有人在屋外叫道："娘亲，孩儿回来了。"却是专毅的声音。

专妻大喜过望，忙迎出门去，道："好孩子，你可回来了，可把娘亲

[1]"惧内"一词即始于专诸。清人袁枚云："专诸与人斗，有万夫莫当之气，闻妻一呼，即还，岂非惧内之滥觞乎？"

想坏了。”往院外看了几眼，不见丈夫人影，问道：“你爹爹人呢？”

专毅道：“爹爹他……”忽一眼看到钻出门外的月女，大喜道：“月女，你怎么在这里？”

月女道：“我和计然哥哥专门来看你的呀。”又问道：“你不是早该归家了吗？”

专毅踌躇道：“嗯，路上有点事耽误了。”又问道：“我爹爹还在吴都吗？”神色颇为紧张。

计然点点头，道：“我们不久前见过专诸，他说预备回来家乡，现下不见人，想必是有事耽误了。”

专妻欣喜爱子归来，便命专毅招待客人，自己到厨下张罗饭菜。专毅等母亲进了厨下，这才问道：“我爹爹他不会有事吧？”

计然道：“令尊是成年男子，凡事均有主张，怎么会有事？”

月女再三追问专毅迟归缘由。专毅不得已，终于吞吞吐吐地说了实话——

原来他在归途中意外生了一场病，治病花光了所有盘缠，付不起客栈的住宿饮食费用，只能留在客栈打工，勉强抵清了债款，这才被店家放归。后面也是靠沿途乞讨，才得以维持。

月女见专毅风尘仆仆，人黑瘦了不少，很是心疼，道：“专诸君真不该让你一个人上路的。他明明只有你一个儿子，倒是真舍得。”

专毅只望着月女“嘿嘿”傻笑。

计然道：“月女，专毅太累了，你让他去好好洗漱一番，先休息一下再说。”

月女见专毅确实极为疲倦，便满口应了。

计然又引月女来到村外，正色告道：“有一件事，我要告诉月女，专诸是个很可怕的人，日后你再见到他，一定要离他远远的。”

月女很是不解，问道：“为什么？专诸君虽不爱说笑，但人很好啊。”

计然道：“此人心计深远，与伍子胥早有勾结，如果我料得不错，他便是伍子胥替公子光选中的死士。”

月女问道："死士是什么？"计然道："就是舍弃自己生命去行刺的刺客。"

计然从专妻口中得知伍子胥花费巨金与专诸结交后，便猜到伍氏所谋之事，无非是要助公子光当上吴王，而专诸便是负责刺杀吴王僚的刺客。行刺时间，预定于某日宴会时。为确保万无一失，伍子胥利用吴王僚酷爱吃鱼的特点，命专诸先去五湖向五湖公学习炙鱼。

二月十六，太子庆忌、吴王僚先后意外驾临五湖酒肆。即使太子庆忌没有公然表露身份，但专诸既意在刺杀其父，一定暗中研究这对父子很久，相貌音容无不一清二楚。这本是专诸的大好机会，他甚至决定不必请示公子光、伍子胥便直接动手，为此先行将爱子遣走。后来专毅返回酒肆，表明专诸并未将实情告知爱子，行刺与自杀无异，他大概是怕专毅知晓真相后不忍见父赴死，加以阻拦。

吴王僚光临五湖酒肆是个意外，专诸预备刺僚，随之也出了意外。当日向申所遣死士及楚国刺客夏至，亦各怀目的，潜伏在酒肆附近，二人中的一人袭击打晕专诸，导致其计划失败。

至于专诸师父五湖公，必是公子光遣人以鱼肠剑暗杀。理由很简单，杀了五湖公，专诸便成为吴地第一炙鱼高手。吴王僚贪杯好吃，迟早经不起炙鱼诱惑，会被引入彀中。

从专诸反应来看，他应该事先不知道此事，但公子光或是伍子胥可能事先暗示过最好先除掉五湖公之类，所以他一见到师父遇害，便恍然明白了过来，所以后来才一再流露出是他害死五湖公的神情。

既知公子光杀了五湖公，专诸却不能找他报杀师大仇。在这盘大棋局上，专诸和五湖公都是棋子——

专诸从一开始就知道刺僚必死无疑，却感于伍子胥的知遇之恩，甘心为公子光利用。公子光利用专诸，专诸也在利用五湖公，谁又能比谁好多少呢？五湖公固然死得无辜，但他既被放在了这盘大棋上，便注定会落下如此命运。专诸伤痛五湖公之死是真感情，但他也知道，这条路，他还要继续走下去。

至于专诸刺杀公子光，不过是伍子胥另一着好棋，借专诸之口，令旁人相信五湖公一案与前日吴王僚遇刺案紧密相连，是同一伙人所为。既然公子光有明证证明他没有参与刺杀吴王僚事件，那么也不会再有人怀疑是公子光派人杀了五湖公。

甚至可以肯定，即便没有神秘刺客夏至出手阻止，专诸也不会真的刺杀公子光，一定会有侍从及时出手制止。这也是为什么专诸就擒后，公子光不将其送官究治，也未动刑讯问，因为这本来就是二人合伙上演的一场好戏。

而今专诸必定人在公子光府，刺杀吴王僚一事必已提上日程，吴国即将变天了。

月女听完计然分析，脸色出奇地凝重，久久沉默。

计然叹道："你是不是觉得五湖公死得太冤枉？"

月女点点头，道："公子光、伍子胥这些人都很可恨，但最可恨的还是专诸，最可怜的则是专毅。"

又问道："专诸这个大恶人要去刺杀吴王僚，能够成功吗？"

计然道："公子光、伍子胥筹划这么久，而今正是最佳时机，太子庆忌等人领兵在外，吴王僚独自在京，孤掌难鸣，专诸更是万中挑一的刺客人选，一定会成功。但专诸自己也必将死于吴王僚侍从剑下。"

月女道："可怜的专毅，如果他知道是他爹爹害死了五湖公，而今他爹爹也将要赴死，也不知道他会怎么想。"

又问道："专诸有家有口，在棠邑生活得也不错。他为什么要抛弃家小，去做这些事，只为了帮助不相干的公子光当上吴王？"

计然道："古语有云：'士为知己者死，女为悦己者容。'伍子胥刻意结交，被专诸引为知己，他当然肯为伍子胥做任何事。而伍子胥投吴王僚不成，被公子光招纳为心腹，伍子胥要借吴国之力向楚国复仇，就必须扶公子光当上吴王。"

月女道："原来专诸是帮伍子胥，伍子胥在帮公子光，公子光反过来再帮伍子胥，伍子胥和公子光都得到了想要的，专诸却死了。"

对这个大恶人也有些同情起来，心中似乎隐隐能够明白他为什么要这么做，却又觉得于情理不合。一时之间，竟是对这万丈红尘有说不出的厌倦。

计然伸手揽月女入怀，道："我们先回船上去，再找个安静的地方待上一阵子，好不好？"月女轻轻"嗯"了一声。

二人便径直回到船上。计然命侍从鱼亭携带重礼，去专家致歉，称临时有事离开，不及面辞云云。

侍从鱼亭返回来报道："专家娘子收了礼物，很是开心。专毅正倒头大睡，臣看他睡得正香，便没有叫醒他。"

计然点点头，道："开船吧。"鱼亭问道："是南行，还是北上？"

计然道："先南行吧，开得慢些。"走进船舱，却见月女正搂着小白发呆，便笑问道："小白何时变得这般乖了？"

月女道："我心情不好的时候，小白就会这样，安安静静地守在我旁边。"

计然温言道："除了小白，你还有我，我也会守在你身边。"

月女点点头，道："只要有你们两个在我身边，我便什么都不怕。"

船南行数十里，来到一个大汀洲，白沙之外，有一望无际的芦苇，月女很是喜欢，计然便命停船，船上补给，均是侍从乘坐他船到村里购买。

计然掌管着庞大的商业，战争、各国时局，甚至包括天气，均会影响生意，因而消息灵通是第一要务。不日，便有侍从乘快船赶来，报告吴楚两国交战情形，说是各有胜负，吴军稍占上风。

计然也不大关心，只问道："吴都王城中可有动静？"侍从道："臣从边境来，还未去过吴都。不过听说前一阵传得沸沸扬扬的寿梦手书一事，经由季子出面解释，已然平定。"

原来大司寇季札亲自出面，在王宫前公开宣告并无寿梦手书一事。他非但是南方的第一个圣人，更是第一任吴王寿梦生前最爱之子，也正是他坚持不肯继承王位，才有后来等人依次即位，如此一位视权势如粪土的老者，言语具有举足轻重的力量，人们遂不再相信流言，事情由此平息。

计然闻言，点头道："季札出面作此处置，再好不过。"

又过了数日，有小舟靠近大船，船上有人高声叫道："敢问这是渔父的座船吗？臣是晋臣赵须手下属太，奉命来给渔父传话。"

船上侍从便将属太接上大船，带他来见计然。计然愕然道："赵须专门派你来找我吗？你如何知道我人在这里？"

属太道："臣去过菱湖渔场，问明渔父来了棠邑，便一路跟来。料想以渔父身份，所乘座船必然不小，遂沿途打听可有大船经过，总算天不负人，终于叫臣寻到这里。"

计然道："赵须有什么事吗？"属太道："赵君命臣寻到渔父后，便请渔父即刻返回吴都。"

计然看了身边月女一眼，道："这个怕是不行。你回去告诉赵须，我暂时没有返回吴都的打算。"

属太道："赵君说事关重大，说是干系晋国安危，请渔父务必赶回吴都。"

计然料想赵须请自己回去，必是为寿梦手书一事，当即摇头道："我自幼离开晋国，早已不是晋人，管不了晋国的事。"

属太遂上前一步，低声告道："赵君说，晋君有信，务请渔父亲收。"

计然先是一怔，半信半疑地道："晋君有信给我吗？"

属太道："是。晋君命赵君亲手交给渔父，但赵君有官职在身，不能离开官署，是以派臣前来，请渔父回去。"

计然心中犹豫，一时下不了决心。月女忽道："计然哥哥，我突然想回吴都了。"又道："小白，你也想回穹窿山看看，对吗？"

小白摇了摇头，又点了点头。月女道："你是说，只要有我在，哪里都一样，是吗？"小白点了点头。

属太还是第一次见到小白，眼见月女跟一只白猿对话，惊奇不已。

计然问道："月女当真想回吴都吗？"月女点点头，道："我喜欢五湖。"

计然便转头道："你先回去，告诉赵须，我很快就会回去吴都。"忽又想到公子光与专诸等人所谋之事，问道："王城中可有发生什么大事？"

属太道："除了前一阵市吏被离被杀外，再没有别的大事了。外间倒是大事不少，太子庆忌等人进军不顺，中了楚军诱敌之计，被分割包围，前无出路，后无退处。"

计然道："边境出了这等大事，王城还会照常平静吗？"

属太道："这就是最奇怪的地方。按说唯一的儿子和两个亲弟弟被困，吴王该急得团团转，立即发兵增援才对，但他却没有这么做。"

计然摇头道："吴王僚不是不想做，而是做不了，除了公子光外，他没有可用的将帅人选，偏偏公子光又是他最不愿意起用的人。"

属太是晋国人，当即摇头道："勾吴的家事，还真是搞不懂。"又想起一事，忙禀报道："对了，吴王僚派了季子出使晋国，就在渔父离开吴都后不久。"

计然道："吴王僚派季札到晋国做什么？"属太道："说是日常出使，但赵君说应该没那么简单。"

计然遂点点头，道："你先回去禀报赵须，说我不日即会返回吴都。"

等属太离开后，计然才道："月女不是真心想回吴都，是因为我，是吗？"

月女道："属太提及'晋君有信'时，我看到计然哥哥脸色立即变了。"

她也不知道晋君即是当今晋国国君——彼时只有南方吴、越、楚三国国君称王，中原诸侯国国主多为公、侯，通称为君——又问道："这个姓晋的人对计然哥哥一定很重要，他是什么人？"

计然听月女称晋君为"姓晋的"，不禁莞尔，笑道："算是我的亲戚。"又叹道："月女怕我彷徨，所以便主动说自己要回吴都，这份心意，我全然明白。"

月女笑道："我也有一件为难的事，计然哥哥猜猜是什么。"

计然猜了几次，均猜不中，只好道："我投降啦，快些告诉我，到底是什么？"

月女笑道："我还没有吃成大胖子，怎么好意思回去见范蠡？"

计然闻言也笑了，道："就算全速开船，返程也得十二三日呢。这十几日，月女便尽力吃成大胖子好了。"

就在计然座船抵达菱湖渔场的前一天，吴都王城发生了"专诸刺僚"事件。

当日为四月丙子日，是公子光生日。公子光事先已通过妹妹叔姬向吴王僚发出邀请，称已请到了五湖公弟子专诸主厨。叔姬早已吃过专诸所炙之鱼，赞不绝口，称其人尽得五湖公真传，炙鱼美味无比，回味无穷。

吴王僚虽与公子光不睦，却与其妹叔姬友善，闻言极为心动，但又因素来忌惮公子光，担心对方别有所图。其弟掩余、烛庸及太子庆忌均在外与楚军交战，无人可以商议，便去找母亲慕华。慕华一向不喜欢公子光，告诫儿子一定要警惕。

吴王僚本已决定拒绝赴宴，偏偏此时大夫邢平进宫，称前线军情紧急，请吴王僚立即派公子光领军增援，不然太子庆忌及公子掩余、烛庸均有危险。

吴王僚迟疑之间，忽想到亲赴太子光生日宴会是天赐良机——堂堂大王驾临，公子光一定倍觉荣幸，他在宴席上与公子光修好后，再顺势请对方率军前去援救太子，公子光定当全力以赴。

于是，吴王僚不顾母亲的警告，决定赴宴，既能一饱口福，还能请到营救爱子的良将。

当然，吴王僚也没有完全放松警惕，他自己穿上了三层堂甲，又事先派出心腹卫队。卫士全副武装，手举长矛，夹道站立，从王宫一直排列到公子光宅第。客堂内外，包括门户、台阶两旁，均是吴王僚亲信。

吴王僚抵达公子府之时，句鑃[1]声大作，公子光亲自迎出，执礼甚

---

[1]句（gōu）鑃：又名钩鑃。古代青铜打击乐器。形似铎，使用时口朝上，以槌敲击。盛行于春秋时期南方吴、越等国，是吴越民族音乐文化的典型代表。句鑃名称不见于古籍，"鑃"这个古字的读音，考古界也没有确定。现存句鑃上多有"择其吉金铸句鑃，以享以孝"的铭文，说明这是古代祭祀和宴飨时用的乐器。早期句鑃更注重"礼"的功能，多用于户外的祭祀活动中，随着时间的推移，逐渐向室内娱乐功能扩展和转移。目前所存句鑃，以姑冯句鑃最为有名。

恭，将吴王僚引入堂中。

古人分案而食，吴王僚坐了堂上首案，公子光坐在堂侧。吴王僚见公子光诸子不在席间，颇为奇怪。

公子光苦笑道："大王这般声势，实在有些吓人。孩子们还小，不敢让他们见到这些兵仗。"

吴王僚闻言哈哈大笑，遂不以为意。

遂开酒宴。吴王僚亲信阿扁自行斟酒，且事先会用小杯品尝一口，确认无毒后，这才斟酒入樽，奉给吴王僚。酒菜亦是如此，可谓小心之极。公子光看在眼中，也不动怒，依旧满面笑容。

酒过三巡，吴王僚忍不住催道："炙鱼快好了吗？"

公子光道："大王入府，专诸才现杀活鱼，取料腌上，得腌够时辰，方才美味，请大王耐心等候。"

吴王僚也大致听过五湖公炙鱼之所以好吃，关键全在腌料，遂吞了吞口水，笑道："再多等等也无妨。"

公子光起身如厕，先行告退。吴王僚见他一瘸一拐，显是足疾未愈，不禁起了同情之心，道："堂兄这伤，可是好一阵子了，怎么还不见好？回头寡人命王宫医师来为堂兄诊治诊治。"

公子光再三拜谢，这才退出。

又过了一会儿，门外有人叫道："专诸为大王献鱼！"

吴王僚已隐隐闻见香气，不禁心痒，忙命道："快让专诸进来！"

亲信阿扁道："大王，还是保险些好。"吴王僚点了点头。

阿扁将专诸拦在堂下，亲自搜身，连发髻都仔细捏按过，确信其身上没有兵器，仍然不放心，要求专诸在门口脱光衣服，改换服装，然后膝行而入。

专诸遵命行事，双膝跪下，慢慢挪入堂中，到案前不远处停下，将食案举过头顶，道："专诸为大王献鱼！"

吴王僚被香气撩拨得急不可待，连声道："起来，不必多礼！快将炙鱼献上来！"

专诸遂应命上前献鱼，放下食案时，右手忽往鱼腹中一掏，手中登时多了一把精光四射的小剑，正是吴王僚赏赐给公子光的鱼肠剑。吴王僚尚未反应过来，专诸已双手握剑，奋力一刺……

后人称这一刺为“彗星袭月”——飞腾作势风云起，奇变见犹神鬼惊，光辉照耀，惊心眩目。多年以后，侥幸存活的目击者，提及这一幕，仍是屏住呼吸，不能省视。

鱼肠剑亦不愧是一代匠师欧冶子的得意之作，竟刺破了三层堂甲，直没入吴王僚胸口。

吴王僚眼睛睁得老大，“啊、啊”两声，看了专诸一眼，又低头去看案上的炙鱼，大概无论如何都不能相信，自己竟是被藏于鱼腹中的鱼肠剑所杀。

专诸刺僚只是瞬间之事，两旁卫士当即反应过来，呼喝上前，围住专诸，一起举戈，将其戳成肉酱。

阿扁抢过去扶住吴王僚，叫道：“大王！大王！”

却见吴王僚已气绝死去。阿扁一时茫然，不知该如何是好，卫士们也面面相觑。更多的卫士闻声挤进堂中，场面愈发混乱不堪。

忽听到“咚咚”几声巨响，堂侧地板被掀开，冲出许多身穿铠甲的武士来。原来公子光在客堂下挖有地下室，埋伏有大批武士。武士疯狂砍杀，将堂中阿扁等吴王僚心腹尽数杀死。

吴王僚卫队人数本远远超过武士，但卫士们眼见或是听说吴王僚已死，再无斗志，就此溃散。

公子光顺势指挥武士冲入王宫，杀死吴王僚母亲慕华，控制了王宫及王城后，便立即鸣钟召集大臣，于大殿中登基称王，号“阖闾”，是为历史上著名的吴王阖闾。

事发后，王城很快被封闭，消息未曾走漏，直至次日官署张榜公布，吴国百姓才知道吴王僚已经成为了过去，公子光则成了吴王阖闾。

而部分侥幸逃脱的吴王僚心腹卫士也将当日专诸刺僚的情形讲了出去，“鱼腹藏剑”的故事遂哄传四方。经过添枝加叶地流传，逐渐变成一幕精彩绝伦、令人拍案叫绝的大戏，专诸自此扬名天下。

因阖闾得以即位，全靠专诸刺僚，史称："专诸进炙，定吴篡位。""专诸刺僚"成为中国历史上最著名的行刺事件之一，声名之著，流传之广，仅次于"荆轲刺秦"[1]。

鱼肠剑亦因之得名鱼藏剑，它本是一代名匠欧冶子之杰作，用赤堇山之锡、若耶溪之铜，经雨洒雷击，得天地精华，方才炼成，为当世名剑，经专诸刺僚后，愈发名动天下，成为无数人渴慕一见的宝物，就连后世一代人杰秦始皇亦孜孜以求，不惜开山掘墓。此为后话，后面再表。

计然座船抵达菱湖渔场时，范蠡闻讯赶来相迎。月女先笑道："我努力啦，还是没有吃成大胖子。"范蠡"嗯"了一声，笑道："我只是开玩笑，月女如何便当了真？"

计然见范蠡笑得勉强，问道："可是出了什么事？"

范蠡道："渔父托付我追查杀害五湖公的凶手，我未能办到，实在有愧。"又道："而且……而且……"似是有话说不出口，十分为难。

计然不愿意月女再听一遍这些血腥残忍的事，便道："月女，还记得你捡的那些好看的石头吗？好几口袋了。我这就让鱼亭送去你住的院子，看能不能摆出个花样图案来。"

月女果然大有兴趣，道："好啊，不过不要侍从弄，得我和小白自己摆，小白最喜欢玩石头了。"高高兴兴跟着鱼亭走了。

计然等月女走远，这才告道："我已经知道是谁杀了五湖公，原来我们之前全想错了。"

范蠡问道："是谁？"计然道："就是我一开始怀疑的人，公子光。"大致说了在堂邑的发现。

范蠡瞠目结舌，半晌才道："这专诸，好深沉的心机。这伍子胥，好周密的计划。这公子光，好精准的用人眼光。"

忽有侍从奔来告道："王城中出了大事，吴王僚暴薨，公子光即位，

[1] 有意思的是，专诸刺僚是鱼腹藏剑，荆轲刺秦则是图穷匕见，将匕首藏于地图中，二者有异曲同工之处。

号阖闾。”

计然早已料到会有此结果，叹息道：“该来的，终归还是来了。”

入堂坐下，范蠡道：“月女知道专诸对五湖公之死负有责任后，心里应该不好受吧？”

计然点了点头，道：“她实在不该卷入这些的。”又问道：“市吏被离一案可有结果？”

范蠡道：“官方说是楚国间谍楚郢所杀。因为在废宅中发现的堂甲，跟之前被杀刺客身上的一模一样，明显是一名工匠制作。我虽然知道楚郢是越国间谍，跟楚国无干，却不知该不该告知官府，便就此按了下来，想等渔父回来后再说。”

计然道：“这么说，那楚郢一直没有被抓获？”范蠡道：“没有。官府张贴了图形告示，但一直没有捉到。”

计然道：“看来越人间谍在吴国隐藏得很深，一定还有别的藏身之所。这也难怪，吴越同俗，越人来到吴国，扮成吴人潜伏下来，再容易不过。”

范蠡叹了口气，吞吞吐吐地道：“还有一件事，我没有告诉渔父，渔父可知道官府张榜通缉的楚郢是谁？就是我曾跟渔父提过的好友文种。”

计然一怔，倒也不是十分意外，道：“如此，便能解释当日范蠡君在废宅外被打晕后，楚郢未杀你灭口一事。”

范蠡举手摸了摸脑后，又道：“不过我可以以我个人性命担保，文种绝对没有杀死市吏被离。”

计然道：“范蠡君何以如此肯定？那晚我亲见文种人在鼓楼客栈，鼓声一响，我出来时，正好遇到他，腰悬长剑，穿戴得整整齐齐，根本不像是半夜惊醒、出来察看究竟的样子。而且他连夜匆忙离开，亦极为可疑。”

范蠡道：“我知道，种种情形皆对文种不利，而且他也极可能是受越王派遣，到吴国来作间谍，但我决计不相信他会杀人。”

又道：“渔父也说了，文种迄今没有被捕，表明越人尚有其他藏身之

处。以文种之精明，如果计划要杀市吏被离，何必要有意住入鼓楼客栈，暴露形容呢？”

计然踌躇片刻，道：“既然范蠡君信得过文种，还敢以性命担保，那么我也相信，文种没有杀死被离。”

侍从进来禀报道：“王城又有消息传来，新吴王任命伍子胥为行人，孙武为将军。”

伍子胥既是公子光心腹，走马上任是情理之中之事，却想不到新一任的军事长官竟是孙武。计然和范蠡均感意外，相视一眼，未及开言，侍从又道：“门外还有两人等着求见渔父，其中一人臣认得，是市吏被离的侄子要离，另一人是个小孩。”

计然道：“怎么我们刚刚说起被离被杀一案，他侄子就到了？还真是巧。”

侍从道：“他二人来过渔场好几次了，听说渔父远行，还挺失望，却又不肯说是什么事。前几日也来过，听说渔父今日将归，便早早等在了渔场大门外。”

范蠡奇道：“莫非要离也知道不是什么楚国间谍杀了被离，想托请渔父代为追查其叔遇害真相？”

计然忙命人请要离进来。

要离领着一个十岁左右的男孩进来，还欲见礼，计然道：“不必多礼。”又问道：“听说你来渔场找过我几次，可是有什么急事？”

要离道：“我叔叔对渔父素来很佩服，总说有机会要多向渔父讨教。”又指着身边的男孩道：“这是我叔叔的孙子明离，他爹娘死得早，而今叔叔也被人杀死，明离便成了孤儿。不知渔父可否将他收留在身边？哪怕做个侍从也好，从此跟着渔父走南闯北，长长见识。”

计然闻言大为惊讶，转头看了范蠡一眼。范蠡也是满腹狐疑，摇了摇头，表示难解要离用意。

计然遂道：“被离之子既已去世，明离既是被离之孙，按理要继承王城市集市吏的位子，我如何能收留他？”

要离道：“我已向新大王上书，说明离年纪太小，难以胜任，请求由我来继任市吏，我也是离氏家族男儿，有世袭资格。新大王已经同意，派人告诉我，说不日就会召我入宫。”

一边说着，一边抚摸明离的头，目光中流露出浓重的悲伤来。

计然一时踌躇，难以决定。要离忽然牵着明离伏到地上，行跪拜大礼，道：“这是我叔叔的遗愿，请渔父务必成全。”

计然忙起身离座，上前搀扶。要离却不肯起身。他个子虽小，力气却大，计然竟然拉不动他。

要离道：“渔父不答应的话，要离就不起来，一直跪在这里。”

计然不得已，只好道：“好，我答应了。你叔侄二人先起来。”

要离这才起身，道：“多谢。”又拉过明离，告诫道：“从此你就跟在渔父身边，跟他做事，听他的话，知道吗？”

明离大概早已得过叮嘱，虽然一副不情愿的样子，仍然点了点头。

要离道：“我要办的事已经办了，就此告辞。”

范蠡看了计然一眼，见他点了点头，便叫道：“等一等！尊叔被离被杀一案，其实另有蹊跷，不是官方所公布的那般。”

范蠡只是不甘心好友文种无辜背负杀人罪名，所以想告知要离真相，不想要离一点也不意外，居然点头道：“我知道。我也知道是谁杀了我叔叔，我本该找他复仇，可而今情势不同，我非但报不了仇，还要替他做事。”深深一揖，转身离去。

计然便招手叫过明离，问道：“你愿意跟着我吗？”明离摇了摇头。

计然道：“那你为什么同意留下来？”明离道：“因为要离叔叔要我跟着你，我只能听他的话。”

计然问道：“你为什么不愿意跟着我呢？”

明离道：“一是我舍不得禽离，就是要离叔叔的孩子，他比我小三岁，我们很要好的。二来嘛……”

犹豫了一下，仍然说了出来，道：“你长得实在太丑啦。”又道：“要离叔叔长得也丑，可他跟你不一样。”

侍从念辞忙上前斥道：“你这个不懂事的孩子！你知道我们渔父是什么人吗？你能得到他的允准，跟在他身边，是你上辈子积了德了。”

计然摆手道：“哎，他还是个小孩子，别跟他说这些。”

刚好月女跟小白进来，见堂中多了个男孩，问道：“他是谁？”计然道：“这是明离，是我新收的弟子。”

明离目光一眼便落在小白身上，眼睛骨碌碌转，想要上前亲近抚摸，却又有些不敢。

月女笑道：“喂，明离，我是月女，这是小白。”

明离大着胆子走过去，见小白主动伸出手掌，便也伸手，轻握了一下。

计然见明离很喜欢小白，便道：“月女，你和小白先带明离四下逛逛，让他熟悉一下渔场。”

月女道：“好啊。”又道：“这里有一块石头，上面的纹路像个武字，我打算拿去穹窿山送给孙武哥哥。计然哥哥，你先替我收起来。”

计然点点头，接了石头，又告道：“孙武已经是吴国将军，怕是不住穹窿山了。”

月女大奇，道：“孙武哥哥当上吴国将军了？吴国将军不是太子庆忌和公子掩余、烛庸三人吗？吴王僚怎么会用孙武哥哥……”

范蠡插口道：“而今变了天啦，吴王僚已经死了，公子光当上了吴王，新吴王阖闾。”

月女“啊”了一声，转头看向计然，问道：“那专诸……”

计然点头道：“是专诸刺杀了吴王僚，专诸也当场被杀。”

月女闻言，脸色登时黯淡了下来。

计然忙道：“这是专诸自己的选择。”

月女摇头道：“我不是为专诸伤心，只是替孙武哥哥难过。公子光这样的人，当上了新吴王，孙武哥哥居然还做了他的将军。”

小白走到月女身边，握住她的小手。月女道：“小白也不愿意孙武哥哥去辅佐公子光那样的人，对不对？”小白点了点头。

月女不愿意再提，遂强作笑容，转身叫道："明离，我带你去玩儿吧。"一手牵了小白，一手牵了明离，走了出去。

范蠡等月女偕明离离开，这才问道："渔父如何看待要离离开时那番奇怪的话？看来要离也认为不是文种杀了被离。"

计然道："听起来，似乎要离认为是公子光……哦，该叫他吴王阖闾了，是吴王阖闾派人杀了被离。"

要离原话是："我也知道是谁杀了我叔叔，我本该找他复仇，可而今情势不同，我非但报不了仇，还要替他做事。"

要离即将成为新一任市吏，为新吴王阖闾效力，符合"替他做事"一条。吴王阖闾杀吴王僚，自立为王，符合"而今情势不同"一条。反推过来，便是吴王阖闾杀了被离。

案发当时，阖闾还是公子光，且刚发生过市集小吏路幺行刺公子光事件，大概公子光认为被离身为路幺上级，难辞其咎，然吴国市吏为世袭之职，非谋逆大罪不得撤换，有世袭这道护身符，公子光也拿被离没办法。但他心中仍是放不下怨恨，遂派人夜入鼓楼，将被离杀死。

要离发现叔叔被杀之初，应该就已经想到是公子光所为，大概想到对方位高权重，自己难以复仇，遂举鼓槌猛力敲鼓，以发泄满腔怒火。

至于文种住在鼓楼客栈，应该只是巧合。他既是越人间谍，性情本就比旁人多几分警觉。市鼓一响，他立即知道出了事，须得尽快离开，以免将自己牵涉其中，遂穿戴整齐出门。

范蠡长舒了一口气，道："果然如我所料，文种绝不会杀人。"

话音刚落，陈音便大踏步进来，叫道："渔父，我又不请自来了！你这里可还有缩酒？"计然闻言，忙命人准备酒宴。

范蠡问道："这么些日子过去，可有找到盈娘？"

陈音沮丧地道："找是找到了。找人过程中，我也明白了许多事，想跟盈娘重新修好。可盈娘说再也不相信我了，不愿意跟我回来。"

计然忙问道："那么盈娘人呢？"陈音道："她说要去过自己的生活，

然后就甩下我走了。”

计然道：“当日有女刺客来渔场行刺盈娘，其身份一直未能查明，你没告诉盈娘，她尚会面临危险吗？”

陈音道：“告诉了。盈娘不肯听，说她自己会保护自己。”

之前他离开盈娘而去，而今反被甩了，心中反而愈发眷念对方，长吁短叹，后悔不已。

范蠡便道：“我教你个法子，也许能挽回盈娘心意。”

陈音大喜，道：“快说，快说，是什么法子？”

范蠡道：“你只需查到女刺客身份，设法将她捉住，押到盈娘面前，请盈娘处置。我不信盈娘不因此动容。”

陈音一拍几案，道：“这倒是个好办法。”又踌躇道：“可我当晚人不在渔场，未曾跟女刺客交过手，又如何能查到她下落？”

计然道：“从种种情形来看，女刺客极可能是越人间谍。陈君要寻她的话，不妨从这点下手。”

彼时，盈娘深夜到渔场寻找情郎陈音，华登一路追来，索人不得，恨恨离去，不日便遭人毒杀。后几日，发生了盈娘遇刺一事。按理来说，知悉盈娘行踪者，只有渔场及华登两方，华登及侍从被尽数毒杀，便再也没有外人知道盈娘人在渔场，但事实显然不是如此。

既然已知是越人间谍暗算了华登，越人必暗中监视华氏一举一动，由此越人也必知晓盈娘躲入渔场一事。只是何以专门派人刺杀盈娘，实令人想不通。

陈音闻言大吃一惊，道：“我一直以为是太子庆忌或是华登手下来行刺盈娘，怎么会跟越人间谍扯上干系？”

范蠡摇头道：“你这人什么都好，就是太沉溺于酒色，有些稀里糊涂的。太子庆忌要对盈娘下手，用得着行刺吗？直接派兵来捉便是。而盈娘遇刺当日，华登早已经死了。”

陈音道：“那么越人间谍为什么要刺杀盈娘？”计然道：“这也是我等想不明白的地方。”

陈音忖道："该不会盈娘也是越人间谍，被设法送到太子庆忌身边，好打探吴国军情？"

结果后来太子庆忌将盈娘转送给落魄的华登，作为间谍而言，盈娘立即失去了价值。好在华登回了宋国，又去了楚国，盈娘重新回到太子庆忌身边，又继续了间谍生涯。但她腹中既有了华登骨肉，心思便发生了微妙的变化，不愿意再过这种行走于刀尖之上的生活，遂设法逃离了太子宫。

越人对此自然不能容忍，一直在寻找盈娘的下落，既因华登意外追索到她人在菱湖渔场，便不能轻易放过，于是派出刺客行刺。

计然、范蠡听了陈音一番洋洋洒洒的分析，起初瞠目结舌，但细细回想，竟是大有道理。

范蠡道："越想越是这么回事！实在抱歉，我刚才不该说陈君稀里糊涂。"

计然道："果真如此的话，陈君愈发要劝盈娘回来了。越人在吴都势力不小，怕是不会轻易放过她。"

陈音道："那么明日我再去劝盈娘一次，希望这次她会听从。"

不一会儿，侍从奉上酒菜。陈音早就迫不及待，先连饮三樽缩酒，这才满足地"唔"了一声，又问道："月女呢？怎么不见她人。"

计然笑道："月女有新伙伴啦，不必等她。我一会儿派人送些饭菜到她房中去。"

话音刚落，月女便风风火火地急跑进来，嚷道："计然哥哥，我有要紧事对你说。"

计然道："好啊。"又问道："明离人呢？"

月女道："他在湖边跟小白玩水，玩得正开心呢。"又道："是关于明离爷爷被离的事，就是我们一道去见过的那个市吏。原来被离已经被人杀了，计然哥哥为什么没有告诉我？"

计然道："这件事就发生在我们乘船远行的前晚，我想也不是什么要紧的事，就没有讲给你听。"

月女点头道：“计然哥哥是好意，我明白的。明离刚刚告诉我说，他爷爷被杀的那晚，他人也在鼓楼。”

计然大吃一惊，问道：“明离可有见到凶手？”月女道：“没有。”

原来明离平日都住在堂叔要离家中，与要离之子禽离做伴。那日刚好要离妻子带儿子禽离回了娘家，要离当晚有事，要去鼓楼找被离商议，又不放心明离一人在家，便带他一道前往。

到鼓楼后，明离发现早有好几个人等在一楼堂中，除了爷爷被离外，其他人都不认识。明离早就犯了困，也没心思理会，便自行到二楼爷爷房中睡下。

后来明离莫名醒来，一时不知身在何处，想了一想，才知道睡在爷爷房中。又见楼下灯还亮着，便下楼来看，发现爷爷被离仰天躺在门槛后，眼睛睁得老大，显然已经死去。

明离一时傻了，浑然不知所措，便跑出鼓楼，摸黑跑回家中。要离正要出门，听说被离死了，急命明离留在家中，自己赶了过去。

月女大致说完经过，又道：“明离后来才明白爷爷是在他眼皮底下被人杀死，便问叔叔要离，是谁杀死了爷爷，对方为什么要这么做。要离回答说：‘我知道是谁杀了爷爷，可我不能告诉你。我也知道对方为什么要这么做，但这不能怪他，这是我们离氏家族的命运。你不必再管这些事了，我会为爷爷报仇，而且一定能做到。不过在进行下一步之前，我要先设法将你托付给一个叫渔父的人。你跟着他，能学会很多有用的本领，从此便可以远离离氏了。’”

计然诧异道：“这是要离原话吗？他当真说‘这是我们离氏家族的命运’？又说会为被离报仇？”

月女点了点头，道：“我很高兴明离来了这里，从此他不必再理会那些事了。”

计然问道：“明离自己怎么想？”

月女道：“明离虽然遵从他叔叔的意思，留在了渔场，但我看得出来，他心中还是放不下。他还小，自是没有能力报仇，但他很想知道仇家是谁，也想助要离一臂之力。我劝他说，要离将他送来渔场，就是为了让他远离纷争，千万不要辜负叔叔的一番苦心。小白也从旁开导他，他这才好过多了。不过我觉得应该将这些事告诉计然哥哥。”

计然道：“月女做得很对。”又问道：“你要跟我们一道用餐进食吗？”

月女摇头道：“我一会儿陪明离一起吃吧。他是孤儿，我也是孤儿，我比他年长，理应照顾他。”这才转头问陈音道：“陈君可有寻到盈娘？”

陈音有些害怕月女，忙道：“寻到了！我已经遵守诺言，寻到了盈娘。可她不肯回来，明日我还要再去劝她。”

月女道：“明天要不要我跟陈君一起去？多一个人，多一张口，盈娘也许会听我劝。”

陈音连连摇头道：“不必！你一个小女孩儿，能懂什么？我自己去就好。”

又生怕月女纠缠，提了一壶酒，起身道：“我吃饱了，也累了，先回房休息了。还有我的客房吧？”

计然忙命侍从引陈音歇息，又命人为明离安排寝居事宜。

月女问道：“能不能让明离住在别院？”计然道：“可以呀。”

月女笑道：“那我带明离去别院看，让他自己挑选一个房间。”乐滋滋地走了出去。

范蠡踌躇道：“这要离古古怪怪，非要将侄子甩给渔父照顾，里面会不会有什么玄机？”

计然道：“我倒不认为明离这件事有什么玄机，要离应该只是想让侄子远离风波而已。他没有合适的人可以托付，忽想到之前被离常提到我的名字，也在鼓楼见过我，大概觉得我为人还算和善，遂选中了我。”

顿了顿，又道：“不过，被离被杀，及要离的反应，确实大有玄机。”

被离被杀，要离明确地告诉侄子，称知道凶手及动机，也会报仇。以要离当时的语气来看，他确实有强烈的复仇意愿。既已知是公子光派人杀了被离，表明当时要离也打算向公子光报复。但在那之前，他要先安顿好明离。于是，要离带着明离来到渔场，不想计然已扬帆远航，要离几度不遇，复仇计划也耽搁了下来。

而今局势突变，公子光成了吴王阖闾，要离成了阖闾任命的第一任市吏，刺杀吴王是谋逆大罪，即便有世袭市吏身份，也保不住性命。为家族声誉着想，只能放弃复仇，所以要离才道：“我非但报不了仇，还要替他做事。”

但这件事最古怪的地方，在于要离一开始便撒了谎。当晚被离被杀，要离自称是第一个赶到现场的人，又以替叔叔击鼓为掩饰，根本未提及被离被杀时，明离人也在现场。

范蠡道：“也许要离是出于保护明离的目的，一旦公子光知道当晚明离也在鼓楼，极可能还会派人杀其灭口。”

计然道：“对，这一点不奇怪。奇怪的是，当晚明离到鼓楼时，见到已有许多陌生人等在堂中，明显是由被离召集，等要离到来后议事。”

范蠡道：“议罢，众人散去。要离见明离尚在熟睡中，不忍心叫醒他，便任凭他留在被离房中。”

计然摇头道：“不对，应该是要离只是暂时回家一趟，预备取了什么东西后，再折返回鼓楼，所以他没有带明离走。”

如此，才能解释被离为何没有上楼睡觉，而是一直守候在一楼堂中，亦符合明离奔回家中时，要离正要出门之情形。

范蠡道：“听了渔父这番分析，倒真是觉得被离、要离这对叔侄很有些古怪反常。看来对离氏家族而言，世袭市吏也不是什么好事。”遂再无话，各自回房歇息。

次日一早，范蠡起身，预备到湖边散步，出门时正遇到陈音，招呼了一声，问道：“陈君是要去劝盈娘回心转意吗？”

陈音点点头，道：“虽然觉得希望不大，但总还是要试上一试。”

范蠡道：“对了，陈君应该知道吧，贵友孙武，而今已是吴国将军。”

陈音很是惊讶，道：“孙武果然当上将军了吗？”随即笑道：“孙武有盖世之才，当可大有作为。”

范蠡笑道："你跟孙武交好，不赶去向他道贺吗？"

陈音摇头道："孙武是达成心愿了，我挽不回盈娘心意，心中不痛快啊，有什么可贺的。"拱了拱手，告辞去了。

来到湖边，却见明离正坐在岸边发呆。范蠡走过去问道："昨夜可睡得好？"明离倒也老实，摇了摇头。

范蠡道："你知道渔父是什么身份吗？他是晋国公子。"明离惊得张大了嘴巴。

范蠡笑道："你现下也知道人不可貌相了吧？渔父不仅身份显赫，而且有诸多过人之处，我范蠡都恨不得拜他为师，学习国计民生之术，而今渔父同意收你为弟子，你该有多幸运。"

明离问道："渔父当真有那么厉害吗？"范蠡道："天下风云，尽在其掌握之中。"

明离很是懊恼，道："我昨日竟然当面说渔父长得丑。"又问道："那么我该怎么办才好？"

范蠡道："你已得渔父首肯，成为其弟子。身为弟子，该尊师重道，每日按时请安，听师父聆讯，这是最基本的礼数。"

明离闻言，便匆忙起身，欲赶去计然居处。范蠡在背后叫道："喂，千万别说是我教你的呀。"

计然刚刚起身，听说明离候在门外，便叫他进来，问道："你这么早来，可是有什么事？"

明离上前伏下，道："弟子明离，给师父请安。"

计然先是一怔，随即笑道："起来吧。"明离道："诺。"又问道："师父可有什么教诲？"

计然道："是谁教你这么做的？"明离心想已答应范蠡不可说，便随口答道："月女。"

计然道："月女出身山野，可不懂这些礼数。你是不是答应对方，不能说出他的名字？"

明离惊讶万分，心中不由对这个师父又多了几分钦佩，当即点了点头。

计然道："那么师父刚才问你时，你就该说实话，说答应了旁人，不能说。师父会认为你是信守诺言之人，不但不会见怪，还会夸赞你。可是你却说是月女，这可就是当面撒谎了。"

明离垂首道："弟子知道错了，请师父责罚。"

计然笑道："责罚就不必了，知错能改就好。"又问道："最近这些日子，你是想继续跟月女和小白玩呢，还是想读读书，或是学些其他的本领？"

明离道："这个……"他当然是想多玩些时日，可又不好意思说出口。

计然笑道："会玩也是一门本领，你不必难为情，月女的绝世武功就是玩出来的。这就去找月女和小白吧。"

明离大喜，只觉得这个师父又亲和宽厚又善解人意，当即道："谢谢师父。"欢天喜地地出去了。

侍从念辞很是不解，道："明离不过是不相干之人托付的一个孩子，渔父何以如此惯宠他？"

计然叹道："明离祖父被杀时，我就在隔壁的客栈中。可以说，被离是在我眼皮下被杀的，总觉得自己有些责任。"

明离忽冲了进来，问道："师父刚才是说，我爷爷被杀那晚，你就住在鼓楼客栈吗？"

计然不知明离何以去而复返，还听到了自己与侍从的对话，点了点头，道："不错，我那晚就在隔壁客栈中。"

明离道："你渔父何等身份，怎么会住客栈那种地方？而且刚好选中鼓楼旁边的客栈。"

侍从念辞喝道："明离你好大胆，是在暗示渔父杀了被离吗？"

计然不动声色，令侍从退开，道："当日我在王城中办事，出城时天色已晚，不及返回渔场，遂临时歇在了鼓楼客栈。"

明离道："不对。我到鼓楼时，听爷爷提到了渔父，说明日有要紧事找你。”

计然道：“我确实跟被离有约，因为我见过逃犯孟白，尊祖父预备让画师来找我，画出孟白相貌。”

明离道：“可我爷爷当晚就被人杀了，而你渔父次日就乘船离开了吴都。”

计然一怔，随即苦笑道：“听起来，我好像是还蛮有嫌疑的。”

又问道：“那你说说看，我为什么要杀尊祖父？你也知道我这样身份的人，入住客栈会引人注目，既要杀人，我为什么还要有意引起旁人注意？”

侍从念辞忍不住摇头道：“这孩子是个傻子，竟然怀疑渔父杀人。”

又问道：“你到底是不是离氏家族的人？你不知道你们家族世袭市吏，是历任吴王心腹吗？知悉的秘密太多，难免会有……”见计然摇头，便闭口不言。

明离也狐疑起来，问道：“师父没有杀我爷爷吗？”

计然道：“没有。你叔叔要离知晓凶手身份，如果我是凶手，他会将你送来我身边吗？”

明离这才释然，忙跪下请罪。

计然上前将明离搀扶起来，道：“你只是想知道真相，有什么错？日后你若有疑问，尽可以来问师父，师父尽力解答，如何？”忽见到窗外白影一晃，便笑道：“小白来寻你啦，快去吧。”明离道：“诺，弟子告退。”

侍从念辞道：“渔父待人实在太好，宁可自己受委屈。”又问道：“渔父预备今日入城见赵须吗？”

计然道：“再多等几日吧，也不急在一时。而今吴王新立，王城必定戒备森严，严加盘问。我去官署找赵须，一定会有人禀报吴王阖闾。此人雄才大略，却又阴险毒辣，当日我有负他所托，还不知道他会怎么想，尽量避开他的视线为妙。”

洗漱完毕，用了早膳，便来书房处理各地书信、账册。

却说明离与月女、小白玩耍之时，无意中提及计然晋国公子的身份。

月女大诧，一时难以相信，急忙来找范蠡确认，道："范蠡君告诉明离，说计然哥哥是晋国公子？这不可能。"

范蠡笑道："为什么不可能？怎么，公子就该天生英俊潇洒吗？"

月女忙道："我不是那个意思。计然哥哥脸上的伤，不是天生的。他……他受了那么多苦，如果他是晋国公子，哪会有这样的经历？"

范蠡道："所以他才成了计然。出身不能改变，但经历改变了他。"月女听了，若有所思。

范蠡笑道："怎么，我们月女一听说渔父是晋国公子出身，就要对他另眼相看了？"

月女忙道："当然不会。我只是觉得惊讶，世间竟然还有计然哥哥这么好的公子，一点架子也没有，完全不拿自己当公子看。"顿了顿，又道："而且从来不炫耀出身，我与他朝夕相处，竟是不知道他是晋国公子。"

范蠡叹道："的确，计然是个与众不同的人。"又笑道："月女也是个与众不同的人呢，你二人堪可相配。"

月女虽然天真，但毕竟有女儿家的羞涩，当即红了脸，举袖掩面，自奔回房中去了。

笑容凝结在范蠡脸上，悄立良久，心中仍喟然不已。

到下午时，陈音忽拖着范蠡来书房找计然，告道："我到了盈娘暂时栖身的地方，盈娘人不见了！四下凌乱不堪，案倒几翻，卧榻上还有一摊血迹。一定是越人间谍找到了盈娘，将她强行带走了。这可要怎么办才好？"

范蠡道："我本来建议陈君去找孙武帮忙，他目下是吴国将军，手握重兵，足以调派人手搜寻盈娘下落。"

陈音道："孙武现下是新吴王面前的大红人，身份不同一般，就算肯帮忙，也会由此牵扯出盈娘的越人间谍身份，不妥。"又朝计然下拜，道："渔父，你能耐这么大，你帮帮我，帮我找到盈娘。"

计然忙放下手中卷册，道："我与范蠡君之前追查过那伙越人，一直没有发现蛛丝马迹。仅有的一次交锋，还是意外在市集撞见曾诱我入彀的男子孟白，但后来那条线索也断了。”

想了想，又道：“这样，我和月女见过那个自称孟白的男子，我派人寻个画师来，画出他相貌，以寻人的名字，张贴在市集等要害地方，看是否能找到线索。”

范蠡道：“我当日在废宅外，只听到谈话，未见到对方面容，要是及早往院中看上一眼就好了。如此，便能验证那男子到底是不是孟白，还能知道那名女子的相貌。”

计然道：“当日在废宅与孟白交谈的女子，极可能就是那晚来到渔场的女刺客。”

陈音闻言，愈发焦急，道：“渔父的法子固然可行，但凭画像找人，实在太慢。怕是等找到人，盈娘早被那伙人折磨死了。可还有别的更快的法子？”

计然看了范蠡一眼，颇觉费神，随即摇头道：“应该是没有了。”

范蠡叹了口气，道：“我倒有个更快的法子，为了救回盈娘，愿意勉力一试。”

陈音忙询问是什么法子。范蠡道：“陈君不必知晓详情。你累了一天，请先回房歇息，容我与渔父商议。”

陈音本不想走，转念想到对方是在无偿帮助自己，自己怎可继续蛮横，非要洞悉一切？遂点头同意，拱手辞出。

计然问道：“范蠡君是打算设法寻到文种，当面求情，请其释放盈娘吗？”

范蠡点点头，道：“我的心思都瞒不过渔父。救人要紧，我这就去准备准备，动身赶赴市集。还请渔父借几名人手给我。”计然道：“渔场侍从，任君调派。”

范蠡带侍从赶到市集时，天色已黑，便留宿在鼓楼客栈。次日一早，市集开市后，范蠡命侍从四下张贴事先写好的寻人告示，只有简单八个字：“少禽见字，速往东镇。”

“少禽”是文种之字，“东镇”则是市集补釜铺之铺名，补釜铺的背后，便是文种打晕范蠡之处——废宅。

安排好一切，范蠡自来到废宅外等候。到正午时分，有戴笠男子姗姗而来。范蠡遂起身相迎，深深一揖，道：“多谢少禽当日不杀之恩。亦多谢少禽今日肯冒险前来相会。”

那男子当真便是文种，闻言取下竹笠，问道：“范君是从告示认出了我，对吗？”

范蠡点了点头，道：“你被吴国通缉，多露面一次，便多一分危险。我长话短说。你或是你的同伴可有捉走一名名叫盈娘的女子？”

文种道：“盈娘是谁？”范蠡道：“盈娘之前是吴太子庆忌的侍妾，后来是华登的侍妾，再后来又是太子庆忌的侍妾，而今是我一个朋友的情人。”

文种完全糊涂了，摇头道：“我不认得这女子。”

范蠡道：“那我便实话说了，盈娘是越人安插在吴都的间谍。不过她想过自己的生活，不愿意再做这等危险之事，但越人却不肯放过她，近日派人捉走了她。”

文种道：“范君邀我相会，原来是想救盈娘。但文种向你保证，盈娘决计不是越人间谍，也没有越人捉走她一事。”

范蠡一怔，忙道：“看来是我想错了，我竟害得文君冒险现身。”

文种道：“我来吴国已有些时日，当日不曾想到会以那样的方式与老友相会，实在抱歉。”

范蠡笑道：“这有什么可抱歉的。各为其主而已，而且我也不是为吴人做事。”

文种左右看了一眼，重新戴上笠帽，道：“越国危机解除，我已经完成使命，今日就要设法离开吴国。我在越国，深得越王信任，范君何不跟我一道赴越？我会在越王面前大力举荐你。我二人联手，何愁大事不成？”

范蠡已无为吴效力之意，闻言怦然心动，但又不愿意就此舍弃计然等人而去，遂拱手道：“我还有些俗务缠身，等处置完毕，定会赴越国与文兄相会。”

文种道：“那好，我在会稽[1]等着与范君再会。”

范蠡忍不住问道：“行刺吴王僚、再嫁祸楚国大夫华登一事，可是文君一手策划？”

文种也不否认，径直点了点头，道：“吴王僚有意伐越，越国目下远不是吴国对手，这也是不得已的法子。”

范蠡道：“那么五湖公可是你手下人所杀？”

文种摇头道：“不是。这次我来吴国主事，不是为杀人而来，绝不会滥杀一人。四名死士行刺吴王僚时，杀死了一些吴王侍从，这是不得已而为之。”

范蠡道：“市吏被离呢？他被杀当晚，文君人就在隔壁客栈。”

文种道：“我入住鼓楼客栈，只是慕名去吃鱼粥、鱼酱。夜半鼓声响起，我知道出了大事，又怕因之暴露了自己的身份，遂穿衣佩剑，匆匆离去。不想因此被当作杀人凶手，画出图形，遭到通缉追捕。”

范蠡又问道：“那么华登呢？”

文种因范蠡已同意投越，也不相瞒，实话告道：“华登是意外之喜。我原先的计划，只是派人刺杀吴王僚，得手固然最佳，失败亦无妨，我编出寿梦手书一事，挑拨吴王僚与公子光相斗……”

范蠡惊然道：“寿梦手书是文君编出来的吗？”

文种颇为得意，笑道：“当然是编的。其实也不全是我的功劳，我只是在旧传闻上加了手书为大夫邢平保管一条。试想寿梦在世，邢平之父狐庸是其最信任的大臣，位至相国，谁还能比他更有资格保管手书？”

范蠡叹道：“难怪一时间满城风雨，竟是文君派手下在四处散布流言。”

心中又暗道：“文种这招高明之极，但他不知当真有一份寿梦手书，且就在吴国大夫邢平手中。”

文种又道：“我其实并不认识华登，但他之前曾到吴国避难，我方有

[1] 会稽：今浙江绍兴。

眼线见过他，他这次来吴地，被眼线认出，立即禀报于我，我遂安排人手严密监视其行踪，当时已有将行刺事件嫁祸于楚人的主意，不过要等待合适时机。那日华登单身追逐一名女子而去，我觉得是大好机会，遂派人等在途中，等华登返回时，将其擒获。”

擒住华登后，文种带人将其押回其藏身之所，以其为人质，制住了华登侍从，拿出早已准备好的毒药，迫使华登及诸侍从服毒自杀，又做好摆设，这才从容离去。至于投书引吴太子庆忌到华登藏身之所，不过是轻而易举之事。

范蠡道："那你为何还要借华登一事除掉我朋友计然？"

文种道："计然的名字我听过，我也知道他来了吴国，但我跟他无冤无仇，为何要害他？"

范蠡大诧，问道："不是文君派人将计然和月女诱去华登藏所、好让吴太子庆忌撞见的吗？"

文种摇头道："绝无此事。"又道："我连刺杀吴王僚及嫁祸华登这两件大事都不瞒范君，还会特意否认计然一事吗？"

忽听到"吱呀"一声，有人开门出来，却是补釜匠剑鸣开后门倒水。

文种忙将笠沿压得低些，道："我得走了。范君，请多珍重，我们后会有期。"范蠡遂道："后会有期。"

文种刚走，侍从便从暗处闪出，上前问道："要去跟踪此人吗？"

范蠡摇头道："不必，不是越人捉了盈娘。我们回去渔场吧。渔父和陈音还在等消息。"

回到菱湖渔场，范蠡先来书房见计然，将事情和盘告知，又道："我想不明白的是，明明是越人一手炮制了华登替罪，何以文种并不知道有人将渔父引去了华登藏所？"

计然踌躇道："或许是文种手下私下所为，而这人刚好跟我有私怨。"

范蠡笑了起来，道："我实在想不出渔父这样的人，会跟谁结怨。"

计然也笑道："我自认为为人还算好，所以我也想不出来谁跟我有怨。"又摆手道："算了，这件事不提也罢，反正已经过去了。"

陈音听说范蠡已经回来，立即不顾侍从阻拦，闯了进来，问道："可有盈娘下落？"

范蠡道："实在抱歉，目下只能肯定不是越人捉了盈娘，而且盈娘也不是什么越人间谍。"

陈音奇道："范蠡君如何能这般清楚？"见范蠡不答，便立即会意过来，道："啊，你有越国朋友。"

范蠡道："谁有动机捉盈娘这件事，我在回来的路上已反复思虑过。二位觉得有没有可能是吴王阖闾派人捉了盈娘？"

而今新吴王即位，大肆清算旧势力，吴王僚母亲被杀，妻妾没为奴婢。太子庆忌、公子掩余、烛庸三人领兵在外，但家眷仍在吴都，尽数遭逮，男丁被杀，妇女没为奴婢。盈娘终归曾是太子庆忌宠妾，亦可能被人发现了行踪，报告了上去，吴王阖闾遂派人将其逮去。

陈音闻言大喜，道："如此倒好了。"

见计然、范蠡二人愕然有加，忙解释道："我是个登徒浪子，经常在外鬼混，那些地方虽然不干不净，却有美女，还有许多不为外人所知的小道消息。我听说公子光好色成性，为世间罕见，一夜之间，能同御十数名女子……"

范蠡重重咳嗽了一声，陈音自知失言，忙道："抱歉，实不该在渔父面前信口胡说。我的意思是，如果吴王阖闾捉了盈娘，一定不会杀她。虽然盈娘少不得要受些屈辱，总可以保得住性命，我便能寻找机会设法营救。"又道："这件事，少不得要去找孙武帮忙了。"

范蠡道："你这就要动身去找孙武吗？"陈音道："是啊。"

范蠡道："天色已经不早。"陈音道："救人之事，丝毫耽误不得。"挥了挥手，飞奔去了。

范蠡道："咳，我不过是随口猜测，我自己都不大相信，陈音竟然立即当真了。"正待赶去阻止，计然摆手道："无妨，就让陈音去吧，反正他跟孙武相熟，也不会有任何损失。"

范蠡道："也是，也许陈音只是要找个借口去跟孙武见面。"又见计然案头尚摆着那块“武”字花纹的石头，问道：“这不是月女预备送给孙武的吗？”

计然点点头，道：“月女原先的意思，是她自己当面交给孙武，我便没有派侍从送去将军府。昨日提了一次，她态度有些冷淡，只说不急，以后再找机会。”

范蠡道：“月女只是不喜欢公子光……哦，不，吴王阖闾，觉得孙武做了他的将军，心里有些疙瘩，过些日子就好了。”计然道：“希望如此吧。”

范蠡道：“渔父和月女……你们……我是说，渔父打算何时娶月女为妻？”

计然顿时满面通红，道：“这个……这个嘛……”

范蠡笑道：“你二人两情相悦，渔父何以如此害羞？”

计然道：“这要看月女的意思。”又道：“月女年纪还小，我比她年长许多，还有我这副尊容，总觉得自己……”

范蠡正色道：“喜欢月女的人很多，以我观察，除渔父外，还有专毅、孙武二人，甚至我自己也喜欢月女，但月女却选择了渔父。不是因为渔父的地位，她一直都不知道你晋国公子的身份，也不是因为渔父的财富，渔父看她现今的打扮，跟初识她时又有什么区别？她只是觉得跟渔父在一起时，最为轻松，最为自在，所以不自主地向渔父靠近。”

计然一呆，问道：“当真如此吗？”

范蠡摇头道：“渔父算尽天下事，却不清楚爱人的心思。也是，毕竟当局者迷。”

陈音日暮时出发，次日正午时返回渔场，气急败坏地闯进堂中，道：“我打听到盈娘下落了！正如范蠡所言，她落入了吴王阖闾之手。”

范蠡立时目瞪口呆。还是计然道：“当真是吴王阖闾派人捉了盈娘吗？”陈音道：“不是这么回事，是盈娘自己对阖闾投怀送抱。”

原来那日盈娘到溪边洗衣，被一男子看到，跟到其家，欲对其不轨。盈娘拼死反抗，额头都磕破了，又以自杀威胁，那男子怕闹出人命，这才悻悻走了。盈娘见那男子离开时频频回望，料想对方还会再来，这里住不得了，遂离开了家。

盈娘欲留不能，欲舍不忍，既无去处，便随意漫游。忽听到乡人议论，说起新吴王和新将军，这才知道孙武当上了吴国将军。她因陈音之缘故，见过孙武几面，遂决意投奔孙武，先寻一个安身之处。

来到将军府，盈娘报上姓名，孙武倒是立即召见，但却不肯接纳盈娘，只劝她与陈音修好。盈娘一怒之下，摔案而出。刚好吴王阖闾到来，旁人无不拜倒伏地，不敢抬头，唯有盈娘立于庭院，杏眉倒竖，冷眼打量面前的阖闾。

孙武闻声而出，忙拉着盈娘跪下，告道："这是新吴王阖闾大王。"

盈娘虽勉强下拜，却抬起头来，对阖闾抛了一个媚眼，秋波盈盈，登时勾走了阖闾的魂魄。阖闾亲自上前扶起盈娘，问其姓名。盈娘娇滴滴地道："大王这么快就忘了臣妾名字吗？几年前，大王赴太子宫宴会，臣妾还为大王侍酒呢。"

阖闾"啊"了一声，笑道："我想起来了，你是太子宫的宫女，叫什么……"盈娘抿嘴笑道："盈娘。"

阖闾道："对，就叫盈娘。盈娘怎么人在孙将军府上？"

盈娘道："太子早将我驱逐，臣妾四处流离，今日还遭坏人欺侮。因与孙武将军是旧识，想来投奔于他，却为他所拒。大王，臣妾无处可去了……"一边说着，一边主动投入阖闾怀中，嘤嘤哭泣。

阖闾早已被盈娘迷得神魂颠倒，忙揽住她的纤腰，呵呵笑道："这么娇艳的美人，我见犹怜，怎么会没处可去呢？你跟寡人走，从此以后，王宫就是你的家。"

盈娘慌忙拜谢。阖闾遂命人送她回宫，自己留下来与孙武商议军事，半句不问盈娘之事，孙武也不敢多提。

今日陈音寻去大将军府，托请孙武帮忙打听盈娘。孙武叹了口气，如实讲了经过。

计然见陈音一副失魂落魄的样子，便安慰道："这终归是盈娘自己的选择。而今她入了宫，有了安稳的生活，起码再也不会被人行刺，你总可以放心了。”

陈音道：“可我心中还是放不下她。”

范蠡道：“那你当初为什么要离开盈娘？”

陈音道：“唔，这个嘛……盈娘隐瞒了她的身世，我得知她曾是太子庆忌和华登的女人后，一时有些接受不了……总之，是我自己的错。”懊恼无比，又见案上有酒，痛饮一番，半醉不醉地回房去了。

盈娘一事就此了结，陈音情绪低落，每日借酒消愁，消耗了渔场不少好酒。好在计然财力雄厚，也供奉得起。

又过了几日，晋吏赵须来到渔场。计然引其入书房坐下，告道：“本来预备一回到吴都就去拜访赵君的，凑巧出了新吴王登基之事，王城进出不便，便耽搁了下来。”

赵须道：“是，是，臣也是因为王城戒严，进出极难，今日方得来拜见渔父。”

计然问道：“你说晋君有信给我，信呢？”赵须道：“只有口信。”

计然奇道：“只有口信？”赵须道：“事关重大，怕信落入旁人之手，泄露了机密。带口信的人，将内容转达给臣后，已自行赴江自杀。”

计然皱了皱眉，心道：“疑人不用，用人不疑，有必要这样吗？”但料想是晋君之命，便没有说出口来。

赵须道：“口信是，晋君说寿梦手书确实干系到吴国王位继承人，但却不是众人想象的那样，那是申公巫臣与寿梦大王所订盟约，要求吴国以灭楚为第一要务。后代吴王背盟者，将遭废黜。盟约由寿梦执笔，遂称寿梦手书。”

中原大国，原先只有齐、晋、秦、楚，最早齐国最强，为天下霸主，后来晋国取而代之，再后来楚国崛起，与晋国争霸，成就两国共为霸主的局面。而今吴国崛起，俨然与齐、晋、秦、楚四国并立。即便是早年倾心扶持吴国的晋国，也不再放心吴国，担心养虎遗患。

最重要的是，早先晋国大夫申公巫臣与吴王寿梦立有盟约：灭楚之前，不得兴兵攻伐他国。这一盟约，完全是出于申公巫臣的私心，他与楚国有不解深仇，欲借吴国之手报仇。但吴王寿梦当时须借助晋国及申公巫臣之力，遂满口应允，并承诺嘱托诸子遵照执行。是以越国作为楚国的附属国，不时在吴国后院放火捣乱，吴国始终隐忍不发，实是碍于盟约，非不能也。

到了吴王僚继位，已与第一任吴王寿梦隔了三代君王，对昔日盟约没有那般看重。况且吞越易，灭楚难，为了吴国的疆土与大业，何须迂腐地困守于一张盟约？吴王僚虽几次派公子光引兵伐楚，但更想先除掉近在咫尺的越国。尤其公子光因伐楚获得威名后，吴王僚便想通过伐越来建立太子庆忌的威望。

那申公巫臣何等人物，曾辅佐楚庄王称霸天下，早就料到楚国国大，灭楚不易，吴国也许会有背盟的一天，于是要求吴王寿梦在盟约上特别加了一条，日后吴王有背盟者，狐庸及后人可持手书废除其王位，另立新主。

计然听了赵须所转晋君口信，这才明白事情经过，暗道："手书内容干系重大，申公巫臣必事先有过约定，不令寿梦泄露出去，否则保管手书的狐庸及子嗣均大有危险。公子掩余不该知道邢平手中真有寿梦手书一事，或许他只是根据往日流言推测邢平手中可能有寿梦手书，就跟越国文种一样，又当面试探，结果邢平露了马脚。"

赵须道："本来晋君命臣务必取到寿梦手书，还想请渔父从旁协助，可而今吴国局势陡变，臣也不知道该怎么办才好。"

计然道："晋君下令夺取寿梦手书时，尚是吴王僚在位，或许晋君是想用手书来对付吴王僚。而今吴王僚已死，吴王阖闾登基，你不知晋君真实心意如何，还是先不要轻举妄动。不如先传书回国，告知吴国发生了政变，晋国最好是先静观其变，再作决议。"

赵须道："诺。臣就遵照渔父的意思办。"

计然道："季札人还在晋国吗？"

赵须道："还在晋国，应该还不知道吴国国内发生政变的消息。"又道：

“其实这次吴国王室自相残杀一事，季札才是源头，若不是他坚持不肯继承王位，断然也不会有今日的局面。”叹息一番，就此辞去。

吴王僚虽死，但尚有太子庆忌及三股势力。公子掩余和烛庸于楚军包围圈中得知了吴王僚被杀的消息，大骇之下，率军冲出包围，掩余逃到徐国，烛庸逃到钟吾国。太子庆忌得知父王被杀后，击败楚军，逃往卫国避难。

新吴王阖闾上台后，意图有所作为，他既以非常规手段登基，“恐国人不就”“诸侯不信”，立即着手实施了“厚爱其民”、治国兴邦的一系列政策。

为使吴国能内可守御，外可应敌，阖闾听从伍子胥建议，征发役夫，“先立城郭，设守备，实仓廪，治兵革”，除了扩建王城子城外，更是在王城外修建外城，是为后来举世闻名的姑苏城。

国政上，阖闾采取“安君治民”之术。劝民农桑，兴修水利，发展经济，以裕国用。吴地是典型以水稻为中心的农业经济，农田水利对于水稻种植格外重要。吴国立国后，开创者太伯亦有大规模的开河筑渠之举，挖掘了伯渎[1]。阖闾亦纳伍子胥议，征调军民，开挖了胥溪[2]，是为利国利民之举，为后人所津津乐道。

而吴王阖闾自己则勤俭治国，厉行节俭，对人民施以恩惠，并且身体力行——

[1] 伯渎港位于今江苏省无锡市通太湖处。相传太伯奔吴，建都于太伯城（今无锡东南。又，太伯定居吴地后，历经仲雍、寿梦、诸樊三迁，这才将都城移到今苏州一带）时开挖，后人称泰（太）伯渎，实为中国最早的人工运河。唐朝元和八年（813年）复加修浚，东连蠡湖（太湖的一部分）。

[2] 胥溪：又名堰渎，位于今江苏省高淳县境。东起宜兴，经溧阳、高淳入水阳江，出芜湖通长江，是连接太湖与长江的一条水运通道。胥溪的开凿，最初仍然是出于运兵载粮的军事目的，但收到了水利之效。古代安徽宣歙一带的山水，由于缺少一条河道泄入太湖，山洪暴发，往往泛滥成灾。胥溪开凿后，起了泄洪、防洪的作用。唐代以来，又在河上建起五条堤堰，据《江南通志》说，五堰的名称为：银林堰、分水堰、苦李堰、何家堰和余家堰，以节制山水，使之缓缓流入太湖。明朝洪武二十五年（1392年），进行较大规模修浚，并建石闸启闭。永乐初（1403年），又改闸为坝。正统六年（1441年），坝决，又重筑。嘉靖三十五年（1556年），在坝东十里许更筑一坝。自此，胥溪不再全线通航。

“食不二味，居不重席，室不崇坛，器不彤镂，宫室不观，舟车不饰，衣服财用，择不取费。在国，天有灾疠，亲巡孤寡，而共其困乏；在军，熟食者分，而后敢食；其所尝者，卒乘与焉。勤恤其民，而与之劳逸。”

身为一国之君，阖闾能吊民之疾，与民同劳，极其难能可贵，就连楚国重臣子西亦感叹道：“吴光新得国而亲其民，视民如子，辛苦同之，将用之也。”阖闾由此得到了吴国军民的爱戴及拥护，“民不罢劳，死不知旷”，吴国局势也迅速稳定了下来[1]。姑苏民众敬重吴王阖闾爱民如子，特意将王宫门前之桥改名为屈驾桥[2]。

这一日，计然正在书房处理文书，侍从东润忽入来报道：“城中出了大事，市吏要离被吴王阖闾下令逮捕，斩去一条右臂，他妻儿也被当街处死，并焚尸于市。”

计然大惊失色，问道：“怎么会这样？”

东润道：“具体缘由不得而知。据说是要离利用市吏身份，四下散布消息，称阖闾弑君篡位，是无道昏君。”

计然道：“你立即派人送明离去宋国，就说是我的意思，让他先去总铺做学徒。要离之事，先不要让他知道。”

东润道：“诺。”又道：“月女与明离很是要好，这些日子时常在一起玩耍，她要是阻止，又当如何？”

计然道：“你派人叫月女来书房见我，趁这当口，备船送明离走。”东润应命而去。

---

[1] 山东临沂银雀山汉墓出土的《孙子兵法》中，有《吴问》一篇，记载了吴王阖闾与将军孙武讨论晋国6个执政贵族谁将最后取得晋国政权的问题。孙武从晋国之贵族田制的宽狭、赋税的轻重、统治者对人民的态度等方面推论他们未来的成败。吴王对孙武的分析连连称善，最后得出结论说：“王者之道，□□厚爱其民者也。”认为民心向背直接关系国家的安危和政权的稳固与否，是以采取了种种措施收揽民心。

[2] 屈驾桥也是苏州著名古桥，与都亭桥建桥时间接近、所处位置也相近。后来改称承天寺东桥，到了明代，又叫阙家桥。明正德《姑苏志》“桥梁上”云：“承天寺东桥，相传吴王屈驾于此，名屈驾桥，今名阙家桥。”清朝时，改称接驾桥，传说是康熙抑或乾隆皇帝南巡到苏州，当地官员在此接驾，即今人民路与东中市交叉路口之接驾桥。

刚好范蠡进来，听说要离之事，皱眉道："当众散布不利于新吴王的流言，这可不像要离会做的事。是不是要离犹自记恨被离被杀一事，预备向吴王阖闾复仇，阖闾抢先下了手？"

计然道："极有可能是这样。"

范蠡道："渔父派人送走明离，是担心阖闾不会放过他吗？"

计然点了点头，道："阖闾这个人果断狠辣，必会斩草除根。"

正议着，月女笑嘻嘻地进来，问道："计然哥哥找我吗？"

计然道："嗯，你先坐下。最近月女很忙啊，不像以往那样，总在我身边。"

月女笑道："我不是有意冷淡计然哥哥的，因为我收了明离做徒弟，每日忙着教他练剑呢。对了，我那把木剑也送给他了。"

计然道："我看得出来，月女很喜欢明离，所以才把最爱的木剑送给他。不过我打算送明离去宋国，月女不会有意见吧？"

月女奇道："为什么？"

计然本待编一番谎话，忽有侍从进来报道："吴王阖闾派了人来，说要召渔父入宫。"

计然预感不妙，只好实话告知要离得罪吴王阖闾、被逮捕下狱一事。月女大急，道："这么说，吴王是为了明离，才召计然哥哥入宫的吗？"

计然道："你别急，要离将明离送来我这里后，再未来过，阖闾未必知道明离在我这里，也许是因为旁事召我。"又道："我已经安排送明离走，月女不必担心。"

月女道："虽然明离不得不走，但我总得去跟他道个别。"

范蠡忙道："月女不能去。目下最好不要让明离知道要离的事，你的心事全写在脸上，去跟他道别，他必起疑心。"

月女闻言，只好作罢，又道："那我跟计然哥哥一道入宫。"

吉凶难料，计然哪能让月女与自己一道赴险，忙道："我一个人去就可以了，你乖乖在家，等我回来。"

月女还待追去，范蠡忙上前拉住，道："我们去柳林看陈音射箭吧。别小看这个醉鬼，还真有一手百步穿杨的好箭法。"

吴王阖闾正在偏殿宴饮，怀中尚搂着美人，见计然进来，笑道："渔父，好久不见，你可是清减了不少。"

计然见过礼，问道："大王召计然前来，可是有事？"阖闾道："先不急。来人，为渔父设案赐酒。"

半伏在阖闾身上的妖艳女子抬起头来，竟是盈娘。计然一见之下，颇为惊讶，又见盈娘并无与自己相认之意，便佯作不识。

酒过一巡，阖闾才道："今日寡人召渔父入宫，也没什么要紧事，不过是叙叙旧，喝喝酒，渔父不必拘礼。"

计然起身离座，向阖闾行礼，道："计然当向大王请罪。当日答应大王之事，本已办到，却因为不得已的原因，未及时回禀大王。"

阖闾摆手道："这件事，寡人并未放在心上。寡人知道渔父当日见过四叔，却未再来公子府，便已然明白过来——是州于派路幺行刺，叔父怕路幺招供出州于，寡人与州于再难以相处，他遂抢先将路幺带走，再逼他服毒自杀。"

计然料想阖闾早猜到真相，不过是要借自己去试探季札反应，遂道："季子那么做，完全是出于好意，还望大王体谅他一片苦心。"

阖闾道："四叔苦心，寡人自是明白。渔父为维护四叔，宁可远走他乡，寡人亦是了解。这件事就这么过去了，不必再提。"

忽有侍卫进来禀报道："专毅带到。"阖闾便命传进。

计然刚要起身告辞，阖闾挽留道："难得渔父入宫，不妨多饮两杯，寡人封赏完专毅，还有事向渔父讨教。"转头命道："盈娘，去给渔父斟酒，好好服侍他。"

不一会儿，专毅上殿，拜伏在地，不敢抬头。

阖闾离座，亲手扶起专毅，道："你父亲专诸之事，想来你也知道了。

寡人有今日，你父亲功不可没，寡人已将其从优安葬[1]。当日，寡人曾向专诸立誓，他的家人，就是我姬光的家人。这次寡人特意派人把你和你母亲从家乡接来，就是要让你们与我同享富贵。”退后两步，大袖一挥，道：“专毅听令，寡人封为上卿[2]，赐宅第一座，另赏良田作封邑。”

专毅已得大臣教导礼仪，叩首道：“臣专毅拜谢大王。”

阖闾又从怀中掏出一把小剑，道：“这就是欧冶子所铸鱼肠剑。你父亲就是用它刺死了州于，而今愈发名动天下。寡人将它赏赐给你，留个纪念。”

专毅双手接过鱼肠剑，道：“臣专毅拜谢大王。”

阖闾摆手道：“寡人这里还有客人，你先退下吧，日后有的是机会见面。”专毅道：“诺。臣告退。”

阖闾重新入座，向计然请教生产经营之道。计然讶然道：“大王登基不久，有多少军国大事等着决断，大王如何会有闲心关心经营之道？”

阖闾笑道：“政事有伍子胥，军事有孙武，有二人主持，寡人可以完全放心。况且生产经营也是国之大事，寡人不得不关心。寡人是真心讨教，还望渔父勿要见疑。”

他新登王位，地位尚不稳固，却对伍子胥、孙武待以诚意，尤其孙武还是新进之身，阖闾却能委以重任，不事牵制，极令人侧目。计然心生佩服，忙道：“讨教不敢当，不过计然经营有年，也算有些心得，既然

[1] 根据专诸要求，阖闾将专诸安葬在太伯（吴国开国君主）王坟旁。今鸿山东岭仍有“专诸墓”存。另外，江苏无锡大娄巷有“专诸塔”，是阖闾替专诸安葬的优礼墓，塔是一座喇叭形的小塔，旧时城内居民时常前往焚香祭奠，1966年被拆除。邑人秦颂硕曾写《专诸塔》一诗云：“一剑酬恩拓霸图，可怜花草故宫芜。瓣香侠骨留残塔，片土居然尚属吴。”因专诸曾在五湖（太湖）边学烧鱼之术，后人将其奉为“厨师之祖”。今苏杭一带的名菜“糖醋鱼”乃“糖醋黄河鲤”的简称或俗呼，就是“全炙鱼”（有称“全鱼炙”者）的传承及代表，而它的发明者正是教专诸做鱼的人——五湖公（又称太湖公、太和公）。苏州城西部有专诸巷，是一条紧挨内城河和城墙的巷子，南通金门，北达阊门。相传因为专诸墓在此，故得名。其后专诸巷一带逐渐发展成玉雕行业集中之地，故专诸巷的名字也被讹传为“穿珠巷”。

[2] 上卿：古代官名。春秋时，周朝及诸侯国都有卿，是高级长官，分为上、中、下三级，即上卿、中卿、下卿。战国时作为爵位的称谓，一般授予劳苦功高的大臣或贵族。相当于丞相（宰相）的位置。如《史记·廉颇蔺相如列传》：“以相如功大，拜为上卿，位在廉颇之右。”

大王赏脸垂询，我便大胆说出来，请大王指点。”

阖闾大喜，道：“快说，快说。”

计然道：“知斗则修备，时用则知物，二者形则万货之情可得而观已。生产经营，最重要的是要有预见性，要根据生产的需要及年成丰歉，事先做好充分准备。”

阖闾道：“可是类似作战中的‘兵马未动，粮草先行’？”

计然道：“正是如此。譬如贩卖粮食，需要仓储设施，丰收时，要预先多备仓储。歉收时，则减少设施，以免占用资产，造成损失。”

阖闾又问道：“那么渔父如何能预先知道年成丰歉呢？”

计然道：“岁在金，穗；水，毁；木，饥；火，旱。天道循环，有规律可循，金年丰收，水年水灾，木年歉收，火年旱灾。除此之外，每隔六年，会有一年丰收，有一年旱灾。每隔十二年，有一大饥之年。”

阖闾听罢大喜，道：“这些道理用在治国上，亦是大有裨益。”

计然道：“大王身为一国之君，自会运筹帷幄。计然所言，只是经商之道。”

阖闾道：“渔父有治国大才，可有兴趣为寡人效力？吴国太宰之位尚是空缺。”

太宰即是相国，阖闾不命最信任的伍子胥为太宰，却肯抛枝给计然，足见对其才干之看重。

计然忙辞谢道：“大王美意，计然本不敢推辞，只是我闲散惯了，一听到做官就头疼。”

阖闾也不勉强，笑道：“那么只要渔父人在吴国，寡人再行请教，渔父可莫要推辞。”

计然道：“诺。”他本待询问要离之事，再设法入狱探视要离，但又怕就此暴露了明离行踪，就此作罢。

辞出吴宫时，正好遇到阖闾之女滕玉，计然本待避开，却被滕玉上前拦住。

滕玉道：“又是你这个丑八怪。是我父王召你进宫的吗？喂，我现下是公主了，你是不是要……”

忽一眼见到孙武大步流星而来，忙舍了计然，奔过去招呼道：“孙将军，你终于入宫啦。听说父王挑选了两百名宫女，让你操练，好考验你的统兵能力，是这样吗？”

孙武点了点头，他对这位任性妄为的公主素来是敬而远之，见到计然也在王宫，忙过去招呼。

计然道：“早听说孙君做了吴国将军，未曾道喜，还望恕罪。”

孙武道：“渔父何须如此见外。”又问道：“月女可还好？”计然道：“安好。”

孙武道：“等我得闲，便去渔场探望她。”踌躇片刻，又道：“专诸实为伍子胥为大王所选死士一事，我早先并不知情，当日在渔场……”

计然道：“孙将军何须多解释？我自是明白。若是孙武君知晓专诸真实身份，就不会时常带月女去光顾五湖酒肆了。”

孙武点了点头，又道：“孙武在渔场时，知悉了不少机密，渔父放心，我决计不会透露出去。”

最重大的机密，无非就是寿梦手书真有其事。计然点了点头，未及回答，滕玉又跟了过来，问道：“孙将军，你干嘛宁可理这个丑八怪，也不理我？”

孙武一时迟疑，不知该如何回答，计然遂借机辞去。

专毅正在王宫门外徘徊，一见计然出来，忙迎了上去，道：“专毅拜见渔父。适才在殿中见到渔父，畏惧大王虎威，未敢擅自招呼，请渔父见谅。”

计然笑道：“而今你已是吴国上卿啦，我可不敢受你一拜。”

专毅摇头道：“我这个上卿是爹爹性命换来的，当得可不怎么光彩。”又问道：“月女还在菱湖渔场吗？我想去看看她，渔父可否允准？”

计然道：“好啊，月女见到你，一定很高兴，你这就跟我一道回去吧。”

尚未进渔场，便远远见到月女正在门前徘徊。她听到马蹄声，大喜迎上前来，欢声道：“计然哥哥，你平安回来就好，我生怕吴王召你去王宫，是要对你不利。”又见到计然身后的专毅，大喜道：“专毅，你怎么也来了？”

专毅跃下马来，道：“我和母亲已经搬到王城中定居啦，以后可以常来探望月女。”

月女笑道：“那可太好啦。”忽一眼看到专毅腰间的鱼肠剑，讶然道：“这就是真的鱼肠剑吗？”

专毅道：“正是欧冶子所铸鱼肠剑。大王将此剑赐给了我。”从腰间拔出小剑，递给了月女。

月女把玩一阵，笑道：“跟我那把木剑当真一模一样。”

专毅凝视着那柄沾染过吴王僚鲜血的小剑，想象父亲当日用它奋力行刺的情形，心中百感交集，遂道：“月女喜欢的话，这把鱼肠剑送给你了。”

月女大喜，道：“真的吗？太好啦，刚好我的木剑也送人了。谢谢，谢谢你，专毅。”

专毅心道：“你是帮了我一个大忙，有什么可谢的。”

计然觉得鱼肠剑不祥，本想阻止，但看到月女满心欢喜的样子，便将口边的话吞了回去。转念又想：“剑固然是凶器，但须得由人，执剑者可以杀人，也可以救人。月女纯真善良，正是这把剑最合适的主人。”

月女见专毅郁郁寡欢，料想是伤感其父之死，忙道：“好啦，你既然来渔场做客，便要开开心心的。我带你四下逛逛，这里有个荷塘，还有个柳林，特别好玩。小白最爱去那里。走，我带你去。”

范蠡正在堂中焦灼徘徊，见计然无事归来，又听说吴王阖闾召见只为咨询经营之事，这才长舒一口气，又道：“这阖闾当真非同小可。他刚刚当上吴王，便能完全放手，放心将国事交给伍子胥、孙武二人，还虚心向渔父请教生产经营一道。”

计然道：“此人的确是个雄主，将来必称霸中原。范君，你若仍有意，我可以在吴王面前代为引荐……”

范蠡摇头道：“渔父美意，范蠡心领。不过我已经打算奔赴越国。不光是阖闾登位不大光彩，而今他文有伍子胥，武有孙武，我范蠡还有什么可为之地？”

计然沉吟片刻，点头道：“如此也好。范君预备何时动身？”范蠡道：“就是这几日吧。”

计然点点头，道：“既然干系前程，我也不多留范君。我会安排好一应事宜，派船送你去越国。”

侍从东润进来禀报道：“臣奉命去打听要离之事，的确是他四下散布不利于吴王阖闾的言论。听说吴王阖闾开始尚不能相信，召要离入宫询问。要离竟当面辱骂吴王，吴王遂命人当场砍断了他的右臂，以示意警诫，又将其妻儿逮捕下狱。要离随即设法逃走，吴王大怒，将要离妻儿押到市集，当众处死，还焚尸扬灰。”

范蠡皱眉道：“这要离不是傻子，为何要有意寻死？还牵累了妻儿？”

计然道：“那要离现下是不是往西北方向逃走了？”

东润道：“听说是。吴王派了兵马，正往西北方向追捕。渔父已经听到消息了？”计然摇头道：“我是猜的。”

东润奇道：“这可不容易猜到。逃往西面楚国，或是南面越国，水陆两通，不是更容易吗？”

计然道：“这是典型的苦肉计，要离必是要去卫国，替吴王阖闾刺杀庆忌。”

东润愕然不能相信，道：“庆忌是吴国第一勇士，要离身材矮小不说，又断了一只右臂，如何能够刺杀庆忌？”

计然道：“这正是这出苦肉戏最高明的地方，庆忌看到要离的样子，绝对不会有丝毫防备，要离得以从容接近这位吴国第一勇士，给予致命一击。”

范蠡也觉得难以置信，道：“即便如此，吴王阖闾砍断要离一条臂膀也就够了，为何还要害他妻儿性命呢？”

计然道："吴王阖闾此人，恩怨极为分明，不会如此对待自己的死士。依我看来，是要离自己要求阖闾杀了他妻儿。"

范蠡与东润均连连摇头，异口同声地道："不可能，不可能，天下怎么会有这样的人？"

计然缓缓道："莫非你们忘了之前要离告诉明离的话吗？这是他们离氏家族的命运。"

中国古代大案探奇录

鱼肠剑
下
吴蔚◎著
中国民主法制出版社

图书在版编目（CIP）数据

鱼肠剑 / 吴蔚著 . —北京：中国民主法制出版社，2017.3
（中国古代大案探奇录）
ISBN 978-7-5162-1478-7

Ⅰ . ①鱼… Ⅱ . ①吴… Ⅲ . ①侦探小说－中国－当代 Ⅳ . ① I247.5

中国版本图书馆 CIP 数据核字（2017）第 050921 号

图书出品人 刘海涛

出版统筹 赵卜慧
责任编辑 董 理
责任印制 姜 婷
发行总监 杨荣刚
责任校对 姚丽娅
装帧设计 聂 强

书 名 鱼肠剑（下）
作 者 吴 蔚 / 著

出版·发行 中国民主法制出版社
地 址 北京市丰台区右安门外玉林里 7 号（100069）
电 话 010－63055259（总编室） 63057714（发行部）
传 真 010－63055259
http://www.npcpub.com
E-mail: mzfz@npcpub.com
经 销 新华书店
开 本 32 开 880 毫米 ×1230 毫米
印 张 7.875
字 数 208 千字
版 本 2017 年 3 月第 1 版 2017 年 3 月第 1 次印刷
印 刷 北京世汉凌云印刷有限公司
书 号 ISBN 978-7-5162-1478-7
定 价 51.00 元（全二册）

目　录（下）

CONTENTS

记得他与妻子初识，也是在河边，也是这样一个深秋薄雾的清晨，水面莲花凋零，红衣尽卸，篱边菊花半开，呈现出灿烂的金黄之色，家乡鲈鱼正美。恍惚中，有女子声音在轻柔歌唱，缓慢，绵长，诉说着初遇与欢喜，又悲泣着离别与苦难，哀愁。他们有过欢笑，更多的还是宿命所赋予永恒的焦虑。它们束缚、缠绕、轮回，始终徜徉在四周。

吴军攻占郢都后，大肆屠城，四处烧杀抢掠，残暴与野性尽露无余。吴王阖闾率先入楚宫，将楚昭王不及带走的嫔妃及宫女一一淫遍，此即史书中所载：“阖闾胜楚，入厥宫室，尽妻后宫，莫不战栗。”夫概等其他将领则纷纷占据其他王公贵族的宅第，尽奸士大夫之妻。郢都处处火光，哭叫声、惨呼声时有所闻，繁华的郢都，变成了一座人间地狱。

楚太子建是流亡之人，即便有亲信追随，也无法以自身力量颠覆一个诸侯国，所以他须得借助晋国。而今王孙胜情形比当年的太子建还要有优势，吴王阖闾率大军在外，良臣猛将倾巢而出，姑苏只有一个太子波及公子清，而率军抵挡越军的竟是从无带兵经验的刺客专诸之子专毅。

第七章

简兮简兮，方将万舞

记得他与妻子初识，也是在河边，也是这样一个深秋薄雾的清晨，水面莲花凋零，红衣尽卸，篱边菊花半开，呈现出灿烂的金黄之色，家乡鲈鱼正美。恍惚中，有女子声音在轻柔歌唱，缓慢，绵长，诉说着初遇与欢喜，又悲泣着离别与苦难，哀愁。他们有过欢笑，更多的还是宿命所赋予永恒的焦虑。它们束缚、缠绕、轮回，始终徜徉在四周。

五湖风平浪静，外间却是大事不断。很快传来了吴太子庆忌遇刺的消息，且如计然所料，刺客正是要离。

原来吴王阖闾虽然顺利登基，控制了吴国局势，但吴王僚尚有三股残余势力，其中对阖闾威胁最大者，便是人在卫国的太子庆忌。

庆忌有吴国太子之名，拥有吴王合法继承人的身份，兼之其人外出时领有重兵，手中军事力量不容小觑。庆忌逃到卫国后，便加紧操练军马，预备择日杀回吴国，为父亲报仇雪恨，再从阖闾手中夺回王位。

除了预备诉诸武力之外，庆忌还派使者急赴晋国，想请人在晋国的季札主持公道。不料阖闾抢先一步，亦早派使者赶到晋都，表示愿意让位给季札，请季子速回吴国主持大局。

到了这个时候，季札还能有什么话说？吴国内讧的一切根源都在他身上！他只能再度避让，承认了阖闾的合法性，并劝庆忌听天由命，安心做个寓居他国的贵公子，不要再与阖闾争夺王位。

庆忌得报后大怒，道："杀父之仇，不共戴天。更何况我父王是一国之君。我庆忌不报此仇，誓不为人。"

阖闾听闻后，本想亲自领兵征讨卫国，消除庆忌这一隐患。伍子胥却不同意，认为吴国精兵尽在庆忌、掩余、烛庸三人之手，吴国国内兵马不足，一两年之间，难以兴师远伐。要除掉庆忌，最好的办法，就是派刺客行刺。为此，伍子胥特意向阖闾引荐了要离。

阖闾大为惊异，道："要离不是已经世袭了市吏一职吗？"伍子胥道："要离是最合适的人选。"

之前专诸也是由伍子胥发现并引荐给阖闾的，阖闾相信伍氏的眼光，遂召见要离。

要离道："臣虽细小无力，迎风则僵，负风则伏。大王有命，臣敢不尽力！"

阖闾打量着要离，心道："你也知道自己细小无力，迎风则僵，负风则伏。"

要离见阖闾良久默然不言，猜及其心意，道："大王患庆忌乎？臣能杀之。”

阖闾遂直言道：“你可知庆忌之勇，世所闻也。筋骨果劲，万人莫当。走追奔兽，手接飞鸟，骨腾肉飞，拊膝数百里。追之于江，驷马驰不及，射之暗接，矢不可中。你先天不足，力远不如也。”

要离也不多言，只道：“只要大王有意除掉庆忌，臣必能杀之。”

阖闾道：“庆忌明智之人，而今归穷于诸侯，不下诸侯之士，不会轻易相信外人。”

要离道：“这个不难，大王只要对外宣称臣得罪了大王，砍掉臣一条手臂，再戮臣妻子，臣诈以负罪出奔，庆忌必信臣矣。”

阖闾很是惊讶，道：“砍掉一条手臂足矣，实在没有必要再多害你妻儿性命。如果实在要取信于庆忌，寡人可以命人制造假象，谎称杀死了你家人。”

要离道：“臣闻安其妻子之乐，不尽事君之义，非忠也；怀家室之爱，而不除君之患者，非义也。”

阖闾自认不是心软之人，却也为要离的决心打动，也由此坚信伍子胥没有看错人，当即应道：“诺。”

于是按照要离的要求，斩其右臂，杀其妻子及儿子禽离，禽离年仅七岁。母子二人被残忍杀害，又在市集当众焚尸。

要离依计逃离吴都后，便赴卫国投奔吴太子庆忌。庆忌在吴都时，常去市集，认得要离，知道他是前任市吏被离的侄子，听说要离继任市吏后，因得罪新吴王出逃，难以相信，即便对方断了一条手臂。

然要离妻儿被杀的消息传来后，庆忌这才相信要离是真心投靠，遂接纳了他。因要离熟悉吴国国情，遂命其训练士卒，修治舟舰，预备出师讨伐吴王阖闾。

不久，在要离催促下，庆忌率兵伐吴，船队浩浩荡荡，向南进发。

当日江上有风，要离道：“太子殿下应该亲自坐在大船船首，这样既能鼓舞士气，又便于指挥船队前进。”

庆忌认为有理，遂于船头坐定。要离手执短矛，侍立在一旁。

忽然有一阵强风刮来，大浪掀起，战船摇晃不定，庆忌也随之坐立不稳。一直暗中窥测时机的要离借船体颠簸摇晃之势，以短矛猛刺庆忌。短矛直中要害，透入心窝，穿其后背而出。

庆忌身受重伤，却没有立即死去，反而立时制住了要离。他虽已明白要离是吴王阖闾派来的刺客，仍不能相信要离宁可牺牲妻儿，也要博取自己信任，更难以想象自己堂堂吴国第一勇士，竟会死在气力远不及己的瘦弱男子之手。百思不得其解之下，遂叹道："天下居然有像你这样的勇士，竟然能用这种苦肉计来刺杀我！"

庆忌心中有所不甘，又强忍剧痛，单手提起要离的脚，将其头捽入水中，等到要离将要溺毙时再将其提起。

如此反复三次，要离已是奄奄一息。庆忌这才将要离提上船，横放在自己面前，问道："姬光到底许诺了你什么，竟让你甘愿牺牲自己及妻儿？"

要离喘息良久，气息方平，厉声道："太子以为我是为了新吴王吗？不是！我家族受先大王寿梦所托，专司消弭吴国内患之责。为保吴王，不计得失，不计生死，这便是离氏家族的使命。太子若是抢在阖闾之前做了吴王，我一样会为你牺牲妻儿及自己性命，去刺杀阖闾。"

原来当年寿梦因宠爱幼子季札，立下"兄终弟及"遗嘱后，便已预料到季札之后，吴国可能会发生王位之争，内讧只会徒然消耗自身实力，于大业无益。为长远计，寿梦将一个秘密使命交付给心腹片离及其离氏家族——不计一切代价保卫现任吴王。

按照寿梦当时的预想，王位传到爱子季札手中后，季札必定会选择他认为合适的继承者，这样，不服新吴王者只能是老大诸樊、老二余祭或是老三余昧的后人。离氏家族受命严密监视这些有公子身份的贵族子弟，任谁有异图，离氏家族便要以强硬手段予以铲除，以保护季札选定的继承者。所谓"强硬手段"，便是彼时十分流行的以刺客行刺。

然而事情并不是全按寿梦的预计发展，老三余昧之后，老四季札拒绝接受王位，余昧之子州于即位，是为吴王僚。既然季札认可了这一事实，吴王僚遂成为离氏家族的保卫对象。

不久前，在吴都发生了一系列事件后，公子光与吴王僚明争暗斗迹象逐渐显露。

尤其吴王僚派太子庆忌及两位弟弟引军出征后，离氏家族首脑人物被离感觉公子光对吴王僚威胁日重，遂派得力下属路幺前往公子府行刺。

不料路幺不但失败，还未按照事先约定自杀，被公子光生擒。公子光下令对路幺严刑拷打，务求追索其背后主谋。

除了离氏家族外，还有一个人知悉寿梦未雨绸缪之计，这便是寿梦最爱之子季札。

季札得知市集小吏路幺行刺公子光后，立即猜到是离氏所为。他不愿意父王在世时的精心安排毁于路幺的招供，遂赶去公子府，以大司寇的身份强行带走了路幺，将其关入牢狱中后，便将事先准备好的毒药交给路幺，令其自裁。

因路幺失手，离氏不得不再度启动行刺计划。被离被杀当晚，他人一直在一楼堂中，实际上是召集心腹干练人手商议继续行刺公子光一事。不料要离回家取物之时，被离意外被杀，离氏失去首脑人物，行刺公子光的计划不得不暂时搁置。

被离在此背景下被杀，离氏一族人人皆以为是公子光所为，或是从路幺口中知悉了什么，或是认为被离作为路幺的上司，该当负有责任。

后离氏经过商议，决定由要离继任首脑。要离为保住叔叔的唯一血脉，几度赴菱湖渔场，想将明离托付给计然，不料始终未遇，行刺公子光的计划也由此延误了下来。

恰在计然返回吴都的前一天，王城内发生了专诸刺僚之事，一夜之间，吴宫易主，公子光成为了新吴王，亦由行刺目标变成了离氏家族最新的保护对象。世事变幻莫测，人情亦历经沧桑。

然离氏必须得忠诚于自己的使命，要离将明离托付给计然后，便主动找到最受吴王阖闾宠幸的行人伍子胥，自请去刺杀太子庆忌，请伍氏代为向吴王阖闾推荐。

伍子胥尚不能相信要离之决心，要离遂将离氏使命一事和盘告知，甚至连被离遣路幺行刺公子光一事也没有隐瞒。

伍子胥惊叹之余，亦佩服第一任吴王寿梦之深谋远虑，遂向吴王阖闾力荐了要离，于是才有了要离自请断臂并残害妻儿一事。

旁人自是难以明白要离为何肯为吴王阖闾作出如此重大的牺牲，正如太子庆忌一般，即便是知悉离氏秘密使命者，如伍子胥等，亦觉得要离做得太过。但还是有人在日后理解要离真正的用心，他其实是不想离氏家族的命运继续在其子禽离身上延续。那个人，正是计然，他也终于明白为什么要离一定要将明离托付于他。

太子庆忌听说离氏家族实是受命曾祖父寿梦、专职秘密保卫吴王后，仰天长叹不止，道："天意如此！天意如此！"从袖中抽出一把小剑，丢到要离面前。

卫士冲了上来，欲将要离碎尸万段。庆忌摆了摆手，道："要离也是天下之勇士。岂可一日之内，杀天下勇士二人哉？"

他渐觉气弱，自知将死，遂告之手下道："放了要离，准他平安返吴，以旌其忠。"

又令部下跟随要离返回吴国，为新吴王阖闾效力。随后自握穿透身体的短矛，用力抽出，当即血流如注而死。

庆忌部属遵照主人遗嘱，不再为难要离，与其一道乘船返回吴国。

渡至江陵，要离愍然不行。他屹立船头良久，弱小的身躯随着船体摇来晃去，目光投向江流，流露出深切的怀念来。

记得他与妻子初识，也是在河边，也是这样一个深秋薄雾的清晨，水面莲花凋零，红衣尽卸，篱边菊花半开，呈现出灿烂的金黄之色，家乡鲈鱼正美……

恍惚中，有女子声音在轻柔歌唱，缓慢，绵长，诉说着初遇与欢喜，又悲泣着离别与苦难，哀愁。他们有过欢笑，更多的还是宿命所赋予的永恒焦虑。它们束缚、缠绕、轮回，始终徜徉在四周，那是家族命运的真实延续，直至今日。

命中注定的悲剧，终无人能挣脱。恰如宫殿耸立之时，其轰然倒塌亦无可避免。人们均在仰视高高在上的吴王，却不知道权力这般炫目，而其背后竟然有如此多的隐秘。

护送的卫士忍不住上前问道："离君为何不行？"

要离长叹道："我杀害妻儿，以事我君，非仁也；为新君而杀故君之子，非义也。重其死，不贵无义。今我贪生弃行，非义也。我要离有三恶以立于世，还有何面目以视天下之士？"便举身投水自杀。

卫士却不肯让要离就此死去，又将他捞了起来，告道："君且勿死，以俟爵禄。"

要离不肯听从，自断手足，伏剑而死。用以自杀之剑，正是太子庆忌临死所抛小剑，状似鱼肠剑。卫士遂继续护送要离尸体前往吴都。

要离行刺庆忌一事尚未发生前，吴都王城又发生了一起行刺事件，竟是被离之孙明离意图行刺新吴王阖闾。

当日计然听到要离妻儿被害的消息，以为要离意图行刺阖闾而被阖闾抢先下手，担心阖闾会进一步对付明离，遂命人将明离送往宋国。

明离年纪虽小，却甚是聪明，他见师父毫无征兆地将自己送走，且不见月女前来告别，遂起了疑心，半途刻意留意侍从们的谈话，终于偷听到叔叔要离一家出事的消息，心下大愤，竟趁夜晚船靠岸时，私下逃走。

侍从次日才发现明离人不见了，四下寻找未获，料想其人回了吴都，只得返回菱湖渔场，向计然禀报。

计然猜测明离知悉要离妻儿遇害一事，意图向阖闾复仇，忙派人到王城一带寻找，竟始终没有发现明离踪迹。又生怕明离在归途中出了事，忙派遣大量人手沿途寻找其下落。

那一日，计然来到剑坊，剑坊主人干将奉上新铸成的宝剑。计然拔剑出鞘，却见精光四射，通体湛然，随手试了一试，轻重大小无不合适，很是满意。

莫邪笑道："这是我夫妇二人合力铸造，总算不负计君所托。"

干将道："还请计君为这柄剑取个名字。"计然微一沉吟，道："就叫属镂如何？"

话音刚落，便听到有人笑着接口道："属镂这个名字不错。"竟是吴王阖闾微服到了。

这还是阖闾第一次来到剑坊，众人惊诧之余，慌忙上前拜见。阖闾摆手道："各位不必拘礼。寡人今日只是路过，顺便进来看看。"索过计然定做的宝剑，把玩了一回，道："好剑！好一柄属镂剑！"

计然本是豁达之人，又是巨富，于身外之物并不看重，见阖闾眼中大有喜爱之色，忙道："既然大王喜欢，计然便将这柄剑进献给大王。"

阖闾笑道："那怎么行？这是渔父亲自定做的宝剑，寡人怎可夺人所爱？"将属镂剑还给计然，又招手叫过干将、莫邪道："寡人已登大宝之位，尚需要一把绝世好剑，以为吴国镇国之宝。"

干将心中隐隐感到不妙，忙道："大王已有我师兄欧冶子所铸湛卢剑，湛卢剑乃五金之英，太阳之精，出之有神，服之则威，为天下兵器之首，锋芒无可比拟，堪可作为吴国镇国之宝。"

阖闾摇头道："湛卢剑固然不错，可它是欧冶子为越王所铸，越王又将它献给了州于，州于曾将其作为佩剑，而今州于已败，寡人怎可再用湛卢作佩剑？你夫妇二人，一人与欧冶子同师，是欧冶子师弟，一人则是欧冶子之女，技艺当不在昔日欧冶子之下，寡人要你二人择地开炉，再铸一把超过湛卢的神兵利器。"

其实阖闾还有一层意思，不便当众说出来——欧冶子曾为楚国铸泰阿剑，泰阿是威道之剑，号"王者之剑"，而湛卢只是一柄仁道之剑。在阖闾眼中，"仁道"显然是远远不及"威道"的。

莫邪哪里明白新吴王的心思，忙道："大王，要铸出湛卢那样的神剑，需要天、地、人合三为一，先父苦苦寻觅了三年，在山中侥幸发现了神铁及圣水[1]，辟地设炉，雨师洒扫，雷公击劈，蛟龙捧炉，天帝装炭，又

[1] 圣水：冰冷的泉水。

用了三年的时间，才终于炼成湛卢剑。我夫妇二人本领均不及先父，又无神铁圣水，如何能铸出超越湛卢的宝剑？”

阖闾本是兴致勃勃而来，闻听此言，脸色当即沉了下来。

干将料想以阖闾性格，铸剑一事无可推托，遂向妻子使个眼色，莫邪轻叹一声，勉强点了点头。夫妇二人一齐下拜道：“臣等愿意为大王一试。”

阖闾这才转怒为喜，笑道：“你夫妇二人需要什么，尽可以提出来。寡人已命伍子胥在新城东面特设了一座匠门，又名干将门[1]，就在剑坊东面。等新城建好，你们剑坊将处于市集交通最便利的位置。”

干将、莫邪闻言大为愕然，自古工匠地位不高，阖闾竟肯用“匠”字及干将的名字为新城池东门命名，可见极重工匠，亦对铸造新剑一事重视之极。干将夫妇意外之极，也极感荣耀，忙上前拜谢。

阖闾次子夫差有意走到计然身边，一双眼睛不停在那把属镂剑上打转。计然遂道：“公子既然喜欢此剑，我便送给公子如何？”

夫差还是个少年，也不客气，笑着接过宝剑，道：“那夫差就多谢渔父了。”

阖闾叫道：“夫差，你怎敢要渔父心爱的宝剑？”夫差撇了撇嘴，道：“父王将湛卢剑给了太子兄长，我也要佩一柄好剑。”

阖闾道：“父王不是已经答应你了吗，等到从庆忌手中夺回胜邪剑，就将它赏赐给你。”夫差道：“那还不知道要等到……”

一语未毕，忽不知从哪里挤出个孩童来，手执短剑，直朝阖闾刺去，口中还嚷嚷道：“今日要为禽离报仇雪恨。”

阖闾虽猝不及防，但毕竟是武夫出身，征战沙场多年，对方又只是个孩子，轻轻一闪，大力一推，便将刺客摔倒在地。

卫士一拥而上，挺出兵刃，对准那孩童，只待阖闾一声令下，便要将其斩为肉酱。

计然忙道：“手下留情！请大王手下留情！”

[1] 据宋人范成大《吴郡志》卷三《城郭》云：“匠门又曰干将门，《续经》止曰将门，吴王使干将铸剑于此，故曰将门，今谓之‘匠’，音之讹。”唐人陆广微《吴地记》云：“匠门又名干将门……阖闾使干将于此铸剑。”范成大与陆广微均为吴人，但因陆广微时间较前，作者取其说法。

阖闾见那孩童虽只有十岁年纪，一双明亮的眼睛中却闪着仇恨的怒火，似欲吞噬一切，颇为心惊，又见计然为其求情，当即问道："渔父认得这名小刺客吗？"

计然吞吞吐吐地道："大王……"阖闾遂命道："其他人都退出去。"

干将、莫邪等人不知那孩童从哪里冒出来，正担心其人行刺会给剑坊招来祸事，闻言慌忙退出堂去。

计然见再无旁人，便实话告道："禀报大王，这孩子叫明离，是前市吏被离之孙，要离之侄。"

他已猜到要离实为阖闾死士，已赴卫国刺杀前太子庆忌，遂不再隐瞒明离身份。而今也只有说出实情，方能保住明离性命。

阖闾果然转怒为惊，讶然道："原来你就是被离的孙子？"

明离被卫士反扭住双臂，犹自挣扎不止，骂道："昏君，你杀了我婶婶，还杀了我弟弟禽离。我要杀你这个昏君报仇。"

因要离行刺庆忌一事尚无消息，阖闾不便明言，遂命道："来人，先把明离押出去，好好看管。"

等卫士带走明离，阖闾才问道："明离看向渔父的眼神很奇怪，分明是认识，可他又有意假装不认识，这是何缘故？"

计然道："明离早已拜在我门下，成为我弟子，假意不识，是怕牵累于我。"大致说了之前要离以明离相托一事。

阖闾半句不提要离之事，只点头道："明离小小年纪，也懂得维护师父，不愧是离氏家族的人。"又道："渔父放心，寡人不会杀明离，可也不能就此放了他。"

计然遂问道："那么大王预备如何处置明离？"

阖闾道："先将他关起来，日后再行处置。也请渔父这段时间不要离开吴国，寡人还有事请教。"

计然心道："明离不明就里，知道自己落入仇人手中后，必定愈发悲苦，还不知道会做出什么事。"

正想试着说服阖闾，由自己来看管明离，忽有卫士进来禀报道："大王，校场出了大事，孙将军以不遵军令为由，下令将大王的两名爱姬斩首示众。”

阖闾大惊失色，道：“快，立即派人快马赶去校场，传寡人之命，叫孙武停手。”

卫士道：“来不及了。孙将军一声令下，首级当场便已经斩了下来。”

阖闾登时怒气冲天，道：“这孙武好大的胆子，竟不顾寡人的一再交代，敢对寡人爱姬下手。走，去校场！”

计然求情不及，只得任凭吴王阖闾一行带走了明离。出来剑坊，正待返回渔场时，大夫邢平家臣包库忽然赶至，道：“大夫君想请渔父到邢府一会。”

计然道：“我有急事，得尽快赶回渔场。麻烦包君代为转告邢大夫，下次进城，再去府上拜访。”

包库道：“大夫君病重，怕是快要不行了，请渔父务必去见一面。”

计然闻言，忙赶来邢府探视。邢平这次不是装病，两眼发黑，脸颊深深凹陷了下去，人消瘦得厉害。他一见计然进来，便挣扎着坐起来，举手招呼道：“渔父。”

计然忙上前握住邢平之手，问道：“邢大夫何时得的病，我竟是不知，实在抱歉。”又问道：“可有请大夫瞧过？听说阳山公孙圣医术高明，就是脾气怪些，我这就派人……”

邢平道：“渔父不必为老臣费心了，我这病是好不了了。”又道：“之前因为寿梦手书一事，老臣甚是无礼，还望渔父见谅。”

计然道：“事情早已经过去，邢大夫不必再放在心上。”

邢平道：“按照先人交代，手书本该由老臣子嗣继承保管，可野儿他……唉，老臣绝了后，这大概也是天意，手书到老臣这一代手里，就该终止了。臣知道，渔父想为晋君谋取手书，老臣愿意成全渔父……”

计然大为惊讶，道：“难道邢大夫一直以为我之前冒昧索要寿梦手书，是为了晋君？”

邢平道：“难道不是吗？渔父说季子捉了月女，要渔父拿手书去换人，当日凑巧季子到来寒舍，臣见他神色言辞，竟是不知渔父身份，臣便知所谓月女被捉一事，只是渔父编造出来的说辞。后来臣也派人去打探过，月女好端端地在渔场玩耍呢，也验证了臣的推测。”

计然这才恍然大悟，原来曾向邢平当面试探寿梦手书一事的人，不是公子掩余，而是季札。

料想必是寿梦临终前，将与晋国大夫申公巫臣秘密订盟一事告诉了季札。邢平既知季札知悉手书，也以为频繁造访邢府的窃贼是季札所派，邢野也是季札手下所杀。以季札的公子地位及圣人名望，吴国自是无人能与其对抗，是以邢平不敢声张，还阻止计然涉入，称：“因为那个人非同小可，即便渔父还有当年晋国公子的身份，也一样动不了他。”

当日公子掩余以月女性命要挟，计然被迫来到邢府索取寿梦手书，因为事关重大，又以为邢平知悉对方身份，遂未明言提及掩余，而邢平竟以为计然是在说季札。

刚好季札到来，邢平本待当面解决此事，遂坚持引计然去见季札。不想见面之后，才发现季札虽见过计然，却对其身份来历一无所知，遂大为误解，以为计然在撒谎欺骗。

计然瞬间即会意过来，忙道：“邢大夫误会了！当日捉走月女的人，是公子掩余，而非季子。”大致解释了一番。

邢平先是惊愕，随即大为悔恨，道：“原来都是老臣的错。老臣竟以小人之心揣度渔父，还误会了渔父这么久。”

还待起身行礼赔罪，计然忙道：“邢大夫好好躺下养病，便是最好的赔礼了。”

邢平喘息了一阵，渐渐平静下来，先是喃喃自语道：“那么这份手书该怎么办？”随即又问道：“渔父，你说老臣该怎么办？”

计然道：“不瞒邢大夫，月女那件事平息后，晋君确实也派人找过我，要我设法帮忙谋取寿梦手书，不过刚好出了公子光替代吴王僚成为新吴王之事，事情遂缓了下来。我不知晋君谋夺手书的目的为何，而今季子人也在晋国，料想晋君会暂时坐观其变。”

邢平道：“那么晋君一定已经派人将手书内容告知渔父了？”

计然点了点头，道："这份寿梦手书，是尊祖申公巫臣的一着厉害伏棋，无非是要督促历任吴王全力攻伐楚国。"

邢平点了点头，道："手书的最大受益者，当属越国。我猜晋君谋夺手书，是看到吴国羽翼已成，担心吴王坐大一方，遂想联合越国来制衡吴国，就跟当年联吴制楚一样。"

计然道："不管怎样，邢大夫是手书的主人，有权做任何处置。"

邢平叹道："也该处置掉这份手书了。不然的话，公子掩余，还有晋君，都会再派人来。就算老臣死了，这府中上下人等，甚至包括与老臣走得近的渔父，怕是都躲不过骚扰。"叩了叩榻板，叫道："来人，备车，我要立即入宫拜见大王。"

计然猜测邢平预备将寿梦手书交给吴王阖闾，暗道："事已至此，也确实只有交给现任吴王，才是最妥当的法子。"

因自己不便过多涉入，扶邢平上车后，便告辞离去。

月女闻声迎了出来，见计然空手而回，很是奇怪，问道："莫非剑坊又出了岔子，宝剑还未能铸好？"

计然道："宝剑是铸成了，我还给它取名叫属镂。但公子夫差看上了属镂剑，我便当场送他了。"怕月女担心明离，也不提明离行刺阖闾一事。

月女道："计然哥哥倒是大方，辛苦等了这么久的宝剑，一转手就被你送人了。"

计然道："其实我也很喜欢那柄属镂剑，但当时的情形，只能送给公子夫差。他还是个孩子，满心想要那把剑，我哪能跟一个孩子争？"

月女笑道："好啦，我不是怪计然哥哥出手大方，我只是替你心疼，宝贝在你手上，总也留不久。"

计然笑道："谁说的，我不是还有月女吗？我一直把你留在身边啊。"

月女红了脸，啐道："计然哥哥越来越爱贫嘴了，都跟陈音学坏了。快去见客吧，有个人，在客堂等你很久了。"

计然闻言，忙换过衣衫，入堂见客，却是个陌生的彪悍男子，三四十岁，短衣长裤，倒像是个市井之徒。

那男子见侍从引计然进来，忙上前见礼，问道："足下就是渔父吗？我是前市吏被离的朋友，名字不提也罢。"

计然奇道："那么我该如何称呼足下？"那男子道："就叫我'足下'吧。"

计然料想对方不愿意报出真实姓名，遂问道："'足下'君到访渔场，有何见教？"

"足下"道："嗯，我将要离开吴都，怕是再也不会回来，有一件事，我想渔父可能有兴趣知道。"

计然道："'足下'君请讲，计然洗耳恭听。"

"足下"道："那一晚，就是被离被杀的那一晚，我人也在鼓楼。"

计然已知当晚被离召集多人在鼓楼堂中议事，也不动声色，问道："'足下'君是想说你知道谁杀了被离吗？"

"足下"道："不是。哦，我的意思是，我确实知道是谁杀了被离，但知道也没什么用处，这仇报不了，也不必再报。"

顿了顿，便叙述了经过："那一晚，本是被离约我等到鼓楼集会。我人最先到，跟被离闲话时，看到几案下有个铸剑模子，很是好奇，便拿起来玩弄了一番，询问究竟。被离解释说，那是渔父你感兴趣的东西。"

计然立即瞪大眼睛，道："是个铸剑模子吗？"

"足下"点了点头，道："因为我就住在市集不远处，听到鼓声后，立即赶去鼓楼察看，方知被离遭人杀害。我看到渔父你也在场，正跟要离说着什么。等你走后，我特意溜进堂中，发现几案下那个模子已然不见了。我觉得有些奇怪，一度怀疑渔父跟被离被杀案有关，特意到鼓楼客栈询问过，方知渔父也是听到鼓声才赶过去，你手上也没拿过什么模子。"

计然道："是什么样模子？""足下"道："看上去是把小剑。"蘸浆水为墨汁，往案上画了一个形状。

计然沉吟片刻，又问道："你为何现在才来告诉我这件事？"

"足下"道："渔父是要离倾心信任之人，所以他才将明离托付给你，我也不瞒渔父，我听命于离氏家族行事，而今到了要离这一代，要离出逃，禽离被杀，离氏算是彻底终结。要离将要完成他的使命，我也没什么事可做了，预备就此返回老家去。临行前，忽想到这一节，还是觉得应该告诉渔父。”

计然道：“原来如此。”忙命人取来一包碎金及青铜，交给“足下”作为盘缠，又道：“我已大致猜及要离所作所为，对离氏及你等之隐忍奉献深为佩服。这只是一点心意，‘足下’君万莫嫌弃。”

那一包金铜价值不菲，足够过完下半辈子，“足下”大为意外，迟疑片刻，遂道：“我若推辞，便显得矫情。多谢渔父惠赐，他日有缘再会。”

送走“足下”，计然便派人叫来月女，向她借了鱼肠剑，反复翻看。

月女笑道：“莫不是计然哥哥失了属镂剑，想要我的鱼肠剑？”计然道：“我在想，世上会不会当真有两柄鱼肠剑？”

月女道：“这一节，计然哥哥不是去剑坊问过吗？”

计然点头道：“莫邪很自信地说，这般小而精致的宝剑，世上只有她和她丈夫干将能铸成。但临别时她又说，或许天下能人甚多，也许她孤陋寡闻，不知尚有隐姓埋名的高手。万一当真有一位高手铸出了另一柄鱼肠剑呢？”

月女蓦然会意过来，道：“计然哥哥怀疑五湖公一案另有蹊跷，不是公子光……哦，不是吴王阖闾派人杀了五湖公，而是有人用第二柄鱼肠剑行凶杀人？”

计然点了点头，道：“阖闾确实有杀人动机，杀死五湖公，专诸便成为了世间第一炙鱼高手。以阖闾当时身份，如果要杀人，一定会派手下行事，但他又何必一定要选鱼肠剑作为凶器呢？”

难不成阖闾想让专诸第一眼看到五湖公尸体时，便能从剑伤认出是自己派人动手？换作吴王僚，倒是有可能，但阖闾绝不是自大之人，不至于到这个地步。

专诸以为阖闾派人杀了恩师，但既然五湖公是受自己牵累，他绝不会当面点破。阖闾志在吴王，对五湖公之死根本不在意，甚至极可能以为是专诸杀了师父，好更方便行事。双方均以为是对方所为，却不说破，盖因杀师等于灭祖，是大大的不对——专诸以为阖闾杀了五湖公，却不能指责对方；阖闾认为是专诸杀了师父，亦无法用道义加以斥责。上上之策，便是装糊涂，半句不提。

计然越想越觉得不对，心道："不如想个法子当面询问吴王阖闾，我知道不是专诸杀了五湖公，若是阖闾也否认，那么杀人凶手便另有其人了。一定是那拥有第二柄鱼肠剑的人。"

又联系到被离遇害，似乎也不那么简单——

之前计然与范蠡预备根据凶器来追索杀死五湖公的凶手，范蠡曾持月女的木剑去过鼓楼，托请被离代为打探留意。被离被杀当日，计然还与被离见过几次面，最后在废宅分别。被离发现铸剑模子，应该是在那之后。他看到模子后，立即想到之前范蠡的嘱托，便将其带回鼓楼，预备次日送去渔场，交给计然。结果当晚被离遇害，模子亦消失不见。

会不会被离被杀，根本不是阖闾所为，而是跟那铸剑模子有关？一旦被离将模子交给计然，计然便会知晓世上还有人铸出了第二柄鱼肠剑，而正是这柄剑的主人，出于某种目的杀死了五湖公。也就是说，杀死被离的凶手，就是杀死五湖公的凶手。

那么被离是在什么地方发现铸剑模子的呢？是在废宅，还是在其他地方？

推算起来，似乎废宅的可能性最大。而今已知那废宅是越人间谍的一处藏身处，或许是越人间谍用铸剑模子铸出了第二柄鱼肠剑，又用它杀死五湖公，好利用五湖酒肆行刺事件，引吴王僚与公子光相斗。

但铸剑不是寻常手艺，需要有作坊，需要火炉等相关设施，废宅是绝对不具备这个条件的。而废宅背后，恰好就是补釜铺，会不会越人间谍借用了补釜匠的地方？或者那补釜匠剑鸣本人就是神秘的越人间谍？

月女听完计然分析，忙道："上次那个补釜匠来渔场补镬，我虽然不懂，却也看得出来，他的手艺很好，一双手强劲有力，稳若磐石。他也很自信，还说：'我剑鸣补的镬，决计不会再破。'"

计然道："原来那补釜匠叫剑鸣。"

月女道："是啊，我说他名字好听，他还说：'名字好听有什么用，我不铸剑，只补镬。'"

计然嘿然道："如此倒愈发可疑了。"招手叫过侍从东润，命他先去设法打听市集补釜匠剑鸣的来历。

侍从念辞忽奔进来禀报道："陈音刚刚回来了，臣看他双眼通红，便上前询问可是有什么事，结果他像发了疯一样，将臣推开便跑。"

计然忙问道："陈音人呢？"念辞道："正在柳林中以头撞树呢，臣怎么拦都拦不住。"

月女奇道："难不成又是为了盈娘？陈音这一阵子不是好了许多了吗？还总说要去追求新女子呢。"

赶来柳林一看，却见陈音正以头撞树，额头鲜血淋漓，肿起了一个大包。又可气又好笑的是，小白高坐在柳树枝丫上，跷着二郎腿，好奇地看着树下之人发疯。

计然忙命人上前阻止，念辞等几名侍从合力将陈音拖开。月女道："不要再胡闹啦，你这样做，只是伤害了你自己。"

陈音怒道："放开我！快放开我！我的事，不要你们管！"

他被侍从制住，反拧了双手，始终挣扎不开，忽然全身瘫软了下去，号啕大哭起来。

计然命侍从松手退下，只与月女陪在一旁。陈音哭了好久，才告道："盈娘死了，她被人杀了，首级就挂在城门上。"

计然、月女均大吃一惊，二人相视一眼，月女先问道："盈娘不是已经成为吴王阖闾的爱姬了吗？是阖闾杀了她吗？可是上次孙武哥哥还说，盈娘已经是吴王面前最红的姬妾，最受阖闾宠爱呢。"

计然也问道："阖闾因为什么罪名杀了盈娘？"陈音哭道："不守军令。"

计然皱眉道："不守军令？这是什么罪名？"

陈音忽然换了一副语气，咬牙切齿地道："杀死盈娘的不是阖闾，是孙武，孙武！"

计然已知吴王阖闾为了考验新将军孙武的练兵能力，交给他二百名宫女，命其操练，再联想今日阖闾匆匆离开剑坊一事，失声道："难不成孙武在校场所斩两名吴王爱姬，其中之一就是盈娘？"又问陈音道："你可能确认此事？"

陈音道："什么确认不确认的，我喝完酒出城，亲眼见到盈娘的首级悬挂在城门上，城门边还有孙武的亲笔告示及签名，告知为何要杀盈娘。"

又哭道："那是我的盈娘啊。孙武不会不知道！阖闾夺我所爱倒也罢了，他孙武为了个劳什子的练兵，竟杀了我最心爱的女子。"又忍不住哭出声来，极是伤心。

有侍从奔了过来，附耳低语一番。计然点了点头，遂道："月女，你送陈音回房去，好好开导开导他。"

月女低声问道："我要如何开导呀？"

计然心道："事情到了这个地步，也实在没什么可开导的。"便道："你看着陈音，别让他再做傻事，我一会儿派人来替你。"

赶来客堂，孙武正候在堂中，见计然独自进来，忙问道："陈音人呢？我是专门来见他的。"

计然问道："孙将军是专程来告知你将盈娘斩首一事吗？"

孙武先是一怔，随即道："渔父好快的消息，竟已经知道了。"计然摇头道："我是刚刚才听陈音说的。"

孙武惊道："陈音已经知道这件事了吗？"计然道："他今日刚好入城饮酒求欢，出城时正好见到了首级高悬，立时便认出了盈娘。"

孙武犹豫着问道："那么陈音有何反应？"

计然道："若狂若癫，自戕身体，怕是此时不宜出来与将军相见。"又问道："这到底是怎么回事？"

孙武道："我只是执行军法而已。"大致讲述了经过——

原先吴王阖闾并不如何重视孙武，是伍子胥在阖闾面前一再推荐，阖闾才召见了孙武。孙武献上自己所著兵法十三篇。阖闾翻阅后极为赞赏，只是虑及孙武十八岁前在齐国做富贵闲人，十八岁后到吴国山林隐居，成为隐士，从未有过领兵经验，更不要说上阵杀敌，一时有所犹豫。孙武看出阖闾的疑虑，遂自请训练宫女为军。

阖闾笑道："难不成孙君以为我吴国没有大好男儿，想要率领妇人上阵杀敌吗？"

孙武自信地道："臣若能将宫女训练成可用之军，训练吴军士卒更不是什么难事。"

阖闾听了，深觉有理，遂拜孙武为将军，将二百名宫女调拨给他。阖闾宠姬盈娘和昭华听闻此事后，均觉得有趣，亦要求加入。阖闾允准。孙武将二百名宫女分为左、右两队，指派昭华、盈娘为左右队长，又命自己的御者及陪乘担任军吏，负责执行军法。

起初，盈娘等人觉得好玩，又想着也许能多学一门技艺，倒也听从孙武安排，认真练习射击、箭术等。但到合练阵法时，问题便出来了，宫女们稀稀拉拉地站好队，行不成行，伍不成伍。军吏拉了这个，那个又不成样子。看着军吏跑来跑去，忙得满头大汗，宫女们忍不住捧腹大笑，队形愈发大乱。

孙武当即命人拿下盈娘及昭华，要责罚二人。盈娘辩解道："又不是我二人带头嘲笑，大家伙儿全都有份。"

孙武道："军令不明，是将领之罪，军令既明，而士卒不用命，则是军士之过。你二人是首领，手下有过，当然先责罚首领。"命军吏将二人斩首。

刚好吴王阖闾到来，忙上前阻止，道："这两位美人都是寡人心爱之人，没有这两位美人侍候，寡人吃饭也没有味道。寡人已经知道将军能用兵了，还请将军赦免她们。"

孙武居然回答道："臣既然受命为将，将在军中，君命有所不受。"执意要杀盈娘及昭华。

阖闾无奈，只好以发代首，亲自上前，割下了盈娘及昭华各自一缕头发。

当日，阵法操练得颇为齐整，孙武仍觉得与理想中差得太远，要求日益严格。盈娘等人吃不了风吹日晒的苦，多次想要退出。今日盈娘更是当众道："大王不过是做做样子，又不是真的会派我们上阵杀敌。我再也不想玩这个了。"昭华也道："我受不了，我要退出。"

她二人开了头，众宫女亦纷纷要求退出。孙武遂下令将盈娘、昭华当众斩首。盈娘有恃无恐，道："我是大王最宠爱的姬妾，谁敢斩我？"

军吏尚有所迟疑，不敢下手。孙武大怒，"两目忽张，声如骇虎，发上冲冠"，军吏遂手起剑落，将盈娘及昭华首级斩了下来。惨叫声及尖叫声过后，校场陷入死一般的沉寂。孙武又命两队排头充当队长，继续练兵。

阖闾闻讯赶到校场时，盈娘、昭华早已身首异处。他虽然没有说什么，但脸色十分难看，心中不快一望便知。

孙武便上前拜见，告道："令行禁止，赏罚分明，这是兵家的常法，为将治军的通则。对士卒一定要威严，只有这样，他们才会听从号令，打仗才能克敌制胜。"

阖闾失去宠姬，心头有气，不愿意听孙武辩说，却又不便发作，当即拂袖而去。

孙武斩杀两姬后，再度操练宫女演练阵法。操演完毕后，派人进宫向吴王阖闾禀报道："队伍已经练好，即便让这支军队去赴汤蹈火，也不会有问题，请大王检阅。"

阖闾怒气未消，不愿意前往校场。孙武遂道："大王徒好其名，而不用其实。"欲挂冠付印辞去将军一职。

伍子胥得知后，急忙求见吴王阖闾，强调只有兵道才能创建霸业。阖闾这才勉强同意到校场观看演武。

当孙武击鼓发令时，众宫女前后左右，进退回旋，跪爬滚起，全部合乎规矩，阵形十分齐整。

阖闾亲眼见到，惊讶万状，这才和颜悦色起来，又同意孙武所请，将盈娘及昭华首级悬挂城门，以公告示众，表明军法严明，军中无戏言。

计然听了经过，道："将军受命于君，自有治军之道，计然不敢多言。但法度之下，亦有人情，将军与盈娘相识在先，又知她与贵友陈音有旧，稍作薄惩便足以立威，何必一定要将其杀死？”

孙武道：“渔父之言，自是有理，但当时情形，逼迫得我非斩盈娘不可。”

顿了顿，又道：“这件事，我无须向渔父解释，只需向陈音做个交代，还请渔父命人请他出来，我好当面跟他说清楚。”

计然听孙武语气颇为不善，便命人去请陈音。陈音听说孙武人在渔场，顺手拔出月女腰间的鱼肠剑，便直朝客堂冲来。计然早有防备，命侍从上前拦住陈音。

孙武却道：“我自问没有做错什么，今日前来，是想当面做个交代，以全朋友之义。如果陈音因此要杀我，就让他来动手吧。渔父，请你下令，让侍从退开。”

计然摇头道：“你是吴国的将军，又是渔场的客人，不能有任何闪失。”

月女跟了进来，上前夺下陈音手中的鱼肠剑，喝道：“陈音，你要胡闹到什么时候？”又走过来问道：“孙武哥哥，你当真杀了盈娘吗？”

孙武道：“千真万确。”

月女道：“我知道你这么做，一定有你的道理。你看到陈音这个样子，心中也一定不好受。可是我总觉得……总觉得……”

孙武道：“月女觉得什么？”

月女道：“你已经不是我认识的那个孙武哥哥啦。”摇了摇头，插剑入鞘，挽起计然手臂，道：“计然哥哥，我们走吧。”

计然见陈音反复叫嚣要杀孙武为盈娘报仇，也不知他疯狂之下是否会真这么做，而今孙武地位显赫，他有任何差池，都会给渔场招来祸事，遂命人将陈音拖走，道：“陈音的情形，孙将军也亲眼看到了。他自戕身体至此，足见心中仍深深眷念盈娘。孙将军实在要交代的话，还是改日再来吧。”

孙武本不在意旁人态度如何，陈音的反应亦在意料之中，但见月女神情冷淡，迫不及待地拖着计然离开，忽然一阵悸动，一点凄凉自心底深处涌出，又渐渐弥漫开去……

校场事件数日后，计然正在书房处理文书，忽有侍从来禀报道："邢平大夫昨夜过世了，邢府一早派了人来报丧。"

虽早在意料之中，计然心中仍倍感黯然。每年都会有旧识永久离去，生老病死，人人都逃不过这一关，但每每有与晋国勾连者去世，他便有故国家园渐行渐远的感觉，而今已远至模糊不清了。

侍从问道："可要臣去准备车驾？"计然点了点头，道："总要送邢平最后一程。"

来到邢府时，计然问及邢平可有遗言，邢平家臣包库摇了摇头。刚好晋国官吏赵须也赶来拜祭，忙将计然拉到一旁问道："邢平过世，那寿梦手书传给了谁？"

计然道："据我猜测，邢平应该将手书交给当今吴王了。"

赵须惊然色变，失声道："再无手书制约，吴国岂不是有可能会背盟？"

计然道："之前诸樊、余祭等历任吴王不知手书一事，不是也照常攻楚不止吗？"

赵须道："但吴王僚有意改攻楚为伐越，晋国已暗中与越国结盟。"

计然心道："原来如此，看来邢平推测不错，晋国已对吴国生出警觉之心，有意培植越国，来夹击制衡吴国。"只是不便指出晋君之失策，遂道："以我观察来看，阖闾不同于吴王僚，他又以伍子胥为重臣，必会以楚国为首要目标。"

赵须想了想，道："希望如此吧。"又道："臣听说手书中还有一条，若吴国在灭楚前攻伐越国，吴王必死于越国之手。"

计然皱眉道："寿梦还真是大度，当年竟肯答应申公巫臣这些稀奇古怪的条件。"

赵须道："这才是寿梦的过人之处，能屈能伸。若不是他应承了申公巫臣的各种条件，从而得到晋国的全面辅助，又哪有吴国的今天？"

计然已大概明白季札为何要向邢平试探手书一事，无非因为那份手书极不利于吴国的发展——

吴、越为仇雠敌战之国，三江环之，民无所移，有吴则无越，有越则无吴，犹如水火不相容。吴国要扩张领土，越国为首取之地。以天下局势及吴国地理而言，先取越国为上上之策，之后无论西进伐楚，还是北上争霸中原，吴国均无后顾之忧。

季札虽对权势没有兴趣，亦无称王争霸之野心，却也不愿意见到吴国受到一份手书制衡，毕竟，称霸天下是其父王寿梦的最大心愿。

正议着，有人高声叫道："大王到！"竟是吴王阖闾得到丧报，亲自来吊唁邢平。

大队卫士涌进来，封锁了灵堂内外，将人全部驱赶到堂角，阖闾这才大踏步进来，身后跟着太子波、公子夫概及伍子胥、孙武等人。

阖闾先走到堂首，对灵柩拜了三拜，似是对邢平十分敬重。又从怀中掏出一只淡黄的管子，摩挲了几下，从管中取出一大片绢帛似的物事，丢入鼎炉中。火舌卷起绢帛，瞬间化为灰烬。阖闾随即将管子也抛入鼎炉中，又拜了三拜，便转身趋出。太子波等人依身份、地位依次上前拜祭。

孙武临出门时，见到堂角的计然，略略停了下脚步，似有意招呼，但终究还是未张口，连头也未点一下，便出门去了。

赵须远远见到阖闾烧毁绢帛，低声道："吴王烧毁的东西，会不会就是寿梦手书？"

计然心中也是这样认为，但不便说出口，只不置可否。

回到渔场，侍从东润进来禀报道："渔父命臣暗中调查市集补釜匠剑鸣，目下只知他单身一人，十年前来到吴都，以补釜为生。他的铺子里倒是有火炉这些炼剑工具，但也是补釜必备器物。臣四下打听，没一人觉得剑鸣可疑。他除了补釜外，基本不出门，也很少与外人交往。只有剑坊的干将、莫邪不时派人送些东西到他铺子中，大多是剑坊炼剑剩余的残角废料，他补釜刚好用得上。"

计然道："剑鸣与干将、莫邪夫妇可有私交？"

侍从道："没有，基本都没怎么见过面。干将夫妇只是觉得废料丢了可惜，补釜铺刚好用得上，所以主动派人送去。剑鸣收是收了，但从来没有回访过剑坊。大概是觉得干将、莫邪名气太大，他区区一个补釜匠，有些高攀不上。”

计然点头道：“这倒是人之常情，也足见剑鸣此人骨子里还是有一股傲气。”

他见剑鸣这一线索已断，又因曾到剑坊向莫邪询问过世上是否还有第二柄鱼肠剑，对方断然否认，便决意暂时先搁置“足下”提供的线索，先等要离所进行之事有了结果再说。

又过了两个月，忽有大队兵马赶来包围了菱湖渔场，称陈音行刺将军孙武未遂，指名追索陈音。

计然闻言大骇，以为陈音尚醉卧房中，赶去察看时，方知其人早已去向不明。

带兵来拿人的是阖闾之弟公子夫概，听计然声称陈音不在渔场，便命诸兵士退下。

有卫士上前道：“大王下令务必拿到陈音，他又没有别的住处，公子还是带人进渔场搜一下的好。”

声音清脆娇嫩，却是夫概侍妾阿茹，女扮男装，一身戎服，比之往日女装，又多了一分英气。

夫概似是对阿茹十分宠爱，笑道：“怎么，阿茹连渔父的话都不相信吗？渔父既说陈音不在这里，便是真的不在。”

计然少不得上前道谢，又问及孙武伤情。夫概道：“陈音引弓遥射，羽箭正中孙将军胸口，但因距离过远，孙将军身上又穿了堂甲，箭镞仅入皮肉，受了点轻伤，不碍事。”

又道：“大王因之震怒，下令务必捉拿到陈音。渔父若知其下落，还望及时知会本公子。”

计然道：“陈音既犯下死罪，必会远遁他乡，应该不会再回来渔场。他若回来，我一定将他捆送公子府。”

夫概道：“多谢多谢。”又笑道：“王兄时常夸赞渔父有治国之才，夫概日后还要与渔父多亲近。”

计然客气了几句，送走夫概，便命人出去寻找陈音下落。

月女问道：“陈音如果回来渔场，计然哥哥当真要将他交给公子夫概吗？”

计然道：“陈音不是傻子，他既露了行迹，知道官兵第一个要来的地方便是菱湖渔场，哪还会回来自投罗网？而且他怕牵累于我，决计不会再回来了。”

月女道：“这位公子夫概，看起来很通情达理呀，那么多卫士气势汹汹地要闯进渔场来，他却肯相信计然哥哥，就此退去。”

计然摇头道：“这个夫概不是善碴儿，他表面客气，实际上未必真的相信陈音人不在渔场，只是能否捉到陈音于他干系不大，他只是有意卖个人情给我。”

月女道：“这么说，这公子夫概跟掩余有几分相似了。”又叹道：“我真是越来越搞不懂了。以前陈音和孙武哥哥交情多好，而今闹成这样。”

计然道：“孙武受了点轻伤，月女要去探望吗？”

月女歪着脑袋想了想，道：“想去，也不想去。计然哥哥的意思呢？”

计然道：“月女和孙武有多年交情，情谊非浅。不说别的，是孙武教会了月女读书写字，为你打开了通向外间尘世的大门，于情于理，你都该去一趟。”

月女道：“那好吧，不过我要计然哥哥和小白陪我去。”

来到将军府时，却见许多官民提着礼物候在门口，眼巴巴地等着探访孙武。

月女奇道：“孙武哥哥才当了几天将军啊，竟然人缘这般好吗？”

计然心道：“孙武走马上任，只办了训练宫女这一件事，能有什么好人缘？这么多人等在这里，无非因为他是吴王阖闾面前的大红人，杀了阖闾爱姬，阖闾都没有追究，旁人愈发对其人刮目相看，想着尽快巴结上他，便可多得些利益好处了。”

孙武陪乘梅亢见到计然车驾，忙排开众人，过来引其进去。计然道：

“我是陪月女来的，事先未派人打招呼，来得冒昧了些。”

梅亢忙道：“渔父和月女不比旁人，有什么冒昧不冒昧的？不过目下孙将军正在后庭会客，还请二位到客堂稍候。”又问道：“这便是小白吗？臣曾听孙将军提起过。”

小白朝梅亢龇牙咧嘴了一下，忽觉察到了什么，双腿一蹬，猿臂便搭上了桂花树，再一甩，便到了房顶，蹦跳几下，便不见了影子。

月女叫了几声，也不见它回来，忙道：“小白很少这样的，一定是发现什么好玩的东西了。”

梅亢先是愕然，随即笑道：“这位小白还真是不同一般，后庭确实有些好玩的物事。”

月女登时来了兴趣，问道：“什么好玩的物事？”梅亢道：“是一位贵客请了舞者，在为孙将军表演白鹤舞。”

月女大喜，问道：“府上有白鹤吗？”

梅亢道：“不是真的白鹤，是用竹子及白绢做成的假白鹤，关节处装有牵线，表演者拉动牵线，白鹤便会跳起舞来。”因月女与孙武情分非同一般，便欲引月女去后庭。

计然道：“我在客堂等候便是。”

梅亢遂命下人引计然入堂，自引月女往后庭而来。

后庭中，正有四名舞者各持一只超大的白鹤，一边拉线，一边交相穿梭。舞者半隐在白鹤翅膀之后，看起来倒真像是四只大白鹤在翩跹起舞。

堂前观者除了孙武之外，尚有两名少女，一人是当今吴王阖闾之妹叔姬，另一人则是阖闾之女滕玉公主。滕玉看得目不转睛，拍手笑道：“好看，好好看。”

孙武却甚觉无趣，但因舞者是叔姬所请，意在为他解闷，还是不得不勉强装出感兴趣的样子。忽见梅亢引月女入来，大喜过望，忙迎了上去，道：“月女，你怎么来了？我还以为……”

月女笑道：“以为我不会来探望吗？不光我来了，计然哥哥也来了，还有小白。”一举手，蹲在屋脊上的小白轻盈飘身而下，刚好落在月女肩头。

滕玉先是吓了一跳，随即拉下脸，问道："这女子是谁？"

孙武未及回答，叔姬忙道："她就是月女，上次在王宫中见过一面的啊。"

滕玉"哦"了一声，道："我记起来了，你就是那个救过庆忌性命的月女。可惜庆忌现在只是一条落水狗，再也回不来吴都，你这救命恩人再也捞不到好处了。"

月女奇道："谁说我救庆忌就一定要捞好处了？"

滕玉怒道："你一个平民女子，竟敢以这种口气跟本公主说话。孙将军，快快派人将她和这只臭不可闻的猿猴赶出去。"

孙武不免十分为难，既不能忤逆滕玉，又不愿意对月女无礼，还是叔姬过来道："滕玉不可这样说，月女好歹也是来探望孙将军伤情的贵客。"

滕玉道："我与姑姑才是贵客，她这种身份低贱的女子，怎敢与我二人相提并论？"

孙武未及回答，月女先道："孙武哥哥，你没事我就放心啦。你继续招待你的贵客吧，我们走啦。"

小白对白鹤舞很是着迷，还恋恋不舍，频繁回头。滕玉指着小白哈哈笑道："那只蠢猴子还不断回头张望呢，好像它看得懂白鹤舞似的。"

孙武面色阴晴不定，还想去追月女，却被叔姬拉住，道："孙将军，白鹤舞在吴国难得一见，我们还是观舞吧。"

月女来客堂找到计然，道："我见到孙武哥哥了，他没事，我们走吧。"计然大奇，却也不多问。

二人一猿出来上了车，离开王城后，月女忽然将头靠在计然肩头，怔怔落下泪来。

计然叹道："我不该劝月女走这一趟的，孙武已经不是当年的孙武了，对吗？"

月女"嗯"了一声，道："我不是气滕玉对我和小白无礼，而是气孙武哥哥从始至终都没有一句维护我二人的话。"

计然道："孙武当然不对。不过他也有不得已的苦衷，而今他是吴王阖闾的臣子，要仰仗对方建功立业，又怎敢得罪吴王最宠爱的女儿？”

月女奇道：“为什么你总是替孙武哥哥说话？他可是很少替你说话。”

计然笑了一笑，道：“孙武功名心略重，但他还是世间奇男子，跟普通人不同，终有一天会想明白的。”

月女道：“也不知道范蠡现在在越国过得可还好。”忽想到一事，问道：“陈音会不会去越国找范蠡去了？”

计然道：“这倒是极有可能。陈音目下是逃亡身份，就离开吴国的途径而言，通往越国的水路最为便利，也最容易逃脱。”又问道：“你怎么这么快就破涕为笑了？”

月女道：“我想到了孙武哥哥那样对待盈娘，而今陈音被追捕，他竟不肯替陈音在吴王面前求个情，想想看，他对我似乎还算不错了。”

计然叹了口气，道：“月女就是心宽。”

月女又道：“我们去越国看望范蠡好不好？顺便还能打听陈音下落。”

计然迟疑道：“怕是暂时不行。”微一迟疑，还是大致说了明离被吴王阖闾扣住的情形。

月女果然大急，问道：“吴王会对明离下毒手吗？”

计然道：“不会。如果我所料不错，明离很快就会成为吴王阖闾的座上宾。”

仅在次日，便有侍从赶来报道：“卫国传来消息，前吴太子庆忌遇刺身亡，刺客正是被其引为心腹的要离。”

计然早料到此节，只点了点头。

侍从又道：“最奇的是，庆忌并未杀要离，而且临死前交代手下返回吴国，为吴王阖闾效力。”

计然颇感意外，思虑良久，才道：“这庆忌倒真不愧有吴国第一勇士之名。”

不久之后，计然方完全知悉离氏家族所负秘密使命及其他相关事宜，这才明白庆忌肯屈服的，不是新吴王阖闾，而是屈服于命运。

前太子庆忌部下护送要离尸体抵达吴都后，吴王阖闾为要离举行了极为隆重的葬礼，据其遗愿，与其妻儿一道安葬在专诸墓旁[1]。

如果只是大时代中的一个小人物，死亡也不过是五湖中的一朵浪花，瞬间便消失得无声无息。如果是一个够得上历史分量的人，自有史家为其定谳一生——

要离与之前的专诸，以及后来的聂政[2]、荆轲并称为中国四大刺客。

[1] 今江苏省无锡市有“鸿山三墓”，即要离、专诸、梁鸿三人之墓，呈“品”字形排列。但另见有一种说法：“昔日，阊门内十庙前，沿城脚下见水潭边有石碣，上刻‘古要离冢’四字，横卧荒草中。”阊门，以传说天门中的阊阖得名，苏州城的八门之一，又称为吴门，乃苏州古城之西门，始建于春秋时代，通往虎丘方向。唯于无锡见有据说是清代修缮的“鸿山三墓”，并有碑刻存焉。

[2] 公元前394年，齐国向鲁国发起进攻，夺取了鲁国蕞地（今山东曲阜南）。危难之际，韩国出兵营救鲁国，两国联兵打退了齐军，韩国与齐国遂成死敌。当时韩国国君为韩烈侯韩取，执政相国则是他的亲叔叔韩傀（字侠累）。韩国大夫严遂（字仲子）与韩傀争权失败，逃到齐国。然严遂念念不忘向韩傀复仇，有人向他推荐了一个齐国市井屠夫聂政。严遂慕名寻去，结果发现聂政虽是屠夫，却是个面貌俊美的美男子，一时很是怀疑。仔细打探下，才知道这聂政确实不是普通人，是个武艺高强的剑客，因在家乡魏国轵地（今河南济原东南）杀人暴露行迹，不得不偕母亲、姐姐避难隐居到齐国，以屠宰谋生。严遂备下黄金百镒（yì，古代重量单位，合二十两。一说二十四两），上门拜访，却被聂政婉言谢绝。严遂并不气馁，数次登门，准备精致的酒馔献给聂政母亲致礼。聂政仁孝，见母亲赞赏严遂礼数周全，便默许严遂来往于己家。严遂从来不提要求，聂政也没有主动发问，但他心中感动严遂以公卿身份礼贤下士，视对方为知己，他也知道对方必有所求，只是老母在堂，他不能以身许友。过了一阵子，严遂见聂政始终不卑不亢地与自己保持距离，知道事情难成，只得离开了齐国，去了卫国。严遂走后不久，聂母去世，聂政为母亲守孝三年，又将姐姐聂荌出嫁，这才来到卫国濮阳（今河南濮阳）找到严遂，问他仇家姓名，表示愿以死效命。严遂早已忘了三年前的事，面对寻上门来的聂政，目瞪口呆，直到此刻，他才相信他遇到一生中最值得信赖的人。严遂将与韩傀的仇怨原原本本告诉了聂政，说：“韩侠累位居相国，身边甲士如云，你一人难近其身，我会多派车骑壮士从旁协助。”聂政却一口推辞，只说：“相国至贵，出入兵卫，众盛无比，当以奇取，不可力敌。仲子只需给我一柄锋利匕首。”严遂就取了一柄匕首给他，聂政说：“我这就告辞了，以后再也不会与仲子相见，仲子也不要派人打听我的事。”聂政来到韩国都城阳翟（今河南禹州，传说为禹之都），悄然进城，正好遇到韩傀下朝，高车驷马，前呼后拥，威风无比。聂政尾随到相府，只见从大门到台阶遍布执戈甲士，防范森严。韩傀重席凭案，坐府决事。聂政上前说：“有急事告相国。”不等甲士反应过来，直冲入府，闯到堂上。直到聂政抽出匕首，韩傀才一惊而起，然而匕首已以白虹贯日之势追了上来，一刀穿胸而过，顷刻丧命。堂上大乱，直呼“有贼”，甲士关上大门，一齐来围捕聂政。聂政杀死数人，见敌人越来越多，难以逃脱，回手举起匕首削毁自己那英俊的面容，挖出双眼，划开腹部，最后再自刺喉咙而死。刺客虽然自杀，可他自毁相貌，难以查出身份，也无从追查幕后主使。韩烈侯遂命暴尸于闹市中，悬千金之赏，买人告发刺客姓名来历，但始终无人认出聂政来。聂政姐姐聂荌听说后，痛哭道：“这个人一定是我弟弟。”素帛裹头来到韩国，果见聂政横尸在闹市上，当即上前抚尸痛哭。市吏忙上前问她是否认识刺客，聂荌说：“他是我弟弟聂政，怕连累我才自毁面容，但我又怎么能怕被牵连而任凭他的英名埋没呢？”说完就在旁边的井亭石柱上撞死。

战国名士唐雎面对强秦时，曾有振聋发聩之语："夫专诸之刺王僚也，彗星袭月；聂政之刺韩傀也，白虹贯日；要离之刺庆忌也，苍鹰击于殿上。此三子者，皆布衣之士也，怀怒未发，休祲降于天。"

四大刺客中，荆轲声名最著，但际遇最惨烈者，首推要离，后世吟诵者不计其数。南宋大诗人陆游有《月下醉题》："生拟入山随李广，死当穿冢近要离。一樽强醉南楼月，感慨长吟恐过悲。"明人陈子龙《秋日杂感》道："夜雨荆榛连茂苑，夕阳麋鹿下胥台。振衣独上要离墓，痛哭新亭一举杯。"清人王士禛《题尤展成新乐府》诗云："千金匕首土花斑，儿女恩仇事等闲。他日与君论剑术，要离冢畔买青山。"

明离亦被释放出狱，吴王阖闾亲自告知真相，并欲大肆封赏，如同之前对待专毅一样。明离却神色冷淡，拒绝官职及赏赐，称只想返回师父计然身边。阖闾不好勉强，只好如其所愿，派人送明离去菱湖渔场。

月女闻声迎出门来，拉起明离的手，笑个不停。又问道："我送你的木剑呢？怎么不见了？"

明离不好意思地道："之前我独自返回吴都，身上没有钱，路上饿了，便拿木剑换了些吃的。月女姊姊，你不会怪我吧？"

月女笑道："不会。"又从腰间解下鱼肠剑，问道："我得到了真正的鱼肠剑，明离想要吗？想要的话，我就送给你。"

明离摇了摇头，道："不想要。"又朝计然跪下，拜了三拜，道："弟子从此只想跟师父好好学习本领。"

他还不满十岁，却已经经历了常人难以想象的波澜，叔叔要离要求吴王阖闾残杀婶婶及堂弟禽离一事，对他震撼太大，他一时难以理解，只想彻底忘记过去，尽快翻过人生的这一页。

计然上前扶起明离，道："你有这样的想法，很好。"

明离道："那么弟子还是照旧去宋国总铺做学徒，学习记账吧，今日就走。"

计然知其不愿意留在吴都，遂点头道："好。我这就派人去安排。"

专毅忽快马驰来，告道："大王要召月女进宫，还让你务必带上那把鱼肠剑。”

月女对阖闾印象不好，问道：“吴王召我入宫，是想要回鱼肠剑吗？那么我把剑给你，你替我转交给吴王便是了。”

专毅摇头道：“不是，今日大王召我入宫，说想借鱼肠剑一用，我说已将鱼肠剑送给了月女，大王便让我来召你。我看大王意思，不是想要回鱼肠剑，而是要借用一下，应该是想借鱼肠剑之利，去斩什么坚硬的东西。”

月女道：“吴王手里，不是还有湛卢剑吗？非要用利器斩物，哪里轮得到鱼肠剑？我看他就是想要回这柄剑。剑你拿去吧，我也不想去王宫。”

专毅大惊道：“大王召见，月女怎可抗命？”

月女摇头道：“我又不是吴王的大臣，任凭他招来呼去。总之，吴王只是想要鱼肠剑，刚好我也不想去王宫，你直接带走鱼肠剑不就完事了吗？”

专毅正待再劝，计然却想到了什么，心道：“月女说得对，吴王阖闾要借宝剑之利斩物的话，不一定非要用鱼肠剑。但阖闾是一国之君，既当众将鱼肠剑赏赐给了专毅，断然没有再索回的道理。这般着急借用鱼肠剑，一定有别的用处。”

再联系到之前自称“足下”者所提铸剑模子一事，心念一动，暗道：“莫非当真是阖闾派人杀了被离，杀手一时好奇，顺便取走了铸剑模子，而今阖闾意外见到铸剑模子，感觉跟鱼肠剑很像，一时起了好奇之心，遂想借鱼肠剑比照？”

月女坚持不肯去王宫，已有些着恼，计然忙道：“我陪月女去。”月女道：“那我也不想去。”

计然道：“也许事情不是月女想的那样，会大出意外呢。”

月女见计然一心想去王宫，料想必有深意，也不好当着专毅发问，便勉强同意入宫。

一行人来到王宫。王宫已经过大肆扩建翻修，卫士引诸人进来新建的大殿，极为富丽堂皇。

吴王阖闾独坐在殿首，似在凝思。卫士上前禀报，他才回过神来，举手招呼道："渔父，你也来了。"又问道："月女，你可带来了专卿送你的鱼肠剑？"

月女道："剑在这里。"将剑递给卫士，卫士双手高捧，奉了上去。

阖闾取过鱼肠剑，放置在铜案上，左看看，右看看，似是十分困惑。

计然站在殿下，看不到案上情形，见阖闾神色古怪，心道："看来我所料不差，被离意外发现的铸剑模子，正摆在阖闾案头。"

阖闾忽招手叫道："你们三位都不必拘礼，上殿来看。"

计然闻言，忙领头走上前去——

却见铜案上摆着三把剑：一把是长剑，正是昔日吴太子庆忌所佩胜邪剑，亦是铸剑大师欧冶子生平得意之作；另外两柄是小剑，是两柄一模一样的鱼肠剑。

计然心中大震，暗道："果然还有第二柄鱼肠剑！"

专毅却是糊涂了，问道："大王将鱼肠剑赐给了臣，臣又转送给了月女，如何又多出了一柄鱼肠剑？"

阖闾道："这也是寡人想不明白的地方。"

月女道："计然哥哥说得不错，事情果然大出意外呢。"

计然忙问道："多出来的那柄鱼肠剑，大王是从哪里得来的？"

阖闾道："渔父是怎么也不会想到的，另一柄剑，一直藏在庆忌袖中。他临死前抛给了要离，要离又用它自杀。庆忌部下奉上庆忌佩剑胜邪剑时，将这柄剑一同奉了上来。"

专毅闻言大惊道："太子庆忌袖中一直有一柄鱼肠剑吗？当日庆忌人在桃花村……"

阖闾接口道："是庆忌杀了尊师祖五湖公。他曾与要离私下谈及此事，被部下听见，禀报给了寡人。"

原来五湖酒肆发生行刺案后，太子庆忌率军进入桃花村，称要寻找目击证人。那只是一个借口，庆忌其实想见见五湖公，而且不是为了吴王僚遇刺案，只是要接五湖公入宫，专门为王宫炙鱼。

吴王僚酷爱吃鱼，当日不惜以大王之尊，微服至五湖酒肆，不想鱼未吃到，还接连遭遇刺客，好在有惊无险。吴王僚回宫后，并不如何关注行刺事件，只是垂涎未曾吃到的五湖炙鱼。太子庆忌见父王对炙鱼念念不忘，便有心分忧，次日去了桃花村，令兵士四下搜寻，自己一人去见五湖公。

五湖公本心绪不佳，当即拒绝。庆忌认为自己堂堂太子身份，亲至其家相请，必定马到功成，却不想五湖公浑然不将他这个太子放在眼里，恼怒之下，当即起了恶念，心道："父王堂堂一国之君，既然连他都吃不到炙鱼，那么旁人也不配吃到。"便袖出小剑，将五湖公刺死。

世人皆知太子庆忌佩欧冶子所铸胜邪名剑，却不知他袖中还藏着一柄小剑，兼之其吴国太子身份，即便他在案发当日到过桃花村，却无人将他与命案联系起来。

而后要离到卫国投奔庆忌，庆忌问及当日专诸刺僚详情，不免十分悔恨，遂将自己杀死五湖公一事告知了要离。又道："父王之薨，我亦有责任。父王早对公子光深怀戒心，若不是我杀了五湖公，那专诸炙鱼并非天下第一，父王断然不会为了一饱口福而冒险赴宴。"

要离只以好言相劝，称公子光早怀异心，专诸拜师学习炙鱼之术即为其预谋，即使庆忌不杀五湖公，公子光亦会杀五湖公灭口。庆忌听了，这才好受得多。

五湖公一案，至此方真相大白。专毅想到师祖无端惨死，不由怔怔落下泪来。

计然问道："那么大王可知道庆忌手中的鱼肠剑从何而来？"

阖闾摇了摇头，道："寡人只知欧冶子当日为越王允常铸出五剑：湛卢、纯钧、胜邪、鱼肠、巨阙。纯钧、巨阙尚在越王手中，胜邪在这里，湛卢嘛，寡人赐给了太子。这柄小剑，是月女刚刚呈上来的，也就是当初州于赐予寡人的鱼肠剑。寡人实是不知，世上还有第二柄鱼肠剑。今日寡人第一眼看到，还以为就是赐给专卿的那把鱼肠剑，一时纳闷，好奇它怎么跑去了庆忌手中。"

又叹道："看来当年欧冶子所铸鱼肠剑是一对，并非单剑，州于将其中一柄给了我，另一柄则给了他的宝贝儿子。"

计然道："大王可否容我走得近些，好细察宝剑？"得到阖闾允准后，遂走近铜案，一手拿起一把鱼肠剑，反复比照。

阖闾问道："渔父可有什么发现？"

计然道："大王请看，这两把剑虽然看起来一模一样，但细细琢磨，还是有些微差别，这把古意盎然，就是大王赐给专毅的那把，这把看起来也是古剑，却多些灵气，少些古意，似是有意做旧。"

阖闾细看之下，果如计然所言，庆忌那把少些古意，沉吟道："渔父的意思，这两柄鱼肠剑并非同一人所铸？"

计然点了点头，道："大王，请容我冒昧问一句，可是你派人杀了前市吏被离？"

阖闾愣了一愣，道："被离？寡人为何要派人杀他？难道不是被离发现了楚国间谍藏身之处，他反遭楚国间谍杀害吗？"又问道："渔父何以突然转换话题，提及被离被杀一事？"

计然道："我听被离手下人说，被离当日发现了一个铸剑模子，预备第二日交给我，结果当晚被离遇害，铸剑模子也不见了。被离手下画出过铸剑模子的形状，大小尺寸正与鱼肠剑吻合。"

阖闾霍然起身，来回徘徊了几圈，大袖一拂，命专毅、月女先退出大殿，这才道："寡人想请渔父来调查被离一案，不知渔父意下如何？"

计然一怔，道："我并非吴国人，大王何以如此信任我，要将被离一案交给我来调查？"

阖闾道："因为要离和明离都信任渔父。况且这件案子一定不简单，仅以目下而论，便知牵涉了被离、庆忌，渔父以外人的身份暗中行事，比指派大臣调查要方便得多。"

计然道："既然大王信任计然，计然也义不容辞，定当尽心竭力，查明真相。"

阖闾点了点头，道："渔父要多加小心。庆忌虽死，其部也投到寡人麾下，但尚有公子掩余、烛庸引军在外，难保不会派人回吴国兴风作浪。”

计然道：“大王认为被离被杀跟庆忌、掩余等人有关吗？”

阖闾点了点头，道：“渔父也认为那铸剑模子才是被离被杀的根源吧？铸剑模子一定是用来铸剑的，有铸剑匠人用它铸出了第二柄鱼肠剑，献给了庆忌，此人必是庆忌手下无疑。而庆忌明知寡人手中有鱼肠剑，却还要命人再铸一柄鱼肠剑，明显有什么图谋，说不定杀死五湖公一事，便是他刻意为之，想要嫁祸于我。掩余、烛庸是庆忌的亲叔叔，素来亲近，多半知悉其事。烛庸倒也罢了，掩余一向好收买人心，野心不小，必定不甘心寓居徐国，他若派人回吴都活动，焉有不联系那铸剑匠人之理？”

计然道：“大王思虑深远，计然便从铸剑模子及铸剑匠人着手。”

阖闾又踌躇道：“还有一事，渔父若查实剑坊可疑，先不要有所行动，等干将、莫邪夫妇为寡人铸出神剑再说。”

第一柄鱼肠剑为一代宗师欧冶子所铸，第二柄鱼肠剑与前作几乎完全一样，足见那铸剑匠人技艺不凡，水平已直逼当年欧冶子。干将是欧冶子的小师弟，而莫邪是欧冶子之女，阖闾怀疑剑坊也是情理之中。但他为了得到神剑，宁可先行隐忍，预备利用完干将、莫邪夫妇，再行处置，也算是心机深沉。

想来这也是阖闾请计然暗中调查的原因，毕竟大臣出面，会立即令剑坊起疑，而计然则方便得多。

阖闾又道：“渔父为寡人出力，寡人该有所酬谢。可渔父富可敌国，寡人实想不出还有什么东西能入渔父之眼。这柄胜邪剑倒是不错，可寡人已事先承诺送给夫差。这样吧，等到干将、莫邪铸出神剑，寡人便将湛卢剑改赐给渔父，如何？”

计然忙辞谢道：“计然心甘情愿为大王出力，不敢要大王任何赏赐。湛卢剑是诸侯之剑，计然绝无佩带资格，万请大王再勿提此事，不然计然死无葬身之地。”

阖闾点了点头，道：“还是渔父识得大体，懂得进退，难怪年纪轻轻便能取得如此成就。那么便不提赏赐了。这两柄鱼肠剑，渔父都带走，一柄还给月女，一柄任凭渔父处置，自佩也好，送人也罢。”

计然躬身应命，携剑退出了大殿。

专毅已先行离去，月女独自一人候在殿外，早已等得不耐烦，上来问道：“怎么那么久？吴王叽叽歪歪跟你说了些什么？”

计然道：“吴王请我调查被离被杀一案。”

月女大为意外，歪着头想了想，道：“这倒是一件好事，查明被离被杀真相，便可以给明离一个交代。”

计然笑道：“这么说，月女是愿意帮我查案啦？”

月女笑道：“当然啦。虽然没有我的帮忙，计然哥哥便能做得很好，但我还是很乐意跟在计然哥哥身边，跑跑腿，当个侍卫什么的，应该还能胜任吧。”

计然便将两柄鱼肠剑都递了过去，道：“这两柄剑，都归你啦。”

月女道：“这一柄带丝绦，是专毅送我的。这一柄，我送给明离好不好？”

计然立即摇头道：“不好。月女知道专毅为何要将那么珍贵的鱼肠剑转送给你吗？他父亲专诸用鱼肠剑刺杀了吴王僚，他只要见到那柄剑，便会不由自主地联想到当日情形。这一柄鱼肠剑，是庆忌杀死五湖公的凶器，要离也是用它自杀，月女把它送给明离，明离会怎么想？”

月女道：“为什么会有那么多奇怪的想法？这只是一柄剑啊，是人用剑杀人，又不是剑自己杀人。”

计然叹道：“如果人人都能像月女这样通澈清明，天下就太平了。”

忽有尖细女子声音道：“你手上拿的可是鱼肠剑？”

却是阖闾之女滕玉不知道从哪里冒了出来。她紧紧盯着月女手上的鱼肠剑，上来便伸手道：“把剑给我。”

月女立即将手背到后面，道：“凭什么给你？”

滕玉伸手来夺，却被月女轻松让开。滕玉大怒道：“我找父王去。”怒气冲冲地奔进大殿。

计然道："既然月女也不想要第二柄剑，不妨让给滕玉，她毕竟是公主。"

月女摇头道："不行！这个刁蛮公主太任性了，我宁可丢到五湖中，也不让给她。计然哥哥，我们走吧。"

走出数步，便听到大殿中传出滕玉的哭声，想来是吴王阖闾不能将已经送出的鱼肠剑索回，她便大哭大闹了起来。

计然心道："阖闾何等人物，竟生下这样一个全然不明事理的女儿！"

出来王宫，御者问道："这就回渔场吗？"计然道："先去剑坊。"又让月女先将第二柄鱼肠剑收起来，不要让旁人知道。

月女道："我把这柄鱼肠剑送给计然哥哥好不好？如此，我们便是一对了，我佩雌剑，计然哥哥佩雄剑。"

计然奇道："剑也分雌雄吗？"

月女点了点头，道："我是听莫邪说的。她说当年欧冶子所铸之剑，多为雄剑，唯独铸鱼肠剑时，莫邪往剑炉边观看，头发为炉火所燎，鱼肠遂成雌剑。"

计然不免半信半疑，又问道："那月女如何知道第二柄鱼肠剑是雄剑？"

月女笑道："我猜的啊。既然有人再铸鱼肠剑，当然是为了配原先那柄雌剑。"

计然闻言大震，暗道："总说月女不通世务，事实上她聪明得紧。雌雄之分，其实全在心意。而这心意，哪怕是一念之间，便能驱使人做出许多不可思议之事，譬如我初识月女，便决定要照顾她一辈子。这两柄鱼肠剑，莫邪才是唯一的联系。"

小剑铸造不易，而要仿铸大师欧冶子杰作，更是难上加难。那铸剑匠人某丙既有这等技艺，仿真程度直逼原剑，完全可以自行另辟天地，无须再仿铸前人之作。

也不会是太子庆忌出于政治目的命某丙仿铸了鱼肠剑，庆忌是吴国太子身份，地位远在公子光之上，若要嫁祸公子光，方法多得是。况且其人素以武功勇猛自负，不屑行阴险之计。

某丙既然费心费力，一定要铸出一柄工艺不在前作之下的鱼肠剑，必是为某种心意驱动。铸出雄剑，好为雌剑相配，便是最为有力的一种。

某丙仿铸鱼肠剑，必要取得原剑作模子。第一柄鱼肠剑铸成后，便被欧冶子献给了越王，后又经吴王僚、公子光之手。某丙断无可能取得原剑，但剑坊尚有一柄欧冶子亲手削制的木剑，足以作为样子。因而这位某丙，能随意从剑坊取到木剑，且不会令人起疑，一定是剑坊的人。

欧冶子认为鱼肠剑沾染了爱女莫邪的女子气息，遂将其定为雌剑。而那铸造第二柄鱼肠剑的某丙，必定不是莫邪。且不说她是欧冶子之女，仿铸亡父得意之作大见失礼，且其人知悉第一柄鱼肠剑为雌剑，世间断无两雌并存的道理。当日莫邪取出木剑，称愿为月女铸一柄小剑，也只说“样子相似，跟这柄木剑差不了太多”，不敢说铸造得一模一样。

会不会是莫邪丈夫干将铸造了第二柄鱼肠剑呢？只为铸出雄剑，好为雌剑相配，这便是他的心意。

干将铸雄剑之时，第一柄鱼肠雌剑或在越王之手，或已献给吴王僚，又或赐给了公子光，似无雌雄合璧的可能。但世事难料，也许将来某一天，雌雄双剑意外相聚团圆，恰似今日，也是人间一桩美事。

至于第二柄鱼肠剑落入太子庆忌之手，其实一点也不奇怪。剑坊亦为吴国王室铸剑，庆忌又嗜好宝剑，时常光顾。或许某日庆忌意外发现干将铸成了鱼肠雄剑，很是喜爱。干将因其太子身份，不得已将剑献上。因干将是欧冶子师弟兼女婿，仿铸长辈之作有失身份，献剑之时，又请庆忌保密。庆忌亦因公子光手中已有鱼肠剑，便点头同意，只私下珍藏鱼肠雄剑，秘而不宣。

再说莫邪。干将应该是秘密铸剑，莫邪并不知情。之前计然等人曾去剑坊询问有无第二柄鱼肠剑，莫邪断然否决，没有丝毫迟疑。

既然莫邪一无所知，干将必在他处秘密铸剑，而不是在剑坊进行。且不说“他处”是何处，但被离必是在市集废宅发现了铸剑模子，也就是说，“他处”必离市集不远。如此推算，废宅背后的补釜铺最为相符。

或许是干将借补釜铺的工具铸出了第二柄鱼肠剑，却将铸剑模子忘在补釜铺，补釜匠剑鸣嫌其碍事，丢入废宅中。后来废宅意外暴露，市吏被离发现铸剑模子后，拿着去补釜铺或是剑坊询问。干将得知后，怕自己再铸鱼肠剑一事暴露，便在当夜将被离杀死，又取走了铸剑模子。

这一杀人理由似乎有些牵强。干将背着妻子私下铸剑，虽不妥当，但传扬出去，并不算大事。

还是说，干将已经知道是太子庆忌杀死了五湖公，亦知道计然等人在凭凶器追索凶手，寻找第二柄鱼肠剑的主人，担心牵扯出庆忌，再牵连自己，遂将被离杀死灭口，好掩盖其事？

无论怎样，补釜匠剑鸣都极为可疑。那废宅是越人间谍藏身处，有人频繁进出，他就住在背面，不会不知情。即便其人冷漠，不关心他人之事，干将借用器具炼剑，他也不闻不问，但被离发现铸剑模子后，第一个要去的地方，不是二里之外的剑坊，而是近在咫尺的补釜铺。虽然铸剑与补釜大不相同，毕竟还是同祖同宗，算是同一行业，不然剑坊也不会派人将残角废料白送给剑鸣了。

被离持铸剑模子问过剑鸣后，事情又是如何呢？

一种可能是，剑鸣告诉了被离，这是干将之物。以被离之精明，既知干将私下铸造小剑，必不会再去剑坊找其当面对质，而是会告知计然，由计然来处置。毕竟被离当时也正在策划大事，没有闲暇工夫来管旁事。

另一种可能是，剑鸣因事先得过干将叮嘱，否认知情，称没有见过铸剑模子。

接下来又有两种可能：或是剑鸣赶去剑坊将此事告诉了干将，又或是被离自己拿着铸剑模子去了剑坊询问。

比较起来，前一种可能性更大，因为铸剑模子是用来铸剑的，被离不问也知道，他所关心的是，这模子是何人所有，为何会出现在废宅中，而这正是计然关心之事。以被离当时情形而论，他只需将铸剑模子交给计然，计然自会跟进调查。但因为补釜铺就在眼前，被离大概刚好看到了剑鸣，便顺便问了一句。而正是这顺口一句，给他招来了杀身之祸。

月女见计然陷入沉思，也不出声打扰。她早已习惯见到爱人这样，便将头伏到他胸口，静心聆听他胸口心跳。忽觉对方心跳陡然加快，心道："计然哥哥一定想到什么了。"果听到计然急促地命道："先去补釜铺。"

御者驾车来到补釜铺，计然扶着月女跳下车子。剑鸣正坐在院中清理废料，闻声抬起头来，认出月女，奇道："你不是那个什么渔场的小女孩？"月女笑道："我不小啦。"

剑鸣又低下头去，随口问道："诸位来找我，是有釜要补吗？"计然忙道："没有，我们只是路过，顺便进来看看。"

剑鸣又道："姑娘叫月女，是吧？剑坊莫邪送给你的那柄木剑呢？再给我看看。"

月女刚要回答，计然已接口道："剑在我这里。"从怀中掏出那柄鱼肠雄剑，递了过去。

剑鸣本漫不经心，也没有正眼看过诸人，计然递出小剑的一刹那，他忽有所感应，"啊"了一声，站起身来，死死盯着计然手中的鱼肠剑，想要伸手去接，却又不敢。

计然缓缓问道："你认得这柄剑吗？"

剑鸣道："当然。这……这是欧冶子所铸鱼肠剑。"

月女道："不对，我这柄才是欧冶子所铸鱼肠剑，是雌剑。计然哥哥手上那柄是雄剑，是旁人仿铸的。"

剑鸣道："旁人是谁？"计然道："你不是知道吗？为何还来问我们？"

剑鸣道："我……"

忽听到一个清脆女子声道："喂，补釜匠，师母命我给你送汤饼来了。"却是剑坊女弟子桑碧到了。

桑碧认出计然、月女，万般惊讶，问道："二位如何在这里？"

又见到计然手中的鱼肠雄剑，登时花容色变，手中食盒掉落，汤汁滚了一地。她随即上前夺过雄剑，捧在手中，泪水直在眼眶中打转，颤声道："这……这是……"

剑鸣接口道："这是有人仿铸的鱼肠剑，不是真剑，月女手中那柄，才是欧冶子所铸原剑。"

桑碧的失态只在一瞬间，她很快便镇定了下来，举袖抹了抹眼泪，笑道："是了，我到底还是年轻，竟分不出原剑与仿剑的区别，第一眼见到计君手中的剑，便以为是名动天下的鱼肠剑，欢喜得都流出了眼泪。适才多有唐突，还请计君恕罪。"

将雄剑还给计然，又向月女借过雌剑，把玩一番，赞叹一通，这才将剑还了回去。

计然道："桑碧娘子来得正好，你是剑坊高徒，可知何人能铸出我手上的这把仿剑？"

桑碧道："这等铸剑功力，世上除了我师父、师母，再无旁人了。"

剑鸣冷冷接口道："这可未必。天下能人巧匠甚多，不过只有干将、莫邪得享大名而已。"

计然道："这甚多的能人巧匠，可有名字？"

剑鸣摇头道："我一个补釜匠，哪里能知道？我只是说，山外有山，人外有人，未必只有干将、莫邪才有这本领。"言谈中对干将、莫邪大有贬低之意。

桑碧有些着恼起来，道："难不成你补釜匠有这本领？"

剑鸣道："我是没有，但总有人有，不然这位计君手里的仿剑是凭空变出来的？"

桑碧道："我师母说过很多次，天下有能力铸出鱼肠剑这等小剑者，只有干将、莫邪二人。"

他二人争执不休，计然顺势问道："按照桑碧娘子的说法，我手上这柄剑，一定是干将或是莫邪铸的了？"

桑碧一怔，旋即摇头道："但我师父、师母绝不会仿铸师祖的鱼肠剑，这可是大大的不敬。"

剑鸣闻言冷笑一声，自往屋里去了，还将木门重重摔上。

计然心念一动，问道："补釜匠跟剑坊有过节吗？"

桑碧道："没什么过节。师父、师母根本就不认识他，只不过念在同祖同师的情分上，时不时地照顾一下。他这个人就是这个怪脾气，各位别见怪。"

又道："计君若想知道是谁铸出了这柄雄剑，还是亲自去剑坊问我师父的好。"自到一旁收拾食盒，将残汤提到厨下。

计然遂引月女出来，登上车子，命道："去剑坊。"

月女道："计然哥哥最先赶来补釜铺，一定是认为剑鸣嫌疑最大，何以还什么都没问，便要离开？"

计然道："我原以为干将是在补釜铺铸出了雄剑，但从剑鸣语气来看，似对干将、莫邪夫妇很是不屑，他应该不会接纳干将，我们还是当面去问莫邪吧。"

月女道："为何不当面问干将呢？"

计然道："果真如我所推测的那般，干将铸出雄剑，献给太子庆忌，又为掩盖庆忌杀害五湖公一事而杀了被离，这样的人，当面问他，他也不会承认的。但莫邪心性不同，我们当面问她，她不知其事，也会设法查证。她是干将妻子，调查干将，当然比你我方便得多。"

月女道："这样不是太残忍了吗？等于逼迫莫邪去调查自己的丈夫。"

计然摇头道："干将做了这些事，莫邪却毫不知情，完全被蒙在鼓里。不知枕边人的真正面目，这才是最可怕的，莫邪有权知道真相。"

月女想了想，道："也对。不过一会儿计然哥哥还是要对莫邪好些，如果她不愿意去做，就不要勉强她。如果她选择相信自己的丈夫，也不要试图说服她。"

计然笑道："诺，一切都听月女的。"又道："我也有一个要求，请月女将鱼肠剑收起来，不要再插在腰间，不然太引人注目了。"

月女道："好吧。"收了小剑，又道："我还是喜欢以前那柄木剑，又好看又朴素，因为是木头的，也没什么人认识，不像现下这柄真的鱼肠剑，旁人一见到便两眼放光。"

计然道："这可是鱼肠剑，多少人只求一见而不得呢。"

月女道："但剑鸣就很有眼光，在渔场见到我的木剑时，立即认出这是欧冶子手笔，激动了半天。"

计然心念一动，忙细问了当日剑鸣到渔场补镬的情形，忖道："这个剑鸣，会不会是个深藏不露的能人？"

月女道："剑鸣好像不大尊重干将、莫邪，如果真是能人，就该亮出技艺，与剑坊一较高下，为何要补镬呢？"

计然也觉得剑鸣性格、言行有诸多矛盾之处，是很难看透的一个人，遂道："先去见过莫邪再说。"

来到剑坊，计然先向剑坊弟子白鹭定了一批宝剑。白鹭问道："计君定这么多宝剑做什么？"

计然道："我打算带回宋国，当礼物赠送朋友。在中原，吴剑可是比珠玉还要贵重的礼品，一剑难求呢。"又问道："干将在吗？"

白鹭道："师父受命为新吴王铸剑，出门选址去了，只有师母在。"

刚好莫邪出来，计然便道："我有点小事要请教娘子，娘子是否方便？"

莫邪忙将计然、月女引进里屋，问道："计君的属镂剑给了公子夫差，是想再铸一柄好剑吗？怕是暂时不得空。我夫妇二人受命为新吴王铸剑，计君也是知道的。"

计然道："不是为了这个。"从怀中掏出鱼肠雄剑，递了过去，问道："娘子也认得这柄剑？"

莫邪"啊"了一声，接过小剑，双手微微发抖。铸剑师最重要的就是手稳，她如此反应，显见内心激动之极。一边拔剑，一边回应道："这是先父所铸鱼肠……"

忽然顿住，惊然道："这不是原来那柄雌剑，这是一柄雄剑。这怎么可能？怎么可能？"忽意识到失态，忙咳嗽一声，正正颜色，追问道："计君从哪里得来的这柄剑？"

计然道："这是吴王赐剑，得自前太子庆忌身上。"

莫邪道："太子庆忌？他从哪里得到这柄雄剑？"

计然道：“这我就不知道了。我想请教娘子，你如何一眼就能看出这柄剑是雄剑？我的意思是，剑如何来分雌雄？”

莫邪道：“这个我也说不清楚，只是一种对剑的感应。总之，这是一柄雄剑，他……他真的做到了。”

计然道：“他是谁？”莫邪道：“我师兄无牙。上次计君来到剑坊，我告知天下除了我和我丈夫外，我师兄无牙也有能力铸出小剑。”

计然道：“我记得娘子说过，无牙在二十年前便已经过世了。”莫邪道：“是，所以我才如此惊讶。”

计然心中一动，问道：“听娘子语气，莫非以为这柄雄剑是无牙所铸？”

莫邪点了点头，道：“当年先父铸出鱼肠剑后，称这是一柄勇绝之剑，只可惜是雌剑。我师兄无牙听了，便请先父再铸一柄雄剑。先父说，所谓勇绝，勇猛无敌，绝世无双，一剑既成，已至极致，再也铸不出雄剑了。师兄很不服气，曾私下跟我说，他一定能铸出一柄鱼肠雄剑。”

一时间，又回忆起无数往事来——

她与无牙是师兄妹，青梅竹马，两情相悦。但欧冶子却喜欢自己的小师弟干将，坚持将莫邪嫁给了他。无牙冲动之下，称师叔娶弟子是乱伦。欧冶子大怒，将无牙逐出师门。彼时匠人被逐是奇耻大辱，无牙遂奔到欧冶子炼成鱼肠剑的湛卢山，纵身跃下悬崖……

计然见莫邪神情闪烁不定，料想她与师兄无牙必有一段往事，遂问道：“那么有没有可能尊师兄无牙还没有死？是他铸出了这柄鱼肠雄剑？”

他本只是试探一问，莫邪竟点了点头，很肯定地道：“一定是这样。”

又道：“之前我称天下只有我和我丈夫及师兄无牙能铸小剑，或许有托大之处。天下之大，无奇不有，也许还有手艺高超却默默无闻者。但这柄雄剑，这刚度，这纹理，是我剑坊独门工艺，一定是师兄无牙的手笔。”

月女道：“既然莫邪娘子如此肯定这柄雄剑是无牙所铸，他人一定还活着，那么他从哪里寻到的模子呢？”

莫邪一怔，接口道：“是啊，先父的木剑在我手里，后来又送给了月女。鱼肠剑……就是那柄雌剑，则献给了越王，师兄从哪里寻来的模子？”

月女道：“当年欧冶子铸成鱼肠剑，无牙一定见过，会不会是他记住了尺寸形制？”

莫邪摇头道：“这不可能。铸剑不比读书之类，人记忆力再好，也不可能如此精准，分毫不差，一定要有模子。”想了想，又道：“或许师兄早有心铸造雄剑，在先父献剑前，悄悄将鱼肠的细节描摹了下来。”

计然问道：“娘子认得市集的补釜匠剑鸣吗？”

莫邪一怔，虽不明计然突然转换话题的用意，还是答道：“说不上认识，只是在市集上撞见过几次。”

计然本疑心剑鸣就是无牙，听莫邪这么一说，疑虑顿去，暗道：“莫邪分明对无牙有情，哪有当面遇到，认不出旧情人的道理？”

月女问道：“娘子后来可再见过无牙？”

莫邪道：“没有。”叹了口气，还是说了经过，道：“师兄……他自杀那一天来找我，让我跟他一道私奔，我当场拒绝了他。他狂怒之下，跳崖自杀。那是我最后一次见到他。”

又道：“想来他自杀未死，便寻了个没有人认识的地方，埋炉设灶，铸出了鱼肠雄剑。却不知这雄剑如何落入了太子庆忌手中，也不知道师兄人可还好。”

计然摇了摇头，道：“我可以很肯定地告诉娘子，一定不是这样。这柄鱼肠雄剑应该是近年所铸，而铸剑模子不久前还出现过，市吏被离极可能是因它被杀。”大致说了经过。

莫邪骇然而惊，问道：“计君是说，我师兄人就在吴都？”计然道：“不，我认为尊师兄应该早已经过世了。”

莫邪道：“可这柄雄剑是实实在在的，就摆在面前，除了师兄，还有谁能铸出雄剑？”

计然缓缓道：“还有娘子你，以及娘子的丈夫干将。刚才娘子也说，这柄雄剑用的是剑坊的独门工艺，娘子与干将是剑坊主人，自然也能铸造。”

莫邪摇头道：“我妇道人家，怎铸得出雄剑？”忽会意过来，失声道：“莫非计君认定这柄雄剑是我丈夫所铸？”

计然道：“我确实这么想，如此才能解释雄剑何以会在太子庆忌手中。庆忌经常来剑坊，是也不是？”

莫邪道：“是倒是，不过太子庆忌是为桑碧而来。他二人暗中有私情，我和我丈夫早就看出来了，只不过碍于太子的身份，不好揭破，只佯作不知。”

计然大为惊讶，料不到庆忌侍妾成群，竟会中意一个民间女子，又问道：“庆忌既然爱慕桑碧，为何不接她入太子宫？”

莫邪道：“我没有问过。不过桑碧是个有主意的女孩子，应该是不愿意成为太子诸多侍妾中的一人。她越拿架子，太子反而越喜欢她。”

计然这才恍然明白桑碧适才在补釜铺激动至失态的缘由——不是因为见到了名声显赫的鱼肠剑，而是她认出了这是太子庆忌旧物。

月女忽道：“计然哥哥，你记得临别时桑碧说的话吗？她说：‘计君想知道是谁铸出了这柄雄剑，还是亲自去剑坊问我师父的好。’”

莫邪道：“以桑碧的功力，应该分不出雌雄，是计君告诉它这是雄剑的吗？”

计然道：“不是。”恍然大悟道：“桑碧本该说仿剑，她却说的是雄剑，足见她是知情者。”

也不及再与莫邪多议，忙携剑出来，四下寻找桑碧。其人不在剑坊，便又折返回补釜匠铺。

此时暮色已浓，月女隔门叫道：“桑碧还在这里吗？请出来一见。”不见人应，便推门而入。

计然大叫道：“月女小心！”

却是迟了一步，院门一开，便听到羽箭“嗖嗖”，破空袭来……

第八章

昔我往矣，黍稷方华

吴军攻占郢都后，大肆屠城，四处烧杀抢掠，残暴与野性尽露无余。吴王阖闾率先入楚宫，将楚昭王不及带走的嫔妃及宫女一一淫遍，此即史书中所载：『阖闾胜楚，入厥宫室，尽妻后宫，莫不战栗。』夫概等其他将领则纷纷占据其他王公贵族的宅第，尽奸士大夫之妻。郢都处处火光，哭叫声、惨呼声时有所闻，繁华的郢都，变成了一座人间地狱。

计然阻止月女不及，还待赶过去援救，却见月女轻轻一挥手，便将四支羽箭尽数抄住。

一怔间，又有数名蒙面男子手持兵刃不知从哪里冒了出来，一言不发，朝计然等人围了上来。除了御者外，计然仅带了念辞、鱼亭两名侍从，诸人忙拔剑迎战。月女拔出鱼肠剑，还待去帮计然，院中又冲出四人，各挺戈矛，将她缠住。

忽听到一声惨叫，却是侍从念辞挺身挡在计然面前，替主人挨了一剑。计然扶住念辞身子，闪避不及，肩头被剑刺中。

练武功在月女便是游戏，她本不欲下重手，见状大怒，挥剑一扬，将一人短戈削断，断戈正好击中旁侧同伴脸部，立时鲜血淋漓，大声惨叫不止。月女趁势进击，斩断一人手臂，刺中另一人大腿，只剩下一人手持断戈，茫然立于原地。

月女再赶来援救计然等人，满场环走，运剑如风，转瞬时间，情势大转，诸蒙面男子不是断手便是断足，众人惊骇之下，当即不再恋战，扶了伤者，匆忙退去。

月女见己方除自己之外，尽数受伤，侍从念辞已经死去，不敢追击，只上前问道："计然哥哥，你受伤重不重？"

计然道："我没事。"凝视着怀中身子渐渐冷去的念辞，大感恻然。

御者挣扎着跳上车子，叫道："这里仍是凶险之地，请渔父快些上车，先回渔场再说。"

计然本待进院察看补釜匠剑鸣情形，转念想道："这些人里外夹击，早有预谋，若是剑鸣涉入，早已经逃了，若是无干，亦已遇害，不必我再多操心。"遂抱了念辞尸体上车，月女与另一名侍从鱼亭骑马。

摸黑回到渔场时，已是半夜。计然安置了死伤者，这才让月女为自己裹伤。月女一边清洗伤口，一边落泪不止。

计然柔声安慰道："好了，都过去了，我也只是受了轻伤，不要再哭了。"

月女泣道："都怪我，是我没有保护好计然哥哥，还害得念辞丢了性命。”

计然道：“这怎么能怪月女呢？要不是你拼死相救，我们所有人今日都会死在补釜铺。”

月女道：“不是，我本来可以早出狠招，将那些人放倒，这样计然哥哥就不会受伤，念辞也不会死去。可今日我才发现，原来杀人、伤人也不是容易之事。”

计然大起怜惜之意，将月女揽入怀中，太息道：“是我不好！月女风光月霁，我实不该让你卷入这些的。明离已经走了，去了宋国，要不然我先派人送你和小白去宋国，去跟明离做伴？”

月女闻言颇为心动，问道：“那计然哥哥你呢？”

计然道：“我答应了吴王阖闾，要为他查明被离被杀真相，真相未明，不能拂袖离去。”

月女遂道：“那我也要留下来，计然哥哥在哪里，我人便在哪里。”

计然知道劝不动她，遂叹了口气，道：“那么从现在起，月女要听我的安排，出门必带侍从，再也不能独自一人了。”

月女道：“他们人虽多，却也伤不到我。”

计然道：“这些人训练有素，绝非普通人。况且我们在明，他们在暗，暂时不知对方身份，一定要小心为上。”

月女满口应了，又道：“我们可以追查这些人身份呀。”

计然摇头道：“不能。我们先按兵不动，让对方以为我们心中畏惧，不敢再行追查，如此，他们便会放松警惕。”

是夜，月女不肯回房，非要守在计然身边。小白等不到月女，便也跑来计然房中，一人一猿就这般伏在榻前假寐。

计然受伤不轻，伤口剧痛，难以入睡。再回想今日遇险之情形，仍感惊魂摄魄。

很明显，事情一定跟那桑碧有关。但她瞬间能调动众多好手，派人持弓箭埋伏在院中，又派人暗伏于外，里外夹击，这等智计与能力，实与她年纪及地位不符。或许听命于她的，正是太子庆忌的旧部。她背后，应当还有能人，会不会是其兄长白鹭呢？

而这一切的起因，显然还是那柄鱼肠雄剑。

虽则莫邪坚持认为是其师兄无牙铸出雄剑，但计然因雄剑在太子庆忌之手，铸剑模子曾被市吏被离发现一事，仍然认为是剑坊坊主干将铸出了鱼肠雄剑。现下既然知道桑碧与太子庆忌是情侣，那么干将的嫌疑便大大减轻，因为白鹭、桑碧兄妹也有机会拿到木剑做模子。

白鹭、桑碧兄妹当然没有铸出鱼肠雄剑的能力，会不会正如莫邪所言，其师兄无牙尚在人世，且无牙与白鹭、桑碧兄妹有某种不为人所知的关系？桑碧私下从剑坊取了欧冶子的木剑，交给无牙做模子，无牙由此铸出了鱼肠雄剑，又将它送给了桑碧，桑碧则转送给了太子庆忌。

白天桑碧来到补釜铺，彼时计然手中握有鱼肠雄剑，月女手中持有雌剑，桑碧却一眼便认出了雄剑，起初大见失态，但很快镇定下来，足见其心智过人。

计然询问雄剑来历时，桑碧便称世上只有干将、莫邪才有这等功力，分明是要引计然怀疑二人。计然明言询问时，她便以退为进，称师父、师母绝不会仿铸师祖的鱼肠剑，再将计然引去剑坊寻找莫邪。

那时桑碧便已料到计然将从莫邪口中得知部分真相，譬如她与太子庆忌交好一事。计然既知鱼肠雄剑原为庆忌所有，必疑及桑碧，会立即来找她，于是她事先在补釜铺设伏，若不是月女身负绝世武功，今日计然一行已然无幸。

一念及此，计然不由自主地皱起眉头——

他出身显赫，幼年遭遇变故，去国离家，一路颠簸，逃去宋国。后又经历了诸多风风雨雨，才有了今日之地位。但往日之经历，与今日之凶险比起来，实不值一提。若是他今日未脱大难，日后传扬开去，怕是谁都难以相信，堂堂渔父，竟栽在了剑坊女弟子桑碧之手。

计然到过剑坊多次，桑碧已知他不是普通人，为何一定要置他于死地呢？是要夺回鱼肠雄剑吗？

正耿耿难寐之时，小白忽听到了什么动静，起身蹿到窗边，闪身出去。月女立时惊醒，道："计然哥哥，有人来了！"拔剑立于榻前。

门外庭院中已有交手之声，巡夜侍从听到动静，一边呼喝，一边赶将过来。数名侍从抢进房中，护在计然周围，月女这才出去察看究竟——

却见小白正与一名黑衣蒙面人交手。蒙面人手持短剑，剑势凌厉，招招杀机。小白虽赤手空拳，却仗着灵活身手，颇占上风。

月女见蒙面人出手狠辣，担心小白有失，遂取出陈音所送机弩，扣上小箭，叫道："小白，退下！"

小白闻声，猱身蹿上树顶，月女扣动扳机，小箭射出，正中那蒙面人大腿。侍从一拥而上，将那人制住，反剪了双手，拖到月女面前。月女扯下那人脸上的蒙面巾，露出一张清秀的脸来，却是桑碧。

月女讶然道："你还真是阴魂不散！白天想杀我们不成，现下竟追杀到渔场来了。这倒也好，省得我和计然哥哥去找你了。"

桑碧冷然道："我不是来杀人的。你月女身手了得，一人一剑便解决了所有人，只怕世间没人能是你的对手，桑碧有自知之明，不会再做以卵击石之事。"

言外之意，亦承认是她安排了补釜铺伏击计然等人一事。

计然披衣而出，问道："你深夜闯入渔场，所为何事？"

桑碧道："我只想索回庆忌的遗物。"

计然道："你派人在补釜铺伏击我等，还杀死了我一名心腹侍从，我杀你报仇还来不及，你凭什么认为我会将鱼肠雄剑还给你？"

桑碧道："就凭当日楚君放过了范蠡。"

计然大出意外，道："原来你就是我们一直在找的越国间谍。"

桑碧道："不错，我是越人。"

月女道："你倒是胆大，竟然跑来这里，当面承认了自己的身份。"

桑碧道："你们这些人又不是为吴国效力，我有什么不敢当面承认的？况且还有范蠡和陈音，他二人都是你们的好朋友，对不对？范蠡而今已是我越国大夫，也是我们帮助陈音逃离了追捕，送他去了越国。"

计然与月女惊讶异常。月女问道："你们为什么要帮陈音？"

桑碧道："陈音被吴国通缉，敌人的敌人，就是朋友。何况他还是楚国有名的神射手，对越国大有用处。"

计然道："就是因为范蠡和陈音，你今夜才有恃无恐地来到渔场，想索回鱼肠剑吗？"

桑碧昂头道："除此之外，我也知道计君是个通情达理之人。"

月女道："你既然知道我们是范蠡的朋友，为何还要派人在补釜铺伏击我们？"

桑碧道："那是公事，于公而言，我必须得杀你们灭口。但我今晚独自前来，只是私事。"

小白忽跳下树来，指着桑碧"呀呀"个不停。计然心念一动，问道："小白是说她就是上次跟你交过手的黑衣女刺客？"小白点了点头。

月女奇道："原来上次是你潜入渔场行刺盈娘。奇怪了，盈娘跟你有什么仇怨？"桑碧道："这是我的私事，不必告诉你。"

计然道："你不是想索回庆忌的遗物吗？想达成心愿，就老实答话。"

桑碧起初不应，僵持了片刻，还是开了口，道："我跟盈娘没什么仇怨，只不过华登死后，庆忌又提起了她，念念不忘。"

原来桑碧起初有意接近太子庆忌，好套取吴国军事机密，但后来竟动了真情，且日益情深，若不是兄长白鹭极力反对，只怕早已同意嫁给庆忌为侍妾。

华登死后，庆忌因人思人，念及盈娘，忆其曼妙身姿，深为怀念，又恼恨华登当年夺己所爱。桑碧因而大起醋意，她既是越国间谍，对华登行踪了如指掌，立即想到那晚华登追至菱湖渔场的女子便是盈娘，心中不忿。又担心盈娘走投无路时，会回到庆忌身边，遂赶来渔场行刺，却意外为小白所阻。

计然忽想到当日曾在剑坊遇到华登，忙问道："是你认出了华登，对吗？"

桑碧道："不错。当年华登避难吴国，庆忌曾引他来过剑坊一次。他以为留了胡髯，旁人便认不出他了，真真好笑。"

计然问道："当日有自称孟白者引我和月女到华登藏身之所，你可知悉此事？"

桑碧点头道："当然知道，是我派孟白去的。"

原来当日指派孟白将计然、月女诱去华登藏所的正是桑碧。她也不是针对计然，而是针对月女，原因更是匪夷所思的简单——

生气师母莫邪将师祖木剑送给了月女。她自己一直想要那柄木剑，莫邪早看了出来，却故作不知。

当时刚好文种安排了毒死华登、栽赃嫁祸之计，计然、月女又来到市集，桑碧便想借此机会一并将月女除去，命孟白将计然、月女二人先诱去华登藏所，再另外派人投书太子庆忌，引庆忌寻到华登。

计然奇道："你不知道月女曾救过太子庆忌吗？"

桑碧摇头道："庆忌没有提过此事。庆忌为人极为自负，他有吴国第一勇士的名衔，却要靠旁人援手，而救他的人，还只是一个小女孩，这种事说出去，不是太丢他的脸了吗？"

月女奇道："就为了那柄木剑，你就要害我和计然哥哥吗？"

桑碧道："我从小就很喜欢那柄木剑，师母却将它随随便便送给了你，我实在气不过。"

见月女仍是大惑不解，愈发生气，怒道："你有天下第一富翁作靠山，要什么有什么，永远不会尝到心爱之物被人夺去的滋味。而今，庆忌也离我而去，我……"声音逐渐低沉了下来，有哽咽之意。

计然将月女叫到一旁，问道："月女认为该如何处置桑碧？"

月女问道："计然哥哥想杀桑碧替念辞报仇吗？"

计然道："我确有杀她之意。念辞自小跟在我身边，我待他如手足，他为救我而死，我怎可不为他报仇？况且若不是月女身怀绝技，今日你我都要死在她手里。"

月女道："可桑碧说得没错啊。她为越国效力，我和计然哥哥追查被离一案，等于是在为吴王做事，她对付我们，在情理之中。但今晚她只为庆忌遗物而来，若就此杀了她，好像不大合适。而且我看她提到庆忌时，眼圈都红了，她应该是真的很喜欢庆忌，所以才冒险前来。”

计然思虑片刻，道：“好，就依月女心意。”走到桑碧面前，道：“你很有胆量，我不杀你。来人，给她松绑。”

侍从解开了绳索，桑碧抚摸着勒红的手腕，道：“可否请计君将那柄雄剑还我？”

计然转头看向月女，见她点了点头，便道：“剑可以给你。但你要告诉我，是谁杀了市吏被离？”

桑碧道：“被离？他不是为楚国间谍所杀吗？”

计然道：“你不知其事？”桑碧道：“我连派人到补釜铺伏击计君一事都承认了，还有什么事不能认？被离被杀，与我们越人无关。”又恨恨道：“不过我要是知道要离会去行刺庆忌，一定早将离氏家族杀得干干净净。”

计然道：“那么我还有最后一个问题，是谁铸出了这柄鱼肠雄剑？”桑碧道：“我不知道。”

计然道：“铸剑之人，是你什么人？”

桑碧道：“计君何以这样问？”

计然道：“鱼肠雄剑是一件宝物，铸剑人肯给你，一定跟你有非比寻常的关系，正如你深爱庆忌，肯将雄剑转送给他一样。”

桑碧低下头去，道：“我……我不能说。”又扬声道：“这柄雄剑我不要也罢，无论你们如何逼我，我都是不会说的。”

计然摇了摇头，遂取出鱼肠雄剑，递给了桑碧。桑碧大为意外，接过宝剑，抚摸了好一阵子，才低声道：“多谢。”又道：“白天补釜铺之事，实在抱歉。”

计然遂问道：“你为何一定要置我和月女于死地？”

桑碧道：“计君手持鱼肠雄剑，打听剑的来历，我担心会牵扯出他来。”

计然道：“他是谁？是那铸剑人吗？”

桑碧道：“我不能说，总之他不愿意旁人知道。”

计然问道：“补釜匠剑鸣可还活着？你可有杀他灭口？”

桑碧摇头道：“没有。我只是将剑鸣打晕了过去，他不知道我派了人在补釜铺设伏。”

计然微微一笑，道：“你因为一柄木剑，就想害死月女。因为太子庆忌念及盈娘，就要杀死情敌。我才刚刚开始打听鱼肠雄剑来历，你就派人于补釜铺设伏，要害我性命，好取回鱼肠雄剑。如此狠绝之人，竟会放过一个补釜匠，实在不是你做派。剑鸣就是铸剑人，对吗？”

桑碧一惊，本能地想要拔剑。她腿上有伤，身法凝滞，刚有异动，前后侍从便挺出长剑，分别对准其胸口、背心。又有侍从上前夺下她手中鱼肠雄剑。

桑碧遂道：“计君又不是吴国人，为什么要来吴都掺和这些事？你一定要追查铸剑人的身份，到底有何用意？”

计然道：“因为铸剑人杀了被离，我受吴王及被离亲眷托付，于公于私都要揪他出来。”

桑碧惊道：“是他杀了被离吗？”

计然便大致说了被离意外在废宅发现铸剑模子一事。

桑碧沉默半晌，忽朝计然跪下，伏地道：“恳请计君不要向吴王告发剑鸣。只要计君肯帮桑碧这个忙，我桑碧指天发誓，绝不敢再与计君为敌。计君好友范蠡，而今也是我越国重臣，还请计君看在范蠡分上，答应桑碧所请。”

计然摇头道：“如果罪行都可以用交易来掩盖，那么法度也没什么作用了。你也无须拿范蠡来打动我，范蠡人若在此，一定不会同意我跟你交易。我可以不泄露你越国间谍的身份，甚至今日补釜铺之事，我也可以当没发生过，但是剑鸣，他必须为他的杀人罪行付出代价。”

招手命道：“来人，先扣下桑碧，等明日我入宫禀报吴王，捉到剑鸣后，再放她走。”

桑碧大怒，还待反抗，却被侍从捉住双臂。她挣扎不开，忽大哭起来，道：“你不能这么做！他……剑鸣他是我爹爹。”

计然大奇，道：“剑鸣是你生父？那么他跟莫邪是什么关系？”

桑碧道：“家父原先也是欧冶子门下弟子。”

计然道：“剑鸣与莫邪同门吗？那么莫邪为何说不认识剑鸣？”

桑碧道："师母是欧冶子唯一爱女，被众人高高捧着，她眼中哪看得到一个烧火的学徒？"

原来剑鸣本名阿建，慕名拜入剑坊门下，但坊主欧冶子嫌他根基太差，只让他做些生炉烧火的杂务。阿建亦爱慕莫邪，可莫邪心中只有师兄无牙，阿建不敢表白，只能远远观望。

后来莫邪嫁给了师叔干将，无牙怒而自杀，阿建也离开了剑坊。他是有志之人，即便被一代大师欧冶子轻视，也立誓要有所成就，于是改名剑鸣，潜心琢磨在剑坊所见所学，竟由此悟出了门道，成为越国铸剑大师。

剑鸣内弟为越国军吏，专司打探吴国军情，某次赴吴都时，不慎暴露了身份，被吴人处死。剑鸣妻子为此伤心而逝。剑鸣为报妻仇，遂自愿率一双儿女来到吴都，充当越国间谍。他隐瞒一身绝技，做起了补釜的行当，又让儿子白鹭和女儿桑碧投入剑坊，拜师学艺。

月女奇道："可白天在补釜铺，我还看到你和剑鸣争论吵嘴呢。"

桑碧道："这是我们事先约好的，外人看在眼中，就不会怀疑我们是父女关系。"

她一心想救父亲，料想月女心软，便恳求道："听说月女是个孤儿，没有父母，你大概不能体会为人子女的心情。其实也很简单，就是女儿宁可自己死，也要保护父亲周全。"

月女有所迟疑，望着计然。计然摇了摇头，月女遂道："你一心要保护你父亲，明离也有祖父，就是被离，你父亲剑鸣却杀了被离，你让明离去保护谁呢？"

桑碧还待继续求情，计然摆手道："不必多说了，到此为止吧。来人，押桑碧下去，严加看管。"

月女道："计然哥哥坚持要将剑鸣交给吴王，桑碧肯定恨透了你。她这个人这般狠辣，一定会想方设法对付你，可你还要为她隐瞒越人间谍身份。"

计然叹道："这也是没法子的事。"忽觉肩头剧痛，低头一看，才发现创口迸裂，血已渗出绷带。

月女忙引计然回房，重新清洗包扎伤口，等折腾弄完，天已经大亮了。计然遂命人准备车子，预备进城。

侍从进来报道："外面有个叫白鹭的人，求见渔父。"

月女道："咦，白鹭竟然上门了，他一定是来讨要桑碧的。"

计然便命人引白鹭进来。侍从因昨日计然遇险，格外紧张，细细搜过白鹭身上，确信并无兵刃后，这才放他进堂。

白鹭镇定异常，从容见礼，道："舍妹桑碧行事冲动，又爱自作主张，多有冒犯计君之处，还望计君大人不计小人过，放了桑碧。"

计然道："你知道桑碧来了我这里？"

白鹭点了点头，道："桑碧昨日擅自调动人手，大闹了一场，我询问究竟，她说她看到太子庆忌遗物在计君手上，便忍不住想要夺回。我才知只是为了一件小事，便忍不住斥责了她几句，话可能重了些，她大怒而去，称非要夺回鱼肠剑不可。而今桑碧一夜未归，我猜她应该已经因擅闯渔场而落入计君手中了。"

计然道："不错，桑碧人在我这里。白鹭君放心，她人还好，只受了一点箭伤，我已派侍从为她拔箭疗伤。"

白鹭道："这是桑碧咎由自取。不知计君可否容我见见她？"

计然道："当然可以。只是我目下有事要出门，就不陪白鹭君同往了。也请白鹭君暂时留在渔场，安心与令妹团聚。等我办完事回来，自会放你们兄妹走，你二人身份，我也不会吐露半字，绝不食言。"

白鹭道："且慢。"

计然道："怎么，白鹭君还有话说？"

白鹭道："我这里有一件物事，是计君一位朋友的，请计君一看。"

侍从接过物事，奉给计然，却是一只木猿。计然一怔，问道："这是……"

月女道："这是我送给专毅的木猿，我照着小白的样子，花了好些时日才雕成的，怎么会在你手里？"

白鹭笑道："月女猜呢？"

月女道："难不成是专毅转送给了你？不可能啊，他自己喜欢得紧呢，你又不是专毅的好朋友。"

计然将月女拉到身后，挥手命道："拿下白鹭。"

侍从拔剑上前，横在白鹭颈中，迫其跪下。

计然喝问道："是不是你派人捉了专毅？他人在哪里？"

白鹭笑道："还是计君聪明，一听就明白了关窍。"又道："月女，听说你武功奇高，人怎么生得这般笨？"

计然大怒，扬手扇了白鹭一耳光，喝道："月女心思单纯，哪似你这等尔虞我诈的阴险小人。"

月女也顾不上与白鹭拌嘴，急道："你捉了专毅吗？你为什么要这么做？"

白鹭道："说你笨你还真是笨，我妹妹落入你等之手，我若无筹码在手，怎敢单身前来要人？"

计然道："桑碧昨日派人取我和月女性命，还杀了我一名侍从，我听从月女之劝，本已决定不再追究此事，你们却一再挑战我的底线。很好！来人，将白鹭绑了，与他妹妹桑碧关在一起，等我回来再行处置。派人持弓箭守住渔场门户，有强闯者，立即射杀。"

白鹭道："我已交代过手下，若是日落前还不见我和桑碧回去，便杀了专毅。"

月女急道："计然哥哥，救人要紧，不如先放了他们兄妹。反正本来也是要放桑碧走的，她顶多也只是跑回去给她爹剑鸣通风报信。"

白鹭反而吃了一惊，问道："你们已经知道剑鸣的真实身份了？是桑碧告诉你们的吗？她还真是成事不足，败事有余，为了那柄剑，什么都不顾了。"

月女道："你可错怪桑碧了。她是解释了很多事，但不包括剑鸣身份这一节，甚至宁可放弃那柄鱼肠雄剑。剑鸣的身份，是计然哥哥自己猜到的。"

白鹭道："那你们为什么又说本来是要放桑碧走的？"

月女道："本来就要放桑碧走啊，计然哥哥并不打算为难她。"

白鹭半信半疑，道："当真是这样吗？桑碧昨日可是铁了心要杀你们二位。"

月女道："不是人人都会以怨报怨，计然哥哥就是这样的人。而且你那位妹妹十分聪明，搬出了范蠡和陈音，他二人可都是我和计然哥哥的好朋友。"

白鹭这才相信计然早有心释放桑碧，沉吟片刻，道："我以小人之心揣度计君，是我的不对。既然计君并无追究桑碧之意，就请放我们走，我一回去市集，便立即释放专毅，而且之后再不会与计君为难，如何？"

计然冷然不语。月女抱住他手臂，道："而今计然哥哥已查得真相，拿人是吴王的事，还是先救专毅吧。"

计然这才勉强点头，命人带来桑碧。桑碧见兄长人在此，惊道："哥哥怎么也来了？你不是说再也不管我的事了吗？"

不待白鹭回答，又道："是爹爹杀了市吏被离，计然要去告诉吴王阖闾，爹爹有危险了。"

白鹭大讶，这才知道计然为什么要扣下桑碧，忙道："计君已答应放你走，我们这就走吧。"

桑碧犹念念不忘庆忌遗物，问道："那柄雄剑呢？"

计然命侍从将雄剑递了过去，桑碧这才道："多谢。"

白鹭已从计然话意听出对方不予追究是出于月女之劝，专门走到她面前，施了一礼，歉然道："我不该那般说月女，实在抱歉。"

月女笑道："我不会在意啦，我其实是有些笨的，但觉得笨笨的也挺好的。"

白鹭大奇，道："难怪月女能得师母青睐，赠以木剑，果然不是一般人。"又叹道："还是师母有眼光，我这做弟子的自愧不如。"

计然冷冷道："你这做弟子的，背地里做了那么多见不得光的勾当，可有想过，可能有朝一日会给剑坊招惹祸事？"

白鹭道："我本来就是越人，为自己母国做事，就算见不得光，又有什么不对？试问计君又为自己的母国做过些什么？”

计然一怔，竟无言以对。

白鹭又道：“至于给剑坊招惹祸事一说，就更不敢苟同了。我师母本就是越国人，师父非但不是地地道道的吴国人，还与吴国有灭国大仇。”

月女大奇，问道：“干将如何跟吴国有灭国大仇？”

白鹭道：“我师父姓干，以部落名为姓。当年太伯来到南方，本无立足之地，靠的就是灭了干这样的小部落，夺取了他们的地盘，这才建立了勾吴。”又道：“我师父他不思……”

桑碧着急回去给剑鸣报信，早等得不耐烦，道：“哥哥婆婆妈妈地说这些做什么？还想在这里说上一整天吗？”

白鹭闻言，这才拱手辞出。

月女问道：“白鹭说的是真的吗，干将跟吴国有灭国大仇？”

计然道：“太伯灭干，已经是几百年前的事了，干部落子民早已融入吴国，成为吴国子民。不过我竟不知干将之干姓，原来是干部落。”又道：“我们这就动身出发吧。”

月女道：“着什么急，反正白鹭兄妹已经赶去向剑鸣通风报信，人一定抢先逃掉了。”

计然笑道：“月女以为我当真会被白鹭兄妹玩弄于股掌之间吗？我昨夜就已安排好人手，今日一早快马驰去王城，请孙武将军立即派兵逮捕剑鸣。”

月女乍然听到孙武的名字，忽觉得有些异样——曾是最亲近最熟悉的人，忽然变得陌生，早先比邻而居的岁月，似乎也成了遥不可及的记忆，日益模糊起来。

一路驰来王城。侍从东润早等在城门边，迎上来告道：“未能捉到剑鸣。”

原来东润天不亮便出发，到王城将军府，请孙武派兵捉拿补釜匠剑鸣。孙武也不多问，立即调派了一队兵马，随东润前往市集。

到补釜铺时，市集刚开市不久，剑鸣人却不见了。补釜铺还被撒下了大量黄土，掩盖了之前鏖战留下的斑斑血迹。

东润觉得奇怪，便命军士退去，自己留在补釜铺附近，躲在暗处监视。

不久后，白鹭、桑碧兄妹匆匆赶来，里外不见剑鸣，便又转身离去。

计然问道："那么之后那对兄妹去了哪里？"

东润道："他们兄妹一路争吵，很快就分了手，桑碧西行，白鹭北行，臣只有一人，料想桑碧是回剑坊，白鹭是要进城，就一路跟踪白鹭。他果然进了王城，却去了一个人想不到的地方，公子夫概府上。"

计然大为意外，道："当真是公子府吗？你可曾看得真切？"

东润道："千真万确。而且看起来白鹭跟公子府的人很熟，不待通报，便直接进去了，现下还没出来呢。"又问道："要不要臣继续到公子府外监视？"

计然道："不必了。我只答应替吴王查明被离被杀一案，不必再节外生枝。剑鸣一事，吴王自有论处。"

月女忽道："如果有一天范蠡哥哥回来吴都，跟当初文种一样，要在吴国兴风作浪，我们到底该帮谁？"

计然道："月女说呢？"月女道："帮理不帮亲。"又问道："计然哥哥说呢？"

计然笑道："要我说，我们谁都不帮，找个没人的地方躲起来，逍遥自在地过日子。"

月女道："可每次计然哥哥说起隐居山林，便总有事找上门来。"

计然笑道："那我这次再说呢？而且我提议去越国，那里山水习俗跟吴国差不多，月女更容易适应。"

月女拍手笑道："好啊好啊，听说越国的女子都很美，个个都长得水灵灵的，与吴女风韵全然不同，我很想去看看。"

计然奇道："月女又不是男子，怎么还爱看美女？"

月女道："女子生得美，那是上天的恩赐，难道只有男子能看吗？不过我不准计然哥哥看。"

计然闻言大喜，窃笑不止。

月女奇道："我不准计然哥哥看美女，你为什么还笑成这样。"

计然微笑道："月女懂得嫉妒了，我当然欣喜。"

入来王宫时，计然禀报了被离一案调查进展。吴王阖闾听说被离是为一名补釜匠所杀，很是惊讶，问道："这个剑鸣是什么来头？"

计然道："不是很清楚。我一早请孙武将军派兵拿人，但他已经抢先逃了。"

阖闾道："嗯，剑鸣能锻出以假乱真的仿剑，却甘于隐姓埋名，只以补釜营生，一定有重大图谋。"又问道："渔父既不知剑鸣来历，又是如何怀疑到他的呢？"

计然道："我原本怀疑剑坊坊主干将，又能肯定其妻莫邪不知此事，所以推测干将私下在他处铸剑。兼之被离在补釜铺附近发现铸剑模子，便立即怀疑补釜铺便是秘密炼剑之处，于是寻去那里。那剑鸣一见到仿剑，便大有失态之处，我当场起了疑心，只是没有立即发作，想找干将确认过再说。不想干将人不在剑坊，我见天色已晚，便先回了渔场，却料不到剑鸣心虚，竟连夜逃走了。"

阖闾道："原来如此，实在辛苦渔父了。"

计然道："总算不负大王所托。只可惜未能亲手捉住剑鸣，送交大王审讯。"

阖闾摆手道："寡人会下令追捕这个剑鸣，谅他一个补釜匠，能逃到哪里去！"

刚好伍子胥进来朝见禀事，计然便顺势辞出。伍子胥已官升相国，为吴国大臣之首，一人之下，万人之上，显赫无比。他叫住计然，简单寒暄几句，便道："我刚在宫门前看到了月女，听说她还住在渔父那里。她救过我性命，是我的救命恩人，他日得闲，一定要携带礼物前去渔场致谢。"

计然忙道："相国君不必客气，月女早忘记那件事了。"又问道："那

行刺相国君的刺客夏至，可有下落？”

伍子胥摇了摇头，道：“那一阵忙于他事，无暇顾及夏至。等到新大王登基，料想其人早已逃离吴国，也不愿意再管了。”

又道：“况且夏至只是受命于人，真正想取我性命的，是楚国君臣。除恶务尽，非得灭了楚国不可。”一提及楚国，脸上便泛黑透出杀气来。

出来王宫时，正见到孙武在宫门口与月女交谈。月女神色淡然，孙武则颇为局促，二人之间，再无之前那种亲密无间的神情。计然作为旁观者看在眼中，竟有些感慨起来。一入红尘，万念俱生。

孙武转头见到计然，愈发有些尴尬，略略招呼一声，匆忙入宫去了。

计然笑道：“事情办完了，我向吴王交了差，也没有新事找上门，咱们这就去越国隐居吧。”

月女道：“还有一件事没办呢。那白鹭说捉了专毅，也不知他有没有放人。”

计然道：“我已经派了侍从等在专府门前，专毅回去，侍从会来禀报的。”

话音刚落，侍从江风便回来禀报道：“专毅已经回去他的大宅了。有人用车载他回去的，似是饮醉了酒，人还未醒呢。臣也向专府下人打听过，说专毅时常独自去东市酒肆饮酒，夜不归宿也是常事，也不准下人去寻。”

计然道：“难怪白鹭能顺利捉到吴国上卿，却未引旁人起疑。”又道：“现下月女该放心了吧？”

月女道：“可我得把这只木猿还给专毅呀。”

计然道：“就算专毅酒醒了，月女去见他，他问木猿怎么在你手里，你要怎样回答？说从白鹭手中得来的？”

月女道：“那计然哥哥说该怎么办？”

计然道：“我派侍从将木猿送去东市酒肆，就是专毅常去的那家。等他下次再去，店家便拿出木猿还给他。专毅以为是自己不慎丢了，也不会起疑。”

顿了顿，又道："而且白鹭那伙人担心我们泄露秘密，一定会暗中监视，月女去找专毅，反而会令那些人盯上他。"

月女听了，深觉有理，便将木猿交给了侍从江风，叮嘱道："告诉店家，一定要亲手交给专毅。"

江风笑道："诺，臣知道了。"飞奔去了。

月女这才拍手笑道："我们这就回渔场，准备去越国吧。还能顺道去探访范蠡、陈音。"

车行到暑门，却见白鹭正等在那里。侍从上前问道："你找渔父有事吗？"

白鹭道："我师母请计君到剑坊一叙。"又告道："我已经派人将专毅送回去了，专毅醉得不省人事，完全不知道发生过什么事，请渔父放心。"

计然不大愿意去见莫邪，便道："我和月女就要离开吴都，不能再多耽搁。你回去转告莫邪娘子，他日有空，再到剑坊拜访。"

白鹭却甚是固执，拦在车前，道："师母交代过，务必请计君到剑坊一叙。"

侍从喝道："我们渔父是什么人，岂是你想见就能见的？快些让开，不然我可就不客气了。"

白鹭叫道："月女，你忘记师娘对你的厚爱了吗？那柄木剑，是师祖欧冶子遗物，师娘历来十分珍视，却将它送给了你。"

月女听见，遂道："计然哥哥，既然莫邪娘子专门派人来请，一定是有什么事，我们就去一趟吧，反正也不远。"

计然心道："白鹭、桑碧兄妹到底是间谍，均极擅长利用他人情感的短处。"摇了摇头，命道："去剑坊。"

月女低声道："听起来，那柄木剑是个大大的宝贝，我将它送给了明离，明离又拿它换取食物，好像很有些对不起莫邪。"

计然道："明离这次不是直接去宋国，我特意让人带他绕道到卖掉木剑的地方，设法找到木剑，再赎回来。"

月女又惊又喜，道："真的吗？"

计然点了点头，道："我本来打算等找回木剑再告诉你，但现下见你难过，便忍不住先说了出来。"

月女大喜过望，往计然脸颊上亲了一口，笑道："计然哥哥，你实在太好了。"

计然笑道："万一找不回木剑，那这口我可要亲回来。"月女笑道："哪有那么美的事，找回木剑，才准你亲。"

二人相拥于车上，只觉春光无限。

莫邪正在剑坊堂中焦急徘徊，忽见计然与月女携手进来，身前身后跟着大批侍从，不由得惊愕交加，问道："可是出了什么事？"

计然道："确实发生了一些不好的事，娘子不必知道。娘子找我，可有什么事？"

莫邪道："嗯，这个……计君可否让侍从先退出去？"

计然未及回答，一名侍从已厉声道："决计不行！渔父昨日差点儿丢了性命，我等指着五湖起誓，绝不再让渔父离开视线。"

白鹭冷冷道："说得倒是好听，计君适才到王宫面见吴王，难不成你们也跟了进去？"

侍从道："我等不曾奉召，自然是进不了王宫。但你是想拿剑坊比拟王宫、拿莫邪比拟吴王吗？"

这话极是厉害，白鹭当即哑口无言，退到一旁。

莫邪惊道："计君昨日差点儿丢了性命？到底怎么回事？"

计然道："没什么大不了的事，不提也罢。不过这些侍从于我如手足家人，我有事从不瞒他们，娘子也不必忌讳，有话但说无妨。"

莫邪却是支支吾吾，道："这件事……当众讲实不大方便。"

计然遂道："既然不方便说，就请娘子不要说了。实在抱歉，我和月女将要离开吴国，还有许多事宜要准备，这就得赶回渔场。"

莫邪又是一惊，问道："计君这就要离开吴国吗？"计然点了点头，道："今日就走。"

莫邪道："那么那柄鱼肠……我是说计君手里的鱼肠雄剑，可否再借我看看？"

计然有意无意地看了白鹭一眼，道："那柄剑已不在我手中。想来若机缘合适，娘子他日自会再见到。"就此辞出。

登上车子，月女问道："计然哥哥难道不好奇莫邪到底想说什么话吗？"

计然摇头道："不好奇，我本来就不是好奇之人，更何况我知道一旦莫邪这番话说出口，你我怕是又脱不开身，越国之行，瞬间化为泡影。"

又问道："月女是不是很好奇？要不我们再回去剑坊？"

月女笑道："不要啦。我是很好奇，可我更希望计然哥哥好好休息一阵，养好伤再说。"

二人当晚便带着小白离开了吴都，乘船奔赴越国，自此徜徉于吴越山水之间，逍遥自在，快活似神仙。

光阴如梭，吴国大司寇季札终于回到吴国，吴王阖闾欲让位于四叔，季札如之前一样，再度拒绝，且公开承认阖闾以寿梦嫡长孙即位的合法性，由此彻底稳固了阖闾的地位，引兵在外的公子掩余、烛庸亦再无归国希望。

阖闾夺取王位后，用伍子胥为相，以与伍子胥经历类似的伯嚭[1]为大夫，用孙武为将军，修法制以任贤能，奖农商以实仓廪，治城郭以设守备，选练兵士，整军经武，国势日盛。

而伍子胥主持的新吴都也终于建成。因城池位于姑苏山东北三十里

[1] 伯嚭（bó pǐ）：原为晋国公族，姬姓。伯嚭祖父伯州犁因晋国内乱，逃到楚国，任楚国大夫。伯州犁之子郤宛，又为楚国大夫。郤宛因有贤名，遭楚大夫费无极嫉妒，挑拨离间，促使楚令尹子常攻杀了郤宛，郤宛之子伯嚭逃难至吴，投奔吴国执政大臣伍子胥。伍子胥与伯嚭虽无私交，但是因为遭遇相似，同病相怜，同忧相救，就将他举荐给吴王阖闾。有吴国大臣劝道："我看伯嚭为人，鹰视虎步，本性贪佞，专功而擅杀。如果重用他，恐怕您日后定会受到牵累。"伍子胥不以为然，大力举荐，吴王阖闾遂任伯嚭为大夫，让他与伍子胥一起图谋国事。郤宛一事后，楚人皆怨令尹子常，子常有所悔恨，遂杀费无极并灭其族。

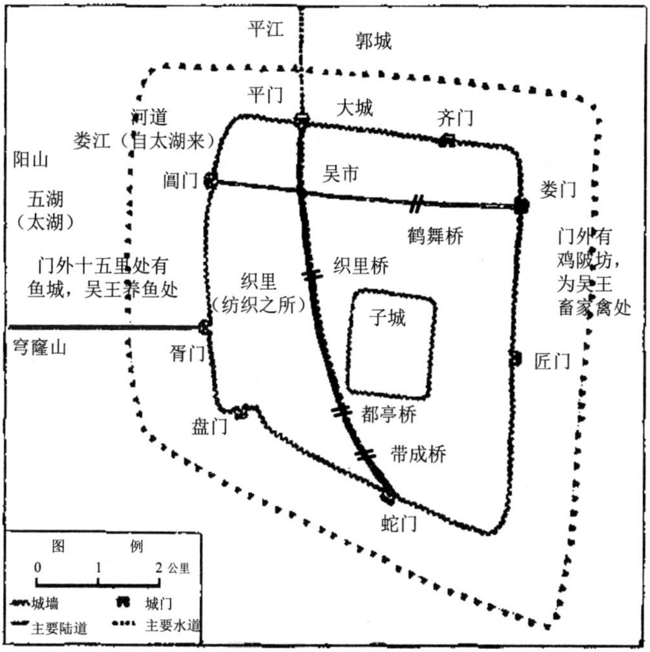

阖闾城（姑苏）平面图

地，故名姑苏城。

新城池采取了城内有城、城外有郭的三重建制，保留了原先的王城子城，并有所扩建，周十二里。南、北、西俱有门，唯东不开门，因吴越是宿敌，隐有绝越之光明之意。南门为子城正门，因吴在辰位，生肖属龙，故南门上反羽[1]为两鲵，以象龙角。王宫位于子城中心，坐北朝南，由南往北依次分为宫廷、宫城及寝宫三大区，正殿名紫极宫。皋门是整个宫廷区的正南门，又是宫前区即外朝的正门；应门是宫城区的正南门，又是内朝区即中廷的正门；路门是寝宫区的正南门，同时又是燕朝的朝门。宫城皋门、应门、路门门上皆有台，以为守卫眺望之用。

子城之外，新建了一座大城，因天时，就地利，周四十七里二百一十步二尺。子城位于大城中心略偏东。

[1] 反羽又作反宇，就是屋盖呈凹曲，而屋脊两侧呈盘曲相绕貌似龙角。

大城共有陆门八座，水门八座：南曰盘门、蛇门，北曰齐门、平门，东曰娄门、匠门，西曰阊门、胥门。盘门者，以水之盘曲也；蛇门者，以在巳方，生肖属蛇也。因越国在吴国东南方，故立蛇门以制敌国。蛇门之上，刻有木蛇，其首向内，示越国将臣服于吴国；齐门者，以齐国在其北也；平门者，水陆地相称也；娄门者，娄江之水所聚也；匠门者，聚匠作于此也；阊门者，通阊阖之气也；胥门者，向姑胥山也。

大城之外，还有一道郭城，周六十二里六十步，专用于防卫。

自建成之日起，姑苏便成为江南第一大城，规模宏大，设施齐全，史称“东有海盐之饶、章山之铜、三江五湖之利，亦江东一都会也”，城市居民数逾万。

城中前朝后市，左祖右社，仓廪府库，无所不备。城内辟有宽广的街衢和密集的河道，“邑中径”中心干道有两条：一从阊门到娄门，另一条从平门到蛇门，两条干道均有平行水道，水陆交通，四通八达。干道、水道及街衢长度宽度，在诸侯国都城中均是首屈一指。

“城郭已成，仓廪已具”。吴王阖闾登基短短几年间，吴国气象为之一新，国力强大，军容整齐——“民保命而不适，岁时熟而不凶，吾官公而不私，上下调而无忧，天下服而无御，四境静而无虞”，“禾稼登熟，兵革利坚”。在这样的条件下，吴王阖闾再度拉开了对楚战争的序幕。

当时公子掩余人在徐国，烛庸人在钟吾国，阖闾派使者出使二国，命徐国、钟吾国国君分别交出政敌。遭到拒绝后，阖闾遂派大军攻打徐国、钟吾国，两国被灭，掩余、烛庸分别逃往楚国。

楚国将军子西建议不要接纳掩余、烛庸，以免招来吴军攻楚。楚昭王不肯听从，派大军迎接掩余、烛庸入楚，并为二公子筑舒城，预备以二人作为攻取吴国的先锋。

吴王阖闾闻讯大怒，亲自率军攻打舒城，攻下城池，俘虏了掩余、烛庸，将二人杀死。

阖闾又用孙武为大将，伍子胥、伯嚭为副将，公子夫概为先锋，大举攻楚。

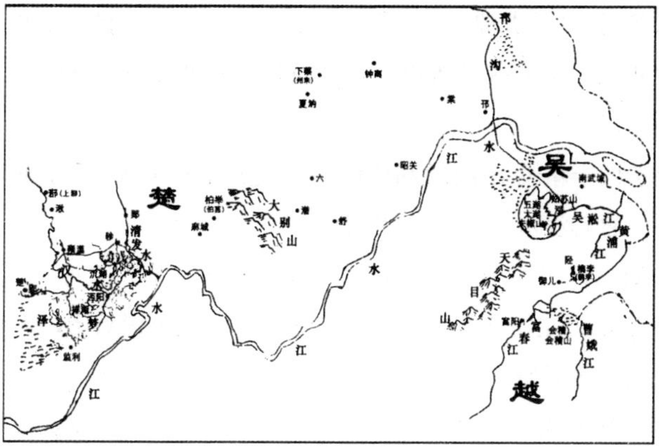

吴越楚边境图

此次吴军伐楚，事先做了周密准备。楚国北部与蔡国、唐国山水相连，两国均与楚国不和，蔡国国君蔡昭侯和唐国国君唐成公曾被楚国囚禁[1]，吴国派使者携带重礼，与蔡、唐结盟，楚国北方门户由此洞开。

伐楚之前，吴国先出兵攻越，令楚国误以为吴国一改战略，将以越国为首要目标，未做充分作战准备。而吴王阖闾亲率三万吴军，避开楚军正面防守，沿淮水西进，由楚防备薄弱的东北部实施大纵深突袭，直捣楚国腹地。

楚军当时正攻打与吴国结盟的蔡国，得知吴军大举进袭后，不得不放弃对蔡国的围攻，回师防御本土。年轻的楚昭王又中了吴人的离间之计，弃用知兵善战的子期，改用贪鄙无能的子常为帅。

吴国水师抵达淮汭[2]后，主帅孙武突然下令舍舟登陆，由向西改为向南。伍子胥很是不解其意，道："吴师善水战，何以改从陆路进军？"

[1] 蔡国本与楚国交好，蔡昭侯前去楚国郢都朝拜楚国国君楚昭王时，带了两块玉佩和两件裘衣。蔡昭侯将其中一佩和一裘献给了楚昭王，另外一佩一裘自己留用。楚国令尹（宰相）子常为人贪婪，向蔡昭侯索要玉佩及裘衣，蔡昭侯不给。子常怀恨在心，向楚昭王大说蔡昭侯的不是，并把蔡昭侯扣留在楚国三年。直到后来蔡昭侯将玉佩、裘衣献给子常，这才被释放回国。唐国国君唐成公情况也大致类似，朝拜楚昭王时，不肯将两匹珍贵的肃霜马献给子常，亦被扣留在楚国三年。后来唐人被迫献马，子常才放回唐成公。

[2] 淮汭：今河南潢川，一说今安徽凤台。

孙武答道："兵贵神速，且当出敌意料，好打它个措手不及。逆水行舟，速度迟缓，吴军优势难以发挥，而楚军必然乘机加强防备，那时便很难破敌了。"

又挑选四千精锐士卒作为前锋，穿越楚地北部的大隧、直辕、冥阨[1]三关险隘，直趋汉水，深入楚国腹地。

不出数日，吴军前锋抵达汉水东岸。楚国大震，楚昭王慌了手脚，急派令尹子常、左司马沈尹戌、大夫史皇等，倾全国兵力，赶至汉水西岸，隔江与吴军对峙。

左司马沈尹戌认为吴军孤军深入，不占地利，而楚军兵多将广，建议主帅子常沿汉水西岸正面设防，他自己则率军迂回到吴军的侧背，断其归路，而后与子常主力前后夹击，一举歼灭吴军。

子常起初同意沈尹戌的建议，但沈尹戌率部离开后，楚将武城黑道："如果等待夹击，战功将为沈尹戌所独得，不如以主力先发动进攻，击破东岸吴军。这样，令尹之功将居于沈尹戌之上。"

子常贪功，便改变了计划，率军渡过汉水，先行发动了对吴军的进攻。

孙武见楚军主动出击，便由汉水东岸后撤。子常中计，挥军直追。吴军在小别至大别[2]间设下伏兵，以逸待劳，大败楚军。

楚军主帅子常连败三阵后，便想弃军而逃，经大夫史皇劝说后，勉强重整军队，在柏举[3]列阵，准备再战。吴军进到柏举，与楚军对峙。吴先锋公子夫概认为应先发制人，主动出击。当时楚军有二十万，而吴军只有三万，力量对比悬殊，吴王阖闾有所犹豫，没有同意夫概的意见。

夫概很是生气，回营后招来部将，告道："既然事有可为，就该见机行事，不必等待大王命令。我现下就要发动进攻，拼死也要打败楚军，攻入郢都。"于是率领自己的五千前锋部队，直闯楚营。

吴人素来崇尚勇武，勇猛善战，视死如归，此种氛围下，才造就出

[1] 大隧、直辕、冥阨：均在今河南省信阳市以南，河南、湖北两省交界处。

[2] 小别、大别：均为山名，今湖北境内。

[3] 柏举：今湖北麻城，一说今湖北汉川。

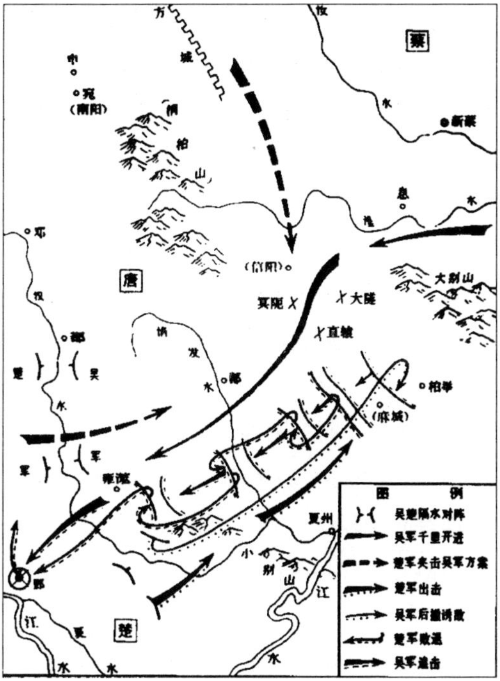

吴楚柏举之战

专诸、要离这类慷慨悲歌、伏击死难之豪侠义士[1]。此刻吴军得夫概鼓舞，个个奋勇争先。楚军居然一触即溃，阵势大乱。吴王阖闾见夫概突击竟然得手，立即指挥主力军冲击楚军阵地。楚军瞬间土崩瓦解，楚大夫史皇战死，主帅子常则弃军逃往郑国。

楚军残部失去主帅，往西逃走，吴军乘胜追击，在柏举西南的清发水[2]追上楚军后部。吴先锋夫概等到楚军半渡时出击，大获全胜，又立即西进。

[1] 吴人尚武好勇之风，历汉晋而未衰。汉朝时，汉高祖刘邦“患吴会轻悍，无壮王以镇之，诸子少，乃立濞”。不料刘濞反而得以坐大，“国用富饶”，凭借吴地兵威自立。在平定吴楚七国之乱过程中，名将周亚夫亦领教了吴人的强悍，承认“吴兵锐甚，难与争锋”。东吴华覈也说：“江南精兵，北士所难，欲以十卒当东一人。”

[2] 清发水：今湖北安陆境内涢水。

而已经渡河的楚军前部正在雍澨[1]埋锅造饭，吴先锋夫概率部追至，楚军仓皇逃走。吴军从容吃了楚军做好的饭，又继续追击。楚左司马沈尹戌当时已抵达息境[2]，得知楚军主力溃败、主帅子常逃走，急忙回师救援。沈尹戌御下有方，一遇到吴军，便展开凌厉反击，打败了正不可一世的吴军先锋夫概。

吴军主帅孙武随即率主力赶到，指挥军队包围沈尹戌部。沈尹戌难以冲出重围，又身负重伤，便令部下割下自己的首级，回报楚昭王。

沈尹戌死后，楚军立即溃散。吴军如入无人之境，直向楚国都城郢都扑去。

楚昭王还不到二十岁，得知前线兵败，惊慌失措，六神无主，不顾大臣子期、子西的反对，只带少数亲信逃走，连宫中嫔妃及母亲都不顾。

楚昭王弃城逃走的消息传开后，楚军再无斗志，子期率部分精兵赶去保护楚昭王，子西则率残兵西逃，吴军未遭遇有效抵抗，便顺利攻入楚国都城郢都。

在这一场远程长途进攻战中，吴军灵活机动，因敌用兵，以迂回奔袭、后退疲敌、寻机决战、深远追击的战法，长驱攻入楚都郢，终成破楚之功，成为中国古代军事史上以少胜多、快速取胜的成功战例。而柏举之战，更是中国历史上以少胜多、兵力对比非常悬殊的战役之一。攻占郢都，亦创造了春秋时期攻占大国都城的先例。

除了吴国君臣同仇敌忾、齐心协力，而楚国君臣互相猜忌、畏敌如虎外，孙武的军事才华亦在这场战事中得到了充分展现。晚于孙氏的另一兵法名家尉缭子[3]曾赞叹道："有提三万之众，而天下莫当者谁？曰武

[1] 雍澨：今湖北京山。

[2] 息：今河南息县。

[3] 尉缭：魏国大梁（今河南开封）人。不知姓，名缭，秦王政十年（公元前 237 年）入秦游说，被任为国尉后，改称尉缭，为秦王嬴政统一六国立下汗马功劳。其人著有《尉缭子》一书，反对军事上相信"天官时日、阴阳向背"的迷信观念，反对迷信鬼神，主张依靠人的智慧，强调政治、经济对军事的决定性作用，理论水平很高，远远领先于当时的时代。《尉缭子》在古代就被列入军事学名著，受到历代兵家推崇，与《孙子》《吴子》《司马法》等在宋代并称为《武经七书》。1972 年，《尉缭子》残简于山东临沂银雀山汉墓出土。又，尉缭知面相占卜之术，曾评价秦王政道："秦王为人，蜂准、长目、鸷膺、豺声，少恩而虎狼心，居约易出人下，得志亦轻食人。我布衣，然见我常身自下我。诚使秦王得志于天下，天下皆为虏矣。不可与久游。"此为历史上关于秦始皇面容的最早记录。

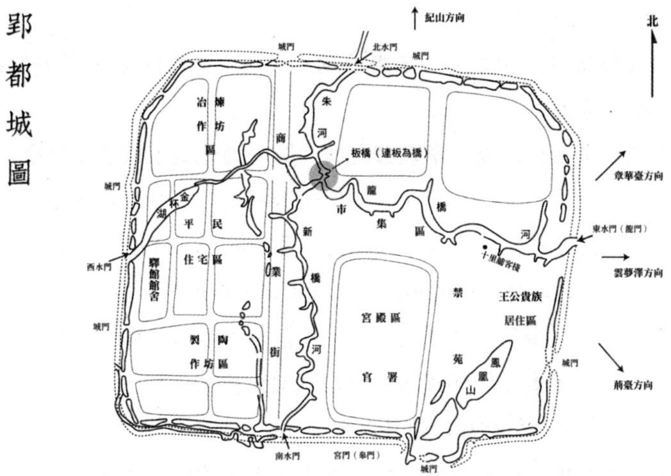

楚國郢都圖

子也。”

楚国郢都是天下名城，城池规模宏大，宫室建制豪华。有诗云：“高堂邃宇，槛层轩些。层台累榭，临高山些。网户朱缀，刻方连些。冬有突厦，夏室寒些。川谷径复，流潺湲些。光方转蕙，氾崇兰些。经堂入室，朱尘筵些。砥石翠翘，挂曲琼些。翡翠珠被，烂齐光些。蒻阿拂壁，罗帱张些。纂组绮缟，结琦璜些。室中之观，多珍怪些。离榭修幕，待君之间些。翡帷翠帐，饰高堂些。红壁砂板，玄玉梁些。仰观刻桷，画龙蛇些。坐堂伏槛，临曲池些。芙蓉始发，杂芰荷些。兰薄户树，琼木篱些。”

而吴军攻占郢都后，大肆屠城，四处烧杀抢掠，残暴与野性尽露无余。吴王阖闾率先入楚宫，将楚昭王不及带走的嫔妃及宫女一一淫遍，此即史书中所载：“阖闾胜楚，入厥宫室，尽妻后宫，莫不战栗。”

夫概等其他将领则纷纷占据其他王公贵族的宅第，尽奸士大夫之妻。郢都处处火光，哭叫声、惨呼声时有所闻，昔日的繁华都城，变成了一座活生生的人间地狱。

为吴军破楚立下大功的孙武没有参加吴军将士的“盛大狂欢”，他久久立于凤凰山上，凝视着楚都内外的烽火狼烟，脸上不见喜悦之情，反而闪动着异样的悲戚。

阖闾兽欲得到满足后，志得意满，又派人到楚昭王生母孟嬴宫外，召孟嬴前去侍寝。

孟嬴是秦景公之女、秦哀公之妹，原先为楚太子熊建未婚妻，为楚平王所夺，引发了太子建出走、太傅伍奢被杀等一系列重大事件。她听到吴王阖闾的要求后，气得浑身发抖，手持利刃，称："一举而两辱，妾以死守之，不敢承命。"以死相逼，还义正词严地说了一番大道理[1]。吴王阖闾听到后，多少起了愧疚之心，倒也没有再强迫孟嬴来服侍自己。但伍子胥却认为孟嬴是红颜祸水，对自己父兄被杀负有一定责任，不肯轻易放过，将其羞辱一通后，迫其自杀。

伍子胥的报复远不止此。他寻到杀父杀兄的仇人楚平王之墓，挖出楚平王尸体，亲手抽打了三百鞭，方才罢休。

楚平王虽得善终，却在身后遭到荼毒，史称其人"以乱立，以淫亡，而不免鞭尸之祸"。

楚国大夫申包胥[2]是伍子胥旧日好友，伍子胥因父兄冤案逃离楚国时，申包胥前去相送。伍子胥愤然对好友道："我必灭楚。"申包胥则回答说："我必存楚。"吴军攻入郢都时，申包胥已逃入山中，听到伍子胥掘楚平王墓鞭尸一事后，立即派人去见伍子胥，劝诫道："伍君报仇的手段，实在太过。我听闻，人众者能胜天，天定亦能破人。伍君曾是故平王之臣，亲自拱手称臣，北面侍奉，今日竟至污辱死人，岂不是违背天理到了极点！"

虽对伍子胥报复楚国的行为表示理解，但也觉得"鞭尸"有些过激，

[1] 孟嬴原话为："妾闻：天子者，天下之表也。公侯者，一国之仪也。天子失制则天下乱，诸侯失节则其国危。夫妇之道，固人伦之始，王教之端。是以明王之制，使男女不亲授，坐不同席，食不共器，殊椸枷，异巾栉，所以施之也。若诸侯外淫者绝，卿大夫外淫者放，士庶人外淫者宫割。夫然者，以为仁失可复以义，义失可复以礼。男女之丧，乱亡兴焉。夫造乱亡之端，公侯之所绝，天子之所诛也。今君王弃仪表之行，纵乱亡之欲，犯诛绝之事，何以行令训民！且妾闻，生而辱，不若死而荣。若使君王弃其仪表，则无以临国。妾有淫端，则无以生世。壹举而两辱，妾以死守之，不敢承命。且凡所欲妾者，为乐也。近妾而死，何乐之有？如先杀妾，又何益于君王？"

[2] 申包胥：申氏，芈姓，名包胥。其后人取其字"包"为姓，北宋名臣包拯即申包胥三十五世孙。包拯事迹参见同系列小说《包青天》。

希望伍子胥有所收敛。

伍子胥告诉来人道：“为我谢谢申包胥，就说我日暮途远，太阳将要落山，但路途还很遥远，所以才要倒行逆施。”

又特意将俘获的楚平王二女褫去衣衫，械置于军中，作为军士奸淫娱乐的工具，极尽侮辱之能事。二位公主受不了此等非人的折磨，很快悲惨地死去。

申包胥见伍子胥不肯悔改，遂决意完成昔日“存楚”的誓言，道：“即使我被坚执锐，赴强敌而死，也不过是死在吴军手中的一员卒子，不若奔诸侯求助。”

天下局势，只有秦国、晋国有能力帮助楚国复国。然晋、楚争霸多年，吴国亦是受晋国扶持，专门用来牵制楚国，向晋国求助，必然徒劳无功。而秦、楚两国曾联姻结盟，比较起来，秦国显然是最佳选择。

于是申包胥上峭山，赴深溪，游川水，犯津关，躐蒙笼，蹶沙石，跋山涉水，历尽艰辛，终于抵达秦国，请求秦哀公出兵援救楚国。

秦哀公是楚昭王生母孟嬴之兄长，却厌恶楚平王夺儿媳为妻一事，又“素沉湎，不恤国事”，不愿意平白无故涉入这趟浑水，不肯答应。申包胥便站在秦庭中，昼夜痛哭，七天七夜哀声不绝。

他的忠诚与坚毅深深打动了秦哀公君臣。秦哀公惊叹道：“楚虽无道，有贤臣如是，吴犹欲灭之。寡人无臣若斯者，其亡无日矣。”命大将子蒲、子虎率五百乘战车，前往楚国救援，并亲自赋《无衣》[1]之诗：

岂曰无衣？与子同袍。王于兴师，修我戈矛，与子同仇！
岂曰无衣？与子同泽。王于兴师，修我矛戟，与子偕作！
岂曰无衣？与子同裳。王于兴师，修我甲兵，与子偕行！

修我甲兵，与子偕行。秦军与残余楚军联兵后，一道南下。

[1]《诗经》有大量的战争题材作品，《无衣》一诗英壮迈往，非他诗所及。此诗剑锋凌厉，开口便有吞吐六国之气，诗中闪烁着慷慨激昂的英雄主义气概，令人心驰神往。

而楚昭王弃国出逃后，先逃到云梦，再逃到郧国。郧公之弟担心楚昭王给郧国招来祸事，企图谋杀楚昭王，将其首级献给吴王阖闾。楚昭王仓促逃走，流亡到随国。

随国收留楚昭王后，吴王阖闾命随国交出楚昭王。随国徘徊不定，便以占卜决事，占卜结果有利于楚昭王，随国遂拒绝了吴王阖闾的要求。

秦国同意出兵援救楚国后，吴军主帅孙武审时度势，认为秦楚联合对吴军不利，便劝吴王阖闾以退为进，与秦通好。但吴王阖闾因楚昭王未获，不肯听从，决意亲率孙武、伍子胥攻打随国，又分派大夫伯嚭迎击秦军，命弟弟夫概接战楚军残部。

恰在此时，又传来越王允常趁吴国空虚，率军伐吴的消息。

吴王阖闾倾举国之力伐楚，伍子胥、伯嚭起了很大的推动作用，二人均与楚国有血亲大仇，尤其是伍子胥个性刚烈，非报父兄之仇不可。然吴军精锐尽出，吴国国内空虚，便给了越国极好的机会。

越国大夫文种道："吴、越二邦，同气共俗地户之位，非吴则越。两国民风习俗相同，地理位置又紧密相连，欲向外扩张，必势不两立。之前吴国因受晋国扶持，与申公巫臣有约在先，遂全力攻楚，而今楚国已破，吴王阖闾掉头必来攻越。以吴军今日之锋芒，怕是越国难以匹敌，不如先下手为强。"

大夫范蠡也赞同此言，道："吴王阖闾派伍子胥构建姑苏城时，特设蛇门，寓意东并越国，足见阖闾已有灭越之心。"

力劝越王允常先发兵攻打吴国，即便不能攻取姑苏，也能占其疆土，掠其子民，削弱吴国力量。

越王允常遂以大夫舌庸[1]及文种为将，以范蠡为先锋，亲自引兵伐吴。

此次越军伐吴，是越国历史上第一次自卫反击战争，越人闻讯，无

[1] 如前注释，姑冯句鑃是春秋晚期越国的一件著名青铜乐器。其上有铭文"姑冯昏同之子"，据当时流行的铜器铭文格式，多认为作器者为姑冯，是昏同之子。"姑冯"不见于文献记载，其父"昏同"即为越国大夫舌庸。

不欢欣鼓舞。

留守吴国的太子波仓促派兵迎战，竟一败再败，越军水师深入吴国腹地，进逼吴国都城姑苏。

这一日，范蠡正在座船上与部下筹划军事，忽有军士来禀报，称有一男一女求见，男子自称渔父，女子名叫月女。范蠡既惊且喜，忙出舱来迎，果见岸边站着数人，领先的一男一女，正是几年未见的计然与月女。

范蠡跳下船，笑道："你二位怎么来了？"又道："好几年不见，月女长高了，也长大了。"

月女也笑道："范蠡君留起了胡髯，倒真像个将军的样子。"

范蠡还欲引二人上船，计然摆手道："范蠡君军务在身，我们不便多扰。今日冒昧求见，实是越军封锁了江面，我的座船不得通过，还想请范蠡君行个方便。"

范蠡道："渔父是要去吴国吗？"

计然点点头，道："若在平常，遇到两国交战，我自会偕月女远远避开，可而今我有急事，须得立即赶赴姑苏。"

范蠡遂不再多问，招来心腹卫士，命他持自己印信，引计然座船通关，又道："老朋友难得相见，二位还是到我船上坐上一坐，等渔父座船开过来，再走不迟。"

计然微一沉吟，点头道："也好。"吩咐了侍从几句，便与月女随范蠡上船。

范蠡问道："这些年，月女过得可还好？"又笑道："我这是白问，看月女的气色便知道了。"

月女笑道："其实这几年我和计然哥哥一直在吴越一带漫游，本来也想抽空去越都探望范蠡君，可每次到了风景绝美之地，就实在懒得动了。"

范蠡笑道："月女哪里是懒得动，分明是你跳出红尘，重新恢复本性，不愿意再理会我等凡夫俗子了。"

月女哈哈笑道："好像还真是这么回事。"又问道："范君可有见过陈音？"

范蠡点了点头，道："陈音逃离吴国后，便来了会稽，而后一直待在那里，每日花天酒地，跟从前一样。我曾多次请他出山，到军中任职，教习越军射术，他无论如何都不肯同意。"

忽有军士进来，附到范蠡耳边，低语了几句。范蠡微微颔首，命军士退出，问道："渔父一定要在这时候赴吴都吗？若不是十万紧急之事，不如先暂时避一避，以免两军交战，有所误伤。"言外之意，前面很快将有战事发生。

范蠡道："虽不是十万火急之事，但我弟子明离离奇失踪，我须得立即赶回姑苏处理。"

范蠡奇道："就是故市吏被离的孙子明离吗？他果然一直跟在渔父身边。"

月女道："明离年纪虽小，却是能干得很，而今已开始主事，替计然哥哥掌管姑苏所有的产业呢。"

范蠡道："原来如此。"又问道："那么明离失踪一事，又是怎么回事？"

计然道："具体情形我还不清楚。但明离失踪，刚好是发生在吴市市吏见离被杀之后。"

第一任吴王寿梦执政时，任命离氏为世袭市吏，代代相传，均无例外。到吴王僚时，市吏被离遇害，因其子早已过世，按理该其孙明离即位，但明离当时才十岁，年纪太小，遂由被离之侄要离即位。要离行刺太子庆忌成功后，自杀身亡，其子禽离亦已被吴王阖闾杀死，这一系便再无继任者。吴王阖闾无意擅改祖制，便寻来要离远房亲眷阿见，命他改名见离，继任吴市市吏之职。

就在不久前，见离莫名被杀于吴市鼓楼中，情形与当日被离被杀颇为类似，只不过被离死处目下称为子市鼓楼，而见离则是死于新市集吴市鼓楼中。

范蠡道："既然见离是吴王阖闾亲自任命的市吏，必是阖闾安插在市集的耳目，或许见离发现了什么不该发现的，就跟当年被离一样，由此而遇害。”

计然道：“应该是这样，本来这也不干我的事。可而后明离便失了踪，到处找不到人，我怀疑他又被牵扯到离氏事务中去了。”

范蠡道：“原来是这样。既是干系明离安危，渔父须得尽快赶去姑苏，范蠡一定鼎力协助。”

又见月女几度欲言又语，便问道：“月女想说什么？跟我还客气什么。”

月女道：“范君现下是越国重臣，算是越国人了，对不对？杀死被离的真凶剑鸣，就是你们越国安插在吴国的间谍。还有那几度要害死我和计然哥哥的桑碧，也是你们越国间谍。我在想，明离这件事，会不会也跟越国间谍有关？”

范蠡这才恍然大悟，道：“原来这就是月女和渔父明明人在越国，却不肯来会稽探我的原因。”

月女叹了口气，道：“还是被范君猜到了。”

范蠡道：“明离一事，我实是刚刚才听二位说起。不过……”犹豫了一下，道：“不过就算我知悉其事，也不能见告二位。”

言外之意，越国诸间谍正在吴都姑苏加紧活动。以当下局面，这亦是理所当然之事。

范蠡又道：“而今我为越王效力，越国之事，便是机密大事。渔父和月女虽是中立派，但毕竟不是自己人，还望包涵。”

计然道：“这是当然。私交归私交，公事是公事。今日若不是不得已，我和月女也不会冒昧以私交相求。”

范蠡笑道：“渔父最识大体，能体谅范蠡的难处就好。”

过了两刻工夫，计然座船及两艘物资货船开到，计然便就势告辞。

范蠡叮嘱道：“这一路赴吴都，怕是不太平，若是遇到越军阻拦，渔父便可报我的名字。遇到吴军嘛，渔父曾是吴王阖闾座上宾，也无须我再多操心。最怕是两军交战时，城门失火，殃及池鱼。”

顿了顿，终于还是说了出来："请渔父务必在今晚日落前离开河道，转行湖道。时间紧迫，我也就不多留二位了。"

计然道了谢。月女还颇觉恋恋不舍，道："要是还像以前那样，大家伙儿一起在渔场吃鱼饮酒相聚就好了。"

范蠡微微一笑，心头也陡然升起一丝伤感来，除非灭吴，不然是再也回不去五湖了。

回到座船，计然便吩咐立即开船，全速起航，总算在日暮时转入湖道。

刚行数里，便听到东南面河道方向传来激烈的厮杀声。水面辽阔，没有遮挡物，即便在数里之外，声音也如在近前，无数人喊叫着、惨叫着，伴以金刃交接声，羽箭破空声，甚至跌落入水声，均历历在侧。随即有火光浓烟腾空升起，与西面如血残阳交相映照，别有一番凄凉景象。

月女还是第一次听到交战情形，骇然色变，问道："为什么各国不能各守其土，和睦相处，非要你杀我，我杀你，争来夺去？"

计然道："因为人总有欲望，不曾有的，千方百计想要得到，得到了，便想要更多。"忽又想到旧友向申来。

回头想想，天下芸芸众生，有人建功立业，有人随波逐流，也有人退隐山林，却还是出了向申这样一个人，以消弭战争为理想，并付诸行动，为达目的不计代价，不择手段，也算是难得。一人之力，或许改变不了世界，但至少他做过尝试，亦当无悔。

船继续北驶，离河道渐行渐远，声音终至微弱，而后便再也听不到了。但映天的火光却在夜色初临时格外耀目，甚至到半夜时，还能见到东南方有红光闪动。

船行二日，正待转入五湖，却被吴军一艘中翼兵船拦住。计然报上姓名，吴军军士也不理会，跳上货船，欲大行抢掠之事。计然侍从拔出佩剑，上前阻拦。军士遂大叫起来，称计然一行是越国间谍。

大翼、中翼、小翼、戈船等各种兵船纷纷过来增援，军士们张弓搭箭，隔船指住计然等人，喝令放下兵器。

小白蹿上桅杆，指着军士“呀呀”叫个不停。一名军士心中恼恨，仰天射出一箭，却被小白轻松接住。

那军士大怒，发一声喊，众军士便一齐仰举弓箭，瞄准小白。月女拔出鱼肠剑，大叫道：“不准伤害我的小白！”

正危急时，有楼船赶至，领头将领居然是专毅。他一眼认出计然和月女，忙喝退军士，亲自走上船头，向二人赔罪。

月女打量一身铠甲的专毅，奇道：“你已经当上了将军了吗？”

专毅道：“承蒙大王信任，命我辅佐太子留守姑苏。”又问道：“前两日南面发生过战事，二位可有遇到？”

计然道：“刚好错过了。”

专毅道：“未能伤及二位就好。”又道：“越人来势汹汹，我军刚刚大败了一场，折损好几艘战船。我奉太子之命，在这一带防守。手下人不认得渔父，多有冒犯，还请恕罪。”又一眼看到月女腰间的木剑，奇道：“这柄剑……”

月女笑道：“这是木剑。你送我的鱼肠剑，我收在怀中。”

专毅脸上登时露出喜色来。他因有公务在身，不敢多叙旧，命兵船让开，放计然一行通过。

走出老远，仍能见到专毅屹立于战船船头，神情警觉，目光投向远方。

月女叹了口气，问道：“如果范蠡和专毅当面遇到，会不会拔剑相向？”

计然道：“唔，这个问题我可答不上来。”

一入姑苏，便能感觉大战将临的气氛，处处可见全副武装的军士，民众也个个神色紧张。计然登岸后，只命人将小白和行囊先送回渔场，自己与月女径直赶来吴市。

姑苏是江南第一大城，建成之后，商业发展迅速，商贸极为繁华，甚至已不在宋国之下。

城中有两大市集，一名吴市，一名子市。吴市遵照彼时流行的“前朝后市”的格局，位于大城北部，子城之后，同时也是杀人的刑场。子市则位于大城东部，即为昔日旧市集。

计然虽然离开吴都，但在姑苏的商业活动却没有停滞。吴市建市之初，他便派人买下一整条街的店铺，半数自用，半数外租。明离原在宋国总铺做学徒，因进步很快，计然又需要一个熟悉吴地的亲信专事管理吴市产业，便将他从宋国调来姑苏，年仅一年，明离做得相当不错，却不想又出了失踪一事。

进来宋氏总铺，早有侍从迎上来，道：“已请来负责调查市吏见离被杀案的司寇署官吏仲臣，他人就在堂中。”

计然点点头，大踏步进堂，与仲臣寒暄几句，便径直问道：“请教吏君，见离被杀案，可有什么进展？”

仲臣道：“臣无能，实在查不到线索。现下越军逼近姑苏，官署全都乱了套，臣再没有精力来追查此案。”

又问道：“听说高徒明离也失了踪，渔父是认为见离被杀与明离失踪有关吗？”

计然道：“现下不好说。但明离失踪无迹可寻，我手下人始终找不到线索，我只能设法从其他方面下手。明离与见离好歹算是亲眷，都是姓离。”又道：“吏君可否详细说说见离被杀的情形？”

仲臣道：“诺。”大致说了事情经过及案发情形。

见离原先只是个打鱼为生的渔民，被吴王阖闾寻来做了吴市市吏，于管理市集一道完全不通，闹出了很多笑话。吴王阖闾便给他指派了一个副手，名叫福禄，原本就是被离手下的小吏，只不过早些年便已致仕退休了。吴王阖闾突然想到福禄，便重新请他出山来辅佐见离。在福禄的帮助下，见离渐渐上了手，这几年都做得不错。福禄因为年纪大了，便很少再去鼓楼。

一个月前，天光已亮，却不闻市集开鼓声。有商家觉得奇怪，便去鼓楼察看，却见大门紧闭，拍门不见人应，门又从里面闩上，怎么也推不开。那商家便从门缝往里看，才发现见离人躺在门槛后，胸口一片红色，人分明已经死了。

商家赶去报了官，仲臣当时在司寇署当值，闻报赶来鼓楼，却仍然不得入门。遂派了个身手敏捷的吏卒缘屋柱爬上二楼，从窗户跳入房中，再到一楼开了门。

查验尸体时，发现见离身上只有一处剑伤，透胸而入，手法干净利落。仲臣找不到其他线索，又四下询问商铺，也没有什么发现。

司寇署长官大司寇季札人在鲁国，常年不在国内，事务颇为混乱，官吏遇到大事，多向上禀报。刚好吴王阖闾、相国伍子胥都在楚国，仲臣便将见离被杀报告给了主持吴国事务的太子波，太子波年轻，又只关心来自楚国战报，对市吏被杀没什么兴趣，便指派仲臣调查。

仲臣又道："依臣勘验现场情形来看，当夜有人来访，见离举灯开门，却被对方以利器杀死，油膏灯也跌落在一旁。"

月女道："适才吏君说，最初发现见离遇害时，门是从里面闩上的？"

仲臣道："应该是凶手所为。"

月女道："这么说，凶手杀死见离后，便将门闩上，然后他自己跑去二楼，推开窗户，再顺柱子爬下来，为什么要多此一举？他又不是小白。"

仲臣也不知道小白是谁，只漫应道："关于这一点，臣也是百思不得其解。"

计然想了想，问道："可否请吏君带我去鼓楼看看？"

仲臣道："当然可以。"引计然来到鼓楼，又告道："目下吴市事务由福禄代掌，这就是福禄。"又将计然引见给福禄。

那福禄是名七十余岁的老翁，满头银发，气色也很好，只是身体有些发福，一听到计然的名字，忙道："原来是渔父，臣久闻大名。"

计然道："你不是早就退休了吗，从哪里听过我的名字？"

福禄道："市吏君见离。渔父不是明离的师父吗？见离时常提起的。"

计然道："明离跟见离时有来往吗？"

福禄道："来往谈不上。见离自小就认得明离，刚好鼓楼与总铺离得不远，时不时会遇到，好歹也是亲眷，总要打声招呼。不过……"

计然道："不过什么？"

福禄道："明离总是神色冷冷，爱理不理。起初见离还怀疑是不是因为自己占了明离市吏的位子，后来才知道明离连大王的厚赏都没要，更不会在意区区一个市吏了。"

计然心道："原来明离对离氏家族还是很有些隔阂，是我疏忽了，我不该将他从宋国调来姑苏。"

他又问了一些现场情形，一楼、二楼均一一查看了一番，正预备离去时，福禄忽问道："怎么有好些日子没见到明离了？他是不是又去宋国了？"

计然手下未曾张扬明离失踪一事，计然也不回答是否，只"嗯"了一声，便告辞出来。

仲臣问道："渔父可有什么发现？"

计然摇了摇头，向仲臣道了谢，命侍从取了些财物给他，道："就当是吏君今日辛苦走了一趟的谢礼。"

仲臣千恩万谢，收下财物自去了。

计然问道："月女是想回渔场，还是就住在这里？"月女心不在焉地道："我听计然哥哥的。"

计然道："为寻人方便，自是留在城里好，只是环境差些。"月女道："那么便留在这里吧。"

计然道："月女想什么呢？这般出神。"月女道："我在想，那凶手为什么杀人之后，要闩上门，再从二楼爬柱子出去？"

计然沉吟道："凶手杀人之后闩上门，不难解释，他多半是要在鼓楼找什么东西，又怕有人经过发现了尸体，便先将门关上闩好。至于他为什么不走正门，非要费劲爬柱出去，我也想不明白。"

月女见计然欲换衣衫，问道："天色已经不早，计然哥哥还要出门见客吗？"

计然道："而今吴军攻楚，越军伐吴，姑苏城还不知道会乱成什么样子。明离失踪已近一月，迟一天，便多一分危险，得尽快找到他。"

月女道："我也希望快些找到明离。计然哥哥手下没有无能之辈，他们找了这么久，也没有线索。我们才刚来姑苏，要如何寻起？"

计然道："我先去子市见个人，快去快回，你也累了，先休息一下。"

月女笑道："那我等计然哥哥回来，一起吃晚饭。"

计然点头应了，又嫌车子太慢，骑马赶来子市。子市即是旧时市集，面貌已大为改观，虽不及吴市规划齐整，却也比原先大了许多，成为手工匠人的聚集地。

计然寻来匠门附近的剑坊时，白鹭正要打烊关门。他见到计然到来，很是惊讶，随后告道："我师父、师母均在莫干山[1]为吴王炼剑，人不在姑苏。"

计然道："莫干山在何处，我怎么未曾听过？"白鹭道："是我师父在浮玉山附近发现的一座山，没有名字，师父便用他和师母的名字来命名。"

计然点了点头，道："那一带我去过，山高岭峻，四季雾凝，是个锻剑的好地方。"

又道："你坚持留在姑苏，自有缘由。但你身为剑坊弟子，不去莫干山侍奉师父，旁人包括你师父、师母不起疑心吗？"

白鹭道："这个不劳计君操心，剑坊弟子众多，远不止我一个，师父特命我兄妹二人留在姑苏，主持剑坊大局。计君要找我师父、师母，怕是得多等上一阵子了。"

计然道："我今日刚到姑苏，是专程来找白鹭君的。"

白鹭微一迟疑，便请计然入堂就座。又见数名侍从寸步不离地分侍计然身后，笑道："怎么，计君也是'一朝被蛇咬，十年怕井绳'？"

计然道："白鹭君是越人，当熟知水性，岂会不知'小心驶得万年船'的道理？"

[1]莫干山：为天目山（古名浮玉山）之余脉，位于浙江省湖州市德清县境内，

白鹭笑道："计君大驾光临，应该不是来找我打嘴仗的，敢问有何见教？"

计然道："我弟子明离一月前失了踪，就在吴市市吏见离被杀三日后，我来向白鹭君讨教，可知道明离下落？"

白鹭讶然道："原来计君怀疑我派人绑架了明离。"计然道："我记得早几年前，白鹭君也做过这种事。"

白鹭道："原来计君还记恨当年专毅之事。实话告诉计君，我根本不知道计君爱徒明离失踪一事。至于吴市市吏见离被杀，我倒是听说了，不过这件事也跟我们没有关系。"

计然目光炯炯，凝视着白鹭，问道："白鹭君自称是实话，当真如此吗？"

白鹭道："计君是个厉害人物，又知悉我等身份，等于握有我兄妹的把柄，我不是傻子，为何非要跟你为敌？"

又道："况且计君应该知道当下局势，我等关注军情战事还来不及，谁有闲心去理会计君的爱徒？"

计然道："那好，我就相信白鹭君。"

白鹭道："既然计君如此关心爱徒下落，我倒是可以代为打听，不过嘛……"

计然道："你想从我这里得到什么？"白鹭道："月女。"计然闻言，大感愕然。

侍从鱼亭喝道："你敢当着渔父的面，提出这样的条件，胆子可真是不小。"

白鹭道："请计君和各位不要误会，我不是要月女的人，我是想要她的技艺。如果我能帮计君找到明离，就请计君说服月女去越国，请她教习越军剑术。"

计然一怔，随即笑道："你还真是天真，你该知道月女的性子，就算我答应，月女也不会答应的。"

白鹭道："世上没有绝对的事。只要有心去做，就一定能做到。"

计然摇了摇头，道："我绝不会拿月女做交易。告辞了。"

回来吴市时，天光已暗，月女正坐在灯下。计然一进屋，便闻见了饭菜香气，不禁吸了口气，问道："今晚吃什么？"

月女笑道："是我亲手做的饭，计然哥哥来尝尝。"

计然笑道："月女也会做饭啦？我一定要尝尝。"

却见食案上摆着两铺稀米饭，饭中不知拌了什么，呈现出黑褐色，颇为怪异。

计然问道："饭里面拌了什么？应该不是大苦吧。"

月女笑道："不是大苦。至于是什么，计然哥哥吃过就知道啦。"又取过一只玉盒，打开盖子，道："大苦在这里，我早备好了。"她因为久与计然在一起，受其熏陶，亦爱上了大苦，先用手抓了几粒，丢入口中。

计然用木勺舀了一口饭，递入口中，咀嚼了几下，一口咽下，赞道："嗯，味道不错。"又道："米饭是月女亲手煮的，但这鱼羹是你出去买的，是吧？"

月女道："咦，计然哥哥怎么一下就猜到了？"

计然笑道："你忘了，我吃过这家的鱼酱，就在旧市集鼓楼边的那家客栈。"

月女道："我可是在对面吴市酒肆买的。"

计然料想那家客栈搬来了吴市，改做了酒肆，便笑道："这家鱼粥也相当不错的。"

月女道："是不是我做的饭不好吃？我看计然哥哥才吃了几口。"

计然笑道："不算难吃啊，水有点多了。不过月女第一次下厨，已经很不错了。"

月女闻言，便上前夺下计然手中木勺。计然愕然道："我没说不好吃啊，怎么，月女罚我，不准我吃饭了？"

月女笑道："我们去对面酒肆吃鱼粥去。"

侍从鱼亭听到，忙上前阻止，道："酒肆人多眼杂，臣等难以护卫周全，渔父不能去。"

计然道："就我和月女去就行了。月女的武功，你们还信不过吗？况且就在街对面。”

鱼亭坚决地摇了摇头，道：“不行！月女再厉害，也只是一个人。眼下是非常时期，姑苏城中不太平，万一渔父有事，臣等万死莫赎。”

月女道：“听鱼亭的语气，好像有很多人想害计然哥哥。”鱼亭忙道：“臣不是这个意思……”

月女笑道：“好啦好啦，我开玩笑的啦。都听你的，不去酒肆了。不过你得替我们跑一趟酒肆，去买些鱼粥回来。”

鱼亭这才转急为笑，应声去了，片刻后空手回来，告道：“渔父，臣看到向申了。几年前，他到渔场拜访渔父，臣见过他，但他并没有认出臣来。臣未得渔父之命，未敢上前相认。”

计然眉毛一挑，道：“这紧急当口，向申来姑苏做什么？”转头看了月女一眼，月女笑道：“不用看我啦，计然哥哥想见客人，就去见吧。”

计然点点头，命道：“以我的名义，去请向申过来，引他去客堂。”又问道：“鱼粥呢？”

鱼亭笑道：“原来这家酒肆就是渔父住过的那家鼓楼客栈，店家还认得臣，说一会儿等粥熬好，就亲自送过来。”

计然便起身道：“我更衣见客去了。如果鱼粥送来，月女实在等不及，便请先吃吧。”

月女噘嘴道：“一个人吃饭多没意思。”

计然笑道：“那好，就烦请月女多等我一会儿。”又道：“我明日派人去渔场，把小白也接过来。它爱吃这家的鱼酱，可以吃个够。”

出来时，却见侍从鱼亭还在庭院中，计然皱眉问道：“怎么还不去请向申？”

鱼亭低声道：“还有一件更令人意外的事，与向申同案而坐的男子，就是当日在渔场外与月女交手的夏至。”

计然讶然道：“夏至？就是那等在渔场外行刺伍子胥的刺客夏至吗？你可曾看得清楚？”

鱼亭道：“当日夏至在渔场外跟月女动手，臣也曾跟着渔父赶去察看，决计不会看错。”又问道：“要不要臣先派人暗中监视向申、夏至二人？”

计然摇头道：“向申志向高远，可钦可佩，对他不必用这种手段。去，请向申过来一叙。”

计然入房换了身衣裳，再出来时，鱼亭已等在门前，低声禀报道：“向申人已经到了。不过臣刚到酒肆时，夏至人已经不见了。”

计然点了点头，进来堂中。向申迎上来笑道：“如果不是侍从来请，我万万想不到渔父会住在吴市这种地方。”

计然道：“我今日才到姑苏，到吴市处理点事，便暂时住在了这里。”

向申问道：“渔父新到姑苏吗？从何处来？”计然道：“越国。”

向申道：“吴越交战正紧，渔父这时候来到姑苏，可是有什么急事？”

计然便大致说了弟子明离失踪一事，又问道：“向君这几年过得可还好？可有回过宋国？”

向申摇了摇头，也不知是回答前个问题，还是后个问题。

计然见向申一副心事重重的样子，话也不多，便道：“我也是听侍从说向君人在对面酒肆，所以冒昧邀请过来一叙，向君若是有事，大可自便。”

向申立即点了点头，起身告辞。计然送出门外时，向申忽道：“渔父若是办完事的话，还是早些离开姑苏吧，哪怕去菱湖渔场住着也好。”

计然心念一动，问道：“莫非姑苏将要发生什么大事？”

向申不答，只道：“而今吴王滞留楚国未归，越国又大举伐吴，吴国没有得力主事之人，局势十分凶险。渔父本是逍遥仙人，不必卷入这些事情。”拱手辞出。

计然心道：“向申突然出现在姑苏，必有重大图谋。他既与那楚国刺客夏至在一起，或许是想借夏至之手，行刺主持吴国国事的太子波。”

正如向申所言，吴王阖闾引军在外，吴国重臣良将皆随吴王赴楚，国中没有得力之人，就连专毅这样毫无军事经验的人，也被托以御越重任。若是杀了太子波，吴国必定大乱。远在楚国的吴王阖闾得知姑苏生变后，一定急速回国，再也顾不上追索楚王了，楚国之厄自解。

回来房中，月女正坐在灯下发呆。计然上前刮了一下她的鼻子，问道："等得不耐烦了吧？"

月女道："有一点点。其实也不是等得不耐烦，只是觉得这里好闷，没有渔场好玩。"

计然道："那我明日一早派人送月女去菱湖渔场，你和小白先住在那里，等找到明离，我们便一道去泰山。"

月女摇头道："不，计然哥哥在哪里，我就要在哪里。"又笑道："鱼粥送来不久，还是温的，我们快吃吧。"

次日一早，计然刚刚起身，月女便进来笑道："计然哥哥，我已经买好了鱼粥，就等你。"

计然奇道："你自己一早去对面酒肆买鱼粥了？"月女笑道："是啊，我还见到了向申。他也在那里，看样子也很喜欢那家酒肆的鱼粥。"

计然问道："他可有跟月女打招呼？"月女道："有啊，他还要了我的木剑观看，赞叹了一阵子。"

计然料想向申既有图谋，当不会轻易暴露行踪，必是真心喜爱鱼粥，才会频繁出现在酒肆，就跟当年吴王僚酷爱炙鱼，难以抵挡诱惑一样。

二人喝完鱼粥，月女问道："该如何寻找明离呢？"

计然道："我也没有好的办法。"

吴市市吏见离被杀当日，明离人不在姑苏，三日后才回城，得知见离被杀后，独坐房中，沉默良久。而后独自出去，说是散散心，便再也没有回来。侍从已经询问明离所有的熟人，也去过离氏旧居，甚至还去明离家乡找过，均没有人见过他。

月女道："这个明离，离开时要是告诉旁人他要去哪里就好了，搞得我们现下一点头绪也没有。"

计然踌躇一阵，问道："如果月女是明离，你听到自己的亲眷……虽然是远房亲眷，却是自小就认得的人，感情还是有的。你听到自己的亲眷被杀了，被杀的原因极可能是因为吴市市吏的位子，而那个位子本该是你坐的，你会怎么想？”

月女道：“嗯，我应该会有些内疚吧，觉得死的人本该是我，觉得对不起见离。”

这种情况下，见离最可能做的事，应该是去祭拜见离。当时见离尸首还停放在司寇署，尚未下葬，但显然见离没有赶去那里。

下一种可能，明离应该赶去见离家乡，向其亲眷致歉，但明离也没有出现在那里。

计然又问道：“听侍从说，明离听到见离被杀的消息后，虽然面无表情，却在房中闷了一两个时辰，想来心中也是大起波澜。这时候，他胸中积蓄有一团火，需要找地方发泄，换作月女，你会去哪里？”

月女道：“穹窿山啊。以前我每每有不开心的时候，便会在山林中纵跃奔跑，一口气跑到山顶，坏心情就全没了。”

计然摇头道：“明离不会去穹窿山，也不会去菱湖渔场。”

月女道：“我当然知道啦。穹窿山是我生长的地方，对我最为重要，所以我会去那里。明离要去的地方，一定是对他最重要的。”

计然道：“但侍从也去离氏旧居找过，旧居积尘甚厚，也问过乡人，明离并没有回去。”

月女道：“那就说明旧居对明离不是那么重要。”又道：“也许明离关注的不是去什么地方，而是去见什么人，他想去见的最重要的人。”

对明离而言，最重要之人，就是计然与月女了。他与见离虽是亲眷，但如司寇署官吏仲臣所言，甚为疏远，似是明离有意为之。既然明离没有来找计然一诉衷肠，那么还有什么最重要之人呢？

计然陡然想到什么，失声道：“是禽离，禽离对明离最为重要。”忙命侍从备车。

侍从鱼亭问道：“渔父要去哪里？”

计然道：“阊门要离墓。要离一家都葬在那里，明离必是去了那里。”遂赶去阊门太伯坟。

太伯即是吴国开国君主，其坟茔是吴国的至高象征，专诸和要离生前，都特别请求死后要与太伯安葬在一起。二人死后，吴王阖闾也遵守诺言，将二人分葬在太伯坟两边。

一行人抵达阊门太伯坟后，郑重拜祭了太伯，月女还特意到专诸和要离坟前拜了一拜。

侍从东润向守坟卫士打听，卫士道："一月前，确实来过一个少年，伏在要离坟前，大大恸哭了一场，直到天快黑时，才起身离去。"

东润忙来回禀计然，又道："据卫士描绘的少年的服饰样貌，当是明离无疑。"

计然道："果然不出我所料，明离是来了要离墓。"

东润叫道："渔父！"计然道："嗯，什么事？"见东润欲言又止，深以为怪，问道："吞吞吐吐做什么？还有什么话不能跟我说吗？"

东润遂躬身道："臣等为寻找明离，也是费心费力，自觉得该找的地方全找遍了，却没有想到要离墓。渔父回来姑苏不过一日，便立时查到了线索，臣是真心佩服渔父。"

计然道："这全是月女的功劳。全靠她的提醒，我才能想到明离可能来了要离墓。"

月女道："可而后明离又去了哪里呢？"计然道："照理来说，他情绪发泄完了，就该回去吴市。"

东润吞吞吐吐地道："会不会……那个……"

月女道："哪个？"东润道："会不会是明离并没有失踪，而是一时想不开，跳河自杀了？"

计然当即斥道："胡说！"

东润忙道："明离虽然能干，可到底还是个孩子。这个离氏家族又甚为诡异，或许他一时想不开……"

计然道："我不信明离这么没有担待。他答应过我，要好好学本领，将来要有一番作为。"

东润遂道："阊门大道直通吴市，不然由臣带人沿途打探，看有没有人见过明离。"

计然道："当时天色已黑，怕是难以有所发现，不过先这么办吧。"

东润应命而去，计然与月女自回来吴市。有王宫卫士正等在总铺前，见计然回来，忙上前告道："太子殿下想请渔父入宫一见。"

计然奇道："吴太子如何知道我人到了姑苏？"

卫士道："今日司寇署官吏入宫禀事，提及渔父，太子殿下得知渔父人来姑苏，便立即派臣来迎候。"

计然道："原来是司寇署官吏仲臣说的。"点了点头，道："容我进去换身衣服。"又问道："月女想跟我一道入宫吗？"

月女道："不想。计然哥哥不是派人去渔场接小白了吗？我要在这里等它。而且我也买好了鱼酱，只等小白来吃。"

计然笑道："月女总说我在哪里，你就要在哪里，小白一来，就把我全抛开了。不过我从来都是甘居第二，不敢与小白争宠。"

月女嗔道："计然哥哥越来越贫嘴了。"又问道："你出个门就要换一身衣服，不嫌累吗？"

计然笑道："这是礼仪，须得如此。我跟月女隐居山林的时候，可没有时时都换衣服啊。"

来到王宫正宫阖闾宫，吴太子波甚为热情，亲自下殿迎接，执计然之手，引其到右首就座，这才重回殿首坐下。

照例寒暄一番后，计然问道："太子殿下军政繁忙，此刻召我入宫，可是有什么事？"

太子波踌躇道："听说渔父爱徒明离失了踪，刚好发生在吴市市吏见离被杀后，渔父怀疑二者有联系？"

计然道："也许有，也许没有，我昨日才到姑苏，还未查到明离下落。"

心中隐隐感到不妙，对方是太子身份，之前还对见离被杀一案漠不关心，此刻断然不会无缘无故地重新关注起来。

果然听到太子波道："嗯，我本来没有留意见离被杀一案，既然又出了明离失踪一事，不免有些疑心。”踌躇半晌，才问道：“渔父可知离氏是故曾祖父寿梦大王指定的世袭市吏？”

计然道：“我有所耳闻。”

太子波道：“除此之外，离氏还肩负着保卫吴王的秘密使命。我也是听伍相国说的，是要离原原本本告诉了他。”

计然早已猜到真相，也不惊讶，只道：“这是吴国王室机密大事，计然并非吴国人，太子殿下何以要告诉我？”

太子波道：“要离舍身行刺庆忌，甚至牺牲了妻儿性命，为我吴国立下大功。他既将明离托付给渔父，想来渔父是他完全信任之人。要离能信任渔父，我姬波当然也可以。”

计然道：“多谢太子殿下信任。殿下有话，不妨明言。”

太子波遂道：“自从父王、伍相国离开姑苏，我便有种不好的感觉。”

计然奇道：“吴军势如破竹，吴王更是一举破楚，威震诸侯，太子殿下当欢呼雀跃才对。”

太子波道：“前线捷报频传，我心中自是欢喜。我说的不好感觉，是指姑苏。”

原来吴王阖闾出师前，将吴国国事交付给太子波，又令公子清及上卿专毅从旁辅佐。公子清为第三任吴王余祭之子，是太子波堂叔，为人谦和谨慎，于诸公子中最为稳重。专毅则因为其父专诸而受吴王阖闾倚重。太子波得二人扶持，政务上倒还顺利，但他却总有不踏实之感，寝食难安。

公子清得知后劝道：“大王领军在外，太子殿下又是第一次独立执掌国事，有这种感觉是正常的。只是太子是一国之主，身为臣民表率，绝不能有任何软弱的表现，切莫再提此事。”

太子波觉得有理，遂强作镇定，一再劝诫自己，是自己多想，绝不能再表现出来。之前不断有好消息自楚国传来，而今又有越国趁吴国空虚、大举伐吴之事，喜忧接踵而至，遂将他的真实感觉压制了下去。

直至今日，太子波从司寇署官吏仲臣口中得知计然返回姑苏调查明离失踪一事，且认为明离失踪与市吏见离被杀有关，那种不安的感觉登时又迎面袭来，强烈到了令他再无顾忌、决意召计然一见的地步。

太子波又道："见离是父王亲自任命的市吏，也继承了离氏家族的秘密使命。渔父爱徒明离也是离氏家族成员，本有资格继承市吏之位。我在想，他二人一个被杀，一个失踪，是不是因为发现了什么，譬如有人意图颠覆王室？"

计然吃了一惊，问道："太子殿下所说的不好感觉，便是指这个吗？"

太子波道："之前我只是感觉不好，但并不明白到底是因为什么。今日仲臣入宫禀报后，这种感觉愈发强烈，再联系到见离、明离的特殊身份，我基本已经可以肯定，姑苏城中将要发生大事。"

计然道："既是如此，太子殿下可召亲信大臣商议，安排人手，加强戒备，以防有人趁机作乱。"

太子波摇头道："我最信任的大臣是伍相国，可他随父王去了楚国。公子清虽然是我堂叔，父王临行前再三交代过，不能完全信任他。专毅倒是忠心耿耿，没有他父亲专诸的舍身，也没有我等今日之地位。但而今越王引军伐吴，我已派了专毅领军抵挡，身边再无可商议之人，只好请渔父入宫，代为拿个主意。"

计然直起身子，拜了一拜，道："太子殿下倾心信任，计然万分感激。只是我不是吴国人，断然不敢预闻吴国大事，还请太子殿下见谅。"

太子波忙叉手回礼，道："父王一再夸赞渔父识大体、知进退，果然如此。那么我也不敢再以吴国之事劳烦渔父，只有一事相求，可否请渔父代为追查市吏见离被杀一案？"

计然道："莫非太子殿下认为见离知悉了什么阴谋，这才引来杀身之祸？"

太子波点了点头，道："市集虽是藏污纳垢之所，却也是消息最灵通之地，寿梦大王将离氏安插在市吏的位子上，作为耳目及心腹，可谓十分高明之举。我敢说，姑苏城中有什么风吹草动，最先知道的，必是见离。"

又道："伍相国曾跟我说过被离派路幺行刺父王一事，父王他们一直是秘密行事，吴王僚一方都没有任何察觉，但被离却已知我父王在暗中图谋吴王之位，遂派人行刺，这便是明证。”

计然道：“被离遣人行刺这件事，我颇感费解。他既知公子光有异图，何以不知会吴王僚呢？”

太子波道：“一来是被离没有真凭实据，二来曾祖父寿梦大王不忍见到日后有手足相残之事发生，立有明制，命离氏自行解决，不计代价，不得有外人干预。”

又道：“渔父此次专为寻找爱徒赶来姑苏，既然明离一案与见离被杀大有关联，渔父寻找明离下落的同时，再追查见离一案真相，也只是顺便之事。”

计然遂起身离座，拜了一拜，道：“吴太子有命，计然敢不遵从？只是这件事须得秘密进行，还望太子殿下不要告诉他人。”

太子波喜道：“这正合我意。”

计然正待告辞，忽听到殿外卫士道：“太子殿下正在与人议事，公主不能进去。”

有女子声音道：“狗屁！这王宫还有我不能进去的地方吗？况且太子是我弟弟，我想见就见，哪轮得到你来阻拦？”

太子波忙道：“这是我姊姊滕玉的声音。”

正说着，滕玉已经闯了进来，腰间佩着胜邪剑，长剑与其纤瘦的身材很不相称。

胜邪剑原为吴太子庆忌佩剑，庆忌死后，胜邪剑为吴王阖闾所有。阖闾本来要按照事先约定赐给次子夫差，正好滕玉吵着要鱼肠剑，阖闾为了抚慰爱女，便就势将胜邪剑赐给了滕玉。滕玉听说胜邪剑排名在鱼肠剑之上，这才不再追索鱼肠剑，以佩胜邪剑为乐事。

她见计然也在殿中，只微微一怔，倒没有像往常那样再叫他“丑八怪”，只上前挽住太子波手臂，道：“波弟，我要你派水师护送我去楚国。”

太子波吃了一惊，问道：“姊姊说什么？”

滕玉道：“父王占领了楚国，我要去郢都看看。我还听说楚国有个云梦泽，比我们吴国的五湖还要大，我要坐船去游上一游，看看是不是真比五湖大。”

太子波不免十分头疼，道：“姊姊该知道越国正举师伐吴，我哪有多余的水师派给你？”

滕玉道：“怎么没有？五湖西山那边不是还有一支水师吗？”太子波道：“那是……”

计然趁他姊弟二人争吵之际，疾步趋出大殿。回到吴市时，听说司寇署官吏仲臣正等在堂中，忙入堂问道：“吏君可是有事？”

仲臣道：“也不是什么大事。今日有人来司寇署打探渔父之事。”

计然深感意外，问道：“那人为何要去司寇署打听我？”

仲臣道：“好像是对方知道渔父也在关注市吏见离被杀案，而且昨日还去过鼓楼，特意来问渔父知道了什么。”

计然道：“那你怎么回答？”

仲臣道：“臣说不知道渔父为什么会关注市吏被杀案，大概跟市吏有些私交吧，至于渔父知道的，都是臣告知的。然后那人便给了臣一些财物，让臣不要说出去。我满口答应，等他出去后，便派了一名吏卒暗中尾随，结果发现他进了公子夫概府。”

计然讶然道：“公子夫概府？”

仲臣道：“渔父很意外吧，臣也相当意外呢。”又从怀中掏出一片帛画，道：“这是那人相貌。臣父以前做过画师，臣自小习得其技，想不到今日派上了用场。”

计然道：“你做得极好。”命侍从取出一镒黄金交给仲臣，道：“吏君帮了我大忙，一点心意，当作酬谢。”

仲臣略略推辞，便收了下来，随侍从去了。

计然将帛画平摊到几案上，凝思不语。侍从鱼亭问道：“渔父可是认得此人？”

计然点点头，道：“他便是当日引我和月女入彀的孟白。”

第九章

死生契阔，与子成说

楚太子建是流亡之人，即便有亲信追随，也无法以自身力量颠覆一个诸侯国，所以他须得借助晋国。而今王孙胜情形比当年的太子建还要有优势，吴王阖闾率大军在外，良臣猛将倾巢而出，姑苏只有一个太子波及公子清，而率军抵挡越军的竟是从无带兵经验的刺客专诸之子专毅。

司寇署官吏仲臣交给计然的画像，竟是孟白！

侍从鱼亭闻言万般惊异，道："孟白是白鹭、桑碧一伙，是越人间谍，如何又会跟公子夫概有所勾结？"

计然道："公子夫概人在楚国，未必知悉其事。之前东润不是也见过白鹭进了夫概府吗，说不定越人在公子府安插了眼线。"

鱼亭道："那现下要怎么办？"计然道："我答应了太子波，要为他追查见离被杀一案。孟白专程到司寇署打听，分明是怕我知道了什么，这表明他一定涉入了见离一案。"

鱼亭道："可昨日渔父去剑坊见白鹭，他还信誓旦旦，称与见离遇害无干呢。"

计然道："白鹭见识不凡，居然能想到要利用月女一身技艺，为越国效力。他不会在这件事上撒谎，也许是真不知情。几年前他妹妹桑碧私下派人杀我，不是事先也没告诉他吗？这样，你派人盯着公子府，见到孟白出来，也不要惊动他，只暗中尾随，看他跟什么人联络。"鱼亭应命去了。

计然召过另一名侍从阿巴，问道："月女呢？"阿巴道："月女带着小白出去逛了。"

计然忙问道："可派人跟着？"阿巴道："月女不让臣等跟随，臣只好派了人暗中跟着，但月女脚快，很快就将跟随之人甩掉了。"

计然料想月女武艺高强，又有小白作为良助，当不致有事。

到日暮时分，月女方才归来。计然道："月女去了哪里？连侍从也不带，好叫人担心。"

月女笑道："就是随便逛了逛，逛完吴市又去了城外的鸡陂塘，是一个专门养鸡鸭的地方，满地鸡鸭，很好玩呢。"

刚好侍从东润回来，月女忙问道："你不是去阊门大道打探明离消息吗？可有什么结果。"

东润道："臣率人挨家挨户问了，那时已是晚上，道上漆黑一片，就算有人经过，也看不清面貌。不过有一家人说，那天晚上，主人听到了车马声，车子就在他家附近停了下来，然后似乎是有什么人吵架，还有拔剑出鞘之声。不过等主人出门看时，车马已经驰走，他也没看到具体情形。”

当日明离是徒步前往阊门要离坟的。根据守坟卫士说法，明离在天快黑时离开，根据脚程推断，那家主人听到动静时，差不多也是明离抵达附近的时候。

计然道：“明离一定是在回来吴市的途中出了事。”

如果是车子上的人劫走了明离，姑且叫此人某丁，就某丁表明早有预谋，且在监视暗中明离。

月女道：“计然哥哥是说，明离失踪，不是因为他发现了什么，而是有个某丁专门针对他？”

计然道：“当日明离才回到姑苏，得知见离被杀，发过呆后，便去了要离墓，随后在返回途中遇劫，不是表明某丁早有预谋吗？明离失踪，跟见离被杀一案无关。”

侍从东润道：“可对方绑架人质，当有所图谋，明离失踪这么久，也没见对方提什么要求。”

计然摇头道：“某丁针对的是我。明离失踪，你们苦寻不获，势必禀报于我，我不得不返回姑苏亲自处理此事。某丁绑架明离，只是为了诱我来到姑苏。”

东润大惊失色，道：“如此，渔父处境不是相当危险吗？请渔父立即离开姑苏，先行返回渔场。只要渔父人不在城中，就算某丁握有明离，也只是一个空质。”

月女问道：“什么叫空质？”东润道：“就是没什么用的人质。”

月女道：“那某丁不会杀了明离吗？”东润道：“杀了明离，某丁就失去筹码，再也不能要挟渔父。明离暂时不会有生命危险。渔父，这就请动身吧。”

计然摇摇头，问道：“如果被绑架的人是你，你希望我在此刻抽身离去吗？”

东润一怔，随即道：“当然。臣等从来就把渔父性命看得比自身重要。”

计然缓缓道：“即使你们这么想，我也不能这么做，不然我如何对得起你们这么多年的精心服侍？”

东润等侍从均大为感动，一起上前跪下，道：“臣等愿终生追随渔父，肝脑涂地，在所不辞。”计然道：“起来，都起来。”

月女问道：“下面该怎么做？”计然道：“绑架明离之人，自会寻上门来，我们安心等候便是。先着手见离的案子，看孟白有何动静。”

月女这才知道孟白再度露面，且跟公子夫概有关联，遂道：“以前计然哥哥就说公子夫概是个厉害人物，看来还真是不简单。”

侍从鱼亭道：“臣有一想法，不知当讲不当讲。”

月女笑道：“什么当讲不当讲的，这里又没有外人，你说这句话，就是想卖关子。”

鱼亭闻言也笑了，将门窗掩好，这才道：“孟白与白鹭是越人间谍身份，这是确认无疑的事，两个人都先后去过公子夫概府，公子夫概实难脱干系。会不会与越人暗中勾结，意图谋取吴王王位呢？”

第一任吴王寿梦因为宠爱幼子季札而定下“兄终弟及”之制，传位到吴王僚后，吴王僚立独生爱子庆忌为太子，其弟掩余便心中不服，试图凭寿梦手书再次“兄终弟及”，自己当上吴王。

依此类推，而今吴王阖闾在位，亦已立嫡长子姬波为太子，且为其求婚齐国公主，联姻在即。夫概为阖闾之弟，会不会也跟当年掩余一样，有当吴王的野心？但太子波已得相国伍子胥死心塌地辅佐，夫概难以在朝中培植力量，遂外结联盟，与越人勾结。

计然听了侍从分析，沉吟道：“这倒是极有可能。若是夫概果有当吴王的野心，于他而言，与越王结盟确实是最好的选择。”

而今夫概作为吴军先锋，在楚国战场上威风八面，立下赫赫战功。在柏举歼灭楚军主力一战，夫概更是首功。也就是说，经过这场吴楚战事，夫概在吴国名望大增，将来回国，亦有了足够雄厚的政治资本。

越国素来退守一隅，从未主动进攻过吴国，偏偏在这个时候倾举国之力攻伐吴国，且节节胜利，莫非是在为夫概打前阵？

月女道：“如果夫概已与越国结盟，他还要计然哥哥做什么呢？”

侍从鱼亭道：“渔父富可敌国，至少可以做夫概的钱袋子。”

月女闻言，哈哈大笑起来。

鱼亭很不服气，道：“这本来就是事实啊。当年月女被公子掩余捉去，渔父曾以跟掩余结盟为条件，试图换回月女，虽然事情未成，但掩余闻言是也怦然心动，足见渔父对谁而言，都是不容小觑的强援。”

月女这才知悉当年之事，转头问道：“计然哥哥，你竟肯为了救我，去辅佐公子掩余那样的坏人吗？”

计然摆手道：“当时情势所迫，不得不如此，况且也只是口头承诺，最终没有成行。事情过去了，就不必再提了。”

他心中也有些怀疑公子夫概已与越人结盟。正如太子波所言，吴市鱼龙混杂之地，各种消息满天飞，或许市吏见离觉察到了什么，意图上报时，被公子夫概的盟友越人间谍孟白抢先暗杀。但白鹭为何又要否认杀害见离一事呢？还是说，杀害见离是孟白个人所为，白鹭并不知情？

忽有侍从进来禀报道：“渔父，有客来访，对方自称是公子夫概家臣射地。”

计然闻报极为意外。侍从鱼亭笑道：“这还真是说夫概，夫概家臣便到了。”

计然便命人先引射地去客堂，自己入内室换了衣衫，这才出来见客。

射地上前拜道：“久闻渔父大名，臣今日得见，不枉此生。”

计然点了点头，道：“你是公子夫概家臣吗？我与公子夫概素无来往，夫概又正引军在楚国作战，你来找我做什么？”

射地道：“我家公子时常夸赞渔父，臣一直记在心中，今日偶尔听说渔父新到姑苏，且就住在城中，便特意登门拜访，以全臣丹诚仰慕之心。”

计然道：“不敢当。射地君请坐。”又道：“我听闻公子夫概破楚有功，想必凯旋已指日可待。”

射地道：“不瞒渔父，我家公子已有信来，不日便将回到吴国。”

原来秦国派兵援救楚国后，吴王阖闾因伍子胥对楚昭王势在必得，不肯退兵，分派伯嚭迎击秦军，派弟弟夫概迎击楚军。夫概与楚将子西军交战不利，又听说越国正大举进攻吴国，便以援助本国为名，先行东撤。

计然心道：“莫非这正是夫概与越王事先约好之事？”当下不动声色，问道：“射地君是特意来告知此事的吗，可是公子夫概有所指教？”

射地道：“我家公子确实在信上叮嘱了下臣，命臣要多寻机会与渔父亲近。”左右望了一眼，又道：“有些话，臣想私下对渔父说，可否请渔父先屏退侍从？”

计然摆手道：“这些侍从尽是我心腹，射地君不必忌讳。”

射地见计然坚持不肯屏退侍从，无可奈何，只好道：“臣还想为渔父引见一个人，他人就候在对面酒肆，请渔父派人引他过来。”

计然朝一名侍从点了点头。那侍从转身奔了出去，不一会儿，便引着一名青衣男子进来。那男子倒是礼数周全，郑重见礼。

计然讶然道：“我认得你，你是公子掩余的家臣，名叫徐诚，对不对？”

徐诚道：“渔父还记得臣的名字。当年臣多有冒犯之处，还望渔父见谅。”

计然点了点头，道：“你也不过是奉命行事，我不会怪你。”又道：“你二位一位是公子夫概家臣，一位是公子掩余家臣，一道出现在我面前，可有什么玄机？”

徐诚道：“公子掩余已死，而今我与射地一样，为公子夫概效力。”

射地道：“其实我家公子一直在派人寻找渔父，而今好不容易等到渔父来了姑苏，臣等迫不及待赶来拜会。顺便想问一句，渔父可愿意将当日对公子掩余之承诺，同样用到我家公子身上？”

计然心道：“到底还是来了。”当即沉下脸，问道：“你们绑架我弟子明离，千方百计诱我来姑苏，便是为了这件事吗？”

射地与徐诚面面相觑。射地愕然道："渔父此话怎讲？"

侍从鱼亭早已忍不住，上前喝道："少在这里惺惺作态！你家主人命你寻找渔父，你遍寻不到，便绑架了明离，以此逼迫渔父来到姑苏。然后你二人即刻现身，想以明离性命要挟，逼迫渔父同意你们的条件。告诉你们，今日不交出明离，你二人休想走出这间客堂。"

射地大惊失色，与徐诚相视一眼，一起拜伏于地，道："臣等决计没有做过此事。"

计然森然道："当真不是你二人所为？"射地道："决计没有。"

侍从鱼亭问道："那你怎么会知道渔父来了姑苏？"

射地道："太子殿下今日召见过渔父，臣是听王宫卫士说的。"

计然道："那你凭什么认为我会答应你家公子的条件？"

射地迟疑着道："渔父曾与公子掩余结盟，这件事，足够作为渔父的把柄了吧。"

侍从鱼亭喝道："你好大胆，竟敢要挟渔父！"

计然命侍从退开，道："射地君可认识白鹭？"

射地先是一怔，随即应道："认识啊。他是剑坊干将的弟子，我家公子爱剑成癖，他不时送些好剑到府上，供公子挑选。"

计然道："仅此而已吗？"

射地道："白鹭跟公子爱妾阿茹是同乡，时不时也会带些家乡特产，入府献给阿茹。渔父突然问起白鹭，可有什么用意？"

计然不答，又问道："公子府上，可有一个叫孟白的人？"射地道："孟白？没有。"

计然道："那么白鹭在府上可有交好或是时常来往之人？"

射地想了想，道："阿茹有个心腹侍从，名叫长西，与白鹭很是谈得来，二人时常在一起。"

计然心道："孟者，长子也。白者，西方色也。这孟白一定就是长西的化名。越人果然在公子府安插了人。公子夫概爱妾阿茹，也极可能是越人间谍。"

但以目下情形来看，公子夫概当不知此事。若夫概已与越人勾结，射地作为夫概的心腹家臣，焉能不知白鹭越人间谍的身份？断然不会将白鹭与阿茹为同乡这等事讲出来。

射地见计然脸色不豫，小心翼翼地问道："臣适才所提之事，渔父可愿意考虑？我家公子还等着回话。"

计然遂道："你家公子看得起我计然，我很是感激，请代我向夫概致意。实不相瞒，我这次来姑苏，是因为弟子明离遭人绑架，目下明离下落不明，我也没什么心情来考虑旁事。"

射地忙道："那是那是。"

徐诚问道："渔父爱徒明离，是如何遭人绑架的呢？"

计然道："怎么，你也关心这件事？"语气中颇见讥诮之意，无非暗指徐诚旧主公子掩余当年也以卑鄙手段绑架过月女。

徐诚讪笑道："臣若说关心明离，渔父也不会相信。想来那绑架明离之人，有意将渔父诱来姑苏，是想要从渔父身上捞到好处。我家公子既愿以渔父为友，臣等断无袖手旁观的道理，也想稍微尽些心力，为渔父解忧。"

计然摇头道："明离失踪已近一月，没有留下任何线索。你二位好意，我心领了，寻找明离的事，还是我自己来吧。"又道："来人，送客。"

射地有备而来，却未得到计然明确回话，颇不心甘。然明离失踪近一月，计然担心爱徒安危，无暇顾及他事，也确实合情合理，他若继续叨扰，便显得不近人情，只得就此退出。

月女正等在房中，见计然回来，忙问道："公子夫概家臣提了什么条件，要如何才肯释放明离？"

计然叹了口气，道："原来事情不是我们想象的那样，公子夫概跟这件事毫无关系。"大致说了经过。

月女歪着头想了想，道："公子夫概跟这件事没关系倒也不奇怪，毕竟他引军在外，不可能策划此事。他手下虽着急找计然哥哥，可未经主人同意，大概也不敢做出绑架明离这种事。"

计然道：“我也是这样想。夫概人一直在楚国，来回通信不便，家臣不得其允准，应该不会做出绑架明离好诱我来姑苏这种事。”

既然某丁绑架明离是为了从计然身上获取什么，表明对方一定有自己的势力，地位不容小觑，夫概本来最为符合，可他人在楚国作战，已有几月时间，不可能策划此事。

那么会不会是公子清呢？他是第三任吴王余祭之子，也是阖闾一辈中硕果仅存的公子。刚好吴王阖闾这次留公子清在姑苏，令其辅佐太子波。或许公子清也认为自己有资格继承吴王之位，有所图谋。

但公子清如何会想到以计然为援呢？公子夫概派人寻找计然，是因为知道计然曾同意与公子掩余结盟，以为可以拿这件事来要挟计然。而公子清想登上吴王宝座的话，掌握禁军卫队才是重中之重，计然无论如何难以帮上忙。

二人分析一通，始终难明究竟。月女道：“会不会我们想错了，绑架明离的某丁，并不是冲计然哥哥你来的，本身就是针对明离？”

计然叹道：“我实不该将明离调来姑苏的。”

月女道：“计然哥哥何须自责？明离心中总有个结，这是他迟早要面对的。”

计然不及回答，有侍从进来报道：“有客到访。”

出来一看，却是代理市吏福禄。计然忙请其入堂。福禄不敢就座，只道：“司寇署吏君有过交代，关于市吏君见离被杀一案，有任何线索，都要及时知会渔父。”

计然忙问道：“你可是有所发现？”

福禄道：“那日渔父来过鼓楼后，臣苦思那凶手杀人后为何不立即离去，反而要闩上大门，再从二楼窗下爬柱而下。今日臣突然想到，也许凶手是要找什么东西，于是臣将见离私物清理了一遍，发现有一卷竹册不见了。”

计然问道：“什么竹册？”福禄道：“是见离用来记事的，但因为臣不识字，也不知道竹册上都记了些什么。”

计然闻言大奇，道：“听说见离原本是个渔民，他竟然还懂得用竹简记事吗？”

福禄告道：“见离原本不识字，上任后专门请了一位先生教他识字，也是日夜苦学，方有所成。臣曾问他努力识字做什么，他说是为了不负大王厚爱。”

计然道：“这回答倒也古怪。”

福禄道：“臣料想是大王嘱托了见离，要多多留意姑苏城不寻常的动静。见离学会写字后，每每有什么事，都会记在竹册中。”

计然心道：“见离是吴王阖闾安插在民间的耳目，他自知责任重大，是以努力识字，好及时将所见所闻记录下来，以回报吴王。而今竹册不见了，必定是里面记录了事主不愿意外人知晓的隐秘之事，见离也是因之而招来杀身之祸。”

一念及此，忙问道：“市吏以竹册记事并非职责所在，想来见离本人也不会张扬其事，还有谁知道这件事？我是说见离私下以竹册记事这件事。”

福禄道：“见离从来没有对外张扬过，他还专门叮嘱过臣，千万不要告诉旁人。除了臣之外，应该再无旁人知晓。那卷竹册，他收藏得也十分隐秘。”

计然道：“你肯定再没有第三人知道吗？见离极可能是因为那卷竹册被杀。”

福禄摇头道：“臣决计没有泄露过，见离自己应该也不会。他妻儿均留在老家，除了臣之外，并无亲近之人。”忽然想到什么，道：“还有一人知道见离记事一事，不过他决计不会是凶手。”

计然忙问道：“那人是谁？”福禄道：“教见离学习认字的先生。”

计然问道：“那先生名叫什么？”福禄摇头道：“臣不知道他的名字。见离只尊称其先生，臣也是这么称呼的。”

计然道：“那么见离从哪里寻来的这位先生？他总该有个住处。”

福禄道：“先生的住处，臣不知道，只知道见离是如何请到他的。有一次，见离到吴市酒肆……就是对面那家酒肆，见离去买鱼粥时，遇到一位三四十岁的袍服男子，操中原口音，举止高雅，言谈也是很有学问的样子。见离上前请教，那人听说见离是吴市市吏，想学习认字，便欣然同意教他识字。”

计然心念一动，暗道：“莫非是向申？”忙向福禄描绘了向申形貌。福禄点头道：“不错，就是这位先生，原来渔父也认得他。”

计然问道：“向申经常去鼓楼吗？”福禄点头道：“向先生时不时地会来鼓楼探访见离。”

计然问道：“那么见离遇害前后那段时间呢，向申可有去过鼓楼？”

福禄道：“见离被杀前，臣不在城中，所以不知情形。但见离遇害后，向先生再未来过。”

计然心道：“向申以弭兵为己任，不惜采取极端手段。而今中原无事，南方战火尽由吴国而起，向申必全力对付吴国。他留在姑苏时日不短，既有重大图谋，也需要眼线。”

以做眼线而论，没有谁比吴市市吏见离更合适了。见离主动送上门，请向申教习识字，等于是天赐良机。向申时不时到访鼓楼，一定是为了从见离那里打探消息，甚至极可能以检查功课为名，翻阅了见离记事的竹册。他是见离的先生，见离又怎会心生防备？

但向申应该不是杀死见离的凶手，毕竟见离活着，对他价值更大。除非是见离发现了向申的意图，将其记录在竹册中。向申得知后，不得已杀了见离，取走竹册。

无论怎样，以目下情形而论，向申是首要嫌犯。

一念及此，计然忙向福禄道了谢，命侍从取了些财物给他，送他出去。又命人去寻向申。

侍从鱼亭到对面酒肆打探后，回来禀报道：“自从上次渔父请向申过来这边后，店家就再也没有见过他人了。店家还觉得奇怪呢，向申爱喝鱼粥，基本是每日必至的。”

计然点点头，叹道：“向申为了避开我，竟宁可放弃口福。”

鱼亭道：“向申如此心虚，倒愈发可疑了。但他既然有心避开渔父，想来不会再露面，要如何寻他？”

计然道：“向申人一定还在姑苏，你派些人手，在市集张贴寻找向君的告示，他看到后，自会知道是我在找他。”

鱼亭道：“向申必已知道渔父在追查见离的案子，他嫌疑最重，怎会轻易出来见渔父？”

计然道：“若是旁人，定然早躲得远远的，但他是向申。我又知悉他在吴国有所图谋，他怕我坏他大事，必会来见我。”鱼亭遂应命而去。

然事情并不像计然所预料的那般，寻人告示贴出三日后，仍不见向申露面。而公子夫概府那边，也始终不见曾化名为孟白的侍从长西动静。自从计然派人监视公子府后，便再未见长西出来。寻找明离一事，始终没有进展，计然不免有些烦躁起来。

月女笑道：“这位向申君，倒是计然哥哥的知己。”

计然愕然道：“这话怎么说？”

月女道：“向申料定计然哥哥人品高洁，即便他不露面，你也不会将他的秘事抖搂出去，这不是知己是什么？”

计然闻言也笑了，道：“看来向申是不会轻易出来了。”

侍从鱼亭进来禀报道：“公子夫概家臣射地又来了，神色仓皇，说有要事要见渔父。”

月女道：“射地他们不是曾说想帮计然哥哥寻找明离吗？莫非是有了消息？”遂与计然一道赶来客堂。

射地匆匆行礼后，便告道：“臣已替渔父打探到明离下落，不过还要请渔父随臣去见个人。”

计然转头看了月女一眼，虽未出声，目光之意却分明是：“月女还真是料事如神。”月女低声笑道：“我是瞎猫撞见死耗子。”

侍从鱼亭喝道：“你既知明离下落，就痛快说出来，还想拿明离来要挟渔父吗？”

射地忙道：“不，不，臣决计不敢要挟渔父。是有人知道明离下落，但他一定要见到渔父后，方才肯说出来。”

计然问道：“那个人是谁？”射地道：“渔父去了，一见便知。”

计然未及回答，月女已道：“既然有人知道明离下落，我们这就快些去吧。”计然遂点头应允。

一行人沿河道东行。出了娄门，月女奇道：“这不是通往鸡陂塘那条路吗？”

射地道：“姑娘也知道鸡陂塘吗？我们正要去那里。”

月女问道：“那个知道明离下落的人，是专养鸡鸭的吗？”

射地道：“不是，鸡陂塘是吴国王室饲养家禽之所。那个人，只是临时安置在那里。”

来到鸡陂塘北边房舍，却见门前有数名佩剑男子，大概是守卫之类。月女正待进屋，射地挺身拦住，告道：“姑娘最好不要进去。”

月女奇道：“为什么？”射地道：“唔，那个人，不大好看，有碍观瞻。”

计然多少有些会意过来，遂道：“月女，你先留在外面。那边有一群小鸭子，你先去跟它们玩一会儿。”

月女道：“神神秘秘，我人都到了，还不让我进去。”赌气到一边去逗小鸭子去了。

房舍矮小，计然低头进来——

只见房中反吊着一名男子，光着身子，浑身是血。他听到有人进来，勉力抬起头来，却是白鹭。

计然大为惊讶，道：“怎么是你？”又转头问射地道：“这到底是怎么回事？”

射地道：“臣怀疑渔父爱徒失踪跟白鹭有关，就将他私下逮住拷问，他吃不住拷打，招供说是他捉了明离，但一定要见到渔父才肯说出来。”

计然问道：“是这样吗？”白鹭道：“我早对计君说过，要不是听计君说，我根本不知明离失踪一事。”

射地大怒道："你竟敢当着渔父的面要弄我。"抽出佩剑，便要斩向白鹭。

计然道："住手！退下！"

射地不肯听从，侍从一齐拔剑，横在射地颈中。门外射地手下听到动静，亦各自拔出兵刃，冲了进来，与计然侍从对垒。

射地忙道："退下，都退下。臣听渔父之命便是。"插剑入鞘，众侍从也收了兵器。

计然走到白鹭面前，问道："你想借我来保命？"

白鹭点点头，道："我若不说我手上有明离，早就被射地杀了。"

射地大大出糗，忙道："白鹭一再声称是他捉了明离，臣相信了他的话，这才去请渔父的。"

计然摇头道："白鹭跟明离失踪一事无关，放了他吧。"

射地忙道："渔父，请出来说话。"引计然离开房舍，这才告道："就算白鹭真的不知道明离下落，臣也不能放人，他是越国间谍。"

计然闻言大为惊诧，不过惊讶的并不是白鹭的越国间谍身份，而是射地竟知悉了此事。

射地却不知计然早已跟白鹭兄妹交过手，不无得意地道："这是白鹭亲口承认的，决计不虚。"

原来当日射地与公子掩余旧臣徐诚到吴市拜访过计然后，便对剑坊弟子白鹭和公子府侍从长西起了疑心，料想计然绝不会平白无故地问起二人，多半涉及明离失踪一案。但长西是夫概爱妾阿茹心腹，射地不便下手，遂派人将白鹭秘密诱捕，押往鸡陂塘拷问。此处鸡声鸭声一片，无论如何叫喊，外面都不会有人听见，正是讯问犯人的最佳场所。

严刑拷打一番后，白鹭什么都不肯说。射地见白鹭受尽酷刑，仍然声称不知明离失踪一事，便相信了他，但不愿意此事泄露出去，欲将白鹭活埋在鸡陂塘灭口。

事到临头，白鹭不愿意因一件不相干的事莫名死去，遂承认明离在自己手中，但只有见过计然，才肯交代下落。

射地起初不信，认为白鹭只是为了保命而信口胡说，逼问其动机。

白鹭遂承认自己是越人间谍，称明离发现了自己的真实身份，不得不将其拿下。射地闻言，再联系到计然问及白鹭和长西一事，这才相信。

射地又道："白鹭自承是越人间谍后，臣怀疑长西也是越人同党，已派人将长西及与其交好者秘密逮捕，将阿茹软禁，预备等公子回来处置。"

计然心道："难怪不见长西动静，原来是被射地关起来了。"又问道："那么剑坊那边呢？"

射地道："臣原先也怀疑明离人在剑坊，已派人搜过，那里空无一人。"又道："不过干将、莫邪已赴莫干山为大王炼剑，只留下白鹭看守，没有人也是正常。"

计然道："抓到越人间谍一事不是小事，射地君可有禀报吴太子？"

射地微一踌躇，即实话告道："内中涉及阿茹，公子对她一向宠爱，臣不知主人心意，不敢上报，也请渔父体谅臣的处境，替臣保密。"

计然点头道："你好意帮忙打探明离下落，我计然感激还来不及，怎会坏你之事？"

射地迟疑问道："臣有一事请教，敢问渔父是如何怀疑到白鹭和长西的？"

这问题不大好回答，计然只道："是他二人自己露了马脚。"又问道："可否请射地君将长西交给我审问？"

射地问道："渔父认为长西会知道明离下落吗？"

计然道："你可知市吏见离被杀一事？"射地道："听说了。"

计然便说了长西到司寇署打探之事，又道："长西去司寇署，虽然只是打听见离一案，你该知道我弟子明离也是出自离氏。"

射地恍然大悟，道："渔父认为明离失踪与见离被杀有关吗？"见计然不答，忙道："臣这就回府，派人将长西押来这里，请渔父耐心等待。"

计然摆手道："不必了。就带长西去吴市见我吧。"

射地先是一怔，随即醒悟过来，笑道："是了，鸡陂塘太吵，气味也不好闻，让渔父待在这里，实在是委屈。"

计然又问道："你预备如何处置白鹭？"

射地道："臣打算将他秘密押回公子府囚禁，等主人回来再行处置。"

计然点了点头，遂叫过月女，先行离开鸡陂塘。月女听闻只是白跑一趟，不免有些失望，又问道："白鹭自己承认了越人间谍身份，射地应该也不会放过他妹妹桑碧。桑碧人呢？她人不在姑苏吗？"

计然道："上次我去剑坊时，白鹭曾提及干将、莫邪命他和桑碧留守剑坊，桑碧人一定在姑苏，也许听到风声跑了。"

回来吴市，计然命侍从到对面酒肆买来鱼粥。月女连喝两碗，笑道："向申为了躲避计然哥哥，甘愿放弃此等美味，也可谓牺牲重大了。"

计然心念一动，忙招来侍从鱼亭，命道："你去酒肆向店家打探一下，有没有跟你一样的人，每日去酒肆，只买鱼粥带走的？"

过了一会儿，鱼亭回来禀报道："渔父料事如神，当真有个少年，每日都自备陶罐，到酒肆买粥带走。臣已告知店家，那少年明早再来时，便过来知会臣等一声，臣自会派人跟踪那少年去处。"

计然点点头，道："这件事，你办得很好。"

月女问道："计然哥哥认为那少年是替向申买粥吗？"

计然笑道："等找到那少年，不就知道了吗？"

日暮吴市闭市时，射地率人押着长西来到宋氏总铺。射地先道："臣已经先行审问过长西，他说他不知明离下落，而且也不肯承认是白鹭同党。因为他是阿茹心腹，臣也不好动刑。"

计然道："可否劳烦射地君先行退出，让我单独审问长西？"

射地一怔，随即应道："诺。"躬身退出。

侍从将长西押入堂中跪下。他已被剥去外袍，只剩贴身内衣，光着双脚，项戴一尺见方的厚重木枷，双手反剪于背后，甚是狼狈。

计然问道："我该叫你孟白，还是该叫你长西？"

长西冷然不语，只昂首挺胸，朝计然怒目相向。侍从将其头按下，他却努力挣扎，不肯屈服。

计然摆手令侍从退下，道："莫非你认为是我向射地揭发了白鹭越人间谍的身份？射地没有告诉你吗，是白鹭自己主动承认的。"

长西大为惊愕，随即摇头道："白鹭又不是傻子，为何要向射地自认身份？"

计然道："射地未杀白鹭，你应该还有机会见到他，自可当面向他确认。"

又道："我令射地退出，也是不想让他知道当日你受命于桑碧，诱我入彀一事。如此，你尚有回旋余地，只要抵死不认，白鹭不予指证，射地也不能确认你是越人间谍。"

长西哼了一声，道："你如何会这般好心？"

计然道："且不说我之前与白鹭有过约定，不会泄露他身份，这次我来姑苏，途中曾得越国大夫范蠡相助，就当我还他一个人情吧。"

长西沉默片刻，问道："那么计君让射地带我来这里做什么？有意示好吗？"

计然道："我想问你当日为何要到司寇署打听市吏见离一案，你是不是牵涉其中？"

长西一怔，问道："计君只想知道这个吗？"

计然点了点头，道："我弟子明离失踪，恰在见离被杀后。我为寻明离才来姑苏，你到司寇署打听见离一案，我由此才盯上了你。"

长西道："原来是这样。实话告诉计君，我去司寇署，不是为了打听见离、明离，是为了我自己。"

计然抵达姑苏当日，与司寇署官吏仲臣同赴鼓楼，刚好被长西见到。长西知道仲臣擅长根据旁人口述画像，曾替吴王阖闾画过宠姬遗像，他曾在计然面前露过形容，又见对方与仲臣在一起，不免有所担心，于是次日去了司寇署打探，若是知道计然已托仲臣画出自己相貌，便预备有所行动。

长西见到仲臣后，先有意无意地提及计然。仲臣一听到计然的名字，便以为对方是为计然私下调查见离被杀一事而来，当即搪塞一番。长西这才知道计然找仲臣另有他事，并不涉及自己，于是放心离去，不想却反而因此被仲臣画下容貌，并探得住处。

计然亦感意外，问道："你走一趟司寇署，当真只是为了打听我是否托仲臣画出你容貌吗？若果真仲臣已画了图像，你此去岂不是自投罗网？"

长西道："我所言全是实话。我已知计君对我并无恶意，为何还要当面撒谎？若是仲臣已经画出了图像，我便预备搬出公子夫概的名头，逼其毁去，再令他画一张不大像我的图像。"

计然得知究竟，遂道："既然如此，我心中疑惑尽去。只是你目下的处境，我也帮不上忙，只能看公子夫概回来如何处置你等了。"命侍从叫进射地，告道："我已经审完了，人你可以带走了。"

射地忙问道："长西可有招供？"

计然摇头道："他跟白鹭一样，对明离失踪一事毫不知情，而且我确信他说的是实话。"

射地命人将长西押走，又问道："明离一事，可还有臣帮得上忙的地方？"

计然摇了摇头，道："你已经尽了力，不敢再有劳射地君。"射地遂躬身退出。

次日上午，计然正在庭院中与小白玩耍，侍从鱼亭奔进来告道："找到向申了。"

坐在树上看热闹的月女闻声一跃而下，问道："你是怎么找到的？"

鱼亭道："今早那少年又来买粥，臣得知后暗中监视，尾随他一路，到了齐门附近的一处宅院，那少年进门时，臣也跟着闯了进去。"

鱼亭闯进去时，向申正坐在堂中，面前几案上已摆好餐具，正等着吃粥。他惊见鱼亭抢在买粥少年之前出现，当即起身，欲退往后堂。

鱼亭叫道："渔父请向君移步一见。"

此时，夏至听到动静，提剑出来，欲杀鱼亭灭口。向申摆手道："不必动手，他是计然手下。"又告诉鱼亭道："你先回去转告渔父，向申稍晚自会去吴市登门拜访，请他不必再派人来。”

月女听完经过，叹道：“果然是向申派那少年到酒肆买粥。计然哥哥，你怎么这般聪明？”

计然笑道：“因为有月女在我身边啊。我能想到这些，全靠月女的提醒。”

月女又问道：“向申会不会打发走侍从，自己便偷偷跑了？”

计然道：“不会，向申既然说了要来相见，一定会来。”

正午时分，向申施然前来，先行揖礼道：“渔父找向申好几日了，我今日方才出现，实有不得已的苦衷，还望渔父见谅。”

月女道：“要不是侍从跟踪到了住处，怕是向君今日也不会出现呢。”向申苦笑道：“抱歉，抱歉。”

计然请向申就座，正色告道：“计然既知向君刻意回避，本该识趣些，但有些事与向君休戚相关，计然不得不厚脸叨扰。”

向申忙道：“渔父言重了。向某确实有回避渔父之意，但却是出于好心，怕与渔父走得过近，被人瞧见，将来事败，会牵累到渔父。”

计然一怔，心道：“向申果有异图。”也不多问，只道：“既然如此，闲话少说，我便直接谈正事了。向君可曾做过吴市市吏见离的识字先生？”

向申先是一愣，随即点头道：“渔父竟连这件事也知道了，果然什么都瞒不过渔父。不错，我确实教过见离。”

月女问道：“那么向君如何看待一月前见离遇害一事？”

向申有所迟疑，打量月女与计然神色，问道：“莫非二位怀疑是我杀了见离？”

月女道：“难道不是向君吗？只有你知道见离用竹册记事一事，见离被杀后，竹册就不见了，不是你是谁？”

向申沉默许久，才道：“见离竹册之事，是福禄告诉二位的吗？”

计然不动声色地道：“向君现下再想去杀福禄灭口，已是迟了。”

向申霍然站起，显是十分生气。但他来回徘徊了两圈后，又平静下来，重新坐下，道："如果渔父请我来，只是为了见离被杀这件事，那么我实话告诉渔父，我实在没什么可说的。"

月女道："如果是向君杀了见离，你便当面承认。如果不是你杀人，你也可以矢口否认。什么叫实在没什么可说的？"

向申道："实在没什么可说的，就是说，这件事，我再也不想多提一句。我倒是很好奇，堂堂渔父，为何要关心见离被杀一事？"

计然道："上次见面，我便告诉过向君，我弟子明离失了踪，这也是我这次来姑苏的原因。"

月女见向申仍感懵然，便道："向君不知道明离就是前市吏要离之侄，也是离氏家族一员吗？"

向申"啊"了一声，连声道："是了！是了！"又道："实在抱歉，上次突然见到渔父，我很是意外，也有些心不在焉，竟未会意过来。"又再度起身，来回徘徊，这次步伐要比上次急促得多。

月女急道："向君这个人怎么说话不干脆，光会走来走去，叫人好生着急。喂，到底是不是你杀了见离？"

向申答非所问地道："既然渔父如此关心爱徒安危，明离这件事嘛，我会去帮忙打探打探，但怕是渔父要付出些代价。"

月女道："向君是在向计然哥哥索取回报吗？"

向申忙道："不是。我的意思是，对方只绑架了明离，没有杀他灭口，分明是要诱渔父来姑苏，再从渔父身上得到些好处。这好处，便是我说的代价。"

计然道："听起来，似乎向君知道对方是谁。"

向申摇头道："目下还不知道，不过我会设法去打听。"顿了顿，又道："不过还有一个可能，那就是明离已被杀死灭口，渔父要有个心理准备。"

月女当即直起身来，道："谁说明离已经被人杀了？又没有发现他的尸首，他人一定还好端端地活着。"

向申道："大概对方知道明离是渔父的弟子，不敢与渔父结怨，遂处理了尸首，以免留下蛛丝马迹。"

月女道："既然对方知道计然哥哥不好惹，为何还要杀死明离，与他结怨呢？"

向申连连摇头道："不好说，不好说。"摇了摇头，拱手辞了出去。

计然忙召进侍从鱼亭，命道："多派人手，监视向申和那夏至的一举一动。他们见过什么人，去过哪里，我都要知道。"

鱼亭很是不解，道："之前渔父曾交代过，说向申志向高远，可钦可佩，对他不必用监视的手段，何以现下要严密监视至此？"

计然道："此一时，彼一时也。向申没有杀死见离，但他知道谁是凶手，而且正是凶手绑架了明离。"

本来向申嫌疑最大。当他得知计然千方百计邀他相见，只为见离被杀一事时，显然很是意外。月女当面问他如何看待见离遇害一事，向申的回答是："莫非二位怀疑是我杀了见离？"这句反问除了惊诧外，还饱含着失望。言外之意是，旁人不知情倒也罢了，你渔父还不知道我向申人品吗，竟会认为我杀人。

而后计然有意以"杀福禄灭口"一句相激，向申受激不过，反应剧烈，但他很快镇定下来，称不愿再提见离被杀一事，其实不是不愿，而是不能。因为他知道凶手是谁，但出于某种理由，他不能说出来。

计然说明最初关注见离一案是因为明离失踪时，向申反应更是离奇，明显知道隐情，他也认为明离失踪与见离被杀一案休戚相关——极可能是见离因竹册招致杀身之祸，而凶手认为明离同为离氏成员，也是竹册知情者，遂将其绑架。

果真如此的话，明离很可能已经遇害，凶手既为竹册杀了见离，又认为明离知悉内幕，断然再无留下活口的道理，只不过因为惧怕计然追究，妥善处理了明离尸首。这也是向申一再暗示之意。

月女听了计然分析，又是伤心，又是难过，眼泪都快要掉下来，道："这么说，明离是生不见人，死不见尸了。"

计然道："我本可以安慰月女，但想来想去，还是觉得应该将实话说给你听，明离极可能已经不在人世了。”

月女扑入计然怀中，“嘤嘤”哭了起来，道：“明离到底还是没有逃过离氏家族的命运。”

计然抚摸爱人的秀发，叹道：“都是我不好，我实不该把明离调到吴国来。”

忽有侍从进来禀报道：“吴太子派了人来，召渔父入宫。”计然道：“吴太子召我，一定是为了见离被杀一案。”

月女道：“那计然哥哥要实话告诉太子，说向申是知情者吗？”计然摇头道：“我不能那么做。”

月女也不再多言，一边抽泣，一边帮计然换了衣衫。计然温言道：“不要太难过，我会找出凶手，为见离和明离报仇的。”

到王宫大门时，正好遇到一名四十余岁的华服男子。那男子正要登车，见计然下车，便停下来，招手叫过一名侍从，吩咐了几句。那侍从急步过来，行了一礼，道：“臣是公子清家臣枚乘，敢问足下就是人称渔父的计然计君吗？”得到肯定的答复后，道：“我家公子就在那边，久慕渔父大名，想请渔父过去叙几句话。”

计然见对方诚意相邀，公子清又是执政公子，遂过去见礼。公子清握住计然双手，道：“清仰慕渔父已久，只是料不到渔父贵为天下巨富，竟如此年轻，倒显得我等白活了几十年。”

计然忙道：“公子身份尊贵，岂是计然所能相比？”

公子清道：“是太子召渔父入宫吗？我也正要去军中调派水师，我们改日再叙。”便恋恋不舍地辞去。

卫士引计然进来大殿时，太子波正在来回徘徊，神色焦灼。计然上前见礼，太子波忙摆手道：“渔父不必多礼。”

计然问道：“太子殿下何以如此焦虑？”

太子波道：“越军又胜了一场，日益逼近姑苏，专毅派人请求增援，我不得不请堂叔将最后一支军队派了出去。”

计然劝道：“殿下无须过于忧心，只需派人坚守要道，等待援兵即可。”

太子波道：“叔叔夫概作为先锋，已在回师途中，不日便会抵达吴境，可父王和伍相国仍率大军留在楚国，说是不抓住楚王，绝不罢休。伍相国与楚平王有杀父杀兄之仇，要着落在他儿子身上，倒也罢了，父王竟也如此，实在令人捉摸不透。”

见计然不答，这才会意过来，忙道：“我不该如此抱怨。渔父，请坐。我今日请渔父来，是想问托请渔父调查市吏见离的一案，可有什么结果？”

计然道：“太子可知见离用竹册记事一事？”

太子波道：“什么竹册？”听计然大致介绍了经过，立即悚然道：“这么说，见离是因为发现了姑苏有异动，记录在竹册中，未及上报，便被对方杀人灭口，并取走了竹册？”

计然道：“以目下情形看来，应该是这样。而且对方认为我弟子明离也是知情者，趁其孤身一人时，将其绑走，多半亦已被害。”

太子波道：“为了保住竹册秘密，不惜杀害二人，且均不是普通身份，对方一定不简单。”

起身徘徊了几圈，干脆到计然几案旁坐下，低声道：“自从上次与渔父会面后，我便一直在想，令我不安的根源到底在何处，我曾想到一个人。”

计然心道：“吴太子坐近我身旁，方才说出这番话，足见对方大有来历，甚至可以威胁到吴太子地位，莫非是适才遇到的公子清不成？”

太子波又踌躇片刻，这才说出了对方的名字，道：“楚国王孙熊胜。”

计然大奇道：“太子如何会怀疑王孙胜？”

太子波道：“王孙胜虽避难吴国数年，但楚国是其母国，当今楚王是其叔叔，血浓于水。我父王率军占领了郢都，只要捉到楚王，便就此覆灭了楚国，王孙胜从此也将成为亡国之人，他心里会好受吗？”

计然道：“太子认为王孙胜有意颠覆吴国？”

太子波点了点头，道："当年楚王孙胜之父太子建栖身于郑国，不感激郑国收容之恩，反而与晋国勾结，意图颠覆郑国，太子建好自立为郑王。"

楚太子建是流亡之人，即便有亲信追随，也无法以自身力量颠覆一个诸侯国，所以他须得借助晋国。楚王孙胜情形也是如此，须得靠他国扶助，而这个他国，极可能就是正举国伐吴的越国。

而今王孙胜情形比当年的太子建还要有优势，吴王阖闾率大军在外，良臣猛将倾巢而出，姑苏只有一个太子波及公子清，而率军抵挡越军的竟是从无带兵经验的刺客专诸之子专毅。

计然听了太子波分析，踌躇不语。

太子波问道："渔父认为我分析得可还在理？"

计然道："当年确有楚太子建意图颠覆郑国一事，但其父如此，并不能表明其子亦会如此。楚王孙胜身份非同一般，太子殿下可有他与越人勾结的证据？"

太子波摇头道："我只是这样推测，并没有证据。而且刚才堂叔公子清入殿禀事，我也大略提了此事，堂叔说是我多想了，而今前线军情紧急，须得多想想应对之策才是。"又问道："会不会见离发现了王孙胜有异图，所以才被杀人灭口？"

计然道："王孙胜还住在阳山吗？以他的身份，不会轻易到姑苏城中来，见离所记之事，很难说是否与他有关。"

太子波道："可自从我想到王孙胜后，他就像一个巨大的阴影，始终在我脑海中挥之不去。"

计然见太子波忧心忡忡，便道："既然太子殿下放心不下王孙胜，何不以宴饮的名义将他接进宫来，好好安抚？"

太子波心念一动，问道："渔父是说将王孙胜暂时软禁于王宫中？"

计然点了点头，道："除此之外，没有更好的法子了。"

太子波大喜，直身拜了一拜，道："多谢渔父指点迷津。"又道："那么市吏见离遇害一案，还请渔父继续追查下去。等到我派人接来王孙胜，安排下宴会，也会请渔父赴宴。若是渔父认为他有染其中，自可当面试探。”

计然道：“诺。”又见有卫士持军情来报，便顺势退了出去。

回到吴市时，天色已黑。计然不见月女迎出，问道：“月女人呢？”侍从阿巴道：“一直和小白在房中呢。”

计然便寻来房中，却是不见人影，里外找了一遍，月女和小白都不见了。

计然失声道：“坏了！月女一定是去找向申了！”召过侍从鱼亭，问道：“月女可向你打听过向申住处？”

鱼亭道：“打听过。但臣也猜到了月女心意，没有告诉她。不过之前臣向渔父禀报找到向申一事，曾明确提及向申住在齐门附近。”

刚好江风引酒肆伙计进来，禀道：“酒肆照例送鱼粥来了。”计然点点头，道：“先送去厨下温上，等月女回来。”

那伙计经过计然身边时，忽然将手中陶罐一抛，从袖中抽出一柄小剑，横在计然颈中。

事出突然，计然又准备出门去寻月女，毫无防备，竟一招受制。他低头见到颈中的鱼肠剑，便立即猜到背后之人的身份，叹了口气，叫道：“桑碧！”

那打扮成伙计模样的人果然便是桑碧。她既制住了计然，立即拖着他退后几步，倚靠在树上，喝道：“叫你的侍从退下。”

计然命侍从收剑退开。桑碧遂押着计然进来堂中，令其坐下，自己依然站在计然身后，将剑尖抵在其后颈上。

计然问道：“你是为令兄白鹭之事来向我兴师问罪的吗？”

桑碧道：“你到过剑坊没几日，公子夫概家臣就捉我了哥哥和长西他们，不是你捣鬼是什么？而且我还见到射地押着长西来这里见你。”

计然道：“眼下月女有事，我没有空闲跟你解释，总之不是我举报了你兄长的身份。”

桑碧道：“你没空闲？我有空闲啊。你今日不说清楚，我肯放过你，我手中的鱼肠剑可不肯。”手上微微加力，剑尖刺破计然肌肤，登时沁出血来。

计然道："你想怎样？"桑碧道："我要拿你去向射地换回我兄长他们。"

计然道："你是不是笨过头了？我又不是公子夫概什么人，他的家臣怎肯为了救我而交出你要的人？"

桑碧道："我亲眼见到射地对你十分恭敬。而且我早听长西说，公子夫概派了许多人在找你。"

计然道："那跟换人是两码事。而且目下只有你兄长白鹭暴露了身份，是他自己当面向射地承认是越国间谍。长西并没有承认，也未受到刑讯，阿茹只是被软禁，事情都还有回旋的余地。你拿我去换人，反倒坐实了他们越国间谍的身份。"

桑碧听了半信半疑，问道："当真是这样吗？"

计然叹了口气，道："你如此莽撞冲动，行事不计后果，实不宜再做越国间谍。"

桑碧踢了计然一脚，怒道："要你管！"又道："就算如此，我还是要拿你去向射地换我哥哥。"招手叫过一名侍从，道："你去公子府，以计然的名义，请射地到这里来，让他务必带上白鹭一道前来。"

侍从鱼亭不敢妄动，望向计然。计然道："不要去。"

桑碧大怒，道："你以为这是儿戏吗？我这就割下一只耳朵，让你知道厉害。"举起鱼肠剑，便往计然耳中削去。

鱼亭忙道："住手！我听姑娘吩咐便是。"转身欲出。计然厉声喝道："不准去！"

桑碧见计然强硬，便不再迟疑，挥剑削其右耳，忽觉得背心刺痛，随即有什么东西穿透了自己身子，低下头去，却见一点剑尖从胸口冒了出来。

她全身力道立松，鱼肠剑跌落到地上，还想努力转身，看清楚是谁杀了她，却再也没有这份气力，口中"唷唷"了两声。背后之人随即拔剑，她便顺剑势往后倒去。

侍从蜂拥过来，扶起计然退开，随即一起拔剑，上前围住那杀死桑碧之人。

那意外现身之人，竟是曾露过几次面的楚国刺客夏至。他一剑杀死桑碧，也不理会侍从极盛的敌意，只缓缓插剑入鞘。

计然摸了摸后颈伤处，依然有血沁出，也顾不上裹伤，问道："你来这里做什么？"

夏至冷然道："渔父便是这般待客的吗？我好歹也从这疯女人手中救了渔父性命。"

计然挥手命侍从收剑退下，道："你是从向申那里来的吗？月女可能去找向申了，我得立即去阻止她。"

夏至道："不劳渔父操心，向君目下人不在住所，而且今晚也不会再回去。月女若想找向君逼问什么，只会空跑一趟，白等一夜。"

计然大奇，转头看了侍从鱼亭一眼，鱼亭也是茫然，摇了摇头，示意不知向申、夏至如何能在严密监视下进出自如。

夏至似是看出计然等人困惑，道："向君曾将其志告诉过渔父，想来渔父也该知道能做此等大事者，事先必会思虑周全，有所防备，所以我劝渔父还是不要再白费心机，这就将监视的人撤了吧。"

计然心道："向申居所多半有地道通向外间，这可是始料未及之事。"当即点了点头，命道："去把人撤回来，把月女也叫回来。"又命人将桑碧尸体抬出去。

鱼亭问道："该如何处置桑碧尸首？"计然甚感头疼，想了想，才道："先留一日，明日到公子府知会射地，交由他处置。"

鱼亭道："射地一定会问起桑碧死因，要如何回答？"计然道："当然是实话实说。"

鱼亭道："就说夏至杀了桑碧吗？"计然转头去看夏至，夏至点点头，道："不错，你可以这么说。"

计然请夏至坐下，问道："夏至君深夜潜进我这里，想来也是有什么急事。"

夏至道："这姑苏城中盯着渔父的眼睛太多，夏至不得不谨慎行事。

不过若非如此，我也不能侥幸从那女子手中救下渔父了。”

计然点点头，道：“多谢。”

夏至道：“我是受向君之命来告知渔父，原来向君之前所料有差错，渔父爱徒明离并不像他所想的那样，在某人之手。”

计然心念一动，问道：“你是说，杀死市吏见离之人，与绑架明离者，并不是同一人？”

夏至也不回答是否，只道：“正如我所言，这姑苏城中，盯着渔父的眼睛实在太多。”起身道：“话已带到，我这就告辞了。”

计然奇道：“你不是楚人派来行刺伍子胥的刺客吗？为何会为向申效力？”

夏至道：“我原先只是个拿钱办事的杀手，早前向君曾联络过我，但我没有接活儿。几年前在吴国意外见到，一番深谈，向君的志向打动了我，我遂决意终生追随。”

原来几年前向申预备刺杀吴王僚时，便从招募的死士那里听到过夏至的名字，于是派人与其联络，以重金聘请其行刺吴王。夏至却没有接下这单生意，一是因为刺杀吴王僚是个有去无回的差事，酬金再多，也没命花，二来当时他已经接了行刺伍子胥和王孙胜的活儿，楚国大夫费无极给的酬金亦足够丰厚。

当日夏至在五湖酒肆出现，本是要去行刺王孙胜。他人入堂时，正值越国刺客行刺杀吴王僚之时。这本是他的最佳时机，但他见到王孙胜还是个孩子，惊慌失措地缩在墙角中，跟普通人一样，根本没有半分王孙的气度，一时不忍下手，就此放弃不说，还顺带救了吴王僚一命。不为其他，只因他素来独来独往，看不惯多名刺客同时行刺，认为这跟战场上对阵厮杀没什么分别，有违刺客准则。

至于夏至阻止专诸刺杀公子光，不过是想借公子光接近另一目标人物伍子胥而已。

在菱湖渔场时，夏至终于拦截住了孤身一人的伍子胥，本可得手，却意外为月女所阻。向申当时人也在渔场，亲眼见到夏至与月女交手，立即猜到夏至即为自己曾想聘请的杀手。他设法寻到其人，晓以大义，

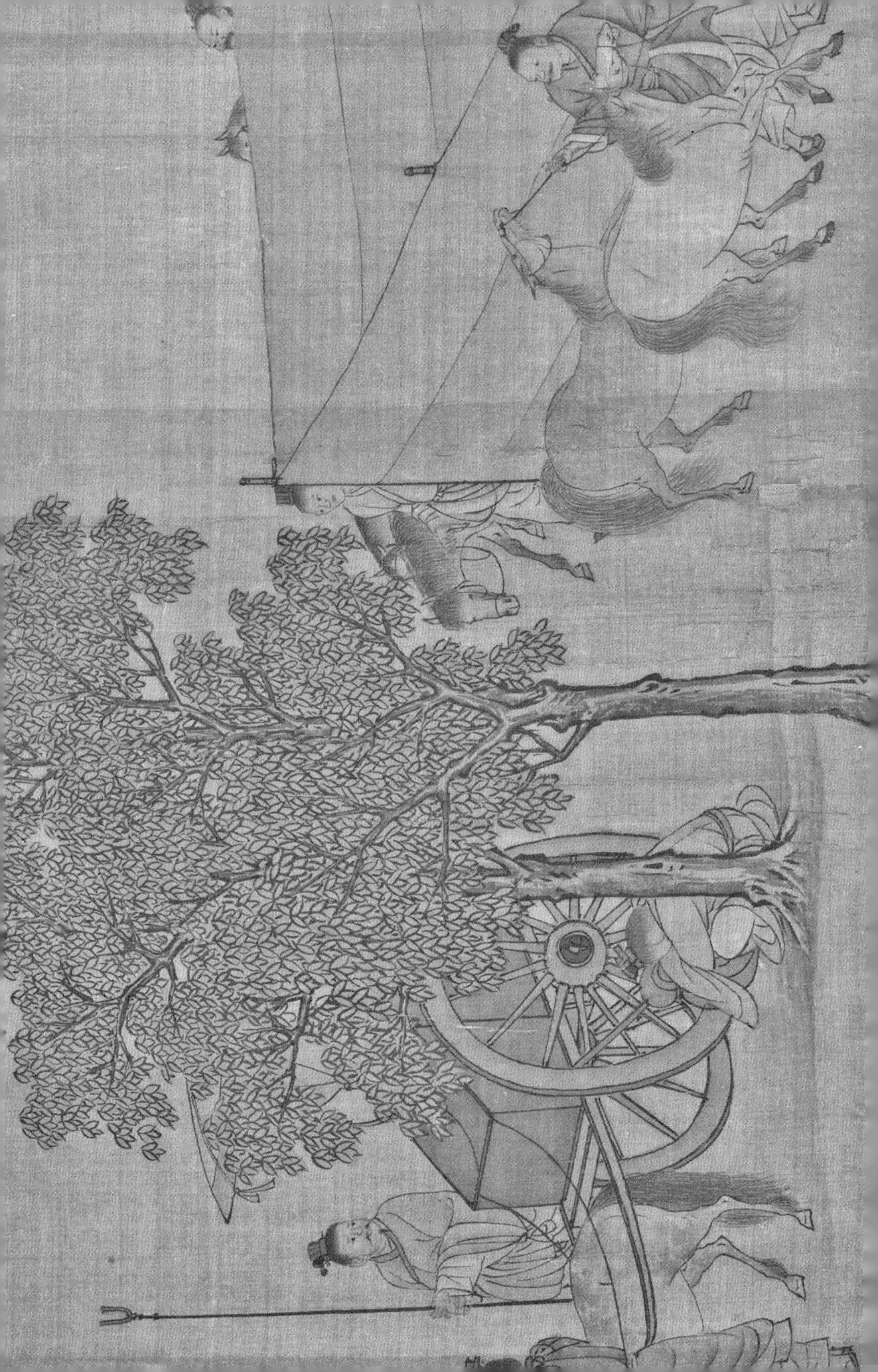

夏至竟由此而感动，同意为向申效力，助其达成弭兵的愿望。

计然听闻夏至原为逐利杀人，后来却甘愿追随向申，一时颇为感慨。又见夏至目光有意无意地瞟向桑碧掉落的鱼肠剑，大见留恋之意，便道：“这柄剑，留在这里也没什么用，夏至君不妨一并拿走。”

侍从鱼亭从几案上取了剑，上前奉给夏至。夏至也不推辞，顺手接了，拱了拱手，就此辞出。

计然道：“夏至君还要翻墙出去吗？这里有一道后门，甚为隐秘，我派人送夏至君出去。”

等夏至出去，侍从鱼亭等人上前请罪道：“臣等护卫不力，才令桑碧得手，甚至未发现夏至私下潜入，实是大过，请渔父责罚。”

计然摆手道：“酒肆每日送粥，你等早已习惯，桑碧处心积虑，冒充了酒肆伙计，一时不察，不算什么大过。至于夏至，他是顶尖杀手，本就以行踪诡秘见长。况且若不是他潜入这里，今晚实是难以收场。你们不必自责，这就退下吧。”

过了一个多时辰，侍从玉带引月女和小白回来，月女脸上大见悻悻之色，一言不发地坐下。

玉带告道：“月女果然在向申住所外，但藏得十分隐秘，臣等始终没有发现，不得已，出声呼叫，称向申人不在住所，她这才肯现身出来。”

计然忙告道：“原来不是杀人者绑架了明离，明离极可能还活着。”

月女喜出望外，一跃而起，问道：“当真吗？”

计然道：“我什么时候骗过你？”大致说了夏至刚来过总铺一事。

月女道：“这夏至还真是个怪人。”

侍从鱼亭插口道：“渔父本来是要亲自去寻月女的，却意外被桑碧挟持，要不是夏至，今晚还不知要怎么收场。”

月女这才知道计然遇险一事，忙上前查看计然颈上伤口——虽然受伤不重，却是多了一道口子，且刚好在衣领处，很是不便。月女大是懊悔，道：“我不该去找向申的，今晚若是有我在，桑碧无论如何也不能得手。”

计然道：“好在也是有惊无险。桑碧倒是因此丢了性命，实在可惜。”

鱼亭道：“那女人是个疯子，因为一柄木剑就要害死月女，又因为那柄鱼肠雄剑伏击渔父，今日死在夏至剑下，也算是自食其果。”

月女道：“计然哥哥，从此我不会再离开你半步。”

鱼亭道：“而今姑苏城中暗流汹涌，若是月女时时在渔父身边，臣等倒也能略略松口气。”

计然奇道：“姑苏城中暗流汹涌吗？你从哪里听来的这句？”

鱼亭道：“夏至说姑苏城中有许多双眼睛盯着渔父，但臣等却没有发现，不是暗流汹涌是什么！”

计然怕月女担心，斥道：“小题大做。”又道：“快去取鱼粥来。”

鱼亭道：“渔父忘了吗？鱼粥被桑碧打泼了，酒肆也已经打烊，今晚怕是没有鱼粥喝了。”

月女忙道：“没有鱼粥就算了，随便吃点什么。”又道：“计然哥哥，你说明离还活着，你到姑苏也有好几日了，那绑架他的人，为何迟迟不来找你？”

计然道：“这也是我想不通之处。”

鱼亭道：“既然市吏见离是因竹册被杀，想来竹册中记录有什么重大机密。也许另外还有人知悉竹册之事，认为明离与见离同为离氏，极可能知情，所以绑架了他拷问？”

计然眉毛一挑，问道：“你是说，绑架明离者，是杀害见离的凶手的对头？”

鱼亭道：“不管是不是对头，这个人一定也很想知道竹册中的机密。”

计然忙道：“鱼亭分析得极有道理。”又道：“目下没有其他线索，只能再找一趟向申，看他是否肯透露竹册机密了。”

月女道：“可向申人不在齐门住所，我和小白潜进去找过，那里没有人。我等了很久，直到计然哥哥派侍从来叫，也没有见到向申回来。”

计然道：“向申一定是从秘道出去，去找真凶议事了。”

鱼亭犹豫着道：“臣私下派了江风跟踪了夏至，如果运气好，也许今晚就能知道真凶是谁。”

计然很是意外，随即点头道：“你做得很好。夏至在我这里杀了桑碧，又偷听到我与桑碧的对话，多半要赶去禀报向申。”

话音刚落，便听到外面有嘈杂之声。侍从鱼亭出去，片刻后回来，禀道：“臣派去跟踪夏至的江风被巡城军士捉了，公子清就在门口，请渔父出去相见。”

计然大为意外，出来一看，果见公子清一身戎衣，手抚长剑，施然站在大门前。

计然忙上前见礼。公子清举手虚扶，道：“渔父不必多礼。”又道：“今夜我亲自带兵巡城，捉到一名形迹可疑的男子，他自称是渔父手下。”命人将五花大绑的江风押过来。

计然忙道：“公子辛苦。他确实是我的侍从，名叫江风。我派他出去办点事，不想犯了夜禁，冲撞了公子。还请公子念他初犯，高抬贵手，饶过他这一次。”

公子清道：“既然确实是渔父手下，那就好说得很。”

命人解开江风绑缚，归还了兵刃，又拱手道：“我尚有军务在身，就不与渔父多聊，改日得空，再请渔父到公子府做客。”

计然连声道谢，送走公子清一行，自入堂坐下，叫进侍从江风，问道：“到底怎么回事？你怎么会这么不小心，被巡城军士发现了踪迹？”

江风道：“鱼亭派臣去跟踪夏至，他似乎有所觉察，反复在城中兜圈子，尽走些暗道小巷，但始终未能将臣甩掉。后来到都亭桥附近时，他突然不见了踪影，臣四下寻找时，正好撞到公子清带兵出巡。臣闪避不及，公子清便下令将臣拿了。”

计然道：“你是说，夏至是在都亭桥附近消失不见的？”江风点点头。

侍从鱼亭道：“吴王阖闾旧宅和公子夫概府就在附近，旧宅住的是吴王次子夫差，年纪还小。会不会夏至去了公子夫概府？”

月女道：“果真如此的话，向申人应该也在那里。”

计然摇头道："跟公子夫概无关。夏至一定是发现了有人跟踪，有意引江风去那里，好让我等怀疑公子夫概。"

公子夫概人不在姑苏，公子府目下由家臣射地主事，向申图谋之事，必直指吴王阖闾，如此重大之事，一个家臣怎能做得了主？

侍从鱼亭道："既然寻找明离的线索非得着落在向申身上，臣再派人守在其齐门住所，他早晚会回去。"

计然摇头道："以目下情形看来，向申正加紧密谋，怕是不会轻易再现身了。"

次日天未亮时，侍从鱼亭率人将桑碧尸首搬上车子，载往公子夫概府。夫概家臣射地竟不在府中，徐诚闻声出来，问了究竟，便命人先将桑碧抬去城外葬了，再无二话。

鱼亭不免奇怪，回报计然。计然也不明所以，料想对方是不欲多事。

又隔了几日，吴太子波派家臣采术来请计然、月女赴宴。

计然问道："是什么样的宴会？"

采术道："是个小型内宴，主客是楚王孙胜，陪客嘛，太子殿下只请了公子夫差与公子清。叔姬与王孙胜相识，也会作陪，还有滕玉公主，然后便是渔父。不过太子事先未将邀请渔父一事告知诸人，主要是怕……"支支吾吾，似有些不好说出口。

月女道："既然吴太子有所担心，为何还要请计然哥哥赴宴？"

采术忙道："太子殿下是诚意邀请渔父，但滕玉公主对渔父一向有偏见，主要是怕她知道后闹事。"

计然道："既然多有不便之处，我就不去了，请代我向太子致谢。"

采术道："太子殿下有过交代，务必请到渔父。原本太子只请了公子夫差和公子清及渔父三人，但楚王孙指名要叔姬公主作陪，太子不好拒绝，跟叔姬公主商议时，又被滕玉公主听到，她也吵着要来。其实太子殿下真正想请的人，是渔父您。"

他一拜再拜，执意邀请，计然只得应允。

月女却道："我不乐意去。计然哥哥，我说了不离开你半步，不过这次你去的是王宫，那里戒备森严，应该不会有事。这样吧，我送你到王宫门口，等宴席散后，再来接你。"

计然道："月女当真要这样吗？"见她意志坚决，也不再勉强。

到王宫门前时，正好遇到公子清家臣枚乘。太子波家臣采术问道："公子清到了吗？"枚乘道："我家公子已经入宫好大一会儿了。"又奇道："太子殿下还邀请了渔父赴宴吗？"

采术斥道："渔父是太子贵客，枚乘君客气些。"

枚乘忙道："我绝不敢冒犯渔父。之前听我家公子说，今日宴会只是内宴，竟想不到还有外客。"又问道："这位就是月女吧？我久仰大名。"

月女笑道："你也听过我的名字吗？"

枚乘道："月女当年救过庆忌，这件事，有不少人知道。能救得吴国第一勇士的女子，一定是个奇人。"又道："可否请月女借一步说话？"

计然见公子清已经入宫，不便让吴太子波等人久候，便朝月女点了点头，自己随采术进宫。

月女道："你这般神秘，非要将我叫到一边，到底有什么事？"

枚乘道："我听说渔父爱徒明离失了踪，可有此事？"

月女道："是啊，计然哥哥就是因为这个才来到姑苏的。不过我们找到现在，也没发现什么线索。"

枚乘道："月女可知道吴市市吏见离被杀一事？见离跟明离一样，都是出自离氏家族。"

月女道："你也认为明离失踪跟见离被杀有关吗？"

枚乘点点头，道："我还知道有个叫向申的人，曾做过见离的先生。见离被杀后，向申人就不见了。要我猜的话，明离失踪一定跟他有关。"

月女本待说出向申是计然的朋友，不可能绑架明离，忽见枚乘眼珠来回转动，心念一动，便将到口的话吞了回去，道："谢谢你告诉我这些，我一定会设法找到向申，当面问个清楚。"

正待转身，枚乘又举手拦住她，道："找人一事，刻不容缓。我曾到吴市鼓楼办事，正好遇到向申，不如我陪月女去趟司寇署，请画工画出向申样貌，这样寻找起来，也方便些。"

月女心中愈发起疑。侍从鱼亭见枚乘纠缠月女，神情古怪，亦起了疑心，走过来问道："月女可还好？"

月女道："这位枚乘君想帮忙找到明离。鱼亭，你派个人跟他去一趟司寇署。"

枚乘忙道："这件事，还是月女亲自去办比较好。"

月女正待回答，忽见公子清急步出宫，不由一怔，忙上前问道："宴席这么快就散了吗？"公子清迟疑问道："你是……"

枚乘忙道："这位就是一直跟在渔父身边的月女。"

公子清立即满面笑容，道："原来你就是月女。"又道："宫中宴席才刚刚开始，我收到前线急报，必须赶赴军中处置。"

枚乘道："臣正在想办法，帮月女早日找到明离。"

公子清遂点点头，道："那好，你就留下来帮助月女。"自引卫士登车去了。

等公子清离开，月女径直问道："你到底想搞什么鬼？"枚乘道："我哪有搞鬼，我是好意帮忙……"

忽听到王宫中鼓噪声大作，侍从鱼亭骤然醒悟，上前一步，低声告道："宫中出了事！枚乘不知月女不打算赴宴，他花言巧语，只想将你绊在这里。"

月女大急，忙道："捉住他！"转身往王宫跑去。

到大门时，卫士挺戟拦住，喝道："王宫重地，也敢擅闯？"

月女急道："你们没看到我是跟渔父一道下的车吗？我是月女，吴太子邀我来赴宴。"

她担心计然安危，也不等卫士回应，抽出鱼肠剑，一剑便削断两根长戟，朝里冲去……

却说句鑃声起时，吴太子波家臣采术引计然入殿，太子波、王孙胜、公子清、公子夫差及叔姬、滕玉诸人俱已在座。

太子波见计然进来，起身相迎，笑道："这位便是我一定要等候的贵客。"滕玉撇了撇嘴，道："又是他。"

除了滕玉不动之外，其余诸人都很客气，一起随太子起身相迎，见礼寒暄。

太子波笑道："既然各位都认识渔父，那我也不一一引见，这就开宴吧。"

太子波是主人，坐了殿首。王孙胜是主客，坐了右首第一案，计然则被引到左首第一案，推谢不成，只得就座。

正上酒菜时，忽有卫士入殿，走到公子清身后，附耳低语一番。公子清随即起身，肃色道："前线来了急报，清须得赴军营处置，先行告退。"

太子波忙问道："是关于越师的吗？"

公子清点了点头，道："太子殿下有贵客在此，待客要紧。军情之事，臣自会处置妥当，请太子放心。"辞出大殿。

太子波却还是不放心，见那卫士还在殿中，便召其上前，问道："是什么急报？"卫士答道："越国水师已入五湖。"

太子波大惊失色，霍然起身，忽听到计然大叫道："太子小心！"

那卫士忽从袖中抽出短剑，竟是鱼肠剑，直朝太子波刺来。太子波全身僵住，直盯着刺客手中的鱼肠剑，心道："专诸用这柄剑刺死了吴王僚，而今我也要死在这柄剑下。"

忽有人影一闪，却是计然扑了过来，舍身挡在了太子波面前。那假扮成卫士的刺客正是夏至，剑到计然胸前时，他有所不忍，便收力回剑，大力将计然推开，欲再刺太子波时，公子夫差已拔出属镂剑，挡住夏至一击。

王宫卫士亦纷纷上前，将太子波拖开，上前攻杀刺客。夏至武功高强，又有鱼肠利器在手，卫士人数虽多，却一时战其不下。

滕玉花容失色，瘫软在座上，卫士上来扶她退开时，她连步子都迈不开。

月女忽手持鱼肠剑闯入大殿，叫道："计然哥哥！"

计然忙招手道："我在这里，我没事。"

月女跺脚道："真是半步都不能离开。"遂持剑护在计然身边。

公子夫差见众人已退到两边，遂命卫士围成一个大圈子，命弓箭手放箭。夏至身中数箭，忽转过身来，脱手甩出鱼肠剑，却失了准头，未能掷中太子波，只射中其身侧卫士。剑直没入胸，卫士立时死去。

夫差命道："再放箭！"又是一圈羽箭飞出，夏至被射成一只刺猬，晃了几下身子，终于倒了下去。

大殿中骤然安静下来，众人面面相觑。公子波定了定神，上前握住计然双手道："多谢渔父挺身挡了那一剑，不然波今日无幸矣。"又道："也幸亏这刺客不愿意牵连旁人，没有伤害渔父。"

月女这才知道计然在千钧一发之时挡在了太子波面前，若不是夏至及时收手，怕是已横尸殿中，不由得花容失色，楸然欲泪，上前握住计然双手，再也不肯松开。

公子夫差走近卫士尸体，拔出鱼肠剑，仔细看了看，这才道："据我所知，越国所献鱼肠剑，父王赐给了专毅，听说专毅又转送给了月女。庆忌手里也有一柄鱼肠剑，父王将它给了渔父。而今刺客竟以鱼肠剑行刺太子，他手中的鱼肠剑，从何而来？"瞟向计然的目光，已大有见疑之意。

这是一个很难回答的问题，如实说明的话，势必会令计然与夏至牵扯到一起。计然遂道："当年吴王确实将得自庆忌的鱼肠剑给了我，没过几日，就有自称是庆忌爱人的女子，来渔场找我，当面索剑。我怜悯她为得爱人遗物而不惜冒险，便将鱼肠剑给了她。"

夫差问道："那女子是谁？"计然摇头道："我只知道她人已经死了。"

夫差还待再问，太子波摆手道："莫非二弟是在怀疑渔父与刺客有所勾结吗？多半是刺客杀了那女子，夺取了鱼肠剑。渔父于众目睽睽之下救了我性命，这可是千真万确之事，我绝不允许旁人质疑他。"

还欲行大礼拜谢，计然忙道："现下不是道谢的时候。请太子殿下速速派人关闭王宫大门，持械登墙守卫。"

公子波愕然道："刺客已经死了，我为什么要这么做？"

夫差急道："兄长还不明白吗？公子清要谋反。这刺客，是公子清手下。"

话音刚落，便有卫士进来禀报道："公子清率了兵马直朝王宫攻来。臣等得到渔父侍从提醒，已先行将宫门关闭。渔父侍从还捉住了公子清家臣枚乘。"

太子波这才醒悟过来，忙命人将枚乘押上殿来，问道："是公子清派人行刺我吗？"

枚乘见夏至未能得手，不由得很是怅恨，道："不错，正是如此，只要杀了太子，再控制王宫，我家公子便能当上吴王。"

又道："不过就算夏至失手，也没什么了不起。而今我家公子已率大军将王宫重重包围，你等万难逃脱，不如趁早打开宫门投降，尚有保命的机会。"

夫差冷笑道："你还真是异想天开，就算公子清今日得手，我父王引兵在外，只要大军回朝，公子清还有命在吗？"

又有卫士进来禀报道："公子清已经开始攻打王宫，臣等快要守不住了。"

夫差闻言，忙道："我去。"拔出佩剑，亲自去指挥守城。

太子波茫然无措，计然劝道："太子殿下不妨亲去宫墙墙头，一则可以鼓舞士气，二来要向宫外将士声明公子清谋反之意，争取民心。"

太子波尚有所犹豫，叔姬走过来，柔声抚慰道："渔父说得不错，而今情势凶险万分，你是吴国太子，当拿出太子的气派，力挽狂澜。来，姑姑陪你一道去。"牵了太子波之手，直朝宫外走去。

王宫卫士见太子、公主亲自登墙应战，均雀跃欢呼，士气大振。

楚王孙胜、公主滕玉各随卫士回宫安置。计然依然留在殿中，他已听月女大致说了枚乘之前有意相绊之事，上前问道："你以为月女要随我入宫赴宴，担心她出手阻止夏至，所以才有意以明离相诱，想将她绊在宫外，对吗？"

枚乘道："不错，得知太子今日将举行内宴一事后，我们做了周全准备，却料不到太子还邀请了渔父你。我早知月女身手了得，担心她坏了大事，所以刻意将她绊住。"

夏至只听命于向申，既然他肯为公子清舍命行刺太子波，那么向申所图之事，便是扶持公子清做吴王。

或许向申认为公子清谨小慎微，当上吴王后只会安守本国，不会像吴王阖闾一样大肆发动战争。又或许向申只是扶一个有资格当王的公子坐上吴王宝座，引公子清与吴王阖闾自相残杀，好挑动吴国内乱，削弱吴国实力。

无论是出于何种考虑，向申既肯牺牲夏至，表明他在扶持公子清上位这件事上，一定是全力以赴。

那么向申之前拼命袒护的凶手，一定就是公子清了。

也就是说，是公子清派人杀了见离。之所以如此，必是见离在竹册上记录了不利于公子清之事，向申知道后，转而告诉了公子清。

向申已派夏至明确告知计然，公子清与明离失踪一事无干，目下仅有的线索，便是那卷竹册。

计然因殿中尚有不少王宫卫士，仔细思虑一番，才问道："吴市市吏见离用来记事的竹册，可是落入了公子清之手？"

枚乘大奇，道："渔父怎么会知道竹册一事？"

计然道："吴太子命我私下调查见离被杀一案，这是鼓楼福禄告诉我的。"

枚乘道："那么渔父又如何知道我家公子牵涉其中？"

计然道："你不是告诉月女说向申做过见离的先生吗？我与向申同为宋国人，本是旧识。而这名刺客夏至，就是当年行刺伍子胥的楚国刺客，我手下人认得他，这次来姑苏，见过他和向申在一起。"

既然公子清派夏至行刺太子波，夏至又与向申密谋，向申是见离的识字先生，见离因竹册被杀，就不难将公子清与见离被杀案及竹册联系起来了。

枚乘很是惊奇，半晌才道："渔父果然是渔父，不枉有算计之名。"

计然道："我仍然认为我弟子明离失踪与见离被杀有关。"

枚乘摇了摇头，道："我家公子有多少大事要做，顾不上去绑架渔父的爱徒。"

计然道："我知道不是公子清。但明离与见离同出离氏，见离因竹册记事被杀，会不会有人认为明离也知悉竹册之事，捉了他去拷问呢？"

枚乘一怔，随即转头看了看右侧空座，又摇了摇头，道："这个我可不知道了。"

计然道："那么你总该知道竹册中到底记录了什么吧？"

枚乘道："告诉渔父也无妨，是不利于我家公子的事。"又恨恨道："我家公子对吴国忠心耿耿，从无二心，阖闾表面信任我家公子，背后却命见离暗中监视。向申正是利用此点，才劝服我家公子举兵造反。"

计然道："那卷竹册呢？"

枚乘道："早已被我家公子毁去。"又道："我早看出来了，向申另有图谋，也不是真心想辅佐我家公子。实话告诉渔父，如果说明离是因为知悉竹册之事而遭人绑架，那人一定是向申。"

计然奇道："你何以如此肯定？"

枚乘道："事已至此，承认也无妨，是我杀了见离，当晚还不只我一人到过鼓楼，夏至也去过。"

原来公子清才是杀死吴市市吏见离的幕后主使。向申出于某种目的，有意行刺太子波，再扶公子清坐上吴王宝座。他找到公子清，直接说明意图时，公子清毫不犹豫地予以拒绝。但因为向申出自宋国望族，又是名臣向戌之侄，公子清未将其告发，只招待一番后，便客客气气地把他送走了。

向申却是个极有决心和毅力的人，一旦决定了下来，不达目的决不罢休，遂有意制造了一些事件，在旁人看来，似是公子清有谋夺吴王之位的野心，并在暗中行动。

市吏见离本就受命监视姑苏城中动静，尤其吴王阖闾离开前，特别交代他要留意公子清一举一动，见离对此有所察觉后，如实记录在了竹册中。

向申原先只是要迫公子清上位，不知吴王阖闾曾密令见离监视公子清。某日他到鼓楼，趁见离不备，偷偷翻阅了竹册，这才知悉其事，觉得这是件大大的好事，便将吴王阖闾表面信任、实则猜忌公子清一事告诉了对方。

公子清起初不信，称这是向申挑拨离间之计，还说向申再继续游说的话，便要将他捆缚起来，送到王宫，交由太子波发落。

不得已之下，向申将吴王阖闾秘令市吏见离监视一事告诉了公子清，并称有竹册为证。又道："离氏是吴王心腹，对阖闾死心塌地，当年要离为行刺吴太子庆忌，不惜残害自己妻儿，而今阖闾又派见离来对付公子你了。"

公子清自是清楚离氏一事，听后大起恐惧之心。

向申又道："见离不但在竹册上记下了吴王阖闾之命，还明确记录了你近来行动有异。就算公子不肯听从向申之语，怕是阖闾回来，也不会放过你。"

公子清闻言，遂不再强硬，敷衍了向申一番，将其打发走之后，便招来心腹家臣枚乘，命其设法杀死见离，夺取竹册。

当夜，枚乘来到鼓楼，堂而皇之地敲门。见离举灯来开门时，被枚乘当胸一剑杀死。枚乘随即掩上大门，将门闩闩上，四下搜寻竹册。他在二楼找到竹册后，正待下楼，忽听到有人走近鼓楼，遂先藏了起来。

来者敲了敲门，不见人应，推门不开，便结好衣衫，缘木柱爬到二楼，自窗跳入室中，又赶去一楼察看。枚乘趁机赶到窗口，缘木柱爬了下去。

那来者正是楚国刺客夏至，正为向申效力。他本是受命来找见离强取竹册，惊见见离被杀，竹册也失去踪影，料想必是公子清派人下的手，遂由原路退走，回报向申。

向申得知公子清抢了先机，且见离因此而遇害后，大为懊悔，只叹小觑了公子清此人。

夏至道："原以为公子清是个清廉自守的谦谦公子，原来也做得出杀人灭口再夺取竹册这种事，如此，不正说明他有野心吗？"

向申深以为然，遂再度拜访公子清，公子清却不肯相见。向申接连五次登门，公子清方才出来相见。

向申道："公子毁去竹册，便以为危机已解，自此高枕无忧吗？旁人不知情，倒可罢了，不会有人怀疑公子与见离被杀案有关。然吴王阖闾却知道他自己曾命见离暗中监视公子，而今见离被杀，阖闾回来姑苏，第一个怀疑的，便是公子你。"

公子清听了，再度坐卧难安，问道："那么我该如何是好？"

向申道："只有杀了太子波，自己当上吴王，公子方得保万全。"

公子清徘徊不定，家臣枚乘也同意向申之言，道："而今骑虎难下，也只有您自己当吴王，才是最好的法子。"

公子清这才下定决心，与向申密谋行刺太子波，再控制军队，攻占王宫。刚好今日太子波在王宫举行内宴，宴请楚王孙胜，向申认为这是大好机会，况且公子夫概回师在即，也不能再拖延，遂定于今日动手。

计划是：先遣夏至刺杀太子波，公子清再引军攻占王宫，太子波一死，王宫卫士群龙无首，必然不战自降。不想天不遂人愿，夏至未能得手不说，太子波亦率王宫卫士拼死抵抗。

枚乘大致叙述了经过，又道："明离失踪，不是刚好发生在我杀死见离后吗？那时竹册已为我家公子毁去，等于去除了一个大大的把柄。向申必然已经知道，此人心计深远，料想我家公子仍无意争夺王位，遂绑架了明离，将其秘密囚禁起来。若是我家公子不肯就范，他便可以借明离之口，说出见离竹册一事。世人都知明离和见离同出离氏，坐在吴市市吏位子上的人，本该是明离，而不是见离，见离将竹册所记之事偷偷告诉明离，也是极可能的事。”

月女忙问道：“你说说，向申捉了明离，只是要将他当作公子清的另一个把柄？”

枚乘点点头，道：“见离竹册一事十分隐秘，我家公子也是从向申口中听说的，哪还会有旁人知晓？”

月女听了，忙将计然拉到一边，道：“枚乘分析得很有道理，一定是这样。向申可真会装模作样，我们以前都被他骗过了。”

又道：“不过总算可以确认明离人还活着了，他只有活着，才能作为公子清的把柄，对吧？”

计然道：“当初我提到明离失踪或许也跟见离竹册有关时，向申反应古怪，尤其认为明离多半已被杀人灭口时，那神情不像是装的。而且向申当晚应该就赶去了公子府，向公子清确认此事，还专门派夏至来吴市告知。”

月女又觉得有理，有些糊涂了，问道：“除了向申，还会有谁？”

侍从鱼亭道：“刚才渔父告诉枚乘，说明离可能因为知悉竹册之事而被人捉走，他不由自主地往右看了一下，那个座位是谁的？”

计然道：“公子夫差。”又道：“但枚乘才被押进来，他并不知道那是公子夫差的座位。”转头看了一眼，骤然醒悟，道：“枚乘进殿时，王孙胜正站那个座位后，他想看的是王孙胜。”

他重新走到枚乘面前，低声问道：“你原本怀疑王孙胜，对吗？为何要引我去怀疑向申？”

枚乘摇头道：“我不知道渔父在说什么。”

计然见其人强硬，便命卫士将其押下囚禁。

卫士道：“外面对仗正猛，还留着这个叛贼吃白饭吗？不如押上城头，一刀杀死，将首级抛给公子清，也好杀杀他的气焰。”

计然摇头道：“如此，只会激起公子清的愤慨之心，促其督部拼死进攻。不如先留下枚乘性命，等太子讯问清楚后，再处以刑罚。”

卫士听了亦觉有理，遂将枚乘带了下去。

激战持续了大半日，到下午申时，太子波扶着家臣采术入来殿中，神色疲倦之极，肩头还插了一支羽箭。

计然问道："外面情形如何了？"

太子波摇头道："王宫箭矢已尽，怕是撑不过今晚。"又道："这是我勾吴家事，渔父只是外人，就算公子清攻破王宫，应该也不会加害渔父，请渔父袖手旁观就好。"又命道："去请楚王孙来。他是受我牵累，我不该怀疑他的。"

计然听到有巨木撞击宫门之声，料想宫破在即，便与月女到墙角相拥而坐，问道："月女有没有后悔与我在一起？"

月女道："没有，从来都没有，以前没有，将来也不会有。"

计然道："那月女愿意嫁给我做妻子吗？"月女转过头来，愕然望着计然。

计然道："这副表情，是不愿意吗？"月女道："我听说，世间只有夫妇才会形影不离。这些年，我只跟计然哥哥在一起，早就是你妻子了呀。"

计然转忧为喜，笑道："夫妇之道，不是在一起就行的，须得正式行礼，还得……"附到耳边，低语一番，说到后面，已是低不可闻，满面通红。

月女不知男女之事，也不觉羞涩，只道："这些事，以前没人告诉过我呀。计然哥哥既然想娶我做妻子，为何要等到今日才说这些事？"

计然难以对答，只好道："是我的错，我总想着你年纪还小，等你慢慢长大，自会水到渠成。"

忽听到"嘭"的一声，宫门被撞破，大队军士蜂拥而入，瞬息冲入大殿。太子家臣及卫士还欲抵挡，太子波见大势已去，摆手道："算了，都是吴人，不要再自相残杀了。"

军士上前，缴下众人兵器，制住太子波等人。又有军士奔过来，欲缴下月女腰间佩剑，见是一柄木剑，方才作罢。

月女低声道："他不知道真正的鱼肠剑在我怀中。"

计然"嗯"了一声，道："不到万不得已，不要随意出手。"

公子清大踏步进来，先看了一眼夏至尸首，惋惜地叹了口气，这才走到太子波面前，道："贤侄，你还有什么话要交代？"太子波摇了摇头。

有军士押着五花大绑的公子夫差进来，公子清便命他与太子波坐在一起，又问道："我家臣枚乘呢？"

听说枚乘人关在地牢后，忙命人去将其释放。随即召过计然，道："这是我勾吴家事，与渔父无干，渔父自行出宫去吧。"

刚好有人引楚王孙胜到来，公子清遂命他与计然一道出宫。

到王宫门前时，正好遇到向申，计然只点了点头，算作招呼，向申也仅以点头回应。

刚要登车，又有军士自宫中出来，将计然一行及楚王孙胜带回大殿。

计然道："怎么，公子这么快就后悔放走我等了？"

公子清咬牙切齿地道："有人杀了枚乘，王宫诸人都有嫌疑，也包括渔父在内。"

鱼亭道："渔父和臣等人一直在大殿中，未离开过半步，诸多卫士都可以作证。况且卫士本来要处死枚乘，是渔父开口，他们这才同意先将枚乘囚禁。"

公子清闻言，便道："那么渔父可以先带着你的人离开了。"

计然忽想到枚乘那奇怪的一瞥，转头看了王孙胜一眼，却见对方也正望着自己，神色大见古怪，心念一动，问道："可否容我去现场看看？"

公子清见计然不肯离去，反而要去地牢察看现场，亦觉奇怪，便派家臣余求引计然前去。

来到地牢一看，枚乘环抱木柱而坐，手脚戴了厚重的桎梏，脖颈被固在木柱上的枷板圈住，背心被人连刺两剑，血一直流到地上。

当时押送枚乘的王宫卫士已被公子清下令逮捕，捆缚在一旁。

计然问起究竟，卫士答道："臣等将枚乘锁在这里，料想他逃脱不掉，便未派人看守，而是尽数赶去宫墙抵御敌人了。"

计然查看一番，便回来大殿，告道："枚乘是被熟人杀死。"

公子清奇道："渔父如何知道？"

计然道："地牢在半地下，须经过楼道，而今正值金秋，台阶上积有不少败叶，有人进去，必会发出声响。枚乘被锁在木柱上，背朝着门，他听到有人进来，必会勉力转头，想要察看究竟。也就是说，如果凶手径直进入地牢，自背后杀死枚乘时，他的头必是侧向牢门的。可而今枚乘头侧向另一方，表明凶手进去后走到枚乘身边，有过一番交谈后，再突然将枚乘杀死。"

公子清道："渔父素有算计之名，我信得过渔父的推断。哼，熟人，一定是王宫中的某人。"

他尚有诸多大事要办，一时顾不上枚乘被杀一事，遂道："来人，这就送渔父和楚王孙出去。"

出来王宫，侍从鱼亭问道："渔父当真认为是熟人杀了枚乘吗？"

计然叹道："从现场情形来看是这样，但结果却出乎我意料。"

鱼亭不解其意，道："可我看渔父神情，分明怀疑楚王孙是凶手。"

计然点点头，道："而且王孙胜目下所穿衣衫，与他赴宴时全然不同。今日发生了这么多大事，他人也被困在了王宫，竟还记得换衣，实在令人难以想象。"

鱼亭道："莫非渔父所指熟人，就是指王孙胜？"

计然道："可从目下情形来看，王孙胜似乎与枚乘并不相熟，至少公子清是这样认为的。"见王孙胜正要登车，便过去招呼了一声，道："可否请王孙借佩剑一观？"

王孙胜脸色顿变，随即掩饰道："王宫出了大事，还是尽快离开这里为妙。渔父想观剑，日后有的是机会。"

计然道："计然对王孙决无敌意，只是弟子明离甚合我心，我素来视其为半子。若是王孙知悉其下落，还望不吝告知。"

王孙胜莫名其妙，道："渔父弟子明离不见了吗？渔父如何认定我会知悉其下落？"

计然道："姑苏出了大事，怕是日后再见不易，那么计然便直言不讳了。明离失踪，与见离被杀有关，今日我在大殿审问枚乘时，他曾有所暗示，王孙似是知情者。"

王孙胜"啊"了一声，随即道："这个枚乘，信口胡说，我根本不知道明离失踪一事，他为何要牵连于我？"

计然握住王孙胜佩剑，肃色道："我理解王孙的处境与难处，但明离于我如亲人，王孙知道明离下落，请交他出来，我可以既往不咎，之后天各一方，各走各道。"

王孙胜很是不悦，厉声道："我都说了不知明离一事，渔父何必要苦苦纠缠？就凭枚乘一句话吗？"

计然缓缓道："我敢说王孙这柄佩剑上，一定还沾染有枚乘的鲜血。就凭这个，我就该相信枚乘。"

王孙胜登时软了下来，转头朝王宫看了一眼，道："王宫是非之地，不可久留，渔父可有方便说话的地方？"

计然遂引王孙胜回来宋氏总铺。入堂坐下，王孙胜才道："不错，是我杀了枚乘，但我确实不知明离一事。"

计然问道："那么王孙何以要杀死枚乘？"王孙胜道："因为这个……这个嘛……"

计然道："我本无意探究王孙隐秘，但王孙不说清楚这件事，我很难相信你对明离一事是真不知情。"

王孙胜仍有所顾忌，计然遂道："王孙该知道我不是吴国人，我对谁当吴王、谁当楚王也没什么兴趣，王孙大可直言不讳。"

王孙胜道："可是渔父今日在大殿上舍身救了吴太子波。"

计然道："吴太子待我为上宾，我挺身相救，那是本分，并不代表我就是吴太子波的人。公子清就很明白这一点，他不会不知道我今日救了太子波，不还是照旧放我出宫了吗？"

王孙胜这才道："我曾听伍子胥说过，渔父与向申是旧识，对吗？"

计然道："不错。王孙何以突然提及向申？"

王孙胜道："吴王阖闾引军攻楚后，向申便来阳山找我，称有意刺杀吴国执政太子波及公子清，再扶持我为吴王。"

原来向申最早瞩目的人选并不是吴公子清，而是楚王孙胜。他表白意图后，王孙胜大惊失色，当即拒绝，称自己空有王孙的名衔，根本没有能力在吴国立足。

向申则早预料到此节，表示愿意为王孙胜游说越王允常，劝说越国乘吴国空虚之机，出兵伐越。王孙胜则与越国里应外合，夺占吴国领土后，再与越国平分。这一幕，基本就是当年王孙胜生父太子建联晋覆郑的翻版。

王孙胜寄人篱下多年，就连唯一的亲信大臣伍子胥也投效了吴王阖闾，成为威风凛凛的吴国相国，而他依然是一个有名无实的王孙，听了亦颇为心动。

王孙胜心腹侍从石乞颇有远见，劝道："这向申突然冒了出来，要扶王孙上位，一定有所图谋。重大之事，非心腹不足与论，王孙还是多思量的好。"

王孙胜思来想去，自知无力在吴国称王，遂婉言谢绝了向申，但也厌恶吴师在楚国攻城略地，未举报向申，且向向申推荐了公子清，称公子清是第三任吴王余祭之子，是比自己更合适的吴王人选。

向申对此有所犹豫，因为选公子清的话，便难以以越国为外援，毕竟公子清生父吴王余祭是为越人刺杀而死。后来向申见实在难以劝动王孙胜，又消磨不起时间，便还是选了公子清。

既然不能以越国为援手，向申便称楚王孙胜支持公子清当吴王，以显得公子清有贤名在外。这一招，对公子清这样的人极见效果。公子清下定决心起兵后，还曾派心腹家臣枚乘携带重礼，到阳山致谢。

几日前，王孙胜被吴太子波派人接入王宫，他知吴国已对自己起了警觉之心，所谓入宫小住，不过是软禁的委婉说法。而今日宫宴之时，公子清起身离开大殿时，王孙胜已有所警觉，料想必有事发生，果然很快便发生了行刺一幕，随后便有公子清引军攻打王宫一事。

这些都不算什么。在心理上，王孙胜是站在公子清一方的，首先他已知悉向申、公子清所谋之事，被公子清视为同盟，而今更是被软禁于王宫，令他愈发怨恨太子波。

令王孙胜大起波澜的是家臣枚乘被俘一事。枚乘被押入大殿时，便重重看了王孙胜一眼，似有所示意。而后王孙胜回到住处，越想越觉得处境危险——

刺客未能刺死太子波，公子清已失去先机，而今王宫卫士拼死守宫，而吴王阖闾素得吴人之心，宫外军民必是向着太子波，公子清很难占到上风。而被俘的枚乘更是随时可能向太子波招供，供出王孙胜来。他左思右想，来回徘徊时，正好见到卫士押解枚乘去地牢，遂暗中尾随，等到卫士将枚乘锁好离开后，见左右无人，便溜了进去。

枚乘听到动静，虽然全身被禁锢住，却还是努力转头，问道："是楚王孙吗？"

王孙胜大吃一惊，走到枚乘身边，问道："你如何知道是我？"

枚乘笑道："王孙与我家公子结盟，我料定王孙必会设法来救我。"

王孙胜心中立时起了杀机，口中仍假意敷衍一番，确认枚乘未曾招出自己后，便拔出佩剑，将其杀死。

计然听到这里，心中恍然大悟，暗道："既是楚王孙胜向向申推荐了吴公子清，枚乘必以为王孙胜与向申交情深厚，向申知悉见离竹册之事，枚乘便以为王孙胜也是知情者。"

当时计然说出明离或许也是因为知悉见离竹册之事而遭人绑架后，枚乘本能地望向王孙胜曾经站过的位置，无非是他曾在入殿时，见过王孙胜，所以首先联想到其人身上。而后枚乘关于向申绑架明离一番推论，也是合情合理。至于为什么枚乘要说出向申，却不肯交代出王孙胜，其细微心思，便只有他自己才知道了。

至此，计然已确定王孙胜并没有绑架明离，又见其急欲离开姑苏，遂离座赔礼。王孙胜道："这不是渔父的错，全怪枚乘，死到临头，还想拖我下水。"客气一番，就此辞出。

等王孙胜离开，月女才进来问道："还是没有明离的下落，对吗？"

计然摇了摇头，道："既不是王孙胜，也不是向申。"

月女到身边坐下，柔声道："计然哥哥不必忧心，只要明离还活着，我们迟早会发现线索。"

计然心中大奇，暗道："月女是个急性子，竟然肯安慰起我来，实是怪事。"

却又听到月女道："今日若不是夏至尚有一念之仁，计然哥哥已不幸于人世，我一想到这件事，便很是心惊。"一边说着，一边抱住了计然。

计然本是气血方刚的精壮男子，自从恋上月女，数年来守身如玉，洁身自好，此刻被爱人拥抱，又软语呢喃，情欲顿生，忍不住往月女唇上吻去。

月女虽不识世事，然欲之一道，为人之本能，只觉得浑身发热，体内一股热流如同火山爆发，促使她一边呻吟，一边迎了上去。二人紧紧相拥，倒在席间……

此时夜色已浓，二人正缠绵之际，忽听到南面王宫方向再次传来巨响。月女从温柔梦乡中陡然惊醒，坐起身来，奇道："怎么又像是巨木撞击宫门的声音？"

话音刚落，便听到侍从东润轻轻叩门，低声禀报道："渔父，公子夫概大军入城了。"

第十章

蝃蝀在东，莫之敢指

吴国伐楚前，曾与蔡、唐两国结盟，唐国被秦、楚联军灭亡后，蔡国国君蔡昭侯十分恐惧，一心要抱住吴国的大腿，竟打破当时『同姓不婚』的禁忌，请求与吴国联姻。吴王阖闾亦欣然同意，只是他不舍得将爱女媵玉远嫁，遂选中三妹叔姬寺吁出嫁蔡昭侯，并专门铸造了两口铜鉴，名为『荐鉴』，以示对此次联姻的重视。

公子清控制王宫后，先大肆搜宫，将太子波、公子夫差等重要人物囚禁。等到宫城内外肃清，天色已然不早，太子清便预备次日敲钟召集留守大臣，正式即位称王。

恰在当晚，公子夫概率兵回到姑苏，入城后立即挥师攻打王宫，轻而易举地控制了宫城，公子清当场被杀，终未能圆称王之梦。

事变的始作俑者向申自杀不及，被军士逮获，最终受车裂酷刑而死，残肢还被砍成了碎片，抛入河中喂鱼。

向申的计划虽然失败，他个人亦以惨烈结局收场，但他的信仰和事迹却在日后影响了另一位宋国人墨翟，即世人所称墨子[1]。墨子宣扬仁政，主张“兼爱”与“非攻”，反对大国对外扩张，发动侵略战争，努力声援被侵略的国家，并为此而付诸行动，勇敢地主持正义，类似向申弭兵之志向。墨子所创建的墨学，亦成为当世显学，与孔子儒学并立[2]。

夫概占据王宫后，却不命人释放太子波、公子夫差，独坐在殿首沉思。公主滕玉气急败坏地奔上大殿，道：“叔叔，你快去替我杀了那些辱骂我的军士。”

夫概看到滕玉佩着胜邪剑，心头立时来了气，那可是他一直想要的宝剑，阖闾明明知道，却将其给了滕玉。

滕玉见夫概不理睬自己，很是恼怒，道：“叔叔没听到我的话吗？我叫你去杀了那些人。”

忽意识到夫概正坐在吴王的位子上，当即大怒道：“叔叔竟敢僭越坐在宝座上，回头我要告诉父王。”

夫概霍然起身，怒道：“你这个贱人，仗着阖闾对你的宠爱，骄横得很，还一再对我颐指气使，我早就想杀你了。”

抓住滕玉的头发，将其拖到一边，用力往柱子上掼去。滕玉额头撞

[1] 墨子有《七患》篇，曾论及要离刺杀吴太子庆忌事件，称“心无备虑，不可以应卒”，认为庆忌没有戒备之心，轻易相信了要离，这才导致了死亡。

[2] 在法家崛起以前，墨家是先秦时期和儒家相对立的最大的一个学派，并列为“显学”。在当时的百家争鸣中，有“非儒即墨”之称。

上木柱，当即晕了过去。

再醒来时，滕玉人已经躺在卧榻上，稍微一动，才发现双手伸开，被绳索分缚在榻柱两端，口中也被布团塞住，无法出声呼叫。她不明所以，心中恐慌，却挣不开绑缚，眼泪不由自主地流了出来。

也不知过了多久，终于有人走到木榻边，却是公子夫概。他见到滕玉脸上大有恐慌之色，很是满意，冷笑道："我看上楚国将军子西的女儿，你父王却不准我动她。他自己强占整个楚国王宫的妇人，却不准我动子西之女。而今我倒要尝尝他宠爱女儿的滋味。你虽然蠢笨无比，长得却还有几分姿色，虽不及子西之女，但也还能将就。"一边说着，一边自脱衣衫。

滕玉闻言大骇，叫道："不能！你是我叔叔！"却因口中塞了布团，只能发出"呜呜"之声。

夫概脱光衣服，当即扑到滕玉身上，几下便将其衣衫扯烂扒光，刻意蹂躏一番后，便以阳物往其身下插去……

次日，夫概命人敲钟召集臣民，于大殿称王即位，自立为吴王，是为吴国历史上第六任吴王。

夫概称王后，即将白鹭、长西等人释放，并命白鹭与越王允常联系。

原来夫概宠妾阿茹果真是越人间谍，她被家臣射地软禁后，先是向射地承认了真实身份，又称而今吴国国内空虚，越军正大举伐吴，太子波软弱无能，姑苏岌岌可危。就算夫概及时赶回打败越军，也不过是为太子波及吴王阖闾做嫁衣。夫概既手握重兵，归国后大可驱逐太子波，自立为吴王，而后再与越国联兵，共同对付回师的吴王阖闾。

射地听了阿茹一番话，一度沉思不语。他自是知晓吴王阖闾立长子姬波为太子时，夫概便很是不满，私下嘀咕过"兄终弟及"之类。阿茹见射地默不作声，又道："公子已入吴境，不如你送我去见他，由我来当面劝说。若是公子不肯，还因我是越人间谍要杀我，我死而无怨。若是公子自立为王，你便是未来的吴国相国。"

射地大为心动，便如阿茹所请，带人押她出城，前去迎接夫概军。夫概虽然恼恨阿茹为越人做事，然听了她一番话后，已有自立为吴王之意，遂日夜进军，朝姑苏赶来，刚好遇到公子清谋反，便顺理成章地占领了王宫。

白鹭赴越军军营与越王允常联络后，越军果然停止行进不说，更主动后撤了一百里。夫概这才完全放下心来，叫来阿茹，夸赞她有见识有眼光，对其宠幸依旧。

彼时上卿专毅引军在外，夫概以新吴王身份召其回朝。专毅不肯奉召，却也没有挥军攻打夫概、营救太子波等人，只是派人急报仍在楚国的吴王阖闾，请其速速回师吴国。

而此时留在楚国的吴军也接战不力。秦国援军与楚国残军联兵后，立即展开反击，先灭亡了吴国属国唐国。

将军孙武劝吴王阖闾主动撤军，再与秦国修好。大夫伯嚭却贪功恃大，自告奋勇地请战道：“自从我军离开吴国后，一路势如破竹，锐不可当。如今一遇秦兵，就要班师，未免太过胆怯。臣愿请战，定能杀得秦兵片甲不留。”

阖闾很赞赏伯嚭的胆气，便命他引兵一万，出战秦军。伯嚭求胜心切，率军直接冲入敌阵，结果被秦军一截为三，分开包围。伯嚭左冲右突，始终无法突出重围。还是伍子胥引军前来，才将伯嚭从秦军围困中解救出来。

孙武已看出“伯嚭为人矜功自任”，告诉伍子胥道：“伯嚭日后必为吴国祸患，不如乘此兵败，以军令斩之。”

伍子胥却始终顾念伯嚭与自己处境相同，其人之所以兵败，也只是想为国效力，遂向吴王阖闾求情，赦免了伯嚭的丧师之罪。

经此败仗后，吴王阖闾仍然不愿意退兵，想一鼓作气，俘虏楚昭王，就此灭亡楚国。恰在此时，传来姑苏生变的消息，阖闾一听弟弟夫概自立为吴王，气得吹胡子瞪眼睛，拔剑斩断几案后，立即下令班师回朝。

一场兄弟争夺王位之战就此拉开序幕。阖闾身经百战，手下尽是精锐，又有精通行军打仗之道的孙武，很快占得上风。夫概难以抵挡兄长暴风雷霆般的攻势，越王允常也未如之前允诺那般从侧翼出兵援助，而是就此退回了越国，摆出一副坐山观虎斗的架势。夫概恼恨越国背盟，狂怒下杀死阿茹、长西、白鹭诸人，却不愿落得个跟公子清一样的下场，遂率领心腹逃离姑苏，转而投奔了楚国。

此时，楚昭王刚刚由将军子西护送回到郢都，准备复国，听说吴国发生内讧，便接纳了夫概，将其安置在堂谿，号为堂谿氏。堂谿即楚国出产名甲堂甲之地。专诸刺僚时，吴王僚身穿三层堂甲，仍为专诸一剑洞穿，足见专氏臂力之强、鱼肠剑之利。

夫概子孙在吴者，改姓夫余氏。夫余氏部分成员辗转迁徙，前往朝鲜半岛开拓基业，人丁极为兴旺，日后发展成为朝鲜著名的豪族——百济王室。这是后话。

而夫概本人则相当长寿，直到吴国灭亡。当时吴王阖闾已死，由其子夫差继任，吴国本已称霸中原，吴王夫差却中了越国大夫范蠡的美人计，惑于西施美色，荒废朝政，残害忠良，导致吴国国势江河日下，终至亡国局面。越王勾践攻占姑苏后，吴王夫差于阳山[1]横剑自杀。夫概听到消息后，遂再度自立为吴王，招兵买马，欲复兴吴国。在重丘[2]一带对阵时，夫概军队刚刚列阵，山洪突然暴发，洪水冲垮了夫概一军，夫概也溺毙于洪水中。残部寻到夫概尸体后，将他就地安葬[3]。

再说吴国国内。虽然经历了一番波澜，吴王阖闾还是很快重新掌控了吴国大局。且此次出师，大破楚国，“烧高府之粟，破九龙之钟，鞭荆平王之墓，舍昭王之宫”，楚国虽然在秦国帮助下勉强复国，却元气大

[1] 阳山距离今江苏吴县县城五十里，夫差冢在山的西面。

[2] 重丘：今河南泌阳。

[3] 夫概之墓（号“吴王冢”）在河南泌阳沙河店镇境内。因夫概死时是吴王身份，故坟墓很大，如同一个小山丘。1975 年 8 月上旬，当地洪水暴发（当年的洪水世界闻名），上游板桥水库垮坝，吴王冢旁边的后庄村四面被洪水围困，人们无处可逃，全村百余人都跑到地势最高的夫概墓上，由此逃过一劫。事后，每年都有当地人在吴王冢前烧纸焚香，感谢吴王冢的救护及夫概的保佑之恩。

伤，从此一蹶不振，不再对吴国构成威胁。而吴国则声威远播，“东征至于庳庐，西伐至于巴蜀，北迫齐晋，令行中国”，有凌驾诸侯之势。至此，阖闾终于实现了第一任吴王寿梦兴吴的梦想，创下轰轰烈烈的伟业，再得胜回朝，可谓风光无限。

早先吴王僚曾为太子庆忌求娶齐国公主，阖闾即位后，亦如法炮制，为太子波求婚。齐国畏惧吴国强大，虽不情愿，也只能勉强应允，而今见吴国竟能一举荡平楚国，俨然有中原霸主之相，立即一改颜色，挑选齐王最爱公主，陪以丰厚嫁妆，送来吴国。

吴国伐楚前，曾与蔡、唐两国结盟，唐国被秦、楚联军灭亡后，蔡国国君蔡昭侯十分恐惧，一心要抱住吴国的大腿，竟打破当时“同姓不婚”[1]的禁忌，请求与吴国联姻。吴王阖闾亦欣然同意，只是他不舍得将爱女滕玉远嫁，遂选中三妹叔姬寺吁出嫁蔡昭侯，并专门铸造了两口铜鉴[2]，名为“荐鉴”，以示对此次联姻的重视。

阖闾还亲作铭文道：“隹王五月，既字白期，吉日初庚，吴王光择其吉金，玄銑白銑，台乍叔姬寺吁宗彝荐鉴，用享用孝，眉寿无疆，往已叔姬，虔敬乃后，子孙勿忘。”[3]

这一日，有一名男子来到吴市宋氏总铺，指名要找月女。

侍从东润见对方气派颇大，不敢怠慢，问道：“月女素不与外人交往，敢问足下尊姓大名？我也好入内通报。”

[1] 吴国先祖太伯是周文王伯父（此节参见外一篇《鱼肠背后的吴国史》），蔡国先祖蔡叔则是周文王之子，两国国君不但同姓姬，而且同宗。

[2] 鉴是大型的容水器，有的兼可置冰降温。吴王光鉴（荐鉴）于 1955 年出土于安徽寿县蔡昭侯墓，蔡昭侯墓的发现是 20 世纪 50 年代最重大的考古发现之一。吴王光鉴通高 35.5 厘米，口径 59 厘米，圆腹平底，器口沿上满布细致的羽翅纹，作回旋状的无数凸起点，是春秋晚期最典型的一种变形的动物纹。器身两侧有大兽耳，各套铸一环。内底有铭文八行五十二字。另两侧原应有龙形的物象为装饰，今已脱失无存。吴王光鉴出土时，鉴内配有圆形尊缶和匜形勺，三器使用时合为一体，称鉴缶。尊缶盛酒，匜形勺挹注，尊缶与鉴的间隙置冰用以冰酒。此鉴现藏于安徽省博物馆，有兴趣的读者，可自行前去观赏。

[3] 春秋战国时期，各诸侯国文字异形。就目前所发现的吴越文字材料来看，吴越文字有鸟虫书和常体两种风格，鸟虫书接近楚系文字，但常体是不是楚系文字尚有疑问。

那男子遂答道："我是叔姬公主家臣林兮。公主想邀月女叙话，我奉公主之命，前来相请。"

东润大奇，问道："叔姬公主不是即将远嫁蔡国吗？准备出嫁事宜尚且来不及，如何还会有空邀月女叙话？"

林兮道："我只是奉命来请月女，余事一概不知。"

东润便入堂禀报。月女正为久久未能寻获明离而烦恼，听说叔姬要找自己，很是惊讶，道："我跟叔姬只见过几次面，并无交往，她如何会找我叙话？真是莫名其妙。你去问问家臣，叔姬到底有什么事，如果不是什么要紧之事，我就不去了，请叔姬直接派家臣传话好了。"

计然却知道叔姬对孙武一往情深一事，心念一动，暗道："或许叔姬不能嫁给自己喜欢的男子，被迫充当了政治联姻的工具，心中苦闷，却又无人倾诉，于是想起了以往与孙武亲善的月女来。"忙叫住东润，又对月女道："叔姬即将嫁往蔡国，去国离乡，定有诸多伤感之处。日后再见不易，月女去陪陪她，闲话安抚几句，也是好的。"

月女本就心软，听计然这般说，便出堂来见林兮，问道："叔姬人在王宫吗？"

林兮忙道："而今王宫上下都在准备公主出嫁事宜，忙得人仰马翻，多有不便之处。公主已经出了宫，正在某处相候月女。臣已备好车子，就停在外面，只等月女上车。"

计然听说叔姬人不在王宫，颇觉奇怪，便吩咐道："鱼亭，你带几个人，护送月女。"

驰出吴市，一路往西。月女奇道："这不是通往阊门的那条大道吗？"林兮忙道："正是。不过而今阊门已改为破楚门了。"

鱼亭问道："这是要去太伯坟吗？"

林兮道："鱼亭君料得不错。"又解释道："公主而今已是蔡侯未婚夫人，不能轻易出宫，但临行前，总要到太伯坟前拜祭一番。今日出门之时，公主突然想到了月女，是以借今日拜别祖坟之机，邀月女一聚。"

鱼亭点了点头，也不再多问。

等到了太伯坟前，鱼亭抢上前扶月女下车，低声告道："叔姬出宫极难，好不容易找个借口出门，却派人来找月女相见，一定有大事相托，月女要先有心理准备。"

月女奇道："叔姬是当今吴王的妹妹，又是未来的蔡国国君夫人，要风得风，要雨得雨，有什么事办不到，还要来托付于我？"

鱼亭道："臣也不知道。但臣敢肯定，今日叔姬大费周章地将月女找来，一定是别有所图。"

叔姬一身素服，正候在太伯坟祭堂中，见月女进来，忙迎上前去，道："上次在王宫匆匆一会，正值公子清犯上作乱，未及招呼，今日冒昧请月女至此，还望不要见怪。"

月女道："公主不必客气，你有什么话，就直说好了。"

叔姬迟疑了下，又道："自上次一别，月女可是清减了不少。"

月女点了点头，道："我因寻找明离一事，寝食难安，甚是烦恼，确实是瘦了一些。"又问道："公主到底有什么事？"

叔姬道："嗯，那个……那个……月女跟孙武将军……很是要好，对吗？"

月女听到"要好"二字，陡然生出异样的感觉来。这几年，她只与计然结伴漫游吴越山水，人不在姑苏，自然未再与孙武见过面。而这次孙武得胜归来，亦没有机缘再见面。她不止一次听到旁人谈及孙武用兵如神的传奇事迹，却只觉得那是一个陌生人而已，而不是自己曾经熟悉的孙武哥哥。此刻从叔姬口中吐露出"要好"，令她有些茫然起来——

那些令人愉悦的山居岁月，自然没有全部忘记，仍是她心底深处最美好的回忆，可他们还回得去吗？

叔姬见月女不答，且神情古怪，以为她害羞，便上前握住月女的手，道："孙武将军曾说过，月女是他这一生中十分重要的人，这是孙将军的肺腑之言。"

月女摇了摇头，问道："公主找我来，到底有什么事？"

叔姬道："叔姬即将远行，怕是这辈子都不会有机会再回来姑苏，叔姬想拜托月女，多多照顾孙武将军。”

月女闻言大为愕然，道：“孙武已是吴国将军，而今更是威服诸侯的名将，慕名拜访者不计其数，听说齐、晋等国都专门派了使者与他结纳，他家门槛都快被踏平，哪里轮得到月女去照顾他？”

叔姬道：“那是不一样的。”顿了顿，又道：“月女这几年人不在吴国，孙武将军时时闷闷不乐，每每谈及穹窿山旧日岁月，便会生发无限感慨。”

月女多少有些会意过来，正色道：“我已跟计然哥哥正式结为夫妇，计然哥哥才是月女要尽心照顾的男子。至于孙武哥哥……”微微叹了口气，道：“我们仍然是朋友，我会抽空去看望他的。”又问道：“公主特意找我来，就是为了这件事吗？”

叔姬点点头，道：“我人在姑苏时，还能时不时去看望孙武将军。而今我将要远嫁，再也没有机会相见，孙武将军又因破楚一事生出结症，能抚慰他的，也只有月女你了。”

月女奇道：“孙武哥哥一战扬名，天下人争相仰慕，他如何生出了结症？”

叔姬微一犹豫，即道：“这件事，几句话也说不清楚，月女想知道的话，还是自己当面去问孙武将军吧。”

家臣林兮进来禀道：“公主出来的时间太长，大王已经派人来催问了两次，臣实在搪塞不住了，这就请公主起驾回宫吧。”

叔姬点了点头，道：“这件事，就拜托月女了。”又握了握月女双手，这才依依不舍地辞了出去。

鱼亭见月女出来祭堂，忙问道：“叔姬找月女，到底有什么事？”月女便大致说了叔姬的嘱托。

鱼亭惊愕难以相信，道：“就为了嘱托月女多多照顾孙武将军吗？”

月女道：“就是这件事。”又道：“既然来了这里，就顺便去拜祭一下专诸和要离吧。”

到要离坟前时，正有一名大汉在行祭拜之事。月女一眼认出了对方，忙上前道："几年前，你曾到菱湖渔场找过计然哥哥，是也不是？"那大汉道："难为姑娘还记得我。"

鱼亭也想了起来，道："你原是被离手下，自称'足下'。"

"足下"笑道："不错，是我。当年承蒙渔父慷慨赠送盘缠，那包碎金及青铜，正是鱼亭君你亲手交给了我。"

鱼亭奇道："'足下'君当日说要回去家乡，而今人怎么在这里？你又重回姑苏了吗？"

"足下"点了点头，道："我每年都会来要离墓前祭奠。"又道："时辰不早，我也该告辞了。二位，后会有期。"

鱼亭遂道："'足下'君多保重。"等"足下"走远，招手叫过一名手下，命他暗中尾随"足下"，看他人去了哪里。

月女奇道："鱼亭为什么要派人跟踪'足下'？"

鱼亭道："月女不觉得'足下'可疑吗？他曾当面告知渔父，说他一直受命于离氏家族，当日去渔场找渔父，也是为了告知被离被杀当晚情形。今日遇到，他半句不提见离被杀一事，见离是为公子清家臣枚乘所杀，此事已经公开，他不提倒也罢了，可'足下'竟不问明离情形如何，这还不可疑吗？"

月女恍然有所醒悟，道："听你这么一说，还真是觉得'足下'神情闪烁，很有些可疑。"

鱼亭道："臣怀疑'足下'有意不提见离、明离之事，极可能是因为他自己也牵涉其中。"

月女道："可这说不通啊。'足下'原是被离手下，就算他不再为离氏效力，也没有绑架明离的理由啊。"

鱼亭道："这一点，臣也猜不透，还是先回去，请渔父判断定夺。"

回来吴市，侍从东润迎上来道："月女前脚刚走，后脚便有客来，是孙武将军。"

月女奇道："孙武哥哥是专门来找我的吗？"

东润点了点头，道："叔姬家臣事先叮嘱过，所以臣等没有透露月女是去见叔姬，只说出了门。孙将军不肯离去，跟小白玩了好久，现下正由渔父作陪，在堂间饮酒。"

月女心道："叔姬刚托付我照顾孙武哥哥，他便来吴市寻我，倒像是二人事先约好似的。"不知孙武找自己何事，忙入堂见客。

孙武见到月女出现，霍然起身，叫道："月女！"又讶然道："月女竟长得这般高了，样子也变了许多。"

月女笑道："只是发髻样式变了而已。我已经嫁为人妇，不再是以前的小女孩，当然不能再梳以前的双髻了。"

孙武点了点头，道："我已听渔父提过此事。之前我出征在外，竟没来得及当面道贺。"

月女到计然身边坐下，问道："孙武哥哥来找我，可是有什么事？"

孙武踌躇道："也没什么事。我曾听专毅提过，说渔父和月女人在吴市，今日突然想了起来，便想来看看。"

计然起身道："我还有点事，得出去一趟。难得孙将军大驾光临，月女，你好好和他叙叙旧。"

孙武忙道："渔父不必避让。你与月女已结为夫妇，夫妻一体，我想对月女说的话，渔父也可以听。"

计然见孙武一眼便洞穿了自己的用意，只好重新坐了下来，命人多置酒菜。

小白闻香而进，见月女与计然同坐了一案，便自行坐到孙武身边。孙武抚摸小白，轻声喟叹道："如果还像从前那样，该有多好。"

月女道："叔姬说孙武哥哥因破楚一事生出结症来，那是为什么？"

孙武先是愕然，随即摇了摇头。月女还待再问，计然暗中扯了扯她衣袖，便将话题岔了开去，只问些行军打仗之法、楚地风物之类。

计然所藏美酒甚为醇厚，孙武又不善饮酒，酒过三巡时，醉意已浓。

他忽然举箸，敲了两下几案，哼哼了几句什么歌词，便流出眼泪来。月女大惊失色，欲询问究竟，计然及时按住了她，只摇了摇头。

倒是小白，见孙武神伤，举起手掌，放在孙武肩头，大有抚慰之意。

孙武忙举袖掩面，道："是孙武失态了。"逡巡良久，又连饮三樽，这才道："我忘不了郢都处处哭声，遍地火光，总觉得自己对那副人间至惨情状负有极大的责任。"

计然早知吴军攻入郢都后有屠城之举，他在楚国的商业也连带遭受了不小损失，只是未告知月女，见孙武因此而负疚神伤，也不好安慰，只道："吴军大举屠城一事，实非将军所能预料。"

孙武摇头道："我身为主帅，自负治军严整，军纪严明，不想吴师入郢都后大肆劫掠，比强盗有过之而无不及，责任不在我，还能在谁？"

又叹道："我当年为了正军纪、明国法，坚持将盈娘等人斩首，甚至因此而与老友陈音交恶。回头想想，我是不是特别可笑，而又可怜可悲呢？"

自叹自怜一番，又自斟自酌，举樽独饮，竟由此而酩酊大醉。

计然叹了口气，命侍从叫进孙武陪乘梅亢，让他搀扶孙武回府安歇。

梅亢不明所以，道："将军从不饮酒过度，如何今日会烂醉至此？"

月女道："孙武哥哥心情不好，所以多喝了几杯。你先扶他回去，等他醒了告诉他，我会与计然哥哥，还有小白，再去看望他的。"

梅亢应了一声，自扶孙武去了。

月女正要将在要离墓前遇到"足下"一事告知计然，侍从东润进来禀报道："有个戴笠的老者求见渔父。不过这个人很有些可疑，臣问他姓名，他不肯告知。让他取下竹笠，以真面目示人，他也不肯，只说非要见到渔父不可。"

计然道："领他进来。"东润不免有所迟疑。

计然道："有月女在这里，你还担心他能对我不利吗？"

东润应了一声，片刻后引人进来。那老者入堂站定后，方取下竹笠，却是几年前侥幸逃脱的剑鸣。

计然和月女均大为诧异，异口同声地叫道："是你！"

东润也认出这人便是曾到渔场补镬的补釜匠，欲拔兵刃，计然摆手道："先听听他怎么说。"

剑鸣施了一礼，道："剑鸣拜见渔父。"

计然点点头，道："你是为令爱桑碧来向我兴师问罪的吗？"

剑鸣道："不是，我早知是夏至杀了桑碧，跟渔父无干。今日前来，剑鸣是想拜托渔父一件事。"

月女插口道："你跟你女儿桑碧，胆子都出奇的大。当年你杀死市吏被离，恶行暴露后，被吴王阖闾亲自下令通缉追捕，而今依然是阖闾执政，你竟还敢公然露面。"

剑鸣缓缓道："我自知有罪，也不敢多作辩解。今日登门，也是迫不得已，只要渔父肯出面援救干将、莫邪夫妇，我愿意投案自首，以死谢罪。"

计然闻言大为惊奇，问道："你是为干将、莫邪而来吗？他夫妇二人不是在莫干山为吴王锻炼神剑吗？"

剑鸣道："神剑数年未成，吴王阖闾已动雷霆之怒，限令干将、莫邪三月内必须铸出堪比泰阿的神剑，不然会将干将夫妇及弟子尽数杀死。可炼剑一道，在于天时、地利、人和，机缘不到，干将、莫邪兢兢业业，数年未能有成，又怎能在三月之内炼出可与泰阿并肩的神剑？"

计然问道："莫非你想让我出面为干将、莫邪等人说情？"

剑鸣点了点头，道："听说渔父是吴王阖闾的座上宾，又救过太子波性命，若是渔父出面求情，当可救得干将、莫邪诸人性命。"

计然早听闻之前吴王阖闾滞留楚国迟迟不归，名义上为擒拿楚昭王，其实是想要得到楚昭王所佩的泰阿剑。泰阿剑号"王者之剑"，威服天下，对于吴王阖闾这样爱剑如痴的武夫而言，可谓是梦寐以求的利器。而今阖闾不得已返回吴国，自知经历破楚及内讧等重大事件后，吴国亦是元气大伤，在很长时间内再无力对楚国发动全面攻击，如此，等于再无可能得到泰阿剑。阖闾原先便对与欧冶子师出同门的干将抱了很大期望，而今既得不到泰阿剑，又听说神剑数年难成，自然恼羞成怒。

月女听到剑鸣为干将、莫邪鸣冤，不免奇怪，道："上次见面时，你不是还对干将、莫邪很不以为然吗？"

剑鸣正色道："彼一时，此一时也。莫邪救了我性命，这几年，我也在莫干山助他夫妇二人炼剑，方知得享大名是真，却并非浪得虚名。"

当年计然请将军孙武派兵围捕剑鸣，后来吴王阖闾更是亲自点名追缉，均未能将其捕获，剑鸣侥幸逃脱，全靠莫邪暗中相助。

那一日，计然与月女到剑坊询问第二柄鱼肠剑之后，莫邪难以相信是丈夫干将暗中偷铸了鱼肠雄剑，亦不敢想象死去多年的师兄无牙竟然还活在人世，苦思冥想之下，忽有所感应，竟想起补釜匠剑鸣来，越想越觉得他像是某位故人，便趁入夜后，摸黑寻来补釜铺。

当时白鹭、桑碧兄妹已处理完现场，铺中只有剑鸣一人。他听到声响，举灯出来察看时，莫邪竟一眼认出剑鸣便是当年专司生火的阿建，脱口叫出了他的名字。剑鸣心中激荡不已，忆及年轻时暗恋莫邪的情形，心中又再度升腾起浓烈的爱意。

当莫邪问及鱼肠雄剑时，剑鸣没有隐瞒，将事情原委尽数告知。二人坐在灯下，一番深谈后，莫邪叹道："师兄既杀了人，不能再留在这里，这就随我离开吧。"

计然等人一日内两至补釜铺，且在补釜铺门前发生激烈搏杀，剑鸣难以置身事外，及时逃走本是上上之策，他却不肯听从白鹭、桑碧劝告，坚持要留下来。原本他以为他只是眷念补釜铺的营生，或是不放心一双儿女，然今夜见到莫邪后，才意识到自己内心深处最真实的情感——他是不想离开爱人太远，当初以做间谍之名来到吴都即是因此，今日不肯逃离吴都亦是因此。

但当莫邪出言劝剑鸣离开时，他竟欣然点头，因为这表明莫邪是极在意他的。于是，在莫邪的帮助下，剑鸣当夜便离开了市集，暂时躲到了附近村落中，甚至未及跟白鹭、桑碧打声招呼。

次日，白鹭、桑碧兄妹匆匆赶来补釜铺，预备抢先通知剑鸣逃走，却发现剑鸣人已不在，且带走了衣物，料想父亲已先行逃离。随后，白鹭去公子夫概府寻阿茹、长西等人，打探剑鸣行踪。桑碧则赶回剑坊，那时方从莫邪口中得知父亲下落。

吴王阖闾得知是剑鸣杀了市吏被离后，督促官兵追捕极严，但在莫邪的帮助下，剑鸣还是躲过了一劫，后来更是混在剑坊众弟子中，跟莫邪一道赴莫干山炼剑，数年来安然无事。

剑鸣大致说完经过，又道："而今吴王限期极严，三月之内，万难炼出神剑。我实在没有别的法子可想，只好私下来求渔父。"见计然沉吟不语，便又对月女道："莫邪一直很喜欢月女，还将师父留下的木剑送给了月女，希望月女念在昔日的一点情分，帮忙说说话。"

月女踌躇道："以前莫邪确实待我很好，我也很喜欢她，自然不希望她因为炼不出神剑而丧命。可吴王阖闾为人狠绝，他既然公开发了话，计然哥哥是不方便出面的。"

计然道："确实如月女所言，我很难直接出面劝说吴王阖闾。但我记下这件事了，会另想出路，看是否能通过别的法子劝说阖闾多延长一些时日。"

剑鸣本已流露出失望之色，听到计然后半句话，登时大喜，当即伏到地上，拜了三拜，连声道谢。

计然又道："你志在救人，也不必再提什么交换条件。你既有悔过之意，可自行决定是否要去投案自首。"

剑鸣怔了一怔，这才道："渔父为人若此，我若再不悔改，便无脸立于天地之间了。渔父请放心，我去城外祭过白鹭、桑碧后，便去司寇署投案。"

计然点点头，命人送剑鸣出去。刚好侍从鱼亭回来，见到剑鸣诡异出现，大为惊异，问明缘由后，忙进来问道："渔父真相信剑鸣会去司寇署投案自首吗？"

计然道："我信与不信都没什么关系，全在剑鸣自己。"他刚从月女口中得知"足下"出现在要离墓前一事，亦大感蹊跷，便问道："听说你护送月女回来后便出门了，出去了这么久，是去追查'足下'了吗？"

鱼亭忙道："臣派去跟踪'足下'的人还没有回来。不过臣倒是捉回来一个人，一个渔父无论如何都想不到的人。"朝门外叫了一声，两名侍从押着一名五花大绑的男子进来，却是公子掩余的侍卫阿邦。

计然意外之极，忙问道："你如何捉住了阿邦？"

鱼亭亦是一怔，道："他叫阿邦吗？臣当年曾随渔父住在邢大夫府，这人夜间装扮成窃贼出现，还被月女擒住，臣记得他的样貌。"

原来阿邦最近频繁光顾吴市酒肆，每每选择坐在窗下，有意无意地窥测对街动静。光顾酒肆者，多为爱喝鱼粥者，总是喝得底朝天，而阿邦起身离开之时，却剩下半碗粥，日日如此。自从出了桑碧冒充伙计送粥事件后，酒肆店家已格外留意异样情形，见阿邦并非真心爱喝鱼粥，却时时光顾，不由得起了疑心，今日便悄悄告诉了鱼亭。

鱼亭又道："臣听闻阿邦人还在酒肆，便过去查看。不想臣穿越街道时，他隔窗见到，便立即起身离去。臣立时认出他是公子掩余的手下，料想他人在此处，必是有所图谋，一时不及禀报渔父，急召了几名人手，赶去围捕。"

顿了顿，又道："不过奇怪的是，臣等追及阿邦时，他并未奋力抗拒。当年臣见过他与月女交手，身手甚是了得，原本以为要大费周章，才能将其拿住呢。"

计然摇头道："阿邦知道你们是我属下，不愿意出手伤人。"忙走上前去，亲自为阿邦解开绑缚，歉然道："当年月女承诺不吐露出去，因而你当年相救月女一事，我属下并不知道。今日多有得罪，实在抱歉。"

鱼亭这才会意过来，愕然问道："当年月女侥幸逃难，竟是阿邦暗中相助吗？"

计然点了点头，道："阿邦是月女的救命恩人。来人，快去请月女出来相见。"

阿邦本来一言不发，始终沉默，闻声忙道："不必惊动月女。"

计然微一踌躇，即令侍从尽数退出，朝阿邦深深拜了一拜，道："多谢你当年放走月女，解我窘境，计然感激不尽。你有任何需要，尽可以提出来，我一定尽力办到。"

阿邦摇头道："当年是我自己想放月女，从没想过要索取任何回报。"

计然道："我早已明白你的心思，只是你是我妻子的救命恩人，我若没有任何表示，这一生都会觉得亏欠于你。"

阿邦默然许久，才道："渔父果真想有所回报的话，那么便请帮我一个忙，不要将我回到姑苏之事告诉月女，渔父就当今日没有见过我。"

计然怔了一怔，即点头应道："好。"又道："你若改变主意，随时可以来找我。"

阿邦点了点头，即行礼辞出。

侍从鱼亭很是不解，进来问道："渔父就这样放阿邦走了吗？"计然道："不放他走，还能怎样？"

鱼亭道："阿邦虽然救过月女，可他毕竟是公子掩余心腹，吴王阖闾即位后，他早已远离是非之地，此时冒险出现在姑苏，又似在暗中监视渔父动向，渔父不问清楚缘由，就这样放了他吗？"

计然叹道："我知道阿邦为什么重新回来，你不必再问，也不必再防范他监视他。"

许久之前，计然便多少猜到阿邦心意，而今愈发肯定——他极可能只为月女而来，数年光阴没有黯淡他的情感。只是他躲在远处观望，不肯与月女当面交谈，这到底是一份怎样的情感？

入夜后，鱼亭派去跟踪"足下"的侍从阿巴方才回来。鱼亭忙问道："怎么去了那么久？'足下'住得很远吗？"

阿巴道："臣跟了'足下'一段，到盘门一带时，忽然失去了他的踪影。正四下寻找时，却被人自后面打晕了。后来再醒来时，天色已然不早，料想无从寻找'足下'，便先回来了。"

计然听了禀报，道："多半是'足下'发现了有人跟踪，不愿意暴露住处，所以打晕了阿巴。他如此作为，愈发表明心中有鬼。"又道："鱼亭，你明日去一趟司寇署，请仲臣画出'足下'画像，拿去盘门一带打探，总会有人见过他。"

次日一早，鱼亭按照计然吩咐，赶来司寇署，却发现了一件令人大吃一惊的事——司寇署官吏仲臣正为昨夜发生的一起命案而苦恼，一名老者身中多剑而死，脸也被利刃划得稀烂，根本无法辨认出身份。

而鱼亭看到官署庭院中的尸首后，一眼便认了出来——那被人用血腥手段杀死的死者不是旁人，正是昨日还到过吴市的剑鸣。

仲臣听说鱼亭求见，忙命人引见。鱼亭半句不提剑鸣之事，只说了计然所请。仲臣听说极可能关系到明离下落，不敢怠慢，忙取了画布，依据鱼亭描述，画出了“足下”相貌。

鱼亭拿起成画一看，不由得拍案叫绝，道：“正是此人！吏君果然神通，竟能仅凭旁人口述，便将素未谋面者画得如此栩栩如生。”

仲臣沉吟道：“我作画时只听描述，并未多留意旁事，现下仔细观看画像，这个人看起来很是眼熟。”

鱼亭道：“这个人自称是前市吏被离属下，或许吏君在子市见过他也说不准。”

仲臣一经提醒，立时想了起来，道：“不错，不错，我好几年前在市集鼓楼见过这个人！还听到被离叫他飞隼，挺奇怪的名字，所以我特意多看了他几眼。”

鱼亭道了谢，又试探问及老者命案。仲臣当即苦起了脸，道：“那老者是今早在司寇署官署附近被人杀死，由于时辰尚早，竟无人证。他的面目又被划得稀烂，难以辨别身份，我正为此案苦恼呢。”

鱼亭闻言，便不再多问，回来吴市后，派了人手携画像到盘门一带打探飞隼行踪，又入堂向计然禀报剑鸣被杀一事。

计然大为惊讶，道：“死者面目已毁，你能肯定那人就是剑鸣吗？”

鱼亭坚决地点了点头，道：“服饰打扮一模一样，连那顶古怪的尖笠都还斜背在背后。”

计然踌躇道：“看来，剑鸣预备今日一早赶去司寇署投案自首，却被人杀死在官署附近，这可是个大大的意外。”

鱼亭道：“或许这不是意外。渔父不觉得那‘足下’……不，他的真名叫飞隼，不觉得他很可疑吗？昨日臣和月女在要离墓前遇到他，今日剑鸣便被人杀死。”

计然道：“你是说，是飞隼杀了剑鸣，好为被离报仇？但剑鸣冒险前来姑苏，只想为干将、莫邪尽力，应该只见过我一人，飞隼如何能及时知晓剑鸣来了姑苏？”

鱼亭道：“既然阿邦曾在对面酒肆刻意留意咱们这边，或许另外有人也在暗中监视。之前夏至不是也说过嘛，姑苏盯着渔父的人可是不少。”

计然道：“那不过是夏至随口一说。但你的推测也有几分道理。飞隼既然打晕了阿巴，想必是不愿意被人发现其住处所在，这表明他人一直在姑苏。就算他没有涉入明离失踪一案，应该也在暗中关注，私下派人监视了宋氏总铺也说不准。”

鱼亭忙道：“臣这就去对面酒肆及隔壁左右店铺打探，看有无可疑人等。”

计然摆手道：“不必费事了，你去将酒肆店家请来，我有话要对他说。”

鱼亭不明所以，遵命请来店家，刚好月女偕小白进来，笑着问道：“店家今日亲自来送鱼粥吗？”

店家忙道：“供给总铺这边的鱼粥还没有熬好，还差一点火候。稍后鱼亭君自会派人去取，请娘子再耐心等待片刻。”又上前朝计然行了一礼，问道：“渔父召臣过来，可是有什么特别吩咐？”

计然沉吟片刻，才缓缓问道：“店家是前市吏被离的人，对吗？”

店家先是大惊失色，呆了一呆，才道：“臣不明白渔父这话的意思。”

一旁月女与鱼亭亦极是吃惊，面面相觑，不知计然如何会突出此言。

计然道：“我原本也想不到这一点，但今日剑鸣既出了事，店家你便十分可疑了。”

又道：“其实，店家早有可疑之处，只不过我当时未曾留意而已。你原先开的是客栈，刚好在鼓楼边上，虽则是市集中心，但开市、闭市均要击鼓，对客栈而言，其实是最不利的位置。但你却始终没有搬走，也没有将客栈改为更为盈利的酒肆，这是疑点之一。其二，被离被杀当晚，我闻鼓声而出，正不明所以时，是店家最先跑进来，告知被离被杀一事。那时的店家，跟那位楚郢一样，都是穿戴得整整齐齐，没有丝毫的衣衫不整。我猜店家当晚应该也参加了被离召集的集会，店家回来客栈后，因心中有事，一直没有解衣就寝，是这样吗？”

店家连连摇头，道："决计不是渔父说的那样。臣那家客栈是祖辈留下来的，一直开在那里。虽则开市、闭市鼓声吵人，那也是没法子的事。至于渔父所提第二件事，臣因为经营客栈，时刻担心有主顾上门，每晚都是和衣而睡的。渔父不信的话，可以去问臣的妻子。”

月女听了，插口道："店家解释得很在理啊。”

计然摇头道："店家是商人，商人以逐利为根本，鼓楼客栈位于市集中心地段，明明不合适做客栈，店家妻子又有一手高超厨艺，将客栈改为酒肆更为盈利，店家何以不这么做呢？表明店家开店，并不是真正求钱求财，客栈只是个幌子。而被离、要离死后，离氏后继无人，其下属亦作鸟兽散，譬如飞隼回了家乡，店家既是本地人，只能留在姑苏。他既浸淫商业，多少有些眼光，看出新市集有巨大商机，遂舍弃老店，到吴市开了一家酒肆，而今每日顾客盈门，收益胜过往日百倍不止。”

店家还待再辩，鱼亭道："店家无须再抵赖了！适才渔父提到飞隼名字时，你明显露出了惊讶之色。你大概料不到渔父已经知道‘足下’的真名了吧？”

店家嘴唇嚅动了几下，似是想说什么，但最终还是垂下头去。

月女惊愕异常，问道："店家果真是被离手下吗？这又不是什么坏事，为何开始要一力否认呢？”

鱼亭道："月女忘记当日遇到‘足下’……就是飞隼的情形吗？他半句不提明离之事，极是可疑，后来又打晕了我派去跟踪他的阿巴，分明心中有鬼，极可能牵涉明离失踪一事。店家既跟飞隼是一党，分明他也是知情者。更不要说剑鸣一事。”

月女尚不知道剑鸣已然被杀，忙问道："剑鸣怎么了？他可有去司寇署投案自首？”

鱼亭道："今早剑鸣已被人杀死在司寇署附近。一定是店家将剑鸣行踪透露给了飞隼那伙人，甚至可能是店家亲自动的手。"

月女惊道："当真是这样吗？"店家只默然不语。

计然摆手道："过去的事，不提也罢。店家到底什么身份，我也不大关心。甚至连剑鸣一事，我也可以不闻不问。但我弟子明离，我势必追查到他的下落。店家也该知道我计然是个有决心的人，我既疑心到店家，无论你承认与否，我都不会轻易放弃。在事情变得更糟之前，店家何不实话告知？"

店家又沉默了老大一会儿，总算抬起头来，道："渔父说得很明白，我也听得很清楚。我可以告诉渔父，明离他很好。"

月女大喜过望，忙问道："明离果真在你们手中吗？你们为什么要捉他？"

店家道："我们并无恶意，是为了明离好。"

前任市吏要离死后，吴王阖闾虽然依旧任用离氏为市吏，但仅仅作为耳目，已不再有秘密使命一说。飞隼等人却记得旧日为离氏效命的誓约，陆续返回姑苏，只是新市吏见离不肯接纳他们，只想做好吴王阖闾交代下来的差事。

飞隼认为见离的作为已有违先王寿梦初衷，兼之他只是要离远房亲眷，并非真正离氏家族成员，实不足以当此大任。当时飞隼已有请明离暗中主持大局的想法，私下找明离谈过一次，却被明离坚决拒绝。飞隼无可奈何，只好就此作罢。但他自己仍留在姑苏，率领旧日部属，继续行使往日职责。

吴王阖闾即位后，虽靠要离解决了最大威胁太子庆忌，但仍有公子掩余、烛庸两股势力，尤其公子掩余野心勃勃，不甘心王位落入阖闾之手，曾派人到姑苏筹划图谋，但被飞隼等人暗中解决，只不过吴王阖闾不知情而已。

不久前，市吏见离意外遇害。彼时吴王阖闾出征在外，越国趁机落井下石，吴国面临内忧外患之局势。飞隼等人对见离被杀一事深感意外，亦认为这是上天的安排，市吏一职应该回到真正的离氏男儿手中。刚好明离自外地回到姑苏，店家告知飞隼后，飞隼即做了安排。

当日，明离来到要离墓前，发呆了一阵后，最终惆怅离去。一直暗中监视其动静的飞隼半途将其拦下，明白提出要明离重新回到离氏家族，以主持大局。明离先是一怔，随即断然拒绝，并表示会尽快离开姑苏，再也不会回来。飞隼对此早有心理准备，当即出剑，制住明离，并强行将他押上等候在附近的车驾，带去住所秘密囚禁起来。

飞隼的本意，并不是要对明离如何，只是预备先将其拘禁，等到吴王阖闾归国后，请求阖闾正式任命明离为新市吏，那时有吴王的命令，明离便再也不能拒绝了。

然明离失踪竟将计然引回姑苏，也是飞隼始料不及之事。所幸计然怀疑过许多人，却始终没有疑心到飞隼头上，甚至对近在咫尺的吴市酒肆店家没有产生过一点疑虑。若不是出了剑鸣之事，计然无论如何也想不到酒肆店家竟是离氏的眼线。

计然见店家坦承明离一事，便道："你等有自己的立场，一心要执行吴王寿梦的遗命，我也能理解。不过这件事，总该要尊重明离自己的意见。他满心不情愿，就算你们强行扶他上位，又有什么效果？"

店家慢吞吞地道："渔父的话，固然在理，但明离生来就姓离，这是无可改变的事实，他有自己的责任和使命，不容推辞。"

月女急道："事情到了这个地步，你们还不预备将明离放回来吗？"

店家依然是一副不急不缓的样子，道："飞隼已上书大王，请求由明离继任市吏一职，等大王决议下来，各位再与明离相见不迟。"

月女很是气愤，还待再言，计然摆手道："事已至此，也不在乎多等两日。"命人送店家出去。

月女见计然气定神闲，一副胸有成竹的样子，大奇问道："计然哥哥明知道是店家一行捉了明离，为何还要放他走？万一吴王正式任命明离为下一任吴市市吏，又该怎么办？"

侍从鱼亭也道："明离终究是吴人，不能不遵从本国大王的命令。"

计然道："吴王阖闾早就明白要离命明离拜我为师，是为了不让明离再卷入离氏家族事务。阖闾是个恩怨分明的人，要离于他有大恩，他怎会违背要离遗愿，以及明离自己的心意，任命明离为市吏？飞隼这些人太看重先大王寿梦的分量了。"

言外更有一层深意——当年若不是寿梦平白无故弄出个"兄终弟及"的规定，阖闾早在二十年前便能以嫡长孙的身份从其父诸樊手中继承吴王之位，哪里轮得到余祭、余昧及吴王僚？阖闾对祖父的感情，绝无感激，怨必多于敬，他在大夫邢平灵前当众烧毁寿梦手书一事，便是明证。

计然又道："况且飞隼这干人下行事，名义上是受先大王寿梦遗命，但毕竟是背着吴王阖闾，以阖闾之为人，如何会不心生忌惮？你们放心，阖闾一定不会任命明离为新一任市吏，反之，还会处罚飞隼等人。"

仅过了一天，事情便如计然预料一般，明离平安归来。他沉穆依旧，倒也没有愤愤不平之色，且半句不提几月来的遭遇。计然、月女等人既已知究竟，也不多问，就如同没发生什么事一样，甚至依旧每日派人到对面酒肆照买鱼粥不误。

不过吴王阖闾并没有处罚飞隼，还任命其为新一任市吏，这一结局，倒是大大出乎计然意料，他不由得对阖闾识人用人之策又多了几分佩服。

又过了一个多月，吴师后军押解着在楚国掠得的钱帛财物及工匠俘虏等，陆续抵达姑苏。人们听说俘虏中除了楚军将士外，还有大批美艳楚女，内中更是不乏有楚王嫔妃、楚国公主这类身份显贵的贵族妇女，于是纷纷涌向街头，观看这些已经沦为奴隶的贵妇到底是何等模样。

俘虏们皆双手反绑，被用长索缚成一串，由吴军军士牵着，如同牲口一般，屈辱地低着头，弯着腰，踉踉跄跄，穿过如潮的人群，到子城王宫前成排跪下。

盛大的献俘仪式后，钟鼓齐鸣，句鑃乐声响彻云天，吴王阖闾便在王宫大开宴席，封赏有功之臣。

正是在这次宫宴上，吴王阖闾将自己发明的鱼鲙[1]作为主菜，拿出来与群臣及外国使节们分享。鱼文化早已渗透吴地，吴人不分上下，皆爱食鱼，对阖闾这一举止，吴国大臣不以为奇，倒是前来道贺的齐、晋、鲁等各国使节因之而大开眼界。

宴席结束后，吴王阖闾特意留下专毅，笑道："寡人有一件特别的礼物要赏赐给专卿。"

他拍了拍手，便有卫士带进来一人——却是一名十五六岁的少女，双手缚在背后，脖子上套了绳圈，被卫士牵入殿中，喝令跪下。

阖闾命道："楚国俘虏，抬起头来。"

那少女闻令，却不肯听从，依旧垂首不语。卫士抓住她头发，迫其扬起头来，专毅这才得以看清其面目——虽然衣衫不整，头发凌乱，模样极为狼狈，却也明艳动人，自有一番颜色。

阖闾笑道："这俘虏是楚国将军子西的女儿，名叫叶芈，名字叫叶，姓芈。子西虽是楚平王庶子，到底也是公子身份，他女儿生得也美，号称'郢都第一美人'。最难得的是，叶芈年未及笄，尚未嫁人，寡人特意命人不要动她，就是为了带她回来，赏赐给专卿做侍妾。不过这女子性子很有些烈，专卿切记严加管教，不可放松。"一边说着，一边命卫士牵过叶芈，将绳索递给专毅。

[1] 鱼鲙（kuài）：鲙同脍。先秦时期的脍，是指切细的生肉，是以新鲜的鱼贝类生切成片、蘸调味料食用的食物总称。鱼脍即今生鱼片，又称鱼生，起源于中国，后传至日本、朝鲜半岛等地。中国关于鱼脍的记载，最早可追溯至周宣王五年（公元前823年）。据出土青铜器"兮甲盘"铭文：当年周朝军队在彭衙（今陕西白水）打败猃狁凯旋。大将尹吉甫私宴张仲及其他友人，主菜是炮鳖（烧甲鱼）加脍鲤（生鲤鱼片）。《诗经》中记载了这件事："饮御诸友，炮鳖脍鲤。"而《礼记》更是详细记载了脍的吃法："脍，春用葱，秋用芥。"即分时节用葱、芥来调味。成语"脍炙人口"原意就是赞赏脍炙（烤鱼片）的美味。汉人赵晔所著《吴越春秋》中明确记载了吴王阖闾置鱼鲙慰劳伍子胥，后人多认为这是中国南方食用生鱼片的最早记载。但根据当时情形来看，阖闾最后用来招待伍子胥的鱼鲙，并非传统的生鱼片，而是一种咸鱼。阖闾亲自置鱼后，久等伍子胥不至，不好意思独吃，也舍不得将鱼倒掉。过了好几天，伍子胥总算到来，阖闾将之前所置之鱼取出，与伍子胥同食，发现鱼美味无穷，更胜从前。鱼置放几日，反而变得更加美味，听起来似乎不大可能。根据阖闾后来酷爱吃咸鱼的口味来看，他极可能命人将鱼用盐腌过，晒成鱼干，所以才能置放多日。而阖闾更是为美味的干鱼创造了一个字——上面是美，下面是鱼，后来演变为"鲞（xiǎng）"字，专指剖开晾干的鱼和成片的腌制食品，如鲞鱼、茄鲞、笋鲞、牛肉鲞等，因而作者认为阖闾所称"鱼鲙"，并不是中原传统的生鱼片，而是一种咸鱼干。

专毅心中为难，却不敢推辞，接过绳索，道过谢，就此辞出。

出来王宫，专毅见叶芈颇为倔强，大有不屈之色，便道："你放心，我不会逼你做不愿意的事。但你是俘虏身份，又是大王赏赐，我也不能放你走。如果你乖乖听话，不轻举妄动，我便替你松了绑绳，如何？"

叶芈闻言，颇为惊异，微一迟疑，即点了点头。专毅便亲手解了叶芈绑缚。叶芈双手得脱，立即伸手拔出专毅佩剑，挺剑欲刺。一旁陪乘叶阳早有防备，上前抱住叶芈手臂。叶芈力弱，被侍从夺下佩剑，反剪了双手，重新捆绑起来。

专毅见叶芈双目冒火，死死瞪着自己，颇感心惊，半晌才叹道："你性情刚烈，不懂生存之道。以你目下处境，意图反抗，只是徒然送死，白白赔上一条性命，又有何益？"

叶芈怒道："我宁可死，也不愿意侍奉你们这群禽兽不如的吴狗。"

吴军攻占楚国郢都后，大肆屠城多日，男子或杀或囚，女子则被奸淫。叶芈虽得保清白之身，却亲眼见到母亲被公子夫概等吴军将领轮奸，最终悲惨死去，她心中如何不恨？

专毅不免十分头疼，转头见到计然辞别太子波出来，忙过去招呼，道："今日王宫宴会人多，渔父又是大王座上宾，专毅未寻到机会私下与渔父叙话，敢问月女可还好？"得到肯定的答复后，又指着叶芈道："渔父身边虽然侍从众多，却没有侍女，不如我将大王赏赐的楚国俘虏转送给月女，给她做侍女如何？"

计然一怔，随即道："适才吴王和太子也说要送我数名俘虏，我推谢了半天，才勉强辞掉。我妻子性情随意，不喜欢有人服侍。"

专毅闻言一惊，道："渔父已与月女结为夫妇了吗？"

计然道："抱歉，近来事情太多，专毅君已是吴国重臣，军务缠身，计然一时不及告知，还请见谅。"

专毅虽然心头微感失望沮丧，仍然振作精神，真诚向计然道贺，又道："只有渔父这等人才，方配得上月女。"

计然道："这名楚国俘虏，应该是吴王特意留给专毅君的，专君如何要将她转送出去，辜负吴王一番美意？"

专毅道："她名叫叶芈，是楚国将军子西之女，性子刚烈无比，又恨吴人入骨，我实不知该如何与她相处。"

计然道："原来是这样。"转头打量叶芈一番，对其颇为同情，便道："专毅君实在不想要这名楚国俘虏的话，何不送她去阳山，转送给王孙胜？论起来，子西是王孙胜的叔叔，叶芈算是王孙胜的堂妹，楚王孙生母尚在世，叶芈以晚辈身份服侍夫人，也是情理之中的事。想来叶芈自己也不会拒绝。"

专毅听罢大喜，道："多谢渔父指点。"过去对叶芈说去送其去阳山之意，叶芈果然神色和缓下来，沉默了一会儿，不但点头应允，还低声道了声"多谢"。

但专毅此举却引来了另一场风波——在楚国楚昭王复国过程中，将军子西立下大功，由此得到楚昭王的信任，得以以令尹身份执掌楚国朝政大权。后来楚昭王率兵讨伐陈国，在城父去世。临死让位于庶出兄长子西，子西不同意，楚昭王又让位给兄长子期、子闾，二人均未同意，后迎越姬为楚昭王所生公子章即位，是为楚惠王。此越姬即为越王勾践之女。楚昭王另有夫人贞姜，为齐国公主。

楚惠王即位后，子西因王孙胜照顾呵护爱女叶芈之故，力排众议，主张迎其归国。王孙胜生父太子建是楚平王之子，子西同父异母弟，同时也是楚惠王伯父。楚惠王亦同情堂兄王孙胜的遭遇，同意了子西的建议。

吴国与楚国已成不共戴天之死敌，王孙胜在吴国难有所为，当然也愿意回去楚国。归国后，王孙胜将叶芈完璧归还给子西，子西感激涕零，请楚惠王封王孙胜为巢邑大夫，号白公，遂改称白公胜，其子亦改以白为氏。

当年楚太子建与晋国勾结，意图颠覆郑国，结果事败，被郑人杀死。白公胜一直有意为父报仇，想攻灭郑国。为达目的，他也学昔日吴王阖闾，"好勇而阴求死士"，更是"卑身下士，不敢骄贤，其家无管籥之信，关楗之固，大斗斛以出，轻斤两以内"，即以大斗出粮，小斗进粮，为收取人心而做了大量准备工作。

白公胜既因叶芈一事有恩于令尹子西，曾请求子西出兵讨伐郑国。子西口头上答应了侄子，却没有发兵。

后晋国出兵征讨郑国，郑国向楚国求助，楚惠王遂派子西出兵救援郑国。白公胜与子西联络，请其趁机攻灭郑国，以报当年杀父之仇。子西同意，但他打败晋军后，接受了郑国贿赂，并未有进一步的行动，而是直接返回了楚都。

白公胜闻讯后大为气愤，以献获吴军战利品为名，率亲信勇士石乞等人突入朝堂，一举杀死子西等重臣。白公胜还欲劫持楚惠王，逼其让位后再行处死。大臣屈固抢先背着楚惠王出逃，藏到楚惠王生母越姬宫中。白公胜遂自立为楚王，但不久即被勤王之师打败，走投无路，自缢身亡，楚惠王得以恢复王位，是为著名的“白公之乱”。

事态至此，还远远没有结束。

白公胜虽然一命归西，其子却逃奔秦国，在秦地安顿下来。其子嗣中更是出了一位了不得的人物——白起。白起自任秦国将军起，攻城略地，不可胜计。公元前 279 年，白起大破楚军，攻占楚国都城郢都。

白起时有“人屠”之称，残忍好杀，每每攻打他国，均会大肆杀人[1]，往往血流成河，尸横遍野。然这一次，却与以往不同，白起念及同胞之情，并未屠杀楚人，只烧毁了楚国王墓及宗庙，以报祖先白公胜被害之仇[2]。秦国遂以郢都为南郡，封白起为武安君，白起由此名震天下。

[1] 仅对赵国长平（故址在今山西高平西北二十里王报村）一战，白起便一举歼灭赵军四十余万人。白起坑杀赵卒之地，更是被取名为“杀谷”。唐朝时，潞王李隆基（后来的唐玄宗）到长平一带游览，见白骨遍野，头颅成山，触目惊心，遂改“杀谷”为“省冤谷”。又在头颅山旁修建骷髅王庙，“择其骷骨中巨者，立像封骷髅大王”。明万历人于达真有诗道：“此地由来是战场，平沙漠漠野苍苍。恒多风雨幽魂泣，如在英灵古庙荒。赵将空余千载恨，秦兵何意再传亡？居然祠宇劳瞻拜，不信骷髅亦有王。”

[2] 唐代白居易《故巩县令白府君事状》云：“白氏芈姓，楚公族也。楚熊居太子建奔郑。建之子胜，居于吴楚间，号白公，因氏焉。楚杀白公，其子奔秦，代为名将，乙丙已降是也。裔孙曰起，有大功于秦，封武安君（能抚养军士，战必克，得百姓安集，故号“武安”）。后非其罪，赐死杜邮，秦人怜之，立祠庙于咸阳，至今存焉。”1970 年，中国人民解放军三五三零工厂在施工时，曾发现白起墓之墓道，出土兵器、佩剑等文物数件，现存咸阳博物馆。白起墓今存，位于咸阳城东郊，渭河北岸任家咀，秦时此地称杜邮。

楚国则一蹶不振，直至最终为秦所灭。此为后话。

与专毅作别后，计然回来吴市。刚下车子，便有将军孙武陪乘梅亢前来相邀，告道："孙将军正在酒肆恭候渔父大驾。"

计然大为惊奇，便入酒肆来见孙武，问道："孙将军如何到了门前，却不进去？"

孙武一身便服，毫无得胜将军的意气风发，只道："渔父请坐。"

计然便依言坐下。孙武将鱼粥慢吞吞喝完，这才道："今日王宫宴会，渔父也应邀在座，可知最喜悦兴奋之人是谁？"计然道："当然是伍相国。"

孙武点头道："不错，渔父果然目光如炬。伍相国本是极度节制之人，今日却不停饮酒，直至酩酊大醉，这大概是他这么多年来最放松、最开心的一日，完全卸下了心防。"随即话锋一转，告道："伍相国醉后，拉住我的手，坦白告知当年他赶去菱湖渔场寻找月女所为何事。"

计然眉毛一挑，道："哦，这倒一直是一桩疑案，今日伍相国竟说了出来？"

孙武道："原来伍相国得知月女在五湖酒肆救下太子庆忌、身手了得后，便意图以月女为死士，替代专诸行刺吴王僚。"

吴王僚遇刺之时，伍子胥人虽未在场，但太子庆忌号称吴国第一勇士，有万夫不当之勇，月女却能在千钧一发之时从刺客手中救下太子庆忌性命，足见其武功之高。而且其人既对庆忌有救命之恩，能轻而易举地接近吴王僚，比之专诸，实是有太多优势。

计然闻言，却哑然失笑，道："伍相国不是蠢人，如何会作此想？刺杀吴王并非小事，他如何敢将此等图谋托付给与其相交不深的月女？"

孙武道："渔父也觉得伍相国是异想天开吧？我起初听到，也是这么想，但伍相国却说他当时已有周密计划，预备利用我来打动或是要挟月女。至于更多细节，我不说，渔父也该猜到了。"

计然这才有所醒悟，沉吟道："月女行刺吴王，势必不能全身而退，多半会死于当场，此为死士之意义。后来月女从夏至手中救下伍相国，他才临时改变了主意。"

孙武点头道："正是如此。"又惨然一笑，流露出孤独、苦闷、迷惘与苍凉。隔了好半晌，才道："我原以为我们是好朋友的，原来在他眼中，每个人都只是可以利用的工具。"

计然安慰道："无论怎样，伍相国还是有阅人之能，是他向吴王力荐将军为将，将军才有今日之声名。"

孙武嘿然道："我未出山之前，希冀他日能建不世之功，获盖世声名，而今功名已是我囊中之物，我却觉得一无所成呢。"

话音刚落，便有一名十来岁的少年走了过来，施然行礼，道："臣子贡见过渔父。"

计然见其面生，问道："你是……"那少年道："臣是渔父弟子卫国端木巨之子。"

计然"啊"了一声，道："你是端木赐。"端木赐笑道："正是。臣的名字，还是渔父所取。"

计然道："十年未见，你竟长大成人了！对了，你父亲不是送你去了鲁国，从学于孔子吗？"

端木赐道："全靠渔父引荐，臣才得以拜在恩师座下。此次臣来到吴国，正是奉恩师之命，来向孙武将军致意。"

孔子是与季札齐名的圣人，孙武听说北方圣人亦派弟子到吴地拜见自己，亦颇感吃惊，多少露出荣耀之色来。

彼时孔子正在鲁国执政，计然料想他既遣人专程拜会孙武，想必也是出于公心，便起身与孙武作辞，又问端木赐道："你目下住在哪里？我有礼物送与尊师孔子，回头派人送去。"

端木赐道："臣住在城外的巫橱城。"

计然奇道："巫橱城吗？那可是专门用于接待各诸侯国使者的宾馆。"

端木赐笑道："全靠季子的面子，臣才得以入住巫橱城。"计然点了点头，就此辞出。

回到总铺，月女迎上来告道："明离已经启程奔赴宋国了。"

计然半句不提孙武人在对面酒肆及当年伍子胥意图以月女为死士之

事，只笑道："那好啊，明离念叨离开吴国很久了，今日总算动身了。"又问道："月女是不是也心动了，有了新的出游计划？"

月女歪着头想了想，道："我还是有些舍不得五湖的山山水水。"

计然道："那我们明日先搬回渔场居住，如何？"

月女笑道："就怕小白不肯。而今它非但每餐非鱼酱不欢，每日还要去市集闲逛散心。"又问道："计然哥哥说今日赴王宫宴会，会设法为干将、莫邪说情，可有结果？"

计然踌躇道："这件事，我不方便直接劝解吴王。不过太子波答应出面斡旋，虽未必有多大把握，但宽限些时日，应该是没问题的。"

果然过了两日，太子波派家臣来告知，吴王阖闾已同意延期三月，也就是说，干将、莫邪还有四个月的时间，为吴王炼出一柄绝世神剑。

神剑未至，倒先来了一件令吴王阖闾喜笑颜开之物——桃花村渔民捕获了一尾望月鱼，进献给了吴王。这可是当年吴王僚垂涎欲滴却始终未饱口福之物！阖闾感慨望月鱼得来不易，也不用王宫庖厨，而是请吴市酒肆店家夫妇入宫，专事烹调望月鱼。

店家夫妇不敢怠慢，经过反复商议后，未采取吴地传统的炙烤或是烹煮手段，而是用了清蒸。当作好的鱼奉到案头时，吴王阖闾浅尝一口，便赞不绝口，举箸大快朵颐。吃到一半时，忽想到如此人间美味，该与爱女分享，忙命人将剩下的半条鱼送去滕玉公主宫中。

滕玉自遭亲叔叔夫概侵犯奸淫，性情大变，不再似以往那般嚣张跋扈，而是沉默少言，郁郁寡欢。知晓其事的宫人不敢提及半句，吴王阖闾不知夫概之事，以为滕玉是受了公子清及夫概作乱影响，只将从楚国掠回大批珍宝、奴隶赏赐给了爱女，以此作为抚慰。

宫人入殿奉鱼时，滕玉正坐在窗下发呆，手中抚弄着一只木偶，那是她当初与姑姑叔姬到孙武府上探望时，孙武送给她的玩具。

宫人将鱼摆上几案，告知这是大王所赐之鱼，名为望月鱼，极为珍贵。滕玉也不以为意，移坐到案前，举箸尝了几口，忽留意到案上之鱼只有半条，登时发怒道："父王竟以剩鱼辱我，我何用生为？"当即去拔佩剑。

滕玉的胜邪剑已被公子夫概夺去，此佩剑名为胜玉剑，是她幼年之时，阖闾专为其铸造。一旁宫人尚未会过意来，滕玉已将胜玉剑横在颈中，果断自杀，血珠溅出，就此香消玉殒。

吴王阖闾得报后，大惊失色赶来，又命立召医师，却已回天无力。阖闾悲痛异常，狂怒之下，命人处死滕玉宫中所有宫人。又在阊门太伯坟为爱女大造坟冢，又制作雕刻精美的石椁，并用金鼎、银樽、珠玉等珍宝作为随葬品，史称“文石为椁，题凑为中，金鼎、玉杯、银樽、珠襦之宝皆以送女”。

滕玉下葬当日，送葬队伍浩浩荡荡。最吸引人目光的还不是五光十色的各种殉葬品，而是白鹤舞。百余名舞者手持白绢、竹子制作的白鹤，一边翩翩起舞，一边引领队伍，经吴市走向阊门滕玉墓穴。

这是姑苏城中第一次公开表演白鹤舞，围观者数以万计，且紧紧追随队伍，生怕错过了好戏。

到了墓地，伏兵四起，将围观者尽数驱赶入地宫隧门[1]。隧道内设有机关，男女既入，遂发动机关，关闭墓门，观鹤的百姓就此被埋进坟墓生殉，死者多达万人。侥幸抢先逃出墓室者，要么被军士射杀，要么落入水中溺死。

等到哭喊求救声彻底消停，吴王阖闾才现身滕玉墓前，振振有词道：“使寡人爱女得万人为殉，庶不寂寞也！”

后世吴地丧殡风俗，丧亭上制有白鹤，即为阖闾葬女之遗风。而阖闾杀生送死，无道之极，就此失去了吴地民心。姑苏城中几乎家家户户都有死伤，哀声处处可闻。后人有诗感慨道：“三良殉葬共非秦，鹤市何当杀万人？不待夫差方暴骨，阖闾今日已无民。”

大概上天亦痛恨阖闾残暴无德，很快降下了报应。

[1] 史载滕玉墓“凿池积土，所凿之处，遂成太湖，今女坟湖是也”。太湖当然不是为营葬滕玉而凿成，但就此段记载推测：吴王墓地一般先堆成坟茔，墓室用巨大的条纹石块堆砌成空室。再在四周挖土成塘，只留一条堤坝样的通道通向墓室。待建筑完成后，往塘里注水，由此造成墓地处于湖中的效果。

彼时干将、莫邪未铸出神剑，湛卢剑依旧是吴国镇国之宝。阖闾本将湛卢剑赐给了太子波，某日湛卢剑竟莫名失踪，后不知如何流落到楚国，被人献给了楚昭王。时人纷纷议论，称湛卢剑自有灵性，去无道而就有道，这是吴国即将衰落、楚国必将中兴的前兆。

楚昭王得到湛卢剑后，即佩于身，以为至宝，宣示国人，以为天瑞。

阖闾闻讯勃然大怒，道："此必楚王赂太子左右而盗湛卢也！"杀死太子波左右数十人，若不是太子波苦苦劝阻，怕是还要牵连更多。

阖闾又命将军孙武统兵讨伐楚国，夺回湛卢剑。孙武劝道："吴地军民疲劳，难以再度攻打郢都，要等待时机。"

阖闾自知短期之内确实难以再对楚国发动大的攻势，但心中积愤难平，便迁怒于邻国越国，复谋伐越。孙武再度进谏道："今年岁星在越，伐之不利！"阖闾不听，亲自引兵伐越，败越兵于槜李[1]，大掠而还。

孙武本因吴兵屠戮郢都一事，多少起了异样之心，而今多了杀民殉葬一事，愈发对阖闾失望，私下告诉伍子胥道："四十年之后，越强而吴尽矣！"

伍子胥不以为然，而孙武所言"吴尽"一说，竟先应验在太子波身上。

太子波已娶齐国公主为妻。齐国公主年纪还小，嫁到吴地后，思念家乡，日夜哭泣。阖闾为了安慰儿媳，改姑苏北门为望齐门。但齐国公主仍难解郁结之气，很快病倒，就此撒手西去。虽然只是一桩政治婚姻，太子波却已爱慕齐国公主至深，竟在不久后，亦因伤痛而追随爱妻于地下。

阖闾短短时间内接连失去爱女及爱子，心情愈发急躁，不断派人到莫干山催促，逼迫干将、莫邪早日铸出神剑。又筑冶城于牛首山，另请

[1] 槜李：今浙江嘉兴。春秋属于越国国土，由于靠近吴国边境，遂成为两国争战角逐之处。槜李本作槜（zuì）李，中国李的古老良种，独产于嘉兴。嘉兴桐乡槜李因果大色艳、皮色殷红、汁多味甜、品质极佳，而名列诸李之冠，在古代是献给帝王的"贡品"珍果。传说西施入吴经过嘉兴，曾以当地名产槜李解渴。她想到从此将远离故乡，侍敌为主，不知何时才能再回到家乡，心中难过，纤指一划，在槜李留下一道指甲痕迹。从此，嘉兴所产槜李果顶均有一道凹洼，人们称为"西施爪痕"。清人朱彝尊写有《槜李赋》，留有"听说西施曾一插，至今颗颗瓜痕漆"的诗句，即吟咏西施划李之传说。

名匠铸剑数千，号曰“扁诸”。

太子波已有子嗣王孙骆，按“嫡长制”惯例，本该立王孙骆为太子。但吴王阖闾次子夫差窥测王位，一再巴结讨好相国伍子胥。伍子胥终被夫差打动，遂以“王孙骆年幼”为由游说阖闾，终促使阖闾立夫差为太子，于是吴国再度陷入了“兄终弟及”的怪圈。

这一日，吴王阖闾与相国伍子胥一道赶至校场阅武，希冀早日恢复国力，好再度讨伐楚国。将军孙武闻讯到门前迎接。阖闾下车之时，道边忽有一名白衣女子闪出，轻巧穿过卫士队列，挺剑朝阖闾刺来。孙武大惊失色，忙挺身上前，挡在阖闾面前……

剑至孙武胸前时，生生顿住。那柄剑，却是闻名天下的鱼肠剑。而行刺者，正是武艺超绝的月女。

孙武惊道：“月女，怎么是你？你这是要做什么？”

月女怒道：“阖闾杀了我的小白，我发誓要取他项上人头。”

原来小白喜观白鹤舞，当日滕玉下葬，侍从江风带它出去看热闹，一路跟随送葬队伍，不知不觉进入滕玉墓室。阖闾下令封闭墓门时，小白本已仗着敏捷身手逃出，但听到江风呼叫，便又回头去救他，由此随民众人流被关入墓室生殉。

事发后，月女方知究竟，还欲赶往阊门营救，被鱼亭等侍从阻止。鱼亭等人苦苦哀求，她方才作罢。随后月女谎称要离开吴国赴宋，与计然等人登船后，半途独自返回姑苏，欲刺杀吴王阖闾，为小白及众多无辜死难者报仇。

孙武竟是不知小白也遭了毒手，怔了一怔，这才会意过来。阖闾得到孙武庇护，已速速退到一旁。月女还待追击，孙武上前紧握其手腕，诚恳地道：“孙武事吴王为主，月女要杀吴王，就请先杀了孙武。”

话音未落，阖闾已高声下令道：“来人，快杀了这名女刺客。”

孙武大惊道：“月女无知，冒犯了大王虎威，请大王念其情有可原，手下留情。”

阖闾不听，欲进去校场，又有人高声叫道：“手下留情！”却是计然快骑赶至，只是其人刚一下马，便被卫士制住。

阖闾道："寡人看在渔父相救过太子的分上，这次不牵连你，但月女不能活着离开。"命人将计然强行带离现场。

计然大叫道："月女是我妻子，大王杀了她，计然怎可独活？"

阖闾森然道："渔父日后愿意为月女而死，那是你自己的事，但寡人今日不会杀你。"

计然还待再说，阖闾已拂袖进入校场，计然也被卫士捆缚起来，一并押解入内。卫士各举兵刃，一拥而上，围攻月女。孙武难以阻止，忙急步去追吴王，希望能为月女求情，劝得阖闾回心转意。

月女因为担心伤及孙武，失去刺杀阖闾的大好良机，不免极是懊悔，见阖闾应承不会牵连计然，心中略安，暗道："小白被阖闾害死，我即便不能为它报仇，也不愿意再独活，今日就力战一场，死在这里好了，反正我一身武艺，尽是小白所教。"当即手挽鱼肠剑，抖出剑花，与众卫士厮杀了起来。

诸卫士见月女剑术高明，旁人难近其身，便急速调来弓箭手。一排羽箭射出时，月女已知无幸，当即停止抵抗，闭起了双眼。忽有人欺近身来，贴面将她抱住——却是有人以自己的身子为盾牌，挡在她面前。

月女骇然而惊，道："阿邦，怎么是你？"

那及时救下月女之人，正是公子掩余手下阿邦。他背心中了数箭，嘴角沁出丝丝血迹，不答月女的问话，只勉力笑道："好好活下去！"

月女未及回答，已有卫士高举符印出来，命道："大王有命，放月女离去。"又道："但月女须将鱼肠剑交还给大王。"

卫士闻令，轰然退开。月女便将鱼肠剑掷到传令卫士脚下，道："我才不稀罕这柄剑。"

阿邦身子渐渐软了下来，月女忙扶他侧卧在地上，问道："你为什么要救我？"却不闻声息，一探阿邦鼻息，竟已气绝身亡。

计然急奔出来，赶至月女身边，迭声问道："月女有没有受伤？"

月女摇了摇头，凄然道："阿邦竟然为救我而死。"

计然揽住月女肩头，喃喃道："我知道，我知道。"

多年以前，阿邦私下背主纵走月女，自知再难以在吴国立身，遂远走江湖。而今月女有难，他又意外出现，一言不发地为其挡下致命羽箭，而他从始至终未曾索要过任何回报，甚至未曾表露任何喜欢月女的心思，这是怎样一份深沉的情感？

山有木兮木有枝，心悦君兮君不知。

计然觉得自己有必要将阿邦的真实心意告诉月女，如此，对他才算公平。但转眼看到阿邦嘴角尚挂着一丝微笑，便又将到口的话吞了回去。有些话，永远不必说出。有些人，永远不必知晓。这大概是阿邦的最大心愿。

月女伤痛一回，又问道："阖闾不是非要杀死我不可吗，为何突然停了手？是孙武哥哥求了情吗？"

计然道："孙武将军确实苦苦向吴王哀求，甚至拜伏于地，却是没什么用。是伍相国开了口，他心中还是感念月女当年的救命之恩的。"又道："孙武将军还让我转告月女，他会就此退隐山林，不会再辅佐吴王[1]。"

月女叹了口气，道："不管怎样，先安葬阿邦要紧，好让他入土为安。"遂与计然携着阿邦尸首来到城外树林中，请附近乡人挖了个墓穴，将阿邦葬了。

安顿好一切，天色已黑，计然这才握住月女双手，正色道："月女何以要谎言骗我离开姑苏，再独自回来找阖闾复仇？你该知道，如果你死了，我也不能独活。"

月女道："计然哥哥是怪我心魔太重，放不下仇恨吗？"

[1] 孙武在中国历史上是一个谜一样的人物。《史记》记孙武为吴王阖闾重要将领，对于吴军破楚发挥了关键作用，但详细记载吴师破郢经过的《左传》却没有只言片语提及孙武。即使是《史记》，孙武事迹也只是集中在阖闾破楚一战，其后消失得干干净净，再无明确记载。自南宋起，开始有学者怀疑并无孙武此人，更有人认为孙子即战国兵法名家孙膑。1972 年，山东临沂银雀山汉简出土，证明《孙子兵法》与《孙膑兵法》是两部书，但仍然无法确认《史记》对孙武的记载是否属实，也不能证明《孙子兵法》成书于春秋晚期。孙武所撰巨作《孙子兵法》十三篇，为后世兵法家所推崇，被誉为"兵学圣典"，置于《武经七书》之首，在中国乃至世界军事史、军事学术史和哲学思想史上都占有极为重要的地位，并在政治、经济、军事、文化、哲学等领域被广泛运用。被译为英文、法文、德文、日文，成为国际最著名的兵学典范之书。

计然道："不，你是我妻子，你月女的心愿，便是我计然的心愿。我这就跟月女一道前往越国。"

月女愕然道："为何要去越国？"

计然道："而今有潜力与吴国相抗者，只有越国。范蠡和陈音人都在越国，我们可以去助他们一臂之力，与他们一道辅佐越王，兴越抑吴，这才是最好的报仇方法。"月女闻言，怦然心动。

忽然，林间透出缕缕白光来。抬头望去，一轮明月正升上半空。银光流泻于大地，给万物笼罩上了一层浅浅的光晕，人的心思也登时变得缥缈柔和起来。她和他同时想起了多年前初逢于桃花岛的情形，只是相视之间，目光中多了许多复杂滋味。

隔了许久，月女才道："我们不去越国，去泰山看日出，好不好？这也是小白的心愿。"

云淡霜天，潋滟无际。愿逐月华，心亦沉寂。

尾声

江之永矣，不可方思

干将、莫邪采五山之铁精，六合之金英，使童女、童男三百人鼓橐装炭，候天伺地，阴阳同光。莫邪又断发剪爪，投于炉中，金铁刀濡，终成良剑，为雄雌双剑，号『干将』『莫邪』，称挚情之剑。剑之成时，精光贯天，日月斗耀，星斗避怒，鬼神悲号，诸人神之。

月女行刺吴王阖闾事件后不久，干将、莫邪采五山之铁精，六合之金英，使童女、童男三百人鼓橐装炭，候天伺地，阴阳同光。莫邪又断发剪爪，投于炉中，金铁刀濡，终成良剑，为雄雌双剑，号干将、莫邪，称挚情之剑。剑之成也，精光贯天，日月斗耀，星斗避怒，鬼神悲号，诸人神之。

剑成之后，干将厌恶阖闾为人，道："吴王得此良剑，当如虎添翼。此人残害姑苏万余民众为其女殉葬，无道无德，断然不能任凭这种人成为天下霸主。"遂命莫邪携雄剑干将出逃，自己携雌剑莫邪来向吴王阖闾交差。

阖闾试剑之后，欣喜异常，认为莫邪剑不在昔日湛卢之下，于是厚赏了干将，令其依旧住在剑坊，专为吴国王室锻剑。然那莫邪剑在剑匣中常发出气息，似是悲鸣之声。阖闾不明其理，遂召相剑士相之。对方道："剑有雌雄，所鸣之剑为雌剑，忆其雄也。"

阖闾勃然大怒，当即杀死干将，又派人追索莫邪及雄剑下落，却始终不得其果。

周敬王二十四年（前 496 年），已成为春秋霸主的吴王阖闾听闻越王允常病死，便趁越国国丧，兴兵伐越。越国新君勾践率兵抵御，在槜李摆开阵势。

吴军军阵严整，无隙可乘，勾践几次派军强攻，吴军阵脚不动。于是勾践又派出一队罪犯出战。罪犯排成三行列阵，将剑横在脖子上，道："两位国君出兵作战，下臣触犯军令，在君王的队列之前丢丑，所以不敢逃避刑罚，谨自首而死。"于是都自刎而死。

吴军为这种壮观的自杀场面所震惊，都惊异地出来观看。勾践乘机下令攻击，大败吴军。越国大夫灵姑浮以戈击中吴王阖闾，阖闾脚趾被击断，鞋也掉了一只。多亏大臣专毅拼死奋战，阖闾才得以冲出重围。专毅亦力战而死。吴军败退途中，阖闾因伤势过重，死于距槜李仅七里之遥的陉地，临终时，叮嘱太子夫差勿忘杀父之仇。

阖闾死后，其子夫差即位。夫差为父亲举办了盛大而隆重的葬礼，征发十万夫役在姑苏西北郊海涌山修筑陵墓，“下池广六十步，水深丈五尺。铜椁三重，坟池六尺”，并以扁诸之剑三千，方圆之口三千，以及名剑鱼肠剑殉葬[1]。阖闾下葬三日后，忽有白虎蹲踞其墓穴之上，遂改海涌山为虎丘山。夫差即位之初，不忘父王阖闾遗言，时刻以复仇为念，刻苦自励，厉兵秣马，“三年而报越”，大败越国。越王勾践听从大臣文种、范蠡之计，向夫差卑辞求和，情愿称臣归附。

伍子胥力劝夫差不受，道：“不可许也。夫越非实忠心好吴也，又非慑畏吾兵甲之强也。大夫种勇而善谋，将还玩吴国于股掌之上，以得其志。夫固知君王之盖威以好胜也，故婉约其辞，以从逸王志，使淫乐于诸夏之国，以自伤也。使吾甲兵钝弊，民人离落，而日以憔悴，然后安受吾烬。”

然勾践以重金贿赂吴国重臣伯嚭，伯嚭出面求情，夫差心动，拒不听从伍子胥灭越之劝告，答应了勾践的求和。勾践虽受尽奇耻大辱，最终还是全身而退，被放回越国。归国后，勾践不断进献珠宝、巨木给吴国，以麻痹吴王。又用美人计，送绝代美女西施到姑苏，以使夫差迷于声色，变得“目盲”“耳聋”。

夫差刚愎自用，因胜而骄，开始追求物质享受，不惜工本大造姑苏台。姑苏台位于姑苏城西南山上，始建于阖闾，增筑于夫差，极为耗时费力。建成后的姑苏台高三百丈，宽八十丈，方圆三百里都能看到它，由此成为吴国标志性建筑。

台上别立春宵宫，宫中置有千名乐伎，又造千石酒钟，供作“长夜之饮”。台下还开挖了天池，池中有青龙舟，供夫差与西施寻欢作乐。其他

[1] 由于阖闾死后以大量宝藏及宝剑殉葬，越王勾践灭吴后，一度想寻找阖闾墓穴，但面对虎丘山上的茫茫丘壑，嶙峋岩石，有无从下手之感，只好作罢。秦朝秦始皇及三国时东吴孙策、孙权都曾有过挖阖闾墓取剑的念头，均无功而返。明代正德年间，虎丘剑池之水忽然枯竭，苏州名士文徵明、唐伯虎等人在好奇心的驱使下，下到池底探索，竟在剑池的北端尽头发现了△形石洞。众人推测这可能是吴王阖闾幽宫所在，立即报告了长洲县令。县令感到暴露先王遗骸乃后人的罪过，下令叠石封洞。1955 年，苏州市文管会为整修虎丘，疏浚剑池，再次发现了这个石洞。石洞仅可供一人进出，尽头处稍宽，但被 3 块青石板叠砌封闭。据推测，石洞可能是进入墓穴的甬道。由于凿开石板可能会导致山顶虎丘古塔的崩塌，出于保护文物的考虑，不得不放弃进墓探查的打算。因此，虎丘山下阖闾墓的存在与否，至今仍是历史之谜。

建筑如海灵馆、馆娃阁等，无不以珠玉为饰，豪华精致。

夫差之大兴土木，直接导致吴国国库空虚，民不聊生，怨声载道。伍子胥多次加以进谏，夫差漠然不理不说，更是因此而厌恶伍子胥。

对外政策上，夫差极力追求中原霸主之位。彼时楚国已无力与吴国争雄，夫差便将兵锋直指中原，多次征鲁伐齐。伍子胥一再陈述利害，比越国为心腹之患，而齐国仅是疥癣之疾，即使胜齐国，“吾不能居其地，不能乘其车”，而越国正相反，“吾能居其地，吾能乘其舟”，力劝夫差联齐灭越。

然夫差为伯嚭所谗，不听伍子胥劝谏，反派伍子胥出使齐国。伍子胥遂告其子道：“我多次规劝大王，大王不肯采纳我的意见，现今我已看到吴国的末日。你与吴国一起灭亡，没有好处啊！”于是携子出使齐国，将独生爱子托付给齐国大夫鲍牧。鲍牧姓姒氏鲍，为鲍叔牙后人，在齐国地位很高。

伯嚭得知后，向夫差进谗，诬陷伍子胥有谋反之心，告道：“伍氏属其子于齐之鲍氏，夫为人臣，内不得意，外倚诸侯，自以为先王之谋臣，今不见用，常鞅鞅怨望，愿大王早图之。”夫差虽未发作，却对伍子胥有了警惕之心。

而此时越王勾践正卧薪尝胆，立誓报仇雪耻。负责军事的越国大夫范蠡不但请到楚国神射手陈音教习越军射术，更是拜天下首富计然为师，学习兴国之策。又聘请计然爱妻月女教习越军剑术。月女所授剑术，即为名动后世的“越女剑”，所谓“越”字，仅是“月”之谐音。

范蠡、陈音、计然、月女，这些都是各怀异才之人，起初栖身吴国，却最终投向了越国。范蠡是为其志，陈音、计然、月女到越，却是为了复仇。尤其计然是晋国公子出身，身份显赫，又拥有富甲天下的财富，性格宽厚，温润如玉，本只爱山川胜景、风月花草，逍遥于红尘之外，却肯为爱妻来到越国，做了范蠡的师父，为其制定国策，专意对付吴国，志隐而味深。计然入越后，创有十策，越用其五而得志[1]。

暗流蠢蠢欲动，威胁近在眼前，吴王夫差却一无所知，只一心关注吴国的雄图霸业。

公元前485年，齐国发生内乱，齐悼公杀死大夫鲍牧，鲍氏为报复又毒杀了齐悼公。吴王夫差闻之，决意率水师从海上进攻齐国[2]，但进军不利，为齐国所败。

夫差难以下台，又联想到伍子胥以子托付齐国鲍氏一事，怀疑是伍子胥从中作梗，导致出师不利，便当面斥责道："今大夫老，而又不自安恬逸，而处以念恶，出则罪吾众，挠乱百度，以妖孳吴国。"以伍子胥勾结齐人为借口，赐属镂剑，令其自杀。

伍子胥仰天长叹道："嗟乎！谗臣伯嚭作乱，大王反而诛我。我令君父称霸诸侯。你未立太子时，诸公子争立，是我以死争之于先王，你才得登太子之位。当日你当面许诺，欲分吴国一半给我，我固不敢望。然今你竟听信谀臣之言，杀害长辈。"

愤恨之余，留下遗言，命家人等他死后把他的眼珠挖出来，悬挂在东城门上，好在日后亲眼观着越国军队灭掉吴国。夫差闻之大怒，命人取伍子胥尸首，盛以鸱夷革，抛弃于钱塘江中。

伍子胥是继申公巫臣之后，第二位对吴国崛起继而称霸作出重大贡献的人物。他勤劳国事，尽心竭力辅佐吴王阖闾，使吴国日趋强盛，以成霸业。夫差即位后，他在不被新一任吴王信任的情况下，仍以国事为

[1] 月（越）女教习越军将士剑术，陈音以楚国神射手身份教习越军射术，计然教范蠡兴国之策，均为历史真事。

[2] 此战为迄今所知最早的海上用兵，被普遍视作中国海军的起源。又，有学者通过考察与研究，认为早在距今四千至六千年之间，吴越先人不仅开辟了东南沿海的航线，与台湾有了密切联系和频繁往来，而且还到过日本、美洲等地。

重，出于至诚，舍命直谏，在当时便获得了很高的赞誉。孔子高足子贡[1]曾评论伍子胥道："夫子胥为人精诚，中廉外明而知时，不以身死隐君之过，正言以忠君，直行以为国，其身死而不听。"认为"胥执忠信，死贵于生"。伍子胥死后，吴人知与不知，莫不哀之，为其立祠于江上，命名为胥山，作为永久的纪念[2]。

与伍子胥同年过世的，还有吴国另一位重要人物季札[3]。这位对吴国时局发生过重大影响的圣人，在世时与孔子齐名，却没有像孔子一样讲学授徒，成就及影响力亦远远不如孔子[4]。

吴国进取中原之举并没有因为伍子胥及季札的去世而停止。公元前482年，吴王夫差亲率精锐大军北上黄池[5]，与晋定公争夺霸主之位。吴

[1] 即前文中出现的出身于商贾之家的端木赐（字子贡）。子贡是孔子弟子中的佼佼者，巧口利辞，办事通达。其志向是："两国掏难，壮士列阵，尘埃涨天，赐不持一尺之兵、一斗之粮，解两国之难。用赐者存，不用赐者亡。"故孔子称他是"辩士哉"。当时齐国田常欲夺齐国大权，忌惮国内高、国、鲍、晏四族贵族势力，决定调四姓掌握的军队伐鲁，以此来削弱四姓力量。鲁国是孔子父母之国，孔子为解母国厄难，派遣子贡出面斡旋。子贡先到齐国，花言巧语说服田常，使之放弃伐鲁而伐吴。随后又到吴国，说服吴王夫差救鲁伐齐。但吴王夫差怕伐齐时越国在背后攻吴。子贡表示愿意说服越王勾践派越军随吴伐齐，于是"吴王大悦"，如子贡所请。子贡来到越国，却不是为吴王当说客，而是教唆越王勾践趁吴王夫差伐齐时攻吴，但表面却要屈服于吴国。越王遂派使者到吴国，表示愿意追随吴王北上伐齐。子贡再到吴国，说服吴王夫差放弃要越王领兵从征的想法。之后，子贡又赶到晋国，声称吴国战胜齐国后，必然加兵于晋，让晋国提前作好准备。最终结果是，吴国出兵伐齐，大败齐军。晋国早有准备，及时出兵，大败吴军。越王勾践则趁吴军在北方大败，自背后攻吴，狠狠给了吴国一下，后来更是灭掉吴国而北上争霸。史称"子贡一出，存鲁、乱齐、破吴、强晋而霸越。子贡一使，使势相破，十年之中，五国各有变"，足见子贡在外交方面的杰出才干。除此之外，子贡亦是著名富商，"结驷连骑，束帛之币以聘享诸侯。所至，国君无不分庭与之抗礼"，经营商业成就斐然，不在昔日计然之下。

[2] 自此以后，"会稽、丹徒、大江、钱塘、浙江，皆立子胥之庙"，淮水流域的弋阳郡、扬州江都等地亦皆如此，"历汉晋迄六朝轶祀不废"，唐代以后更盛，"历汉唐宋元明以至国朝，春秋祀享，曾无稍斁"。每到五月端午（伍子胥被抛尸之日），人们还划龙舟，沿江祭祀，迎候"五（伍）神"。正如明代赵锦《重修伍公庙碑记》中所说："肖像而祠之，祠之始于民心也，而后世哲王遂加隆焉。"

[3] 季札受封于延陵（今江苏丹阳），史称延陵季子。《春秋》载，季札死后葬在江阴申浦（今申港）西南。后人在墓旁建季子祠，墓前立碑，传说碑铭"呜呼有吴延陵君子之墓"10个古篆是孔子所书，世称十字碑。抗战初毁于兵燹。拓本高2.26米，宽0.93米。今江阴申港镇西南隅的申港中学所在地就是季子祠原址。

[4] 春秋时期百家争鸣，但以孔子、老子和孙子三人思想最为宏富深邃，且各有侧重，孔子重伦理，老子重哲学，孙子重军事。本书因侧重于吴国历史，未作相关学术上的探讨。感兴趣的读者，可自行阅读相关书籍。

[5] 黄池：今河南封丘县南。

军顿阵整旅，军容齐整，声势雄壮，以致晋军大骇，不敢对阵。晋定公慑于吴国兵威，被迫屈服，所谓“孤敢不顺从君命长弟”，“吴子先歃，晋侯亚之”。吴王夫差由此夺得了诸侯霸主之位[1]，吴国军威达到极盛。

盛极而衰，否极泰来。吴王夫差倾全国精兵北伐、与晋侯争做霸主时，经过“十年生聚，十年教训”的越国趁机发难，以大军压境。彼时吴国只有残弱之兵防守，根本无力抗拒训练有素的越军精锐。越军一举攻克吴国都城，俘杀吴太子友，并大肆破坏姑苏城，“伐宗庙，掘社稷”，将吴都抢掠一空，致使“城郭丘圩，殿生荆棘”“吴宫为圩，庭生蔓草”。正是：“姑苏麋鹿[2]真闲事，须为当时一怆怀。”

刚刚夺得霸主之位的吴王夫差闻讯后，火速归国，向越求和。

公元前476年，越王勾践再次兴师，攻破吴军防守，包围了吴都，前后三年，“吴师自溃”。夫差求和不成，逃到姑苏山，在走投无路的情况下，伏剑自杀。因羞于在阴间见到伍子胥，先用白布蒙住双眼，这才举剑自尽。

时人感慨夫差由显赫一时的诸侯霸主变为亡国之君，叹道：“楚不用伍子胥而破，吴阖闾用之而霸，夫差非徒不用子胥也，又杀之，而国卒以亡。”

然吴越之地却有另一种传闻，称当年吴王寿梦应申公巫臣之要求，指天为誓：灭楚之前，绝不兴兵伐越，若有违誓约，国君将死于越人手中。至后来，阖闾虽大破楚国，终未灭楚。而之后阖闾、夫差两代极少对楚用兵，转而攻越，有违当年寿梦誓约，因而父子二人均死在了越人手中。

[1] 此段记载据《国语·吴语》。文物考古成果也证明，黄池之会的霸主是吴国而非晋国。20世纪20年代，河南卫辉出土了“禺邗王壶”，上有铭文19字：“禺邗王于黄池为赵孟庎邗王之赐金台以祠器。”据现已成定论的专家考释：“铭记吴王夫差与晋定公午黄池之会。晋正卿赵鞅与其事，鞅以敬金奉吴王，吴王以之作为祠器……其时晋吴争长，吴以兵威劫晋，使屈居亚盟。”

[2] 姑苏指姑苏台。《国语·越语下》：“吴王帅其贤良与其重禄，以上姑苏。”韦昭注：“姑苏，宫之台也，在吴阊门外，近湖。”伍子胥曾劝谏吴王夫差不要好大喜功，虚耗国力，侵略他国，招来外患。夫差执意不听，伍子胥就叹息说：“我现在就已经看到麋鹿在姑苏台游荡。”意即吴国即将灭亡，姑苏台就要成为麋鹿漫游的荒凉之地。

后人有诗记录吴国历史云："太伯作吴，高让雄图。周章受国，别封于虞。寿梦初霸，始用兵车。三子递立，延陵不居。光既篡位，是称阖闾。王僚见杀，贼由专诸。夫差轻越，取败姑苏。甬东之耻，空惭伍胥。"

富丽堂皇的姑苏台亦被越军焚毁。后人仰慕其曾经的繁华，争相登临——

秦始皇统一中国后，东巡会稽，曾慕名登上姑苏台基；汉代史学家司马迁游历天下时，也曾登临姑苏台基，远眺五湖；唐代大诗人李白、杜甫等人均曾姑苏台旧址留下过身影。杜甫有《壮游》诗云：

东下姑苏台，已具浮海航。到今有遗恨，不得穷扶桑。
王谢风流远，阖庐丘墓荒。剑池石壁仄，长洲荷芰香。
嵯峨阊门北，清庙映回塘。每趋吴太伯，抚事泪浪浪。
枕戈忆勾践，渡浙想秦皇。蒸鱼闻匕首，除道晒要章。

夫差一死，吴国正式灭亡，其疆土子民尽归越国所有。越国迅速强大，越王勾践替代夫差成为新的霸主，亦是春秋时期最后一位霸主。

而于兴越立下大功的计然、月女、陈音等人早已飘然隐去。范蠡亦在灭吴后选择了功成身退，改名陶朱公，偕西施逍遥于山水之间，并学计然商业之道，以经商致富，曾经三掷千金于天下。

范蠡离开前，有书信留给好友文种道："飞鸟尽，良弓藏；狡兔死，走狗烹。越王为人长颈鸟喙，可与共患难，不可与共乐。子何不去？"

文种出身贵族，难以割舍功名，又自觉功高，未听从范蠡劝告，只称病不朝，想以此来显示他对越国的重要性。越王勾践心生忌惮，刚好有人进谗称文种意图作乱，勾践便将文种赐死，完全应验了范蠡之预测。

风云叱咤，俯仰沉浮。只道江山如画，争教天地无情。

（全文完）

外一篇

美人如玉剑如虹

——鱼肠背后的吴国史

第一节　周、吴原本是一家

古公亶父，来朝走马。太伯作吴，高让雄图。

亹亹文王，令闻不已。穆穆文王，于缉熙敬止。郁郁乎文哉！

纣王残暴，害虐烝民，武王终克殷。

上古时期，周原[1]一带生活着一个原始部落，号“周”。部落首领名姬亶，为轩辕黄帝第十五世孙，周祖后稷[2]第十二世孙。

姬亶英明而有远见，推行“务耕织、行地宜”的农业发展政策，实现了“行者有资，居者有畜积，民赖其庆”的局面，周族日益强盛。部民皆爱戴姬亶，不少部落亦慕名归附。人们在姬亶的名前加“古公”，名后加“父”字，称其为古公亶父，表示尊敬之意。

姬亶正妃名太姜[3]，姬亶专爱太姜，不娶其他妻妾，故而“内无怨女，外无旷夫”。《诗经·大雅》有云：“古公亶父，来朝走马。率西水浒，至于岐下。爰及姜女，聿来胥宇。”

太姜生有三子：长子太伯[4]，二子仲雍，及三子季历。姬亶最喜爱季历，且季历生子姬昌即后来的周文王——有圣人之相。姬亶叹道：“我世当有兴者，其在昌乎！”欲传位给季历，再传姬昌。但当时礼法传长不传幼，太伯身为嫡子，又有德行，理该继位，姬亶思前想后，不免有所顾忌。

太伯觉察到父亲的矛盾心思，决定主动让贤，趁姬亶病重时，以采

[1]周原：今陕西岐山北。

[2]后稷：姬姓，名弃，黄帝玄孙，帝喾嫡长子，母姜嫄。尧舜时期，任掌管农业之官，被认为是开始种稷和麦的人。

[3]太姜：姜姓。太为尊称，并非名太。

[4]太伯一作泰伯。古代以伯、仲、叔、季来表示长幼次序，季即最小。

药为名，偕二弟仲雍离家出走，一路南下，来到荆蛮[1]之地，历经坎坷，也经过了流血的战争，终于寻到一块定居之地。并学习当地习俗，文身断发[2]，表示绝不会再回头。

当时江南尚属蛮荒之地，太伯教导土著居民种桑养蚕，兴水利，植稻谷，发展农业生产，引民开发江南。当地民众认为太伯有才华、有德义，主动拥立其为君主。太伯遂自号“句吴”，又称“勾吴”，此即为吴国的开国始祖，亦在后世被奉为东吴文化的宗祖。

长子、次子主动离开，姬亶面临的难题迎刃而解，遂欣然立季历为嗣。姬亶病逝后，太伯、仲雍回周原吊唁。季历请求太伯即位，太伯不受，丧毕仍偕二弟仲雍归返江南。

季历继位后称公季，秉承古公遗道，治理周宗，发展农业，广施仁政，使得周部落逐渐强盛，很多诸侯都归顺了他。又与商朝贵族任氏通婚，娶太任为妻室。商王武乙承认季历做西方霸主，号称“西伯”。武乙去世后，其子文丁继位，忌惮季历势力发展太快，对殷商构成了实质性的威胁，于是以封赏为名，将季历召到殷都，囚禁后以莫须有的罪名杀害。

远在江南的太伯听说弟弟命丧于商王之手，又返回岐山奔丧，并再次拒绝侄子姬昌让位的请求。后来太伯病逝，因无子嗣，便传位给弟弟仲雍，此即后世所言：“志异征诛三让两家天下，功同开辟一抔万古江南。”意思是太伯三次让位于三弟季历，成就了八百年周天下，让位于二弟仲雍，则成就了诸侯吴国。

姬昌继承了周族首领之位，“克明德慎罚”，勤于政事，广罗人才，拜

[1] 当时的荆蛮指今江苏一带，即为后来的吴地。后吴越之地都被楚国占领，秦始皇统一天下，改“楚”为“荆”，“故通号吴越之地为荆”。“蛮”则是取自“蛮子”，是中原对南方人（春秋时包括楚人、吴人、越人等）的习惯叫法。

[2] 文身断发：身刺花纹，剪短头发。

吕尚[1]为军师，问以军国大计。又倡导“笃仁，敬老，慈少，礼下贤者”的社会风气，崇尚中道[2]，虽只是个诸侯，却成为天下道德楷模。

当时虞、芮两国发生纠纷，无法解决，想请姬昌仲裁。到了周地，两国使者看到周人长幼有礼，相互谦让，极为惭愧，道：“吾所争，周人所耻，何往为，只取辱耳。”相互礼让后离去。

之后凡诸侯有矛盾纠纷，均来找姬昌评判。由于诸侯们纷纷拥戴，姬昌就此称王，史称周文王[3]。

周文王时，商纣王在位，好酒淫乐，暴殄天物，嬖于妇人，残暴好杀，为取悦宠妃妲己，以炮烙等各种酷刑残害无辜民众。姬昌主动上书，请求献上周国洛河西岸的土地，以换取废除炮烙之刑。商纣王贪恋沃土，同意了姬昌的请求。商臣崇侯虎大进谗言，称姬昌行善，不过是为了树立威信。商纣王也担心周日益强大，不利于商朝，于是将姬昌拘禁。

周臣散宜生以重金购得各种宝物及美女进献，商纣王大悦道：“仅此一物（指美女）就足够了，何况宝物如此之多！”下令释放姬昌，并赐弓矢斧钺，使姬昌得以专权[4]。

[1] 吕尚：姜子牙。姜姓，吕氏，名尚，一名望，字子牙，号飞熊。他是中国古代历史上的著名人物，在韬略、军事、政治等方面均取得了不小的成就，且影响久远，儒、道、法、兵、纵横诸家皆追他为本家人物，被尊为“百家宗师”。吕尚之女邑姜后嫁周武王为正妻，生周成王和晋国始封者唐叔虞。周成王又封吕尚为齐侯，赐其特权，可代天子征伐有罪诸侯。

[2] 中道：今出土清华简《保训》篇是姬昌（周文王）给姬发（周武王）的遗嘱，篇中讲述“顺测阴阳之物，咸顺不逆，舜即得中”，核心思想就是中道。

[3] 姬昌子姬发（周武王，姬姓，名发。西周时代青铜器铭文常称其为珷）灭商建周后，追尊姬昌为文王。唐朝武则天称制时，自称武家为姬昌后代，追尊周文王为始祖文皇帝。

[4] 周文王姬昌对中国古代传统文化有着巨大贡献及深刻影响，主要体现在《周易》及周礼上。相传在上古时，伏羲氏创造先天易（先天八卦），神农氏创造连山易（连山八卦），轩辕氏创造归藏易（归藏八卦）。《史记》载“文王拘而演周易”，姬昌悉心钻研后，将《周易》规范化、条理化，演绎成六十四卦和三百八十四爻，有了卦辞、爻辞，即为《周易》。它以简单的图像和数字，以阴和阳的对立变化，来阐述纷纭繁复的社会现象，显示成千上万直至无穷的数字，具有以少示多、以简示繁、充满变化的特点。再经过后世周公和孔子等人推论解读，才形成留传至今的《周易》一书，是中华民族的文化之源。除此之外，姬昌创周礼，被后世儒家所推崇，成为清明之君、清明之制的象征，历代以复周礼为己任者数不胜数。孔子特别推崇姬昌，称其为“三代之英”，做梦都想恢复“郁郁乎文哉”的周礼。

姬昌正妃名太姒[1]，姿容绝世，姬昌初遇其于渭水之滨，即惊为天人，立誓要娶为妻子。

彼时渭水无桥，姬昌发动工匠，在渭水边造舟为梁，舟舟相连，成为浮桥，场面极为盛大。《诗经》首篇《国风·周南·关雎》："关关雎鸠，在河之洲。窈窕淑女，君子好逑。"即是描述姬昌和太姒的爱情故事。

太姒诸子中，长子伯邑考因得罪商纣王宠妃妲己而遭杀害，故姬昌以次子姬发为太子，姬昌死后而立，是为周武王。

姬发即位后，继续用吕尚为国相，以兄弟周公旦、召公奭为助手，等到时机成熟，一举发兵，攻灭了商朝。商纣王见大势已去，自焚于鹿台，殷商正式灭亡。姬昌以钺亲砍商纣王遗体，代表诛杀商纣，史称武王克殷。

姬发建立周朝后，定都于镐京[2]，追封父亲姬昌为文王，并大封诸侯，如将吕尚封于齐，公旦封于鲁，召公奭封于燕，叔鲜封于管，叔度封于蔡等。据记载，周初总计分封了七十一个诸侯国，其中兄弟之国十五个，同姓之国四十余个。

不久，周武王姬发继续派兵征讨四方，前后共讨伐了九十九国，有六百五十二国向周朝臣服。为了方便统治，姬发继续分封各地，还封了一些前王之后，如焦、祝、蓟、陈、杞等。

当然，统一了天下的周武王也没有忘记当年太伯的让位之恩，专门派人到南方，找到了仲雍后人周章，正式册封周章为吴国君主。汉代史学家司马迁认为吴是诸侯国中资历最深的周朝姬姓同姓国，在其著述《史记》中，将《吴太伯世家》排在"世家"第一位。

[1] 太姒：姒姓。太姜、太任、太姒合称"三太"，后世以"太太"作已婚女性的尊称，意即贤德直追三太。

[2] 镐京：今陕西西安西南。

第二节　烽火戏诸侯

烽火戏诸侯，终致西周灭亡。

周平王东迁，依附诸侯，王室衰微大局已定。

西周末年，王权衰微，周幽王姬宫涅不顾内忧外患之局势，日夜沉溺于酒色之中。他宠爱妃子褒姒，甚至故意点燃骊山[1]用来报警的烽火台，以戏弄诸侯，来博美人一笑[2]。

烽火戏诸侯后，周幽王废除了王后申后及申后所生太子姬宜臼，改立褒姒所生之子伯服为太子。申后之父得知消息后，气愤难平，联结西戎[3]进攻镐京。周幽王命人点起烽火，向各路诸侯求救，但诸侯有了上次被戏弄的教训，竟然没有一人出兵援救。王室卫队不堪一击，一触即溃，西戎轻易攻破了镐京，周幽王被杀，祸水红颜褒姒也被劫走，成了西戎人的战利品。

[1] 骊山：今陕西西安，为秦岭支脉。传说女娲曾在这里"炼石补天"，由此成为圣地，故《古迹志》云："(骊山) 崇峻不如太华，绵亘不如终南，幽异不如太白，奇险不如龙门，然而三皇传为旧居，娲圣既其出冶，周、秦、汉、唐以来，多游幸离宫别馆，绣岭温汤皆成佳境。"除此之外，秦始皇陵寝兵马俑亦修在骊山脚下。

[2] 褒姒为姒姓，褒国人。"烽火戏诸侯"故事取自司马迁《史记》。然史学家钱穆在《国史大纲》中对"烽火戏诸侯"一事提出疑义："此委巷小人之谈。诸侯并不能见烽同至，至而闻无寇，亦必休兵信宿而去，此有何可笑？举烽传警，乃汉人备匈奴事耳。骊山一役，由幽王举兵讨申，更无须举烽。"近年来，有战国竹简（清华简）出土，学者发现竹简上记述与《史记》有所偏差。竹简记载：周幽王主动进攻申国（周幽王王后申后是申国国君申侯之女，申国是申后外家），申侯联络戎族打败周幽王，西周因此灭亡，简上没有明确记录"烽火戏诸侯"的故事。本书取传统史家记载。

[3] 古代居住于中原地区的汉民族自称华夏，把华夏周围四方的族人，分别称为东夷、南蛮、西戎、北狄，以区别华夏。西戎则是古代华夏人对西方少数民族的统称，即以戎作为对西方所有非华夏各族的泛称。春秋早期，戎势力很盛，中原华夏诸国受其威胁较严重，即使晋、齐等大国也经常要遭到戎的侵袭。从春秋中期开始，华夏各国有了较大发展，特别是通过称霸而相互联合，增强了对戎族的防御能力，不少的戎族渐被华夏征服。秦灭西戎，楚国吞并数量甚多的蛮人或濮人的小国。由于各族长期和华夏聚居在一起，不断相互影响，文化礼俗等方面的差别日趋减少。戎往往与胡杂处，名称也往往相混。

众诸侯知晓真相后火速引军赶来，逐走西戎，以礼安葬周幽王后[1]，又迎立原太子姬宜臼即位，是为周平王[2]。

但西戎实力仍在，不时骚扰掠边，周平王无力自保，不得不倚仗晋、郑等诸侯之力，迁都洛邑[3]，“周之东迁，晋、郑焉依”（见《左传·隐公六年》）。周天子既开始依附于诸侯，王室衰微大局已定。

因为镐京在西边，洛邑在东边，所以历史上将周朝定都镐京的时期，称为西周，迁都洛邑以后，则称为东周，周平王即为东周第一任君主。

此时，距周武王姬发开创周朝整整二百七十年。然周朝荣光不在，“平王之时，周室衰微，诸侯强并弱，齐、楚、秦、晋始大，政由方伯”，周天子号令天下的时代一去不复返。

东周之始，亦是春秋时期的开端。大国争霸，小国争生存，战争接连不断，风起云涌，社会呈现出大乱的形势。

第三节　夹缝中求生存的周天子

犬戎西集杀幽王，邦土何由不便亡。
宜臼东来年更远，川流难绝信源长。

周平王初登王位时，即便在名义上，也不是天下唯一的共主。他继位时，诸侯虢石父联络了一帮小诸侯，拥立周幽王与褒姒所生之子伯服为天子，史称周携王，周朝由此出现了两君并立的局面。

[1] 据《西京杂记》载，西汉广川王刘去（一作刘去疾，汉景帝刘启曾孙，开贵族官僚盗墓之风）曾盗掘周幽王陵（位于今陕西西安临潼区代王镇宋家村）。周幽王陵高大幽深，墓道门打开以后，再下去全是白垩土（一种石炭岩石），有一丈多厚。刘去手下费了很大的力气，才将白垩土铲除掉。再往下是大量的云母石。继续深挖，竟意外看到一百多具尸体，都没有朽烂，只有一名男子，其余全是女子，有的坐着，有的躺着，有的站着，身上的衣服款式与活人穿的一样。男子应该是周幽王，一百多名女子则是殉葬的妃子或侍女。

[2] 周平王有少子名姬武，据称是武姓得姓始祖，唐代武则天尊其为先祖。

[3] 洛邑：今河南洛阳，彼时号天下之中，是天下的中心。

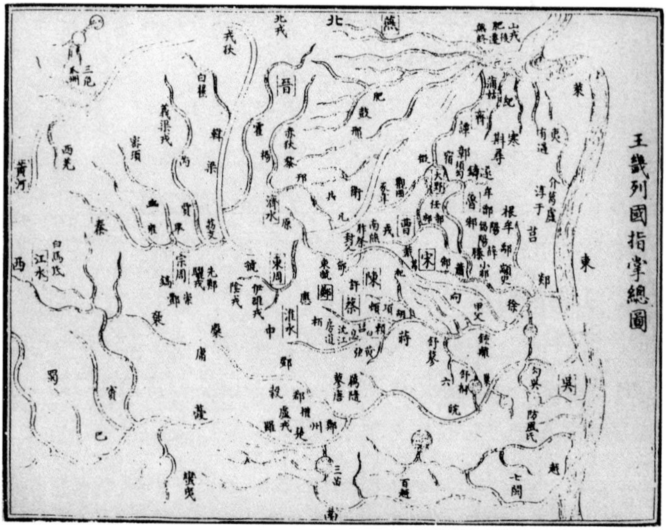

王畿列国指掌总图

由于周携王生母褒姒被认为是导致西周灭亡的罪魁祸首，周平王则是申后所生，被认作是周王室的正统，得到郑、晋、秦、卫等诸侯国的拥护，周携王则相对孤立。公元前750年，支持周平王的晋文侯率兵攻杀了周携王，周朝再度统一。

周平王是为西戎所迫，才不得不迁都，且就此丧失了大片故土，王畿仅拥有洛邑方圆六百余里之地，东不过荥阳，西仅至潼关，南不越汝水，北仅抵沁水南岸，地窄人少，再也无法与方圆数千里的大诸侯国比肩。天子因此而衔恨西戎，但他既无兵马，又号令不动诸侯国为他出气，遂转而笼络封地与西戎接壤的秦襄公。

秦襄公嬴姓，赵氏，名开。其祖先非子是周朝的养马士，因牧马有功，得到周孝王赏识，获封秦地[1]。但非子既不是诸侯，也算不上卿和大夫，封地也不足五十里，只能算是个“附庸”。西周晚期，秦仲诛伐西戎有功，始获封西垂大夫，后传位给长子秦庄公，秦庄公又传位给次子秦襄公。

秦襄公仍只是大夫之职，且不受周王室器重。然其人雄伟有大略，

[1] 秦地：今甘肃天水。

主动将妹妹穆嬴嫁与西戎丰王为妻，由此赢得了在夹缝中生存的机会。西周灭亡后，秦襄公并没有随同亲家西戎趁火打劫，而是果断站在了周平王一方，主动派兵护送其迁都洛邑，由此给周平王留下了良好的印象。等到一切安定下来后，周平王想利用秦襄公的兵马报复西戎，便派人封秦襄公为诸侯，并承诺将西戎占据的故地全部送给秦国。

直到此时，秦襄公才算有了正式爵位，得以建立其诸侯国，享有与齐、晋、郑等国一样的地位。秦人非常兴奋，加上利字当头，皆奋勇作战，不久便攻战了岐山以西地区，开辟了上千里的土地，秦国自此开始发展壮大。

岐山即周原，是周文王、周武王当年发迹之处，对周朝意义非凡。后人写诗评论这件事道：

文武当年发迹乡，如何轻弃畀秦邦？
岐丰形胜如依旧，安得秦强号始皇！

秦襄公死后，其子秦文公即位。某日夜晚，秦文公做了个怪梦，梦见了一条黄色的大蛇。他担心是不祥之兆，便命人做了些假人头，四处放置，以为辟邪。又建怒特祠[1]，用来祭祀树神和牛神。

但秦文公搞的祭祀动静不小，规格近似周天子祭天礼仪，又引发了一场轩然大波。鲁惠公听说后很是愤愤不平，派人到洛邑求见周平王，要求允准鲁国到郊外祭天。祭天不是普通的仪式，只有周天子才能享有，是至高权力的象征，周平王当然不肯同意。鲁惠公怒道："我鲁国祖先周公为开创周朝立下汗马功劳，礼乐也是他老人家创建，我鲁国国君作为周公子孙，

[1] 据载，秦文公造宫殿时，派人到终南山伐一棵百围大梓树，结果出现了灵异现象——本来是晴天，突然变得风雨大作，飞沙走石。而斧子砍下后一旦抬起，被砍开的树干又自动合上，无论怎样也砍不倒大梓树。砍伐者实在太累，躺在树下歇息，迷迷糊糊中，听到树神和山鬼在对话。山鬼道："秦文公凶暴相伐，得不困耶？"树神不无得意地道："来即作风雨击之，其奈吾何？"山鬼又道："秦文公若使三百人，被头，以赤丝绕树伐汝，得无败乎？"树神默然不应。次日，砍伐者将所见所闻禀报了秦文公。秦文公立即命三百人披头散发，用红丝线把梓树围起来再砍伐，果然梓树再也不能愈合，很快被砍倒。树倒之时，树神变成一头青牛，跳入水中，消失不见。秦人深感怪异，便在原处立祠筑庙供奉，称怒特祠。后秦文公因之设旄头骑（骑兵披散头发，像旄牛长着长毛一样，用来作为军队冲锋的先驱），成为秦汉军队建制。

用用这礼仪难道不行吗？再说了，秦国都可以用，为什么我们鲁国不能用？”

鲁惠公非但不理会周平王的禁令，还专门搞了一套轰轰烈烈的祭天仪式，规模气派均不在周天子之下。周平王知道后虽然生气，却因迁都后王畿面积大为缩小，王室财政收入锐减，经济上不得不仰仗诸侯国，也不敢对鲁惠公逾礼之事多说什么。足见周朝东迁后，周天子的地位及权威一天不如一天，无力号令诸侯，反过来还要看大诸侯的脸色行事。

周王室势力衰微，许多礼制也被破坏。旧制，诸侯去世，继位者须先赴王都朝见天子，请求赐爵，称为“受命”。而东迁后，新君即位不再朝见天子，改由天子派人去向诸侯送册命，称为“锡（赐）命”。诸侯不再朝会天子，反过来，天子还要向诸侯进行聘问。周平王时，更是发生了匪夷所思的“周郑交质”事件。

周平王即位后，曾先后委任郑国[1]郑武公、郑庄公父子担任周室卿士。郑武公去世后，周平王忌惮郑国实力强大，便趁郑庄公未及上任时，预备撤掉其卿士之位。郑庄公得闻消息后，亲自赶到洛邑，不顾君臣之礼，当面责问周平王。周平王再三赔礼，郑庄公仍不肯善罢甘休。周平王只好提出让王子狐到郑国作人质，郑庄公这才心满意足。但此举大损周天子颜面，群臣想了个折中的办法，让郑庄公将儿子公子忽送到洛邑作人质，史称“周郑交质”。

“周郑交质”是周朝历史上的重大事件，表明君臣关系已降为国家平列关系，君、臣信任彻底完结。

后来周平王去世，在郑国作人质的太子狐回到洛邑，因哀伤过度死去。太子狐之子姬林即位，是为周桓王。由于周平王、太子狐相继去世，堂堂周王室竟拿不出足够的随葬品，周桓王被迫派人去鲁国乞求，史称“求赙”。西周以来，“天子不私求财”的传统自此打破。

与祖父周平王软弱不同的是，周桓王风格强硬。他认为父亲太子狐早亡是因为在郑国受到了凌辱，果断将郑庄公从朝中赶走，周王室与郑

[1] 郑国：都城在今河南新郑。

国矛盾公开明朗化。

不久，卫国内乱，最终卫庄公之子州吁胜出，夺取了大权。州吁好战，派心腹大臣石厚联合五国，推宋国为五国盟主，准备出兵攻打郑国。关键时刻，卫国大夫石蜡大义灭亲，杀死了亲生儿子石厚，随后又杀了州吁，五国联兵一事就此不了了之。

这场兵事，尚未开始，便已经结束。但郑国却不肯就此罢休，遂以周天子的名义去讨伐宋国。周桓王闻讯后勃然大怒，竟亲自率领王室军队攻打郑国。郑庄公引兵拒战，郑国将领祝聃还一箭射中了周桓王肩膀。周桓王狼狈不堪，不得不鸣金收兵，逃回洛邑。后人有诗嘲讽道：

明珠弹雀古来讥，岂有天王自出车？
传檄四方兼贬爵，郑人宁不惧王威！

周天子权威虽然荡然无存，但在当时局面下，公然夺取天子位，势必激起各国反对，于是各诸侯国争相打出“尊王”的旗号，以周天子作为争霸的工具，“挟天子以令诸侯，天下莫敢不听”。

熊通称霸于南方后，曾派人到洛邑，请求尊封楚国国君名号，但周天子没有同意。听到周桓王兵败的消息后，熊通幸灾乐祸不止，又想郑国既敢箭射周天子，料想这位周桓王也没什么威仪。熊通既对周桓王起了轻视之心，也不屑再向其乞讨封号，干脆建立了楚国，自行称王，史称楚武王，由此开诸侯僭号称王之先河，而周王室对此莫之奈何。

周王室管不了楚国，其他诸侯国可不愿意有人在名义上与周天子平起平坐。当时中原诸国中，以齐国最为强大，齐桓公打出“尊王攘夷”的旗号，南伐楚国，受到周天子赏赐，齐桓公也由此成为中原第一个霸主。

公元前 681 年，齐桓公在齐国北杏[1]召集宋、陈、蔡、邾等国国君会盟，史称“北杏会盟”，齐桓公代替周天子充当盟主，首开以诸侯身份主

[1] 北杏：今山东聊城东。

持天下会盟的先河。

会盟之前，齐国曾邀遂国国君入盟，遭到拒绝。“北杏会盟”结束后，齐桓公发兵吞灭遂国。

成为了霸主的齐桓公完全取代了周天子共主的地位。西周时，各诸侯国都要按时向周天子贡赋，自“北杏会盟”后，中小国为新霸主国齐国所控制，便将贡赋改缴纳给霸主齐桓公，周天子的处境一日不复一日。

齐桓公之后，又有晋文公称霸中原。公元前632年，晋文公率军攻打楚国，大败楚军，并亲自献俘给周襄王。周襄王以甜酒款待晋文公，任命其为诸侯首领，并赏赐大辂车一辆，红弓一把，红箭一百支，黑弓十把，黑箭一千支，香酒一卣，珪瓒以及勇士三百。于是晋文公称霸，成为春秋以来第二位霸主。晋文公随即以周天子之名召集诸侯，与齐昭公、宋成公、鲁僖公、蔡庄侯、郑文公、卫叔武及莒子在践土[1]会盟。

齐桓公、晋文公称霸，均是以伐楚为契机。楚国自立国起，便一直被排除在华夏文化之外。直到“三年不鸣，一鸣惊人；三年不飞，一飞冲天”的楚庄王出现，才完全扭转了局面。楚庄王即位后先稳定了楚国局势，又萌北上图霸之志。

彼时中原诸侯中，以晋、齐、秦三国实力最强，晋国虽不复有昔日晋文公的盛况，依然西抑秦东制齐，保持着霸主地位。只是晋国国内局势不稳，晋文公之孙晋灵公虽然亲政，大权却把持在权臣赵盾手中。君臣矛盾异常突出，势同水火。楚庄王趁机北上，多次大败晋军，引将士饮马黄河，天下诸侯为之震惊不已。

而楚庄王更是率领楚军来到王都洛邑，向周定王问鼎。言外之意，要与周天子比权量力，欲完成祖先“窥中国之政”的夙愿。

[1] 践土：今河南原阳。

第四节　向戌弭兵

兵，民之残也，财用之蠹，小国之大灾也。

主盟以德不以势。若其有德，歃虽后，诸侯戴之；如其无德，歃虽先，诸侯叛之。

话说商朝灭亡后，周朝遵循“兴灭继绝”的传统，并未对商纣王一族赶尽杀绝，还将商纣王庶兄微子启[1]封于商朝故地，建立宋国，都城商丘[2]，以奉商朝祖先的宗祀，继承商文化。宋国是周朝的一个诸侯国，因身份特殊，与周为客，被周天子尊为“三恪”之一。

宋国地处中原腹心，皆膏腴之地，兼之交通便利，有大道和水运相通，王都商丘[3]及主要城市相城、彭城、陶丘[4]等均是极为繁华的商业都会，经济发达，客商云集，店铺鳞次栉比，“马驰人趋，不待倦而至”，

[1] 微子启：子姓，名启。商王帝乙的长子，纣王的庶兄，早年在微子国（今山西长治潞城微子镇一带）做诸侯国君，因封国为微，姓氏为子，故世称微子、微子启。微子启死后，其弟微仲即位，微仲即大圣人孔子的十五世祖。除孔子外，墨家始祖墨子（宋襄公异母兄目夷后人）、道家始祖庄子（宋戴公后人）、名家始祖惠子皆出自宋国，宋国因而被认为是华夏圣贤文化的源头。

[2] 商丘：今河南商丘。

[3] 商丘不仅是宋国的政治中心，也是宋国头等的商业城市，春秋战国时期著名的都会，其规模宏大。据中国社会科学院与美国哈佛大学皮保德博物馆合作组成的中美联合考古队考古发现：宋城东垣长近 3 公里，南垣长 3.5 公里，西垣长 3 公里，北垣长 3 公里，周长 13 公里，面积达十余平方公里，相当于现存明代所建归德府城的 10 倍。据载，当时人口约在 10 万人以上，聚居着本地众多手工业工匠和外地商人，专门设有贸易市场，“百工居肆”，店铺林立，除粮坊、油坊、车市外，还有丝麻织品、木器、漆器、玉器、陶器、鞋、帽等各种货物。政府专设“褚市”（一种官吏名称）管理市场。

[4] 相城：今安徽淮北。彭城：今江苏徐州。陶丘：今山东定陶县西北。当时宋国版图跨有今河南东部、江苏西北部、安徽北部和山东西南端之间，面积约有 10 万平方公里。

一派繁荣景象[1]。

然而南方楚国崛起后，与北方晋国争霸，战事连年不断，八十年之间，竟发生了四十次以上大规模的战争，江、河流域所有的大小诸侯国几乎都卷入战争，兵连祸结，没有宁日。正好夹在中间的宋国不胜其扰，饱受战乱之苦，生产力与经济亦遭严重摧残。

公元前546年，宋国大夫向戌因与楚、晋两国执政者交好，便想利用私交说服两国息战言好。当时晋国内部出现大夫专政兼并，争权激烈，楚国则屡为日益崛起的吴国侵扰，边境不宁，两大国势均力敌，疲于攻战，也不愿意再继续进行战争，便顺势答应了向戌的请求。晋、楚两国同意后，齐、秦和其他一些中小国家也都表示同意。

当年七月，晋、楚、齐、宋、卫、郑、鲁、陈、邾、滕、许、蔡等各国大夫及小国君主在宋都商丘蒙门外集会，订立弭兵之约。秦国虽然同意弭兵，但没有出席会议。

盟约承认晋、楚为共同的霸主，除休战内容外，还有“晋、楚之从交相见”一条，规定除齐、秦两大国外，原先分别从属晋、楚的中小国家，均须向晋楚同时缴纳贡物。

弭兵会议后，晋、楚两国之间在四十年内没有发生冲突，但对小国来说，由于同时要向晋、楚两国尽义务，贡纳较前增加了一倍，负担反而更为沉重。

对于晋国而言，外患暂时消除，但内忧更加恶化，过去尚有与楚国的争霸，而今重心则完全转向国内争斗，因而弭兵之会被认为是春秋时期由诸侯兼并转向大夫兼并的关键之会。

楚国情形也大抵类似晋国。但对于楚国而言，除了内忧，还有外患，

[1] 正是在宋国，发展出了中国最早的商业文化。古商国时期，商丘诞生了中国第一位商人王亥。王亥开创了华夏商业贸易的先河，被尊为“华商始祖”。久而久之人们就把从事贸易活动的商部落人称为“商人”，把用于交换的物品叫“商品”，把商人从事的职业叫“商业”。但王亥时的商业还是依附于农业和畜牧业；到了商代，出现了商业专业户，但还处于“肇牵牛远服贾，用孝养厥父母”的状态。发展到宋国时期，情况有了一个飞跃，出现了一批以营利为目的、自备资本进行经营活动的大商人，形成了真正意义上的第三产业，实现了第三次社会大分工，并且诞生了中国第一位商业理论家计然（此人作为重要角色出现在《鱼肠剑》小说中）。

只是这外患不是晋国，而是受晋国扶持的吴国。正是吴国的全面崛起，令华夏全局大变，春秋局面也由此告终。

第五节　知音竟然是南蛮

礼，履也，所以事神致福也。

凡治人之道，莫急于礼。

如天之无不焘也，如地之无不载也。

夏朝时，天下共主大禹铸造九鼎，分别为豫鼎、冀鼎、兖鼎、青鼎、徐鼎、扬鼎、荆鼎、雍鼎、梁鼎，代表九州。自铸成之日起，九鼎便成为国家权力的象征，为得天下者所据有，夏、商、周三代皆以其作为传国重器。

周定王元年，公元前606年春，“一鸣惊人”的楚庄王亲自率军讨伐洛邑南边的陆浑戎族，得胜之后，又来到王都郊外，举行盛大的阅兵仪式，以向周天子示威。周定王新即王位不久，心中忐忑不安，派大夫姬满出城犒劳慰问楚军。姬满是周襄王之孙，习称王孙满，其人见多识广，善于应对。

楚庄王见到王孙满后，劈头问道：“周天子有九鼎，九鼎有多大多重？”不但直接挑战周天子的权威，且流露出取代周王室之勃勃野心。

王孙满对楚庄王用意心知肚明，当即正色告道：“拥有天下，在德不在鼎[1]。”又道：“周德虽衰，天命未改。鼎之轻重，未可问也。”

楚庄王无言以对，只得引兵离开。此即中国历史上著名的“问鼎中

[1] 春秋时期，普遍认为国家强大的关键在于广施德政，而不是穷兵黩武。但到了战国时期，这一政治观点完全反了过来。

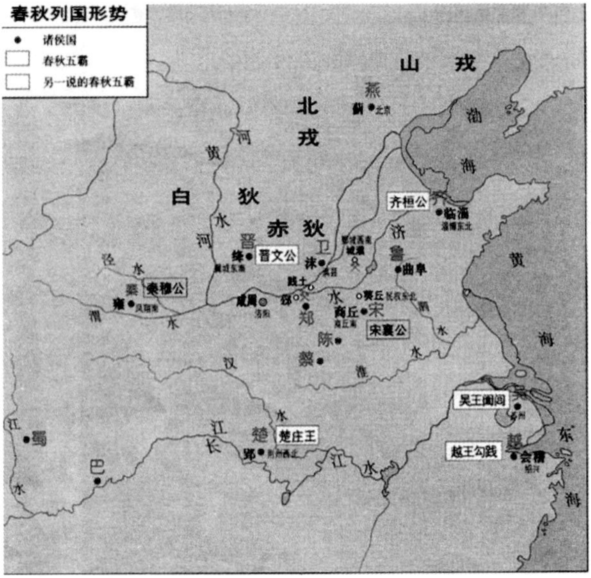

春秋五霸

原”的典故，自此，世人将意图夺取政权称为“问鼎”。

“问鼎”未成的楚庄王并没有放弃称霸天下的野心，频繁征战四方，先后攻灭舒、蓼等小国，陈国、宋国、吴国、越国皆成为其附属国。公元前 597 年，楚晋战争爆发，楚庄王一举歼灭拥有六百辆战车的晋军，震动天下，终于成为继齐桓公、晋文公之后的第三位霸主[1]。

古人有云 :“春秋无义战。”指的是春秋列强之间长期进行的那种旨在掠夺土地、人口、财物的争霸战争，也就是说，诸侯争霸，是以百姓生命及生产力的巨大破坏为代价。而天下名义上的共主周天子却无力阻止，只能眼睁睁地看着各国攻伐不止，也怀着自保心情，期盼不要有下一位霸主再来王都问鼎。

公元前 586 年，周定王病逝，其子姬夷即位，是为周简王，是东周第十位君王。

[1] 齐桓公、晋文公、楚庄王、吴王阖闾、越王勾践先后称霸中原，史称“春秋五霸”。另一说是齐桓公、宋襄公、晋文公、秦穆公、楚庄王。

恰在同一年，南方吴国吴侯去齐去世，其子寿梦[1]继任，成为吴国第十九任君主。寿梦名乘，姬姓，字熟姑，号寿梦，以号显世。

寿者，久也，梦者，不明也。一场关于吴国的历史大戏，就由这位寿梦拉开了序幕。

自立国以来，吴国素不与中原相通，寿梦在吴地长大，却十分仰慕中原礼仪文化，即位次年，他便不顾动乱及战争，千里迢迢赶赴洛邑，朝见登基不久的周简王，这是吴国君主建国以来第一次朝见周天子，也是第一次出使中原。

陪伴寿梦出行的，是他最钟爱的幼子——季札。正是这位后来被世人尊称为“季子”、被孔子仰慕为师的季札，引发了鱼肠剑的故事。

对于久被冷落的周王室而言，一国君主主动入朝拜见，已是许久未曾发生之事。而周简王新即王位，寿梦更是第一位赶来觐见祝贺的诸侯。周简王大喜过望，赐寿梦特殊礼遇，还让他认祖归宗，并按照辈分尊为叔叔。

寿梦在洛邑待了一阵子，又提出想见识中原大名鼎鼎的礼乐，周简王便派使者护送寿梦前往礼仪之邦鲁国观礼。

彼时中原普遍轻视南人，称其为“蛮子”，对待大国楚国已是如此，更何况吴国这样默默无名的小国。但寿梦毕竟是一国之君，又刚跟周定王认了亲戚，鲁国勉强接待了寿梦一行，为之展示了盛大的礼乐。

所谓礼乐，即周朝治国之根本——礼乐制。礼制指周朝的政治制度、道德规范和礼节仪式。《礼记·曲礼》：“夫礼者，所以定亲疏、决嫌疑、别同异、明是非也。”将“礼”作为区别亲疏、是非的标准。而且强调“道德仁义，非礼不成；教训正俗，非礼不备；分争辩讼，非礼不决；君臣上下，父子兄弟，非礼不定”。

具体而言，周朝通过礼制度来规范臣民，要求臣民在衣、食、住、

[1] 史书记寿梦为王号。其名“乘”字在青铜铭文中，是一个人张开双臂、叉开双腿站立在大木筏上。“乘”字含义，显而易见。寿梦的“梦”古音读忙（现代吴方言仍如此读），古字音同则字通（但必得照古音读），“梦”即通“网”，寿梦之意是“长久牢固之渔网”。其名与王号都与吴地的水、鱼密切相连。

行等方面都要符合自己的身份，贵贱长幼之间要有明显的差别，实行所谓“刑不上大夫，礼不下庶人”。

譬如祭祀之礼，不同身份者，规格也大有区别：天子用“太牢”，即猪、牛、羊三牲，诸侯用“少牢”，只用猪、羊，士民只能用猪，称为“牢”。后来寿梦玄孙吴王夫差意图称霸中原，想搞一个规格前所未有的祭祀典礼，但夫差对礼制一知半解，居然派人向鲁国索要“百牢”，弄得鲁国君臣哭笑不得，传为笑柄。

又譬如称呼“死”，不同等级者也不一样：天子称驾崩，诸侯称薨，卿大夫称卒，士称不禄，平民和奴隶则称去世。

乐则不单纯指音乐，亦是礼制的一部分。《礼记·乐记》：“乐者，通伦理者也。”“乐者，德之华也”，“乐者敦和”，“乐至者无怨”。执政者将“礼乐”作为维持等级秩序和宗法关系的工具，认为礼乐的教育作用很大，“乐所以修内”，“礼所以修外”。

譬如周天子观看乐舞表演，可以享受“八佾”[1]；诸侯只能用“六佾”，卿大夫用“四佾”，士用“二佾”。

又如贵族家中准备有各种不同的乐器，有客登门时须奏乐迎接，且乐器及曲目大有讲究，视客人身份而定。

楚共王十一年（公元前579年），晋国大臣郤至出使楚国，楚国用最高规格金钟之乐接待。郤至不敢入内，说：“如天之福，两君相见，何以代此？下臣不敢。”意思是日后楚晋国君会面，将无更高规格礼乐可以使用。

楚国重臣子反[2]答道：“如天之福，两君相见，无亦唯是一矢以相加遗，焉用乐？”

彼时楚晋争霸，交战正烈，子反好战，故有此答。

[1] 当时乐舞多指佾（yì）舞，是一种排列成行、纵横人数相同的舞蹈。一佾指一行一列，共两人，八佾八行八列，共六十四人。《论语》有“八佾舞于庭”的典故。鲁国大夫季氏是正卿身份，按照礼制，只能用四佾，季氏却僭礼用八佾于家庙。孔子对这种破坏周礼等级的僭越行为极为不满，遂道：“八佾舞于庭，是可忍也，孰不可忍也。”此即千古名言“是可忍，孰不可忍”之来历。

[2] 即公子侧。芈姓，熊氏，名侧，字子反，楚穆王之子，楚庄王之弟，楚共王叔父。后面讲述一代妖姬夏姬时还会出现。

话说寿梦父子到了鲁国，大开眼界，见识到礼乐原来还可以用来统治国家。但寿梦所受教育与中原诸侯截然不同，他只是惊叹礼乐的影响力，却领略不到内中精妙之处，也从未想过要将礼乐引入吴国，以其来治理臣民。

鲁国君臣见寿梦目瞪口呆，对礼乐一无所知，更说不出个所以然，心中不免讥笑吴国到底还是蛮荒之地，即使寿梦贵为国君，也只是乡巴佬一个。

寿梦之子季札年纪尚幼，也与父亲一样，对礼乐懵懂无知，但这场盛大的观礼非但给他留下了深刻的印象，还影响了他一生。自此，季札一心以研习礼制为己任，孜孜不倦对世俗权势名利再无半分兴趣。正因为此点，才直接引发了后来鱼肠剑的故事，这一节，后面再表。

许多年后，季札以吴国使者的身份第二次来到鲁国时，不但令鲁人对其刮目相看，还彻底扭转了吴国蛮荒之地的印象。

鲁国大夫设宴招待季札时，按照礼仪，为贵宾演奏了《诗经》[1]中的十几首曲目[2]，从《周南》《召南》开始，至《郑风》《卫风》《齐风》《秦风》等，最后是《小雅》《大雅》《颂》[3]。

音乐在当时是极为高雅的艺术，能接触者少之又少，没有相当的素养，完全无法理解礼乐之教的深远蕴涵。鲁人根本未曾指望吴国使者能领略蔚为大观的周乐，只是想让对方开开眼界，借此宣扬鲁国的国威，

[1]《诗经》是最早的一部诗歌总集，也是中国古代诗歌开端，搜集了公元前11世纪至前6世纪的古代诗歌305首，除此之外还有6篇有题目无内容，即有目无辞，称为笙诗六篇（南陔、白华、华黍、由康、崇伍、由仪），记录了西周初期到春秋中叶约五百年间的社会面貌。作者佚名，传为尹吉甫采集、孔子编订。最初只称为“诗”或“诗三百”，到西汉时，被尊为儒家经典，才称为《诗经》，按《风》《雅》《颂》三类编辑。《风》是周代各地的歌谣；《雅》是周人的正声雅乐，又分《小雅》和《大雅》；《颂》是周王庭和贵族宗庙祭祀的乐歌，又分为《周颂》《鲁颂》《商颂》。孔子曾概括《诗经》宗旨为“无邪”，并教育弟子读《诗经》以作为立言、立行的标准。先秦诸子中，引用《诗经》者颇多，如孟子、荀子、墨子、庄子、韩非子等人在说理论证时，多引述《诗经》中的句子以增强说服力。后《诗经》被儒家奉为经典，成为《六经》及《五经》之一。

[2]当时《诗经》比之今传世本，内容要丰富许多。由于古今音韵不同，当时的诗完全押韵不说，还能配以旋律演奏或吟唱。《诗经》内容广泛，反映了劳动与爱情、战争与徭役、压迫与反抗、风俗与婚姻、祭祖与宴会，甚至天象、地貌、动物、植物等方方面面。根据内容，配以相应的曲调，知音律者便能从旋律中听出内涵与情感。

[3]《左传》记载季札所听《诗经》曲目，尚未经过孔子修订，因而与今通行版本顺序不一致。

不料季札听到《卫风》时，点评为“渊乎”，一个简短的“渊”字，便透析出此类诗歌深沉婉转的特点。演奏《齐风》时，季札评为“泱泱乎”，精确概括出齐地诗歌风格雄浑壮阔。到《秦风》时，季札以“夏声”来形容西方地域辽阔。评价《大雅》时，则用了“熙熙乎”，描述周天下治下王畿之地人民生活有和乐之美。

季札的绵密感受力及卓绝见识令鲁人“大跌眼镜”，他们万万没想到一个南蛮竟有如此高深的音乐修养。所谓“士为知己者死，女为悦己者容”，季札知音，也令鲁国大夫找到了久违的知己感觉。他们立即对季札另眼相看，又邀请他观看鲁国的舞蹈。

《像箾》《南籥》歌颂的是周文王姬昌的文韬武略，季札的评价是：“美哉，犹有憾。”意思是周文王功德盖世，然其在世时终究没有灭掉殷商，是为憾。

《招箾》舞起，季札惊叹道：“德至矣哉，大矣，如天之无不焘也，如地之无不载也，虽甚盛德，无以加矣。观止矣，若有他乐，吾不敢观矣。”

意思是，这是最令人叹为观止的至德乐章，如同苍天无不覆盖，大地无不承载，即便盛德之至，也无以复加。

鲁国大夫自此对季札佩服得五体投地，爱屋及乌，也完全改变了对吴国的印象。而季札本人收获更丰，自此名震华夏，被认为是中国历史上南方出现的第一位圣贤之人。大圣人孔子尊其为师，大力推崇，甚至认为季札足以与周公、泰伯并列。于是，季札成为与大圣人孔子齐名的贤者，时称“南季北孔”。

第六节　美人如玉

国色当年出楚宫，自餐苟草泣东风。

谁知杀过三夫后，竟与巫臣共始终。

是红颜祸水，还是死生有命？

以上关于季札知礼的故事，只是后话，是季札成人之后的事。再继续回到寿梦的话题，在中原各国游历见识了一番后，寿梦便回到了吴国。他亲眼见识到中原的繁华，亦起了争雄之心。然吴国彼时臣服于强大的楚国，是楚国的附属国，政治及军事远远落后于中原诸国，根本没有实力与众诸侯争霸。

但上天格外青睐寿梦，凭空掉下来一个馅饼。这不是一个普通的馅饼，而是成为了吴国强盛的重要契机。彼时楚国在诸国中实力最强、地域最广，自取代晋国成为新一代霸主后，已有称霸天下之相。而吴国骤然崛起，并立即卷入了春秋混战的行列，与楚国对战，屡次攻入楚国不说，更一度攻占其王都，若非秦国出兵援救，楚国便要被吴国从地图上抹去。

引发这一契机的源头，并非令寿梦父子叹为观止的礼乐制度，而是一名绝代美人。也正是这名美女，令陈国几近亡国，恰如商纣亡于妲己，西周毁于褒姒。

这位被称为“一代妖姬”的美人，是郑穆公与少妃[1]姚子之女，姬姓，名盄，又称少盄，后因成人后嫁给陈国大夫夏御叔为妻，史称夏姬。

夏姬少女时已出落得美貌非凡，婀娜风流，无数男子为她神魂颠倒，一见难忘。就连异母兄公子蛮也拜倒在夏姬石榴裙下，与妹妹暗中私通。不久，公子蛮死去，妖淫成性的夏姬继续与其他男子私会。郑穆公也拿爱女没有办法，便将她嫁给了陈国大夫夏御叔。此时的郑穆公当然想不到，自己的这位宝贝女儿生来就是要颠倒众生的，她的远嫁，将会引发一系列重大历史事件。

夏御叔是陈宣公之孙，妫姓，因其父字子夏，故以夏为氏。他在陈国官任司马，执掌军政大权，与夏姬堪称门当户对。夏御叔早听说过郑

[1] 少妃：诸侯的妾。周制，诸侯有一夫人、九嫔。后“一夫人”更改为“一侯妃”，而“九嫔”则改作“少妃无定数”。秦朝统一各路诸侯以后，将诸侯正妻的名号重新改为夫人，“少妃”的名号亦被废止，改称“如夫人”。

国公主的艳名，能娶到如花似玉的夏姬，自然喜出望外，视为珍宝。

夏御叔的封邑株林[1]是陈国最肥沃最富庶之地，风景优美，气候宜人。他在株林修建了一大片庄园，金屋藏娇，日日与夏姬寻欢作乐。夏姬出嫁不到七个月，便产下一子，取名夏征舒，字子南[2]。

因怀胎不足十月，人们不免议论纷纷，认为夏征舒并非夏御叔亲子。夏御叔亦有所怀疑，但最终惑于妻子的美色，不愿深究。

夏征舒十二岁时，正值壮年的夏御叔病死。再联系之前郑国公子蛮亦是青年而亡，时人多称夏姬精于“采补之术”，善于吸取男子精气，来弥补容颜。

夏御叔在世时，时常在株林举办盛大的宴会。比美酒更引人注目的当然是夏姬的美色，酒不醉人人自醉。她虽已为人母，却因养生有术，美貌不减当年，无数人为她而倾倒，史称“公侯争之，莫不迷惑失意”。陈灵公与大夫孔宁、仪行父亦是株林之宴的常客，君臣三人早已与夏姬有染，等到夏御叔过世，愈发肆无忌惮。陈灵公等人甚至将各自持有的夏姬内衣在朝堂上公然展示嬉戏，丑行传遍天下。陈国百姓作《株林》一诗讽刺此事：

胡为乎株林？从夏南兮？
匪适株林，从夏南兮！
驾我乘马，说于株野。
乘我乘驹，朝食于株。

陈国大臣泄治实在看不下去了，当面劝谏陈灵公。陈灵公非但不听，还下令孔宁、仪行父暗杀泄治。

其实，对于夏姬的淫荡行径，最难受的并不是郑国及陈国臣民，而

[1] 株林：今河南柘城。

[2] 据清华简《系年》，夏姬其实是夏征（徵）舒夫人，且只是无助的弱女子，并不是传统史书中淫荡的形象。本书采纳《左传》等传世文献说法。

是其子夏征舒。他在极为尴尬的环境下长大成人，虽然承袭了父亲爵位和职务，成为陈国的司马，执掌军队，却没有一天不为自己的母亲感到羞耻。

某日，陈灵公又引孔宁、仪行父到株林夏姬家中做客，觥筹交错后，君臣半醉不醉时，竟当面开起夏征舒身世的玩笑，称他并非夏御叔亲子，而是早已过世郑国公子蛮的遗腹子。夏征舒忍无可忍，亲手挽弓射杀了陈灵公，并引军占领了王宫，自立为陈侯。

孔宁和仪行父在混乱之中逃脱，一路逃到楚国，向楚庄王哭诉夏征舒弑君自立的大逆不道。楚庄王遂以夏征舒杀死陈灵公为由，亲自带兵讨伐陈国。楚国是大国，楚庄王更是春秋以来第三位霸主，轻而易举地击溃了陈军，抓住了夏征舒，施以"车裂"酷刑。

难得的是，楚庄王听从大臣意见，没有落井下石灭掉陈国，而是迎回陈灵公太子，立为新国君，是为陈成公。孔子评价这一节道："贤哉楚庄王！轻千乘之国而重一言。"

而引发这一切变故的罪魁祸首夏姬则另有奇遇，楚军将她押到楚庄王跟前，请其处治。彼时夏姬已是中年，然楚庄王一见到她眸如秋水，肌肤胜雪，便怦然心动，立即想纳其为妃。

楚国重臣大夫巫臣[1]极力劝阻道："不可。君召诸侯，以讨罪也。今纳夏姬，贪其色也。贪色为淫，淫为大罚。《周书》曰：'明德慎罚。'文王所以造周也。明德，务崇之之谓也；慎罚，务去之之谓也。若兴诸侯，以取大罚，非慎之也。君其图之！"称楚庄王此举会留下淫荡的名声，世人会说楚国伐陈不是出于道义，而是为了一个女人。

巫臣本人才干极高，深得楚庄王信重。楚庄王亦是雄才大略之主，闻言便放弃了娶夏姬的想法。

[1] 即屈巫，又称申公巫臣。芈姓，屈氏，名巫，一名巫臣，字子灵。曾任楚国申县（今河南南阳北）县尹，楚国国君称王后，大臣也均升了一级，巫臣遂称公，故有申公巫臣之称。又，巫臣（屈巫）与屈原同族。

楚庄王之弟令尹[1]子反也痴迷于夏姬的美貌，想娶她做妻子。巫臣又道："是不祥人也！是夭子蛮，杀御叔，弑灵侯，戮夏南，出孔、仪，丧陈国，何不祥如是？人生实难，其有不获死乎？天下多美妇人，何必是？"

指出夏姬天生不祥，接近她的男子多死于非命，陈国更是因她而灭亡。子反遂打消了娶夏姬的念头。

但美人不能白白浪费，刚好楚国大夫连尹襄老[2]新近丧偶，楚庄王便将夏姬赏赐给了鳏居的襄老做续弦。

表面看来，巫臣是出于楚国利益考虑，阻止了一场楚国君臣争夺夏姬的闹剧。但事实是，从巫臣第一眼看到夏姬起，他便为其容色风度所迷，发誓要娶她为妻，所以他不能让权势远在他之上的楚庄王兄弟得到夏姬，至于连尹襄老，已是行将就木之人，他自有办法对付。

之后不久，楚晋两国爆发战事，连尹襄老被晋国大夫荀首射死（也有人称是巫臣用暗箭射死），其尸体被带回晋国。襄老之子黑要顾不上追索父亲遗体，先迫不及待地将继母夏姬"烝"[3]了过来。

巫臣对此很不高兴，便设计让夏姬先返回娘家郑国。而夏姬早被巫臣的痴心打动，便依照计划行事，称要利用郑国与晋国交好之便，先返回郑国，设法向晋人要回丈夫的遗体。楚庄王同意，派人护送夏姬回去郑国。后来经过艰苦谈判，楚国用晋人俘虏换回了连尹襄老遗体，但夏姬再也未回到楚国。

而楚国国内，楚庄王之弟子反、子重与巫臣争权日益严重，楚庄王更信用才华出众的巫臣，愈发引起子反、子重兄弟的嫉恨。

不久，楚庄王死，其子熊审即位，是为楚共王。由于国君尚且年幼，由其叔子重辅政。巫臣担心遭到子重迫害，又惦记人在郑国的夏姬，便借出使齐国之机，取道郑国，带着夏姬私奔到晋国。

---

[1] 令尹：文官中的最高长官，等于相国。楚人以苗族先民为主体，因而楚国的官制、文化、风俗等均有别于中原诸国，但又与中原有着千丝万缕的联系。

[2] 连尹即连地县尹，襄老是其名。

[3] 烝（zhēng）：古代指与母辈淫乱。

一个身世飘零的柔弱公主，一个一往情深的刚硬男子，最终冲破层层阻碍，不惜抛家弃国，走到了一起。

巫臣是天下名臣，有远见卓识，楚庄王能够称霸中原，其人功不可没，晋国对其到来大喜过望，晋景公立即封巫臣为邢[1]大夫，这就是“楚才晋用”的典故。

楚国对巫臣的叛逃很是气愤。子反早年欲得夏姬而为巫臣所阻，恨意犹重。他向楚共王建议给晋国送礼，令晋不重用巫臣，并请诛杀屈氏族人。楚共王性情温和，没有同意，回答道：“巫臣为先王谋划则忠，为自己谋划则不忠。他对先王醇厚亲爱，对自己轻薄寡虑，没有什么罪过。”

子反遂自作主张，与兄弟子重合谋，发兵诛灭了巫臣家族[2]，甚至连夏姬亡夫连尹襄老一族也没有放过，将襄老之子黑要全家杀得干干净净。

至此，前后共有无数人因夏姬而死，除公子蛮、夏御叔、陈灵公、夏征舒、连尹襄老外，还有巫臣、襄老两族人，史称“杀三夫一君一子，亡一国两卿”。

巫臣叛逃在先，固然有亏大义，但其人奔晋，只是为了与夏姬结合，并没有实际做出对不起楚国的事，反而是子反、子重诛杀其家族，彻底将他推向了对立面。巫臣专门给子反、子重写了封信，告道：“你二人以邪恶贪婪事奉国君，且滥杀无辜，我一定要让你们疲于奔命而死。”成语“疲于奔命”即由此而来。

为报灭门之仇，怒不可遏的巫臣说服晋景公主动与当时仍属蛮夷之地的吴国通好，通过扶持吴国来钳制楚国。此时，刚好是吴王寿梦游历中原归国之时。巫臣的吴国之行，就是上天掉给寿梦的馅饼。

巫臣亲自带领三十辆战车来到吴国，留下十五辆给吴国，教吴国人使用战车，安排战阵，并训练射手和御者。之后，巫臣又把自己的儿子狐庸留在吴国，担任行人之职，掌朝觐聘问，专门负责外交事务，帮助

[1] 邢：今河南温县东北。

[2] 只有巫臣（屈巫）之弟屈荡因是楚庄王左广指挥车的车右（力士），极为楚庄王信任，逃过了一劫，即为屈原先祖。

吴国与各国通好。自此，吴国才得以和中原诸国往来，整军经武后的吴国亦开始强大。

兴旺起来的吴国没有辜负巫臣所托，频繁侵扰归附于楚国的附庸国，使得楚军为救援而疲于奔命，元气大伤。而在渐渐蚕食吞并周边原本臣服于楚国的部落及附庸国后，吴国变成了一方强国，开启了春秋晚期吴越争霸的序幕。

可以说，夏姬本人与吴国毫无关系，却成为吴国崛起的关键契机。所谓英雄难过美人关，而强大一时的吴国最终灰飞烟灭，招致亡国惨剧，亦是因为吴王夫差拜倒在了越国奸细西施的裙下。

夏姬与巫臣生有一女，成人后嫁给晋国大夫叔向[1]，生一子羊舌食我。食我长大后和祁氏联手作乱，导致羊舌氏和祁氏被灭族。晋国其他大夫在瓜分两家财产土地后，势力超过了晋侯，遂成为日后“三家分晋”的原因。

再说说郑国的事。巫臣偕夏姬叛逃后，夏姬母国郑国亦因而遭殃。楚国兴师动众进攻郑国，迫使郑国背叛晋国，屈服于己。晋国反过来又派兵讨伐郑国。郑国向楚国求救，楚共王遂亲自带兵援救郑国。

交战时，晋将魏锜[2]射中了楚共王的眼睛。楚共王恼恨交加，叫来神

[1] 巫臣是芈姓屈氏，按当时的惯例，其女该叫某芈（某代表她的名）。叔向娶某芈时，其母坚决不同意，并说出如下之言：“子灵之妻（指夏姬，巫臣字子灵）杀三夫，一君，一子，而亡一国、两卿矣，可无惩乎？吾闻之：‘甚美必有甚恶。’是郑穆少妃姚子之子，子貉之妹也。子貉早死，无后，而天钟美于是，将必以是大有败也。”据《左传》记载，叔向惧怕母亲的预言，不敢娶某芈，但晋平公“强使取之”，最终促成了这桩婚事。

[2] 魏锜：姬姓，魏氏，又名厨武子，被封于吕，又称吕锜、吕武子。魏武子魏犨次子，魏颗兄长。魏武子有一爱妾祖姬，未曾生育。魏武子每次出征前，都放心不下祖姬，告诉儿子魏颗说：“我若死，一定要选良配嫁出她。”但魏武子临死，又吩咐魏颗说：“我死后一定要让祖姬殉葬，使我在九泉之下有伴。”魏武子死后，魏颗没有让祖姬殉葬，而是将其出嫁。有人责怪他未尊父嘱，魏颗说：“人在病重的时候，神智是昏乱不清的，我嫁祖姬，是依据父亲神志清醒时的吩咐。”后魏颗带兵与秦国交战，秦将杜回力气大穷，无人能挡。关键时刻，有一老者“将青草一路挽结，以攀杜回之足”，杜回施展不开，摔倒在地，当场被魏颗俘虏，秦师大败，这就是秦晋辅氏之战。当夜，魏颗梦见老者说：“你用先人之命善嫁我女儿祖姬，我在九泉之下，感谢您活女之恩，今天结草以助，是为了报答你的大恩大德！”此即成语“结草衔环”之来历。

射手养由基[1]，给了他两支箭，命其杀死魏锜。养由基果然不辱使命，一箭射中魏锜颈项，魏锜伏在弓袋上死去。养由基交回一箭复命。

但养由基的神射并没有挽回楚军低落的士气。楚共王受了伤，有心撤退，召子反商议对策时，子反竟因贪杯饮酒而大醉不醒。楚共王叹道："上天注定楚国要失败，我不能等在这里。"连夜率军退走。

养由基将子反带上车，行了两百多里，子反才清醒过来，得知楚军已退兵后，极度自责。子反兄弟子重落井下石，派使者冷嘲热讽，子反遂不顾楚共王之命，自杀而死。

几年后，子重为了改变被动的局面，亲自引兵攻吴，但收获不大，"所获不如所亡(失)"。楚人归罪于子重，子重又羞又气，发病而死。巫臣借助晋、吴两国力量，终于得报灭族大仇。

而神射手养由基的结局，比子反、子重更为凄惨。吴国强大后，连续攻楚。养由基不顾年老体衰，亲自率军抵挡。他不知吴军已向巫臣学到陆战之术，因轻视吴国而冒进，结果被吴军兵车困住。车上射手万矢齐发，将养由基射成了一只刺猬，此即"万剑穿心"之来历。

养由基死前，又是不解，又是惊恐，道："吴人也精于车战！"

第七节　鱼肠剑成就了吴国霸业

风约楚云留，剪烛看吴钩。

何人为写悲壮，击楫誓中流。

[1] 养由基：嬴姓，养氏，字叔，名由基（一作繇基)。原是养国（今安徽临泉）人，养国被楚国所灭，养由基遂成为楚人。他是中国古代著名的神射手，号"养一箭"，一箭就足以制胜，能在百步之外射穿作标记的柳叶，并曾一箭射穿七层铠甲。《战国策·西周策》中记载："楚有养由基者，善射，去柳叶百步而射之，百发百中。""百发百中""百步穿杨"典故均源出于此。

再伟大的英雄，也逃不过人世的生老病死。吴国日益强大，吴王却渐渐老了，不得不开始为后事谋划。

寿梦共有四子，分别是：长子诸樊、次子余祭、三子余昧、幼子季札。四子中，季札才华出众，学识渊博，对中原礼制极有研究，是公认的贤者，被尊称为“季子”。寿梦最钟爱幼子，有心将王位传给季札。三位兄长均知季札才华出众，对此并无异议。于是寿梦援引吴国开国者太伯两次让位给弟弟的故事，预备正式立季札为太子。但季札却不肯接受，坚持要将王位让给兄长。

寿梦无奈，只得立长子诸樊为太子，但却提出了一个条件，即兄终弟及——要诸樊日后传位给二弟余祭，余祭传给余昧，余昧再传给季札，如此，王位最终还是会传到季札手里。诸樊等人均当面表示同意。

寿梦过世后，诸樊继承了王位，在位十三年，死于攻打巢国[1]之战。按照寿梦的遗嘱，诸樊没有让自己的儿子公子光继承衣钵，而是将王位传给了二弟余祭。余祭在位四年，被越国俘虏刺杀，吴、越两国由此结下私仇。

王位又到老三余昧手里。余昧在位十七年，死前遵照先王遗嘱，要将王位传给四弟季札。季札坚持不受，并离开王都，避入山野。

国不能一日无君，余昧之子州于见叔叔季札甩手而去，便利用先机，自己继承了王位，改名僚，史称吴王僚。

如此一来，寿梦最初的设计被打破，有人就不愿意了。诸樊长子公子光有嫡长孙的身份，比堂弟州于更有资格继承王位，却不得不匍匐在新吴王脚下，自然心有不甘。

而吴王僚也深明此点，有心铲除公子光这一隐患，不断派他出兵攻打楚国，希望他战死在战场上。但偏偏公子光福大命大，关键时刻总能化险为夷，反而因战功赫赫，在吴国名望愈高。

公子光既有野心，也有谋略，他自知为吴王僚猜忌，始终隐忍不发，直到得到了伍子胥、有了足够丰厚的羽翼，这才动手，遣刺客以鱼肠剑杀

[1] 巢：今安徽合肥西北。

死了吴王僚，自立为王，是为吴王阖闾，由此开创了吴国的新纪元，令吴国一跃成为中原霸主。此节故事在小说正文中详述，此处不再多提。

第八节　楚共王与和氏璧

长河饮马，此意悠悠。

空怀感，有斜阳处，却怕登楼。

正是楚共王在位时，吴国开始崛起，楚国衰退昭然显现。而优柔寡断的楚共王不仅仅在内政外交上多有失策，在选立继承人的问题上，更是比吴国寿梦还要糊涂。

楚共王共有五子：长子招、次子围、三子子比、四子子皙、五子弃疾。五子均为庶出，楚共王难以选定由谁来继承王位，便求之于神灵，派巫觋手擎楚国镇国之宝和氏璧[1]，遍祭楚之名山大川，祈祷神灵能帮助自己挑选出最合适的继位者。

折腾一遍后，楚共王将和氏璧藏在祖庙中，事先不告诉五子，召五人按长幼之序入殿祭祖。按照楚共王的设想，五子中谁能在不知情的前提下触碰到和氏璧，便是上天选定的未来国君。

大公子招最先进来，祭拜时，膝盖跪在了和氏璧上；

二公子围伏下行礼时，手肘压住了玉璧；

三公子子比和四公子子皙未能接触到和氏璧；

五公子弃疾年纪还小，被人抱入大殿，两次跪拜时，都压住了玉璧。

结果如此出人意料，楚共王无可奈何，只好顺应天意，既无嫡子，便立长子。

[1] 和氏璧故事参见同系列小说《和氏璧》。

公元前560年，楚共王驾崩，大公子招即位，是为楚康王。他一上台，便面临吴军大兵压境的危机。

吴国认为楚国大丧是可乘之机，违背诸侯国遵循的“闻丧不伐”的原则，发兵突袭楚国。楚康王临危不乱，用败兵之计，将吴师诱入埋伏圈，吴军死伤惨重，大将公子党也被俘虏，吴军只好退兵。

但楚国自身的危机并未解除。楚康王在位十五年，死后其子熊员继位，是为楚郏敖。由于楚郏敖还小，由其二叔公子围辅政。公子围当年也曾触碰到和氏璧，早有篡位野心。楚郏敖四年（公元前541年），公子围正出使郑国，听闻楚郏敖患病宫中，认为时机已到，匆忙返回楚国，借入宫问疾之机，用束冠长缨将楚郏敖勒死，并杀其年幼之子公子慕及公子平夏。公子围随即自立为王，是为楚灵王。

楚灵王奢靡放纵，“楚王好细腰，宫中多饿死”中“楚王”即是指他。除了以喜欢细腰的臣子宫女外，楚灵王还修建了先秦最高大最豪华的行宫——章华宫。其人骄奢淫逸，激起了多方不满。

一次楚灵王亲自率军出征吴国时，其五弟公子弃疾联合老三子比及老四子晳发动政变，夺取了王位，老三子比自立为王。

消息传到军中，楚军将士立即溃散，无人再肯追随不得人心的楚灵王。楚灵王极度沮丧，又听说儿子们已被弃疾等人杀死，知道大势已去，遂自杀而死。

而老五公子弃疾也是野心勃勃之人，扶持老三子比登位不过是权宜之计。他利用消息不通的局势，称楚灵王已率大军杀回王都。子比和子晳恐慌不已，担心遭到楚灵王的残酷报复，双双自杀而死。公子弃疾搬掉了所有的绊脚石，如愿以偿登上王位，是为楚平王。

正是这位楚平王，将楚国的国运带入谷底。而一切灾难的源头，只因为他逼走了一个名叫伍子胥的男子。

于是，继申公巫臣之后，又出现了第二个血亲复仇的楚国男子伍子胥。这二人，加上许多年后的白起[1]，共同成为楚国的掘墓人。

伍子胥过昭关，一夜愁白了头。此仇难报，此恨难消！

美人如玉，剑气如虹。鱼肠惨烈，风云奔走。多少恩怨情仇，尽在《鱼肠剑》中。

[1] 白起亦是芈姓，同申公巫臣（屈巫），为《鱼肠剑》书中人物楚国太子熊建（楚平王之子）后裔。伍子胥及熊建故事，在小说中详述。

附录一

吴国大事年表（前585年—前474年）

前585年：【吴】寿梦称王。

前584年：【吴】楚逃臣巫臣自晋奔吴，吴始通中原。后吞并了楚的一些附属国。

前576年：【吴】与鲁会于钟离。

前570年：【吴】楚伐吴至衡山。

前561年：【吴】寿梦欲立少子季札为太子，季札婉拒。寿梦卒，长子诸樊继位。

前560年：【吴】诸樊欲让位于少弟季札，季札谢辞弃室而耕。秋，伐楚不胜。

前548年：【吴】诸樊率师伐楚，不意中流矢而亡，遗命传位余祭，欲以次至季札，以称先王寿梦之意。封季札延陵。

前544年：【吴】使季札先后出使徐、鲁、齐、郑、卫晋诸国。

前538年：【吴】楚率诸侯攻吴，至朱方，诛庆封。反击取其三邑。

前537年：【吴】楚率诸侯伐吴，取雩娄。

前536年：【吴】败楚于乾溪。

前531年：【吴】余祭卒，弟余昧（一作眛）继位。

余昧的称呼来自《史记》，然而考古学家们在春秋时期吴地出土的青铜器的铭文中并没有发现吴王余昧的称谓，与其最接近的是一把青铜剑上的署名“弟末”，根据音近可通假的规则，考古学家们认为这应该便是余昧的佩剑。《春秋》当中有“夷末”的称呼，而《公羊传》当中还有“夷昧”这个名字，总之，这些历史典籍或青铜器皿上的不同名字应该都是指吴王寿梦的第三个儿子，即我们书中所说的这位吴王余昧。

前 527 年 :【吴】余昧卒，季札为避位而逃，诸大夫拥余昧之子僚继位。

前 525 年 :【吴】使公子光伐楚，初战败，再战胜。

前 522 年 :【吴】公子光怀愤阴纳贤士，欲伺机弑王。楚伍员至吴，说吴王僚伐楚之利，公子光识破其欲报父之谋。伍员觅力士专诸献于公子光。

前 519 年 :【吴】使公子光伐楚，鸡父之战大败楚军。迎楚太子建之母。继而伐陈、蔡。

前 518 年 :【吴】边邑纠纷，怒而伐楚，取两都。

前 515 年 :【吴】春，使公子掩余、烛庸侵六、浩，反被楚断后。公子光趁机与专诸合谋刺杀吴王僚，公子光自立，是为吴王阖闾，以伍员为上卿。

前 514 年 :【吴】楚人伯嚭奔吴，阖闾用为大夫。

前 512 年 :【吴】阖闾率军伐楚，杀吴亡将掩余、烛庸。欲攻楚都郢，孙武谏之。

前 511 年 :【吴】伐楚，取六、潜。

前 510 年 :【吴】伐越。

前 509 年 :【吴】楚伐吴，败之于豫章，取居巢。

前 506 年 :【吴】兴兵伐蔡、唐。冬，合蔡伐楚。阖闾之弟夫概率军于柏举（湖北麻城）大败楚军，后吴兵又五胜楚军攻入楚都郢。伍员掘平王之墓以报父仇。

前 505 年 :【吴】越趁吴国空虚之机伐吴，同时秦发兵救楚，吴两线作战不支，夫概逃回自立。阖闾急回国攻夫概，夫概奔楚。

前 504 年 :【吴】使太子终累（一曰夫差）伐楚，取番。

前 502 年 :【吴】召陈怀公留之不归。

前 496 年 :【吴】伐越，姑苏之战，阖闾中流矢而亡。子夫差继位，伯嚭得宠，用为太宰。

前 494 年 :【 吴 】越伐吴，败之于夫椒，围越王勾践于会稽。勾践卑身求和，奴事夫差。伍员劝夫差杀勾践以除后患，夫差不听。后赦勾践归国。

前 493 年 :【 吴 】蔡求救，迁其于州来。

前 489 年 :【 吴 】伐陈。

前 488 年 :【 吴 】伐齐。

前 487 年 :【 吴 】救邾伐鲁。

前 486 年 :【 吴 】吴人在邗筑城，开辟河道联结长洒、淮水，进逼中原。

前 485 年 :【 吴 】自海上伐齐。联鲁伐齐。同年，伍员被陷害至死。自海上伐齐，不胜。

前 484 年 :【 吴 】吴伐齐，艾陵（山东莱芜）之战，大胜齐兵。

前 483 年 :【 吴 】召鲁卫之君会于橐皋。

前 482 年 :【 吴 】春，会诸侯于黄池（河南封丘），欲称霸中原。六月，越趁国空之机伐吴，太子友被俘。夫差秘贿越王求和。

前 478 年 :【 吴 】越伐吴，至笠泽。

前 476 年 :【 吴 】越伐吴。

前 476 年 :【 吴 】越伐吴。

前 474 年 :【 吴 】冬，败于越，夫差使人肉袒请和，越王许迁于甬东，夫差以为辱，遂自杀，国亡。

附录二

楚国大事年表（前979年—前223年）

前979年：【楚】周王兴兵伐楚问罪。

前976年：【楚】周再次伐楚，还击，大败周师于汉水。

前882年：【楚】熊渠因周王室柔弱，兴兵伐庸、杨粤至鄂，立长子毋康为句亶王，中子挚红为鄂王，少子执疵为越章王，至厉王时，畏而去王号。

前877年：【楚】熊渠卒，中子熊挚红继位（长子毋康早卒）。

前876年：【楚】熊挚红卒，弟熊延自立。

前848年：【楚】熊延卒，子勇继位。

前838年：【楚】熊勇卒，弟熊严继位。

前828年：【楚】熊严卒，子伯霜继位，是为熊霜。

前822年：【楚】熊霜卒，弟仲雪、叔堪、季徇争位，仲雪死、叔堪逃，少弟熊季徇继位。

前800年：【楚】熊徇卒，子熊咢继位。

前791年：【楚】熊咢卒，子熊仪（若敖）继位。

前764年：【楚】若敖卒，子熊坎（霄敖）继位。

前758年：【楚】霄敖卒，子熊目句（蚡冒）继位。

前741年：【楚】盼冒卒，弟熊通杀其子自立。

前706年：【楚】侵随，欲得周室封号，周王不允。

前704年：【楚】熊通自号武王，与随君盟。

前690年：【楚】周召随侯，武王以随背盟而伐之，武王卒于途中，子文王熊赀继位。

前 689 年 :【楚】都郢。

前 688 年 :【楚】伐申过邓。邓人以为可擒楚文王，邓侯不听。

前 684 年 :【楚】与息侯计俘蔡哀侯。

前 678 年 :【楚】灭邓。

前 677 年 :【楚】文王卒，子熊艰（庄敖或曰堵敖）继位。

前 675 年 :【楚】蔡哀侯卒于楚。

前 672 年 :【楚】庄敖与弟熊恽有隙。熊恽奔随，借兵袭杀庄敖自立，是为成王。成王一面与周室及诸侯修好，一面镇压南方诸蛮，辟地千里。

前 656 年 :【楚】齐率诸侯伐蔡继而问楚不贡周室之罪，成王使屈完谢罪结盟。楚向北扩张的势头遭到遏制。

前 655 年 :【楚】虞大夫百里奚逃至楚，牧于荒野，秦闻讯以五羊皮赎回。

前 654 年 :【楚】伐许，许君肉袒谢罪。

前 649 年 :【楚】与秦败戎救周。

前 646 年 :【楚】灭六、英。

前 639 年 :【楚】宋襄公会盟诸侯欲称霸，成王应邀与会。会中执辱宋襄公。冬，释其归国。

前 638 年 :【楚】救郑败宋于泓（今河南柘城一带）。

前 637 年 :【楚】重耳至楚，成王厚礼之，并发兵送其入楚。重耳许诺即晋君位后一旦交兵将“退避三舍”作为酬谢。

前 633 年 :【楚】合鲁伐齐。同年，灭夔。夏，率诸侯伐宋。晋救宋，成王欲班师，大将子玉固请战晋。

前 632 年 :【楚】大将子玉率军战晋，城濮（山东鄄城西南）之战大败，遂畏罪自杀。

前 626 年 :【楚】庄王欲废太子商臣，商臣遂于潘崇作乱围攻庄王，逼庄王自尽，商臣自立是为穆王，以潘崇为太师。

前 623 年 :【楚】灭江（河南汝宁）。

前 622 年 :【楚】灭六（安徽六安）、蓼（河南固始）。

前 618 年 :【楚】伐郑，晋救之。

前615年：【楚】穆王卒，子庄王侣继位。

前611年：【楚】庄王三年不视朝暗察群臣。伍举、苏从谏庄王，庄王委以国政，楚国大治。灭庸。

前608年：【楚】伐陈、宋。

前606年：【楚】祸、伐陆浑戎（河南伊川一带）至洛，遂问周鼎之轻重大小，周使王孙满婉拒，“在德不在鼎”。

前605年：【楚】国相若敖氏作乱，灭其族。

前604年：【楚】伐郑。

前601年：【楚】灭舒、蓼，伐陈。

前600年：【楚】救陈伐郑，为晋所败。

前598年：【楚】庄王率诸侯杀陈夏征舒。庄王欲废陈置县，申叔时谏止，遂迎立其太子午即位。

前597年：【楚】郑君反复，春，伐郑，围其城三月，郑襄公无奈肉袒谢罪、委质请和。败晋援兵。此后近二十年，楚为霸主。

前595年：【楚】宋杀楚使。九月，伐宋，围其城。

前594年：【楚】围宋已九月，供给难支。得晋使解扬，为其诈降所欺。宋华元夜入楚营劫大将子反。子反与华元各言实情。遂退兵。

前591年：【楚】庄王卒，子共王审继位。

前589年：【楚】冬，以救齐为名兴兵北进，在蜀（山东泰安）会盟诸侯，晋不敢争锋，晋楚处于相持时期。同年，申公巫臣畏罪奔晋。

前587年：【楚】子反救郑。

前586年：【楚】郑悼公自讼。

前582年：【楚】召郑成公结盟。后晋执其伐郑，遂救郑。冬，与晋和。

前576年：【楚】背约伐郑、卫。同年，许君畏郑请都于叶。

前575年：【楚】救郑击晋，鄢陵之战，共王目中流矢，大将子反贪杯误事自杀。

前574年：【楚】灭舒（今安徽舒城）。

前573年：【楚】拔宋彭城。封此于宋臣鱼石。

前572年：【楚】伐宋救郑。

前 570 年 :【 楚 】使子重伐吴，何忌伐陈。

前 568 年 :【 楚 】此后连续三年伐陈。

前 565 年 :【 楚 】伐郑。

前 564 年 :【 楚 】会秦伐晋。

前 563 年 :【 楚 】使子囊救郑。

前 562 年 :【 楚 】合郑伐宋。

前 560 年 :【 楚 】吴侵败之。共王卒，子康王招继位。

前 557 年 :【 楚 】晋败楚于湛坂。

前 555 年 :【 楚 】伐郑。

前 549 年 :【 楚 】与齐盟好。率陈、蔡伐郑救齐。

前 548 年 :【 楚 】吴侵楚，射杀吴王。

前 547 年 :【 楚 】率陈、蔡伐郑。

前 546 年 :【 楚 】弭兵大会，令尹屈建率军暗藏短器与会，最终与晋平分霸权。

前 545 年 :【 楚 】康王卒，子熊员（郏敖）继位。

前 542 年 :【 楚 】以公子围（康王之弟）为令尹主兵事。

前 541 年 :【 楚 】年底，郏敖病，令尹公子围弑之自立，是为灵王。公子比（灵王之弟）奔晋。

前 538 年 :【 楚 】夏，会诸侯于申，七月，率诸侯伐吴，杀齐逃臣庆封。

前 537 年 :【 楚 】率诸侯伐吴，取雩娄。

前 536 年 :【 楚 】伐吴，败于乾溪。

前 534 年 :【 楚 】就章华台。灵王使弟弃疾灭陈，置县。

前 531 年 :【 楚 】诱杀蔡灵公，使弃疾围蔡，十一月，灭蔡，弃疾又自立为蔡公。

前 530 年 :【 楚 】伐徐，灵王驻乾溪，筑宫室，乐而不归。百姓苦役。

前 529 年 :【 楚 】灵王久不返国，弃疾与兄公子比入郢杀太子禄，比立为楚王。楚王比下令灵王随从先归者免罪。灵王众叛亲离、孤独身一人饥困而死。弃疾又假言灵王反攻入郢以惑楚王比，楚王比畏惧自杀。弃疾遂自立为王，是为平王。平王欲取信诸侯，遂求陈、蔡亡子而复其国。

前 527 年：【楚】平王为太子建求婚于秦，秦女至而平王自纳之。

前 522 年：【楚】费无极进谗诬太子建含怨通外。太子建惧而奔宋，后奔郑。太子建太傅伍奢被俘而死，伍奢之子伍员奔吴。

前 521 年：【楚】蔡哀侯奔楚避难。

前 519 年：【楚】太子建在郑被杀，其子胜奔吴。吴伐楚，楚王使司马薳率胡、沈等国迎敌，令尹匄军中病亡，士兵士气低落，吴兵趁机败楚于鸡父。筑郢拒吴。

前 518 年：【楚】楚、吴边邑争桑纠纷，楚邑长占吴边邑，吴发兵击楚取钟离。

前 516 年：【楚】冬，平王卒，将军子常欲立平王庶长子子西（《史记·楚世家》则记载子西是楚平王庶弟，为人仗义），子西谢辞，遂立太子轸。

前 515 年：【楚】伍员佐吴数次侵楚，楚人恨费无极，子常杀之。

前 512 年：【楚】吴三公子奔楚，封之以拒吴。

前 511 年：【楚】吴伐楚，取六、潜二邑。

前 510 年：【楚】子常伐吴，败于豫章。

前 509 年：【楚】使囊瓦伐吴，不胜。蔡昭侯献裘，子常未得而进谗留扣其不归。

前 507 年：【楚】释蔡昭侯归国。

前 506 年：【楚】冬，吴、蔡、唐联军攻楚，郢都陷落，伍员掘平王墓、鞭平王尸，昭王逃至云梦，子常奔郑。云梦人不识平王，将其射伤，昭王奔随。吴兵攻随，随人匿平王，吴兵退。同时，申包胥入秦求救。

前 505 年：【楚】六月，合楚败吴于稷。后吴夫概奔楚，封其于堂溪。九月，昭王归国。

前 504 年：【楚】吴取番，昭王惧，迁都于鄀。

前 502 年：【楚】令尹子西恤蔡。

前 496 年：【楚】灭顿。

前 495 年：【楚】灭胡。

前 494 年：【楚】率诸侯伐蔡。

前 493 年 :【楚】伐蔡。同年，孔子入楚。

前 489 年 :【楚】昭王救陈途中病笃，欲传位弟公子闾，公子闾勉强答应。及昭王卒，公子闾拥太子章王继位。

前 487 年 :【楚】子西召故太子建之子胜于吴，为巢大夫，号白公。

前 486 年 :【楚】伐陈。

前 483 年 :【楚】白公欲请兵伐郑以报父仇，子西含糊其辞，白公怨。

前 479 年 :【楚】郑告急。子西救郑，白公（父被郑杀）怒，与石乞袭杀子西、子期，并囚惠王而自立。屈固负惠王逃出。月余，叶公子高平定白公之乱，助惠王复位。同年，灭陈置县。

前 447 年 :【楚】灭蔡。

前 445 年 :【楚】灭杞。东侵扩张至泗上，越王不能阻止。

前 432 年 :【楚】惠王卒，子简王仲继位。

前 431 年 :【楚】北伐灭莒。

前 408 年 :【楚】简王卒，子声王当继位。

前 402 年 :【楚】盗杀声王，子悼王熊疑继位。

前 400 年 :【楚】三晋伐楚，至乘丘而还。

前 398 年 :【楚】伐周。围郑。

前 393 年 :【楚】伐韩，取负黍。

前 391 年 :【楚】三晋伐楚，攻大梁、榆关，赂秦说和。

前 381 年 :【楚】悼公卒，子肃王臧继位。

前 380 年 :【楚】与赵救韩。

前 377 年 :【楚】蜀侵楚，取兹方。

前 371 年 :【楚】魏侵楚，取鲁阳。

前 370 年 :【楚】肃王卒，无子，其弟熊良夫继位，是为宣王。

前 340 年 :【楚】秦侵楚。宣王卒，子威王熊商继位。

前 333 年 :【楚】齐田婴欺楚，威王怒而伐齐，败齐于徐州。

前 329 年 :【楚】威王卒，子怀王熊槐继位。魏趁机取陉山。

前 323 年 :【楚】使柱国昭阳率军伐魏，败其于襄陵。随后攻齐，时陈轸为秦使于齐，齐王遣之入楚营说昭阳罢兵。

前 318 年：【楚】苏秦约六国伐秦，怀王为合纵长，至函谷关，兵败而还。

前 313 年：【楚】秦欲离间楚、齐合纵，遣张仪至楚言于楚怀王，如与齐断交则割地六百里予楚。怀王信以为真，不顾陈轸之谏，与齐断交。齐怒而与秦结盟，张仪却食言仅割地六里献于楚，怀王大怒而伐秦。

前 312 年：【楚】与秦战于丹阳（今河南西峡），大将屈匄、逢侯丑等七十人被俘。怀王怒而发重兵袭秦于蓝田，再败。韩、魏趁机侵楚至邓。

前 311 年：【楚】秦遣欲分汉中之半予楚示好，怀王不愿得地而欲得张仪杀之。张仪果然至楚，怀王欲杀之泄恨，张仪私见好友楚臣靳尚求生。靳尚与楚王宠姬郑袖各为己利相继言张仪不可杀，怀王遂放之归国。

前 309 年：【楚】齐王至书说以绝秦之利，楚王遂与齐合。

前 306 年：【楚】灭越（其后裔退居闽越）。

前 305 年：【楚】秦赂楚、送女，怀王遂背齐合秦。

前 304 年：【楚】与秦会于黄棘。

前 303 年：【楚】齐、韩、魏伐楚问背盟之罪，怀王以太子为质求援于秦得免。

前 302 年：【楚】太子陵杀秦大夫逃归。

前 301 年：【楚】秦、齐、韩、魏攻楚，重丘之战，楚将唐目未战死。

前 300 年：【楚】秦破楚军二万，楚将景缺战死。使太子陵入齐为质求助。

前 299 年：【楚】秦破楚，取八城。秦王约怀王入楚，怀王赴约被欺而留于秦。诸臣入齐求太子横归国继位，是为顷襄王。

前 298 年：【楚】秦取楚十六城。

前 297 年：【楚】怀王自秦逃出复被捉。

前 296 年：【楚】怀王客死于秦。

前 293 年：【楚】秦乘败韩之威吓楚，顷王求和。

前 285 年：【楚】与秦会于宛、和亲。

前 284 年：【楚】会秦、三晋、燕伐齐取淮北。

前 283 年：【楚】与秦会于鄢。

前 281 年 :【楚】遣使合纵诸侯，欲以伐秦。

前 280 年 :【楚】秦败楚军，遂献上庸、汉北予秦求和。

前 279 年 :【楚】秦将白起攻楚，取西陵。

前 278 年 :【楚】楚将白起率军攻入郢都，火烧楚王陵墓，襄王退守陈（今河南淮阳）。

前 277 年 :【楚】秦拔巫、黔中。

前 276 年 :【楚】襄王收东地兵约十万击秦，收复江旁十五郡。

前 272 年 :【楚】助三晋伐燕。使太子熊质于秦。

前 263 年 :【楚】顷襄王病，太子逃归。秋，顷襄王卒，太子熊继位，是为考烈王。

前 262 年 :【楚】献地予秦求和。黄歇（春申君）为相。

前 258 年 :【楚】秦伐赵，赵使平原君入楚求援。

前 257 年 :【楚】使春申君、景阳为将救赵。

前 256 年 :【楚】救赵新中。

前 253 年 :【楚】迁都于巨阳（今安徽太和东南）。

前 251 年 :【楚】柱国景伯卒。

前 248 年 :【楚】封春申君于吴。

前 241 年 :【楚】与诸侯合纵伐秦，不胜。迁都寿春（今安徽寿县西南），改名郢。

前 238 年 :【楚】考烈王卒，子幽王悍继位。李园杀春申君。

前 235 年 :【楚】秦魏伐楚。

前 228 年 :【楚】幽王卒，同母哀王弟犹继位，两个月后，其庶兄负刍弑哀王自立。

前 226 年 :【楚】秦大破楚军。

前 224 年 :【楚】秦败楚于蕲。楚将项燕战死。

前 223 年 :【楚】秦伐楚，楚王负刍被俘，楚亡。

附录三

越国大事年表
（前510年—前306年）

前510年：【越】越王允常继位。

前505年：【越】趁吴内虚之机伐吴。

前497年：【越】允常卒，子勾践继位。

前496年：【越】吴伐越，反击伤其王阖闾。

前494年：【越】发兵击吴，范蠡谏止不听。夫椒之战大败，勾践率残兵逃入会稽。吴兵围会稽，勾践听大夫文种之计厚贿吴太宰伯嚭求以奴事吴王。吴王夫差许之，后得赦归国。洗心苦志，思报吴仇。

前488年：【越】文种献计向吴求粟（待考）。

前483年：【越】勾践欲伐吴，范蠡谏止。

前482年：【越】吴王北上争霸，国内空虚，遂发兵攻吴，俘吴太子。

前479年：【越】伐吴，大胜。

前476年：【越】伐吴。

前474年：【越】吴王请和，范蠡进言不允，迁吴王于甬东，吴王以为耻遂自杀。勾践北渡淮水与齐晋会于徐州争霸。向周王纳贡，周王赐勾践为伯。返吴所侵宋、鲁之地。

前465年：【越】勾践卒。子鼠石继位。

前306年：【越】楚兴兵伐越，越王无疆被杀。后裔退居闽越。

附录四

吴国青铜器示例

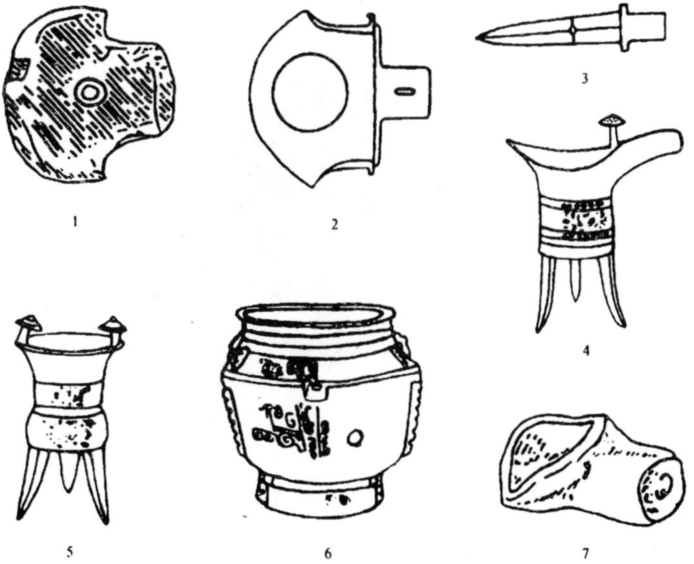

1. 石钺　2. 铜钺　3. 铜戈　4. 爵　5. 斝　6. 罍　7. 冶铜陶勺

附录五

《鱼肠剑》中文物

战国前期・镶嵌燔龙纹豆

商后期・兽面纹豆

春秋前期・黄夫人豆

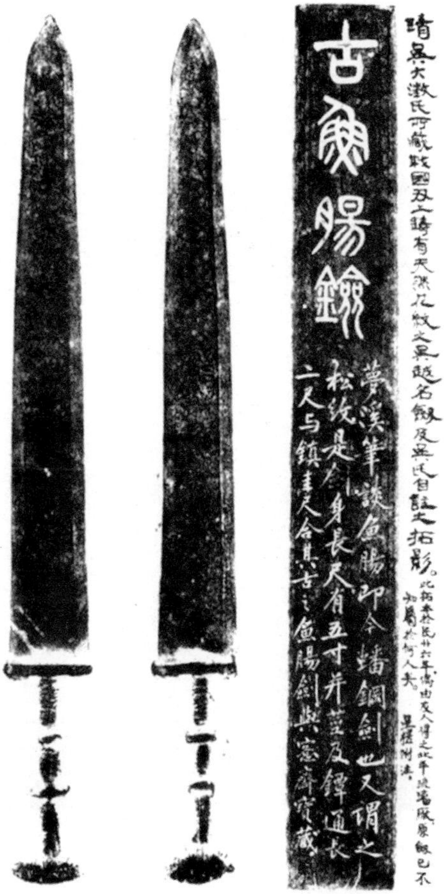
古魚腸劍
夢溪筆談魚腸即今蟠鋼劍也又謂之松紋是劍身長尺有五寸并莖及鐔通長二尺与鎮圭尺合其古之魚腸劍與愙齋寶藏

鱼肠剑

古剑

越王剑

吴王夫差剑

吴王光鉴

附录六

姑冯句鑃

正面拓本

附录七

姑苏八门名称一览表

方位	门名	别名	备注
东	娄门	䁖门[3]	（1）见《越绝书》
	匠门	干将门[4]	（2）见《吴越春秋》
西	阊门	昌门[1]、破楚门[2]、阊阖门[5]	（3）见《吴地志》
	胥门	姑胥门[3]	（4）见《吴郡志》
南	盘门	蟠门[3]	（5）见《吴郡图经续记》
	蛇门		
北	齐门	望齐门[2]	
	平门	巫门[1]	

后记

——山有木兮木有枝，心悦君兮君不知

在中国历史上，东周是一段诸国争霸、天下沸腾、社会动荡的时期，又分为春秋（公元前770—公元前453年）与战国（公元前453—公元前221年）两个阶段。

“春秋”得名于鲁史《春秋》。这一时期，社会经济急剧变化，政治局面错综复杂，军事斗争层出不穷。周天子名义上是各国共同的君主，实际上其地位只相当一个中等诸侯国。

春秋初期，大小诸侯国见诸经传的有一百七十余个。一些比较强大的诸侯国用武力兼并小国，大国之间也互相争夺土地，经常打仗。经过二百多年的兼并，到后期只剩下二三十国，期间出现过“春秋五霸”。

到了战国时期，先后出现秦、齐、楚、燕、韩、赵、魏七个大国，战争规模较以往为大，战况更加惨烈，呈现天下大乱的形势。

战国后期，秦国任用商鞅变法，国势日强。秦王又采取远交近攻的策略，终于成功兼并诸国，统一天下，于公元前 221 年建立大一统帝国。秦王政由此成为中国历史上第一个皇帝——秦始皇。

汉代刘向在《战国策》中说："战国之时，君德浅薄，为之谋策者，不得不因势而为资，据时而为画。故其谋，扶急持倾，为一切之权，虽不可以临国教化，兵革救急之势也。皆高才秀士，度时君之所能行，出奇策异智，转危为安，运亡为存，亦可喜，皆可观。"

读者如果特别留意这段大国争霸、小国争生存的历史，亦能体会"亦可喜，皆可观"之处，此即为本书及本系列创作之初衷。

书中历史人物，其身份及生平经历，均取自史籍。如计然本是晋国公子，却放弃贵族身份，成为了杰出的商人。再如孙武竭力辅佐吴王，却在破楚后悄然隐退，神秘消逝于山林中。范蠡、陈音、滕玉、叔姬等历史人物的人生轨迹，均符合真实历史。再如月女来历不明，与白猿为戏，且身怀奇异武功，亦取自史书。

某些人物，作者刻意安排了身份，如要离与被离是亲属，世任市吏一职，且肩负秘密使命。虽为作者杜撰，但能更好地解释要离有违人伦、杀妻害儿、牺牲全家、只为行刺庆忌一人之事迹（甚至连吴王阖闾都觉得他做得过分），亦能更合理地解释庆忌兼有吴国太子及吴国第一勇士之身份，竟肯放过夺取自己性命的要离。

另外，本系列丛书是历史悬疑小说，历史是大前提，所以尽可能地还原了历史背景及人物风貌。也请勿以现代人的观点来衡量历史人物，因为人具有社会性，始终不能超越时代。对于某些读者认为作者书中有歧视女性的倾向，也可以由此来解释，作者只是力图还原时代而已。如果某些读者认为古代女性地位崇高，总有男人追捧环绕，那一定是网络小说看得太多了。

因人物众多，书中未完全按照古人习俗来称呼字号，以免混淆。有些词语、俗语出现，也要晚于本书所发生时间，作者照常使用，只是为了阅读流畅。

相较于前书，本书做了一些风格上的微小调整，如取消了介绍历史大背景的“引子”，将历史重大事件及人物提炼成为单独篇章，供对历史感兴趣的读者选读，而只关心故事的读者则可以完全忽略这一部分。对于正文，尽量以更短的句式、更小的段落来叙事，以更方便阅读。这只是作者的尝试，期待能在写作上有所突破，也欢迎各位读者不吝赐教。

《鱼肠剑》与之前出版的《鱼玄机》《韩熙载夜宴》《孔雀胆》《大唐游侠》《璇玑图》《斧声烛影》《大汉公主》《和氏璧》《明宫奇案》《包青天》《宋慈洗冤录》《柳如是》《钓鱼城》《战襄阳》《敦煌》《青花瓷》《交子》《开元悬疑录》《江东二乔》《大明惊变》共同组成了作者正在构思创作的“中国古代大案探奇录系列丛书”。在这里，也要特别感谢中国民主法制出版社的支持，从第一本《鱼玄机》到这一系列的即将终结，一路携手，同舟共济，如此长久的合作，也算是出版业较为罕见的例子。

吴蔚 2016 年 8 月 30 日 于北京